Le Vicom

MW01610768

Publication: 1850
Catégorie(s): Fiction, Historique, Moderne (<1799)

A Propos Dumas:
Alexandre Dumas, père, né Dumas Davy de la
Pailleterie (24 juillet 1802 - 5 décembre 1870), est
surtout connu pour ses nombreux romans historiques
de grande aventure qui ont fait de lui l'auteur français
le plus lu au monde. Beaucoup de ses romans, y
compris Le comte de Monte Cristo et les romans
d'Artagnan, ont été sérialisés, et il a également écrit
des pièces de théâtre, des articles de magazines et était
un correspondant prolifique. Sa grand-mère paternelle
était une esclave noire. Alors que son grand-père, le
marquis Antoine-Alexandre Davy de la Pailleterie,
servait le gouvernement de la France en tant que
commissaire général de l'artillerie dans la colonie de
Saint Domingue (aujourd'hui Haïti), il épousa Marie-
Cesette Dumas, une esclave noire. En 1762, elle donna
naissance à son père, Thomas-Alexandre, et mourut
peu après. Lorsque le marquis et son jeune fils mulâtre
retournèrent en Normandie, l'esclavage existait
toujours et le garçon souffrait du fait qu'il était à
moitié noir. En 1786, Thomas-Alexandre rejoint
l'armée française, mais pour protéger la réputation de

la famille aristocratique, il s'engage sous le nom de jeune fille de sa mère. Après la Révolution française, le marquis a perdu ses domaines, mais Thomas-Alexandre Dumas s'est distingué comme un soldat capable et audacieux dans l'armée révolutionnaire, gravissant les échelons pour devenir général à l'âge de 31 ans. Thomas-Alexandre a épousé Marie-Louise Elisabeth Labouret et le 24 juillet 1802 et à Villers-Cotterets, Aisne, près de Paris, France, elle a donné naissance à leur fils, Alexandre Dumas, qui allait devenir l'un des auteurs les plus prospères de France. Le général Dumas mourut en 1806 alors qu'Alexandre n'avait que quatre ans, laissant une mère presque appauvrie l'élever dans des conditions difficiles. Bien que Marie-Louise n'ait pas été en mesure de fournir à son fils beaucoup d'éducation, cela n'a pas gêné l'amour du jeune Alexandre pour les livres, et il a lu tout ce qu'il pouvait mettre la main. En grandissant, les histoires de sa mère sur les actes militaires courageux de son père pendant les années de gloire de Napoléon Ier de France ont engendré l'imagination vive d'Alexandre pour l'aventure et les héros. Bien que pauvre, la famille avait toujours la réputation distinguée du père et ses relations aristocratiques et après la restauration de la monarchie, Alexandre Dumas, vingt ans, s'installe à Paris où il obtient un emploi au Palais Royal dans le bureau du puissant duc d'Orléans. .

Chapitre CXXXII – Psychologie royale

Le roi entra dans ses appartements d'un pas rapide.

Peut-être Louis XIV marchait-il si vite pour ne pas chanceler. Il laissait derrière lui comme la trace d'un deuil mystérieux.

Cette gaieté, que chacun avait remarquée dans son attitude à son arrivée, et dont chacun s'était réjoui, nul ne l'avait peut-être approfondie dans son véritable sens ; mais ce départ si orageux, ce visage si bouleversé, chacun le comprit, ou du moins le crut comprendre facilement.

La légèreté de Madame, ses plaisanteries un peu rudes pour un caractère ombrageux, et surtout pour un caractère de roi ; l'assimilation trop familière, sans doute, de ce roi à un homme ordinaire ; voilà les raisons que l'assemblée donna du départ précipité et inattendu de Louis XIV.

Madame, plus clairvoyante d'ailleurs, n'y vit cependant point d'abord autre chose. C'était assez pour elle d'avoir rendu quelque petite torture d'amour-propre à celui qui, oubliant si promptement des engagements contractés, semblait avoir pris à tâche de dédaigner sans cause les plus nobles et les plus illustres conquêtes.

Il n'était pas sans une certaine importance pour Madame, dans la situation où se trouvaient les choses, de faire voir au roi la différence qu'il y avait à aimer en haut lieu ou à courir l'amourette comme un cadet de province.

Avec ces grandes amours, sentant leur loyauté et leur toute-puissance, ayant en quelque sorte leur étiquette et leur ostentation, un roi, non seulement ne dérogeait point, mais encore trouvait repos, sécurité, mystère et respect général.

Dans l'abaissement des vulgaires amours, au contraire, il rencontrait, même chez les plus humbles sujets, la glose et le sarcasme ; il perdait son caractère d'infaillible et d'inviolable. Descendu dans la région des petites misères humaines, il en subissait les pauvres orages.

En un mot, faire du roi-dieu un simple mortel en le touchant au cœur, ou plutôt même au visage, comme le dernier de ses sujets, c'était porter un coup terrible à l'orgueil de ce sang généreux : on captivait Louis plus encore par l'amour-propre que par l'amour. Madame avait sagement calculé sa vengeance ; aussi, comme on l'a vu, s'était-elle vengée.

Qu'on n'aille pas croire cependant que Madame eût les passions terribles des héroïnes du Moyen Age et qu'elle vît les choses sous leur aspect sombre ; Madame, au contraire, jeune, gracieuse, spirituelle, coquette, amoureuse, plutôt de fantaisie, d'imagination ou d'ambition que de cœur ; Madame, au contraire, inaugurait cette époque de plaisirs faciles et passagers qui signala les cent vingt ans qui s'écoulèrent entre la moitié du XVIIe siècle et les trois quarts du XVIIIe.

Madame voyait donc, ou plutôt croyait voir les choses sous leur véritable aspect ; elle savait que le roi, son auguste beau-frère, avait ri le premier de l'humble La Vallière, et que, selon ses habitudes, il n'était pas probable qu'il adorât jamais la personne dont il avait pu rire, ne fût-ce qu'un instant.

D'ailleurs, l'amour-propre n'était-il pas là, ce démon souffleur qui joue un si grand rôle dans cette comédie dramatique qu'on appelle la vie d'une femme ; l'amour-propre ne disait-il point tout haut, tout bas, à demi-voix, sur tous les tons possibles, qu'elle ne pouvait véritablement, elle, princesse, jeune, belle, riche, être comparée à la pauvre La Vallière, aussi jeune qu'elle, c'est vrai, mais bien moins jolie, mais tout à fait pauvre ? Et que cela n'étonne point de la part de Madame ; on le sait, les plus grands caractères sont ceux qui se flattent le plus dans la comparaison qu'ils font d'eux aux autres, des autres à eux.

Peut-être demandera-t-on ce que voulait Madame avec cette attaque si savamment combinée ? Pourquoi tant de forces déployées, s'il ne s'agissait de débusquer sérieusement le roi d'un cœur tout neuf dans lequel il comptait se loger ! Madame avait-elle donc besoin de donner une pareille importance à La Vallière, si elle ne redoutait pas La Vallière ?

Non, Madame ne redoutait pas La Vallière, au point de vue où un historien qui sait les choses voit l'avenir, ou plutôt le passé ; Madame n'était point un prophète ou une sibylle ; Madame ne pouvait pas plus qu'un autre lire dans ce terrible et fatal livre de l'avenir qui garde en ses plus secrètes pages les plus sérieux événements.

Non, Madame voulait purement et simplement punir le roi de lui avoir fait une cachotterie toute féminine ; elle voulait lui prouver clairement que s'il usait de ce genre d'armes offensives, elle, femme d'esprit et de race, trouverait certainement dans l'arsenal de son imagination des armes défensives à l'épreuve même des coups d'un roi.

Et d'ailleurs, elle voulait lui prouver que, dans ces sortes de guerre, il n'y a plus de rois, ou tout au moins que les rois, combattant pour leur propre compte comme des hommes ordinaires, peuvent voir leur couronne tomber au premier choc ; qu'enfin, s'il avait espéré être adoré tout d'abord, de confiance, à son seul aspect, par toutes les femmes de sa cour, c'était une prétention humaine, téméraire, insultante pour certaines plus haut placées que les autres, et que la leçon, tombant à propos sur cette tête royale, trop haute et trop fière, serait efficace.

Voilà certainement quelles étaient les réflexions de Madame à l'égard du roi.

L'événement restait en dehors.

Ainsi, l'on voit qu'elle avait agi sur l'esprit de ses filles d'honneur et avait préparé dans tous ses détails la comédie qui venait de se jouer.

Le roi en fut tout étourdi. Depuis qu'il avait échappé à M. de Mazarin, il se voyait pour la première fois traité en homme.

Une pareille sévérité, de la part de ses sujets, lui eût fourni matière à résistance. Les pouvoirs croissent dans la lutte.

Mais s'attaquer à des femmes, être attaqué par elles, avoir été joué par de petites provinciales arrivées de Blois tout exprès pour cela, c'était le comble du déshonneur pour un jeune roi plein de la vanité que lui inspiraient à la fois et ses avantages personnels et son pouvoir royal.

Rien à faire, ni reproches, ni exil, ni même bouderies.

Bouder, c'eût été avouer qu'on avait été touché, comme Hamlet, par une arme démouchetée, l'arme du ridicule.

Bouder des femmes ! quelle humiliation ! surtout quand ces femmes ont le rire pour vengeance.

Oh ! si, au lieu d'en laisser toute la responsabilité à des femmes, quelque courtisan se fût mêlé à cette intrigue, avec quelle joie Louis XIV eût saisi cette occasion d'utiliser la Bastille !

Mais là encore la colère royale s'arrêtait, repoussée par le raisonnement.

Avoir une armée, des prisons, une puissance presque divine, et mettre cette toute-puissance au service d'une misérable rancune, c'était indigne, non seulement d'un roi, mais même d'un homme.

Il s'agissait donc purement et simplement de dévorer en silence cet affront et d'afficher sur son visage la même mansuétude, la même urbanité.

Il s'agissait de traiter Madame en amie. En amie !... Et pourquoi pas ?

Ou Madame était l'instigatrice de l'événement, ou l'événement l'avait trouvée passive.

Si elle avait été l'instigatrice, c'était bien hardi à elle, mais enfin n'était-ce pas son rôle naturel ?

Qui l'avait été chercher dans le plus doux moment de la lune conjugale pour lui parler un langage amoureux ? Qui avait osé calculer les chances de l'adultère, bien plus de l'inceste ? Qui, retranché derrière son omnipotence royale, avait dit à cette jeune femme : « Ne craignez rien, aimez le roi de France, il est au-dessus de tous, et un geste de son bras armé du sceptre vous protégera contre tous, même contre vos remords ? »

Donc, la jeune femme avait obéi à cette parole royale, avait cédé à cette voix corruptrice, et maintenant qu'elle avait fait le sacrifice moral de son honneur, elle se voyait payée de ce sacrifice par une infidélité d'autant plus humiliante qu'elle avait pour cause une femme bien inférieure à celle qui avait d'abord cru être aimée.

Ainsi, Madame eût-elle été l'instigatrice de la vengeance, Madame eût eu raison.

Si, au contraire, elle était passive dans tout cet événement, quel sujet avait le roi de lui en vouloir ?

Devait-elle, ou plutôt pouvait-elle arrêter l'essor de quelques langues provinciales ? devait-elle, par un excès de zèle mal entendu, réprimer, au risque de l'envenimer, l'impertinence de ces trois petites filles ?

Tous ces raisonnements étaient autant de piqûres sensibles à l'orgueil du roi ; mais, quand il avait bien repassé tous ces griefs dans son esprit, Louis XIV s'étonnait, réflexions faites, c'est-à-dire après la plaie pansée, de sentir d'autres douleurs sourdes, insupportables, inconnues.

Et voilà ce qu'il n'osait s'avouer à lui-même, c'est que ces lancinantes atteintes avaient leur siège au cœur.

Et, en effet, il faut bien que l'historien l'avoue aux lecteurs, comme le roi se l'avouait à lui-même : il s'était laissé chatouiller le cœur par cette naïve déclaration de La Vallière ; il avait cru à l'amour pur, à de l'amour pour l'homme, à de l'amour dépouillé de tout intérêt ; et son âme, plus jeune et surtout plus naïve qu'il ne le supposait, avait bondi au-devant de cette autre âme qui venait de se révéler à lui par ses aspirations.

La chose la moins ordinaire dans l'histoire si complexe de l'amour, c'est la double inoculation de l'amour dans deux cœurs : pas plus de simultanéité que d'égalité ; l'un aime presque toujours avant l'autre, comme l'un finit presque toujours d'aimer après l'autre. Aussi le courant électrique s'établit-il en raison de l'intensité de la première passion qui s'allume. Plus Mlle de La Vallière avait montré d'amour, plus le roi en avait ressenti.

Et voilà justement ce qui étonnait le roi.

Car il lui était bien démontré qu'aucun courant sympathique n'avait pu entraîner son cœur, puisque cet aveu n'était pas de l'amour, puisque cet aveu n'était qu'une insulte faite à l'homme et au roi, puisque enfin c'était, et le mot surtout brûlait comme un fer rouge, puisque enfin c'était une mystification.

Ainsi cette petite fille à laquelle, à la rigueur, on pouvait tout refuser, beauté, naissance, esprit, ainsi cette petite fille, choisie par Madame elle-même en raison de son humilité, avait non seulement provoqué le roi, mais encore dédaigné le roi, c'est-à-dire un homme qui, comme un sultan d'Asie, n'avait qu'à chercher des yeux, qu'à étendre la main, qu'à laisser tomber le mouchoir.

Et, depuis la veille, il avait été préoccupé de cette petite fille au point de ne penser qu'à elle, de ne rêver que d'elle ; depuis la veille, son imagination s'était amusée à parer son image de tous les charmes qu'elle n'avait point ; il avait enfin, lui que tant d'affaires réclamaient, que tant de femmes appelaient, il avait, depuis la veille, consacré toutes les minutes de sa vie, tous les battements de son cœur, à cette unique rêverie.

En vérité, c'était trop ou trop peu.

Et l'indignation du roi lui faisant oublier toutes choses, et entre autres que de Saint-Aignan était là, l'indignation du roi s'exhalait dans les plus violentes imprécations.

Il est vrai que Saint-Aignan était tapi dans un coin, et de ce coin regardait passer la tempête.

Son désappointement à lui paraissait misérable à côté de la colère royale.

Il comparait à son petit amour-propre l'immense orgueil de ce roi offensé, et, connaissant le cœur des rois en général et celui des puissants en particulier, il se demandait si bientôt ce poids de fureur, suspendu jusque-là sur le vide, ne finirait point par tomber sur lui, par cela même que d'autres étaient coupables et lui innocent.

En effet, tout à coup le roi s'arrêta dans sa marche immodérée, et, fixant sur de Saint-Aignan un regard courroucé.

– Et toi, de Saint-Aignan ? s'écria-t-il.

De Saint-Aignan fit un mouvement qui signifiait :

– Eh bien ! Sire ?

– Oui, tu as été aussi sot que moi, n'est-ce pas ?

– Sire, balbutia de Saint-Aignan.

– Tu t'es laissé prendre à cette grossière plaisanterie.

– Sire, dit de Saint-Aignan, dont le frisson commençait à secouer les membres, que Votre Majesté ne se mette point en colère : les femmes, elle le sait, sont des créatures imparfaites créées pour le mal ; donc, leur demander le bien c'est exiger d'elles la chose impossible.

Le roi, qui avait un profond respect de lui-même, et qui commençait à prendre sur ses passions cette puissance qu'il conserva sur elles toute sa vie, le roi sentit qu'il se déconsidérait à montrer tant d'ardeur pour un si mince objet.

– Non, dit-il vivement, non, tu te trompes, Saint-Aignan, je ne me mets pas en colère ; j'admire seulement que nous ayons été joués avec tant d'adresse et d'audace par ces deux petites filles. J'admire surtout que, pouvant nous instruire, nous ayons fait la folie de nous en rapporter à notre propre cœur.

– Oh ! le cœur, Sire, le cœur, c'est un organe qu'il faut absolument réduire à ses fonctions physiques, mais qu'il faut destituer de toutes fonctions morales. J'avoue, quant à moi, que, lorsque j'ai vu le cœur de Votre Majesté si fort préoccupé de cette petite…

– Préoccupé, moi ? mon cœur préoccupé ? Mon esprit, peut-être ; mais quant à mon cœur… il était…

Louis s'aperçut, cette fois encore, que pour couvrir un vide, il en allait découvrir un autre.

– Au reste, ajouta-t-il, je n'ai rien à reprocher à cette enfant. Je savais qu'elle en aimait un autre.

– Le vicomte de Bragelonne, oui. J'en avais prévenu Votre Majesté.

– Sans doute. Mais tu n'étais pas le premier. Le comte de La Fère m'avait demandé la main de Mlle de La Vallière pour son fils. Eh bien ! à son retour d'Angleterre, je les marierai puisqu'ils s'aiment.

– En vérité, je reconnais là toute la générosité du roi.

– Tiens, Saint-Aignan, crois-moi, ne nous occupons plus de ces sortes de choses, dit Louis.

– Oui, digérons l'affront, Sire, dit le courtisan résigné.

– Au reste, ce sera chose facile, fit le roi en modulant un soupir.

– Et pour commencer, moi… dit Saint-Aignan.

– Eh bien ?

– Eh bien ! je vais faire quelque bonne épigramme sur le trio. J'appellerai cela : *Naïade et Dryade* ; cela fera plaisir à Madame.

– Fais, Saint-Aignan, fais, murmura le roi. Tu me liras tes vers, cela me distraira. Ah ! n'importe, n'importe, Saint-Aignan, ajouta le roi comme un homme qui respire avec peine, le coup demande une force surhumaine pour être dignement soutenu.

Et, comme le roi achevait ainsi en se donnant les airs de la plus angélique patience, un des valets de service vint gratter à la porte de la chambre.

De Saint-Aignan s'écarta par respect.

– Entrez, fit le roi.

Le valet entrebâilla la porte.

– Que veut-on ? demanda Louis.

Le valet montra une lettre pliée en forme de triangle.

– Pour Sa Majesté, dit-il.

– De quelle part ?

– Je l'ignore ; il a été remis par un des officiers de service.

Le roi fit signe, le valet apporta le billet.

Le roi s'approcha des bougies, ouvrit le billet, lut la signature et laissa échapper un cri.

Saint-Aignan était assez respectueux pour ne pas regarder ; mais, sans regarder, il voyait et entendait.

Il accourut.

Le roi, d'un geste, congédia le valet.

– Oh ! mon Dieu ! fit le roi en lisant.

– Votre Majesté se trouve-t-elle indisposée ? demanda Saint-Aignan les bras étendus.

– Non, non, Saint-Aignan ; lis !

Et il lui passa le billet.

Les yeux de Saint-Aignan se portèrent à la signature.

– La Vallière ! s'écria-t-il. Oh ! Sire !

– Lis ! lis !

Et Saint-Aignan lut :

« Sire, pardonnez-moi mon importunité, pardonnez-moi surtout le défaut de formalités qui accompagne cette lettre ; un billet me semble plus pressé et plus pressant qu'une dépêche ; je me permets donc d'adresser un billet à Votre Majesté.

Je rentre chez moi brisée de douleur et de fatigue, Sire, et j'implore de Votre Majesté la faveur d'une audience dans laquelle je pourrai dire la vérité à mon roi.

Signé : Louise de La Vallière. »

– Eh bien ? demanda le roi en reprenant la lettre des mains de Saint Aignan tout étourdi de ce qu'il venait de lire.

– Eh bien ? répéta Saint-Aignan.

– Que penses-tu de cela ?

– Je ne sais trop.

– Mais enfin ?

– Sire, la petite aura entendu gronder la foudre, et elle aura eu peur.

– Peur de quoi ? demanda noblement Louis.

13

– Dame ! que voulez-vous, Sire ! Votre Majesté a mille raisons d'en vouloir à l'auteur ou aux auteurs d'une si méchante plaisanterie, et la mémoire de Votre Majesté, ouverte dans le mauvais sens, est une éternelle menace pour l'imprudente.

– Saint-Aignan, je ne vois pas comme vous.

– Le roi doit voir mieux que moi.

– Eh bien ! je vois dans ces lignes : de la douleur, de la contrainte, et maintenant surtout que je me rappelle certaines particularités de la scène qui s'est passée ce soir chez Madame... Enfin...

Le roi s'arrêta sur ce sens suspendu.

– Enfin, reprit Saint-Aignan, Votre Majesté va donner audience, voilà ce qu'il y a de plus clair dans tout cela.

– Je ferai mieux, Saint-Aignan.

– Que ferez-vous, Sire ?

– Prends ton manteau.

– Mais, Sire...

– Tu sais où est la chambre des filles de Madame ?

– Certes.

– Tu sais un moyen d'y pénétrer ?

– Oh ! quant à cela, non.

– Mais enfin tu dois connaître quelqu'un par là ?

– En vérité, Votre Majesté est la source de toute bonne idée.

– Tu connais quelqu'un ?

– Oui.

– Qui connais-tu ? Voyons.

– Je connais certain garçon qui est au mieux avec certaine fille.

– D'honneur ?

– Oui, d'honneur, Sire.

– Avec Tonnay-Charente ? demanda Louis en riant.

– Non, malheureusement ; avec Montalais.

– Il s'appelle ?

– Malicorne.

– Bon ! Et tu peux compter sur lui ?

– Je le crois, Sire. Il doit bien avoir quelque clef...
Et s'il en a une, comme je lui ai rendu service... il
m'en fera part.

– C'est au mieux. Partons !

– Je suis aux ordres de Votre Majesté.

Le roi jeta son propre manteau sur les épaules de
Saint-Aignan et lui demanda le sien. Puis tous deux
gagnèrent   le   vestibule.

Chapitre CXXXIII – Ce que n'avaient prévu ni naïade ni dryade

De Saint-Aignan s'arrêta au pied de l'escalier qui conduisait aux entresols chez les filles d'honneur, au premier chez Madame. De là, par un valet qui passait, il fit prévenir Malicorne, qui était encore chez Monsieur.

Au bout de dix minutes, Malicorne arriva le nez au vent et flairant dans l'ombre.

Le roi se recula, gagnant la partie la plus obscure du vestibule.

Au contraire, de Saint-Aignan s'avança.

Mais, aux premiers mots par lesquels il formula son désir, Malicorne recula tout net.

– Oh ! oh ! dit-il, vous me demandez à être introduit dans les chambres des filles d'honneur ?

– Oui.

– Vous comprenez que je ne puis faire une pareille chose sans savoir dans quel but vous la désirez.

– Malheureusement, cher monsieur Malicorne, il m'est impossible de donner aucune explication ; il faut donc que vous vous fiiez à moi comme un ami qui vous a tiré d'embarras hier et qui vous prie de l'en tirer aujourd'hui.

– Mais moi, monsieur, je vous disais ce que je voulais ; ce que je voulais, c'était ne point coucher à la belle étoile, et tout honnête homme peut avouer un pareil désir ; tandis que vous, vous n'avouez rien.

– Croyez, mon cher monsieur Malicorne, insista de Saint-Aignan, que, s'il m'était permis de m'expliquer, je m'expliquerais.

– Alors, mon cher monsieur, impossible que je vous permette d'entrer chez Mlle de Montalais.

– Pourquoi ?

– Vous le savez mieux que personne, puisque vous m'avez pris sur un mur, faisant la cour à Mlle de Montalais ; or, ce serait complaisant à moi, vous en conviendrez, lui faisant la cour, de vous ouvrir la porte de sa chambre.

– Eh ! qui vous dit que ce soit pour elle que je vous demande la clef ?

– Pour qui donc alors ?

– Elle ne loge pas seule, ce me semble ?

– Non, sans doute.

– Elle loge avec Mlle de La Vallière ?

– Oui, mais vous n'avez pas plus affaire réellement à Mlle de La Vallière qu'à Mlle de Montalais, et il n'y a que deux hommes à qui je donnerais cette clef : c'est à M. de Bragelonne, s'il me priait de la lui donner ; c'est au roi, s'il me l'ordonnait.

– Eh bien ! donnez-moi donc cette clef, monsieur, je vous l'ordonne, dit le roi en s'avançant hors de l'obscurité et en entrouvrant son manteau. Mlle de Montalais descendra près de vous, tandis que nous monterons près de Mlle de La Vallière : c'est, en effet, à elle seule que nous avons affaire.

– Le roi ! s'écria Malicorne en se courbant jusqu'aux genoux du roi.

– Oui, le roi, dit Louis en souriant, le roi qui vous sait aussi bon gré de votre résistance que de votre capitulation. Relevez-vous, monsieur ; rendez nous le service que nous vous demandons.

– Sire, à vos ordres, dit Malicorne en montant l'escalier.

– Faites descendre Mlle de Montalais, dit le roi, et ne lui sonnez mot de ma visite.

Malicorne s'inclina en signe d'obéissance et continua de monter.

Mais le roi, par une vive réflexion, le suivit, et cela avec une rapidité si grande, que, quoique Malicorne eût déjà la moitié des escaliers d'avance, il arriva en même temps que lui à la chambre.

Il vit alors, par la porte demeurée entrouverte derrière Malicorne, La Vallière toute renversée dans un fauteuil, et à l'autre coin Montalais, qui peignait ses cheveux, en robe de chambre, debout devant une grande glace et tout en parlementant avec Malicorne.

Le roi ouvrit brusquement la porte et entra.

Montalais poussa un cri au bruit que fit la porte, et, reconnaissant le roi, elle s'esquiva.

À cette vue, La Vallière, de son côté, se redressa comme une morte galvanisée et retomba sur son fauteuil.

Le roi s'avança lentement vers elle.

– Vous voulez une audience, mademoiselle, lui dit-il avec froideur, me voici prêt à vous entendre. Parlez.

De Saint-Aignan, fidèle à son rôle de sourd, d'aveugle et de muet, de Saint-Aignan s'était placé, lui, dans une encoignure de porte, sur un escabeau que le hasard lui avait procuré tout exprès.

Abrité sous la tapisserie qui servait de portière, adossé à la muraille même, il écouta ainsi sans être vu, se résignant au rôle de bon chien de garde qui attend et qui veille sans jamais gêner le maître. La Vallière, frappée de terreur à l'aspect du roi irrité, se leva une seconde fois, et, demeurant dans une posture humble et suppliante :

– Sire, balbutia-t-elle, pardonnez-moi.

– Eh ! mademoiselle, que voulez-vous que je vous pardonne ? demanda Louis XIV.

– Sire, j'ai commis une grande faute, plus qu'une grande faute, un grand crime.

– Vous ?

– Sire, j'ai offensé Votre Majesté.

– Pas le moins du monde, répondit Louis XIV.

– Sire, je vous en supplie, ne gardez point vis-à-vis de moi cette terrible gravité qui décèle la colère bien légitime du roi. Je sens que je vous ai offensé, Sire ; mais j'ai besoin de vous expliquer comment je ne vous ai point offensé de mon plein gré.

– Et d'abord, mademoiselle, dit le roi, en quoi m'auriez-vous offensé ? Je ne le vois pas. Est-ce par une plaisanterie de jeune fille, plaisanterie fort innocente ? Vous vous êtes raillée d'un jeune homme crédule : c'est bien naturel ; toute autre femme à votre place eût fait ce que vous avez fait.

– Oh ! Votre Majesté m'écrase avec ces paroles.

– Et pourquoi donc ?

– Parce que, si la plaisanterie fût venue de moi, elle n'eût pas été innocente.

– Enfin, mademoiselle, reprit le roi, est-ce là tout ce que vous aviez à me dire en me demandant une audience ?

Et le roi fit presque un pas en arrière.

Alors La Vallière, avec une voix brève et entrecoupée, avec des yeux desséchés par le feu des larmes, fit à son tour un pas vers le roi.

– Votre Majesté a tout entendu ? dit-elle.

– Tout, quoi ?

– Tout ce qui a été dit par moi au chêne royal ?

– Je n'en ai pas perdu une seule parole, mademoiselle.

– Et Votre Majesté, lorsqu'elle m'eut entendue, a pu croire que j'avais abusé de sa crédulité.

– Oui, crédulité, c'est bien cela, vous avez dit le mot.

– Et Votre Majesté n'a pas soupçonné qu'une pauvre fille comme moi peut être forcée quelquefois de subir la volonté d'autrui ?

– Pardon, mais je ne comprendrai jamais que celle dont la volonté semblait s'exprimer si librement sous le chêne royal se laissât influencer à ce point par la volonté d'autrui.

– Oh ! mais la menace, Sire !

– La menace !... Qui vous menaçait ? qui osait vous menacer ?

– Ceux qui ont le droit de le faire, Sire.

– Je ne reconnais à personne le droit de menace dans mon royaume.

– Pardonnez-moi, Sire, il y a près de Votre Majesté même des personnes assez haut placées pour avoir ou pour se croire le droit de perdre une jeune fille sans avenir, sans fortune, et n'ayant que sa réputation.

– Et comment la perdre ?

– En lui faisant perdre cette réputation par une honteuse expulsion.

– Oh ! mademoiselle, dit le roi avec une amertume profonde, j'aime fort les gens qui se disculpent sans incriminer les autres.

– Sire !

– Oui, et il m'est pénible, je l'avoue, de voir qu'une justification facile, comme pourrait l'être la vôtre, se vienne compliquer devant moi d'un tissu de reproches et d'imputations.

– Auxquelles vous n'ajoutez pas foi alors ? s'écria La Vallière.

Le roi garda le silence.

– Oh ! dites-le donc ! répéta La Vallière avec véhémence.

– Je regrette de vous l'avouer, répéta le roi en s'inclinant avec froideur.

– La jeune fille poussa une profonde exclamation, et, frappant ses mains l'une dans l'autre :

– Ainsi vous ne me croyez pas ? dit-elle.

Le roi ne répondit rien.

Les traits de La Vallière s'altérèrent à ce silence.

– Ainsi vous supposez que moi, moi ! dit-elle, j'ai ourdi ce ridicule, cet infâme complot de me jouer aussi imprudemment de Votre Majesté ?

– Eh ! mon Dieu ! ce n'est ni ridicule ni infâme, dit le roi ; ce n'est pas même un complot : c'est une raillerie plus ou moins plaisante, voilà tout.

– Oh ! murmura la jeune fille désespérée, le roi ne me croit pas, le roi ne veut pas me croire.

– Mais non, je ne veux pas vous croire.

– Mon Dieu ! mon Dieu !

– Écoutez : quoi de plus naturel, en effet ? Le roi me suit, m'écoute, me guette ; le roi veut peut-être s'amuser à mes dépens, amusons-nous aux siens, et, comme le roi est un homme de cœur, prenons-le par le cœur.

La Vallière cacha sa tête dans ses mains en étouffant un sanglot. Le roi continua impitoyablement ; il se vengeait sur la pauvre victime de tout ce qu'il avait souffert.

– Supposons donc cette fable que je l'aime et que je l'aie distingué. Le roi est si naïf et si orgueilleux à la fois, qu'il me croira, et alors nous irons raconter cette naïveté du roi, et nous rirons.

– Oh ! s'écria La Vallière, penser cela, penser cela, c'est affreux !

– Et, poursuivit le roi, ce n'est pas tout : si ce prince orgueilleux vient à prendre au sérieux la plaisanterie, s'il a l'imprudence d'en témoigner publiquement quelque chose comme de la joie, eh bien ! devant toute la cour, le roi sera humilié ; or, ce sera, un jour, un récit charmant à faire à mon amant, une part de dot à apporter à mon mari, que cette aventure d'un roi joué par une malicieuse jeune fille.

– Sire ! s'écria La Vallière égarée, délirante, pas un mot de plus, je vous en supplie ; vous ne voyez donc pas que vous me tuez ?

– Oh ! raillerie, murmura le roi, qui commençait cependant à s'émouvoir.

La Vallière tomba à genoux, et cela si rudement, que ses genoux résonnèrent sur le parquet.

Puis, joignant les mains :

– Sire, dit-elle, je préfère la honte à la trahison.

– Que faites-vous ? demanda le roi, mais sans faire un mouvement pour relever la jeune fille.

– Sire, quand je vous aurai sacrifié mon honneur et ma raison, vous croirez peut-être à ma loyauté. Le récit qui vous a été fait chez Madame et par Madame est un mensonge ; ce que j'ai dit sous le grand chêne…

– Eh bien ?

– Cela seulement, c'était la vérité.

– Mademoiselle ! s'écria le roi.

– Sire, s'écria La Vallière entraînée par la violence de ses sensations, Sire, dussé-je mourir de honte à cette place où sont enracinés mes deux genoux, je vous le répéterai jusqu'à ce que la voix me manque : j'ai dit que je vous aimais… eh bien ! je vous aime !

– Vous ?

– Je vous aime, Sire, depuis le jour où je vous ai vu, depuis qu'à Blois, où je languissais, votre regard royal est tombé sur moi, lumineux et vivifiant ; je vous aime ! Sire. C'est un crime de lèse-majesté, je le sais, qu'une pauvre fille comme moi aime son roi et le lui dise. Punissez-moi de cette audace, méprisez-moi pour cette imprudence ; mais ne dites jamais, mais ne croyez jamais que je vous ai raillé, que je vous ai trahi. Je suis d'un sang fidèle à la royauté, Sire ; et j'aime… j'aime mon roi !… Oh ! je me meurs !

Et tout à coup, épuisée de force, de voix, d'haleine, elle tomba pliée en deux, pareille à cette fleur dont parle Virgile et qu'a touchée la faux du moissonneur.

Le roi, à ces mots, à cette véhémente supplique, n'avait gardé ni rancune, ni doute ; son cœur tout entier s'était ouvert au souffle ardent de cet amour qui parlait un si noble et si courageux langage.

Aussi, lorsqu'il entendit l'aveu passionné de cet amour, il faiblit, et voila son visage dans ses deux mains.

Mais, lorsqu'il sentit les mains de La Vallière cramponnées à ses mains, lorsque la tiède pression de l'amoureuse jeune fille eut gagné ses artères, il s'embrasa à son tour, et, saisissant La Vallière à bras-le-corps, il la releva et la serra contre son cœur.

Mais elle, mourante, laissant aller sa tête vacillante sur ses épaules, ne vivait plus.

Alors le roi, effrayé, appela de Saint-Aignan.

De Saint-Aignan, qui avait poussé la discrétion jusqu'à rester immobile dans son coin en feignant d'essuyer une larme, accourut à cet appel du roi.

Alors il aida Louis à faire asseoir la jeune fille sur un fauteuil, lui frappa dans les mains, lui répandit de l'eau de la reine de Hongrie en lui répétant :

– Mademoiselle, allons, mademoiselle, c'est fini, le roi vous croit, le roi vous pardonne. Eh ! là, là ! prenez garde, vous allez émouvoir trop violemment le roi, mademoiselle ; Sa Majesté est sensible, Sa Majesté a un cœur. Ah ! diable ! mademoiselle, faites-y attention, le roi est fort pâle.

En effet, le roi pâlissait visiblement.

Quant à La Vallière, elle ne bougeait pas.

– Mademoiselle ! mademoiselle ! en vérité, continuait de Saint-Aignan, revenez à vous, je vous en prie, je vous en supplie, il est temps ; songez à une chose, c'est que si le roi se trouvait mal, je serais obligé d'appeler son médecin. Ah ! quelle extrémité, mon Dieu ! Mademoiselle, chère mademoiselle, revenez à vous, faites un effort, vite, vite !

Il était difficile de déployer plus d'éloquence persuasive que ne le faisait Saint-Aignan ; mais quelque chose de plus énergique et de plus actif encore que cette éloquence réveilla La Vallière.

Le roi s'était agenouillé devant elle, et lui imprimait dans la paume de la main ces baisers brûlants qui sont aux mains ce que le baiser des lèvres est au visage. Elle revint enfin à elle, rouvrit languissamment les yeux, et, avec un mourant regard :

– Oh ! Sire, murmura-t-elle, Votre Majesté m'a donc pardonné ?

Le roi ne répondit pas… il était encore trop ému.

De Saint-Aignan crut devoir s'éloigner de nouveau… Il avait deviné la flamme qui jaillissait des yeux de Sa Majesté.

La Vallière se leva.

– Et maintenant, Sire, dit-elle avec courage, maintenant que je me suis justifiée, je l'espère du moins, aux yeux de Votre Majesté, accordez-moi de me retirer dans un couvent. J'y bénirai mon roi toute ma vie, et j'y mourrai en aimant Dieu, qui m'a fait un jour de bonheur.

– Non, non, répondit le roi, non, vous vivrez ici en bénissant Dieu, au contraire, mais en aimant Louis, qui vous fera toute une existence de félicité, Louis qui vous aime, Louis qui vous le jure !

– Oh ! Sire, Sire !…

Et sur ce doute de La Vallière, les baisers du roi devinrent si brûlants, que de Saint-Aignan crut qu'il était de son devoir de passer de l'autre côté de la tapisserie.

Mais ces baisers, qu'elle n'avait pas eu la force de repousser d'abord, commencèrent à brûler la jeune fille.

– Oh ! Sire, s'écria-t-elle alors, ne me faites pas repentir d'avoir été si loyale, car ce serait me prouver que Votre Majesté me méprise encore.

– Mademoiselle, dit soudain le roi en se reculant plein de respect, je n'aime et n'honore rien au monde plus que vous, et rien à ma cour ne sera, j'en jure Dieu, aussi estimé que vous ne le serez désormais ; je vous demande donc pardon de mon emportement, mademoiselle, il venait d'un excès d'amour ; mais je puis vous prouver que j'aimerai encore davantage, en vous respectant autant que vous pourrez le désirer.

Puis, s'inclinant devant elle et lui prenant la main :

– Mademoiselle, lui dit-il, voulez-vous me faire cet honneur d'agréer le baiser que je dépose sur votre main ?

Et la lèvre du roi se posa respectueuse et légère sur la main frissonnante de la jeune fille.

– Désormais, ajouta Louis en se relevant et en couvrant La Vallière de son regard, désormais vous êtes sous ma protection. Ne parlez à personne du mal que je vous ai fait, pardonnez aux autres celui qu'ils ont pu vous faire. À l'avenir, vous serez tellement au-dessus de ceux-là, que, loin de vous inspirer de la crainte, ils ne vous feront plus même pitié.

Et il salua religieusement comme au sortir d'un temple.

Puis, appelant de Saint-Aignan, qui s'approcha tout humble :

– Comte, dit-il, j'espère que Mademoiselle voudra bien vous accorder un peu de son amitié en retour de celle que je lui ai vouée à jamais.

De Saint-Aignan fléchit le genou devant La Vallière.

– Quelle joie pour moi, murmura-t-il, si Mademoiselle me fait un pareil honneur !

25

– Je vais vous renvoyer votre compagne, dit le roi. Adieu, mademoiselle, ou plutôt au revoir : faites-moi la grâce de ne pas m'oublier dans votre prière.

– Oh ! Sire, dit La Vallière, soyez tranquille : vous êtes avec Dieu dans mon cœur.

Ce dernier mot enivra le roi, qui, tout joyeux, entraîna de Saint-Aignan par les degrés.

Madame n'avait pas prévu ce dénouement-là : ni naïade ni dryade n'en avaient parlé.

Chapitre CXXXIV – Le nouveau général des jésuites

Tandis que La Vallière et le roi confondaient dans leur premier aveu tous les chagrins du passé, tout le bonheur du présent, toutes les espérances de l'avenir, Fouquet, rentré chez lui, c'est-à-dire dans l'appartement qui lui avait été départi au château, Fouquet s'entretenait avec Aramis, justement de tout ce que le roi négligeait en ce moment.

– Vous me direz, commença Fouquet, lorsqu'il eut installé son hôte dans un fauteuil et pris place lui-même à ses côtés, vous me direz, monsieur d'Herblay, où nous en sommes maintenant de l'affaire de Belle-Île, et si vous en avez reçu quelques nouvelles.

– Monsieur le surintendant, répondit Aramis, tout va de ce côté comme nous le désirons ; les dépenses ont été soldées, rien n'a transpiré de nos desseins.

– Mais les garnisons que le roi voulait y mettre ?

– J'ai reçu ce matin la nouvelle qu'elles y étaient arrivées depuis quinze jours.

– Et on les a traitées ?

– À merveille.

– Mais l'ancienne garnison, qu'est-elle devenue ?

– Elle a repris terre à Sarzeau, et on l'a immédiatement dirigée sur Quimper.

– Et les nouveaux garnisaires ?

– Sont à nous à cette heure.

– Vous êtes sûr de ce que vous dites, mon cher monsieur de Vannes ?

– Sûr, et vous allez voir, d'ailleurs, comment les choses se sont passées.

– Mais de toutes les garnisons, vous savez cela, Belle-Île est justement la plus mauvaise.

– Je sais cela et j'agis en conséquence ; pas d'espace, pas de communications, pas de femmes, pas de jeu ; or, aujourd'hui, c'est grande pitié, ajouta Aramis avec un de ces sourires qui n'appartenaient qu'à lui, de voir combien les jeunes gens cherchent à se divertir, et combien, en conséquence, ils inclinent vers celui qui paie les divertissements.

– Mais s'ils s'amusent à Belle-Île ?

– S'ils s'amusent de par le roi, ils aimeront le roi ; mais s'ils s'ennuient de par le roi et s'amusent de par M. Fouquet, ils aimeront M. Fouquet.

– Et vous avez prévenu mon intendant, afin qu'aussitôt leur arrivée…

– Non pas : on les a laissés huit jours s'ennuyer tout à leur aise ; mais, au bout de huit jours, ils ont réclamé, disant que les derniers officiers s'amusaient plus qu'eux. On leur a répondu alors que les anciens officiers avaient su se faire un ami de M. Fouquet, et que M. Fouquet, les connaissant pour des amis, leur avait dès lors voulu assez de bien pour qu'ils ne s'ennuyassent point sur ses terres. Alors ils ont réfléchi. Mais aussitôt l'intendant a ajouté que, sans préjuger les ordres de M. Fouquet, il connaissait assez son maître pour savoir que tout gentilhomme au service du roi l'intéressait, et qu'il ferait, bien qu'il ne connût pas les nouveaux venus, autant pour eux qu'il avait fait pour les autres.

– À merveille ! Et, là-dessus, les effets ont suivi les promesses, j'espère ? Je désire, vous le savez, qu'on ne promette jamais en mon nom sans tenir.

– Là-dessus, on a mis à la disposition des officiers nos deux corsaires et vos chevaux ; on leur a donné les clefs de la maison principale ; en sorte qu'ils y font des parties de chasse et des promenades avec ce qu'ils trouvent de dames à Belle-Île, et ce qu'ils ont pu en recruter ne craignant pas le mal de mer dans les environs.

– Et il y en a bon nombre à Sarzeau et à Vannes, n'est-ce pas, Votre Grandeur ?

– Oh ! sur toute la côte, répondit tranquillement Aramis.

– Maintenant, pour les soldats ?

– Tout est relatif, vous comprenez ; pour les soldats, du vin, des vivres excellents et une haute paie.

– Très bien ; en sorte ?...

– En sorte que nous pouvons compter sur cette garnison, qui est déjà meilleure que l'autre.

– Bien.

– Il en résulte que, si Dieu consent à ce que l'on nous renouvelle ainsi les garnisaires seulement tous les deux mois, au bout de trois ans l'armée y aura passé, si bien qu'au lieu d'avoir un régiment pour nous, nous aurons cinquante mille hommes.

– Oui, je savais bien, dit Fouquet, que nul autant que vous, monsieur d'Herblay, n'était un ami précieux, impayable ; mais dans tout cela, ajouta – t-il en riant, nous oublions notre ami du Vallon : que devient-il ? Pendant ces trois jours que j'ai passés à Saint-Mandé, j'ai tout oublié, je l'avoue.

– Oh ! je ne l'oublie pas, moi, reprit Aramis. Porthos est à Saint-Mandé, graissé sur toutes les articulations, choyé en nourriture, soigné en vins ; je lui ai fait donner la promenade du petit parc, promenade que vous vous êtes réservée pour vous seul ; il en use. Il recommence à marcher ; il exerce sa force en courbant de jeunes ormes ou en faisant éclater de vieux chênes, comme faisait Milon de Crotone, et comme il n'y a pas de lions dans le parc, il est probable que nous le retrouverons entier. C'est un brave que notre Porthos.

– Oui ; mais, en attendant, il va s'ennuyer.

– Oh ! jamais.

– Il va questionner ?

– Il ne voit personne.

– Mais, enfin, il attend ou espère quelque chose ?

– Je lui ai donné un espoir que nous réaliserons quelque matin, et il vit là dessus.

– Lequel ?

– Celui d'être présenté au roi.

– Oh ! oh ! en quelle qualité ?

– D'ingénieur de Belle-Île, pardieu !

– Est-ce possible ?

– C'est vrai.

– Certainement ; maintenant ne serait-il point nécessaire qu'il retournât à Belle-Île ?

– Indispensable ; je songe même à l'y envoyer le plus tôt possible. Porthos a beaucoup de représentation ; c'est un homme dont d'Artagnan, Athos et moi connaissons seuls le faible. Porthos ne se livre jamais ; il est plein de dignité ; devant les officiers, il fera l'effet d'un paladin du temps des croisades. Il grisera l'état-major sans se griser, et sera pour tout le monde un objet d'admiration et de sympathie ; puis, s'il arrivait que nous eussions un ordre à faire exécuter, Porthos est une consigne vivante, et il faudra toujours en passer par où il voudra.

– Donc, renvoyez-le.

– Aussi est-ce mon dessein, mais dans quelques jours seulement, car il faut que je vous dise une chose.

– Laquelle ?

– C'est que je me défie de d'Artagnan. Il n'est pas à Fontainebleau comme vous l'avez pu remarquer, et d'Artagnan n'est jamais absent ou oisif impunément. Aussi maintenant que mes affaires sont faites, je vais tâcher de savoir quelles sont les affaires que fait d'Artagnan.

– Vos affaires sont faites, dites-vous ?

– Oui.

– Vous êtes bien heureux, en ce cas, et j'en voudrais pouvoir dire autant.

– J'espère que vous ne vous inquiétez plus ?

– Hum !

– Le roi vous reçoit à merveille.

– Oui.

– Et Colbert vous laisse en repos ?

– À peu près.

– En ce cas, dit Aramis avec cette suite d'idées qui faisait sa force, en ce cas, nous pouvons donc songer à ce que je vous disais hier à propos de la petite ?

– Quelle petite ?

– Vous avez déjà oublié ?

– Oui.

– À propos de La Vallière ?

– Ah ! c'est juste.

– Vous répugne-t-il donc de gagner cette fille ?

– Sur un seul point.

– Lequel ?

– C'est que le cœur est intéressé autre part, et que je ne ressens absolument rien pour cette enfant.

– Oh ! oh ! dit Aramis ; occupé par le cœur, avez-vous dit ?

– Oui.

– Diable ! il faut prendre garde à cela.

– Pourquoi ?

– Parce qu'il serait terrible d'être occupé par le cœur quand, ainsi que vous, on a tant besoin de sa tête.

– Vous avez raison. Aussi, vous le voyez, à votre premier appel j'ai tout quitté. Mais revenons à la petite. Quelle utilité voyez-vous à ce que je m'occupe d'elle ?

– Le voici. Le roi, dit-on, a un caprice pour cette petite, à ce que l'on croit du moins.

– Et vous qui savez tout, vous savez autre chose ?

– Je sais que le roi a changé bien rapidement ; qu'avant-hier le roi était tout feu pour Madame ; qu'il y a déjà quelques jours, Monsieur s'est plaint de ce feu à la reine mère ; qu'il y a eu des brouilles conjugales, des gronderies maternelles.

– Comment savez-vous tout cela ?

– Je le sais, enfin.

– Eh bien ?

– Eh bien ! à la suite de ces brouilles et de ces gronderies, le roi n'a plus adressé la parole, n'a plus fait attention à Son Altesse Royale.

– Après ?

– Après, il s'est occupé de Mlle de La Vallière. Mlle de La Vallière est fille d'honneur de Madame. Savez-vous ce qu'en amour on appelle un chaperon ?

– Sans doute.

– Eh bien ! Mlle de La Vallière est le chaperon de Madame. Profitez de cette position. Vous n'avez pas besoin de cela. Mais enfin, l'amour-propre blessé rendra la conquête plus facile ; la petite aura le secret du roi et de Madame. Vous ne savez pas ce qu'un homme intelligent fait avec un secret.

– Mais comment arriver à elle ?

– Vous me demandez cela ? fit Aramis.

– Sans doute, je n'aurai pas le temps de m'occuper d'elle.

– Elle est pauvre, elle est humble, vous lui créerez une position : soit qu'elle subjugue le roi comme maîtresse, soit qu'elle ne se rapproche de lui que comme confidente, vous aurez fait une nouvelle adepte.

– C'est bien, dit Fouquet. Que ferons-nous à l'égard de cette petite ?

– Quand vous avez désiré une femme, qu'avez-vous fait, monsieur le surintendant ?

– Je lui ai écrit. J'ai fait mes protestations d'amour. J'y ai ajouté mes offres de service, et j'ai signé Fouquet.

– Et nulle n'a résisté ?

– Une seule, dit Fouquet. Mais il y a quatre jours qu'elle a cédé comme les autres.

– Voulez-vous prendre la peine d'écrire ? dit Aramis à Fouquet en lui présentant une plume.

Fouquet la prit.

– Dictez, dit-il. J'ai tellement la tête occupée ailleurs, que je ne saurais trouver deux lignes.

– Soit, fit Aramis. Écrivez.

Et il dicta :

« Mademoiselle, je vous ai vue, et vous ne serez point étonnée que je vous aie trouvée belle.

Mais vous ne pouvez, faute d'une position digne de vous, que végéter à la Cour.

L'amour d'un honnête homme, au cas où vous auriez quelque ambition, pourrait servir d'auxiliaire à votre esprit et à vos charmes.

Je mets mon amour à vos pieds ; mais, comme un amour, si humble et si discret qu'il soit, peut compromettre l'objet de son culte, il ne sied pas qu'une personne de votre mérite risque d'être compromise sans résultat sur son avenir.

Si vous daignez répondre à mon amour, mon amour vous prouvera sa reconnaissance en vous faisant à tout jamais libre et indépendante. »

Après avoir écrit, Fouquet regarda Aramis.

– Signez, dit celui-ci.

– Est-ce bien nécessaire ?

– Votre signature au bas de cette lettre vaut un million ; vous oubliez cela, mon cher surintendant.

Fouquet signa.

– Maintenant, par qui enverrez-vous la lettre ? demanda Aramis.

– Mais par un valet excellent.

– Dont vous êtes sûr ?

– C'est mon grison ordinaire.

– Très bien.

– Au reste, nous jouons, de ce côté-là, un jeu qui n'est pas lourd.

– Comment cela ?

– Si ce que vous dites est vrai des complaisances de la petite pour le roi et pour Madame, le roi lui donnera tout l'argent qu'elle peut désirer.

– Le roi a donc de l'argent ? demanda Aramis.

– Dame ! il faut croire, il n'en demande plus.

– Oh ! il en redemandera, soyez tranquille.

– Il y a même plus, j'eusse cru qu'il me parlerait de cette fête de Vaux.

– Eh bien ?

– Il n'en a point parlé.

– Il en parlera.

– Oh ! vous croyez le roi bien cruel, mon cher d'Herblay.

– Pas lui.

– Il est jeune ; donc, il est bon.

– Il est jeune ; donc, il est faible ou passionné ; et M. Colbert tient dans sa vilaine main sa faiblesse ou ses passions.

– Vous voyez bien que vous le craignez.

– Je ne le nie pas.

– Alors, je suis perdu.

– Comment cela ?

– Je n'étais fort auprès du roi que par l'argent.

– Après ?

– Et je suis ruiné.

– Non.

– Comment, non ? Savez-vous mes affaires mieux que moi ?

– Peut-être.

– Et cependant s'il demande cette fête ?

– Vous la donnerez.

– Mais l'argent ?

– En avez-vous jamais manqué ?

– Oh ! si vous saviez à quel prix je me suis procuré le dernier.

– Le prochain ne vous coûtera rien.

– Qui donc me le donnera ?

– Moi.

– Vous me donnerez six millions ?

– Oui.

– Vous, six millions ?

– Dix, s'il le faut.

– En vérité, mon cher d'Herblay, dit Fouquet, votre confiance m'épouvante plus que la colère du roi.

– Bah !

– Qui donc êtes-vous ?

– Vous me connaissez, ce me semble.

– Je me trompe ; alors, que voulez-vous ?

– Je veux sur le trône de France un roi qui soit dévoué à M. Fouquet, et je veux que M. Fouquet me soit dévoué.

– Oh ! s'écria Fouquet en lui serrant la main, quant à vous appartenir, je vous appartiens bien ; mais, croyez-le bien, mon cher d'Herblay, vous vous faites illusion.

– En quoi ?

– Jamais le roi ne me sera dévoué.

– Je ne vous ai pas dit que le roi vous serait dévoué, ce me semble.

– Mais si, au contraire, vous venez de le dire.

– Je n'ai pas dit le roi. J'ai dit un roi.

– N'est-ce pas tout un ?

– Au contraire, c'est fort différent.

– Je ne comprends pas.

– Vous allez comprendre. Supposez que ce roi soit un autre homme que Louis XIV.

– Un autre homme ?

– Oui, qui tienne tout de vous.

– Impossible !

– Même son trône.

– Oh ! vous êtes fou ! Il n'y a pas d'autre homme que le roi Louis XIV qui puisse s'asseoir sur le trône de France, je n'en vois pas, pas un seul.

– J'en vois un, moi.

– À moins que ce ne soit Monsieur, dit Fouquet en regardant Aramis avec inquiétude… Mais Monsieur…

– Ce n'est pas Monsieur.

– Mais comment voulez-vous qu'un prince qui ne soit pas de la race, comment voulez-vous qu'un prince qui n'aura aucun droit…

– Mon roi à moi, ou plutôt votre roi à vous, sera tout ce qu'il faut qu'il soit, soyez tranquille.

– Prenez garde, prenez garde, monsieur d'Herblay, vous me donnez le frisson, vous me donnez le vertige.

Aramis sourit.

– Vous avez le frisson et le vertige à peu de frais, répliqua-t-il.

– Oh ! encore une fois, vous m'épouvantez.

Aramis sourit.

– Vous riez ? demanda Fouquet.

– Et, le jour venu, vous rirez comme moi ; seulement, je dois maintenant être seul à rire.

– Mais expliquez-vous.

– Au jour venu, je m'expliquerai, ne craignez rien. Vous n'êtes pas plus saint Pierre que je ne suis Jésus, et je vous dirai pourtant : « Homme de peu de foi, pourquoi doutez-vous ? »

– Eh ! mon Dieu ! je doute… je doute, parce que je ne vois pas.

– C'est qu'alors vous êtes aveugle : je ne vous traiterai donc plus en saint Pierre, mais en saint Paul, et je vous dirai : « Un jour viendra où tes yeux s'ouvriront. »

– Oh ! dit Fouquet que je voudrais croire !

– Vous ne croyez pas ! vous à qui j'ai fait dix fois traverser l'abîme où seul vous vous fussiez engouffré ; vous ne croyez pas, vous qui de procureur général êtes monté au rang d'intendant, du rang d'intendant au rang de premier ministre, et qui du rang de premier ministre passerez à celui de maire du palais. Mais, non, dit-il avec son éternel sourire... Non, non, vous ne pouvez voir, et, par conséquent vous ne pouvez croire cela.

Et Aramis se leva pour se retirer.

– Un dernier mot, dit Fouquet, vous ne m'avez jamais parlé ainsi, vous ne vous êtes jamais montré si confiant, ou plutôt si téméraire.

– Parce que, pour parler haut, il faut avoir la voix libre.

– Vous l'avez donc ?

– Oui.

– Depuis peu de temps alors ?

– Depuis hier.

– Oh ! monsieur d'Herblay, prenez garde, vous poussez la sécurité jusqu'à l'audace.

– Parce que l'on peut être audacieux quand on est puissant.

– Vous êtes puissant ?

– Je vous ai offert dix millions, je vous les offre encore.

Fouquet se leva troublé à son tour.

– Voyons, dit-il, voyons : vous avez parlé de renverser des rois, de les remplacer par d'autres rois. Dieu me pardonne ! mais voilà, si je ne suis fou, ce que vous avez dit tout à l'heure.

– Vous n'êtes pas fou, et j'ai véritablement dit cela tout à l'heure.

– Et pourquoi l'avez-vous dit ?

– Parce que l'on peut parler ainsi de trônes renversés et de rois créés, quand on est soi-même au-dessus des rois et des trônes… de ce monde.

– Alors vous êtes tout-puissant ? s'écria Fouquet.

– Je vous l'ai dit et je vous le répète, répondit Aramis l'œil brillant et la lèvre frémissante.

Fouquet se rejeta sur son fauteuil et laissa tomber sa tête dans ses mains.

Aramis le regarda un instant comme eût fait l'ange des destinées humaines à l'égard d'un simple mortel.

– Adieu, lui dit-il, dormez tranquille, et envoyez votre lettre à La Vallière. Demain, nous nous reverrons, n'est-ce pas ?

– Oui, demain, dit Fouquet en secouant la tête comme un homme qui revient à lui ; mais où cela nous reverrons-nous ?

– À la promenade du roi, si vous voulez.

– Fort bien.

Et   ils   se   séparèrent.

Chapitre CXXXV – L'orage

Le lendemain, le jour s'était levé sombre et blafard, et, comme chacun savait la promenade arrêtée dans le programme royal, le regard de chacun, en ouvrant les yeux, se porta sur le ciel.

Au haut des arbres stationnait une vapeur épaisse et ardente qui avait à peine eu la force de s'élever à trente pieds de terre sous les rayons d'un soleil qu'on n'apercevait qu'à travers le voile d'un lourd et épais nuage.

Ce matin-là, pas de rosée. Les gazons étaient restés secs, les fleurs altérées. Les oiseaux chantaient avec plus de réserve qu'à l'ordinaire dans le feuillage immobile comme s'il était mort. Les murmures étranges, confus, pleins de vie, qui semblent naître et exister par le soleil, cette respiration de la nature qui parle incessant au milieu de tous les autres bruits, ne se faisait pas entendre : le silence n'avait jamais été si grand.

Cette tristesse du ciel frappa les yeux du roi lorsqu'il se mit à la fenêtre à son lever.

Mais, comme tous les ordres étaient donnés pour la promenade, comme tous les préparatifs étaient faits, comme, chose bien plus péremptoire, Louis comptait sur cette promenade pour répondre aux promesses de son imagination, et, nous pouvons même déjà le dire, aux besoins de son cœur, le roi décida sans hésitation que l'état du ciel n'avait rien à faire dans tout cela, que la promenade était décidée et que, quelque temps qu'il fît, la promenade aurait lieu.

Au reste, il y a dans certains règnes terrestres privilégiés du ciel des heures où l'on croirait que la volonté du roi terrestre a son influence sur la volonté divine. Auguste avait Virgile pour lui dire : *Nocte placet tota redeunt spectacula mane*. Louis XIV avait Boileau, qui devait lui dire bien autre chose, et Dieu, qui se devait montrer presque aussi complaisant pour lui que Jupiter l'avait été pour Auguste.

Louis entendit la messe comme à son ordinaire, mais il faut l'avouer, quelque peu distrait de la présence du Créateur par le souvenir de la créature. Il s'occupa durant l'office à calculer plus d'une fois le nombre des minutes, puis des secondes qui le séparaient du bienheureux moment où la promenade allait commencer, c'est-à-dire du moment où Madame se mettrait en chemin avec ses filles d'honneur.

Au reste, il va sans dire que tout le monde au château ignorait l'entrevue qui avait eu lieu la veille entre La Vallière et le roi. Montalais peut-être, avec son bavardage habituel, l'eût répandue ; mais Montalais, dans cette circonstance, était corrigée par Malicorne, lequel lui avait mis aux lèvres le cadenas de l'intérêt commun.

Quant à Louis XIV, il était si heureux, qu'il avait pardonné, ou à peu près, à Madame, sa petite méchanceté de la veille. En effet, il avait plutôt à s'en louer qu'à s'en plaindre. Sans cette méchanceté, il ne recevait pas la lettre de La Vallière ; sans cette lettre, il n'y avait pas d'audience, et sans cette audience il demeurait dans l'indécision. Il entrait donc trop de félicité dans son cœur pour que la rancune pût y tenir, en ce moment du moins.

Donc, au lieu de froncer le sourcil en apercevant sa belle-sœur, Louis se promit de lui montrer encore plus d'amitié et de gracieux accueil que l'ordinaire.

C'était à une condition cependant, à la condition qu'elle serait prête de bonne heure.

Voilà les choses auxquelles Louis pensait durant la messe, et qui, il faut le dire, lui faisaient pendant le saint exercice oublier celles auxquelles il eût dû songer en sa qualité de roi très chrétien et de fils aîné de l'Église.

Cependant Dieu est si bon pour les jeunes cœurs, tout ce qui est amour, même amour coupable, trouve si facilement grâce à ses regards paternels, qu'au sortir de la messe, Louis, en levant ses yeux au ciel, put voir à travers les déchirures d'un nuage un coin de ce tapis d'azur que foule le pied du Seigneur.

Il rentra au château, et, comme la promenade était indiquée pour midi seulement et qu'il n'était que dix heures, il se mit à travailler d'acharnement avec Colbert et Lyonne.

Mais, comme, tout en travaillant, Louis allait de la table à la fenêtre, attendu que cette fenêtre donnait sur le pavillon de Madame, il put voir dans la cour M. Fouquet, dont les courtisans, depuis sa faveur de la veille, faisaient plus de cas que jamais, qui venait, de son côté, d'un air affable et tout à fait heureux, faire sa cour au roi.

Instinctivement, en voyant Fouquet, le roi se retourna vers Colbert.

Colbert souriait et paraissait lui-même plein d'aménité et de jubilation. Ce bonheur lui était venu depuis qu'un de ses secrétaires était entré et lui avait remis un portefeuille que, sans l'ouvrir, Colbert avait introduit dans la vaste poche de son haut-de-chausses.

Mais, comme il y avait toujours quelque chose de sinistre au fond de la joie de Colbert, Louis opta, entre les deux sourires, pour celui de Fouquet.

Il fit signe au surintendant de monter ; puis, se retournant vers Lyonne et Colbert :

– Achevez, dit-il, ce travail, posez-le sur mon bureau, je le lirai à tête reposée.

Et il sortit.

Au signe du roi, Fouquet s'était hâté de monter. Quant à Aramis, qui accompagnait le surintendant, il

41

s'était gravement replié au milieu du groupe de courtisans vulgaires, et s'y était perdu sans même avoir été remarqué par le roi.

Le roi et Fouquet se rencontrèrent en haut de l'escalier.

– Sire, dit Fouquet en voyant le gracieux accueil que lui préparait Louis, Sire, depuis quelques jours Votre Majesté me comble. Ce n'est plus un jeune roi, c'est un jeune dieu qui règne sur la France, le dieu du plaisir du bonheur et de l'amour.

Le roi rougit. Pour être flatteur, le compliment n'en était pas moins un peu direct.

Le roi conduisit Fouquet dans un petit salon qui séparait son cabinet de travail de sa chambre à coucher.

– Savez-vous bien pourquoi je vous appelle ? dit le roi en s'asseyant sur le bord de la croisée, de façon à ne rien perdre de ce qui se passerait dans les parterres sur lesquels donnait la seconde entrée du pavillon de Madame.

– Non, Sire... mais c'est pour quelque chose d'heureux, j'en suis certain, d'après le gracieux sourire de Votre Majesté.

– Ah ! vous préjugez ?

– Non, Sire, je regarde et je vois.

– Alors, vous vous trompez.

– Moi, Sire ?

– Car je vous appelle, au contraire, pour vous faire une querelle.

– À moi, Sire ?

– Oui, et des plus sérieuses.

– En vérité, Votre Majesté m'effraie... et cependant j'attends, plein de confiance dans sa justice et dans sa bonté.

– Que me dit-on, monsieur Fouquet, que vous préparez une grande fête à Vaux ?

Fouquet sourit comme fait le malade au premier frisson d'une fièvre oubliée et qui revient.

– Et vous ne m'invitez pas ? continua le roi.

– Sire, répondit Fouquet, je ne songeais pas à cette fête, et c'est hier au soir seulement qu'un de mes amis, Fouquet appuya sur le mot, a bien voulu m'y faire songer.

– Mais hier au soir je vous ai vu et vous ne m'avez parlé de rien, monsieur Fouquet.

– Sire, comment espérer que Votre Majesté descendrait à ce point des hautes régions où elle vit jusqu'à honorer ma demeure de sa présence royale ?

– Excusez, monsieur Fouquet ; vous ne m'avez point parlé de votre fête.

– Je n'ai point parlé de cette fête, je le répète, au roi d'abord parce que rien n'était décidé à l'égard de cette fête, ensuite parce que je craignais un refus.

– Et quelle chose vous faisait craindre ce refus, monsieur Fouquet ? Prenez garde, je suis décidé à vous pousser à bout.

– Sire, le profond désir que j'avais de voir le roi agréer mon invitation.

– Eh bien ! monsieur Fouquet, rien de plus facile, je le vois, que de nous entendre. Vous avez le désir de m'inviter à votre fête, j'ai le désir d'y aller ; invitez-moi, et j'irai.

– Quoi ! Votre Majesté daignerait accepter ? murmura le surintendant.

– En vérité, monsieur, dit le roi en riant, je crois que je fais plus qu'accepter ; je crois que je m'invite moi-même.

– Votre Majesté me comble d'honneur et de joie ! s'écria Fouquet ; mais je vais être forcé de répéter ce que M. de La Vieuville disait à votre aïeul Henri IV : *Domine, non sum dignus.*

– Ma réponse à ceci, monsieur Fouquet, c'est que, si vous donnez une fête, invité ou non, j'irai à votre fête.

– Oh ! merci, merci, mon roi ! dit Fouquet en relevant la tête sous cette faveur, qui, dans son esprit, était sa ruine. Mais comment Votre Majesté a-t elle été prévenue ?

– Par le bruit public, monsieur Fouquet, qui dit des merveilles de vous et des miracles de votre maison. Cela vous rendra-t-il fier, monsieur Fouquet, que le roi soit jaloux de vous ?

– Cela me rendra le plus heureux homme du monde, Sire, puisque le jour où le roi sera jaloux de Vaux, j'aurai quelque chose de digne à offrir à mon roi.

– Eh bien ! monsieur Fouquet, préparez votre fête, et ouvrez à deux battants les portes de votre maison.

– Et vous, Sire, dit Fouquet, fixez le jour.

– D'aujourd'hui en un mois.

– Sire, Votre Majesté n'a-t-elle rien autre chose à désirer ?

– Rien, monsieur le surintendant, sinon, d'ici là, de vous avoir près de moi le plus qu'il vous sera possible.

– Sire, j'ai l'honneur d'être de la promenade de Votre Majesté.

– Très bien ; je sors en effet, monsieur Fouquet, et voici ces dames qui vont au rendez-vous.

Le roi, à ces mots, avec toute l'ardeur, non seulement d'un jeune homme, mais d'un jeune homme amoureux se retira de la fenêtre pour prendre ses gants et sa canne que lui tendait son valet de chambre.

On entendait en dehors le piétinement des chevaux et le roulement des roues sur le sable de la cour.

Le roi descendit. Au moment où il apparut sur le perron, chacun s'arrêta. Le roi marcha droit à la jeune reine. Quant à la reine mère, toujours souffrante de plus en plus de la maladie dont elle était atteinte, elle n'avait pas voulu sortir.

Marie-Thérèse monta en carrosse avec Madame, et demanda au roi de quel côté il désirait que la promenade fût dirigée.

Le roi, qui venait de voir La Vallière, toute pâle encore des événements de la veille, monter dans une calèche avec trois de ses compagnes, répondit à la reine qu'il n'avait point de préférence, et qu'il serait bien partout où elle serait.

La reine commanda alors que les piqueurs tournassent vers Apremont.

Les piqueurs partirent en avant.

Le roi monta à cheval. Il suivit pendant quelques minutes la voiture de la reine et de Madame en se tenant à la portière.

Le temps s'était à peu près éclairci ; cependant une espèce de voile poussiéreux, semblable à une gaze salie, s'étendait sur toute la surface du ciel ; le soleil faisait reluire des atomes micacés dans le périple de ses rayons.

La chaleur était étouffante.

Mais, comme le roi ne paraissait pas faire attention à l'état du ciel, nul ne parut s'en inquiéter, et la promenade, selon l'ordre qui en avait été donné par la reine, fut dirigée vers Apremont.

La troupe des courtisans était bruyante et joyeuse, on voyait que chacun tendait à oublier et à faire oublier aux autres les aigres discussions de la veille.

Madame, surtout, était charmante.

En effet, Madame voyait le roi à sa portière, et, comme elle ne supposait pas qu'il fût là pour la reine, elle espérait que son prince lui était revenu.

Mais, au bout d'un quart de lieue à peu près fait sur la route, le roi, après un gracieux sourire, salua et tourna bride, laissant filer le carrosse de la reine, puis celui des premières dames d'honneur, puis tous les autres successivement qui, le voyant s'arrêter, voulaient s'arrêter à leur tour.

Mais le roi leur faisait signe de la main qu'ils eussent à continuer leur chemin.

Lorsque passa le carrosse de La Vallière, le roi s'en approcha.

Le roi salua les dames et se disposait à suivre le carrosse des filles d'honneur de la reine comme il avait suivi celui de Madame, lorsque la file des carrosses s'arrêta tout à coup.

Sans doute la reine, inquiète de l'éloignement du roi, venait de donner l'ordre d'accomplir cette évolution.

On se rappelle que la direction de la promenade lui avait été accordée.

Le roi lui fit demander quel était son désir en arrêtant les voitures.

– De marcher à pied, répondit-elle.

Sans doute espérait-elle que le roi, qui suivait à cheval le carrosse des filles d'honneur, n'oserait à pied suivre les filles d'honneur elles-mêmes.

On était au milieu de la forêt.

La promenade, en effet, s'annonçait belle, belle surtout pour des rêveurs ou des amants.

Trois belles allées, longues, ombreuses et accidentées, partaient du petit carrefour où l'on venait de faire halte.

Ces allées, vertes de mousse, dentelées de feuillage ayant chacune un petit horizon d'un pied de ciel entrevu sous l'entrelacement des arbres, voilà quel était l'aspect des localités.

Au fond de ces allées passaient et repassaient, avec des signes manifestes d'inquiétude, les chevreuils effarés, qui, après s'être arrêtés un instant au milieu du chemin et avoir relevé la tête, fuyaient comme des flèches, rentrant d'un seul bond dans l'épaisseur des bois, où ils disparaissaient, tandis que, de temps en temps, un lapin philosophe, debout sur son derrière, se grattait le museau avec les pattes de devant et interrogeait l'air pour reconnaître si tous ces gens qui s'approchaient et qui venaient troubler ainsi ses méditations, ses repas et ses amours, n'étaient pas suivis par quelque chien à jambes torses ou ne portaient point quelque fusil sous le bras.

Toute la compagnie, au reste, était descendue de carrosse en voyant descendre la reine.

Marie-Thérèse prit le bras d'une de ses dames d'honneur, et, après un oblique coup d'œil donné au roi, qui ne parut point s'apercevoir qu'il fût le moins du monde l'objet de l'attention de la reine, elle s'enfonça dans la forêt par le premier sentier qui s'ouvrit devant elle.

Deux piqueurs marchaient devant Sa Majesté avec des cannes dont ils se servaient pour relever les branches ou écarter les ronces qui pouvaient embarrasser le chemin.

En mettant pied à terre, Madame trouva à ses côtés M. de Guiche, qui s'inclina devant elle et se mit à sa disposition.

Monsieur, enchanté de son bain de la surveille, avait déclaré qu'il optait pour la rivière, et, tout en donnant congé à de Guiche, il était resté au château avec le chevalier de Lorraine et Manicamp.

Il n'éprouvait plus ombre de jalousie.

On l'avait donc cherché inutilement dans le cortège ; mais comme Monsieur était un prince fort personnel, qui concourait d'habitude fort médiocrement au plaisir général, son absence avait été plutôt un sujet de satisfaction que de regret.

Chacun avait suivi l'exemple donné par la reine et par Madame, s'accommodant à sa guise selon le hasard ou selon son goût.

Le roi, nous l'avons dit, était demeuré près de La Vallière, et, descendant de cheval au moment où l'on ouvrait la portière du carrosse, il lui avait offert la main.

Aussitôt Montalais et Tonnay-Charente s'étaient éloignées, la première par calcul, la seconde par discrétion.

Seulement, il y avait cette différence entre elles deux que l'une s'éloignait dans le désir d'être agréable au roi et l'autre dans celui de lui être désagréable.

Pendant la dernière demi-heure, le temps, lui aussi, avait pris ses dispositions : tout ce voile, comme poussé par un vent de chaleur, s'était massé à l'occident ; puis repoussé par un courant contraire, s'avançait lentement, lourdement.

On sentait s'approcher l'orage ; mais, comme le roi ne le voyait pas, personne ne se croyait le droit de le voir.

La promenade fut donc continuée ; quelques esprits inquiets levaient de temps en temps les yeux au ciel.

D'autres, plus timides encore, se promenaient sans s'écarter des voitures, où ils comptaient aller chercher un abri en cas d'orage.

Mais la plus grande partie du cortège, en voyant le roi entrer bravement dans le bois avec La Vallière, la plus grande partie du cortège, disons-nous, suivit le roi.

Ce que voyant, le roi prit la main de La Vallière et l'entraîna dans une allée latérale, où cette fois personne n'osa le suivre.

48

Chapitre CXXXVI – La pluie

En ce moment, dans la direction même que venaient de prendre le roi et La Vallière seulement, marchant sous bois au lieu de suivre l'allée, deux hommes avançaient fort insoucieux de l'état du ciel.

Ils tenaient leurs têtes inclinées comme des gens qui pensent à de graves intérêts.

Ils n'avaient vu ni de Guiche, ni Madame, ni le roi, ni La Vallière.

Tout à coup quelque chose passa dans l'air comme une bouffée de flammes suivies d'un grondement sourd et lointain.

– Ah ! dit l'un des deux en relevant la tête, voici l'orage. Regagnons-nous les carrosses, mon cher d'Herblay ?

Aramis leva les yeux en l'air et interrogea le temps.

– Oh ! dit-il, rien ne presse encore.

Puis, reprenant la conversation où il l'avait sans doute laissée :

– Vous dites donc que la lettre que nous avons écrite hier au soir doit être à cette heure parvenue à destination ?

– Je dis qu'elle l'est certainement.

– Par qui l'avez-vous fait remettre ?

– Par mon grison, ainsi que j'ai eu l'honneur de vous le dire.

– A-t-il rapporté la réponse ?

– Je ne l'ai pas revu ; sans doute la petite était à son service près de Madame ou s'habillait chez elle, elle l'aura fait attendre. L'heure de partir est venue et nous sommes partis. Je ne puis, en conséquence, savoir ce qui s'est passé là-bas.

– Vous avez vu le roi avant le départ ?

– Oui.

– Comment l'avez-vous trouvé ?

– Parfait ou infâme, selon qu'il aurait été vrai ou hypocrite.

– Et la fête ?

– Aura lieu dans un mois.

– Il s'y est invité ?

– Avec une insistance où j'ai reconnu Colbert.

– C'est bien.

– La nuit ne vous a point enlevé vos illusions ?

– Sur quoi ?

– Sur le concours que vous pouvez m'apporter en cette circonstance.

– Non, j'ai passé la nuit à écrire, et tous les ordres sont donnés.

– La fête coûtera plusieurs millions, ne vous le dissimulez pas.

– J'en ferai six… Faites-en de votre côté deux ou trois à tout hasard.

– Vous êtes un homme miraculeux, mon cher d'Herblay.

Aramis sourit.

– Mais, demanda Fouquet avec un reste d'inquiétude, puisque vous remuez ainsi les millions, pourquoi, il y a quelques jours, n'avez-vous pas donné de votre poche les cinquante mille francs à Baisemeaux ?

– Parce que, il y a quelques jours, j'étais pauvre comme Job.

– Et aujourd'hui ?

– Aujourd'hui, je suis plus riche que le roi.

– Très bien, fit Fouquet, je me connais en hommes. Je sais que vous êtes incapable de me manquer de parole ; je ne veux point vous arracher votre secret : n'en parlons plus.

En ce moment, un grondement sourd se fit entendre qui éclata tout à coup en un violent coup de tonnerre.

– Oh ! oh ! fit Fouquet, je vous le disais bien.

– Allons, dit Aramis, rejoignons les carrosses.

– Nous n'aurons pas le temps, dit Fouquet, voici la pluie.

En effet, comme si le ciel se fût ouvert, une ondée aux larges gouttes fit tout à coup résonner le dôme de la forêt.

– Oh ! dit Aramis, nous avons le temps de regagner les voitures avant que le feuillage soit inondé.

– Mieux vaudrait, dit Fouquet, nous retirer dans quelque grotte.

– Oui, mais où y a-t-il une grotte ? demanda Aramis.

– Moi, dit Fouquet avec un sourire, j'en connais une à dix pas d'ici.

Puis s'orientant :

– Oui, dit-il, c'est bien cela.

– Que vous êtes heureux d'avoir si bonne mémoire ! dit Aramis en souriant à son tour ; mais ne craignez-vous pas que, ne nous voyant pas reparaître, votre cocher ne croie que vous avons pris une route de retour et ne suive les voitures de la Cour ?

– Oh ! dit Fouquet, il n'y a pas de danger ; quand je poste mon cocher et ma voiture à un endroit quelconque, il n'y a qu'un ordre exprès du roi qui puisse les faire déguerpir, et encore ; d'ailleurs, il me semble que nous ne sommes pas les seuls qui nous soyons si fort avancés. J'entends des pas et un bruit de voix.

Et, en disant ces mots, Fouquet se retourna, ouvrant de sa canne une masse de feuillage qui lui masquait la route.

Le regard d'Aramis plongea en même temps que le sien par l'ouverture.

– Une femme ! dit Aramis.

– Un homme ! dit Fouquet.

– La Vallière !

– Le roi !

– Oh ! oh ! dit Aramis, est-ce que le roi aussi connaîtrait votre caverne ? Cela ne m'étonnerait pas ; il me paraît en commerce assez bien réglé avec les nymphes de Fontainebleau.

– N'importe, dit Fouquet, gagnons-la toujours ; s'il ne la connaît pas, nous verrons ce qu'il devient ; s'il la connaît, comme elle a deux ouvertures, tandis qu'il entrera par l'une, nous sortirons par l'autre.

– Est-elle loin ? demanda Aramis, voici la pluie qui filtre.

– Nous y sommes.

Fouquet écarta quelques branches, et l'on put apercevoir une excavation de roche que des bruyères, du lierre et une épaisse glandée cachaient entièrement.

Fouquet montra le chemin.

Aramis le suivit.

Au moment d'entrer dans la grotte, Aramis se retourna.

– Oh ! oh ! dit-il, les voilà qui entrent dans le bois les voilà qui se dirigent de ce côté.

– Eh bien ! cédons-leur la place, fit Fouquet souriant et tirant Aramis par son manteau ; mais je ne crois pas que le roi connaisse ma grotte.

– En effet, dit Aramis, ils cherchent, mais un arbre plus épais, voilà tout.

Aramis ne se trompait pas, le roi regardait en l'air et non pas autour de lui.

Il tenait le bras de La Vallière sous le sien, il tenait sa main sur la sienne.

La Vallière commençait à glisser sur l'herbe humide.

Louis regarda encore avec plus d'attention autour de lui, et, apercevant un chêne énorme au feuillage touffu, il entraîna La Vallière sous l'abri de ce chêne.

La pauvre enfant regardait autour d'elle ; elle semblait à la fois craindre et désirer d'être suivie.

Le roi la fit adosser au tronc de l'arbre, dont la vaste circonférence, protégée par l'épaisseur du feuillage, était aussi sèche que si, en ce moment même, la pluie n'eût point tombé par torrents. Lui-même se tint devant elle nu-tête.

Au bout d'un instant, quelques gouttes filtrèrent à travers les ramures de l'arbre, et vinrent tomber sur le front du roi, qui n'y fit pas même attention.

– Oh ! Sire ! murmura La Vallière en poussant le chapeau du roi.

Mais le roi s'inclina et refusa obstinément de se couvrir.

– C'est le cas ou jamais d'offrir votre place, dit Fouquet à l'oreille d'Aramis.

– C'est le cas ou jamais d'écouter et de ne pas perdre une parole de ce qu'ils vont se dire, répondit Aramis à l'oreille de Fouquet.

En effet, tous deux se turent, et la voix du roi put parvenir jusqu'à eux.

– Oh ! mon Dieu ! mademoiselle, dit le roi, je vois, ou plutôt je devine votre inquiétude ; croyez que je regrette bien sincèrement de vous avoir isolée du reste de la compagnie, et cela pour vous mener dans un endroit où vous allez souffrir de la pluie. Vous êtes mouillée déjà, vous avez froid peut-être ?

– Non, Sire.

– Vous tremblez cependant ?

– Sire, c'est la crainte que l'on n'interprète à mal mon absence au moment où tout le monde est réuni certainement.

– Je vous proposerais bien de retourner aux voitures, mademoiselle ; mais, en vérité, regardez et écoutez et dites-moi s'il est possible de tenter la moindre course en ce moment ?

En effet, le tonnerre grondait et la pluie ruisselait par torrents.

– D'ailleurs, continua le roi, il n'y a pas d'interprétation possible en votre défaveur. N'êtes-vous pas avec le roi de France, c'est-à-dire avec le premier gentilhomme du royaume ?

– Certainement, Sire, répondit La Vallière, et c'est un honneur bien grand pour moi ; aussi n'est-ce point pour moi que je crains les interprétations.

– Pour qui donc, alors ?

– Pour vous, Sire.

– Pour moi, mademoiselle ? dit le roi en souriant. Je ne vous comprends pas.

– Votre Majesté a-t-elle donc déjà oublié ce qui s'est passé hier au soir chez Son Altesse Royale ?

– Oh ! oublions cela, je vous prie, ou plutôt permettez-moi de ne me souvenir que pour vous remercier encore une fois de votre lettre, et…

– Sire, interrompit La Vallière, voilà l'eau qui tombe, et Votre Majesté demeure tête nue.

– Je vous en prie, ne nous occupons que de vous, mademoiselle.

– Oh ! moi, dit La Vallière en souriant, moi, je suis une paysanne habituée à courir par les prés de la Loire, et par les jardins de Blois, quelque temps qu'il fasse. Et, quant à mes habits, ajouta-t-elle en regardant sa simple toilette de mousseline, Votre Majesté voit qu'ils n'ont pas grand-chose à risquer.

– En effet, mademoiselle, j'ai déjà remarqué plus d'une fois que vous deviez à peu près tout à vous-même et rien à la toilette. Vous n'êtes point coquette, et c'est pour moi une grande qualité.

– Sire, ne me faites pas meilleure que je ne suis, et dites seulement : Vous ne pouvez pas être coquette.

– Pourquoi cela ?

– Mais, dit en souriant La Vallière, parce que je ne suis pas riche.

– Alors vous avouez que vous aimez les belles choses s'écria vivement le roi.

– Sire, je ne trouve belles que les choses auxquelles je puis atteindre. Tout ce qui est trop haut pour moi…

– Vous est indifférent ?

– M'est étranger comme m'étant défendu.

– Et moi, mademoiselle, dit le roi, je ne trouve point que vous soyez à ma Cour sur le pied où vous devriez y être. On ne m'a certainement point assez parlé des services de votre famille. La fortune de votre maison a été cruellement négligée par mon oncle.

– Oh ! non pas, Sire. Son Altesse Royale Mgr le duc d'Orléans a toujours été parfaitement bon pour M. de Saint-Remy, mon beau-père. Les services étaient humbles, et l'on peut dire que nous avons été payés selon nos œuvres. Tout le monde n'a pas le bonheur de trouver des occasions de servir son roi avec éclat. Certes, je ne doute pas que, si les occasions se fussent rencontrées, ma famille n'eût eu le cœur aussi grand que son désir, mais nous n'avons pas eu ce bonheur.

– Eh bien ! mademoiselle, c'est aux rois à corriger le hasard, et je me charge bien joyeusement de réparer, au plus vite à votre égard, les torts de la fortune.

– Non, Sire, s'écria vivement La Vallière, vous laisserez, s'il vous plaît, les choses en l'état où elles sont.

– Quoi ! mademoiselle, vous refusez ce que je dois, ce que je veux faire pour vous ?

– On a fait tout ce que je désirais, Sire, lorsqu'on m'a accordé cet honneur de faire partie de la maison de Madame.

– Mais, si vous refusez pour vous, acceptez au moins pour les vôtres.

– Sire, votre intention si généreuse m'éblouit et m'effraie, car, en faisant pour ma maison ce que votre bonté vous pousse à faire, Votre Majesté nous créera des envieux, et à elle des ennemis. Laissez-moi, Sire, dans ma médiocrité ; laissez à tous les sentiments que je puis ressentir la joyeuse délicatesse du désintéressement.

– Oh ! voilà un langage bien admirable, dit le roi.

– C'est vrai, murmura Aramis à l'oreille de Fouquet, et il n'y doit pas être habitué.

– Mais, répondit Fouquet, si elle fait une pareille réponse à mon billet ?

– Bon ! dit Aramis, ne préjugeons pas et attendons la fin.

– Et puis, cher monsieur d'Herblay, ajouta le surintendant, peu payé pour croire à tous les sentiments que venait d'exprimer La Vallière, c'est un habile calcul souvent que de paraître désintéressé avec les rois.

– C'est justement ce que je pensais à la minute, dit Aramis. Écoutons.

Le roi se rapprocha de La Vallière, et, comme l'eau filtrait de plus en plus à travers le feuillage du chêne, il tint son chapeau suspendu au-dessus de la tête de la jeune fille.

La jeune fille leva ses beaux yeux bleus vers ce chapeau royal qui l'abritait et secoua la tête en poussant un soupir.

– Oh ! mon Dieu, dit le roi, quelle triste pensée peut donc parvenir jusqu'à votre cœur quand je lui fais un rempart du mien ?

– Sire, je vais vous le dire. J'avais déjà abordé cette question, si difficile à discuter par une jeune fille de mon âge, mais Votre Majesté m'a imposé silence. Sire, Votre Majesté ne s'appartient pas ; Sire, Votre Majesté est mariée ; tout sentiment qui écarterait Votre

Majesté de la reine, en portant Votre Majesté à s'occuper de moi, serait pour la reine la source d'un profond chagrin.

Le roi essaya d'interrompre la jeune fille, mais elle continua avec un geste suppliant :

– La reine aime Votre Majesté avec une tendresse qui se comprend, la reine suit des yeux Votre Majesté à chaque pas qui l'écarte d'elle. Ayant eu le bonheur de rencontrer un tel époux, elle demande au Ciel avec des larmes de lui en conserver la possession, et elle est jalouse du moindre mouvement de votre cœur.

Le roi voulut parler encore, mais cette fois encore La Vallière osa l'arrêter.

– Ne serait-ce pas une bien coupable action, lui dit-elle, si, voyant une tendresse si vive et si noble, Votre Majesté donnait à la reine un sujet de jalousie ? oh ! pardonnez-moi ce mot, Sire. Oh ! mon Dieu ! je sais bien qu'il est impossible, ou plutôt qu'il devrait être impossible que la plus grande reine du monde fût jalouse d'une pauvre fille comme moi. Mais elle est femme, cette reine, et, comme celui d'une simple femme, son cœur peut s'ouvrir à des soupçons que les méchants envenimeraient. Au nom du Ciel ! Sire, ne vous occupez donc pas de moi, je ne le mérite pas.

– Oh ! mademoiselle, s'écria le roi, vous ne songez donc point qu'en parlant comme vous le faites vous changez mon estime en admiration.

– Sire, vous prenez mes paroles pour ce qu'elles ne sont point ; vous me voyez meilleure que je ne suis ; vous me faites plus grande que Dieu ne m'a faite. Grâce pour moi, Sire ! car, si je ne savais le roi le plus généreux homme de son royaume, je croirais que le roi veut se railler de moi.

– Oh ! certes ! vous ne craignez pas une pareille chose, j'en suis bien certain, s'écria Louis.

– Sire, je serais forcée de le croire si le roi continuait à me tenir un pareil langage.

– Je suis donc un bien malheureux prince, dit le roi avec une tristesse qui n'avait rien d'affecté, le plus malheureux prince de la chrétienté, puisque je n'ai pas pouvoir de donner créance à mes paroles devant la personne que j'aime le plus au monde et qui me brise le cœur en refusant de croire à mon amour.

– Oh ! Sire, dit La Vallière, écartant doucement le roi, qui s'était de plus en plus rapproché d'elle, voilà, je crois, l'orage qui se calme et la pluie qui cesse.

Mais, au moment même où la pauvre enfant, pour fuir son pauvre cœur, trop d'accord sans doute avec celui du roi, prononçait ces paroles, l'orage se chargeait de lui donner un démenti ; un éclair bleuâtre illumina la forêt d'un reflet fantastique, et un coup de tonnerre pareil à une décharge d'artillerie éclata sur la tête des deux jeunes gens, comme si la hauteur du chêne qui les abritait eût provoqué le tonnerre.

La jeune fille ne put retenir un cri d'effroi.

Le roi d'une main la rapprocha de son cœur et étendit l'autre au-dessus de sa tête comme pour la garantir de la foudre.

Il y eut un moment de silence où ce groupe, charmant comme tout ce qui est jeune et aimé, demeura immobile, tandis que Fouquet et Aramis le contemplaient, non moins immobiles que La Vallière et le roi.

– Oh ! Sire ! Sire ! murmura La Vallière, entendez-vous ?

Et elle laissa tomber sa tête sur son épaule.

– Oui, dit le roi, vous voyez bien que l'orage ne passe pas.

– Sire, c'est un avertissement.

Le roi sourit.

– Sire, c'est la voix de Dieu qui menace.

– Eh bien ! dit le roi, j'accepte effectivement ce coup de tonnerre pour un avertissement et même pour une menace, si d'ici à cinq minutes il se renouvelle avec une pareille force et une égale violence ; mais, s'il n'en est rien, permettez-moi de penser que l'orage est l'orage et rien autre chose.

En même temps le roi leva la tête comme pour interroger le ciel.

Mais, comme si le ciel eût été complice de Louis, pendant les cinq minutes de silence qui suivirent l'explosion qui avait épouvanté les deux amants, aucun grondement nouveau ne se fit entendre, et, lorsque le tonnerre retentit de nouveau, ce fut en s'éloignant d'une manière visible, et comme si, pendant ces cinq minutes, l'orage, mis en fuite, eût parcouru dix lieues, fouetté par l'aile du vent.

– Eh bien ! Louise, dit tout bas le roi, me menacerez-vous encore de la colère céleste ; et puisque vous avez voulu faire de la foudre un pressentiment, douterez-vous encore que ce ne soit pas au moins un pressentiment de malheur ?

La jeune fille releva la tête ; pendant ce temps, l'eau avait percé la voûte de feuillage et ruisselait sur le visage du roi.

– Oh ! Sire, Sire ! dit-elle avec un accent de crainte irrésistible, qui émut le roi au dernier point. Et c'est pour moi, murmura-t-elle, que le roi reste ainsi découvert et exposé à la pluie ; mais que suis-je donc ?

– Vous êtes, vous le voyez, dit le roi, la divinité qui fait fuir l'orage, la déesse qui ramène le beau temps.

En effet, un rayon de soleil, filtrant à travers la forêt, faisait tomber comme autant de diamants les goutta d'eau qui roulaient sur les feuilles ou qui tombaient verticalement dans les interstices du feuillage.

– Sire, dit La Vallière presque vaincue, mais faisant un suprême effort, Sire, une dernière fois, songez aux douleurs que Votre Majesté va avoir à subir à cause de moi. En ce moment, mon Dieu ! on vous cherche, on vous appelle. La reine doit être inquiète, et Madame, oh ! Madame !... s'écria la jeune fille avec un sentiment qui ressemblait à de l'effroi.

Ce nom fit un certain effet sur le roi ; il tressaillit et lâcha La Vallière, qu'il avait jusque-là tenue embrassée.

Puis il s'avança du côté du chemin pour regarder, et revint presque soucieux à La Vallière.

– Madame, avez-vous dit ? fit le roi.

– Oui, Madame ; Madame qui est jalouse aussi, dit La Vallière avec un accent profond.

Et ses yeux si timides, si chastement fugitifs, osèrent un instant interroger les yeux du roi.

– Mais, reprit Louis en faisant un effort sur lui-même, Madame, ce me semble, n'a aucun sujet d'être jalouse de moi, Madame n'a aucun droit...

– Hélas ! murmura La Vallière.

– Oh ! mademoiselle, dit le roi presque avec l'accent du reproche, seriez vous de ceux qui pensent que la sœur a le droit d'être jalouse du frère ?

– Sire, il ne m'appartient point de percer les secrets de Votre Majesté.

– Oh ! vous le croyez comme les autres, s'écria le roi.

– Je crois que Madame est jalouse, oui, Sire, répondit fermement La Vallière.

– Mon Dieu ! fit le roi avec inquiétude, vous en apercevriez-vous donc à ses façons envers vous ? Madame a-t-elle pour vous quelque mauvais procédé que vous puissiez attribuer à cette jalousie ?

– Nullement, Sire ; je suis si peu de chose, moi !

– Oh ! c'est que, s'il en était ainsi... s'écria Louis avec une force singulière.

– Sire, interrompit la jeune fille, il ne pleut plus ; on vient, on vient, je crois.

Et, oubliant toute étiquette, elle avait saisi le bras du roi.

– Eh bien ! mademoiselle, répliqua le roi, laissons venir. Qui donc oserait trouver mauvais que j'eusse tenu compagnie à Mlle de La Vallière ?

– Par pitié ! Sire ; oh ! l'on trouvera étrange que vous soyez mouillé ainsi, que vous vous soyez sacrifié pour moi.

– Je n'ai fait que mon devoir de gentilhomme, dit Louis, et malheur à celui qui ne ferait pas le sien en critiquant la conduite de son roi !

En effet, en ce moment on voyait apparaître dans l'allée quelques têtes empressées et curieuses qui semblaient chercher, et qui, ayant aperçu le roi et La Vallière, parurent avoir trouvé ce qu'elles cherchaient.

C'étaient les envoyés de la reine et de Madame, qui mirent le chapeau à la main en signe qu'ils avaient vu Sa Majesté.

Mais Louis ne quitta point, quelle que fût la confusion de La Vallière, son attitude respectueuse et tendre.

Puis, quand tous les courtisans furent réunis dans l'allée, quand tout le monde eut pu voir la marque de déférence qu'il avait donnée à la jeune fille en restant debout et tête nue devant elle pendant l'orage, il lui offrit le bras, la ramena vers le groupe qui attendait, répondit de la tête au salut que chacun lui faisait, et, son chapeau toujours à la main, il la reconduisit jusqu'à son carrosse.

Et, comme la pluie continuait de tomber encore, dernier adieu de l'orage qui s'enfuyait, les autres dames, que le respect avait empêchées de monter en voiture avant le roi, recevaient sans cape et sans mantelet cette pluie dont le roi, avec son chapeau, garantissait, autant qu'il était en son pouvoir, la plus humble d'entre elles.

La reine et Madame durent, comme les autres, voir cette courtoisie exagérée du roi ; Madame en perdit contenance au point de pousser la reine du coude, en lui disant :

– Regardez, mais regardez donc !

La reine ferma les yeux comme si elle eût éprouvé un vertige. Elle porta la main à son visage et remonta en carrosse.

Madame monta après elle.

Le roi se remit à cheval, sans s'attacher de préférence à aucune portière ; il revint à Fontainebleau, les rênes sur le cou de son cheval, rêveur et tout absorbé.

Quand la foule se fut éloignée, quand ils eurent entendu le bruit des chevaux et des carrosses qui allait s'éteignant, quand ils furent sûrs enfin que personne ne les pouvait voir, Aramis et Fouquet sortirent de leur grotte. Puis, en silence, tous deux gagnèrent l'allée.

Aramis plongea son regard, non seulement dans toute l'étendue qui se déroulait devant lui et derrière lui, mais encore dans l'épaisseur des bois.

– Monsieur Fouquet, dit-il quand il se fut assuré que tout était solitaire, il faut à tout prix ravoir votre lettre à La Vallière.

– Ce sera chose facile dit Fouquet, si le grison ne l'a pas rendue.

– Il faut, en tout cas, que ce soit chose possible, comprenez-vous ?

– Oui, le roi aime cette fille, n'est-ce pas ?

– Beaucoup, et, ce qu'il y a de pis, c'est que, de son côté, cette fille aime le roi passionnément.

– Ce qui veut dire que nous changeons de tactique, n'est-ce pas ?

– Sans aucun doute ; vous n'avez pas de temps à perdre. Il faut que vous voyiez La Vallière, et que, sans plus songer à devenir son amant, ce qui est impossible, vous vous déclariez son plus cher ami et son plus humble serviteur.

– Ainsi ferai-je, répondit Fouquet, et ce sera sans répugnance ; cette enfant me semble pleine de cœur.

– Ou d'adresse, dit Aramis ; mais alors raison de plus.

Puis il ajouta après un instant de silence :

– Ou je me trompe, ou cette petite fille sera la grande passion du roi. Remontons en voiture, et ventre à terre jusqu'au château.

Chapitre CXXXVII – Tobie

Deux heures après que la voiture du surintendant était partie sur l'ordre d'Aramis, les emportant tous deux vers Fontainebleau avec la rapidité des nuages qui couraient au ciel sous le dernier souffle de la tempête, La Vallière était chez elle, en simple peignoir de mousseline, et achevant sa collation sur une petite table de marbre.

Tout à coup sa porte s'ouvrit, et un valet de chambre la prévint que M. Fouquet demandait la permission de lui rendre ses devoirs.

Elle fit répéter deux fois ; la pauvre enfant ne connaissait M. Fouquet que de nom, et ne savait pas deviner ce qu'elle pouvait avoir de commun avec un surintendant des finances.

Cependant, comme il pouvait venir de la part du roi, et, d'après la conversation que nous avons rapportée, la chose était bien possible, elle jeta un coup d'œil sur son miroir, allongea encore les longues boucles de ses cheveux, et donna l'ordre qu'il fût introduit.

La Vallière cependant ne pouvait s'empêcher d'éprouver un certain trouble. La visite du surintendant n'était pas un événement vulgaire dans la vie d'une femme de la Cour. Fouquet, si célèbre par sa générosité, sa galanterie et sa délicatesse avec les femmes, avait reçu plus d'invitations qu'il n'avait demandé d'audiences.

Dans beaucoup de maisons, la présence du surintendant avait signifié fortune. Dans bon nombre de cœurs, elle avait signifié amour.

Fouquet entra respectueusement chez La Vallière, se présentant avec cette grâce qui était le caractère distinctif des hommes éminents de ce siècle, et qui aujourd'hui ne se comprend plus, même dans les portraits de l'époque, où le peintre a essayé de les faire vivre.

La Vallière répondit au salut cérémonieux de Fouquet par une révérence de pensionnaire, et lui indiqua un siège.

Mais Fouquet, s'inclinant :

– Je ne m'assoirai pas, mademoiselle, dit-il, que vous ne m'ayez pardonné.

– Moi ? demanda La Vallière.

– Oui, vous.

– Et pardonné quoi, mon Dieu ?

Fouquet fixa son plus perçant regard sur la jeune fille, et ne crut voir sur son visage que le plus naïf étonnement.

– Je vois, mademoiselle, dit-il, que vous avez autant de générosité que d'esprit, et je lis dans vos yeux le pardon que le sollicitais. Mais il ne me suffit pas du pardon des lèvres, je vous en préviens, il me faut encore le pardon du cœur et de l'esprit.

– Sur ma parole, monsieur, dit La Vallière, je vous jure que je ne vous comprends pas.

– C'est encore une délicatesse qui me charme, répondit Fouquet, et je vois que ne voulez point que j'aie à rougir devant vous.

– Rougir ! rougir devant moi ! Mais, voyons, dites, de quoi rougiriez vous ?

– Me tromperais-je, dit Fouquet, et aurais-je le bonheur que mon procédé envers vous ne vous eût pas désobligée ?

La Vallière haussa les épaules.

– Décidément, monsieur, dit-elle, vous parlez par énigmes, et je suis trop ignorante, à ce qu'il paraît, pour vous comprendre.

– Soit, dit Fouquet, je n'insisterai pas. Seulement, dites-moi, je vous en supplie, que je puis compter sur votre pardon plein et entier.

– Monsieur, dit La Vallière avec une sorte d'impatience, je ne puis vous faire qu'une réponse, et j'espère qu'elle vous satisfera. Si je savais quel tort vous avez envers moi, je vous le pardonnerais. À plus forte raison, vous comprenez bien, ne connaissant pas ce tort...

Fouquet pinça ses lèvres comme eût fait Aramis.

– Alors, dit-il, je puis espérer que, nonobstant ce qui est arrivé, nous resterons en bonne intelligence, et que vous voudrez bien me faire la grâce de croire à ma respectueuse amitié.

La Vallière crut qu'elle commençait à comprendre.

« Oh ! se dit-elle en elle-même, je n'eusse pas cru M. Fouquet si avide de rechercher les sources d'une faveur si nouvelle. »

Puis tout haut :

– Votre amitié, monsieur ? dit-elle, vous m'offrez votre amitié ? Mais, en vérité, c'est pour moi tout l'honneur, et vous me comblez.

– Je sais, mademoiselle, répondit Fouquet, que l'amitié du maître peut paraître plus brillante et plus désirable que celle du serviteur ; mais je vous garantis que cette dernière sera tout aussi dévouée, tout aussi fidèle, et absolument désintéressée.

La Vallière s'inclina : il y avait, en effet, beaucoup de conviction et de dévouement réel dans la voix du surintendant.

Aussi lui tendit-elle la main.

– Je vous crois, dit-elle.

Fouquet prit vivement la main que lui tendait la jeune fille.

– Alors, ajouta-t-il, vous ne verrez aucune difficulté, n'est-ce pas, à me rendre cette malheureuse lettre ?

– Quelle lettre ? demanda La Vallière.

Fouquet l'interrogea, il l'avait déjà fait, de toute la puissance de son regard.

Même naïveté de physionomie, même candeur de visage.

– Allons, mademoiselle, dit-il, après cette dénégation, je suis forcé d'avouer que votre système est le plus délicat du monde, et je ne serais pas moi-même un honnête homme si je redoutais quelque chose d'une femme aussi généreuse que vous.

– En vérité, monsieur Fouquet, répondit La Vallière, c'est avec un profond regret que je suis forcée de vous répéter que je ne comprends absolument rien à vos paroles.

– Mais, enfin, sur l'honneur, vous n'avez donc reçu aucune lettre de moi, mademoiselle ?

– Sur l'honneur, aucune, répondit fermement La Vallière.

– C'est bien, cela me suffit, mademoiselle, permettez-moi de vous renouveler l'assurance de toute mon estime et de tout mon respect.

Puis, s'inclinant, il sortit pour aller retrouver Aramis, qui l'attendait chez lui, et laissant La Vallière se demander si le surintendant était devenu fou.

– Eh bien ! demanda Aramis qui attendait Fouquet avec impatience, êtes vous content de la favorite ?

– Enchanté, répondit Fouquet, c'est une femme pleine d'esprit et de cœur.

– Elle ne s'est point fâchée ?

– Loin de là ; elle n'a pas même eu l'air de comprendre.

– De comprendre quoi ?

– De comprendre que je lui eusse écrit.

– Cependant, il a bien fallu qu'elle vous comprît pour vous rendre la lettre, car je présume qu'elle vous l'a rendue.

– Pas le moins du monde.

– Au moins, vous êtes-vous assuré qu'elle l'avait brûlée ?

– Mon cher monsieur d'Herblay, il y a déjà une heure que je joue aux propos interrompus, et je commence à avoir assez de ce jeu, si amusant qu'il soit. Comprenez-moi donc bien ; la petite a feint de ne pas comprendre ce que je lui disais ; elle a nié avoir reçu aucune lettre ; donc, ayant nié positivement la réception, elle n'a pu ni me la rendre, ni la brûler.

– Oh ! oh ! dit Aramis avec inquiétude, que me dites-vous là ?

– Je vous dis qu'elle m'a juré sur ses grands dieux n'avoir reçu aucune lettre.

– Oh ! c'est trop fort ! Et vous n'avez pas insisté ?

– J'ai insisté, au contraire, jusqu'à l'impertinence.

– Et elle a toujours nié ?

– Toujours.

– Elle ne s'est pas démentie un seul instant ?

– Pas un seul instant.

– Mais alors, mon cher, vous lui avez laissé notre lettre entre les mains ?

– Il l'a, pardieu ! bien fallu.

– Oh ! C'est une grande faute.

– Que diable eussiez-vous fait à ma place, vous ?

– Certes, on ne pouvait la forcer, mais cela est inquiétant ; une pareille lettre ne peut demeurer contre nous.

– Oh ! cette jeune fille est généreuse.

– Si elle l'eût été réellement, elle vous eût rendu votre lettre.

– Je vous dis qu'elle est généreuse ; j'ai vu ses yeux, je m'y connais.

– Alors, vous la croyez de bonne foi ?

– Oh ! de tout mon cœur.

– Eh bien ! moi, je crois que nous nous trompons.

– Comment cela ?

– Je crois qu'effectivement, comme elle vous l'a dit, elle n'a point reçu la lettre.

– Comment ! point reçu la lettre ?

– Non.

– Supposeriez-vous !…

– Je suppose que, par un motif que nous ignorons, votre homme n'a pas remis la lettre.

Fouquet frappa sur un timbre.

Un valet parut.

– Faites venir Tobie, dit-il.

Un instant après parut un homme à l'œil inquiet, à la bouche fine, aux bras courts, au dos voûté.

Aramis attacha sur lui son œil perçant.

– Voulez-vous me permettre de l'interroger moi-même ? demanda Aramis.

– Faites, dit Fouquet.

Aramis fit un mouvement pour adresser la parole au laquais, mais il s'arrêta.

– Non, dit-il, il verrait que nous attachons trop d'importance à sa réponse ; interrogez-le, vous ; moi, je vais feindre d'écrire.

Aramis se mit en effet à une table, le dos tourné au laquais dont il examinait chaque geste et chaque regard dans une glace parallèle.

– Viens ici, Tobie, dit Fouquet.

Le laquais s'approcha d'un pas assez ferme.

– Comment as-tu fait ma commission ? lui demanda Fouquet.

– Mais je l'ai faite comme à l'ordinaire, monseigneur, répliqua l'homme.

– Enfin, dis.

– J'ai pénétré chez Mlle de La Vallière, qui était à la messe et j'ai mis le billet sur sa toilette. N'est-ce point ce que vous m'aviez dit ?

– Si fait ; et c'est tout ?

– Absolument tout, monseigneur.

– Personne n'était là ?

– Personne.

– T'es-tu caché comme je te l'avais dit, alors ?

– Oui.

– Et elle est rentrée ?

– Dix minutes après.

– Et personne n'a pu prendre la lettre ?

– Personne, car personne n'est entré.

– De dehors, mais de l'intérieur ?

– De l'endroit où j'étais caché, je pouvais voir jusqu'au fond de la chambre.

– Écoute, dit Fouquet, en regardant fixement le laquais, si cette lettre s'est trompée de destination, avoue-le-moi ; car s'il faut qu'une erreur ait été commise, tu la paieras de ta tête.

Tobie tressaillit, mais se remit aussitôt.

– Monseigneur, dit-il, j'ai déposé la lettre à l'endroit où j'ai dit, et je ne demande qu'une demi-heure pour vous prouver que la lettre est entre les mains de Mlle de La Vallière ou pour vous rapporter la lettre elle-même.

Aramis observait curieusement le laquais.

Fouquet était facile dans sa confiance ; vingt ans cet homme l'avait bien servi.

– Va, dit-il, c'est bien ; mais apporte-moi la preuve que tu dis.

Le laquais sortit.

– Eh bien ! qu'en pensez-vous ? demanda Fouquet à Aramis.

– Je pense qu'il faut, par un moyen quelconque, vous assurer de la vérité. Je pense que la lettre est ou n'est pas parvenue à La Vallière ; que, dans le premier cas, il faut que La Vallière vous la rende ou vous donne la satisfaction de la brûler devant vous ; que, dans le second, il faut ravoir la lettre, dût-il nous en coûter un million. Voyons, n'est-ce pas votre avis ?

– Oui ; mais cependant, mon cher évêque, je crois que vous vous exagérez la situation.

– Aveugle, aveugle que vous êtes ! murmura Aramis.

– La Vallière, que nous prenons pour une politique de première force, est tout simplement une coquette qui espère que je lui ferai la cour parce que je la lui ai déjà faite, et qui, maintenant qu'elle a reçu confirmation de l'amour du roi, espère me tenir en lisière avec la lettre. C'est naturel.

Aramis secoua la tête.

– Ce n'est point votre avis ? dit Fouquet.

– Elle n'est pas coquette.

– Laissez-moi vous dire…

– Oh ! je me connais en femmes coquettes, fit Aramis.

– Mon ami ! mon ami !

– Il y a longtemps que j'ai fait mes études, voulez-vous dire. Oh ! les femmes ne changent pas.

– Oui, mais les hommes changent, et vous êtes aujourd'hui plus soupçonneux qu'autrefois.

Puis, se mettant à rire :

– Voyons, dit-il, si La Vallière veut m'aimer pour un tiers et le roi pour deux tiers, trouvez-vous la condition acceptable ?

Aramis se leva avec impatience.

– La Vallière, dit-il, n'a jamais aimé et n'aimera jamais que le roi.

– Mais enfin, dit Fouquet, que feriez-vous ?

– Demandez-moi plutôt ce que j'eusse fait.

– Eh bien ! qu'eussiez-vous fait ?

– D'abord, je n'eusse point laissé sortir cet homme.

– Tobie ?

– Oui, Tobie ; c'est un traître !

– Oh !

– J'en suis sûr ! je ne l'eusse point laissé sortir qu'il ne m'eût avoué la vérité.

– Il est encore temps.

71

– Comment cela ?

– Rappelons-le, et interrogez-le à votre tour.

– Soit !

– Mais je vous assure que la chose est bien inutile. Je l'ai depuis vingt ans, et jamais il ne m'a fait la moindre confusion, et cependant, ajouta Fouquet en riant, c'était facile.

– Rappelez-le toujours. Ce matin, il m'a semblé voir ce visage-là en grande conférence avec un des hommes de M. Colbert.

– Où donc cela ?

– En face des écuries.

– Bah ! tous mes gens sont à couteaux tirés avec ceux de ce cuistre.

– Je l'ai vu, vous dis-je ! et sa figure, qui devait m'être inconnue quand il est entré tout à l'heure, m'a frappé désagréablement.

– Pourquoi n'avez-vous rien dit pendant qu'il était là ?

– Parce que c'est à la minute seulement que je vois clair dans mes souvenirs.

– Oh ! oh ! voilà que vous m'effrayez, dit Fouquet.

Et il frappa sur le timbre.

– Pourvu qu'il ne soit pas trop tard, dit Aramis.

Fouquet frappa une seconde fois.

Le valet de chambre ordinaire parut.

– Tobie ! dit Fouquet, faites venir Tobie.

Le valet de chambre referma la porte.

– Vous me laissez carte blanche, n'est-ce pas ?

– Entière.

– Je puis employer tous les moyens pour savoir la vérité ?

– Tous.

– Même l'intimidation ?

– Je vous fais procureur à ma place.

On attendit dix minutes, mais inutilement.

Fouquet, impatienté, frappa de nouveau sur le timbre.

– Tobie ! cria-t-il.

– Mais, monseigneur, dit le valet, on le cherche.

– Il ne peut être loin, je ne l'ai chargé d'aucun message.

– Je vais voir, monseigneur.

Aramis, pendant ce temps, se promenait impatiemment mais silencieusement dans le cabinet.

On attendit dix minutes encore.

Fouquet sonna de manière à réveiller toute une nécropole.

Le valet de chambre rentra assez tremblant pour faire croire à une mauvaise nouvelle.

– Monseigneur se trompe, dit-il avant même que Fouquet l'interrogeât, Monseigneur aura donné une commission à Tobie, car il a été aux écuries prendre le meilleur coureur, et, monseigneur, il l'a sellé lui-même.

– Eh bien ?

– Il est parti.

– Parti ?... s'écria Fouquet. Que l'on coure, qu'on le rattrape !

– Là ! là ! dit Aramis en le prenant par la main, calmons-nous ; maintenant, le mal est fait.

– Le mal est fait ?

– Sans doute, j'en étais sûr. Maintenant, ne donnons pas l'éveil ; calculons le résultat du coup et parons-le, si nous pouvons.

– Après tout, dit Fouquet, le mal n'est pas grand.

– Vous trouvez cela ? dit Aramis.

– Sans doute. Il est bien permis à un homme d'écrire un billet d'amour à une femme.

– À un homme, oui ; à un sujet, non ; surtout quand cette femme est celle que le roi aime.

– Eh ! mon ami, le roi n'aimait pas La Vallière il y a huit jours ; il ne l'aimait même pas hier, et la lettre est d'hier ; je ne pouvais pas deviner l'amour du roi, quand l'amour du roi n'existait pas encore.

– Soit, répliqua Aramis ; mais la lettre n'est malheureusement pas datée. Voilà ce qui me tourmente surtout. Ah ! si elle était datée d'hier seulement, je n'aurais pas pour vous l'ombre d'une inquiétude.

Fouquet haussa les épaules.

– Suis-je donc en tutelle, dit-il, et le roi est-il donc roi de mon cerveau et de ma chair ?

– Vous avez raison, répliqua Aramis ; ne donnons pas aux choses plus d'importance qu'il ne convient ; puis d'ailleurs... eh bien ! si nous sommes menacés, nous avons des moyens de défense.

– Oh ! menacés ! dit Fouquet, vous ne mettez pas cette piqûre de fourmi au nombre des menaces qui peuvent compromettre ma fortune et ma vie, n'est ce pas ?

– Eh ! pensez-y, monsieur Fouquet, la piqûre d'une fourmi peut tuer un géant, si la fourmi est venimeuse.

– Mais cette toute-puissance dont vous parliez, voyons, est-elle déjà évanouie ?

– Je suis tout-puissant, soit ; mais je ne suis pas immortel.

– Voyons, retrouver Tobie serait le plus pressé, ce me semble. N'est-ce point votre avis ?

– Oh ! quant à cela, vous ne le retrouverez pas, dit Aramis, et, s'il vous était précieux, faites-en votre deuil.

– Enfin, il est quelque part dans le monde, dit Fouquet.

– Vous avez raison ; laissez-moi faire, répondit Aramis.

Chapitre CXXXVIII – Les quatre chances de Madame

La reine Anne avait fait prier la jeune reine de venir lui rendre visite.

Depuis quelque temps, souffrante et tombant du haut de sa beauté, du haut de sa jeunesse, avec cette rapidité de déclin qui signale la décadence des femmes qui ont beaucoup lutté, Anne d'Autriche voyait se joindre au mal physique la douleur de ne plus compter que comme un souvenir vivant au milieu des jeunes beautés, des jeunes esprits et des jeunes puissances de sa Cour.

Les avis de son médecin, ceux de son miroir, la désolaient bien moins que ces avertissements inexorables de la société des courtisans qui, pareils aux rats du navire, abandonnent la cale où l'eau va pénétrer grâce aux avaries de la vétusté.

Anne d'Autriche ne se trouvait pas satisfaite des heures que lui donnait son fils aîné.

Le roi, bon fils, plus encore avec affectation qu'avec affection, venait d'abord passer chez sa mère une heure le matin et une heure le soir ; mais, depuis qu'il s'était chargé des affaires de l'État, la visite du matin et celle du soir s'étaient réduites d'une demi-heure ; puis, peu à peu, la visite du matin avait été supprimée.

On se voyait à la messe ; la visite même du soir était remplacée par une entrevue, soit chez le roi en assemblée, soit chez Madame, où la reine venait assez complaisamment par égard pour ses deux fils.

Il en résultait cet ascendant immense sur la Cour que Madame avait conquis, et qui faisait de sa maison la véritable réunion royale.

Anne d'Autriche le sentit.

Se voyant souffrante et condamnée par la souffrance à de fréquentes retraites, elle fut désolée de prévoir que la plupart de ses journées, de ses soirées, s'écouleraient solitaires, inutiles, désespérées.

Elle se rappelait avec terreur l'isolement où jadis la laissait le cardinal de Richelieu, fatales et insupportables soirées, pendant lesquelles pourtant elle avait pour se consoler la jeunesse, la beauté, qui sont toujours accompagnées de l'espoir.

Alors elle forma le projet de transporter la Cour chez elle et d'attirer Madame, avec sa brillante escorte, dans la demeure sombre et déjà triste où la veuve d'un roi de France, la mère d'un roi de France, était réduite à consoler de son veuvage anticipé la femme toujours larmoyante d'un roi de France.

Anne réfléchit.

Elle avait beaucoup intrigué dans sa vie. Dans le beau temps, alors que sa jeune tête enfantait des projets toujours heureux, elle avait près d'elle, pour stimuler son ambition et son amour, une amie plus ardente, plus ambitieuse qu'elle-même, une amie qui l'avait aimée, chose rare à la Cour, et que de mesquines considérations avaient éloignée d'elle.

Mais depuis tant d'années, excepté Mme de Motteville, excepté la Molena, cette nourrice espagnole, confidente en sa qualité de compatriote et de femme, qui pouvait se flatter d'avoir donné un bon avis à la reine ?

Qui donc aussi, parmi toutes ces jeunes têtes, pouvait lui rappeler le passé, par lequel seulement elle vivait ?

Anne d'Autriche se souvint de Mme de Chevreuse, d'abord exilée plutôt de sa volonté à elle-même que de celle du roi, puis morte en exil femme d'un gentilhomme obscur.

Elle se demanda ce que Mme de Chevreuse lui eût conseillé autrefois en pareil cas dans leurs communs embarras d'intrigues, et, après une sérieuse méditation, il lui sembla que cette femme rusée, pleine d'expérience et de sagacité, lui répondait de sa voix ironique :

– Tous ces petits jeunes gens sont pauvres et avides. Ils ont besoin d'or et de rentes pour alimenter leurs plaisirs, prenez-les-moi par l'intérêt.

Anne d'Autriche adopta ce plan.

Sa bourse était bien garnie ; elle disposait d'une somme considérable amassée par Mazarin pour elle et mise en lieu sûr.

Elle avait les plus belles pierreries de France, et surtout des perles d'une telle grosseur, qu'elles faisaient soupirer le roi chaque fois qu'il les voyait, parce que les perles de sa couronne n'étaient que grains de mil auprès de celles-là.

Anne d'Autriche n'avait plus de beauté ni de charmes à sa disposition. Elle se fit riche et proposa pour appât à ceux qui viendraient chez elle, soit de bons écus d'or à gagner au jeu, soit de bonnes dotations habilement faites les jours de bonne humeur, soit des aubaines de rentes qu'elle arrachait au roi en sollicitant, ce qu'elle s'était décidée à faire pour entretenir son crédit.

Et d'abord elle essaya de ce moyen sur Madame, dont la possession lui était la plus précieuse de toutes.

Madame, malgré l'intrépide confiance de son esprit et de sa jeunesse, donna tête baissée dans le panneau qui était ouvert devant elle. Enrichie peu à peu par des dons par des cessions, elle prit goût à ces héritages anticipés.

Anne d'Autriche usa du même moyen sur Monsieur et sur le roi lui-même.

Elle institua chez elle des loteries.

Le jour où nous sommes arrivés, il s'agissait d'un médianoche chez la reine mère, et cette princesse mettait en loterie deux bracelets fort beaux en brillants et d'un travail exquis.

Les médaillons étaient des camées antiques de la plus grande valeur ; comme revenu, les diamants ne représentaient pas une somme bien considérable, mais l'originalité, la rareté de travail étaient telles, qu'on désirait à la Cour non seulement posséder, mais voir ces bracelets aux bras de la reine, et que, les jours où elles les portait, c'était une faveur que d'être admis à les admirer en lui baisant les mains.

Les courtisans avaient même à ce sujet adopté des variantes de galanterie pour établir cet aphorisme, que les bracelets eussent été sans prix s'ils n'avaient le malheur de se trouver en contact avec des bras pareils à ceux de la reine.

Ce compliment avait eu l'honneur d'être traduit dans toutes les langues de l'Europe, plus de mille distiques latins et français circulaient sur cette matière.

Le jour où Anne d'Autriche se décida pour la loterie, c'était un moment décisif : le roi n'était pas venu depuis deux jours chez sa mère. Madame boudait après la grande scène des dryades et des naïades.

Le roi ne boudait plus ; mais une distraction toute-puissante l'enlevait au dessus des orages et des plaisirs de la Cour.

Anne d'Autriche opéra sa diversion en annonçant la fameuse loterie chez elle pour le soir suivant.

Elle vit, à cet effet, la jeune reine, à qui, comme nous l'avons dit, elle demanda une visite le matin.

– Ma fille, lui dit-elle, je vous annonce une bonne nouvelle. Le roi m'a dit de vous les choses les plus tendres. Le roi est jeune et facile à détourner ; mais, tant que vous vous tiendrez près de moi, il n'osera s'écarter de vous, à qui, d'ailleurs, il est attaché par une très vive tendresse. Ce soir, il y a loterie chez moi : vous y viendrez ?

– On m'a dit, fit la jeune reine avec une sorte de reproche timide, que Votre Majesté mettait en loterie ses beaux bracelets, qui sont d'une telle rareté, que nous n'eussions pas dû les faire sortir du garde-meuble de la couronne, ne fût-ce que parce qu'ils vous ont appartenu.

– Ma fille, dit alors Anne d'Autriche, qui entrevit toute la pensée de la jeune reine et voulut la consoler de n'avoir pas reçu ce présent, il fallait que j'attirasse chez moi à tout jamais Madame.

– Madame ? fit en rougissant la jeune reine.

– Sans doute ; n'aimez-vous pas mieux avoir chez vous une rivale pour la surveiller et la dominer, que de savoir le roi chez elle, toujours disposé à courtiser comme à l'être ? Cette loterie est l'attrait dont je me sers pour cela : me blâmez-vous ?

– Oh ! non ! fit Marie-Thérèse en frappant dans ses mains avec cet enfantillage de la joie espagnole.

– Et vous ne regrettez plus, ma chère, que je ne vous aie pas donné ces bracelets, comme c'était d'abord mon intention ?

– Oh ! non, oh ! non, ma bonne mère !…

– Eh bien ! ma chère fille, faites-vous bien belle, et que notre médianoche soit brillant : plus vous y serez gaie, plus vous y paraîtrez charmante, et vous éclipserez toutes les femmes par votre éclat comme par votre rang.

Marie-Thérèse partit enthousiasmée.

Une heure après, Anne d'Autriche recevait chez elle Madame, et, la couvrant de caresses :

– Bonnes nouvelles ! disait-elle, le roi est charmé de ma loterie.

– Moi, dit Madame, je n'en suis pas aussi charmée ; voir de beaux bracelets comme ceux-là aux bras d'une autre femme que vous, ma reine, ou moi, voilà ce à quoi je ne puis m'habituer.

– Là ! là ! dit Anne d'Autriche en cachant sous un sourire une violente douleur qu'elle venait de sentir, ne vous révoltez pas, jeune femme... et n'allez pas tout de suite prendre les choses au pis.

– Ah ! madame, le sort est aveugle... et vous avez, m'a-t-on dit, deux cents billets ?

– Tout autant. Mais vous n'ignorez pas qu'il y en aura qu'un gagnant ?

– Sans doute. À qui tombera-t-il ? Le pouvez-vous dire ? fit Madame désespérée.

– Vous me rappelez que j'ai fait un rêve cette nuit... Ah ! mes rêves sont bons... je dors si peu.

– Quel rêve ?... Vous souffrez ?

– Non, dit la reine en étouffant, avec une constance admirable, la torture d'un nouvel élancement dans le sein. J'ai donc rêvé que le roi gagnait les bracelets.

– Le roi ?

– Vous m'allez demander ce que le roi peut faire de bracelets, n'est-ce pas ?

– C'est vrai.

– Et vous ajouterez cependant qu'il serait fort heureux que le roi gagnât, car, ayant ces bracelets, il serait forcé de les donner à quelqu'un.

– De vous les rendre, par exemple.

– Auquel cas, je les donnerais immédiatement ; car vous ne pensez pas, dit la reine en riant, que je mette ces bracelets en loterie par gêne. C'est pour les donner sans faire de jalousie ; mais, si le hasard ne voulais pas me tirer de peine, eh bien ! je corrigerais le hasard... je sais bien à qui j'offrirais les bracelets.

Ces mots furent accompagnés d'un sourire si expressif, que Madame dut le payer par un baiser de remerciement.

– Mais, ajouta Anne d'Autriche, ne savez-vous pas aussi bien que moi que le roi ne me rendrait pas les bracelets s'il les gagnait ?

– Il les donnerait à la reine, alors.

– Non ; par la même raison qui fait qu'il ne me les rendrait pas ; attendu que, si j'eusse voulu les donner à la reine, je n'avais pas besoin de lui pour cela.

Madame jeta un regard de côté sur les bracelets, qui, dans leur écrin, scintillaient sur une console voisine.

– Qu'ils sont beaux ! dit-elle en soupirant. Eh ! mais, dit Madame, voilà-t il pas que nous oublions que le rêve de Votre Majesté n'est qu'un rêve.

– Il m'étonnerait fort, repartit Anne d'Autriche, que mon rêve fût trompeur ; cela m'est arrivé rarement.

– Alors vous pouvez être prophète.

– Je vous ai dit, ma fille, que je ne rêve presque jamais ; mais c'est une coïncidence si étrange que celle de ce rêve avec mes idées ! il entre si bien dans mes combinaisons !

– Quelles combinaisons ?

– Celle-ci, par exemple, que vous gagnerez les bracelets.

– Alors ce ne sera pas le roi.

– Oh ! dit Anne d'Autriche, il n'y a pas tellement loin du cœur de Sa Majesté à votre cœur… à vous qui êtes sa sœur chérie… Il n'y a pas, dis-je, tellement loin, qu'on puisse dire que le rêve est menteur. Voyez pour vous les belles chances ; comptez-les bien.

– Je les compte.

– D'abord, celle du rêve. Si le roi gagne, il est certain qu'il vous donne les bracelets.

– J'admets cela pour une.

– Si vous les gagnez, vous les avez.

– Naturellement ; c'est encore admissible.

– Enfin, si Monsieur les gagnait !

– Oh ! dit Madame en riant aux éclats, il les donnerait au chevalier de Lorraine.

Anne d'Autriche se mit à rire comme sa bru, c'est-à-dire de si bon cœur, que sa douleur reparut et la fit blêmir au milieu de l'accès d'hilarité.

– Qu'avez-vous ? dit Madame effrayée.

– Rien, rien, le point de côté… J'ai trop ri… Nous en étions à la quatrième chance.

– Oh ! celle-là, je ne la vois pas.

– Pardonnez-moi, je ne me suis pas exclue des gagnants, et, si je gagne, vous êtes sûre de moi.

– Merci ! Merci ! s'écria Madame.

– J'espère que vous voilà favorisée, et qu'à présent le rêve commence à prendre les solides contours de la réalité.

– En vérité, vous me donnez espoir et confiance, dit Madame, et les bracelets ainsi gagnés me seront cent fois plus précieux.

– À ce soir donc !

– À ce soir !

Et les princesses se séparèrent.

Anne d'Autriche, après avoir quitté sa bru, se dit en examinant les bracelets :

« Ils sont bien précieux, en effet, puisque par eux, ce soir, je me serai concilié un cœur en même temps que j'aurai deviné un secret. »

Puis, se tournant vers son alcôve déserte :

– Est-ce ainsi que tu aurais joué, ma pauvre Chevreuse ? dit-elle au vide… Oui, n'est-ce pas ?

Et, comme un parfum d'autrefois, toute sa jeunesse toute sa folle imagination, tout le bonheur lui revinrent avec l'écho de cette invocation.

Chapitre CXXXIX – La loterie

Le soir, à huit heures, tout le monde était rassemblé chez la reine mère.

Anne d'Autriche, en grand habit de cérémonie, belle des restes de sa beauté et de toutes les ressources que la coquetterie peut mettre en des mains habiles, dissimulait, ou plutôt essayait de dissimuler à cette foule de jeunes courtisans qui l'entouraient et qui l'admiraient encore, grâce aux combinaisons que nous avons indiquées dans le chapitre précédent, les ravages déjà visibles de cette souffrance à laquelle elle devait succomber quelques années plus tard.

Madame, presque aussi coquette qu'Anne d'Autriche, et la reine, simple et naturelle, comme toujours, étaient assises à ses côtés et se disputaient ses bonnes grâces.

Les dames d'honneur, réunies en corps d'armée pour résister avec plus de force, et, par conséquent, avec plus de succès aux malicieux propos que les jeunes gens tenaient sur elles, se prêtaient, comme fait un bataillon carré, le secours mutuel d'une bonne garde et d'une bonne riposte.

Montalais, savante dans cette guerre de tirailleur, protégeait toute la ligne par le feu roulant qu'elle dirigeait sur l'ennemi.

De Saint-Aignan, au désespoir de la rigueur, insolente à force d'être obstinée, de Mlle de Tonnay-Charente, essayait de lui tourner le dos ; mais, vaincu par l'éclat irrésistible des deux grands yeux de la belle, il revenait à chaque instant consacrer sa défaite par de nouvelles soumissions, auxquelles Mlle de Tonnay-Charente ne manquait pas de riposter par de nouvelles impertinences.

De Saint-Aignan ne savait à quel saint se vouer.

La Vallière avait non pas une cour, mais des commencements de courtisans.

De Saint-Aignan, espérant par cette manœuvre attirer les yeux d'Athénaïs de son côté, était venu saluer la jeune fille avec un respect qui, à quelques esprits retardataires avait fait croire à la volonté de balancer Athénaïs par Louise.

Mais ceux-là, c'étaient ceux qui n'avaient ni vu ni entendu raconter la scène de la pluie. Seulement, comme la majorité était déjà informée, et bien informée, sa faveur déclarée avait attiré à elle les plus habiles comme les plus sots de la Cour.

Les premiers, parce qu'ils disaient, les uns, comme Montaigne : « Que sais je ? »

Les autres, parce qu'ils disaient comme Rabelais : « Peut-être ? »

Le plus grand nombre avait suivi ceux-là, comme dans les chasses cinq ou six limiers habiles suivent seuls la fumée de la bête, tandis que tout le reste de la meute ne suit que la fumée des limiers.

Mesdames et la reine examinaient les toilettes de leurs filles et de leurs dames d'honneur, ainsi que celles des autres dames ; et elles daignaient oublier qu'elles étaient reines pour se souvenir qu'elles étaient femmes.

C'est-à-dire qu'elles déchiraient impitoyablement tout porte-jupe, comme eût dit Molière.

Les regards des deux princesses tombèrent simultanément sur La Vallière qui, ainsi que nous l'avons dit était fort entourée en ce moment. Madame fut sans pitié.

– En vérité, dit-elle en se penchant vers la reine mère, si le sort était juste, il favoriserait cette pauvre petite La Vallière.

– Ce n'est pas possible, dit la reine mère en souriant.

– Comment cela ?

– Il n'y a que deux cents billets, de sorte que tout le monde n'a pu être porté sur la liste.

– Elle n'y est pas alors ?

– Non.

– Quel dommage ! Elle eût pu les gagner et les vendre.

– Les vendre ? s'écria la reine.

– Oui, cela lui aurait fait une dot, et elle n'eût pas été obligée de se marier sans trousseau, comme cela arrivera probablement.

– Ah bah ! vraiment ? Pauvre petite ! dit la reine mère, n'a-t-elle pas de robes ?

Et elle prononça ces mots en femme qui n'a jamais pu savoir ce que c'était que la médiocrité.

– Dame, voyez : je crois, Dieu me pardonne, qu'elle a la même jupe ce soir qu'elle avait ce matin à la promenade, et qu'elle aura pu conserver, grâce au soin que le roi a pris de la mettre à l'abri de la pluie.

Au moment même où Madame prononçait ces paroles, le roi entrait.

Les deux princesses ne se fussent peut-être point aperçues de cette arrivée, tant elles étaient occupées à médire. Mais Madame vit tout à coup La Vallière, qui était debout en face de la galerie, se troubler et dire quelques mots aux courtisans qui l'entouraient ; ceux-ci s'écartèrent aussitôt. Ce mouvement ramena les yeux de Madame vers la porte. En ce moment, le capitaine des gardes annonça le roi.

À cette annonce, La Vallière, qui jusque-là avait tenu les yeux fixés sur la galerie, les abaissa tout à coup.

Le roi entra.

Il était vêtu avec une magnificence pleine de goût, et causait avec Monsieur et le duc de Roquelaure, qui tenaient, Monsieur sa droite, le duc de Roquelaure sa gauche.

Le roi s'avança d'abord vers les reines, qu'il salua avec un gracieux respect. Il prit la main de sa mère, qu'il baisa, adressa quelques compliments à Madame sur l'élégance de sa toilette, et commença à faire le tour de l'assemblée.

La Vallière fut saluée comme les autres, pas plus, pas moins que les autres.

Puis Sa Majesté revint à sa mère et à sa femme.

Lorsque les courtisans virent que le roi n'avait adressé qu'une phrase banale à cette jeune fille si recherchée le matin, ils tirèrent sur-le-champ une conclusion de cette froideur.

Cette conclusion fut que le roi avait eu un caprice, mais que ce caprice était déjà évanoui.

Cependant on eût dû remarquer une chose, c'est que, près de La Vallière, au nombre des courtisans, se trouvait M. Fouquet, dont la respectueuse politesse servit de maintien à la jeune fille, au milieu des différentes émotions qui l'agitaient visiblement.

M. Fouquet s'apprêtait, au reste, à causer plus intimement avec Mlle de La Vallière, lorsque M. Colbert s'approcha, et, après avoir fait sa révérence à Fouquet, dans toutes les règles de la politesse la plus respectueuse, il parut décidé à s'établir près de La Vallière pour lier conversation avec elle. Fouquet quitta aussitôt la place. Tout ce manège était dévoré des yeux par Montalais et par Malicorne, qui se renvoyaient l'un à l'autre leurs observations.

De Guiche, placé dans une embrasure de fenêtre, ne voyait que Madame. Mais, comme Madame, de son côté arrêtait fréquemment son regard sur La Vallière, les yeux de de Guiche, guidés par les yeux de Madame, se portaient de temps en temps aussi sur la jeune fille.

La Vallière sentit instinctivement s'alourdir sur elle le poids de tous ces regards, chargés, les uns d'intérêt, les autres d'envie. Elle n'avait, pour compenser cette souffrance, ni un mot d'intérêt de la part de ses compagnes, ni un regard d'amour du roi.

Aussi ce que souffrait la pauvre enfant, nul ne pourrait l'exprimer. La reine mère fit approcher le guéridon sur lequel étaient les billets de loterie, au nombre de deux cents, et pria Mme de Motteville de lire la liste des élus.

Il va sans dire que cette liste était dressée selon les lois de l'étiquette : le roi venait d'abord, puis la reine mère, puis la reine, puis Monsieur, puis Madame, et ainsi de suite.

Les cœurs palpitaient à cette lecture. Il y avait bien trois cents invités chez la reine. Chacun se demandait si son nom devait rayonner au nombre des noms privilégiés.

Le roi écoutait avec autant d'attention que les autres. Le dernier nom prononcé, il vit que La Vallière n'avait pas été portée sur la liste.

Chacun, au reste, put remarquer cette omission.

Le roi rougit comme lorsqu'une contrariété l'assaillait.

La Vallière, douce et résignée, ne témoigna rien.

Pendant toute la lecture, le roi ne l'avait point quittée du regard ; la jeune fille se dilatait sous cette heureuse influence qu'elle sentait rayonner autour d'elle, trop joyeuse et trop pure qu'elle était pour qu'une pensée autre que d'amour pénétrât dans son esprit ou dans son cœur.

Payant par la durée de son attention cette touchante abnégation, le roi montrait à son amante qu'il en comprenait l'étendue et la délicatesse.

La liste close, toutes les figures de femmes omises ou oubliées se laissèrent aller au désappointement.

Malicorne aussi fut oublié dans le nombre des hommes et sa grimace dit clairement à Montalais, oubliée aussi :

« Est-ce que nous ne nous arrangerons pas avec la fortune de manière qu'elle ne nous oublie pas, elle ? »

« Oh ! que si fait », répliqua le sourire intelligent de Mlle Aure.

Les billets furent distribués à chacun selon son numéro.

Le roi reçut le sien d'abord, puis la reine mère, puis Monsieur, puis la reine et Madame, et ainsi de suite.

Alors, Anne d'Autriche ouvrit un sac en peau d'Espagne, dans lequel se trouvaient deux cents numéros gravés sur des boules de nacre, et présenta le sac tout ouvert à la plus jeune de ses filles d'honneur pour qu'elle y prit une boule.

L'attente, au milieu de tous ces préparatifs pleins de lenteur, était plus encore celle de l'avidité que celle de la curiosité.

De Saint-Aignan se pencha à l'oreille de Mlle de Tonnay-Charente :

– Puisque nous avons chacun un numéro, mademoiselle, lui dit-il, unissons nos deux chances. À vous le bracelet, si je gagne ; à moi, si vous gagnez, un seul regard de vos beaux yeux ?

– Non pas, dit Athénaïs, à vous le bracelet, si vous le gagnez. Chacun pour soi.

– Vous êtes impitoyable, dit de Saint-Aignan, et je vous punirai par un quatrain :

Belle Iris, à mes vœux…
Vous êtes trop rebelle.

– Silence ! dit Athénaïs, vous allez m'empêcher d'entendre le numéro gagnant.

– Numéro 1, dit la jeune fille qui avait tiré la boule de nacre du sac de peau d'Espagne.

– Le roi ! s'écria la reine mère.

– Le roi a gagné, répéta la reine joyeuse.

– Oh ! le roi ! votre rêve ! dit à l'oreille d'Anne d'Autriche Madame toute joyeuse.

Le roi ne fit éclater aucune satisfaction.

Il remercia seulement la fortune de ce qu'elle faisait pour lui en adressant un petit salut à la jeune fille qui avait été choisie comme mandataire de la rapide déesse.

Puis, recevant des mains d'Anne d'Autriche, au milieu des murmures de convoitise de toute l'assemblée, l'écrin qui renfermait les bracelets :

– Ils sont donc réellement beaux, ces bracelets ? dit-il.

– Regardez-les, dit Anne d'Autriche, et jugez-en vous-même.

Le roi les regarda.

– Oui, dit-il, et voilà, en effet, un admirable médaillon. Quel fini.

– Quel fini ! répéta Madame.

La reine Marie-Thérèse vit facilement et du premier coup d'œil que le roi ne lui offrirait pas les bracelets ; mais, comme il ne paraissait pas non plus songer le moins du monde à les offrir à Madame, elle se tint pour satisfaite, ou à peu près.

Le roi s'assit.

Les plus familiers parmi les courtisans vinrent successivement admirer de près la merveille, qui bientôt, avec la permission du roi, passa de main en main.

Aussitôt tous, connaisseurs ou non, s'exclamèrent de surprise et accablèrent le roi de félicitations.

Il y avait, en effet, de quoi admirer pour tout le monde ; les brillants pour ceux-ci, la gravure pour ceux-là.

Les dames manifestaient visiblement leur impatience de voir un pareil trésor accaparé par les cavaliers.

– Messieurs, messieurs, dit le roi à qui rien n'échappait, on dirait, en vérité, que vous portez des bracelets comme les Sabins : passez-les donc un peu aux dames, qui me paraissent avoir à juste titre la prétention de s'y connaître mieux que vous.

Ces mots semblèrent à Madame le commencement d'une décision qu'elle attendait.

Elle puisait, d'ailleurs, cette bienheureuse croyance dans les yeux de la reine mère.

Le courtisan qui les tenait au moment où le roi jetait cette observation au milieu de l'agitation générale se hâta de déposer les bracelets entre les mains de la reine Marie-Thérèse, qui, sachant bien, pauvre femme ! qu'ils ne lui étaient pas destinés, les regarda à peine et les passa presque aussitôt à Madame.

Celle-ci et, plus particulièrement qu'elle encore, Monsieur donnèrent aux bracelets un long regard de convoitise.

Puis elle passa les joyaux aux dames ses voisines, en prononçant ce seul mot, mais avec un accent qui valait une longue phrase :

– Magnifiques !

Les dames, qui avaient reçu les bracelets des mains de Madame, mirent le temps qui leur convint à les examiner, puis elles les firent circuler en les poussant à droite.

Pendant ce temps, le roi s'entretenait tranquillement avec de Guiche et Fouquet.

Il laissait parler plutôt qu'il n'écoutait.

Habituée à certains tours de phrases, son oreille comme celle de tous les hommes qui exercent sur d'autres hommes une supériorité incontestable, ne prenait des discours semés çà et là que l'indispensable mot qui mérite une réponse.

Quant à son attention, elle était autre part.

Elle errait avec ses yeux.

Mlle de Tonnay-Charente était la dernière des dames inscrites pour les billets, et, comme si elle eût pris rang selon son inscription sur la liste, elle n'avait après elle que Montalais et La Vallière.

Lorsque les bracelets arrivèrent à ces deux dernières, on parut ne plus s'en occuper.

L'humilité des mains qui maniaient momentanément ces joyaux leur ôtait toute leur importance.

Ce qui n'empêcha point Montalais de tressaillir de joie, d'envie et de cupidité à la vue de ces belles pierres, plus encore que de ce magnifique travail.

Il est évident que, mise en demeure entre la valeur pécuniaire et la beauté artistique, Montalais eût sans hésitation préféré les diamants aux camées.

Aussi eut-elle grand-peine à les passer à sa compagne La Vallière. La Vallière attacha sur les bijoux un regard presque indifférent.

– Oh ! que ces bracelets sont riches ! que ces bracelets sont magnifiques ! s'écria Montalais ; et tu ne t'extasies pas sur eux, Louise ? Mais, en vérité, tu n'es donc pas femme ?

– Si fait, répondit la jeune fille avec un accent d'adorable mélancolie. Mais pourquoi désirer ce qui ne peut nous appartenir ?

Le roi, la tête penchée en avant, écoutait ce que la jeune fille allait dire.

À peine la vibration de cette voix eut-elle frappé son oreille, qu'il se leva tout rayonnant, et, traversant tout le cercle pour aller de sa place à La Vallière :

– Mademoiselle, dit-il, vous vous trompez, vous êtes femme, et toute femme a droit à des bijoux de femme.

– Oh ! Sire, dit La Vallière, Votre Majesté ne veut donc pas croire absolument à ma modestie ?

– Je crois que vous avez toutes les vertus, mademoiselle, la franchise comme les autres ; je vous adjure donc de dire franchement ce que vous pensez de ces bracelets.

– Qu'ils sont beaux, Sire, et qu'ils ne peuvent être offerts qu'à une reine.

– Cela me ravit que votre opinion soit telle, mademoiselle ; les bracelets sont à vous, et le roi vous prie de les accepter.

Et comme, avec un mouvement qui ressemblait à de l'effroi, La Vallière tendait vivement l'écrin au roi, le roi repoussa doucement de sa main la main tremblante de La Vallière.

Un silence d'étonnement, plus funèbre qu'un silence de mort, régnait dans l'assemblée. Et cependant, on n'avait pas, du côté des reines, entendu ce qu'il avait dit, ni compris ce qu'il avait fait.

Une charitable amie se chargea de répandre la nouvelle. Ce fut Tonnay Charente, à qui Madame avait fait signe de s'approcher.

– Ah ! mon Dieu ! s'écria de Tonnay-Charente, est-elle heureuse, cette La Vallière ! le roi vient de lui donner les bracelets.

Madame se mordit les lèvres avec une telle force, que le sang apparut à la surface de la peau.

La jeune reine regarda alternativement La Vallière et Madame et se mit à rire.

Anne d'Autriche appuya son menton sur sa belle main blanche, et demeura longtemps absorbée par un soupçon qui lui mordait l'esprit et par une douleur atroce qui lui mordait le cœur.

De Guiche, en voyant pâlir Madame, en devinant ce qui la faisait pâlir, de Guiche quitta précipitamment l'assemblée et disparut. Malicorne put alors se glisser jusqu'à Montalais, et, à la faveur du tumulte général des conversations :

– Aure, lui dit-il, tu as près de toi notre fortune et notre avenir.

– Oui, répondit celle-ci.

Et elle embrassa tendrement La Vallière, qu'intérieurement elle était tentée d'étrangler.

Chapitre CXL – Malaga

Pendant tout ce long et violent débat des ambitions de cour contre les amours de cœur, un de nos personnages, le moins à négliger peut-être, était fort négligé, fort oublié, fort malheureux.

En effet, d'Artagnan, d'Artagnan, car il faut le nommer par son nom pour qu'on se rappelle qu'il a existé, d'Artagnan n'avait absolument rien à faire dans ce monde brillant et léger. Après avoir suivi le roi pendant deux jours à Fontainebleau, et avoir regardé toutes les bergerades et tous les travestissements héroï-comiques de son souverain, le mousquetaire avait senti que cela ne suffisait point à remplir sa vie.

Accosté à chaque instant par des gens qui lui disaient : « Comment trouvez-vous que m'aille cet habit, monsieur d'Artagnan ? » il leur répondait de sa voix placide et railleuse : « Mais je trouve que vous êtes aussi bien habillé que le plus beau singe de la foire Saint-Laurent. ».

C'était un compliment comme les faisait d'Artagnan quand il n'en voulait pas faire d'autre : bon gré mal gré, il fallait donc s'en contenter.

Et, quand on lui demandait : « Monsieur d'Artagnan, comment vous habillez-vous ce soir ? » il répondait : « Je me déshabillerai. »

Ce qui faisait rire même les dames.

Mais, après deux jours passés ainsi, le mousquetaire voyant que rien de sérieux ne s'agitait là-dessous, et que le roi avait complètement, ou du moins paraissait avoir complètement oublié Paris, Saint-Mandé et Belle-Île ; que M. Colbert rêvait lampions et feux d'artifice ; que les dames en avaient pour un mois au moins d'œillades à rendre et à donner ; D'Artagnan demanda au roi un congé pour affaires de famille.

Au moment où d'Artagnan lui faisait cette demande, le roi se couchait, rompu d'avoir dansé.

– Vous voulez me quitter, monsieur d'Artagnan ? demanda-t-il d'un air étonné.

Louis XIV ne comprenait jamais que l'on se séparât de lui quand on pouvait avoir l'insigne honneur de demeurer près de lui.

– Sire, dit d'Artagnan, je vous quitte parce que je ne vous sers à rien. Ah ! si je pouvais vous tenir le balancier, tandis que vous dansez, ce serait autre chose.

– Mais, mon cher monsieur d'Artagnan, répondit gravement le roi, on danse sans balancier.

– Ah ! tiens, dit le mousquetaire continuant son ironie insensible, tiens, je ne savais pas, moi !

– Vous ne m'avez donc pas vu danser ? demanda le roi.

– Oui ; mais j'ai cru que cela irait toujours de plus fort en plus fort. Je me suis trompé : raison de plus pour que je me retire. Sire, je le répète, vous n'avez pas besoin de moi ; d'ailleurs, si Votre Majesté en avait besoin, elle saurait où me trouver.

– C'est bien, dit le roi.

Et il accorda le congé.

Nous ne chercherons donc pas d'Artagnan à Fontainebleau, ce serait chose inutile ; mais, avec la permission de nos lecteurs, nous le retrouverons rue des Lombards, au *Pilon d'Or*, chez notre vénérable ami Planchet.

Il est huit heures du soir, il fait chaud, une seule fenêtre est ouverte, c'est celle d'une chambre de l'entresol.

Un parfum d'épicerie, mêlé au parfum moins exotique, mais plus pénétrant, de la fange de la rue monte aux narines du mousquetaire.

95

D'Artagnan, couché sur une immense chaise à dossier plat, les jambes, non pas allongées, mais posées sur un escabeau, forme l'angle le plus obtus qui se puisse voir.

L'œil, si fin et si mobile d'habitude, est fixe, presque voilé, et a pris pour but invariable le petit coin du ciel bleu que l'on aperçoit derrière la déchirure des cheminées ; il y a du bleu tout juste ce qu'il en faudrait pour mettre une pièce à l'un des sacs de lentilles ou de haricots qui forment le principal ameublement de la boutique du rez-de-chaussée.

Ainsi étendu, ainsi abruti dans son observation transfenestrale, d'Artagnan n'est plus un homme de guerre, d'Artagnan n'est plus un officier du palais, c'est un bourgeois croupissant entre le dîner et le souper, entre le souper et le coucher ; un de ces braves cerveaux ossifiés qui n'ont plus de place pour une seule idée, tant la matière guette avec férocité aux portes de l'intelligence, et surveille la contrebande qui pourrait se faire en introduisant dans le crâne un symptôme de pensée.

Nous avons dit qu'il faisait nuit ; les boutiques s'allumaient tandis que les fenêtres des appartements supérieurs se fermaient ; une patrouille de soldats du guet faisait entendre le bruit régulier de son pas.

D'Artagnan continuait à ne rien entendre et à ne rien regarder que le coin bleu de son ciel.

À deux pas de lui, tout à fait dans l'ombre, couché sur un sac de maïs, Planchet, le ventre sur ce sac, les deux bras sous son menton, regardait d'Artagnan penser, rêver ou dormir les yeux ouverts.

L'observation durait déjà depuis fort longtemps.

Planchet commença par faire :

– Hum ! hum !

D'Artagnan ne bougea point.

Planchet vit alors qu'il fallait recourir à quelque moyen plus efficace : après mûres réflexions, ce qu'il trouva de plus ingénieux dans les circonstances présentes, fut de se laisser rouler de son sac sur le parquet en murmurant contre lui-même le mot :

– Imbécile !

Mais, quel que fût le bruit produit par la chute de Planchet, d'Artagnan, qui, dans le cours de son existence, avait entendu bien d'autres bruits, ne parut pas faire le moindre cas de ce bruit-là.

D'ailleurs, une énorme charrette, chargée de pierres, débouchant de la rue Saint-Médéric, absorba dans le bruit de ses roues le bruit de la chute de Planchet.

Cependant Planchet crut, en signe d'approbation tacite, le voir imperceptiblement sourire au mot imbécile.

Ce qui, l'enhardissant lui fit dire :

– Est-ce que vous dormez, monsieur d'Artagnan ?

– Non, Planchet, je ne dors *même* pas, répondit le mousquetaire.

– J'ai le désespoir, fit Planchet, d'avoir entendu le mot *même*.

– Eh bien ! quoi ? est-ce que ce mot n'est pas français, monsieur Planchet ?

– Si fait, monsieur d'Artagnan.

– Eh bien ?

– Eh bien ! ce mot m'afflige.

– Développe-moi ton affliction, Planchet, dit d'Artagnan.

– Si vous dites que vous ne dormez même pas, c'est comme si vous disiez que vous n'avez même pas la consolation de dormir. Ou mieux, c'est comme si vous disiez en d'autres termes : Planchet, je m'ennuie à crever.

– Planchet, tu sais que je ne m'ennuie jamais.

– Excepté aujourd'hui et avant-hier.

– Bah !

– Monsieur d'Artagnan, voilà huit jours que vous êtes revenu de Fontainebleau ; voilà huit jours que vous n'avez plus ni vos ordres à donner, ni votre compagnie à faire manœuvrer. Le bruit des mousquets, des tambours et de toute la royauté vous manque ; d'ailleurs, moi qui ai porté le mousquet, je conçois cela.

– Planchet, répondit d'Artagnan, je t'assure que je ne m'ennuie pas le moins du monde.

– Que faites-vous, en ce cas, couché là comme un mort ?

– Mon ami Planchet, il y avait au siège de La Rochelle quand j'y étais, quand tu y étais, quand nous y étions enfin, il y avait au siège de La Rochelle un Arabe qu'on renommait pour sa façon de pointer les couleuvrines. C'était un garçon d'esprit, quoiqu'il fût d'une singulière couleur, couleur de tes olives. Eh bien ! cet Arabe, quand il avait mangé ou travaillé, se couchait comme je suis couché en ce moment, et fumait je ne sais quelles feuilles magiques dans un grand tube à bout d'ambre ; et, si quelque chef, venant à passer, lui reprochait de toujours dormir, il répondait tranquillement : « Mieux vaut être assis que debout, couché qu'assis, mort que couché. »

– C'était un Arabe lugubre et par sa couleur et par ses sentences, dit Planchet. Je me le rappelle parfaitement. Il coupait les têtes des protestants avec beaucoup de satisfaction.

– Précisément, et il les embaumait quand elles en valaient la peine.

– Oui, et quand il travaillait à cet embaumement avec toutes ses herbes et toutes ses grandes plantes, il avait l'air d'un vannier qui fait des corbeilles.

– Oui, Planchet, oui, c'est bien cela.

– Oh ! moi aussi, j'ai de la mémoire.

– Je n'en doute pas ; mais que dis-tu de son raisonnement ?

– Monsieur, je le trouve parfait d'une part, mais stupide de l'autre.

– Devise, Planchet, devise.

– Eh bien ! monsieur, en effet, mieux vaut être assis que debout, c'est constant surtout lorsqu'on est fatigué. Dans certaines circonstances – et Planchet sourit d'un air coquin – mieux vaut être couché qu'assis. Mais, quant à la dernière proposition : mieux vaut être mort que couché, je déclare que je la trouve absurde ; que ma préférence incontestable est pour le lit, et que, si vous n'êtes point de mon avis, c'est que, comme j'ai l'honneur de vous le dire, vous vous ennuyez à crever.

– Planchet, tu connais M. La Fontaine ?

– Le pharmacien du coin de la rue Saint-Médéric ?

– Non, le fabuliste.

– Ah ! maître corbeau ?

– Justement ; eh bien ! je suis comme son lièvre.

– Il a donc un lièvre aussi ?

– Il a toutes sortes d'animaux.

– Eh bien ! que fait-il, son lièvre ?

– Il songe.

– Ah ! ah !

– Planchet, je suis comme le lièvre de M. La Fontaine, je songe.

– Vous songez ? fit Planchet inquiet.

– Oui ; ton logis, Planchet, est assez triste pour pousser à la méditation ; tu conviendras de cela, je l'espère.

– Cependant, monsieur, vous avez vue sur la rue.

– Pardieu ! voilà qui est récréatif, hein ?

– Il n'en est pas moins vrai, monsieur, que, si vous logiez sur le derrière, vous vous ennuieriez… Non, je veux dire que vous songeriez encore plus.

– Ma foi ! je ne sais pas, Planchet.

– Encore, fit l'épicier, si vos songeries étaient du genre de celle qui vous a conduit à la restauration du roi Charles II.

Et Planchet fit entendre un petit rire qui n'était pas sans signification.

– Ah ! Planchet, mon ami, dit d'Artagnan, vous devenez ambitieux.

– Est-ce qu'il n'y aurait pas quelque autre roi à restaurer, monsieur d'Artagnan, quelque autre Monck à mettre en boîte ?

– Non, mon cher Planchet, tous les rois sont sur leurs trônes... moins bien peut-être que je ne suis sur cette chaise ; mais enfin ils y sont.

Et d'Artagnan poussa un soupir.

– Monsieur d'Artagnan, fit Planchet, vous me faites de la peine.

– Tu es bien bon, Planchet.

– J'ai un soupçon, Dieu me pardonne.

– Lequel ?

– Monsieur d'Artagnan, vous maigrissez.

– Oh ! fit d'Artagnan frappant sur son thorax, qui résonna comme une cuirasse vide, c'est impossible, Planchet.

– Ah ! voyez-vous, dit Planchet avec effusion, c'est que si vous maigrissiez chez moi...

– Eh bien !

– Eh bien ! je ferais un malheur.

– Allons, bon !

– Oui.

– Que ferais-tu ? Voyons.

– Je trouverais celui qui cause votre chagrin.

– Voilà que j'ai un chagrin, maintenant.

– Oui, vous en avez un.

– Non, Planchet, non.

– Je vous dis que si, moi ; vous avez un chagrin, et vous maigrissez.

– Je maigris, tu es sûr ?

– À vue d'œil… Malaga ! si vous maigrissez encore, je prends ma rapière, et je m'en vais tout droit couper la gorge à M. d'Herblay.

– Hein ! fit d'Artagnan en bondissant sur sa chaise, que dites-vous là, Planchet ? et que fait le nom de M. d'Herblay dans votre épicerie ?

– Bon ! bon ! fâchez-vous si vous voulez, injuriez-moi si vous voulez ; mais, morbleu ! je sais ce que je sais.

D'Artagnan s'était, pendant cette seconde sortie de Planchet, placé de manière à ne pas perdre un seul de ses regards, c'est-à-dire qu'il s'était assis, les deux mains appuyées sur ses deux genoux, le cou tendu vers le digne épicier.

– Voyons, explique-toi, dit-il, et dis-moi comment tu as pu proférer un blasphème de cette force. M. d'Herblay, ton ancien chef, mon ami, un homme d'Église, un mousquetaire devenu évêque, tu lèverais l'épée sur lui, Planchet ?

– Je lèverais l'épée sur mon père quand je vous vois dans ces états-là.

– M. d'Herblay, un gentilhomme !

– Cela m'est bien égal, à moi, qu'il soit gentilhomme. Il vous fait rêver noir, voilà ce que je sais. Et, de rêver noir, on maigrit. Malaga ! Je ne veux pas que M. d'Artagnan sorte de chez moi plus maigre qu'il n'y est entré.

– Comment me fait-il rêver noir ? Voyons, explique, explique.

– Voilà trois nuits que vous avez le cauchemar.

– Moi ?

– Oui, vous, et que, dans votre cauchemar, vous répétez : « Aramis ! sournois d'Aramis ! »

– Ah ! j'ai dit cela ? fit d'Artagnan inquiet.

– Vous l'avez dit, foi de Planchet !

– Et bien, après ? Tu sais le proverbe, mon ami. « Tout songe est mensonge. »

– Non pas ; car, chaque fois que, depuis trois jours, vous êtes sorti, vous n'avez pas manqué de me demander au retour : « As-tu vu M. d'Herblay ? » ou bien encore : « As-tu reçu pour moi des lettres de M. d'Herblay ? »

– Mais il me semble qu'il est bien naturel que je m'intéresse à ce cher ami ? dit d'Artagnan.

– D'accord, mais pas au point d'en diminuer.

– Planchet, j'engraisserai, je t'en donne ma parole d'honneur.

– Bien ! monsieur, je l'accepte ; car je sais que, lorsque vous donnez votre parole d'honneur, c'est sacré...

– Je ne rêverai plus d'Aramis.

– Très bien !

– Je ne te demanderai plus s'il y a des lettres de M. d'Herblay.

– Parfaitement.

– Mais tu m'expliqueras une chose.

– Parlez, monsieur.

– Je suis observateur...

– Je le sais bien...

– Et tout à l'heure tu as dit un juron singulier...

– Oui.

– Dont tu n'as pas l'habitude.

– « Malaga ! » vous voulez dire ?

– Justement.

– C'est mon juron depuis que je suis épicier.

– C'est juste, c'est un nom de raisin sec.

– C'est mon juron de férocité ; quand une fois j'ai dit « Malaga ! » je ne suis plus un homme.

– Mais enfin je ne te connaissais pas ce juron-là.

– C'est juste, monsieur, on me l'a donné.

Et Planchet, en prononçant ces paroles, cligna de l'œil avec un petit air de finesse qui appela toute l'attention de d'Artagnan.

– Eh ! eh ! fit-il.

Planchet répéta :

– Eh ! eh !

– Tiens ! tiens ! monsieur Planchet.

– Dame ! monsieur, dit Planchet, je ne suis pas comme vous, moi, je ne passe pas ma vie à songer.

– Tu as tort.

– Je veux dire à m'ennuyer, monsieur ; nous n'avons qu'un faible temps à vivre, pourquoi ne pas en profiter ?

– Tu es philosophe épicurien, à ce qu'il paraît, Planchet ?

– Pourquoi pas ? La main est bonne, on écrit et l'on pèse du sucre et des épices ; le pied est sûr, on danse ou l'on se promène ; l'estomac a des dents, on dévore et l'on digère ; le cœur n'est pas trop racorni ; eh bien ! monsieur...

– Eh bien ! quoi, Planchet ?

– Ah ! voilà !... fit l'épicier en se frottant les mains.

D'Artagnan croisa une jambe sur l'autre.

– Planchet, mon ami, dit-il, vous m'abrutissez de surprise.

– Pourquoi ?

– Parce que vous vous révélez à moi sous un jour absolument nouveau.

Planchet, flatté au dernier point, continua de se frotter les mains à s'enlever l'épiderme.

– Ah ! ah ! dit-il, parce que je ne suis qu'une bête, vous croyez que je serai un imbécile ?

– Bien ! Planchet, voilà un raisonnement.

– Suivez bien mon idée, monsieur. Je me suis dit, continua Planchet, sans plaisir, il n'est pas de bonheur sur la terre.

– Oh ! que c'est bien vrai, ce que tu dis là, Planchet ! interrompit d'Artagnan.

– Or, prenons, sinon du plaisir, le plaisir n'est pas chose si commune, du moins, des consolations.

– Et tu te consoles ?

– Justement.

– Explique-moi ta manière de te consoler.

– Je mets un bouclier pour aller combattre l'ennui. Je règle mon temps de patience, et, à la veille juste du jour où je sens que je vais m'ennuyer, je m'amuse.

– Ce n'est pas plus difficile que cela ?

– Non.

– Et tu as trouvé cela tout seul ?

– Tout seul.

– C'est miraculeux.

– Qu'en dites-vous ?

– Je dis que ta philosophie n'a pas sa pareille au monde.

– Eh bien ! alors, suivez mon exemple.

– C'est tentant.

– Faites comme moi.

– Je ne demanderais pas mieux ; mais toutes les âmes n'ont pas la même trempe, et peut-être que, s'il fallait que je m'amusasse comme toi, je m'ennuierais horriblement…

– Bah ! essayez d'abord.

– Que fais-tu ? Voyons.

– Avez-vous remarqué que je m'absente ?

– Oui.

– D'une certaine façon ?

– Périodiquement.

– C'est cela, ma foi ! Vous l'avez remarqué ?

– Mon cher Planchet, tu comprends que, lorsqu'on se voit à peu près tous les jours, quand l'un s'absente, celui-là manque à l'autre ? Est-ce que je ne te manque pas, à toi, quand je suis en campagne ?

– Immensément ! c'est-à-dire que je suis comme un corps sans âme.

– Ceci convenu, continuons.

– À quelle époque est-ce que je m'absente ?

– Le 15 et le 30 de chaque mois.

– Et je reste dehors ?

– Tantôt deux, tantôt trois, tantôt quatre jours.

– Qu'avez-vous cru que j'allais faire ?

– Les recettes.

– Et, en revenant, vous m'avez trouvé le visage ?…

– Fort satisfait.

– Vous voyez, vous le dites vous-même, toujours satisfait. Et vous avez attribué cette satisfaction ?…

– À ce que ton commerce allait bien ; à ce que les achats de riz, de pruneaux, de cassonade, de poires tapées et de mélasse allaient à merveille. Tu as toujours été fort pittoresque de caractère, Planchet ; aussi n'ai-je pas été surpris un instant de te voir opter pour l'épicerie, qui est un des commerces les plus variés et les plus doux au caractère, en ce qu'on y manie presque toutes choses naturelles et parfumées.

– C'est bien dit, monsieur ; mais quelle erreur est la vôtre !

– Comment, j'erre ?

– Quand vous croyez que je vais comme cela tous les quinze jours en recettes ou en achats. Oh ! oh ! monsieur, comment diable avez-vous pu croire une pareille chose ? Oh ! oh ! oh !

Et Planchet se mit à rire de façon à inspirer à d'Artagnan les doutes les plus injurieux sur sa propre intelligence.

– J'avoue, dit le mousquetaire, que je ne suis pas à ta hauteur.

– Monsieur, c'est vrai.

– Comment, c'est vrai ?

– Il faut bien que ce soit vrai puisque vous le dites ; mais remarquez bien que cela ne vous fait rien perdre dans mon esprit.

– Ah ! c'est bien heureux !

– Non, vous êtes un homme de génie, vous ; et, quand il s'agit de guerre, de surprises, de tactique et de coups de main, dame ! les rois sont bien peu de chose à côté de vous ; mais, pour le repos de l'âme, les soins du corps, les confitures de la vie, si cela peut se dire, ah ! monsieur, ne me parlez pas des hommes de génie, ils sont leurs propres bourreaux.

– Bon ! Planchet, dit d'Artagnan pétillant de curiosité, voilà que tu m'intéresses au plus haut point.

– Vous vous ennuyez déjà moins que tout à l'heure, n'est-ce pas ?

– Je ne m'ennuyais pas ; cependant, depuis que tu me parles, je m'amuse davantage.

– Allons donc ! bon commencement ! Je vous guérirai.

– Je ne demande pas mieux.

– Voulez-vous que j'essaie ?

– À l'instant.

– Soit ! Avez-vous ici des chevaux ?

– Oui : dix, vingt, trente.

– Il n'en est pas besoin de tant que cela ; deux, voilà tout.

– Ils sont à ta disposition, Planchet.

– Bon ! je vous emmène.

– Quand cela ?

– Demain.

– Où ?

– Ah ! vous en demandez trop.

– Cependant tu m'avoueras qu'il est important que je sache où je vais.

– Aimez-vous la campagne ?

– Médiocrement, Planchet.

– Alors vous aimez la ville ?

– C'est selon.

– Eh bien ! je vous mène dans un endroit moitié ville moitié campagne.

– Bon !

– Dans un endroit où vous vous amuserez, j'en suis sûr.

– À merveille !

– Et, miracle, dans un endroit d'où vous revenez pour vous y être ennuyé.

– Moi ?

– Mortellement !

– C'est donc à Fontainebleau que tu vas ?

– À Fontainebleau, juste !

– Tu vas à Fontainebleau, toi ?

– J'y vais.

– Et que vas-tu faire à Fontainebleau, Bon Dieu ?

Planchet répondit à d'Artagnan par un clignement d'yeux plein de malice.

– Tu as quelque terre par là, scélérat !

– Oh ! une misère, une bicoque.

– Je t'y prends.

– Mais c'est gentil, parole d'honneur !

– Je vais à la campagne de Planchet ! s'écria d'Artagnan.

– Quand vous voudrez.

– N'avons-nous pas dit demain ?

– Demain, soit ; et puis, d'ailleurs, demain, c'est le 14, c'est-à-dire la veille du jour où j'ai peur de m'ennuyer, ainsi donc, c'est convenu.

– Convenu.

– Vous me prêtez un de vos chevaux ?

– Le meilleur.

– Non, je préfère le plus doux ; je n'ai jamais été excellent cavalier, vous le savez, et, dans l'épicerie, je me suis encore rouillé ; et puis...

– Et puis quoi ?

– Et puis, ajouta Planchet avec un autre clin d'œil, et puis je ne veux pas me fatiguer.

– Et pourquoi ? se hasarda à demander d'Artagnan.

– Parce que je ne m'amuserais plus, répondit Planchet.

Et là-dessus il se leva de dessus son sac de maïs en s'étirant et en faisant craquer tous ses os, les uns après les autres avec une sorte d'harmonie.

– Planchet ! Planchet ! s'écria d'Artagnan, je déclare qu'il n'est point sur la terre de sybarite qui puisse vous être comparé. Ah ! Planchet, on voit bien que nous n'avons pas encore mangé l'un près de l'autre un tonneau de sel.

– Et pourquoi cela, monsieur ?

– Parce que je ne te connaissais pas encore, dit d'Artagnan, et que, décidément, j'en reviens à croire définitivement ce que j'avais pensé un instant le jour où, à Boulogne, tu as étranglé, ou peu s'en faut, Lubin, le valet de M. de Wardes ; Planchet, c'est que tu es un homme de ressource.

Planchet se mit à rire d'un rire plein de fatuité, donna le bonsoir au mousquetaire, et descendit dans son arrière-boutique, qui lui servait de chambre à coucher.

D'Artagnan reprit sa première position sur sa chaise, et son front, déridé un instant, devint plus pensif que jamais.

Il avait déjà oublié les folies et les rêves de Planchet.

« Oui, se dit-il en ressaisissant le fil de ses pensées, interrompues par cet agréable colloque auquel nous venons de faire participer le public ; oui, tout est là :

« 1° savoir ce que Baisemeaux voulait à Aramis ;

« 2° savoir pourquoi Aramis ne me donne point de ses nouvelles ;

« 3° savoir où est Porthos.

« Sous ces trois points gît le mystère.

« Or, continua d'Artagnan, puisque nos amis ne nous avouent rien, ayons recours à notre pauvre intelligence. On fait ce qu'on peut, mordioux ! ou malaga !   comme   dit   Planchet. »

Chapitre CXLI – La lettre de M. de Baisemeaux

D'Artagnan, fidèle à son plan, alla dès le lendemain matin rendre visite à M. de Baisemeaux.

C'était jour de propreté à la Bastille : les canons étaient brossés, fourbis, les escaliers grattés ; les porte-clefs semblaient occupés du soin de polir leurs clefs elles-mêmes.

Quant aux soldats de la garnison, ils se promenaient dans leurs cours, sous prétexte qu'ils étaient assez propres.

Le commandant Baisemeaux reçut d'Artagnan d'une façon plus que polie ; mais il fut avec lui d'une réserve tellement serrée, que toute la finesse de d'Artagnan ne lui tira pas une syllabe.

Plus il se retenait dans ses limites, plus la défiance de d'Artagnan croissait.

Ce dernier crut même remarquer que le commandant agissait en vertu d'une recommandation récente.

Baisemeaux n'avait pas été au Palais-Royal, avec d'Artagnan, l'homme froid et impénétrable que celui-ci trouva dans le Baisemeaux de la Bastille.

Quand d'Artagnan voulut le faire parler sur les affaires si pressantes d'argent qui avaient amené Baisemeaux à la recherche d'Aramis et le rendaient expansif malgré tout ce soir-là, Baisemeaux prétexta des ordres à donner dans la prison même, et laissa d'Artagnan se morfondre si longtemps à l'attendre, que notre mousquetaire, certain de ne point obtenir un mot de plus, partit de la Bastille sans que Baisemeaux fût revenu de son inspection.

Mais il avait un soupçon, d'Artagnan, et, une fois le soupçon éveillé, l'esprit de d'Artagnan ne dormait plus.

Il était aux hommes ce que le chat est aux quadrupèdes, l'emblème de l'inquiétude à la fois et de l'impatience.

Un chat inquiet ne demeure pas plus en place que le flocon de soie qui se balance à tout souffle d'air. Un chat qui guette est mort devant son poste d'observation, et ni la faim ni la soif ne savent le tirer de sa méditation.

D'Artagnan, qui brûlait d'impatience, secoua tout à coup ce sentiment comme un manteau trop lourd. Il se dit que la chose qu'on lui cachait était précisément celle qu'il importait de savoir.

En conséquence, il réfléchit que Baisemeaux ne manquerait pas de faire prévenir Aramis, si Aramis lui avait donné une recommandation quelconque. C'est ce qui arriva.

Baisemeaux avait à peine eu le temps matériel de revenir du donjon, que d'Artagnan s'était mis en embuscade près de la rue du Petit-Musc, de façon à voir tous ceux qui sortiraient de la Bastille.

Après une heure de station à la *Herse-d'Or*, sous l'auvent où l'on prenait un peu d'ombre, d'Artagnan vit sortir un soldat de garde.

Or, c'était le meilleur indice qu'il pût désirer. Tout gardien ou porte-clefs a ses jours de sortie et même ses heures à la Bastille, puisque tous sont astreints à n'avoir ni femme ni logement dans le château ; ils peuvent donc sortir sans exciter la curiosité.

Mais un soldat caserné est renfermé pour vingt-quatre heures lorsqu'il est de garde, on le sait bien, et d'Artagnan le savait mieux que personne. Ce soldat ne devait donc sortir en tenue de service que pour un ordre exprès et pressé.

Le soldat, disons-nous, partit de la Bastille, et lentement, lentement, comme un heureux mortel à qui, au lieu d'une faction devant un insipide corps de garde, ou sur un bastion non moins ennuyeux, arrive la bonne aubaine d'une liberté jointe à une promenade, ces deux plaisirs comptant comme service. Il se dirigea vers le faubourg Saint-Antoine, humant l'air, le soleil, et regardant les femmes.

D'Artagnan le suivit de loin. Il n'avait pas encore fixé ses idées là-dessus.

« Il faut tout d'abord, pensa-t-il, que je voie la figure de ce drôle. Un homme vu est un homme jugé. »

D'Artagnan doubla le pas, et, ce qui n'était pas bien difficile, devança le soldat.

Non seulement il vit sa figure, qui était assez intelligente et résolue, mais encore il vit son nez, qui était un peu rouge.

« Le drôle aime l'eau-de-vie », se dit-il.

En même temps qu'il voyait le nez rouge, il voyait dans la ceinture du soldat un papier blanc.

« Bon ! il a une lettre, ajouta d'Artagnan. Or, un soldat se trouve trop joyeux d'être choisi par M. de Baisemeaux pour estafette, il ne vend pas le message. »

Comme d'Artagnan se rongeait les poings, le soldat avançait toujours dans le faubourg Saint-Antoine.

« Il va certainement à Saint-Mandé, se dit-il, et je ne saurai pas ce qu'il y a dans la lettre… »

C'était à en perdre la tête.

« Si j'étais en uniforme, se dit d'Artagnan, je ferais prendre le drôle et sa lettre avec lui. Le premier corps de garde mc prêterait la main. Mais du diable si je dis mon nom pour un fait de ce genre. Le faire boire, il se défiera et puis il me grisera… Mordioux ! je n'ai plus d'esprit, et c'en est fait de moi. Attaquer ce malheureux, le faire dégainer, le tuer pour sa lettre. Bon, s'il s'agissait d'une lettre de reine à un lord, ou d'une lettre de cardinal à une reine. Mais, mon Dieu, quelles piètres intrigues que celles de MM. Aramis et Fouquet avec M. Colbert ! La vie d'un homme pour cela, oh ! non, pas même dix écus.»

Comme il philosophait de la sorte en mangeant ses ongles et moustaches, il aperçut un petit groupe d'archers et un commissaire.

Ces gens emmenaient un homme de belle mine qui se débattait du meilleur cœur.

Les archers lui avaient déchiré ses habits, et on le traînait. Il demandait qu'on le conduisît avec égards, se prétendant gentilhomme et soldat.

Il vit notre soldat marcher dans la rue, et cria :

– Soldat, à moi !

Le soldat marcha du même pas vers celui qui l'interpellait, et la foule le suivit.

Une idée vint alors à d'Artagnan.

C'était la première : on verra qu'elle n'était pas mauvaise.

Tandis que le gentilhomme racontait au soldat qu'il venait d'être pris dans une maison comme voleur, tandis qu'il n'était qu'un amant, le soldat le plaignait et lui donnait des consolations et des conseils avec cette gravité que le soldat français met au service de son amour-propre et de l'esprit de corps. D'Artagnan se glissa derrière le soldat pressé par la foule, et lui tira nettement et promptement le papier de la ceinture.

Comme, à ce moment, le gentilhomme déchiré tiraillait ce soldat, comme le commissaire tiraillait le gentilhomme, d'Artagnan put opérer sa capture sans le moindre inconvénient.

Il se mit à dix pas derrière un pilier de maison, et lut sur l'adresse :

« À M. du Vallon, chez M. Fouquet, à Saint-Mandé. »

– Bon, dit-il.

Et il décacheta sans déchirer, puis il tira le papier plié en quatre, qui contenait seulement ces mots :

« Cher monsieur du Vallon, veuillez faire dire à M. d'Herblay qu'il est venu à la Bastille et qu'il a questionné.

« Votre dévoué,

« De Baisemeaux. »

– Eh bien ! à la bonne heure, s'écria d'Artagnan, voilà qui est parfaitement limpide. Porthos en est.

Sûr de ce qu'il voulait savoir :

« Mordioux ! pensa le mousquetaire, voilà un pauvre diable de soldat à qui cet enragé sournois de Baisemeaux va faire payer cher ma supercherie… S'il rentre sans lettre… que lui fera-t-on ? Au fait, je n'ai pas besoin de cette lettre ; quand l'œuf est avalé, à quoi bon les coquilles ? »

D'Artagnan vit que le commissaire et les archers avaient convaincu le soldat et continuaient d'emmener leur prisonnier.

Celui-ci restait environné de la foule et continuait ses doléances.

D'Artagnan vint au milieu de tous et laissa tomber la lettre sans que personne le vit, puis il s'éloigna rapidement. Le soldat reprenait sa route vers Saint-Mandé, pensant beaucoup à ce gentilhomme qui avait imploré sa protection.

Tout à coup il pensa un peu à sa lettre, et, regardant sa ceinture, il la vit dépouillée. Son cri d'effroi fit plaisir à d'Artagnan.

Ce pauvre soldat jeta les yeux tout autour de lui avec angoisse, et enfin, derrière lui, à vingt pas, il aperçut la bienheureuse enveloppe. Il fondit dessus comme un faucon sur sa proie.

L'enveloppe était bien un peu poudreuse, un peu froissée, mais enfin la lettre était retrouvée.

D'Artagnan vit que le cachet brisé occupait beaucoup le soldat. Le brave homme finit cependant par se consoler, il remit le papier dans sa ceinture.

« Va, dit d'Artagnan, j'ai le temps désormais ; précède-moi. Il paraît qu'Aramis n'est pas à Paris, puisque Baisemeaux écrit à Porthos. Ce cher Porthos, quelle joie de le revoir… et de causer avec lui ! » dit le Gascon.

Et, réglant son pas sur celui du soldat, il se promit d'arriver un quart d'heure après lui chez M. Fouquet.

Chapitre CXLII – Où le lecteur verra avec plaisir que Porthos n'a rien perdu de sa force

D'Artagnan avait, selon son habitude, calculé que chaque heure vaut soixante minutes et chaque minute soixante secondes.

Grâce à ce calcul parfaitement exact de minutes et de secondes, il arriva devant la porte du surintendant au moment même où le soldat en sortait la ceinture vide.

D'Artagnan se présenta à la porte, qu'un concierge, brodé sur toutes les coutures, lui tint entrouverte.

D'Artagnan aurait bien voulu entrer sans se nommer, mais il n'y avait pas moyen. Il se nomma.

Malgré cette concession, qui devait lever toute difficulté, d'Artagnan le pensait du moins, le concierge hésita ; cependant, à ce titre répété pour la seconde fois, capitaine des gardes du roi, le concierge, sans livrer tout à fait passage, cessa de le barrer complètement.

D'Artagnan comprit qu'une formidable consigne avait été donnée.

Il se décida donc à mentir, ce qui, d'ailleurs, ne lui coûtait point par trop, quand il voyait par-delà le mensonge le salut de l'État, ou même purement et simplement son intérêt personnel.

Il ajouta donc, aux déclarations déjà faites par lui, que le soldat qui venait d'apporter une lettre à M. du Vallon n'était autre que son messager, et que cette lettre avait pour but d'annoncer son arrivée, à lui.

Dès lors, nul ne s'opposa plus à l'entrée de d'Artagnan, et d'Artagnan entra.

Un valet voulut l'accompagner, mais il répondit qu'il était inutile de prendre cette peine à son endroit, attendu qu'il savait parfaitement où se tenait M. du Vallon.

Il n'y avait rien à répondre à un homme si complètement instruit.

On laissa faire d'Artagnan.

Perrons, salons, jardins, tout fut passé en revue par le mousquetaire. Il marcha un quart d'heure dans cette maison plus que royale, qui comptait autant de merveilles que de meubles, autant de serviteurs que de colonnes et de portes.

« Décidément, se dit-il, cette maison n'a d'autres limites que les limites de la terre. Est-ce que Porthos aurait eu la fantaisie de s'en retourner à Pierrefonds, sans sortir de chez M. Fouquet ? »

Enfin, il arriva dans une partie reculée du château, ceinte d'un mur de pierres de taille sur lesquelles grimpait une profusion de plantes grasses ruisselantes de fleurs, grosses et solides comme des fruits.

De distance en distance, sur le mur d'enceinte, s'élevaient des statues dans des poses timides ou mystérieuses. C'étaient des vestales cachées sous le péplum aux grands plis ; des veilleurs agiles enfermés dans leurs voiles de marbre et couvant le palais de leurs furtifs regards.

Un Hermès, le doigt sur la bouche, une Iris aux ailes éployées, une Nuit tout arrosée de pavots, dominaient les jardins et les bâtiments qu'on entrevoyait derrière les arbres ; toutes ces statues se profilaient en blanc sur les hauts cyprès, qui dardaient leurs cimes noires vers le ciel.

Autour de ces cyprès s'étaient enroulés des rosiers séculaires, qui attachaient leurs anneaux fleuris à chaque fourche des branches et semaient sur les ramures inférieures et sur les statues des pluies de fleurs embaumées.

Ces enchantements parurent au mousquetaire l'effort suprême de l'esprit humain. Il était dans une disposition d'esprit à poétiser. L'idée que Porthos habitait un pareil Eden lui donna de Porthos une idée plus haute, tant il est vrai que les esprits les plus élevés ne sont point exempts de l'influence de l'entourage.

D'Artagnan trouva la porte ; à la porte, une espèce de ressort qu'il découvrit et qu'il fit jouer. La porte s'ouvrit.

D'Artagnan entra, referma la porte et pénétra dans un pavillon bâti en rotonde, et dans lequel on n'entendait d'autre bruit que celui des cascades et des chants d'oiseaux.

À la porte du pavillon, il rencontra un laquais.

– C'est ici, dit sans hésitation d'Artagnan, que demeure M. le baron du Vallon, n'est-ce pas.

– Oui, monsieur, répondit le laquais.

– Prévenez-le que M. le chevalier d'Artagnan, capitaine aux mousquetaires de Sa Majesté, l'attend.

D'Artagnan fut introduit dans un salon.

D'Artagnan ne demeura pas longtemps dans l'attente : un pas bien connu ébranla le parquet de la salle voisine, une porte s'ouvrit ou plutôt s'enfonça, et Porthos vint se jeter dans les bras de son ami avec une sorte d'embarras qui ne lui allait pas mal.

– Vous ici ? s'écria-t-il.

– Et vous ? répliqua d'Artagnan. Ah ! sournois !

– Oui, dit Porthos en souriant d'un sourire embarrassé, oui, vous me trouvez chez M. Fouquet, et cela vous étonne un peu, n'est-ce pas ?

– Non pas ; pourquoi ne seriez-vous pas des amis de M. Fouquet ? M. Fouquet a bon nombre d'amis, surtout parmi les hommes d'esprit.

Porthos eut la modestie de ne pas prendre le compliment pour lui.

– Puis, ajouta-t-il, vous m'avez vu à Belle-Île.

– Raison de plus pour que je sois porté à croire que vous êtes des amis de M. Fouquet.

– Le fait est que je le connais, dit Porthos avec un certain embarras.

– Ah ! mon ami, dit d'Artagnan, que vous êtes coupable envers moi !

– Comment cela ? s'écria Porthos.

– Comment ! vous accomplissez un ouvrage aussi admirable que celui des fortifications de Belle-Île, et vous ne m'en avertissez pas.

Porthos rougit.

– Il y a plus, continua d'Artagnan, vous me voyez là-bas ; vous savez que je suis au roi, et vous ne devinez pas que le roi, jaloux de connaître quel est l'homme de mérite qui accomplit une œuvre dont on lui fait les plus magnifiques récits, vous ne devinez pas que le roi m'a envoyé pour savoir quel était cet homme ?

– Comment ! le roi vous avait envoyé pour savoir…

– Pardieu ! Mais ne parlons plus de cela.

– Corne de bœuf ! dit Porthos, au contraire, parlons-en ; ainsi, le roi savait que l'on fortifiait Belle-Île ?

– Bon ! est-ce que le roi ne sait pas tout ?

– Mais il ne savait pas qui le fortifiait ?

– Non ; seulement, il se doutait, d'après ce qu'on lui avait dit des travaux, que c'était un illustre homme de guerre.

– Diable ! dit Porthos, si j'avais su cela.

– Vous ne vous seriez pas sauvé de Vannes, n'est-ce pas ?

– Non. Qu'avez-vous dit quand vous ne m'avez plus trouvé ?

– Mon cher, j'ai réfléchi.

– Ah ! oui, vous réfléchissez, vous… Et à quoi cela vous a-t-il mené de réfléchir ?

– À deviner toute la vérité.

– Ah ! vous avez deviné ?

– Oui.

– Qu'avez-vous deviné ? Voyons, dit Porthos en s'accommodant dans un fauteuil et prenant des airs de sphinx.

– J'ai deviné, d'abord, que vous fortifiiez Belle-Île.

– Ah ! cela n'était pas bien difficile, vous m'avez vu à l'œuvre.

– Attendez donc ; mais j'ai deviné encore quelque chose, c'est que vous fortifiiez Belle-Île par ordre de M. Fouquet.

– C'est vrai.

– Ce n'est pas le tout. Quand je suis en train de deviner, je ne m'arrête pas en route.

– Ce cher d'Artagnan !

– J'ai deviné que M. Fouquet voulait garder le secret le plus profond sur ces fortifications.

– C'était son intention, en effet, à ce que je crois, dit Porthos.

– Oui ; mais savez-vous pourquoi il voulait garder ce secret ?

– Dame ! pour que la chose ne fût pas sue, dit Porthos.

– D'abord. Mais ce désir était soumis à l'idée d'une galanterie…

– En effet, dit Porthos, j'ai entendu dire que M. Fouquet était fort galant.

– À l'idée d'une galanterie qu'il voulait faire au roi.

– Oh ! oh !

– Cela vous étonne ?

– Oui.

– Vous ne saviez pas cela ?

– Non.

– Eh bien ! je le sais, moi.

– Vous êtes donc sorcier.

– Pas le moins du monde.

– Comment le savez-vous, alors ?

– Ah ! voilà ! par un moyen bien simple ! j'ai entendu M. Fouquet le dire lui-même au roi.

– Lui dire quoi ?

– Qu'il avait fait fortifier Belle-Île à son intention, et qu'il lui faisait cadeau de Belle-Île.

– Ah ! vous avez entendu M. Fouquet dire cela au roi ?

– En toutes lettres. Il a même ajouté : « Belle-Île a été fortifiée par un ingénieur de mes amis, homme de beaucoup de mérite, que je demanderai la permission de présenter au roi. » – « Son nom ? » a demandé le roi. « Le baron du Vallon », a répondu M. Fouquet. « C'est bien, a répondu le roi, vous me le présenterez. »

– Le roi a répondu cela ?

– Foi de d'Artagnan !

– Oh ! oh ! fit Porthos. Mais pourquoi ne m'a-t-on pas présenté, alors ?

– Ne vous a-t-on point parlé de cette présentation ?

– Si fait, mais je l'attends toujours.

– Soyez tranquille, elle viendra.

– Hum ! hum ! grogna Porthos.

D'Artagnan fit semblant de ne pas entendre, et, changeant la conversation :

– Mais vous habitez un lieu bien solitaire, cher ami, ce me semble ? demanda-t-il.

– J'ai toujours aimé l'isolement. Je suis mélancolique, répondit Porthos avec un soupir.

– Tiens ! c'est étrange, fit d'Artagnan, je n'avais pas remarqué cela.

– C'est depuis que je me livre à l'étude, dit Porthos d'un air soucieux.

– Mais les travaux de l'esprit n'ont pas nui à la santé du corps, j'espère ?

– Oh ! nullement.

– Les forces vont toujours bien ?

– Trop bien, mon ami, trop bien.

– C'est que j'avais entendu dire que, dans les premiers jours de votre arrivée…

– Oui, je ne pouvais plus remuer, n'est-ce pas ?

– Comment, fit d'Artagnan avec un sourire, et à propos de quoi ne pouviez-vous plus remuer ?

Porthos comprit qu'il avait dit une bêtise et voulut se reprendre.

– Oui, je suis venu de Belle-Île ici sur de mauvais chevaux, dit-il, et cela m'avait fatigué.

– Cela ne m'étonne plus, que, moi qui venais derrière vous, j'en aie trouvé sept ou huit de crevés sur la route.

– Je suis lourd, voyez-vous, dit Porthos.

– De sorte que vous étiez moulu ?

– La graisse m'a fondu, et cette fonte m'a rendu malade.

– Ah ! pauvre Porthos !… Et Aramis, comment a-t-il été pour vous dans tout cela ?

– Très bien… Il m'a fait soigner par le propre médecin de M. Fouquet. Mais figurez-vous qu'au bout de huit jours je ne respirais plus.

– Comment cela ?

– La chambre était trop petite : j'absorbais trop d'air.

– Vraiment ?

– À ce que l'on m'a dit, du moins… Et l'on m'a transporté dans un autre logement.

– Où vous respiriez, cette fois ?

– Plus librement, oui ; mais pas d'exercice, rien à faire. Le médecin prétendait que je ne devais pas bouger ; moi, au contraire, je me sentais plus fort que jamais. Cela donna naissance à un grave accident.

– À quel accident ?

– Imaginez-vous, cher ami, que je me révoltai contre les ordonnances de cet imbécile de médecin et que je résolus de sortir, que cela lui convint ou ne lui convînt pas. En conséquence, j'ordonnai au valet qui me servait d'apporter mes habits.

– Vous étiez donc tout nu, mon pauvre Porthos ?

– Non pas, j'avais une magnifique robe de chambre, au contraire. Le laquais obéit ; je me revêtis de mes habits, qui étaient devenus trop larges ; mais, chose étrange, mes pieds étaient devenus trop larges, eux.

– Oui, j'entends bien.

– Et mes bottes étaient devenues trop étroites.

– Vos pieds étaient restés enflés.

– Tiens ! vous avez deviné.

– Parbleu ! Et c'est là l'accident dont vous me vouliez entretenir ?

– Ah bien ! oui ! Je ne fis pas la même réflexion que vous. Je me dis : « Puisque mes pieds ont entré dix fois dans mes bottes, il n'y a aucune raison pour qu'ils n'y entrent pas une onzième. »

– Cette fois, mon cher Porthos, permettez-moi de vous le dire, vous manquiez de logique.

– Bref, j'étais donc placé en face d'une cloison ; j'essayais de mettre ma botte droite ; je tirais avec les mains, je poussais avec le jarret, faisant des efforts inouïs, quand, tout à coup, les deux oreilles de mes bottes demeurèrent dans mes mains ; mon pied partit comme une catapulte.

– Catapulte ! Comme vous êtes fort sur les fortifications, cher Porthos !

– Mon pied partit donc comme une catapulte et rencontra la cloison, qu'il effondra. Mon ami, je crus que, comme Samson, j'avais démoli le temple. Ce qui tomba du coup de tableaux, de porcelaines, de vases de fleurs, de tapisseries, de bâtons de rideaux, c'est inouï.

– Vraiment !

– Sans compter que de l'autre côté de la cloison était une étagère chargée de porcelaines.

– Que vous renversâtes ?

– Que je lançai à l'autre bout de l'autre chambre.

Porthos se mit à rire.

– En vérité, comme vous dites, c'est inouï !

Et d'Artagnan se mit à rire comme Porthos.

Porthos, aussitôt, se mit à rire plus fort que d'Artagnan.

– Je cassai, dit Porthos d'une voix entrecoupée par cette hilarité croissante, pour plus de trois mille francs de porcelaines, oh ! oh ! oh !…

– Bon ! dit d'Artagnan.

– J'écrasai pour plus de quatre mille francs de glaces, oh ! oh ! oh !…

– Excellent !

– Sans compter un lustre qui me tomba juste sur la tête et qui fut brisé en mille morceaux, oh ! oh ! oh !…

– Sur la tête ? dit d'Artagnan, qui se tenait les côtes.

– En plein !

– Mais vous eûtes la tête cassée ?

– Non, puisque je vous dis, au contraire, que c'est le lustre qui se brisa comme verre qu'il était.

– Ah ! le lustre était de verre ?

– De verre de Venise ; une curiosité, mon cher, un morceau qui n'avait pas son pareil, une pièce qui pesait deux cents livres.

– Et qui vous tomba sur la tête ?

– Sur… la… tête !… Figurez-vous un globe de cristal tout doré, tout incrusté en bas, des parfums qui brûlaient en haut, des becs qui jetaient de la flamme lorsqu'ils étaient allumés.

– Bien entendu ; mais ils ne l'étaient pas ?

– Heureusement, j'eusse été incendié.

– Et vous n'avez été qu'aplati ?

– Non.

– Comment, non.

– Non, le lustre m'est tombé sur le crâne. Nous avons là, à ce qu'il paraît, sur le sommet de la tête, une croûte excessivement solide.

– Qui vous a dit cela, Porthos ?

– Le médecin. Une manière de dôme qui supporterait Notre-Dame de Paris.

– Bah !

– Oui, il paraît que nous avons le crâne ainsi fait.

– Parlez pour vous, cher ami ; c'est votre crâne à vous qui est fait ainsi et non celui des autres.

– C'est possible, dit Porthos avec fatuité ; tant il y a que, lors de la chute du lustre sur ce dôme que nous avons au sommet de la tête, ce fut un bruit pareil à la détonation d'un canon ; le cristal fut brisé et je tombai tout inondé.

– De sang, pauvre Porthos !

– Non, de parfums qui sentaient comme des crèmes ; c'était excellent, mais cela sentait trop bon, je fus comme étourdi de cette bonne odeur ; vous avez éprouvé cela quelquefois, n'est-ce pas, d'Artagnan ?

– Oui, en respirant du muguet ; de sorte, mon pauvre ami, que vous fûtes renversé du choc et abasourdi de l'odeur.

– Mais ce qu'il y a de particulier, et le médecin m'a affirmé, sur son honneur, qu'il n'avait jamais rien vu de pareil…

– Vous eûtes au moins une bosse ? interrompit d'Artagnan.

– J'en eus cinq.

– Pourquoi cinq ?

– Attendez : le lustre avait, à son extrémité inférieure, cinq ornements dorés extrêmement aigus.

– Aïe !

– Ces cinq ornements pénétrèrent dans mes cheveux, que je porte fort épais, comme vous voyez.

– Heureusement.

– Et s'imprimèrent dans ma peau. Mais, voyez la singularité, ces choses-là n'arrivent qu'à moi ! Au lieu de faire des creux, ils firent des bosses. Le médecin n'a jamais pu m'expliquer cela d'une manière satisfaisante.

– Eh bien ! je vais vous l'expliquer, moi.

– Vous me rendrez service, dit Porthos en clignant des yeux, ce qui était chez lui le signe de l'attention portée au plus haut degré.

– Depuis que vous faites fonctionner votre cerveau à de hautes études, à des calculs importants, la tête a profité ; de sorte que vous avez maintenant une tête trop pleine de science.

– Vous croyez ?

– J'en suis sûr. Il en résulte qu'au lieu de rien laisser pénétrer d'étranger dans l'intérieur de la tête, votre boîte osseuse, qui est déjà trop pleine, profite des ouvertures qui s'y font pour laisser échapper ce trop-plein.

– Ah ! fit Porthos, à qui cette explication paraissait plus claire que celle du médecin.

– Les cinq protubérances causées par les cinq ornements du lustre furent certainement des amas scientifiques, amenés extérieurement par la force des choses.

– En effet, dit Porthos, et la preuve, c'est que cela me faisait plus de mal dehors que dedans. Je vous avouerai même que, quand je mettais mon chapeau sur ma tête, en l'enfonçant du poing avec cette énergie gracieuse que nous possédons, nous autres gentilshommes d'épée, eh bien ! si mon coup de poing n'était pas parfaitement mesuré, je ressentais des douleurs extrêmes.

– Porthos, je vous crois.

– Aussi, mon bon ami, dit le géant, M. Fouquet se décida-t-il, voyant le peu de solidité de la maison, à me donner un autre logis. On me mit en conséquence ici.

– C'est le parc réservé, n'est-ce pas ?

– Oui.

– Celui des rendez-vous ? celui qui est si célèbre dans les histoires mystérieuses du surintendant ?

– Je ne sais pas : je n'y ai eu ni rendez-vous ni histoires mystérieuses ; mais on m'autorise à y exercer mes muscles, et je profite de la permission en déracinant des arbres.

– Pour quoi faire ?

– Pour m'entretenir la main, et puis pour y prendre des nids d'oiseaux : je trouve cela plus commode que de monter dessus.

– Vous êtes pastoral comme Tircis, mon cher Porthos.

– Oui, j'aime les petits œufs ; je les aime infiniment plus que les gros. Vous n'avez point idée comme c'est délicat, une omelette de quatre ou cinq cents œufs de verdier, de pinson, de sansonnet, de merle et de grive.

– Mais cinq cents œufs, c'est monstrueux !

– Cela tient dans un saladier, dit Porthos.

D'Artagnan admira cinq minutes Porthos, comme s'il le voyait pour la première fois.

Quant à Porthos, il s'épanouit joyeusement sous le regard de son ami.

Ils demeurèrent quelques instants ainsi, d'Artagnan regardant, Porthos s'épanouissant.

D'Artagnan cherchait évidemment à donner un nouveau tour à la conversation.

– Vous divertissez-vous beaucoup ici, Porthos ? demanda-t-il enfin, sans doute lorsqu'il eut trouvé ce qu'il cherchait.

– Pas toujours.

– Je conçois cela ; mais, quand vous vous ennuierez par trop, que ferez vous ?

– Oh ! je ne suis pas ici pour longtemps. Aramis attend que ma dernière bosse ait disparu pour me présenter au roi, qui ne peut pas souffrir les bosses, à ce qu'on m'a dit.

– Aramis est donc toujours à Paris ?

– Non.

– Et où est-il ?

– À Fontainebleau.

– Seul ?

– Avec M. Fouquet.

– Très bien. Mais savez-vous une chose ?

– Non. Dites-la-moi et je la saurai.

– C'est que je crois qu'Aramis vous oublie.

– Vous croyez ?

– Là-bas, voyez-vous, on rit, on danse, on festoie, on fait sauter les vins de M. de Mazarin. Savez-vous qu'il y a ballet tous les soirs, là-bas ?

– Diable ! diable !

– Je vous déclare donc que votre cher Aramis vous oublie.

– Cela se pourrait bien, et je l'ai pensé parfois.

– À moins qu'il ne vous trahisse, le sournois !

– Oh !

– Vous le savez, c'est un fin renard, qu'Aramis.

– Oui, mais me trahir…

– Écoutez ; d'abord, il vous séquestre.

– Comment, il me séquestre ! Je suis séquestré, moi ?

– Pardieu !

– Je voudrais bien que vous me prouvassiez cela ?

– Rien de plus facile. Sortez-vous ?

– Jamais.

– Montez-vous à cheval ?

– Jamais.

– Laisse-t-on parvenir vos amis jusqu'à vous ?

– Jamais.

– Eh bien ! mon ami, ne sortir jamais, ne jamais monter à cheval, ne jamais voir ses amis, cela s'appelle être séquestré.

– Et pourquoi Aramis me séquestrerait-il ? demanda Porthos.

– Voyons, dit d'Artagnan, soyez franc, Porthos.

– Comme l'or.

– C'est Aramis qui a fait le plan des fortifications de Belle-Île, n'est-ce pas ?

Porthos rougit.

– Oui, dit-il, mais voilà tout ce qu'il a fait.

– Justement, et mon avis est que ce n'est pas une très grande affaire.

– C'est le mien aussi.

– Bien ; je suis enchanté que nous soyons du même avis.

– Il n'est même jamais venu à Belle-Île, dit Porthos.

– Vous voyez bien.

– C'est moi qui allais à Vannes, comme vous avez pu le voir.

– Dites comme je l'ai vu. Eh bien ! voilà justement l'affaire, mon cher Porthos, Aramis, qui n'a fait que les plans, voudrait passer pour l'ingénieur ; tandis que, vous qui avez bâti pierre à pierre la muraille, la citadelle et les bastions, il voudrait vous reléguer au rang de constructeur.

– De constructeur, c'est-à-dire de maçon ?

– De maçon, c'est cela.

– De gâcheur de mortier ?

– Justement.

– De manœuvre ?

– Vous y êtes.

– Oh ! oh ! cher Aramis, vous vous croyez toujours vingt-cinq ans, à ce qu'il paraît ?

– Ce n'est pas le tout : il vous en croit cinquante.

– J'aurais bien voulu le voir à la besogne.

– Oui.

– Un gaillard qui a la goutte.

– Oui.

– La gravelle.

– Oui.

– À qui il manque trois dents.

– Quatre.

– Tandis que moi, regardez !

Et Porthos, écartant ses grosses lèvres, exhiba deux rangées de dents un peu moins blanches que la neige, mais aussi nettes, aussi dures et aussi saines que l'ivoire.

– Vous ne vous figurez pas, Porthos, dit d'Artagnan, combien le roi tient aux dents. Les vôtres me décident ; je vous présenterai au roi.

– Vous ?

– Pourquoi pas ? Croyez-vous que je sois plus mal en cour qu'Aramis ?

– Oh ! non.

– Croyez-vous que j'aie la moindre prétention sur les fortifications de Belle-Île ?

– Oh ! certes non.

– C'est donc votre intérêt seul qui peut me faire agir.

– Je n'en doute pas.

– Eh bien ! je suis intime ami du roi, et la preuve, c'est que, lorsqu'il y a quelque chose de désagréable à lui dire, c'est moi qui m'en charge.

– Mais, cher ami, si vous me présentez...

– Après ?

– Aramis se fâchera.

– Contre moi ?

130

– Non, contre moi.

– Bah ! que ce soit lui ou que ce soit moi qui vous présente, puisque vous deviez être présenté, c'est la même chose.

– On devait me faire faire des habits.

– Les vôtres sont splendides.

– Oh ! ceux que j'avais commandés étaient bien plus beaux.

– Prenez garde, le roi aime la simplicité.

– Alors je serai simple. Mais que dira M. Fouquet de me savoir parti ?

– Êtes-vous donc prisonnier sur parole ?

– Non, pas tout à fait. Mais je lui avais promis de ne pas m'éloigner sans le prévenir.

– Attendez, nous allons revenir à cela. Avez-vous quelque chose à faire ici ?

– Moi ? Rien de bien important, du moins.

– À moins cependant que vous ne soyez l'intermédiaire d'Aramis pour quelque chose de grave.

– Ma foi, non.

– Ce que je vous en dis, vous comprenez, c'est par intérêt pour vous. Je suppose, par exemple, que vous êtes chargé d'envoyer à Aramis des messages, des lettres.

– Ah ! des lettres, oui. Je lui envoie de certaines lettres.

– Où cela ?

– À Fontainebleau.

– Et avez-vous de ces lettres ?

– Mais...

– Laissez-moi dire. Et avez-vous de ces lettres ?

– Je viens justement d'en recevoir une.

– Intéressante ?

– Je le suppose.

– Vous ne les lisez donc pas ?

– Je ne suis pas curieux.

Et Porthos tira de sa poche la lettre du soldat que Porthos n'avait pas lue, mais que d'Artagnan avait lue, lui.

– Savez-vous ce qu'il faut faire ? dit d'Artagnan.

– Parbleu ! ce que je fais toujours, l'envoyer.

– Non pas.

– Comment cela, la garder ?

– Non, pas encore. Ne vous a-t-on pas dit que cette lettre était importante.

– Très importante.

– Eh bien ! il faut la porter vous-même à Fontainebleau.

– À Aramis.

– Oui.

– C'est juste.

– Et puisque le roi y est...

– Vous profiterez de cela ?...

– Je profiterai de cela pour vous présenter au roi.

– Ah ! corne de bœuf ! d'Artagnan, il n'y a en vérité que vous pour trouver des expédients.

– Donc, au lieu d'envoyer à notre ami des messages plus ou moins fidèles, c'est nous-mêmes qui lui portons la lettre.

– Je n'y avais même pas songé, c'est bien simple cependant.

– C'est pourquoi il est urgent, mon cher Porthos, que nous partions tout de suite.

– En effet, dit Porthos, plus tôt nous partirons, moins la lettre d'Aramis éprouvera de retard.

– Porthos, vous raisonnez toujours puissamment, et chez vous la logique seconde l'imagination.

– Vous trouvez ? dit Porthos.

– C'est le résultat des études solides, répondit d'Artagnan. Allons, venez.

– Mais, dit Porthos, ma promesse à M. Fouquet ?

– Laquelle ?

– De ne point quitter Saint-Mandé sans le prévenir ?

– Ah ! mon cher Porthos, dit d'Artagnan, que vous êtes jeune !

– Comment cela !

– Vous arrivez à Fontainebleau, n'est-ce pas ?

– Oui.

– Vous y trouverez M. Fouquet ?

– Oui.

– Chez le roi probablement ?

– Chez le roi, répéta majestueusement Porthos.

– Et vous l'abordez en lui disant : « Monsieur Fouquet, j'ai l'honneur de vous prévenir que je viens de quitter Saint-Mandé. »

– Et, dit Porthos avec la même majesté, me voyant à Fontainebleau chez le roi, M. Fouquet ne pourra pas dire que je mens.

– Mon cher Porthos, j'ouvrais la bouche pour vous le dire ; vous me devancez en tout. Oh ! Porthos ! quelle heureuse nature vous êtes ! l'âge n'a pas mordu sur vous.

– Pas trop.

– Alors tout est dit.

– Je crois que oui.

– Vous n'avez plus de scrupules ?

– Je crois que non.

– Alors je vous emmène.

– Parfaitement ; je vais faire seller mes chevaux.

– Vous avez des chevaux ici ?

– J'en ai cinq.

– Que vous avez fait venir de Pierrefonds ?

– Que M. Fouquet m'a donnés.

– Mon cher Porthos, nous n'avons pas besoin de cinq chevaux pour deux ; d'ailleurs, j'en ai déjà trois à Paris, cela ferait huit ; ce serait trop.

– Ce ne serait pas trop si j'avais mes gens ici ; mais, hélas ! je ne les ai pas.

– Vous regrettez vos gens ?

– Je regrette Mousqueton, Mousqueton me manque.

– Excellent cœur ! dit d'Artagnan ; mais, croyez-moi, laissez vos chevaux ici comme vous avez laissé Mousqueton là-bas.

– Pourquoi cela ?

– Parce que, plus tard…

– Eh bien ?

– Eh bien ! plus tard, peut-être sera-t-il bien que M. Fouquet ne vous ait rien donné du tout.

– Je ne comprends pas, dit Porthos.

– Il est inutile que vous compreniez.

– Cependant…

– Je vous expliquerai cela plus tard, Porthos.

– C'est de la politique, je parie.

– Et de la plus subtile.

Porthos baissa la tête sur ce mot de politique ; puis, après un moment de rêverie, il ajouta :

– Je vous avouerai, d'Artagnan, que je ne suis pas politique.

– Je le sais, pardieu ! bien.

– Oh ! nul ne sait cela ; vous me l'avez dit vous-même, vous, le brave des braves.

– Que vous ai-je dit, Porthos ?

– Que l'on avait ses jours. Vous me l'avez dit et je l'ai éprouvé. Il y a des jours où l'on éprouve moins de plaisir que dans d'autres à recevoir des coups d'épée.

– C'est ma pensée.

– C'est la mienne aussi, quoique je ne croie guère aux coups qui tuent.

– Diable ! vous avez tué, cependant ?

– Oui, mais je n'ai jamais été tué.

– La raison est bonne.

– Donc, je ne crois pas mourir jamais de la lame d'une épée ou de la balle d'un fusil.

– Alors, vous n'avez peur de rien ?... Ah ! de l'eau, peut-être ?

– Non, je nage comme une loutre.

– De la fièvre quartaine ?

– Je ne l'ai jamais eue, et ne crois point l'avoir jamais ; mais je vous avouerai une chose...

Et Porthos baissa la voix.

– Laquelle ? demanda d'Artagnan en se mettant au diapason de Porthos.

– Je vous avouerai, répéta Porthos, que j'ai une horrible peur de la politique.

– Ah ! bah ! s'écria d'Artagnan.

– Tout beau ! dit Porthos d'une voix de stentor. J'ai vu Son Éminence M. le cardinal de Richelieu et Son Éminence M. le cardinal de Mazarin ; l'un avait une politique rouge, l'autre une politique noire. Je n'ai jamais été beaucoup plus content de l'une que de l'autre : la première a fait couper le cou à M. de Marcillac, à M. de Thou, à M. de Cinq-Mars, à M. de Chalais, à M. de Boutteville, à M. de Montmorency ; la seconde a fait écharper une foule de frondeurs, dont nous étions, mon cher.

– Dont, au contraire, nous n'étions pas, dit d'Artagnan.

– Oh ! si fait ; car si je dégainais pour le cardinal moi, je frappais pour le roi.

– Cher Porthos !

– J'achève. Ma peur de la politique est donc telle, que, s'il y a de la politique là-dessous, j'aime mieux retourner à Pierrefonds.

– Vous auriez raison, si cela était ; mais avec moi, cher Porthos, jamais de politique, c'est net. Vous avez travaillé à fortifier Belle-Île ; le roi a voulu savoir le nom de l'habile ingénieur qui avait fait les travaux ; vous êtes timide comme tous les hommes d'un vrai mérite ; peut-être Aramis veut-il vous mettre sous le boisseau. Moi, je vous prends ; moi, je vous déclare ; moi, je vous produis ; le roi vous récompense et voilà toute ma politique.

– C'est la mienne, morbleu ! dit Porthos en tendant la main à d'Artagnan.

Mais d'Artagnan connaissait la main de Porthos ; il savait qu'une fois emprisonnée entre les cinq doigts du baron, une main ordinaire n'en sortait pas sans foulure. Il tendit donc, non pas la main, mais le poing à son ami. Porthos ne s'en aperçut même pas. Après quoi ils sortirent tous deux de Saint-Mandé.

Les gardiens chuchotèrent bien un peu et se dirent à l'oreille quelques paroles que d'Artagnan comprit, mais qu'il se garda bien de faire comprendre à Porthos.

« Notre ami, dit-il, était bel et bien prisonnier d'Aramis. Voyons ce qu'il va résulter de la mise en liberté de ce conspirateur. »

Chapitre CXLIII – Le rat et le fromage

D'Artagnan et Porthos revinrent à pied comme d'Artagnan était venu.

Lorsque d'Artagnan, entrant le premier dans la boutique du *Pilon d'Or*, eut annoncé à Planchet que M. du Vallon serait un des voyageurs privilégiés ; lorsque Porthos, en entrant dans la boutique, eu fait cliqueter avec son plumet les chandelles de bois suspendues à l'auvent, quelque chose comme un pressentiment douloureux troubla la joie que Planchet se promettait pour le lendemain.

Mais c'était un cœur d'or que notre épicier, relique précieuse du bon temps, qui est toujours et a toujours été pour ceux qui vieillissent le temps de leur jeunesse, et pour ceux qui sont jeunes la vieillesse de leurs ancêtres.

Planchet, malgré ce frémissement intérieur aussitôt réprimé que ressenti, accueillit donc Porthos avec un respect de tendre cordialité.

Porthos, un peu roide d'abord, à cause de la distance sociale qui existait à cette époque entre un baron et un épicier, Porthos finit par s'humaniser en voyant chez Planchet tant de bon vouloir et de prévenances.

Il fut surtout sensible à la liberté qui lui fut donnée ou plutôt offerte, de plonger ses larges mains dans les caisses de fruits secs et confits, dans les sacs d'amandes et de noisettes, dans les tiroirs pleins de sucrerie.

Aussi, malgré les invitations que lui fit Planchet de monter à l'entresol, choisit-il pour habitation favorite, pendant la soirée qu'il avait à passer chez Planchet, la boutique, où ses doigts rencontraient toujours ce que son nez avait senti et vu.

Les belles figues de Provence, les avelines du Forest, les prunes de la Touraine, devinrent pour Porthos l'objet d'une distraction qu'il savoura pendant cinq heures sans interruption.

Sous ses dents, comme sous des meules, se broyaient les noyaux, dont les débris jonchaient le plancher et criaient sous les semelles de ceux qui allaient et venaient ; Porthos égrenait dans ses lèvres, d'un seul coup, les riches grappes de muscat sec, aux violettes couleurs, dont une demi-livre passait ainsi d'un seul coup de sa bouche dans son estomac.

Dans un coin du magasin, les garçons, tapis avec épouvante, s'entre regardaient sans oser se parler.

Ils ignoraient Porthos, ils ne l'avaient jamais vu. La race de ces Titans qui avaient porté les dernières cuirasses d'Hugues Capet, de Philippe-Auguste et de François Ier commençait à disparaître. Ils se demandaient donc mentalement si ce n'était point là l'ogre des contes de fées, qui allait faire disparaître dans son insatiable estomac le magasin tout entier de Planchet, et cela sans opérer le moindre déménagement des tonnes et des caisses.

Croquant, mâchant, cassant, grignotant, suçant et avalant, Porthos disait de temps en temps à l'épicier :

– Vous avez là un joli commerce, ami Planchet.

– Il n'en aura bientôt plus si cela continue, grommela le premier garçon, qui avait parole de Planchet pour lui succéder.

Et, dans son désespoir, il s'approcha de Porthos, qui tenait toute la place du passage qui conduisait de l'arrière-boutique à la boutique. Il espérait que Porthos se lèverait, et que ce mouvement le distrairait de ses idées dévorantes.

– Que désirez-vous, mon ami ? demanda Porthos d'un air affable.

– Je désirerais passer, monsieur, si cela ne vous gênait pas trop.

– C'est trop juste, dit Porthos, et cela ne me gêne pas du tout.

Et en même temps il prit le garçon par la ceinture, l'enleva de terre, et le posa doucement de l'autre côté.

Le tout en souriant toujours avec le même air affable.

Les jambes manquèrent au garçon épouvanté au moment où Porthos le posait à terre, si bien qu'il tomba le derrière sur des lièges.

Cependant, voyant la douceur de ce géant, il se hasarda de nouveau.

– Ah ! monsieur, dit-il, prenez garde.

– À quoi, mon ami ? demanda Porthos.

– Vous allez vous mettre le feu dans le corps.

– Comment cela, mon bon ami ? fit Porthos.

– Ce sont tous aliments qui échauffent, monsieur.

– Lesquels ?

– Les raisins, les noisettes, les amandes.

– Oui, mais, si les amandes, les noisettes et les raisins échauffent...

– C'est incontestable, monsieur.

– Le miel rafraîchit.

Et allongeant la main vers un petit baril de miel ouvert, dans lequel plongeait la spatule à l'aide de laquelle on le sert aux pratiques, Porthos en avala une bonne demi-livre.

– Mon ami, dit Porthos, je vous demanderai de l'eau maintenant.

– Dans un seau, monsieur ? demanda naïvement le garçon.

– Non, dans une carafe ; une carafe suffira, répondit Porthos avec bonhomie.

Et, portant la carafe à sa bouche, comme un sonneur fait de sa trompe, il vida la carafe d'un seul coup.

Planchet tressaillait dans tous les sentiments qui correspondent aux fibres de la propriété et de l'amour-propre.

Cependant, hôte digne de l'hospitalité antique, il feignait de causer très attentivement avec d'Artagnan, et lui répétait sans cesse :

– Ah ! monsieur, quelle joie !… ah ! monsieur, quel honneur !

– À quelle heure souperons-nous, Planchet ? demanda Porthos ; j'ai appétit.

Le premier garçon joignit les mains.

Les deux autres se coulèrent sous les comptoirs, craignant que Porthos ne sentît la chair fraîche.

– Nous prendrons seulement ici un léger goûter, dit d'Artagnan, et, une fois à la campagne de Planchet, nous souperons.

– Ah ! c'est à votre campagne que nous allons Planchet ? dit Porthos. Tant mieux.

– Vous me comblez, monsieur le baron.

Monsieur le baron fit grand effet sur les garçons, qui virent un homme de la plus haute qualité dans un appétit de cette espèce.

D'ailleurs, ce titre les rassura. Jamais ils n'avaient entendu dire qu'un ogre eût été appelé *monsieur le baron*.

– Je prendrai quelques biscuits pour ma route, dit nonchalamment Porthos.

Et, ce disant, il vida tout un bocal de biscuits anisés dans la vaste poche de son pourpoint.

– Ma boutique est sauvée, s'écria Planchet.

– Oui, comme le fromage, dit le premier garçon.

– Quel fromage ?

– Ce fromage de Hollande dans lequel était entré un rat et dont nous ne trouvâmes plus que la croûte.

Planchet regarda sa boutique, et, à la vue de ce qui avait échappé à la dent de Porthos, il trouva la comparaison exagérée.

Le premier garçon s'aperçut de ce qui se passait dans l'esprit de son maître.

– Gare au retour ! lui dit-il.

– Vous avez des fruits chez vous ? dit Porthos en montant l'entresol, où l'on venait d'annoncer que la collation était servie.

« Hélas ! » pensa l'épicier en adressant à d'Artagnan un regard plein de prières, que celui-ci comprit à moitié.

Après la collation, on se mit en route.

Il était tard lorsque les trois cavaliers, partis de Paris vers six heures, arrivèrent sur le pavé de Fontainebleau.

La route s'était faite gaiement. Porthos prenait goût à la société de Planchet, parce que celui-ci lui témoignait beaucoup de respect et l'entretenait avec amour de ses prés, de ses bois et de ses garennes.

Porthos avait les goûts et l'orgueil du propriétaire.

D'Artagnan, lorsqu'il eut vu aux prises les deux compagnons, prit les bas-côtés de la route, et, laissant la bride flotter sur le cou de sa monture, il s'isola du monde entier comme de Porthos et de Planchet.

La lune glissait doucement à travers le feuillage bleuâtre de la forêt. Les senteurs de la plaine montaient, embaumées, aux narines des chevaux, qui soufflaient avec de grands bonds de joie.

Porthos et Planchet se mirent à parler foins.

Planchet avoua à Porthos que, dans l'âge mûr de sa vie, il avait, en effet, négligé l'agriculture pour le commerce, mais que son enfance s'était écoulée en Picardie, dans les belles luzernes qui lui montaient jusqu'aux genoux et sous les pommiers verts aux pommes rouges ; aussi s'était-il juré, aussitôt sa fortune faite, de retourner à la nature, et de finir ses jours comme il les avait commencés, le plus près possible de la terre, où tous les hommes s'en vont.

– Eh ! eh ! dit Porthos, alors, mon cher monsieur Planchet, votre retraite est proche ?

– Comment cela ?

– Oui, vous me paraissez en train de faire une petite fortune.

– Mais oui, répondit Planchet, on boulotte.

– Voyons, combien ambitionnez-vous et à quel chiffre comptez-vous vous retirer ?

– Monsieur, dit Planchet sans répondre à la question, si intéressante qu'elle fût, monsieur, une chose me fait beaucoup de peine.

– Quelle chose ? demanda Porthos en regardant derrière lui comme pour chercher cette chose qui inquiétait Planchet et l'en délivrer.

– Autrefois, dit l'épicier, vous m'appeliez Planchet tout court et vous m'eussiez dit : « Combien ambitionnes-tu, Planchet, et à quel chiffre comptes-tu te retirer ? »

– Certainement, certainement, autrefois j'eusse dit cela, répliqua l'honnête Porthos avec un embarras plein de délicatesse ; mais autrefois…

– Autrefois, j'étais le laquais de M. d'Artagnan, n'est-ce pas cela que vous voulez dire ?

– Oui.

– Eh bien ! si je ne suis plus tout à fait son laquais, je suis encore son serviteur ; et, de plus, depuis ce temps-là…

– Eh bien ! Planchet ?

– Depuis ce temps-là, j'ai eu l'honneur d'être son associé.

– Oh ! oh ! fit Porthos. Quoi ! d'Artagnan s'est mis dans l'épicerie ?

– Non, non, dit d'Artagnan, que ces paroles tirèrent de sa rêverie et qui mit son esprit à la conversation avec l'habileté et la rapidité qui distinguaient chaque opération de son esprit et de son corps. Ce n'est pas d'Artagnan qui s'est mis dans l'épicerie, c'est Planchet qui s'est mis dans la politique. Voilà !

– Oui, dit Planchet avec orgueil et satisfaction à la fois, nous avons fait ensemble une petite opération qui m'a rapporté, à moi, cent mille livres, à M. d'Artagnan deux cent mille.

– Oh ! oh ! fit Porthos avec admiration.

– En sorte, monsieur le baron, continua l'épicier, que je vous prie de nouveau de m'appeler Planchet comme par le passé et de me tutoyer toujours. Vous ne sauriez croire le plaisir que cela me procurera.

– Je le veux, s'il en est ainsi, mon cher Planchet, répliqua Porthos.

Et, comme il se trouvait près de Planchet, il leva la main pour lui frapper sur l'épaule en signe de cordiale amitié.

Mais un mouvement providentiel du cheval dérangea le geste du cavalier, de sorte que sa main tomba sur la croupe du cheval de Planchet.

L'animal plia les reins.

D'Artagnan se mit à rire et à penser tout haut.

– Prends garde, Planchet ; car, si Porthos t'aime trop, il te caressera, et, s'il te caresse, il t'aplatira : Porthos est toujours très fort, vois-tu.

– Oh ! dit Planchet, Mousqueton n'en est pas mort, et cependant M. le baron l'aime bien.

– Certainement, dit Porthos avec un soupir qui fit simultanément cabrer les trois chevaux, et je disais encore ce matin à d'Artagnan combien je le regrettais : mais, dis-moi, Planchet ?

– Merci, monsieur le baron, merci.

– Brave garçon, va ! Combien as-tu d'arpents de parc, toi ?

– De parc ?

– Oui. Nous compterons les prés ensuite, puis les bois après.

– Où cela, monsieur.

– À ton château.

– Mais, monsieur le baron, je n'ai ni château, ni parc, ni prés, ni bois.

– Qu'as-tu donc, demanda Porthos, et pourquoi nommes-tu cela une campagne, alors ?

– Je n'ai point dit une campagne, monsieur le baron, répliqua Planchet un peu humilié, mais un simple pied-à-terre.

– Ah ! ah ! fit Porthos, je comprends ; tu te réserves.

– Non, monsieur le baron, je dis la bonne vérité : j'ai deux chambres d'amis, voilà tout.

– Mais alors, dans quoi se promènent-ils, tes amis ?

– D'abord, dans la forêt du roi, qui est fort belle.

– Le fait est que la forêt est belle, dit Porthos, presque aussi belle que ma forêt du Berri.

Planchet ouvrit de grands yeux.

– Vous avez une forêt dans le genre de la forêt de Fontainebleau, monsieur le baron ? balbutia-t-il.

– Oui, j'en ai même deux ; mais celle du Berri est ma favorite.

– Pourquoi cela ? demanda gracieusement Planchet.

– Mais, d'abord, parce que je n'en connais pas la fin ; et, ensuite, parce qu'elle est pleine de braconniers.

– Et comment cette profusion de braconniers peut-elle vous rendre cette forêt si agréable ?

– En ce qu'ils chassent mon gibier et que, moi, je les chasse, ce qui, en temps de paix, est en petit, pour moi, une image de la guerre.

On en était à ce moment de la conversation, lorsque Planchet, levant le nez, aperçut les premières maisons de Fontainebleau qui se dessinaient en vigueur sur le ciel, tandis qu'au-dessus de la masse compacte et informe s'élançaient les toits aigus du château, dont les ardoises reluisaient à la lune comme les écailles d'un immense poisson.

– Messieurs, dit Planchet, j'ai l'honneur de vous annoncer que nous sommes arrivés à Fontainebleau.

Chapitre CXLIV – La campagne de Planchet

Les cavaliers levèrent la tête et virent que l'honnête Planchet disait l'exacte vérité.

Dix minutes après, ils étaient dans la rue de Lyon, de l'autre côté de l'Auberge du *Beau-Paon*.

Une grande haie de sureaux touffus, d'aubépines et de houblons formait une clôture impénétrable et noire, derrière laquelle s'élevait une maison blanche à large toit de tuiles.

Deux fenêtres de cette maison donnaient sur la rue.

Toutes deux étaient sombres.

Entre les deux, une petite porte surmontée d'un auvent soutenu par des pilastres y donnait entrée.

On arrivait à cette porte par un seuil élevé.

Planchet mit pied à terre comme s'il allait frapper à cette porte ; puis, se ravisant, il prit son cheval par la bride et marcha environ trente pas encore.

Ses deux compagnons le suivirent.

Alors il arriva devant une porte charretière à claire-voie située trente pas plus loin, et, levant un loquet de bois, seule clôture de cette porte, il poussa l'un des battants.

Alors il entra le premier, tira son cheval par la bride, dans une petite cour entourée de fumier, dont la bonne odeur décelait une étable toute voisine.

– Il sent bon, dit bruyamment Porthos en mettant à son tour pied à terre, et je me croirais, en vérité dans mes vacheries de Pierrefonds.

– Je n'ai qu'une vache, se hâta de dire modestement Planchet.

– Et moi, j'en ai trente, dit Porthos, ou plutôt je ne sais pas le nombre de mes vaches.

Les deux cavaliers étaient entrés, Planchet referma la porte derrière eux.

Pendant ce temps, d'Artagnan, qui avait mis pied à terre avec sa légèreté habituelle, humait le bon air, et, joyeux comme un Parisien qui voit de la verdure, il arrachait un brin de chèvrefeuille d'une main, une églantine de l'autre.

Porthos avait mis ses mains sur des pois qui montaient le long des perches et mangeait ou plutôt broutait cosses et fruits.

Planchet s'occupa aussitôt de réveiller, dans ses appentis, une manière de paysan, vieux et cassé, qui couchait sur des mousses couvertes d'une souquenille.

Ce paysan, reconnaissant Planchet, l'appela *notre maître*, à la grande satisfaction de l'épicier.

– Mettez les chevaux au râtelier, mon vieux, et bonne pitance, dit Planchet.

– Oh ! oui-da ! les belles bêtes, dit le paysan ; oh ! il faut qu'elles en crèvent !

– Doucement, doucement, l'ami, dit d'Artagnan ; peste ! comme nous y allons : l'avoine et la botte de paille, rien de plus.

– Et de l'eau blanche pour ma monture à moi, dit Porthos, car elle a bien chaud, ce me semble.

– Oh ! ne craignez rien, messieurs, répondit Planchet, le père Célestin est un vieux gendarme d'Ivry. Il connaît l'écurie ; venez à la maison, venez.

Il attira les deux amis par une allée fort couverte qui traversait un potager, puis une petite luzerne, et qui, enfin, aboutissait à un petit jardin derrière lequel s'élevait la maison, dont on avait déjà vu la principale façade du côté de la rue.

À mesure que l'on approchait, on pouvait distinguer, par deux fenêtres ouvertes au rez-de-chaussée et qui donnaient accès à la chambre, l'intérieur, le *pénétral* de Planchet.

Cette chambre, doucement éclairée par une lampe placée sur la table, apparaissait au fond du jardin comme une riante image de la tranquillité, de l'aisance et du bonheur.

Partout où tombait la paillette de lumière détachée du centre lumineux sur une faïence ancienne, sur un meuble luisant de propreté, sur une arme pendue à la tapisserie, la pure clarté trouvait un pur reflet, et la goutte de feu venait dormir sur la chose agréable à l'œil.

Cette lampe, qui éclairait la chambre, tandis que le feuillage des jasmins et des aristoloches tombait de l'encadrement des fenêtres, illuminait splendidement une nappe damassée blanche comme un quartier de neige.

Deux couverts étaient mis sur cette nappe. Un vin jauni roulait ses rubis dans le cristal à facettes de la longue bouteille, et un grand pot de faïence bleue, à couvercle d'argent, contenait un cidre écumeux.

Près de la table, dans un fauteuil à large dossier, dormait une femme de trente ans, au visage épanoui par la santé et la fraîcheur.

Et, sur les genoux de cette fraîche créature, un gros chat doux, pelotonnant son corps sur ses pattes pliées, faisait entendre le ronflement caractéristique qui, avec les yeux demi-clos, signifie, dans les mœurs félines : « Je suis parfaitement heureux. »

Les deux amis s'arrêtèrent devant cette fenêtre, tout ébahis de surprise.

Planchet, en voyant leur étonnement, fut ému d'une douce joie.

– Ah ! coquin de Planchet ! dit d'Artagnan, je comprends tes absences.

– Oh ! oh ! voilà du linge bien blanc, dit à son tour Porthos d'une voix de tonnerre.

Au bruit de cette voix, le chat s'enfuit, la ménagère se réveilla en sursaut, et Planchet, prenant un air gracieux, introduisit les deux compagnons dans la chambre où était dressé le couvert.

– Permettez-moi, dit-il, ma chère, de vous présenter M. le chevalier d'Artagnan, mon protecteur.

D'Artagnan prit la main de la dame en homme de Cour et avec les mêmes manières chevaleresques qu'il eût pris celle de Madame.

– M. le baron du Vallon de Bracieux de Pierrefonds, ajouta Planchet.

Porthos fit un salut dont Anne d'Autriche se fût déclarée satisfaite, sous peine d'être bien exigeante.

Alors, ce fut au tour de Planchet.

Il embrassa bien franchement la dame, après toutefois avoir fait un signe qui semblait demander la permission à d'Artagnan et à Porthos.

Permission qui lui fut accordée, bien entendu.

D'Artagnan fit un compliment à Planchet.

– Voilà, dit-il, un homme qui sait arranger sa vie.

– Monsieur, répondit Planchet en riant, la vie est un capital que l'homme doit placer le plus ingénieusement qu'il lui est possible…

– Et tu en retires de gros intérêts, dit Porthos en riant comme un tonnerre.

Planchet revint à sa ménagère.

– Ma chère amie, dit-il, vous voyez là les deux hommes qui ont conduit une partie de mon existence. Je vous les ai nommés bien des fois tous les deux.

– Et deux autres encore, dit la dame avec un accent flamand des plus prononcés.

– Madame est Hollandaise ? demanda d'Artagnan.

Porthos frisa sa moustache, ce que remarqua d'Artagnan, qui remarquait tout.

– Je suis Anversoise, répondit la dame.

– Et elle s'appelle dame Gechter, dit Planchet.

– Vous n'appelez point ainsi madame, dit d'Artagnan.

– Pourquoi cela ? demanda Planchet.

– Parce que ce serait la vieillir chaque fois que vous l'appelleriez.

– Non, je l'appelle Trüchen.

– Charmant nom, dit Porthos.

– Trüchen, dit Planchet, m'est arrivée de Flandre avec sa vertu et deux mille florins. Elle fuyait un mari fâcheux qui la battait. En ma qualité de Picard, j'ai toujours aimé les Artésiennes. De l'Artois à la Flandre, il n'y a qu'un pas. Elle vint pleurer chez son parrain, mon prédécesseur de la rue des Lombards ; elle plaça chez moi ses deux milles florins que j'ai fait fructifier, et qui lui en rapportent dix mille.

– Bravo, Planchet !

– Elle est libre, elle est riche ; elle a une vache, elle commande à une servante et au père Célestin ; elle me file toutes mes chemises, elle me tricote tous mes bas d'hiver elle ne me voit que tous les quinze jours, et elle veut bien se trouver heureuse.

– Heureuse che suis effectivement… dit Trüchen avec abandon.

Porthos frisa l'autre hémisphère de sa moustache.

« Diable ! diable ! pensa d'Artagnan, est-ce que Porthos aurait des intentions ?… »

En attendant, Trüchen, comprenant de quoi il était question, avait excité sa cuisinière, ajouté deux couverts, et chargé la table de mets exquis, qui font d'un souper un repas, et d'un repas un festin.

Beurre frais, bœuf salé, anchois et thon, toute l'épicerie de Planchet.

Poulets, légumes, salade, poisson d'étang, poisson de rivière, gibier de forêt, toutes les ressources de la province.

De plus, Planchet revenait du cellier, chargé de dix bouteilles dont le verre disparaissait sous une épaisse couche de poudre grise.

Cet aspect réjouit le cœur de Porthos.

– J'ai faim, dit-il.

Et il s'assit près de dame Trüchen avec un regard assassin.

D'Artagnan s'assit de l'autre côté.

Planchet, discrètement et joyeusement, se plaça en face.

– Ne vous ennuyez pas, dit-il, si, pendant le souper, Trüchen quitte souvent la table ; elle surveille vos chambres à coucher.

En effet, la ménagère faisait de nombreux voyages, et l'on entendait au premier étage gémir les bois de lit et crier des roulettes sur le carreau.

Pendant ce temps, les trois hommes mangeaient et buvaient, Porthos surtout.

C'était merveille que de les voir.

Les dix bouteilles étaient dix ombres lorsque Trüchen redescendit avec du fromage.

D'Artagnan avait conservé toute sa dignité.

Porthos, au contraire, avait perdu une partie de la sienne.

On chantait bataille, on parla chansons.

D'Artagnan conseilla un nouveau voyage à la cave, et, comme Planchet ne marchait pas avec toute la régularité du *sçavant fantassin*, le capitaine des mousquetaires proposa de l'accompagner.

Ils partirent donc en fredonnant des chansons à faire peur aux diables les plus flamands.

Trüchen demeura à table près de Porthos.

Tandis que les deux gourmets choisissaient derrière les falourdes, on entendit ce bruit sec et sonore que produisent, en faisant le vide, deux lèvres sur une joue.

« Porthos se sera cru à La Rochelle », pensa d'Artagnan.

Ils remontèrent chargés de bouteilles.

Planchet n'y voyait plus, tant il chantait.

D'Artagnan, qui y voyait toujours, remarqua combien la joue gauche de Trüchen était plus rouge que la droite.

Or, Porthos souriait à la gauche de Trüchen, et frisait, de ses deux mains, les deux côtés de ses moustaches à la fois.

Trüchen souriait aussi au magnifique seigneur.

Le vin pétillant d'Anjou fit des trois hommes trois diables d'abord, trois soliveaux ensuite.

D'Artagnan n'eut que la force de prendre un bougeoir pour éclairer à Planchet son propre escalier.

Planchet traîna Porthos, que poussait Trüchen, fort joviale aussi de son côté.

Ce fut d'Artagnan qui trouva les chambres et découvrit les lits. Porthos se plongea dans le sien, déshabillé par son ami le mousquetaire.

D'Artagnan se jeta sur le sien en disant :

– Mordioux ! j'avais cependant juré de ne plus toucher à ce vin jaune qui sent la pierre à fusil. Fi ! si les mousquetaires voyaient leur capitaine dans un pareil état !

Et, tirant les rideaux du lit :

– Heureusement qu'ils ne me verront pas, ajouta-t-il.

Planchet fut enlevé dans les bras de Trüchen, qui le déshabilla et ferma rideaux et portes.

– C'est divertissant, la campagne, dit Porthos en allongeant ses jambes qui passèrent à travers le bois du lit, ce qui produisit un écroulement énorme auquel nul ne prit garde, tant on s'était diverti à la campagne de Planchet.

Tout le monde ronflait à deux heures de l'après minuit.

Chapitre CXLV – Ce que l'on voit de la maison de Planchet

Le lendemain trouva les trois héros dormant du meilleur cœur.

Trüchen avait fermé les volets en femme qui craint, pour des yeux alourdis, la première visite du soleil levant.

Aussi faisait-il nuit noire sous les rideaux de Porthos et sous le baldaquin de Planchet, quand d'Artagnan, réveillé le premier, par un rayon indiscret qui perçait les fenêtres, sauta à bas du lit, comme pour arriver le premier à l'assaut.

Il prit d'assaut la chambre de Porthos, voisine de la sienne.

Ce digne Porthos dormait comme un tonnerre gronde ; il étalait fièrement dans l'obscurité son torse gigantesque, et son poing gonflé pendait hors du lit sur le tapis de pieds.

D'Artagnan réveilla Porthos, qui frotta ses yeux d'assez bonne grâce.

Pendant ce temps, Planchet s'habillait et venait recevoir, aux portes de leurs chambres, ses deux hôtes vacillants encore de la veille.

Bien qu'il fût encore matin, toute la maison était déjà sur pied. La cuisinière massacrait sans pitié dans la basse-cour, et le père Célestin cueillait des cerises dans le jardin.

Porthos, tout guilleret, tendit une main à Planchet, et d'Artagnan demanda la permission d'embrasser Mme Trüchen.

Celle-ci, qui ne gardait pas rancune aux vaincus, s'approcha de Porthos, auquel la même faveur fut accordée.

Porthos embrassa Mme Trüchen avec un gros soupir.

Alors Planchet prit les deux amis par la main.

– Je vais vous montrer la maison, dit-il ; hier au soir, nous sommes entrés ici comme dans un four, et nous n'avons rien pu voir ; mais au jour, tout change d'aspect et vous serez contents.

– Commençons par la vue, dit d'Artagnan, la vue me charme avant toutes choses ; j'ai toujours habité des maisons royales, et les princes ne savent pas trop mal choisir leurs points de vue.

– Moi, dit Porthos, j'ai toujours tenu à la vue. Dans mon château de Pierrefonds, j'ai fait percer quatre allées qui aboutissent à une perspective variée.

– Vous allez voir ma perspective, dit Planchet.

Et il conduisit les deux hôtes à une fenêtre.

– Ah ! oui, c'est la rue de Lyon, dit d'Artagnan.

– Oui. J'ai deux fenêtres par ici, vue insignifiante ; on aperçoit cette auberge, toujours remuante et bruyante ; c'est un voisinage désagréable. J'avais quatre fenêtres par ici, je n'en ai conservé que deux.

– Passons, dit d'Artagnan.

Ils rentrèrent dans un corridor conduisant aux chambres, et Planchet poussa les volets.

– Tiens, tiens ! dit Porthos, qu'est-ce que cela, là-bas ?

– La forêt, dit Planchet. C'est l'horizon, toujours une ligne épaisse, qui est jaunâtre au printemps, verte l'été, rouge l'automne et blanche l'hiver.

– Très bien ; mais c'est un rideau qui empêche de voir plus loin.

– Oui, dit Planchet ; mais, d'ici là, on voit…

– Ah ! ce grand champ !… dit Porthos. Tiens !… qu'est-ce que j'y remarque ?… Des croix, des pierres.

– Ah çà ! mais c'est le cimetière ! s'écria d'Artagnan.

– Justement, dit Planchet ; je vous assure que c'est très curieux. Il ne se passe pas de jour qu'on n'enterre ici quelqu'un. Fontainebleau est assez fort. Tantôt ce sont des jeunes filles vêtues de blanc avec des bannières, tantôt des échevins ou des bourgeois riches avec les chantres et la fabrique de la paroisse, quelquefois des officiers de la maison du roi.

– Moi, je n'aime pas cela, dit Porthos.

– C'est peu divertissant, dit d'Artagnan.

– Je vous assure que cela donne des pensées saintes, répliqua Planchet.

– Ah ! je ne dis pas.

– Mais, continua Planchet, nous devons mourir un jour, et il y a quelque part une maxime que j'ai retenue, celle-ci : « C'est une salutaire pensée que la pensée de la mort. »

– Je ne vous dis pas le contraire, fit Porthos.

– Mais, objecta d'Artagnan, c'est aussi une pensée salutaire que celle de la verdure, des fleurs, des rivières, des horizons bleus, des larges plaines sans fin...

– Si je les avais, je ne les repousserais pas, dit Planchet, mais, n'ayant que ce petit cimetière, fleuri aussi, moussu, ombreux et calme, je m'en contente, et je pense aux gens de la ville qui demeurent rue des Lombards, par exemple, et qui entendent rouler deux mille chariots par jour, et piétiner dans la boue cent cinquante mille personnes.

– Mais vivantes, dit Porthos, vivantes !

– Voilà justement pourquoi, dit Planchet timidement, cela me repose, de voir un peu des morts.

– Ce diable de Planchet, fit d'Artagnan, il était né pour être poète comme pour être épicier.

– Monsieur, dit Planchet, j'étais une de ces bonnes pâtes d'homme que Dieu a faites pour s'animer durant un certain temps et pour trouver bonnes toutes choses qui accompagnent leur séjour sur terre.

D'Artagnan s'assit alors près de la fenêtre, et, cette philosophie de Planchet lui ayant paru solide, il y rêva.

– Pardieu ! s'écria Porthos, voilà que justement on nous donne la comédie. Est-ce que je n'entends pas un peu chanter ?

– Mais oui, l'on chante, dit d'Artagnan.

– Oh ! c'est un enterrement de dernier ordre, dit Planchet dédaigneusement. Il n'y a là que le prêtre officiant, le bedeau et l'enfant de chœur. Vous voyez, messieurs, que le défunt ou la défunte n'était pas un prince.

– Non, personne ne suit son convoi.

– Si fait, dit Porthos, je vois un homme.

– Oui, c'est vrai, un homme enveloppé d'un manteau, dit d'Artagnan.

– Cela ne vaut pas la peine d'être vu, dit Planchet.

– Cela m'intéresse, dit vivement d'Artagnan en s'accoudant sur la fenêtre.

– Allons, allons, vous y mordez, dit joyeusement Planchet ; c'est comme moi : les premiers jours, j'étais triste de faire des signes de croix toute la journée, et les chants m'allaient entrer comme des clous dans le cerveau ; depuis, je me berce avec les chants, et je n'ai jamais vu d'aussi jolis oiseaux que ceux du cimetière.

– Moi, fit Porthos, je ne m'amuse plus ; j'aime mieux descendre.

Planchet ne fit qu'un bond ; il offrit sa main à Porthos pour le conduire dans le jardin.

– Quoi ! vous restez là ? dit Porthos à d'Artagnan en se retournant.

– Oui, mon ami, oui ; je vous rejoindrai.

– Eh ! eh ! M. d'Artagnan n'a pas tort, dit Planchet ; enterre-t-on déjà ?

– Pas encore.

– Ah ! oui, le fossoyeur attend que les cordes soient nouées autour de la bière... Tiens ! il entre une femme à l'autre extrémité du cimetière.

– Oui, oui, cher Planchet, dit vivement d'Artagnan ; mais laisse-moi, laisse-moi ; je commence à entrer dans les méditations salutaires, ne me trouble pas.

Planchet parti, d'Artagnan dévora des yeux, derrière le volet demi-clos, ce qui se passait en face.

Les deux porteurs du cadavre avaient détaché les bretelles de leur civière et laissèrent glisser leur fardeau dans la fosse.

À quelques pas, l'homme au manteau, seul spectateur de la scène lugubre, s'adossait à un grand cyprès, et dérobait entièrement sa figure aux fossoyeurs et aux prêtres. Le corps du défunt fut enseveli en cinq minutes.

La fosse comblée, les prêtres s'en retournèrent. Le fossoyeur leur adressa quelques mots et partit derrière eux.

L'homme au manteau les salua au passage et mit une pièce de monnaie dans la main du fossoyeur.

– Mordioux ! murmura d'Artagnan, mais c'est Aramis, cet homme-là !

Aramis, en effet, demeura seul, de ce côté du moins ; car, à peine avait-il tourné la tête, que le pas d'une femme et le frôlement d'une robe bruirent dans le chemin près de lui.

Il se retourna aussitôt et ôta son chapeau avec un grand respect de courtisan ; il conduisit la dame sous un couvert de marronniers et de tilleuls qui ombrageaient une tombe fastueuse.

– Ah ! par exemple, dit d'Artagnan, l'évêque de Vannes donnant des rendez-vous ! C'est toujours l'abbé Aramis, muguetant à Noisy-le-Sec. Oui, ajouta le mousquetaire ; mais, dans un cimetière, c'est un rendez-vous sacré.

Et il se mit à rire.

La conversation dura une grosse demi-heure.

D'Artagnan ne pouvait pas voir le visage de la dame, car elle lui tournait le dos ; mais il voyait parfaitement, à la raideur des deux interlocuteurs, à la symétrie de leurs gestes, à la façon compassée, industrieuse, dont ils se lançaient les regards comme attaque ou comme défense, il voyait qu'on ne parlait pas d'amour.

À la fin de la conversation, la dame se leva, et ce fut elle qui s'inclina profondément devant Aramis.

– Oh ! oh ! dit d'Artagnan, mais cela finit comme un rendez-vous d'amour !... Le cavalier s'agenouille au commencement ; la demoiselle est domptée ensuite, et c'est elle qui supplie... Quelle est cette demoiselle ? Je donnerais un ongle pour la voir.

Mais ce fut impossible. Aramis s'en alla le premier ; la dame s'enfonça sous ses coiffes et partit ensuite.

D'Artagnan n'y tint plus : il courut à la fenêtre de la rue de Lyon.

Aramis venait d'entrer dans l'auberge.

La dame se dirigeait en sens inverse. Elle allait rejoindre vraisemblablement un équipage de deux chevaux de main et d'un carrosse qu'on voyait à la lisière du bois.

Elle marchait lentement, tête baissée, absorbée dans une profonde rêverie.

– Mordioux ! mordioux ! il faut que je connaisse cette femme, dit encore le mousquetaire.

Et, sans plus délibérer, il se mit à la poursuivre.

Chemin faisant, il se demandait par quel moyen il la forcerait à lever son voile.

– Elle n'est pas jeune, dit-il ; c'est une femme du grand monde. Je connais, ou le diable m'emporte ! cette tournure-là.

Comme il courait, le bruit de ses éperons et de ses bottes sur le sol battu de la rue faisait un cliquetis étrange ; un bonheur lui arriva sur lequel il ne comptait pas.

Ce bruit inquiéta la dame ; elle crut être suivie ou poursuivie, ce qui était vrai, et elle se retourna.

D'Artagnan sauta comme s'il eût reçu dans les mollets une charge de plomb à moineaux ; puis, faisant un crochet pour revenir sur ses pas :

– Mme de Chevreuse ! murmura-t-il.

D'Artagnan ne voulut pas rentrer sans tout savoir.

Il demanda au père Célestin de s'informer près du fossoyeur quel était le mort qu'on avait enseveli le matin même.

– Un pauvre mendiant franciscain, répliqua celui-ci, qui n'avait même pas un chien pour l'aimer en ce monde et l'escorter à sa dernière demeure.

« S'il en était ainsi, pensa d'Artagnan, Aramis n'eût pas assisté à son convoi. Ce n'est pas un chien, pour le dévouement, que M. l'évêque de Vannes ; pour le flair,   je   ne   dis   pas ! »

Chapitre CXLVI – Comment Porthos, Trüchen et Planchet se quittèrent amis, grâce à d'Artagnan

On fit grosse chère dans la maison de Planchet. Porthos brisa une échelle et deux cerisiers, dépouilla les framboisiers, mais ne put arriver jusqu'aux fraises, à cause, disait-il, de son ceinturon.

Trüchen, qui s'était déjà apprivoisée avec le géant, lui répondit :

– Ce n'est pas le ceinturon, c'est le fendre.

Et Porthos, ravi de joie, embrassa Trüchen, qui lui cueillait plein sa main de fraises et lui fit manger dans sa main. D'Artagnan, qui arriva sur ces entrefaites, gourmanda Porthos sur sa paresse et plaignit tout bas Planchet.

Porthos déjeuna bien ; quant il eut fini :

– Je me plairais ici, dit-il en regardant Trüchen.

Trüchen sourit.

Planchet en fit autant, non sans un peu de gêne.

Alors d'Artagnan dit à Porthos :

– Il ne faut pas, mon ami, que les délices de Capoue vous fassent oublier le but réel de notre voyage à Fontainebleau.

– Ma présentation au roi ?

– Précisément, je veux aller faire un tour en ville pour préparer cela. Ne sortez pas d'ici, je vous prie.

– Oh ! non, s'écria Porthos.

Planchet regarda d'Artagnan avec crainte.

– Est-ce que vous serez absent longtemps ? dit-il.

– Non, mon ami, et, dès ce soir, je te débarrasse de deux hôtes un peu lourds pour toi.

– Oh ! monsieur d'Artagnan, pouvez-vous dire ?

– Non ; vois-tu, ton cœur est excellent, mais ta maison est petite. Tel n'a que deux arpents, qui peut loger un roi et le rendre très heureux ; mais tu n'es pas né grand seigneur, toi.

– M. Porthos non plus, murmura Planchet.

– Il l'est devenu, mon cher ; il est suzerain de cent mille livres de rente depuis vingt ans, et, depuis cinquante, il est suzerain de deux poings et d'une échine qui n'ont jamais eu de rivaux dans ce beau royaume de France. Porthos est un très grand seigneur à côté de toi, mon fils, et... Je ne t'en dis pas davantage ; je te sais intelligent.

– Mais non, mais non, monsieur ; expliquez-moi...

– Regarde ton verger dépouillé, ton garde-manger vide, ton lit cassé, ta cave à sec, regarde... Mme Trüchen...

– Ah ! mon Dieu ! dit Planchet.

– Porthos, vois-tu, est seigneur de trente villages qui renferment trois cents vassales fort égrillardes, et c'est un bien bel homme que Porthos !

– Ah ! mon Dieu ! répéta Planchet.

– Mme Trüchen est une excellente personne, continua d'Artagnan ; conserve-la pour toi, entends-tu.

Et il lui frappa sur l'épaule.

À ce moment, l'épicier aperçut Trüchen et Porthos éloignés sous une tonnelle.

Trüchen, avec une grâce toute flamande, faisait à Porthos des boucles d'oreilles avec des doubles cerises, et Porthos riait amoureusement, comme Samson devant Dalila.

Planchet serra la main de d'Artagnan et courut vers la tonnelle.

Rendons à Porthos cette justice qu'il ne se dérangea pas... Sans doute il ne croyait pas mal faire.

Trüchen non plus ne se dérangea pas, ce qui indisposa Planchet ; mais il avait vu assez de beau monde dans sa boutique pour faire bonne contenance devant un désagrément.

Planchet prit le bras de Porthos et lui proposa d'aller voir les chevaux.

Porthos dit qu'il était fatigué.

Planchet proposa au baron du Vallon de goûter d'un noyau qu'il faisait lui même et qui n'avait pas son pareil.

Le baron accepta.

C'est ainsi que, toute la journée, Planchet sut occuper son ennemi. Il sacrifia son buffet à son amour-propre.

D'Artagnan revint deux heures après.

– Tout est disposé, dit-il ; j'ai vu Sa Majesté un moment au départ pour la chasse : le roi nous attend ce soir.

– Le roi m'attend ! cria Porthos en se redressant.

Et, il faut bien l'avouer, car c'est une onde mobile que le cœur de l'homme, à partir de ce moment, Porthos ne regarda plus Mme Trüchen avec cette grâce touchante qui avait amolli le cœur de l'Anversoise.

Planchet chauffa de son mieux ces dispositions ambitieuses. Il raconta ou plutôt repassa toutes les splendeurs du dernier règne ; les batailles, les sièges, les cérémonies. Il dit le luxe des Anglais, les aubaines conquises par les trois braves compagnons, dont d'Artagnan, le plus humble au début, avait fini par devenir le chef.

Il enthousiasma Porthos en lui montrant sa jeunesse évanouie ; il vanta comme il put la chasteté de ce grand seigneur et sa religion à respecter l'amitié ; il fut éloquent, il fut adroit. Il charma Porthos, fit trembler Trüchen et fit rêver d'Artagnan.

À six heures, le mousquetaire ordonna de préparer les chevaux et fit habiller Porthos.

Il remercia Planchet de sa bonne hospitalité, lui glissa quelques mots vagues d'un emploi qu'on pourrait lui trouver à la Cour, ce qui grandit immédiatement Planchet dans l'esprit de Trüchen, où le pauvre épicier, si bon, si généreux, si dévoué avait baissé depuis l'apparition et le parallèle de deux grands seigneurs.

Car les femmes sont ainsi faites : elles ambitionnent ce qu'elles n'ont pas ; elles dédaignent ce qu'elles ambitionnaient, quand elles l'ont.

Après avoir rendu ce service à son ami Planchet d'Artagnan dit à Porthos tout bas :

– Vous avez, mon ami, une bague assez jolie à votre doigt.

– Trois cents pistoles, dit Porthos.

– Mme Trüchen gardera bien mieux votre souvenir si vous lui laissez cette bague-là, répliqua d'Artagnan.

Porthos hésita.

– Vous trouvez qu'elle n'est pas assez belle ? dit le mousquetaire. Je vous comprends ; un grand seigneur comme vous ne va pas loger chez un ancien serviteur sans payer grassement l'hospitalité ; mais, croyez-moi Planchet a un si bon cœur, qu'il ne remarquera pas que vous avez cent mille livres de rente.

– J'ai bien envie, dit Porthos gonflé par ce discours, de donner à Mme Trüchen ma petite métairie de Bracieux ; c'est aussi une jolie bague au doigt... douze arpents.

– C'est trop, mon bon Porthos, trop pour le moment... Gardez cela pour plus tard.

Il lui ôta le diamant du doigt, et, s'approchant de Trüchen :

– Madame, dit-il, M. le baron ne sait comment vous prier d'accepter, pour l'amour de lui, cette petite bague. M. du Vallon est un des hommes les plus généreux et les plus discrets que je connaisse. Il voulait vous offrir une métairie qu'il possède à Bracieux ; je l'en ai dissuadé.

– Oh ! fit Trüchen dévorant le diamant du regard.

– Monsieur le baron ! s'écria Planchet attendri.

– Mon bon ami ! balbutia Porthos, charmé d'avoir été si bien traduit par d'Artagnan.

Toutes ces exclamations, se croisant, firent un dénouement pathétique à la journée, qui pouvait se terminer d'une façon grotesque.

Mais d'Artagnan était là, et partout, lorsque d'Artagnan avait commandé, les choses n'avaient fini que selon son goût et son désir.

On s'embrassa. Trüchen, rendue à elle-même par la magnificence du baron, se sentit à sa place, et n'offrit qu'un front timide et rougissant au grand seigneur avec lequel elle se familiarisait si bien la veille.

Planchet lui-même fut pénétré d'humilité.

En veine de générosité, le baron Porthos aurait volontiers vidé ses poches dans les mains de la cuisinière et de Célestin.

Mais d'Artagnan l'arrêta.

– À mon tour, dit-il.

Et il donna une pistole à la femme et deux à l'homme.

Ce furent des bénédictions à réjouir le cœur d'Harpagon et à le rendre prodigue.

D'Artagnan se fit conduire par Planchet jusqu'au château et introduisit Porthos dans son appartement de capitaine, où il pénétra sans avoir été aperçu de ceux qu'il redoutait de rencontrer.

Chapitre CXLVII – La présentation de Porthos

Le soir même, à sept heures, le roi donnait audience à un ambassadeur des Provinces-Unies dans le grand salon.

L'audience dura un quart d'heure.

Après quoi, il reçut les nouveaux présentés et quelques dames qui passèrent les premières.

Dans un coin du salon, derrière la colonne, Porthos et d'Artagnan s'entretenaient en attendant leur tour.

– Savez-vous la nouvelle ? dit le mousquetaire à son ami.

– Non.

– Eh bien ! regardez-le.

Porthos se haussa sur la pointe des pieds et vit M. Fouquet en habit de cérémonie qui conduisait Aramis au roi.

– Aramis ! dit Porthos.

– Présenté au roi par M. Fouquet.

– Ah ! fit Porthos.

– Pour avoir fortifié Belle-Île, continua d'Artagnan.

– Et moi ?

– Vous ? Vous, comme j'avais l'honneur de vous le dire, vous êtes le bon Porthos, la bonté du Bon Dieu ; aussi vous prie-t-on de garder un peu Saint Mandé.

– Ah ! répéta Porthos.

– Mais je suis là heureusement, dit d'Artagnan, et ce sera mon tour tout à l'heure.

En ce moment, Fouquet s'adressait au roi :

– Sire, dit-il, j'ai une faveur à demander à Votre Majesté. M. d'Herblay n'est pas ambitieux, mais il sait qu'il peut être utile. Votre Majesté a besoin d'avoir un agent à Rome et de l'avoir puissant ; nous pouvons avoir un chapeau pour M. d'Herblay.

Le roi fit un mouvement.

– Je ne demande pas souvent à Votre Majesté, dit Fouquet.

– C'est un cas, répondit le roi, qui traduisait toujours ainsi ses hésitations.

À ce mot, nul n'avait rien à répondre.

Fouquet et Aramis se regardèrent.

Le roi reprit :

– M. d'Herblay peut aussi nous servir en France : un archevêque, par exemple.

– Sire, objecta Fouquet avec une grâce qui lui était particulière, Votre Majesté comble M. d'Herblay : l'archevêché peut être dans les bonnes grâces du roi le complément du chapeau ; l'un n'exclut pas l'autre.

Le roi admira la présence d'esprit et sourit.

– D'Artagnan n'eût pas mieux répondu, dit-il.

Il n'eût pas plutôt prononcé ce nom, que d'Artagnan parut.

– Votre Majesté m'appelle ? dit-il.

Aramis et Fouquet firent un pas pour s'éloigner.

– Permettez, Sire, dit vivement d'Artagnan, qui démasqua Porthos, permettez que je présente à Votre Majesté M. le baron du Vallon, l'un des plus braves gentilshommes de France.

Aramis, à l'aspect de Porthos, devint pâle ; Fouquet crispa ses poings sous ses manchettes.

D'Artagnan leur sourit à tous deux, tandis que Porthos s'inclinait, visiblement ému, devant la majesté royale.

– Porthos ici ! murmura Fouquet à l'oreille d'Aramis.

– Chut ! c'est une trahison, répliqua celui-ci.

– Sire, dit d'Artagnan, voilà six ans que je devrais avoir présenté M. du Vallon à Votre Majesté ; mais certains hommes ressemblent aux étoiles ; ils ne vont pas sans le cortège de leurs amis. La pléiade ne se désunit pas, voilà pourquoi j'ai choisi, pour vous présenter M. du Vallon, le moment où vous verriez à côté de lui M. d'Herblay.

Aramis faillit perdre contenance. Il regarda d'Artagnan d'un air superbe, comme pour accepter le défi que celui-ci semblait lui jeter.

– Ah ! ces messieurs sont bons amis ? dit le roi.

– Excellents, Sire, et l'un répond de l'autre. Demandez à M. de Vannes comment a été fortifiée Belle-Île ?

Fouquet s'éloigna d'un pas.

– Belle-Île, dit froidement Aramis, a été fortifiée par Monsieur.

Et il montra Porthos, qui salua une seconde fois.

Louis admirait et se défiait.

– Oui, dit d'Artagnan ; mais demandez à M. le baron qui l'a aidé dans ses travaux ?

– Aramis, dit Porthos franchement.

Et il désigna l'évêque.

« Que diable signifie tout cela, pensa l'évêque, et quel dénouement aura cette comédie ? »

– Quoi ! dit le roi, M. le cardinal… je veux dire l'évêque… s'appelle Aramis ?

– Nom de guerre, dit d'Artagnan.

– Nom d'amitié, dit Aramis.

– Pas de modestie, s'écria d'Artagnan : sous ce prêtre, Sire, se cache le plus brillant officier, le plus intrépide gentilhomme, le plus savant théologien de votre royaume.

Louis leva la tête.

– Et un ingénieur ! dit-il en admirant la physionomie, réellement admirable alors, d'Aramis.

– Ingénieur par occasion, Sire, dit celui-ci.

– Mon compagnon aux mousquetaires, Sire, dit avec chaleur d'Artagnan, l'homme dont les conseils ont aidé plus de cent fois les desseins des ministres de votre père… M. d'Herblay, en un mot, qui, avec M. du Vallon, moi et M. le comte de La Fère, connu de Votre Majesté… formait ce quadrille dont plusieurs ont parlé sous le feu roi et pendant votre minorité.

– Et qui a fortifié Belle-Île, répéta le roi avec un accent profond.

Aramis s'avança.

– Pour servir le fils, dit-il, comme j'ai servi le père.

D'Artagnan regarda bien Aramis, tandis qu'il proférait ces paroles. Il y démêla tant de respect vrai, tant de chaleureux dévouement, tant de conviction incontestable, que lui, lui, d'Artagnan, l'éternel douteur, lui, l'infaillible, il y fut pris.

– On n'a pas un tel accent lorsqu'on ment, dit-il.

Louis fut pénétré.

– En ce cas, dit-il à Fouquet, qui attendait avec anxiété le résultat de cette épreuve, le chapeau est accordé. Monsieur d'Herblay, je vous donne ma parole pour la première promotion. Remerciez M. Fouquet.

Ces mots furent entendus par Colbert, dont ils déchirèrent le cœur. Il sortit précipitamment de la salle.

– Vous, monsieur du Vallon, dit le roi, demandez… J'aime à récompenser les serviteurs de mon père.

– Sire, dit Porthos…

Et il ne put aller plus loin.

– Sire, s'écria d'Artagnan, ce digne gentilhomme est interdit par la majesté de votre personne, lui qui a soutenu fièrement le regard et le feu de mille ennemis. Mais je sais ce qu'il pense, et moi, plus habitué à regarder le soleil… je vais vous dire sa pensée : il n'a besoin de rien, il ne désire que le bonheur de contempler Votre Majesté pendant un quart d'heure.

– Vous soupez avec moi ce soir, dit le roi en saluant Porthos avec un gracieux sourire.

Porthos devint cramoisi de joie et d'orgueil.

Le roi le congédia, et d'Artagnan le poussa dans la salle après l'avoir embrassé.

– Mettez-vous près de moi à table, dit Porthos à son oreille.

– Oui, mon ami.

– Aramis me boude, n'est-ce pas ?

– Aramis ne vous a jamais tant aimé. Songez donc que je viens de lui faire avoir le chapeau de cardinal.

– C'est vrai, dit Porthos. À propos, le roi aime-t-il qu'on mange beaucoup à sa table ?

– C'est le flatter, dit d'Artagnan, car il possède un royal appétit.

– Vous   m'enchantez,   dit   Porthos.

Chapitre CXLVIII – Explications

Aramis avait fait habilement une conversion pour aller trouver d'Artagnan et Porthos.

Il arriva près de ce dernier derrière la colonne, et, lui serrant la main :

– Vous vous êtes échappé de ma prison ? lui dit-il.

– Ne le grondez pas, dit d'Artagnan ; c'est moi, cher Aramis, qui lui ai donné la clef des champs.

– Ah ! mon ami, répliqua Aramis en regardant Porthos, est-ce que vous auriez attendu avec moins de patience ?

D'Artagnan vint au secours de Porthos, qui soufflait déjà.

– Vous autres, gens d'Église, dit-il à Aramis, vous êtes de grands politiques. Nous autres gens d'épée, nous allons au but. Voici le fait. J'étais allé visiter ce cher Baisemeaux.

Aramis dressa l'oreille.

– Tiens ! dit Porthos, vous me faites souvenir que j'ai une lettre de Baisemeaux pour vous, Aramis.

Et Porthos tendit à l'évêque la lettre que nous connaissons.

Aramis demanda la permission de la lire, et la lut, sans que d'Artagnan parût un moment gêné par cette circonstance qu'il avait prévue tout entière.

Du reste, Aramis lui-même fit si bonne contenance que d'Artagnan l'admira plus que jamais.

La lettre lue, Aramis la mit dans sa poche d'un air parfaitement calme.

– Vous disiez donc, cher capitaine ? dit-il.

– Je disais, continua le mousquetaire, que j'étais allé rendre visite à Baisemeaux pour le service.

– Pour le service ? dit Aramis.

– Oui, fit d'Artagnan. Et naturellement, nous parlâmes de vous et de nos amis. Je dois dire que Baisemeaux me reçut froidement. Je pris congé. Or, comme je revenais, un soldat m'aborda et me dit il me reconnaissait sans doute malgré mon habit de ville : « Capitaine voulez-vous m'obliger en me lisant le nom écrit sur cette enveloppe ? » Et je lus : *À M. du Vallon, à Saint-Mandé chez M. Fouquet.* « Pardieu ! me dis-je, Porthos n'est pas retourné, comme je le pensais, à Pierrefonds ou à Belle-Île, Porthos est à Saint-Mandé chez M. Fouquet. M. Fouquet n'est pas à Saint-Mandé. Porthos est donc seul, ou avec Aramis, allons voir Porthos. » Et j'allai voir Porthos.

– Très bien ! dit Aramis rêveur.

– Vous ne m'aviez pas conté cela, fit Porthos.

– Je n'en ai pas eu le temps, mon ami.

– Et vous emmenâtes Porthos à Fontainebleau ?

– Chez Planchet.

– Planchet demeure à Fontainebleau ? dit Aramis.

– Oui, près du cimetière ! s'écria Porthos étourdiment.

– Comment, près du cimetière ? fit Aramis soupçonneux.

« Allons, bon ! pensa le mousquetaire, profitons de la bagarre, puisqu'il y a bagarre. »

– Oui, du cimetière, dit Porthos. Planchet, certainement, est un excellent garçon qui fait d'excellentes confitures, mais il a des fenêtres qui donnent sur le cimetière. C'est attristant ! Ainsi ce matin…

– Ce matin ?… dit Aramis de plus en plus agité.

D'Artagnan tourna le dos et alla tambouriner sur la vitre un petit air de marche.

– Ce matin, continua Porthos, nous avons vu enterrer un chrétien.

– Ah ! ah !

– C'est attristant ! Je ne vivrais pas, moi, dans une maison d'où l'on voit continuellement des morts. Au contraire, d'Artagnan paraît aimer beaucoup cela.

– Ah ! d'Artagnan a vu ?

– Il n'a pas vu, il a dévoré des yeux.

Aramis tressaillit et se retourna pour regarder le mousquetaire ; mais celui ci était déjà en grande conversation avec de Saint-Aignan.

Aramis continua d'interroger Porthos ; puis, quand il eut exprimé tout le jus de ce citron gigantesque, il en jeta l'écorce.

Il retourna vers son ami d'Artagnan et, lui frappant sur l'épaule :

– Ami, dit-il, quand de Saint-Aignan se fut éloigné, car le souper du roi était annoncé.

– Cher ami, répliqua d'Artagnan.

– Nous ne soupons point avec le roi, nous autres.

– Si fait ; moi, je soupe.

– Pouvez-vous causer dix minutes avec moi ?

– Vingt. Il en faut tout autant pour que Sa Majesté se mette à table.

– Où voulez-vous que nous causions ?

– Mais ici, sur ces bancs : le roi parti, l'on peut s'asseoir, et la salle est vide.

– Asseyons-nous donc.

Ils s'assirent. Aramis prit une des mains de d'Artagnan ;

– Avouez-moi, cher ami, dit-il, que vous avez engagé Porthos à se défier un peu de moi ?

– Je l'avoue, mais non pas comme vous l'entendez. J'ai vu Porthos s'ennuyer à la mort, et j'ai voulu, en le présentant au roi, faire pour lui et pour vous ce que jamais vous ne ferez vous-même.

– Quoi ?

– Votre éloge.

– Vous l'avez fait noblement merci !

– Et je vous ai approché le chapeau qui se reculait.

– Ah ! je l'avoue, dit Aramis avec un singulier sourire ; en vérité, vous êtes un homme unique pour faire la fortune de vos amis.

– Vous voyez donc que je n'ai agi que pour faire celle de Porthos.

– Oh ! je m'en chargeais de mon côté ; mais vous avez le bras plus long que nous.

Ce fut au tour de d'Artagnan de sourire.

– Voyons, dit Aramis, nous nous devons la vérité : m'aimez-vous toujours, mon cher d'Artagnan ?

– Toujours comme autrefois, répliqua d'Artagnan sans trop se compromettre par cette réponse.

– Alors, merci, et franchise entière, dit Aramis ; vous veniez à Belle-Île pour le roi ?

– Pardieu.

– Vous vouliez donc nous enlever le plaisir d'offrir Belle-Île toute fortifiée au roi ?

– Mais, mon ami, pour vous ôter le plaisir, il eût fallu d'abord que je fusse instruit de votre intention.

– Vous veniez à Belle-Île sans rien savoir ?

– De vous, oui ! Comment diable voulez-vous que je me figure Aramis devenu ingénieur au point de fortifier comme Polybe ou Archimède ?

– C'est pourtant vrai. Cependant vous m'avez deviné là-bas ?

– Oh ! oui.

– Et Porthos aussi ?

– Très cher, je n'ai pas deviné qu'Aramis fût ingénieur. Je n'ai pu deviner que Porthos le fût devenu. Il y a un Latin qui a dit : « On devient orateur, on naît poète. » Mais il n'a jamais dit : « On naît Porthos, et l'on devient ingénieur. »

– Vous avez toujours un charmant esprit, dit froidement Aramis. Je poursuis.

– Poursuivez.

– Quand vous avez tenu notre secret, vous vous êtes hâté de le venir dire au roi ?

– J'ai d'autant plus couru, mon bon ami, que je vous ai vu courir plus fort. Lorsqu'un homme pesant deux cent cinquante-huit livres, comme Porthos, court la poste, quand un prélat goutteux pardon, c'est vous qui me l'avez dit, quand un prélat brûle le chemin, je suppose, moi, que ces deux amis, qui n'ont pas voulu me prévenir, avaient des choses de la dernière conséquence à me cacher, et, ma foi ! je cours... je cours aussi vite que ma maigreur et l'absence de goutte me le permettent.

– Cher ami, n'avez-vous pas réfléchi que vous pouviez me rendre, à moi et à Porthos, un triste service ?

– Je l'ai bien pensé ; mais vous m'aviez fait jouer, Porthos et vous, un triste rôle à Belle-Île.

– Pardonnez-moi, dit Aramis.

– Excusez-moi, dit d'Artagnan.

– En sorte, poursuivit Aramis, que vous savez tout maintenant ?

– Ma foi, non.

– Vous savez que j'ai dû faire prévenir tout de suite M. Fouquet, pour qu'il vous prévînt près du roi ?

– C'est là l'obscur.

– Mais non. M. Fouquet a des ennemis, vous le reconnaissez ?

– Oh ! oui.

– Il en a un surtout.

– Dangereux ?

– Mortel ! Eh bien ! pour combattre l'influence de cet ennemi, M. Fouquet a dû faire preuve, devant le roi, d'un grand dévouement et de grands sacrifices. Il a fait une surprise à Sa Majesté en lui offrant Belle-Île. Vous, arrivant le premier à Paris, la surprise était détruite. Nous avions l'air de céder à la crainte.

– Je comprends.

– Voilà tout le mystère, dit Aramis, satisfait d'avoir convaincu le mousquetaire.

– Seulement, dit celui-ci, plus simple était de me tirer à quartier à Belle-Île pour me dire : « Cher amis, nous fortifions Belle-Île-en-Mer pour l'offrir au roi. Rendez-nous le service de nous dire pour qui vous agissez. Êtes-vous l'ami de M. Colbert ou celui de M. Fouquet ? » Peut-être n'eussé-je rien répondu ; mais vous eussiez ajouté : « Êtes-vous mon ami ? » J'aurais dit : « Oui. »

Aramis pencha la tête.

– De cette façon, continua d'Artagnan, vous me paralysiez, et je venais dire au roi : « Sire, M. Fouquet fortifie Belle-Île, et très bien ; mais voici un mot que M. le gouverneur de Belle-Île m'a donné pour Votre Majesté. » ou bien : « Voici une visite de M. Fouquet à l'endroit de ses intentions. » Je ne jouais pas un sot rôle ; vous aviez votre surprise, et nous n'avions pas besoin de loucher en nous regardant.

– Tandis, répliqua Aramis, qu'aujourd'hui vous avez agi tout à fait en ami de M. Colbert. Vous êtes donc son ami ?

– Ma foi, non ! s'écria le capitaine. M. Colbert est un cuistre, et je le hais comme je haïssais Mazarin, mais sans le craindre.

– Eh bien ! moi, dit Aramis, j'aime M. Fouquet, et je suis à lui. Vous connaissez ma position… Je n'ai pas de bien… M. Fouquet m'a fait avoir des bénéfices, un évêché ; M. Fouquet m'a obligé comme un galant homme, et je me souviens assez du monde pour apprécier les bons procédés. Donc, M. Fouquet m'a gagné le cœur, et je me suis mis à son service.

– Rien de mieux. Vous avez là un bon maître.

Aramis se pinça les lèvres.

– Le meilleur, je crois, de tous ceux qu'on pourrait avoir.

Puis il fit une pause.

D'Artagnan se garda bien de l'interrompre.

– Vous savez sans doute de Porthos comment il s'est trouvé mêlé à tout ceci ?

– Non, dit d'Artagnan ; je suis curieux, c'est vrai, mais je ne questionne jamais un ami quand il veut me cacher son véritable secret.

– Je m'en vais vous le dire.

– Ce n'est pas la peine si la confidence m'engage.

– Oh ! ne craignez rien ; Porthos est l'homme que j'ai aimé le plus, parce qu'il est simple et bon ; Porthos est un esprit droit. Depuis que je suis évêque, je recherche les natures simples, qui me font aimer la vérité, haïr l'intrigue.

D'Artagnan se caressa la moustache.

– J'ai vu et recherché Porthos ; il était oisif, sa présence me rappelait mes beaux jours d'autrefois, sans m'engager à mal faire au présent. J'ai appelé Porthos à Vannes. M. Fouquet, qui m'aime, ayant su que Porthos m'aimait, lui a promis l'ordre à la première promotion ; voilà tout le secret.

– Je n'en abuserai pas, dit d'Artagnan.

– Je le sais bien, cher ami ; nul n'a plus que vous de réel honneur.

– Je m'en flatte, Aramis.

– Maintenant…

Et le prélat regarda son ami jusqu'au fond de l'âme.

– Maintenant, causons de nous pour nous. Voulez vous devenir un des amis de M. Fouquet ? Ne m'interrompez pas avant de savoir ce que cela veut dire.

– J'écoute.

– Voulez-vous devenir maréchal de France, pair duc, et posséder un duché d'un million ?

– Mais, mon ami, répliqua d'Artagnan, pour obtenir tout cela, que faut-il faire ?

– Être l'homme de M. Fouquet.

– Moi, je suis l'homme du roi, cher ami.

– Pas exclusivement, je suppose ?

– Oh ! d'Artagnan n'est qu'un.

– Vous avez, je le présume, une ambition, comme un grand cœur que vous êtes.

– Mais, oui.

– Eh bien ?

– Eh bien ! je désire être maréchal de France ; mais le roi me fera maréchal, duc, pair ; le roi me donnera tout cela.

Aramis attacha sur d'Artagnan son limpide regard.

– Est-ce que le roi n'est pas le maître ? dit d'Artagnan.

– Nul ne le conteste ; mais Louis XIII était aussi le maître.

– Oh ! mais, cher ami, entre Richelieu et Louis XIII il n'y avait pas un M. d'Artagnan, dit tranquillement le mousquetaire.

– Autour du roi, fit Aramis, il est bien des pierres d'achoppement.

– Pas pour le roi ?

– Sans doute ; mais…

– Tenez, Aramis, je vois que tout le monde pense à soi et jamais à ce petit prince ; moi, je me soutiendrai en le soutenant.

– Et l'ingratitude ?

– Les faibles en ont peur !

– Vous êtes bien sûr de vous.

– Je crois que oui.

– Mais le roi peut n'avoir plus besoin de vous.

– Au contraire, je crois qu'il en aura plus besoin que jamais ; et, tenez, mon cher, s'il fallait arrêter un nouveau Condé, qui l'arrêterait ? Ceci… ceci seul en France.

Et d'Artagnan frappa son épée.

– Vous avez raison, dit Aramis en pâlissant.

Et il se leva et serra la main de d'Artagnan.

– Voici le dernier appel du souper, dit le capitaine des mousquetaires ; vous permettez…

Aramis passa son bras au cou du mousquetaire, et lui dit :

– Un ami comme vous est le plus beau joyau de la couronne royale.

Puis ils se séparèrent.

« Je le disais bien, pensa d'Artagnan, qu'il y avait quelque chose. »

« Il faut se hâter de mettre le feu aux poudres, dit Aramis ; d'Artagnan a éventé la mèche. »

Chapitre CXLIX – Madame et de Guiche

Nous avons vu que le comte de Guiche était sorti de la salle le jour où Louis XIV avait offert avec tant de galanterie à La Vallière les merveilleux bracelets gagnés à la loterie. Le comte se promena quelque temps hors du palais l'esprit dévoré par mille soupçons et mille inquiétudes. Puis on le vit guettant sur la terrasse, en face des quinconces, le départ de Madame.

Une grosse demi-heure s'écoula. Seul, à ce moment, le comte ne pouvait avoir de bien divertissantes idées.

Il tira ses tablettes de sa poche, et se décida, après mille hésitations à écrire ces mots :

« Madame, je vous supplie de m'accorder un moment d'entretien. Ne vous alarmez pas de cette demande qui n'a rien d'étranger au profond respect avec lequel je suis, etc., etc. »

Il signait cette singulière supplique pliée en billet d'amour, quand il vit sortir du château plusieurs femmes, puis des hommes, presque tout le cercle de la reine, enfin.

Il vit La Vallière elle-même, puis Montalais causant avec Malicorne.

Il vit jusqu'au dernier des conviés qui tout à l'heure peuplaient le cabinet de la reine mère.

Madame n'était point passée ; il fallait cependant qu'elle traversât cette cour pour rentrer chez elle, et, de la terrasse, de Guiche plongeait dans cette cour.

Enfin, il vit Madame sortir avec deux pages qui portaient des flambeaux. Elle marchait vite, et, arrivée à sa porte, elle cria.

– Pages, qu'on aille s'informer de M. le comte de Guiche. Il doit me rendre compte d'une

.

commission. S'il est libre, qu'on le prie de passer chez moi.

De Guiche demeura muet et caché dans son ombre ; mais, sitôt que Madame fut rentrée, il s'élança de la terrasse en bas les degrés ; il prit l'air le plus indifférent pour se faire rencontrer par les pages, qui couraient déjà vers son logement.

« Ah ! Madame me fait chercher ! » se dit-il tout ému.

Et il serra son billet, désormais inutile.

– Comte, dit un des pages en l'apercevant, nous sommes heureux de vous rencontrer.

– Qu'y a-t-il, messieurs ?

– Un ordre de Madame.

– Un ordre de Madame ? fit de Guiche d'un air surpris.

– Oui, comte, Son Altesse Royale vous demande ; vous lui devez, nous a-t elle dit, compte d'une commission. Êtes-vous libre ?

– Je suis tout entier aux ordres de Son Altesse Royale.

– Veuillez donc nous suivre.

Monté chez la princesse, de Guiche la trouva pâle et agitée.

À la porte se tenait Montalais, un peu inquiète de ce qui se passait dans l'esprit de sa maîtresse.

De Guiche parut.

– Ah ! c'est vous, monsieur de Guiche, dit Madame ; entrez, je vous prie... Mademoiselle de Montalais, votre service est fini.

Montalais, encore plus intriguée, salua et sortit.

Les deux interlocuteurs restèrent seuls.

Le comte avait tout l'avantage : c'était Madame qui l'avait appelé à un rendez-vous. Mais, cet avantage, comment était-il possible au comte d'en user ? C'était une personne si fantasque que Madame ! c'était un caractère si mobile que celui de Son Altesse Royale !

Elle le fit bien voir ; car abordant soudain la conversation :

– Eh bien ! dit-elle, n'avez-vous rien à me dire ?

Il crut qu'elle avait deviné sa pensée ; il crut ; ceux qui aiment sont ainsi faits ; ils sont crédules et aveugles comme des poètes ou des prophètes ; il crut qu'elle savait le désir qu'il avait de la voir, et le sujet de ce désir.

– Oui, bien, madame, dit-il, et je trouve cela fort étrange.

– L'affaire des bracelets, s'écria-t-elle vivement, n'est-ce pas ?

– Oui, madame.

– Vous croyez le roi amoureux ? Dites.

De Guiche la regarda longuement ; elle baissa les yeux sous ce regard qui allait jusqu'au cœur.

– Je crois, dit-il, que le roi peut avoir eu le dessein de tourmenter quelqu'un ici ; le roi, sans cela, ne se montrerait pas empressé comme il est ; il ne risquerait pas de compromettre de gaieté de cœur une jeune fille jusqu'alors inattaquable.

– Bon ! cette effrontée ? dit hautement la princesse.

– Je puis affirmer à Votre Altesse Royale, dit de Guiche avec une fermeté respectueuse, que Mlle de La Vallière est aimée d'un homme qu'il convient de respecter, car c'est un galant homme.

– Oh ! Bragelonne, peut-être ?

– Mon ami. Oui, madame.

– Eh bien ! quand il serait votre ami, qu'importe au roi ?

– Le roi sait que Bragelonne est fiancé à Mlle de La Vallière ; et, comme Raoul a servi le roi bravement, le roi n'ira pas causer un malheur irréparable.

Madame se mit à rire avec des éclats qui firent sur de Guiche une douloureuse impression.

– Je vous répète, madame, que je ne crois pas le roi amoureux de La Vallière, et la preuve que je ne le crois pas, c'est que je voulais vous demander de qui Sa Majesté peut chercher à piquer l'amour-propre dans cette circonstance. Vous qui connaissez toute la Cour, vous m'aiderez à trouver d'autant plus assurément, que, dit-on partout, Votre Altesse Royale est fort intime avec le roi.

Madame se mordit les lèvres, et, faute de bonnes raisons, elle détourna la conversation.

– Prouvez-moi, dit-elle en attachant sur lui un de ces regards dans lesquels l'âme semble passer tout entière, prouvez-moi que vous cherchiez à m'interroger, moi qui vous ai appelé.

De Guiche tira gravement de ses tablettes ce qu'il avait écrit, et le montra.

– Sympathie, dit-elle.

– Oui, fit le comte avec une insurmontable tendresse, oui, sympathie ; mais, moi, je vous ai expliqué comment et pourquoi je vous cherchais ; vous, madame, vous êtes encore à me dire pourquoi vous me mandiez près de vous.

– C'est vrai.

Et elle hésita.

– Ces bracelets me feront perdre la tête, dit-elle tout à coup.

– Vous vous attendiez à ce que le roi dût vous les offrir ? répliqua de Guiche.

– Pourquoi pas ?

– Mais avant vous, madame, avant vous sa belle sœur, le roi n'avait-il pas la reine ?

– Avant La Vallière, s'écria la princesse, ulcérée, n'avait-il pas moi ? n'avait-il pas toute la Cour ?

– Je vous assure, madame, dit respectueusement le comte, que si l'on vous entendait parler ainsi, que si l'on voyait vos yeux rouges, et, Dieu me pardonne ! cette larme qui monte à vos cils ; oh ! oui ! tout le monde dirait que Votre Altesse Royale est jalouse.

– Jalouse ! dit la princesse avec hauteur ; jalouse de La Vallière ?

Elle s'attendait à faire plier de Guiche avec ce geste hautain et ce ton superbe.

– Jalouse de La Vallière, oui, madame, répéta-t-il bravement.

– Je crois, monsieur, balbutia-t-elle, que vous vous permettez de m'insulter ?

– Je ne le crois pas, madame, répliqua le comte un peu agité, mais résolu à dompter cette fougueuse colère.

– Sortez ! dit la princesse au comble de l'exaspération, tant le sang-froid et le respect muet de de Guiche lui tournaient à fiel et à rage.

De Guiche recula d'un pas, fit sa révérence avec lenteur, se releva blanc comme ses manchettes, et, d'une voix légèrement altérée :

– Ce n'était pas la peine que je m'empressasse, dit-il, pour subir cette injuste disgrâce.

Et il tourna le dos sans précipitation.

Il n'avait pas fait cinq pas, que Madame s'élança comme une tigresse après lui, le saisit par la manche, et, le retournant :

– Ce que vous affectez de respect, dit-elle en tremblant de fureur, est plus insultant que l'insulte. Voyons, insultez-moi, mais au moins parlez !

– Et vous, madame, dit le comte doucement en tirant son épée, percez-moi le cœur, mais ne me faites pas mourir à petit feu.

Au regard qu'il arrêta sur elle, regard empreint d'amour, de résolution, de désespoir même, elle comprit qu'un homme, si calme en apparence, se passerait l'épée dans la poitrine si elle ajoutait un mot.

Elle lui arracha le fer d'entre les mains, et, serrant son bras avec un délire qui pouvait passer pour de la tendresse :

– Comte, dit-elle, ménagez-moi. Vous voyez que je souffre, et vous n'avez aucune pitié.

Les larmes, dernière crise de cet accès, étouffèrent sa voix. De Guiche, la voyant pleurer, la prit dans ses bras et la porta jusqu'à son fauteuil ; un moment encore, elle suffoquait.

– Pourquoi, murmura-t-il à ses genoux, ne m'avouez-vous pas vos peines ? Aimez-vous quelqu'un ? Dites-le-moi ? J'en mourrai, mais après que je vous aurai soulagée, consolée, servie même.

– Oh ! vous m'aimez ainsi ! répliqua-t-elle vaincue.

– Je vous aime à ce point, oui, madame.

Et elle lui donna ses deux mains.

– J'aime, en effet, murmura-t-elle si bas que nul n'eût pu l'entendre.

Lui l'entendit.

– Le roi ? dit-il.

Elle secoua doucement la tête, et son sourire fut comme ces éclaircies de nuages par lesquelles, après la tempête, on croit voir le paradis s'ouvrir.

– Mais, ajouta-t-elle, il y a d'autres passions dans un cœur bien né. L'amour, c'est la poésie ; mais la vie de ce cœur, c'est l'orgueil. Comte, je suis née sur le trône, je suis fière et jalouse de mon rang. Pourquoi le roi rapproche-t-il de lui des indignités ?

– Encore ! fit le comte ; voilà que vous maltraitez cette pauvre fille qui sera la femme de mon ami.

– Vous êtes assez simple pour croire cela, vous ?

– Si je ne le croyais pas, dit-il fort pâle, Bragelonne serait prévenu demain ; oui, si je supposais que cette pauvre La Vallière eût oublié les serments qu'elle a faits à Raoul. Mais non, ce serait une lâcheté de trahir le secret d'une femme ; ce serait un crime de troubler le repos d'un ami.

– Vous croyez, dit la princesse avec un sauvage éclat de rire, que l'ignorance est du bonheur ?

– Je le crois, répliqua-t-il.

– Prouvez ! prouvez donc ! dit-elle vivement.

– C'est facile : madame, on dit dans toute la Cour que le roi vous aimait et que vous aimiez le roi.

– Eh bien ? fit-elle en respirant péniblement.

– Eh bien ! admettez que Raoul, mon ami, fût venu me dire : « Oui, le roi aime Madame ; oui, le roi a touché le cœur de Madame », j'eusse peut-être tué Raoul !

– Il eût fallu, dit la princesse avec cette obstination des femmes qui se sentent imprenables, que M. de Bragelonne eût eu des preuves pour vous parler ainsi.

– Toujours est-il, répondit de Guiche en soupirant, que, n'ayant pas été averti, je n'ai rien approfondi, et qu'aujourd'hui mon ignorance m'a sauvé la vie.

– Vous pousseriez jusqu'à l'égoïsme et la froideur, dit Madame, que vous laisseriez ce malheureux jeune homme continuer d'aimer La Vallière ?

– Jusqu'au jour où La Vallière me sera révélée coupable, oui, madame.

– Mais les bracelets ?

– Eh ! madame, puisque vous vous attendiez à les recevoir du roi, qu'eussé-je pu dire ?

L'argument était vigoureux ; la princesse en fut écrasée. Elle ne se releva plus dès ce moment.

Mais, comme elle avait l'âme pleine de noblesse, comme elle avait l'esprit ardent d'intelligence, elle comprit toute la délicatesse de de Guiche.

Elle lut clairement dans son cœur qu'il soupçonnait le roi d'aimer La Vallière, et ne voulait pas user de cet expédient vulgaire, qui consiste à ruiner un rival dans l'esprit d'une femme, en donnant à celle-ci l'assurance, la certitude que ce rival courtise une autre femme.

Elle devina qu'il soupçonnait La Vallière, et que, pour lui laisser le temps de se convertir, pour ne pas la faire perdre à jamais, il se réservait une démarche directe ou quelques observations plus nettes.

Elle lut en un mot tant de grandeur réelle, tant de générosité dans le cœur de son amant, qu'elle sentit s'embraser le sien au contact d'une flamme aussi pure.

De Guiche, en restant, malgré la crainte de déplaire, un homme de conséquence et de dévouement, grandissait à l'état de héros, et la réduisait à l'état de femme jalouse et mesquine.

Elle l'en aima si tendrement, qu'elle ne put s'empêcher de lui en donner un témoignage.

– Voilà bien des paroles perdues, dit-elle en lui prenant la main. Soupçons, inquiétudes, défiances, douleurs, je crois que nous avons prononcé tous ces noms.

– Hélas ! oui, madame.

– Effacez-les de votre cœur comme je les chasse du mien. Comte, que cette La Vallière aime le roi ou ne l'aime pas, que le roi aime ou n'aime pas La Vallière, faisons, à partir de ce moment, une distinction dans nos deux rôles. Vous ouvrez de grands yeux ; je gage que vous ne me comprenez pas ?

– Vous êtes si vive, madame, que je tremble toujours de vous déplaire.

– Voyez comme il tremble, le bel effrayé ! dit-elle avec un enjouement plein de charme. Oui, monsieur, j'ai deux rôles à jouer. Je suis la sœur du roi, la belle-sœur de sa femme. À ce titre, ne faut-il pas que je m'occupe des intrigues du ménage ? Votre avis ?

– Le moins possible, madame.

– D'accord, mais c'est une question de dignité ; ensuite je suis la femme de Monsieur.

De Guiche soupira.

– Ce qui, dit-elle tendrement, doit vous exhorter à me parler toujours avec le plus souverain respect.

– Oh ! s'écria-t-il en tombant à ses pieds, qu'il baisa comme ceux d'une divinité.

– Vraiment, murmura-t-elle, je crois que j'ai encore un autre rôle. Je l'oubliais.

– Lequel ? lequel ?

– Je suis femme, dit-elle plus bas encore. J'aime.

Il se releva. Elle lui ouvrit ses bras ; leurs lèvres se touchèrent.

Un pas retentit derrière la tapisserie. Montalais heurta.

– Qu'y a-t-il, mademoiselle ? dit Madame.

– On cherche M. de Guiche, répondit Montalais, qui eut tout le temps de voir le désordre des acteurs de ces quatre rôles, car constamment de Guiche avait héroïquement aussi joué le sien.

Chapitre CL – Montalais et Malicorne

Montalais avait raison. M. de Guiche, appelé partout, était fort exposé, par la multiplication même des affaires, à ne répondre nulle part.

Aussi, telle est la force des situations faibles, que Madame, malgré son orgueil blessé, malgré sa colère intérieure, ne put rien reprocher, momentanément, du moins, à Montalais, qui venait de violer si audacieusement la consigne quasi royale qui l'avait éloignée.

De Guiche aussi perdit la tête, ou, plutôt, disons-le, de Guiche avait perdu la tête avant l'arrivée de Montalais ; car à peine eut-il entendu la voix de la jeune fille, que, sans prendre congé de Madame, comme la plus simple politesse l'exigeait même entre égaux, il s'enfuit le cœur brûlant, la tête folle, laissant la princesse une main levée et lui faisant un geste d'adieu. C'est que de Guiche pouvait dire, comme le dit Chérubin cent ans plus tard, qu'il emportait aux lèvres du bonheur pour une éternité.

Montalais trouva donc les deux amants fort en désordre : il y avait désordre chez celui qui s'enfuyait, désordre chez celle qui restait.

Aussi la jeune fille murmura, tout en jetant un regard interrogateur autour d'elle :

– Je crois que, cette fois, j'en sais autant que la femme la plus curieuse peut désirer en savoir.

Madame fut tellement embarrassée de ce regard inquisiteur, que, comme si elle eût entendu l'aparté de Montalais, elle ne dit pas un seul mot à sa fille d'honneur, et, baissant les yeux, rentra dans sa chambre à coucher.

Ce que voyant, Montalais écouta.

Alors elle entendit Madame qui fermait les verrous de sa chambre.

De ce moment elle comprit qu'elle avait sa nuit à elle, et, faisant du côté de cette porte qui venait de se fermer un geste assez irrespectueux, lequel voulait dire : « Bonne nuit, princesse ! » elle descendit retrouver Malicorne, fort occupé pour le moment à suivre de l'œil un courrier tout poudreux qui sortait de chez le comte de Guiche.

Montalais comprit que Malicorne accomplissait quelque œuvre d'importance ; elle le laissa tendre les yeux, allonger le cou, et, quand Malicorne en fut revenu à sa position naturelle, elle lui frappa seulement sur l'épaule.

– Eh bien ! dit Montalais, quoi de nouveau ?

– M. de Guiche aime Madame, dit Malicorne.

– Belle nouvelle ! Je sais quelque chose de plus frais, moi.

– Et que savez-vous ?

– C'est que Madame aime M. de Guiche.

– L'un était la conséquence de l'autre.

– Pas toujours, mon beau monsieur.

– Cet axiome serait-il à mon adresse ?

– Les personnes présentes sont toujours exceptées.

– Merci, fit Malicorne. Et de l'autre côté ? continua-t-il en interrogeant.

– Le roi a voulu ce soir, après la loterie, voir Mlle de La Vallière.

– Eh bien ! il l'a vue ?

– Non pas.

– Comment, non pas ?

– La porte était fermée.

– De sorte que ?…

– De sorte que le roi s'en est retourné tout penaud comme un simple voleur qui a oublié ses outils.

– Bien.

– Et du troisième côté ? demanda Montalais.

– Le courrier qui arrive à M. de Guiche est envoyé par M. de Bragelonne.

– Bon ! fit Montalais en frappant dans ses mains.

– Pourquoi, bon ?

– Parce que voilà de l'occupation. Si nous nous ennuyons maintenant, nous aurons du malheur.

– Il importe de se diviser la besogne, fit Malicorne, afin de ne point faire confusion.

– Rien de plus simple, répliqua Montalais. Trois intrigues un peu bien chauffées, un peu bien menées, donnent, l'une dans l'autre, et au bas chiffre, trois billets par jour.

– Oh ! s'écria Malicorne en haussant les épaules, vous n'y pensez pas, ma chère, trois billets en un jour, c'est bon pour des sentiments bourgeois. Un mousquetaire en service, une petite fille au couvent, échangeant le billet quotidiennement par le haut de l'échelle ou par le trou fait au mur. En un billet tient toute la poésie de ces pauvres petits cœurs-là. Mais chez nous... Oh ! que vous connaissez peu le Tendre royal, ma chère.

– Voyons, concluez, dit Montalais impatientée. On peut venir.

– Conclure ! Je n'en suis qu'à la narration. J'ai encore trois points.

– En vérité, il me fera mourir, avec son flegme de Flamand ! s'écria Montalais.

– Et vous, vous me ferez perdre la tête avec vos vivacités d'Italienne. Je vous disais donc que nos amoureux s'écriront des volumes, mais où voulez vous en venir ?

– À ceci, qu'aucune de nos dames ne peut garder les lettres qu'elle recevra.

– Sans aucun doute.

– Que M. de Guiche n'osera pas garder les siennes non plus.

– C'est probable.

– Eh bien ! je garderai tout cela, moi.

– Voilà justement ce qui est impossible, dit Malicorne.

– Et pourquoi cela ?

– Parce que vous n'êtes pas chez vous ; que votre chambre est commune à La Vallière et à vous ; que l'on pratique assez volontiers des visites et des fouilles dans une chambre de fille d'honneur ; que je crains fort la reine, jalouse comme une Espagnole, la reine mère, jalouse comme deux Espagnoles, et, enfin, Madame jalouse comme dix Espagnoles.

– Vous oubliez quelqu'un.

– Qui ?

– Monsieur.

– Je ne parlais que pour les femmes. Numérotons donc. Monsieur, N° 1.

– N° 2, de Guiche.

– N° 3, le vicomte de Bragelonne.

– N° 4, et le roi.

– Le roi ?

– Certainement, le roi, qui sera non seulement plus jaloux, mais encore plus puissant que tout le monde. Ah ! ma chère !

– Après ?

– Dans quel guêpier vous êtes-vous fourrée !

– Pas encore assez avant, si vous voulez m'y suivre.

– Certainement que je vous y suivrai. Cependant…

– Cependant ?…

– Tandis qu'il en est temps encore, je crois qu'il serait prudent de retourner en arrière.

– Et moi, au contraire, je crois que le plus prudent est de nous mettre du premier coup à la tête de toutes ces intrigues-là.

– Vous n'y suffirez pas.

– Avec vous, j'en mènerais dix. C'est mon élément, voyez-vous. J'étais faite pour vivre à la Cour, comme la salamandre est faite pour vivre dans les flammes.

– Votre comparaison ne me rassure pas le moins du monde, chère amie. J'ai entendu dire à des savants fort savants, d'abord qu'il n'y a pas de salamandres, et qu'y en eût-il, elles seraient parfaitement grillées, elles seraient parfaitement rôties en sortant du feu.

– Vos savants peuvent être fort savants en affaires de salamandres. Or, vos savants ne vous diront point ceci, que je vous dis, moi : Aure de Montalais est appelée à être, avant un mois, le premier diplomate de la Cour de France !

– Soit, mais à la condition que j'en serai le deuxième.

– C'est dit : alliance offensive et défensive, bien entendu.

– Seulement, défiez-vous des lettres.

– Je vous les remettrai au fur et à mesure qu'on me les remettra.

– Que dirons-nous au roi, de Madame ?

– Que Madame aime toujours le roi.

– Que dirons-nous à Madame, du roi ?

– Qu'elle aurait le plus grand tort de ne pas le ménager.

– Que dirons-nous à La Vallière, de Madame ?

– Tout ce que nous voudrons : La Vallière est à nous.

– À nous ?

– Doublement.

– Comment cela ?

– Par le vicomte de Bragelonne, d'abord.

– Expliquez-vous.

– Vous n'oubliez pas, je l'espère, que M. de Bragelonne a écrit beaucoup de lettres à Mlle de La Vallière ?

– Je n'oublie rien.

– Ces lettres, c'est moi qui les recevais, c'est moi qui les cachais.

– Et, par conséquent, c'est vous qui les avez ?

– Toujours.

– Où cela ? ici ?

– Oh ! que non pas. Je les ai à Blois, dans la petite chambre que vous savez.

– Petite chambre chérie, petite chambre amoureuse, antichambre du palais que je vous ferai habiter un jour. Mais, pardon, vous dites que toutes ces lettres sont dans cette petite chambre ?

– Oui.

– Ne les mettiez-vous pas dans un coffret ?

– Sans doute, dans le même coffret où je mettais les lettres que je recevais de vous, et où je déposais les miennes quand vos affaires ou vos plaisirs vous empêchaient de venir au rendez-vous.

– Ah ! fort bien, dit Malicorne.

– Pourquoi cette satisfaction ?

– Parce que je vois la possibilité de ne pas courir à Blois après les lettres. Je les ai ici.

– Vous avez rapporté le coffret ?

– Il m'était cher, venant de vous.

– Prenez-y garde, au moins ; le coffret contient des originaux qui auront un grand prix plus tard.

– Je le sais parbleu bien ! et voilà justement pourquoi je ris, et de tout mon cœur même.

– Maintenant, un dernier mot.

– Pourquoi donc un dernier ?

– Avons-nous besoin d'auxiliaires ?

– D'aucun.

– Valets, servantes ?

– Mauvais, détestable ! Vous donnerez les lettres, vous les recevrez. Oh ! pas de fierté ; sans quoi, M. Malicorne et Mlle Aure, ne faisant pas leurs affaires eux-mêmes, devront se résoudre à les voir faire par d'autres.

– Vous avez raison ; mais que se passe-t-il chez M. de Guiche ?

– Rien ; il ouvre sa fenêtre.

– Disparaissons.

Et tous deux disparurent ; la conjuration était nouée.

La fenêtre qui venait de s'ouvrir était, en effet, celle du comte de Guiche.

Mais, comme eussent pu le penser les ignorants, ce n'était pas seulement pour tâcher de voir l'ombre de Madame à travers ses rideaux qu'il se mettait à cette fenêtre, et sa préoccupation n'était pas toute amoureuse.

Il venait, comme nous l'avons dit, de recevoir un courrier ; ce courrier lui avait été envoyé par de Bragelonne. De Bragelonne avait écrit à de Guiche.

Celui-ci avait lu et relu la lettre, laquelle lui avait fait une profonde impression.

– Étrange ! étrange ! murmurait-il. Par quels moyens puissants la destinée entraîne-t-elle donc les gens à leur but ?

Et, quittant la fenêtre pour se rapprocher de la lumière, il relut une troisième fois cette lettre, dont les lignes brûlaient à la fois son esprit et ses yeux.

« Calais.

« Mon cher comte,

J'ai trouvé à Calais M. de Wardes, qui a été blessé grièvement dans une affaire avec M. de Buckingham.

C'est un homme brave, comme vous savez, que de Wardes, mais haineux et méchant.

Il m'a entretenu de vous, pour qui, dit-il, son cœur a beaucoup de penchant ; de Madame, qu'il trouve belle et aimable.

Il a deviné votre amour pour la personne que vous savez.

Il m'a aussi entretenu d'une personne que j'aime, et m'a témoigné le plus vif intérêt en me plaignant fort, le tout avec des obscurités qui m'ont effrayé d'abord, mais que j'ai fini par prendre pour les résultats de ses habitudes de mystère.

Voici le fait :

Il aurait reçu des nouvelles de la Cour. Vous comprenez que ce n'est que par M. de Lorraine.

On s'entretient, disent ses nouvelles, d'un changement survenu dans l'affection du roi.

Vous savez qui cela regarde.

Ensuite, disaient encore ses nouvelles, on parle d'une fille d'honneur qui donne sujet à la médisance.

Ces phrases vagues ne m'ont point permis de dormir. J'ai déploré depuis hier que mon caractère droit et faible, malgré une certaine obstination, m'ait laissé sans réplique à ces insinuations.

En un mot, M. de Wardes partait pour Paris ; je n'ai point retardé son départ avec des explications ; et puis il me paraissait dur, je l'avoue, de mettre à la question un homme dont les blessures sont à peine fermées.

Bref, il est parti à petites journées, parti pour assister, dit-il, au curieux spectacle que la Cour ne peut manquer d'offrir sous peu de temps.

Il a ajouté à ces paroles certaines félicitations, puis certaines condoléances. Je n'ai pas plus compris les unes que les autres. J'étais étourdi par mes pensées et par une défiance envers cet homme, défiance, vous le savez mieux que personne, que je n'ai jamais pu surmonter.

Mais, lui parti, mon esprit s'est ouvert.

Il est impossible qu'un caractère comme celui de de Wardes n'ait pas infiltré quelque peu de sa méchanceté dans les rapports que nous avons eus ensemble.

Il est donc impossible que dans toutes les paroles mystérieuses que M. de Wardes m'a dites, il n'y ait point un sens mystérieux dont je puisse me faire l'application à moi ou à qui savez.

Forcé que j'étais de partir promptement pour obéir au roi, je n'ai point eu l'idée de courir après M. de Wardes pour obtenir l'explication de ses réticences ; mais je vous expédie un courrier et vous écris cette lettre, qui vous exposera tous mes doutes. Vous, c'est moi : j'ai pensé, vous agirez.

M. de Wardes arrivera sous peu : sachez ce qu'il a voulu dire, si déjà vous ne le savez.

Au reste M. de Wardes a prétendu que M. de Buckingham avait quitté Paris, comblé par Madame ; c'est une affaire qui m'eût immédiatement mis l'épée à la main sans la nécessité où je crois me trouver de faire passer le service du roi avant toute querelle.

Brûlez cette lettre, que vous remet Olivain.

Qui dit Olivain, dit la sûreté même.

Veuillez, je vous prie, mon cher comte, me rappeler au souvenir de Mlle de La Vallière, dont je baise respectueusement les mains.

Vous, je vous embrasse.

Vicomte de Bragelonne.

P.-S.– Si quelque chose de grave survenait, tout doit se prévoir, cher ami, expédiez-moi un courrier avec ce seul mot : « Venez », et je serai à Paris, trente-six heures après votre lettre reçue.

De Guiche soupira, replia la lettre une troisième fois, et, au lieu de la brûler, comme le lui avait recommandé Raoul, il la remit dans sa poche.

Il avait besoin de la lire et de la relire encore.

– Quel trouble et quelle confiance à la fois, murmura le comte ; toute l'âme de Raoul est dans cette lettre ; il y oublie le comte de La Fère, et il y parle de son respect pour Louise ! Il m'avertit pour moi, il me supplie pour lui. Ah ! continua de Guiche avec un geste menaçant, vous vous mêlez de mes affaires, monsieur de Wardes ? Eh bien ! je vais m'occuper des vôtres. Quant à toi, mon pauvre Raoul, ton cœur me laisse un dépôt ; je veillerai sur lui, ne crains rien.

Cette promesse faite, de Guiche fit prier Malicorne de passer chez lui sans retard, s'il était possible.

Malicorne se rendit à l'invitation avec une vivacité qui était le premier résultat de sa conversation avec Montalais.

Plus de Guiche, qui se croyait couvert, questionna Malicorne, plus celui-ci, qui travaillait à l'ombre, devina son interrogateur.

Il s'ensuivit que, après un quart d'heure de conversation, pendant lequel de Guiche crut découvrir toute la vérité sur La Vallière et sur le roi, il n'apprit absolument rien que ce qu'il avait vu de ses yeux ; tandis que Malicorne apprit ou devina, comme on voudra, que Raoul avait de la défiance à distance et que de Guiche allait veiller sur le trésor des Hespérides.

Malicorne accepta d'être le dragon.

De Guiche crut avoir tout fait pour son ami et ne s'occupa plus que de soi.

On annonça le lendemain au soir le retour de de Wardes, et sa première apparition chez le roi.

Après sa visite, le convalescent devait se rendre chez Monsieur.

De Guiche se rendit chez Monsieur avant l'heure.

Chapitre CLI – Comment de Wardes fut reçu à la cour

Monsieur avait accueilli de Wardes avec cette faveur insigne que le rafraîchissement de l'esprit conseille à tout caractère léger pour la nouveauté qui arrive.

De Wardes, qu'en effet on n'avait pas vu depuis un mois, était du fruit nouveau. Le caresser, c'était d'abord une infidélité à faire aux anciens, et une infidélité a toujours son charme ; c'était, de plus, une réparation à lui faire, à lui. Monsieur le traita donc on ne peut plus favorablement.

M. le chevalier de Lorraine, qui craignait fort ce rival, mais qui respectait cette seconde nature, en tout semblable à la sienne, plus le courage, M. le chevalier de Lorraine eut pour de Wardes des caresses plus douces encore que n'en avait eu Monsieur.

De Guiche était là, comme nous l'avons dit, mais se tenait un peu à l'écart, attendant patiemment que toutes ces embrassades fussent terminées.

De Wardes, tout en parlant aux autres, et même à Monsieur, n'avait pas perdu de Guiche de vue ; son instinct lui disait qu'il était là pour lui.

Aussi alla-t-il à de Guiche aussitôt qu'il en eut fini avec les autres.

Tous deux échangèrent les compliments les plus courtois ; après quoi, de Wardes revint à Monsieur et aux autres gentilshommes.

Au milieu de toutes ces félicitations de bon retour on annonça Madame.

Madame avait appris l'arrivée de de Wardes. Elle savait tous les détails de son voyage et de son duel avec Buckingham. Elle n'était pas fâchée d'être là aux premières paroles qui devaient être prononcées par celui qu'elle savait son ennemi.

Elle avait deux ou trois dames d'honneur avec elle.

De Wardes fit à Madame les plus gracieux saluts, et annonça tout d'abord, pour commencer les hostilités, qu'il était prêt à donner des nouvelles de M. de Buckingham à ses amis.

C'était une réponse directe à la froideur avec laquelle Madame l'avait accueilli.

L'attaque était vive, Madame sentit le coup sans paraître l'avoir reçu. Elle jeta rapidement les yeux sur Monsieur et sur de Guiche.

Monsieur rougit, de Guiche pâlit.

Madame seule ne changea point de physionomie ; mais, comprenant combien cet ennemi pouvait lui susciter de désagréments près des deux personnes qui l'écoutaient, elle se pencha en souriant du côté du voyageur.

Le voyageur parlait d'autre chose.

Madame était brave, imprudente même : toute retraite la jetait en avant. Après le premier serrement de cœur, elle revint au feu.

– Avez-vous beaucoup souffert de vos blessures, monsieur de Wardes ? demanda-t-elle ; car nous avons appris que vous aviez eu la mauvaise chance d'être blessé.

Ce fut au tour de de Wardes de tressaillir ; il se pinça les lèvres.

– Non, madame, dit-il, presque pas.

– Cependant, par cette horrible chaleur…

– L'air de la mer est frais, madame, et puis j'avais une consolation.

– Oh ! tant mieux !… Laquelle ?

– Celle de savoir que mon adversaire souffrait plus que moi.

– Ah ! il a été blessé plus grièvement que vous ? J'ignorais cela, dit la princesse avec une complète insensibilité.

– Oh ! madame, vous vous trompez, ou plutôt vous faites semblant de vous tromper à mes paroles. Je ne dis pas que son corps ait plus souffert que moi ; mais son cœur était atteint.

De Guiche comprit où tendait la lutte ; il hasarda un signe à Madame ; ce signe la suppliait d'abandonner la partie.

Mais elle, sans répondre à de Guiche, sans faire semblant de le voir, et toujours souriante :

– Eh ! quoi ! demanda-t-elle, M. de Buckingham avait-il donc été touché au cœur ? Je ne croyais pas, moi, jusqu'à présent, qu'une blessure au cœur se pût guérir.

– Hélas ! madame, répondit gracieusement de Wardes, les femmes croient toutes cela, et c'est ce qui leur donne sur nous la supériorité de la confiance.

– Ma mie, vous comprenez mal, fit le prince impatient. M. de Wardes veut dire que le duc de Buckingham avait été touché au cœur par autre chose que par une épée.

– Ah ! bien ! bien ! s'écria Madame. Ah ! c'est une plaisanterie de M. de Wardes ; fort bien ; seulement je voudrais savoir si M. de Buckingham goûterait cette plaisanterie. En vérité, c'est bien dommage qu'il ne soit point là, monsieur de Wardes.

Un éclair passa dans les yeux du jeune homme.

– Oh ! dit-il les dents serrées, je le voudrais aussi, moi.

De Guiche ne bougea pas.

Madame semblait attendre qu'il vînt à son secours.

Monsieur hésitait.

Le chevalier de Lorraine s'avança et prit la parole.

– Madame, dit-il, de Wardes sait bien que, pour un Buckingham, être touché au cœur n'est pas chose nouvelle, et que ce qu'il a dit s'est vu déjà.

– Au lieu d'un allié, deux ennemis, murmura Madame, deux ennemis ligués, acharnés !

Et elle changea la conversation.

Changer de conversation est, on le sait, un droit des princes, que l'étiquette ordonne de respecter.

Le reste de l'entretien fut donc modéré ; les principaux acteurs avaient fini leurs rôles.

Madame se retira de bonne heure, et Monsieur, qui voulait l'interroger, lui donna la main.

Le chevalier craignait trop que la bonne intelligence ne s'établît entre les deux époux pour les laisser tranquillement ensemble.

Il s'achemina donc vers l'appartement de Monsieur pour le surprendre à son retour, et détruire avec trois mots toutes les bonnes impressions que Madame aurait pu semer dans son cœur. De Guiche fit un pas vers de Wardes, que beaucoup de gens entouraient.

Il lui indiquait ainsi le désir de causer avec lui. De Wardes lui fit, des yeux et de la tête, signe qu'il le comprenait.

Ce signe, pour les étrangers, n'avait rien que d'amical.

Alors de Guiche put se retourner et attendre.

Il n'attendit pas longtemps. De Wardes, débarrassé de ses interlocuteurs, s'approcha de de Guiche, et tous deux, après un nouveau salut, se mirent à marcher côte à côte.

– Vous avez fait un bon retour, mon cher de Wardes ? dit le comte.

– Excellent, comme vous voyez.

– Et vous avez toujours l'esprit très gai ?

– Plus que jamais.

– C'est un grand bonheur.

– Que voulez-vous ! tout est si bouffon dans ce monde, tout est si grotesque autour de nous !

– Vous avez raison.

– Ah ! vous êtes donc de mon avis ?

– Parbleu ! Et vous nous apportez des nouvelles de là-bas ?

– Non, ma foi ! j'en viens chercher ici.

– Parlez. Vous avez cependant vu du monde à Boulogne, un de nos amis, et il n'y a pas si longtemps de cela.

– Du monde... de... de nos amis ?...

– Vous avez la mémoire courte.

– Ah ! c'est vrai : Bragelonne ?

– Justement.

– Qui allait en mission près du roi Charles ?

– C'est cela. Eh bien ! ne vous a-t-il pas dit, ou ne lui avez-vous pas dit ?...

– Je ne sais trop ce que je lui ai dit, je vous l'avoue, mais ce que je ne lui ai pas dit, je le sais.

De Wardes était la finesse même. Il sentait parfaitement, à l'attitude de de Guiche, attitude pleine de froideur, de dignité, que la conversation prenait une mauvaise tournure. Il résolut de se laisser aller à la conversation et de se tenir sur ses gardes.

– Qu'est-ce donc, s'il vous plaît, que cette chose que vous ne lui avez pas dite ? demanda de Guiche.

– Eh bien ! la chose concernant La Vallière.

– La Vallière... Qu'est-ce que cela ? et quelle est cette chose si étrange que vous l'avez sue là-bas, vous, tandis que Bragelonne, qui était ici, ne l'a pas sue, lui ?

– Est-ce sérieusement que vous me faites cette question ?

– On ne peut plus sérieusement.

– Quoi ! vous, homme de cour, vous, vivant chez Madame, vous, le commensal de la maison, vous, l'ami de Monsieur, vous, le favori de notre belle princesse ?

De Guiche rougit de colère.

– De quelle princesse parlez-vous ? demanda-t-il.

– Mais je n'en connais qu'une, mon cher. Je parle de Madame. Est-ce que vous avez une autre princesse au cœur ? Voyons.

De Guiche allait se lancer ; mais il vit la feinte.

Une querelle était imminente entre les deux jeunes gens. De Wardes voulait seulement la querelle au nom de Madame, tandis que de Guiche ne l'acceptait qu'au nom de La Vallière. C'était, à partir de ce moment, un jeu de feintes, et qui devait durer jusqu'à ce que l'un d'eux fût touché.

De Guiche reprit donc tout son sang-froid.

– Il n'est pas le moins du monde question de Madame dans tout ceci, mon cher de Wardes, dit de Guiche, mais de ce que vous disiez là, à l'instant même.

– Et que disais-je ?

– Que vous aviez caché à Bragelonne certaines choses.

– Que vous savez aussi bien que moi, répliqua de Wardes.

– Non, d'honneur !

– Allons donc !

– Si vous me le dites, je le saurai ; mais non autrement, je vous jure !

– Comment ! j'arrive de là-bas, de soixante lieues ; vous n'avez pas bougé d'ici ; vous avez vu de vos yeux, vous, ce que la renommée m'a rapporté là-bas, elle, et je vous entends me dire sérieusement que vous ne savez pas ? oh ! comte, vous n'êtes pas charitable.

– Ce sera comme il vous plaira, de Wardes ; mais, je vous le répète, je ne sais rien.

– Vous faites le discret, c'est prudent.

– Ainsi, vous ne me direz rien, pas plus à moi qu'à Bragelonne ?

– Vous faites la sourde oreille, je suis bien convaincu que Madame ne serait pas si maîtresse d'elle-même que vous.

« Ah ! double hypocrite, murmura de Guiche, te voilà revenu sur ton terrain. »

– Eh bien ! alors, continua de Wardes, puisqu'il nous est si difficile de nous entendre sur La Vallière et Bragelonne, causons de vos affaires personnelles.

– Mais, dit de Guiche, je n'ai point d'affaires personnelles, moi. Vous n'avez rien dit de moi, je suppose, à Bragelonne, que vous ne puissiez me redire, à moi ?

– Non. Mais, comprenez-vous, de Guiche ? c'est qu'autant je suis ignorant sur certaines choses, autant je suis ferré sur d'autres. S'il s'agissait, par exemple, de vous parler des relations de M. de Buckingham à Paris, comme j'ai fait le voyage avec le duc, je pourrais vous dire les choses les plus intéressantes. Voulez-vous que je vous les dise ?

De Guiche passa sa main sur son front moite de sueur.

– Mais, non, dit-il, cent fois non, je n'ai point de curiosité pour ce qui ne me regarde pas. M. de Buckingham n'est pour moi qu'une simple connaissance, tandis que Raoul est un ami intime. Je n'ai donc aucune curiosité de savoir ce qui est arrivé à M. de Buckingham, tandis que j'ai tout intérêt à savoir ce qui est arrivé à Raoul.

– À Paris ?

– Oui, à Paris ou à Boulogne. Vous comprenez, moi, je suis présent : si quelque événement advient, je suis là pour y faire face ; tandis que Raoul est absent et n'a que moi pour le représenter ; donc, les affaires de Raoul avant les miennes.

– Mais Raoul reviendra.

– Oui, après sa mission. En attendant, vous comprenez, il ne peut courir de mauvais bruits sur lui sans que je les examine.

– D'autant plus qu'il y restera quelque temps, à Londres, dit de Wardes en ricanant.

– Vous croyez ? demanda naïvement de Guiche.

– Parbleu ! croyez-vous qu'on l'a envoyé à Londres pour qu'il ne fasse qu'y aller et en revenir ? Non pas ; on l'a envoyé à Londres pour qu'il y reste.

– Ah ! comte, dit de Guiche en saisissant avec force la main de de Wardes, voici un soupçon bien fâcheux pour Bragelonne, et qui justifie à merveille ce qu'il m'a écrit de Boulogne.

De Wardes redevint froid ; l'amour de la raillerie l'avait poussé en avant, et il avait, par son imprudence, donné prise sur lui.

– Eh bien ! voyons, qu'a-t-il écrit ? demanda-t-il.

– Que vous lui aviez glissé quelques insinuations perfides contre La Vallière et que vous aviez paru rire de sa grande confiance dans cette jeune fille.

– Oui, j'ai fait tout cela, dit de Wardes, et j'étais prêt, en le faisant, à m'entendre dire par le vicomte de Bragelonne ce que dit un homme à un autre homme lorsque ce dernier le mécontente. Ainsi, par exemple, si je vous cherchais une querelle, à vous, je vous dirais que Madame, après avoir distingué M. de Buckingham, passe en ce moment pour n'avoir renvoyé le beau duc qu'à votre profit.

– Oh ! cela ne me blesserait pas le moins du monde, cher de Wardes, dit de Guiche en souriant malgré le frisson qui courait dans ses veines comme une injection de feu. Peste ! une telle faveur, c'est du miel.

– D'accord ; mais, si je voulais absolument une querelle avec vous, je chercherais un démenti, et je vous parlerais de certain bosquet où vous vous rencontrâtes avec cette illustre princesse, de certaines génuflexions, de certains baisemains, et vous qui êtes un homme secret, vous, vif et pointilleux…

– Eh bien ! non, je vous jure, dit de Guiche en l'interrompant avec le sourire sur les lèvres, quoiqu'il fût porté à croire qu'il allait mourir, non, je vous jure que cela ne me toucherait pas, que je ne vous donnerais aucun démenti. Que voulez-vous, très cher comte, je suis ainsi fait ; pour les choses qui me regardent, je suis de glace. Ah ! c'est bien autre chose lorsqu'il s'agit d'un ami absent, d'un ami qui, en partant, nous a confié ses intérêts ; oh ! pour cet ami, voyez-vous, de Wardes, je suis tout de feu !

– Je vous comprends, monsieur de Guiche ; mais, vous avez beau dire, il ne peut être question entre nous, à cette heure, ni de Bragelonne, ni de cette jeune fille sans importance qu'on appelle La Vallière.

En ce moment, quelques jeunes gens de la Cour traversaient le salon, et, ayant déjà entendu les paroles qui venaient d'être prononcées, étaient à même d'entendre celles qui allaient suivre.

De Wardes s'en aperçut et continua tout haut :

– Oh ! si La Vallière était une coquette comme Madame, dont les agaceries, très innocentes, je le veux bien, ont d'abord fait renvoyer M. de Buckingham en Angleterre, et ensuite vous ont fait exiler, vous, car, enfin, vous vous y êtes laissé prendre à ses agaceries, n'est-ce pas, monsieur ?

Les gentilshommes s'approchèrent, de Saint-Aignan en tête, Manicamp après.

– Eh ! mon cher, que voulez-vous ? dit de Guiche en riant, je suis un fat, moi, tout le monde sait cela. J'ai pris au sérieux une plaisanterie, et je me suis fait exiler. Mais j'ai vu mon erreur, j'ai courbé ma vanité aux pieds de qui de droit, et j'ai obtenu mon rappel en faisant amende honorable et en me promettant à moi-même de me guérir de ce défaut, et, vous le voyez, j'en suis si bien guéri, que je ris maintenant de ce qui, il y a quatre jours, me brisait le cœur. Mais, lui, Raoul, il est aimé ; il ne rit pas des bruits qui peuvent troubler son bonheur, des bruits dont vous vous êtes fait l'interprète quand vous saviez cependant, comte, comme moi, comme ces messieurs, comme tout le monde, que ces bruits n'étaient qu'une calomnie.

– Une calomnie ! s'écria de Wardes, furieux de se voir poussé dans le piège par le sang-froid de de Guiche.

– Mais oui, une calomnie. Dame ! voici sa lettre, dans laquelle il me dit que vous avez mal parlé de Mlle de La Vallière, et où il me demande si ce que vous avez dit de cette jeune fille est vrai. Voulez-vous que je fasse juges ces messieurs, de Wardes ?

Et, avec le plus grand sang-froid, de Guiche lut tout haut le paragraphe de la lettre qui concernait La Vallière.

– Et, maintenant, continua de Guiche, il est bien constaté pour moi que vous avez voulu blesser le repos de ce cher Bragelonne, et que vos propos étaient malicieux.

De Wardes regarda autour de lui pour savoir s'il aurait appui quelque part ; mais, à cette idée que de Wardes avait insulté, soit directement, soit indirectement, celle qui était l'idole du jour, chacun secoua la tête, et de Wardes ne vit que des hommes prêts à lui donner tort.

– Messieurs, dit de Guiche devinant d'instinct le sentiment général, notre discussion avec M. de Wardes porte sur un sujet si délicat, qu'il est important que personne n'en entende plus que vous n'en avez entendu. Gardez donc les portes, je vous prie, et laissez-nous achever cette conversation entre nous, comme il convient à deux gentilshommes dont l'un a donné à l'autre un démenti.

– Messieurs ! messieurs ! s'écrièrent les assistants.

– Trouvez-vous que j'avais tort de défendre Mlle de La Vallière ? dit de Guiche. En ce cas, je passe condamnation et je retire les paroles blessantes que j'ai pu dire contre M. de Wardes.

– Peste ! dit de Saint-Aignan, non pas !… Mlle de La Vallière est un ange.

– La vertu, la pureté en personne, dit Manicamp.

– Vous voyez, monsieur de Wardes, dit de Guiche, je ne suis point le seul qui prenne la défense de la pauvre enfant. Messieurs, une seconde fois, je vous supplie de nous laisser. Vous voyez qu'il est impossible d'être plus calme que nous ne le sommes.

Les courtisans ne demandaient pas mieux que de s'éloigner ; les uns allèrent à une porte, les autres à l'autre.

Les deux jeunes gens restèrent seuls.

– Bien joué, dit de Wardes au comte.

– N'est-ce pas ? répondit celui-ci.

– Que voulez-vous ? je me suis rouillé en province, mon cher, tandis que vous, ce que vous avez gagné de puissance sur vous-même me confond, comte ; on acquiert toujours quelque chose dans la société des femmes ; acceptez donc tous mes compliments.

– Je les accepte.

– Et je les retournerai à Madame.

– Oh ! maintenant, mon cher monsieur de Wardes, parlons-en aussi haut qu'il vous plaira.

– Ne m'en défiez pas.

– Oh ! je vous en défie ! Vous êtes connu pour un méchant homme ; si vous faites cela, vous passerez pour un lâche, et Monsieur vous fera pendre ce soir à l'espagnolette de sa fenêtre. Parlez, mon cher de Wardes, parlez.

– Je suis battu.

– Oui, mais pas encore autant qu'il convient.

– Je vois que vous ne seriez pas fâché de me battre à plate couture.

– Non, mieux encore.

– Diable ! c'est que, pour le moment, mon cher comte, vous tombez mal ; après celle que je viens de jouer, une partie ne peut me convenir. J'ai perdu trop de sang à Boulogne : au moindre effort mes blessures se rouvriraient, et, en vérité, vous auriez de moi trop bon marché.

– C'est vrai, dit de Guiche, et cependant, vous avez, en arrivant, fait montre de votre belle mine et de vos bons bras.

– Oui, les bras vont encore, c'est vrai ; mais les jambes sont faibles, et puis je n'ai pas tenu le fleuret depuis ce diable de duel ; et vous, j'en réponds, vous vous escrimez tous les jours pour mettre à bonne fin votre petit guet-apens.

– Sur l'honneur, monsieur, répondit de Guiche, voici une demi-année que je n'ai fait d'exercice.

– Non, voyez-vous, comte, toute réflexion faite, je ne me battrai pas, pas avec vous, du moins. J'attendrai Bragelonne, puisque vous dites que c'est Bragelonne qui m'en veut.

– Oh ! que non pas, vous n'attendrez pas Bragelonne, s'écria de Guiche hors de lui ; car, vous l'avez dit, Bragelonne peut tarder à revenir, et, en attendant, votre méchant esprit fera son œuvre.

– Cependant, j'aurai une excuse. Prenez garde !

– Je vous donne huit jours pour achever de vous rétablir.

– C'est déjà mieux. Dans huit jours, nous verrons.

– Oui, oui, je comprends : en huit jours, on peut échapper à l'ennemi. Non, non, pas un.

– Vous êtes fou, monsieur, dit de Wardes en faisant un pas de retraite.

– Et vous, vous êtes un misérable. Si vous ne vous battez pas de bonne grâce…

– Eh bien ?

– Je vous dénonce au roi comme ayant refusé de vous battre après avoir insulté La Vallière.

– Ah ! fit de Wardes, vous êtes dangereusement perfide, monsieur l'honnête homme.

– Rien de plus dangereux que la perfidie de celui qui marche toujours loyalement.

– Rendez-moi mes jambes, alors, ou faites-vous saigner à blanc pour égaliser nos chances.

– Non pas, j'ai mieux que cela.

– Dites.

– Nous monterons à cheval tous deux et nous échangerons trois coups de pistolet. Vous tirez de première force. Je vous ai vu abattre des hirondelles, à balle et au galop. Ne dites pas non, je vous ai vu.

– Je crois que vous avez raison, dit de Wardes ; et, comme cela, il est possible que je vous tue.

– En vérité, vous me rendriez service.

– Je ferai de mon mieux.

– Est-ce dit ?

– Votre main.

– La voici… À une condition, pourtant.

– Laquelle ?

– Vous me jurez de ne rien dire ou faire dire au roi ?

– Rien, je vous le jure.

– Je vais chercher mon cheval.

– Et moi le mien.

– Où irons-nous ?

– Dans la plaine ; je sais un endroit excellent.

– Partons-nous ensemble ?

– Pourquoi pas ?

Et tous deux, s'acheminant vers les écuries, passèrent sous les fenêtres de Madame, doucement éclairées ; une ombre grandissait derrière les rideaux de dentelle.

– Voilà pourtant une femme, dit de Wardes en souriant, qui ne se doute pas que nous allons à la mort pour   elle.

Chapitre CLII – Le combat

De Wardes choisit son cheval, et de Guiche le sien. Puis chacun le sella lui-même avec une selle à fontes. De Wardes n'avait point de pistolets. De Guiche en avait deux paires. Il les alla chercher chez lui, les chargea, et donna le choix à de Wardes.

De Wardes choisit des pistolets dont il s'était vingt fois servi, les mêmes avec lesquels de Guiche lui avait vu tuer les hirondelles au vol.

– Vous ne vous étonnerez point, dit-il, que je prenne toutes mes précautions. Vos armes vous sont connues. Je ne fais, par conséquent, qu'égaliser les chances.

– L'observation était inutile, répondit de Guiche, et vous êtes dans votre droit.

– Maintenant, dit de Wardes, je vous prie de vouloir bien m'aider à monter à cheval, car j'y éprouve encore une certaine difficulté.

– Alors, il fallait prendre le parti à pied.

– Non, une fois en selle, je vaux mon homme.

– C'est bien, n'en parlons plus.

Et de Guiche aida de Wardes à monter à cheval.

– Maintenant, continua le jeune homme, dans notre ardeur à nous exterminer, nous n'avons pas pris garde à une chose.

– À laquelle ?

– C'est qu'il fait nuit, et qu'il faudra nous tuer à tâtons.

– Soit, ce sera toujours le même résultat.

– Cependant, il faut prendre garde à une autre circonstance, qui est que les honnêtes gens ne se vont point battre sans compagnons.

– Oh ! s'écria de Guiche, vous êtes aussi désireux que moi de bien faire les choses.

– Oui ; mais je ne veux point que l'on puisse dire que vous m'avez assassiné, pas plus que, dans le cas où je vous tuerais, je ne veux être accusé d'un crime.

– A-t-on dit pareille chose de votre duel avec M. de Buckingham ? dit de Guiche. Il s'est cependant accompli dans les mêmes conditions où le nôtre va s'accomplir.

– Bon ! Il faisait encore jour et nous étions dans l'eau jusqu'aux cuisses ; d'ailleurs, bon nombre de spectateurs étaient rangés sur le rivage et nous regardaient.

De Guiche réfléchit un instant ; mais cette pensée qui s'était déjà présentée à son esprit s'y raffermit, que de Wardes voulait avoir des témoins pour ramener la conversation sur Madame et donner un tour nouveau au combat.

Il ne répliqua donc rien, et, comme de Wardes l'interrogea une dernière fois du regard, il lui répondit par un signe de tête qui voulait dire que le mieux était de s'en tenir où l'on en était.

Les deux adversaires se mirent, en conséquence, en chemin et sortirent du château par cette porte que nous connaissons pour avoir vu tout près d'elle Montalais et Malicorne.

La nuit, comme pour combattre la chaleur de la journée, avait amassé tous les nuages qu'elle poussait silencieusement et lourdement de l'ouest à l'est. Ce dôme, sans éclaircies et sans tonnerres apparents, pesait de tout son poids sur la terre et commençait à se trouer sous les efforts du vent, comme une immense toile détachée d'un lambris.

Les gouttes d'eau tombaient tièdes et larges sur la terre, où elles aggloméraient la poussière en globules roulants.

En même temps, des haies qui aspiraient l'orage, des fleurs altérées, des arbres échevelés, s'exhalaient mille odeurs aromatiques qui ramenaient au cerveau les souvenirs doux, les idées de jeunesse, de vie éternelle, de bonheur et d'amour.

– La terre sent bien bon, dit de Wardes ; c'est une coquetterie de sa part pour nous attirer à elle.

– À propos, répliqua de Guiche, il m'est venu plusieurs idées et je veux vous les soumettre.

– Relatives ?

– Relatives à notre combat.

– En effet, il est temps, ce me semble, que nous nous en occupions.

– Sera-ce un combat ordinaire et réglé selon la coutume ?

– Voyons notre coutume ?

– Nous mettrons pied à terre dans une bonne plaine, nous attacherons nos chevaux au premier objet venu, nous nous joindrons sans armes, puis nous nous éloignerons de cent cinquante pas chacun pour revenir l'un sur l'autre.

– Bon ! c'est ainsi que je tuai le pauvre Follivent, voici trois semaines, à la Saint-Denis.

– Pardon, vous oubliez un détail.

– Lequel ?

– Dans votre duel avec Follivent, vous marchâtes à pied l'un sur l'autre, l'épée aux dents et le pistolet au poing.

– C'est vrai.

– Cette fois, au contraire, comme je ne puis pas marcher, vous l'avouez vous-même, nous remontons à cheval et nous nous choquons, le premier qui veut tirer tire.

– C'est ce qu'il y a de mieux, sans doute, mais il fait nuit ; il faut compter plus de coups perdus qu'il n'y en aurait dans le jour.

– Soit ! Chacun pourra tirer trois coups, les deux qui seront tout chargés, et un troisième de recharge.

– À merveille ! où notre combat aura-t-il lieu ?

– Avez-vous quelque préférence ?

– Non.

– Vous voyez ce petit bois qui s'étend devant nous ?

– Le bois Rochin ? Parfaitement.

– Vous le connaissez ?

– À merveille.

– Vous savez, alors, qu'il a une clairière à son centre ?

– Oui.

– Gagnons cette clairière.

– Soit !

– C'est une espèce de champ clos naturel, avec toutes sortes de chemins, de faux fuyants, de sentiers, de fossés, de tournants, d'allées ; nous serons là à merveille.

– Je le veux, si vous le voulez. Nous sommes arrivés, je crois ?

– Oui. Voyez le bel espace dans le rond-point. Le peu de clarté qui tombe des étoiles, comme dit Corneille, se concentre en cette place ; les limites naturelles sont le bois qui circuite avec ses barrières.

– Soit ! Faites comme vous dites.

– Terminons les conditions, alors.

– Voici les miennes ; si vous avez quelque chose contre, vous le direz.

– J'écoute.

– Cheval tué oblige son maître à combattre à pied.

– C'est incontestable, puisque nous n'avons pas de chevaux de rechange.

– Mais n'oblige pas l'adversaire à descendre de son cheval.

– L'adversaire sera libre d'agir comme bon lui semblera.

– Les adversaires, s'étant joints une fois, peuvent ne se plus quitter, et, par conséquent, tirer l'un sur l'autre à bout portant.

– Accepté.

– Trois charges sans plus, n'est-ce pas ?

– C'est suffisant, je crois. Voici de la poudre et des balles pour vos pistolets ; mesurez trois charges, prenez trois balles ; j'en ferai autant, puis nous répandrons le reste de la poudre et nous jetterons le reste des balles.

– Et nous jurons sur le Christ, n'est-ce pas, ajouta de Wardes, que nous n'avons plus sur nous ni poudre ni balles ?

– C'est convenu ; moi, je le jure.

De Guiche étendit la main vers le ciel.

De Wardes l'imita.

– Et maintenant, mon cher comte, dit-il, laissez-moi vous dire que je ne suis dupe de rien. Vous êtes, ou vous serez l'amant de Madame. J'ai pénétré le secret, vous avez peur que je ne l'ébruite ; vous voulez me tuer pour vous assurer le silence, c'est tout simple, et, à votre place, j'en ferais autant.

De Guiche baissa la tête.

– Seulement, continua de Wardes triomphant, était-ce bien la peine, dites-moi, de me jeter encore dans les bras cette mauvaise affaire de Bragelonne ? Prenez garde, mon cher ami, en acculant le sanglier, on l'enrage ; en forçant le renard, on lui donne la férocité du jaguar. Il en résulte que, mis aux abois par vous, je me défends jusqu'à la mort.

– C'est votre droit.

– Oui, mais, prenez garde, je ferai bien du mal ; ainsi, pour commencer, vous devinez bien, n'est-ce pas, que je n'ai point fait la sottise de cadenasser mon secret, ou plutôt votre secret dans mon cœur ? Il y a un ami, un ami spirituel, vous le connaissez, qui est entré en participation de mon secret ; ainsi, comprenez bien que, si vous me tuez, ma mort n'aura pas servi à grand-chose ; tandis qu'au contraire, si je vous tue, dame ! tout est possible, vous comprenez.

De Guiche frissonna.

– Si je vous tue, continua de Wardes, vous aurez attaché à Madame deux ennemis qui travailleront à qui mieux mieux à la ruiner.

– Oh ! monsieur, s'écria de Guiche furieux, ne comptez pas ainsi sur ma mort ; de ces deux ennemis, j'espère bien tuer l'un tout de suite, et l'autre à la première occasion.

De Wardes ne répondit que par un éclat de rire tellement diabolique, qu'un homme superstitieux s'en fût effrayé.

Mais de Guiche n'était point impressionnable à ce point.

– Je crois, dit-il, que tout est réglé, monsieur de Wardes ; ainsi, prenez du champ, je vous prie, à moins que vous ne préfériez que ce soit moi.

– Non pas, dit de Wardes, enchanté de vous épargner une peine.

Et, mettant son cheval au galop, il traversa la clairière dans toute son étendue, et alla prendre son poste au point de la circonférence du carrefour qui faisait face à celui où de Guiche s'était arrêté.

De Guiche demeura immobile.

À la distance de cent pas à peu près, les deux adversaires étaient absolument invisibles l'un à l'autre, perdus qu'ils étaient dans l'ombre épaisse des ormes et des châtaigniers.

Une minute s'écoula au milieu du plus profond silence.

Au bout de cette minute, chacun, au sein de l'ombre où il était caché, entendit le double cliquetis du chien résonnant dans la batterie.

De Guiche, suivant la tactique ordinaire, mit son cheval au galop, persuadé qu'il trouverait une double garantie de sûreté dans l'ondulation du mouvement et dans la vitesse de la course.

Cette course se dirigea en droite ligne sur le point qu'à son avis devait occuper son adversaire.

À la moitié du chemin, il s'attendait à rencontrer de Wardes : il se trompait.

Il continua sa course, présumant que de Wardes l'attendait immobile.

Mais au deux tiers de la clairière, il vit le carrefour s'illuminer tout à coup, et une balle coupa en sifflant la plume qui s'arrondissait sur son chapeau.

Presque en même temps, et comme si le feu du premier coup eût servi à éclairer l'autre, un second coup retentit, et une seconde balle vint trouer la tête du cheval de de Guiche, un peu au-dessous de l'oreille.

L'animal tomba.

Ces deux coups, venant d'une direction tout opposée à celle dans laquelle il s'attendait à trouver de Wardes, frappèrent de Guiche de surprise ; mais, comme c'était un homme d'un grand sang-froid, il calcula sa chute, mais non pas si bien, cependant, que le bout de sa botte ne se trouvât pris sous son cheval.

Heureusement, dans son agonie, l'animal fit un mouvement, et de Guiche put dégager sa jambe moins pressée.

De Guiche se releva, se tâta ; il n'était point blessé.

Du moment où il avait senti le cheval faiblir, il avait placé ses deux pistolets dans les fontes, de peur que la chute ne fît partir un des deux coups et même tous les deux, ce qui l'eût désarmé inutilement.

Une fois debout, il reprit ses pistolets dans ses fontes, et s'avança vers l'endroit où, à la lueur de la flamme, il avait vu apparaître de Wardes. De Guiche s'était, après le premier coup, rendu compte de la manœuvre de son adversaire, qui était on ne peut plus simple.

Au lieu de courir sur de Guiche ou de rester à sa place à l'attendre, de Wardes avait, pendant une quinzaine de pas à peu près, suivi le cercle d'ombre qui le dérobait à la vue de son adversaire, et, au moment où celui-ci lui présentait le flanc dans sa course, il l'avait tiré de sa place, ajustant à l'aise, et servi au lieu d'être gêné par le galop du cheval.

On a vu que, malgré l'obscurité, la première balle avait passé à un pouce à peine de la tête de de Guiche.

De Wardes était si sûr de son coup, qu'il avait cru voir tomber de Guiche. Son étonnement fut grand lorsque, au contraire le cavalier demeura en selle.

Il se pressa pour tirer le second coup, fit un écart de main et tua le cheval.

C'était une heureuse maladresse, si de Guiche demeurait engagé sous l'animal. Avant qu'il eût pu se dégager, de Wardes rechargeait son troisième coup et tenait de Guiche à sa merci.

Mais, tout au contraire, de Guiche était debout et avait trois coups à tirer.

De Guiche comprit la position… Il s'agissait de gagner de Wardes de vitesse. Il prit sa course, afin de le joindre avant qu'il eût fini de recharger son pistolet.

De Wardes le voyait arriver comme une tempête. La balle était juste et résistait à la baguette. Mal charger était s'exposer à perdre un dernier coup. Bien charger était perdre son temps, ou plutôt c'était perdre la vie.

Il fit faire un écart à son cheval.

De Guiche pivota sur lui-même, et, au moment où le cheval retombait, le coup partit, enlevant le chapeau de de Wardes.

De Wardes comprit qu'il avait un instant à lui ; il en profita pour achever de charger son pistolet.

De Guiche, ne voyant pas tomber son adversaire, jeta le premier pistolet devenu inutile, et marcha sur de Wardes en levant le second.

Mais, au troisième pas qu'il fit, de Wardes le prit tout marchant et le coup partit.

Un rugissement de colère y répondit ; le bras du comte se crispa et s'abattit. Le pistolet tomba.

De Wardes vit le comte se baisser, ramasser le pistolet de la main gauche, et faire un nouveau pas en avant.

Le moment était suprême.

– Je suis perdu, murmura de Wardes, il n'est point blessé à mort.

Mais au moment où de Guiche levait son pistolet sur de Wardes, la tête, les épaules et les jarrets du comte fléchirent à la fois. Il poussa un soupir douloureux et vint rouler aux pieds du cheval de de Wardes.

– Allons donc ! murmura celui-ci.

Et, rassemblant les rênes, il piqua des deux.

Le cheval franchit le corps inerte et emporta rapidement de Wardes au château.

Arrivé là, de Wardes demeura un quart d'heure à tenir conseil.

Dans son impatience à quitter le champ de bataille, il avait négligé de s'assurer que de Guiche fût mort.

Une double hypothèse se présentait à l'esprit agité de de Wardes.

Ou de Guiche était tué, ou de Guiche était seulement blessé.

– Si de Guiche était tué, fallait-il laisser ainsi son corps aux loups ? C'était une cruauté inutile, puisque, si de Guiche était tué, il ne parlerait certes pas.

S'il n'était pas tué, pourquoi, en ne lui portant pas secours, se faire passer pour un sauvage incapable de générosité ?

Cette dernière considération l'emporta.

De Wardes s'informa de Manicamp.

Il apprit que Manicamp s'était informé de de Guiche et, ne sachant point où le joindre, s'était allé coucher.

De Wardes alla réveiller le dormeur et lui conta l'affaire, que Manicamp écouta sans dire un mot, mais avec une expression d'énergie croissante dont on aurait cru sa physionomie incapable.

Seulement, lorsque de Wardes eut fini, Manicamp prononça un seul mot :

– Allons !

Tout en marchant, Manicamp se montait l'imagination, et, au fur et à mesure que de Wardes lui racontait l'événement, il s'assombrissait davantage.

– Ainsi, dit-il lorsque de Wardes eut fini, vous le croyez mort ?

– Hélas ! oui.

– Et vous vous êtes battus comme cela sans témoins ?

– Il l'a voulu.

– C'est singulier !

– Comment, c'est singulier ?

– Oui, le caractère de M. de Guiche ressemble bien peu à cela.

– Vous ne doutez pas de ma parole, je suppose ?

– Hé ! hé !

– Vous en doutez ?

– Un peu… Mais j'en douterai bien plus encore, je vous en préviens, si je vois le pauvre garçon mort.

– Monsieur Manicamp !

– Monsieur de Wardes !

– Il me semble que vous m'insultez !

– Ce sera comme vous voudrez. Que voulez-vous ? moi, je n'ai jamais aimé les gens qui viennent vous dire : « J'ai tué M. Untel dans un coin ; c'est un bien grand malheur, mais je l'ai tué loyalement. » Il fait nuit bien noire pour cet adverbe-là monsieur de Wardes !

– Silence, nous sommes arrivés.

En effet, on commençait à apercevoir la petite clairière, et, dans l'espace vide, la masse immobile du cheval mort.

À droite du cheval, sur l'herbe noire, gisait, la face contre terre, le pauvre comte baigné dans son sang.

Il était demeuré à la même place et ne paraissait même pas avoir fait un mouvement.

Manicamp se jeta à genoux, souleva le comte, et le trouva froid et trempé de sang.

Il le laissa retomber.

Puis, s'allongeant près de lui, il chercha jusqu'à ce qu'il eût trouvé le pistolet de de Guiche.

– Morbleu ! dit-il alors en se relevant, pâle comme un spectre et le pistolet au poing ; morbleu ! vous ne vous trompiez pas, il est bien mort !

– Mort ? répéta de Wardes.

– Oui, et son pistolet est chargé, ajouta Manicamp en interrogeant du doigt le bassinet.

– Mais ne vous ai-je pas dit que je l'avais pris dans la marche et que j'avais tiré sur lui au moment où il visait sur moi ?

– Êtes-vous bien sûr de vous être battu contre lui, monsieur de Wardes ? Moi, je l'avoue, j'ai bien peur que vous ne l'ayez assassiné. Oh ! ne criez pas ! vous avez tiré vos trois coups, et son pistolet est chargé ! Vous avez tué son cheval, et lui, lui, de Guiche, un des meilleurs tireurs de France, n'a touché ni vous ni votre cheval ! Tenez, monsieur de Wardes, vous avez du malheur de m'avoir amené ici ; tout ce sang m'a monté à la tête ; je suis un peu ivre, et je crois, sur l'honneur ! puisque l'occasion s'en présente, que je vais vous faire sauter la cervelle. Monsieur de Wardes, recommandez votre âme à Dieu !

– Monsieur de Manicamp, vous n'y songez point ?

– Si fait, au contraire, j'y songe trop.

– Vous m'assassineriez ?

– Sans remords, pour le moment, du moins.

– Êtes-vous gentilhomme ?

– On a été page ; donc on a fait ses preuves.

– Laissez-moi défendre ma vie, alors.

– Bon ! pour que vous me fassiez à moi, ce que vous avez fait au pauvre de Guiche.

Et Manicamp, soulevant son pistolet, l'arrêta, le bras tendu et le sourcil froncé, à la hauteur de la poitrine de de Wardes.

De Wardes n'essaya pas même de fuir, il était terrifié.

Alors, dans cet effroyable silence d'un instant, qui parut un siècle à de Wardes, un soupir se fit entendre.

– Oh ! s'écria de Wardes ! il vit ! il vit ! À moi, monsieur de Guiche, on veut m'assassiner !

Manicamp se recula, et, entre les deux jeunes gens, on vit le comte se soulever péniblement sur une main.

Manicamp jeta le pistolet à dix pas, et courut à son ami en poussant un cri de joie.

De Wardes essuya son front inondé d'une sueur glacée.

– Il était temps ! murmura-t-il.

– Qu'avez-vous ? demanda Manicamp à de Guiche, et de quelle façon êtes vous blessé ?

De Guiche montra sa main mutilée et sa poitrine sanglante.

– Comte ! s'écria de Wardes, on m'accuse de vous avoir assassiné ; parlez, je vous en conjure, dites que j'ai loyalement combattu !

– C'est vrai, dit le blessé, M. de Wardes a combattu loyalement, et quiconque dirait le contraire se ferait de moi un ennemi.

– Eh ! monsieur, dit Manicamp, aidez-moi d'abord à transporter ce pauvre garçon, et, après, je vous donnerai toutes les satisfactions qu'il vous plaira, ou, si vous êtes par trop pressé, faisons mieux : pansons le comte avec votre mouchoir et le mien, et, puisqu'il reste deux balles à tirer, tirons-les.

– Merci, dit de Wardes. Deux fois en une heure j'ai vu la mort de trop près : c'est trop laid, la mort, et je préfère vos excuses.

Manicamp se mit à rire, et de Guiche aussi, malgré ses souffrances.

Les deux jeunes gens voulurent le porter, mais il déclara qu'il se sentait assez fort pour marcher seul. La balle lui avait brisé l'annulaire et le petit doigt, mais avait été glisser sur une côte sans pénétrer dans la poitrine. C'était donc plutôt la douleur que la gravité de la blessure qui avait foudroyé de Guiche.

Manicamp lui passa un bras sous une épaule, de Wardes un bras sous l'autre, et ils l'amenèrent ainsi à Fontainebleau, chez le médecin qui avait assisté à son lit de mort le franciscain prédécesseur d'Aramis.

Chapitre CLIII – Le souper du roi

Le roi s'était mis à table pendant ce temps, et la suite peu nombreuse des invités du jour avait pris place à ses côtés après le geste habituel qui prescrivait de s'asseoir.

Dès cette époque, bien que l'étiquette ne fût pas encore réglée comme elle le fut plus tard, la Cour de France avait entièrement rompu avec les traditions de bonhomie et de patriarcale affabilité qu'on retrouvait encore chez Henri IV, et que l'esprit soupçonneux de Louis XIII avait peu à peu effacées, pour les remplacer par des habitudes fastueuses de grandeur, qu'il était désespéré de ne pouvoir atteindre.

Le roi dînait donc à une petite table séparée qui dominait, comme le bureau d'un président, les tables voisines ; petite table, avons-nous dit : hâtons-nous cependant d'ajouter que cette petite table était encore la plus grande de toutes.

En outre, c'était celle sur laquelle s'entassaient un plus prodigieux nombre de mets variés, poissons, gibiers, viandes domestiques, fruits, légumes et conserves.

Le roi, jeune et vigoureux, grand chasseur, adonné à tous les exercices violents, avait, en outre, cette chaleur naturelle du sang, commune à tous les Bourbons, qui cuit rapidement les digestions et renouvelle les appétits.

Louis XIV était un redoutable convive ; il aimait à critiquer ses cuisiniers ; mais, lorsqu'il leur faisait honneur, cet honneur était gigantesque.

Le roi commençait par manger plusieurs potages, soit ensemble, dans une espèce de macédoine, soit séparément ; il entremêlait ou plutôt il séparait chacun de ces potages d'un verre de vin vieux.

Il mangeait vite et assez avidement.

Porthos, qui dès l'abord avait par respect attendu un coup de coude de d'Artagnan, voyant le roi s'escrimer de la sorte, se retourna vers le mousquetaire, et dit à demi-voix :

– Il me semble qu'on peut aller, dit-il, Sa Majesté encourage. Voyez donc.

– Le roi mange, dit d'Artagnan, mais il cause en même temps ; arrangez-vous de façon que si, par hasard, il vous adressait la parole, il ne vous prenne pas la bouche pleine, ce qui serait disgracieux.

– Le bon moyen alors, dit Porthos, c'est de ne point souper. Cependant j'ai faim, je l'avoue, et tout cela sent des odeurs appétissantes, et qui sollicitent à la fois mon odorat et mon appétit.

– N'allez pas vous aviser de ne point manger, dit d'Artagnan, vous fâcheriez Sa Majesté. Le roi a pour habitude de dire que celui-là travaille bien qui mange bien, et il n'aime pas qu'on fasse petite bouche à sa table.

– Alors, comment éviter d'avoir la bouche pleine si on mange ? dit Porthos.

– Il s'agit simplement, répondit le capitaine des mousquetaires, d'avaler lorsque le roi vous fera l'honneur de vous adresser la parole.

– Très bien.

Et, à partir de ce moment, Porthos se mit à manger avec un enthousiasme poli.

Le roi, de temps en temps, levait les yeux sur le groupe, et, en connaisseur, appréciait les dispositions de son convive.

– Monsieur du Vallon ! dit-il.

Porthos en était à un salmis de lièvre, et en engloutissait un demi-râble.

Son nom, prononcé ainsi, le fit tressaillir, et, d'un vigoureux élan du gosier, il absorba la bouchée entière.

– Sire, dit Porthos d'une voix étouffée, mais suffisamment intelligible néanmoins.

– Que l'on passe à M. du Vallon ces filets d'agneau, dit le roi. Aimez-vous les viandes jaunes, monsieur du Vallon ?

– Sire, j'aime tout, répliqua Porthos.

Et d'Artagnan lui souffla :

– Tout ce que m'envoie Votre Majesté.

Porthos répéta :

– Tout ce que m'envoie Votre Majesté.

Le roi fit, avec la tête, un signe de satisfaction.

– On mange bien quand on travaille bien, repartit le roi, enchanté d'avoir en tête à tête un mangeur de la force de Porthos.

Porthos reçut le plat d'agneau et en fit glisser une partie sur son assiette.

– Eh bien ? dit le roi.

– Exquis ! fit tranquillement Porthos.

– A-t-on d'aussi fins moutons dans votre province, monsieur du Vallon ? continua le roi.

– Sire, dit Porthos, je crois qu'en ma province, comme partout, ce qu'il y a de meilleur est d'abord au roi ; mais, ensuite, je ne mange pas le mouton de la même façon que le mange Votre Majesté.

– Ah ! ah ! Et comment le mangez-vous ?

– D'ordinaire, je me fais accommoder un agneau tout entier.

– Tout entier ?

– Oui, Sire.

– Et de quelle façon ?

– Voici : mon cuisinier, le drôle est Allemand, Sire ; mon cuisinier bourre l'agneau en question de petites saucisses qu'il fait venir de Strasbourg ;

d'andouillettes, qu'il fait venir de Troyes ; de mauviettes, qu'il fait venir de Pithiviers ; par je ne sais quel moyen, il désosse le mouton, comme il ferait d'une volaille, tout en lui laissant la peau, qui fait autour de l'animal une croûte rissolée ; lorsqu'on le coupe par belles tranches, comme on ferait d'un énorme saucisson, il en sort un jus tout rosé qui est à la fois agréable à l'œil et exquis au palais.

Et Porthos fit clapper sa langue.

Le roi ouvrit de grands yeux charmés, et, tout en attaquant du faisan en daube qu'on lui présentait :

– Voilà, monsieur du Vallon, un manger que je convoiterais, dit-il. Quoi ! le mouton entier ?

– Entier, oui, Sire.

– Passez donc ces faisans à M. du Vallon ; je vois que c'est un amateur.

L'ordre fut exécuté.

Puis, revenant au mouton :

– Et cela n'est pas trop gras ?

– Non, Sire ; les graisses tombent en même temps que le jus et surnagent ; alors mon écuyer tranchant les enlève avec une cuiller d'argent, que j'ai fait faire exprès.

– Et vous demeurez ? demanda le roi.

– À Pierrefonds, Sire.

– À Pierrefonds ; où est cela, monsieur du Vallon ? du côté de Belle-Île ?

– Oh ! non pas, Sire, Pierrefonds est dans le Soissonnais.

– Je croyais que vous me parliez de ces moutons à cause des prés salés.

– Non, Sire, j'ai des prés qui ne sont pas salés, c'est vrai, mais qui n'en valent pas moins.

Le roi passa aux entremets, mais sans perdre de vue Porthos, qui continuait d'officier de son mieux.

230

– Vous avez un bel appétit, monsieur du Vallon, dit-il, et vous faites un bon convive.

– Ah ! ma foi ! Sire, si Votre Majesté venait jamais à Pierrefonds, nous mangerions bien notre mouton à nous deux, car vous ne manquez pas d'appétit non plus, vous.

D'Artagnan poussa un bon coup de pied à Porthos sous la table. Porthos rougit.

– À l'âge heureux de Votre Majesté, dit Porthos pour se rattraper, j'étais aux mousquetaires, et nul ne pouvait me rassasier. Votre Majesté a bel appétit, comme j'avais l'honneur de le lui dire, mais elle choisit avec trop de délicatesse pour être appelée un grand mangeur.

Le roi parut charmé de la politesse de son antagoniste.

– Tâterez-vous de ces crèmes ? dit-il à Porthos ?

– Sire, Votre Majesté me traite trop bien pour que je ne lui dise pas la vérité tout entière.

– Dites, monsieur du Vallon, dites.

– Eh bien ! Sire, en fait de sucreries, je ne connais que les pâtes, et encore il faut qu'elles soient bien compactes ; toutes ces mousses m'enflent l'estomac, et tiennent une place qui me paraît trop précieuse pour la si mal occuper.

– Ah ! messieurs, dit le roi en montrant Porthos voilà un véritable modèle de gastronomie. Ainsi mangeaient nos pères, qui savaient si bien manger, ajouta Sa Majesté, tandis que nous, nous picorons.

Et, en disant ces mots, il prit une assiette de blanc de volaille mêlée de jambon.

Porthos, de son côté, entama une terrine de perdreaux et de râles.

L'échanson remplit joyeusement le verre de Sa Majesté.

– Donnez de mon vin à M. du Vallon, dit le roi.

C'était un des grands honneurs de la table royale, D'Artagnan pressa le genou de son ami.

– Si vous pouvez avaler seulement la moitié de cette hure de sanglier que je vois là, dit-il à Porthos, je vous juge duc et pair dans un an.

– Tout à l'heure, dit flegmatiquement Porthos, je m'y mettrai.

Le tour de la hure ne tarda pas à venir en effet, car le roi prenait plaisir à pousser ce beau convive, il ne fit point passer de mets à Porthos, qu'il ne les eût dégustés lui-même : il goûta donc la hure. Porthos se montra beau joueur, au lieu d'en manger la moitié, comme avait dit d'Artagnan, il en mangea les trois quarts.

– Il est impossible, dit le roi à demi-voix, qu'un gentilhomme qui soupe si bien tous les jours, et avec de si belles dents, ne soit pas le plus honnête homme de mon royaume.

– Entendez-vous ? dit d'Artagnan à l'oreille de son ami.

– Oui, je crois que j'ai un peu de faveur, dit Porthos en se balançant sur sa chaise.

– Oh ! vous avez le vent en poupe. Oui ! oui ! oui !

Le roi et Porthos continuèrent de manger ainsi à la grande satisfaction des conviés, dont quelques-uns, par émulation, avaient essayé de les suivre, mais avaient dû renoncer en chemin.

Le roi rougissait, et la réaction du sang à son visage annonçait le commencement de la plénitude.

C'est alors que Louis XIV, au lieu de prendre de la gaieté, comme tous les buveurs, s'assombrissait et devenait taciturne.

Porthos, au contraire, devenait guilleret et expansif.

Le pied de d'Artagnan dut lui rappeler plus d'une fois cette particularité.

Le dessert parut.

Le roi ne songeait plus à Porthos ; il tournait ses yeux vers la porte d'entrée, et on l'entendit demander parfois pourquoi M. de Saint-Aignan tardait tant à venir.

Enfin, au moment où Sa Majesté terminait un pot de confitures de prunes avec un grand soupir, M. de Saint-Aignan parut.

Les yeux du roi, qui s'étaient éteints peu à peu, brillèrent aussitôt.

Le comte se dirigea vers la table du roi, et, à son approche, Louis XIV se leva.

Tout le monde se leva, Porthos même, qui achevait un nougat capable de coller l'une à l'autre les deux mâchoires d'un crocodile. Le souper était fini.

Chapitre CLIV – Après souper

Le roi prit le bras de Saint-Aignan et passa dans la chambre voisine.

– Que vous avez tardé, comte ! dit le roi.

– J'apportais la réponse, Sire, répondit le comte.

– C'est donc bien long pour elle de répondre à ce que je lui écrivais ?

– Sire, Votre Majesté avait daigné faire des vers ; Mlle de La Vallière a voulu payer le roi de la même monnaie, c'est-à-dire en or.

– Des vers, de Saint-Aignan !... s'écria le roi ravi. Donne, donne.

Et Louis rompit le cachet d'une petite lettre qui renfermait effectivement des vers que l'histoire nous a conservés, et qui sont meilleurs d'intention que de facture.

Tels qu'ils étaient, cependant, ils enchantèrent le roi, qui témoigna sa joie par des transports non équivoques ; mais le silence général avertit Louis, si chatouilleux sur les bienséances, que sa joie pouvait donner matière à des interprétations.

Il se retourna et mit le billet dans sa poche ; puis, faisant un pas qui le ramena sur le seuil de la porte auprès de ses hôtes :

– Monsieur du Vallon, dit-il, je vous ai vu avec le plus vif plaisir, et je vous reverrai avec un plaisir nouveau.

Porthos s'inclina, comme eût fait le colosse de Rhodes, et sortit à reculons.

– Monsieur d'Artagnan, continua le roi, vous attendrez mes ordres dans la galerie ; je vous suis obligé de m'avoir fait connaître M. du Vallon. Messieurs, je retourne demain à Paris, pour le départ des ambassadeurs d'Espagne et de Hollande. À demain donc.

La salle se vida aussitôt.

Le roi prit le bras de Saint-Aignan, et lui fit relire encore les vers de La Vallière.

– Comment les trouves-tu ? dit-il.

– Sire… charmants !

– Ils me charment, en effet, et s'ils étaient connus…

– Oh ! les poètes en seraient jaloux ; mais ils ne les connaîtront pas.

– Lui avez-vous donné les miens ?

– Oh ! Sire, elle les a dévorés.

– Ils étaient faibles, j'en ai peur.

– Ce n'est pas ce que Mlle de La Vallière en a dit.

– Vous croyez qu'elle les a trouvés de son goût ?

– J'en suis sûr, Sire…

– Il me faudrait répondre, alors.

– Oh ! Sire… tout de suite… après souper… Votre Majesté se fatiguera.

– Je crois que vous avez raison : l'étude après le repas est nuisible.

– Le travail du poète surtout ; et puis, en ce moment, il y aurait préoccupation chez Mlle de La Vallière.

– Quelle préoccupation ?

– Ah ! Sire, comme chez toutes ces dames.

– Pourquoi ?

– À cause de l'accident de ce pauvre de Guiche.

– Ah ! mon Dieu ! est-il arrivé un malheur à de Guiche ?

– Oui, Sire, il a toute une main emportée, il a un trou à la poitrine, il se meurt.

– Bon Dieu ! et qui vous a dit cela ?

– Manicamp l'a rapporté tout à l'heure chez un médecin de Fontainebleau, et le bruit s'en est répandu ici.

– Rapporté ? Pauvre de Guiche ! et comment cela lui est-il arrivé ?

– Ah ! voilà, Sire ! comment cela lui est-il arrivé ?

– Vous me dites cela d'un air tout à fait singulier, de Saint-Aignan. Donnez-moi des détails… Que dit-il ?

– Lui, ne dit rien, Sire, mais les autres.

– Quels autres ?

– Ceux qui l'ont rapporté, Sire.

– Qui sont-ils, ceux-là ?

– Je ne sais, Sire ; mais M. de Manicamp le sait, M. de Manicamp est de ses amis.

– Comme tout le monde, dit le roi.

– Oh ! non, reprit de Saint-Aignan, vous vous trompez, Sire ; tout le monde n'est pas précisément des amis de M. de Guiche.

– Comment le savez-vous ?

– Est-ce que le roi veut que je m'explique ?

– Sans doute, je le veux.

– Eh bien ! Sire, je crois avoir ouï parler d'une querelle entre deux gentilshommes.

– Quand ?

– Ce soir même, avant le souper de Votre Majesté.

– Cela ne prouve guère. J'ai fait des ordonnances si sévères à l'égard des duels, que nul, je suppose, n'osera y contrevenir.

– Aussi Dieu me préserve d'accuser personne ! s'écria de Saint-Aignan. Votre Majesté m'a ordonné de parler, je parle.

– Dites donc alors comment le comte de Guiche a été blessé.

– Sire, on dit à l'affût.

– Ce soir ?

– Ce soir.

– Une main emportée ! un trou à la poitrine ! Qui était à l'affût avec M. de Guiche ?

– Je ne sais, Sire… Mais M. de Manicamp sait ou doit savoir.

– Vous me cachez quelque chose, de Saint-Aignan.

– Rien, Sire, rien.

– Alors expliquez-moi l'accident ; est-ce un mousquet qui a crevé ?

– Peut-être bien. Mais, en y réfléchissant, non, Sire, car on a trouvé près de de Guiche son pistolet encore chargé.

– Son pistolet ? Mais, on ne va pas à l'affût avec un pistolet, ce me semble.

– Sire, on ajoute que le cheval de de Guiche a été tué, et que le cadavre du cheval est encore dans la clairière.

– Son cheval ? De Guiche va à l'affût à cheval ? De Saint-Aignan, je ne comprends rien à ce que vous me dites. Où la chose s'est-elle passée ?

– Sire, au bois Rochin, dans le rond-point.

– Bien. Appelez M. d'Artagnan.

De Saint-Aignan obéit. Le mousquetaire entra.

– Monsieur d'Artagnan, dit le roi, vous allez sortir par la petite porte du degré particulier.

– Oui, Sire.

– Vous monterez à cheval.

– Oui, Sire.

– Et vous irez au rond-point du bois Rochin. Connaissez-vous l'endroit ?

– Sire, je m'y suis battu deux fois.

– Comment ! s'écria le roi, étourdi de la réponse.

– Sire, sous les édits de M. le cardinal de Richelieu repartit d'Artagnan avec son flegme ordinaire.

– C'est différent, monsieur. Vous irez donc là, et vous examinerez soigneusement les localités. Un homme y a été blessé, et vous y trouverez un cheval mort. Vous me direz ce que vous pensez sur cet événement.

– Bien, Sire.

– Il va sans dire que c'est votre opinion à vous, et non celle d'un autre que je veux avoir.

– Vous l'aurez dans une heure, Sire.

– Je vous défends de communiquer avec qui que ce soit.

– Excepté avec celui qui me donnera une lanterne, dit d'Artagnan.

– Oui, bien entendu, dit le roi en riant de cette liberté, qu'il ne tolérait que chez son capitaine des mousquetaires.

D'Artagnan sortit par le petit degré.

– Maintenant, qu'on appelle mon médecin, ajouta Louis.

Dix minutes après, le médecin du roi arrivait essoufflé.

– Monsieur, vous allez, lui dit le roi, vous transporter avec M. de Saint-Aignan où il vous conduira, et me rendrez compte de l'état du malade que vous verrez dans la maison où je vous prie d'aller.

Le médecin obéit sans observation, comme on commençait dès cette époque à obéir à Louis XIV, et sortit précédant de Saint-Aignan.

– Vous, de Saint-Aignan, envoyez-moi Manicamp, avant que le médecin ait pu lui parler.

De Saint-Aignan sortit à son tour.

Chapitre CLV – Comment d'Artagnan accomplit la mission dont le roi l'avait chargé

Pendant que le roi prenait ces dernières dispositions pour arriver à la vérité, d'Artagnan, sans perdre une seconde, courait à l'écurie, décrochait la lanterne, sellait son cheval lui-même, et se dirigeait vers l'endroit désigné par Sa Majesté.

Il n'avait, suivant sa promesse, vu ni rencontré personne, et, comme nous l'avons dit, il avait poussé le scrupule jusqu'à faire, sans l'intervention des valets d'écurie et des palefreniers, ce qu'il avait à faire.

D'Artagnan était de ceux qui se piquent, dans les moments difficiles, de doubler leur propre valeur.

En cinq minutes de galop, il fut au bois, attacha son cheval au premier arbre qu'il rencontra, et pénétra à pied jusqu'à la clairière.

Alors il commença de parcourir à pied, et sa lanterne à la main, toute la surface du rond-point, vint, revint, mesura, examina, et, après une demi-heure d'exploration il reprit silencieusement son cheval, et s'en revint réfléchissant et au pas à Fontainebleau.

Louis attendait dans son cabinet : il était seul et crayonnait sur un papier des lignes qu'au premier coup d'œil d'Artagnan reconnut inégales et fort raturées.

Il en conclut que ce devaient être des vers.

Il leva la tête et aperçut d'Artagnan.

– Eh bien ! monsieur, dit-il, m'apportez-vous des nouvelles ?

– Oui, Sire.

– Qu'avez-vous vu ?

– Voici la probabilité, Sire, dit d'Artagnan.

– C'était une certitude que je vous avais demandée.

– Je m'en rapprocherai autant que je pourrai ; le temps était commode pour les investigations dans le genre de celles que je viens de faire : il a plu ce soir et les chemins étaient détrempés...

– Au fait, monsieur d'Artagnan.

– Sire, Votre Majesté m'avait dit qu'il y avait un cheval mort au carrefour du bois Rochin ; j'ai donc commencé par étudier les chemins.

« Je dis les chemins, attendu qu'on arrive au centre du carrefour par quatre chemins.

« Celui que j'avais suivi moi-même présentait seul des traces fraîches. Deux chevaux l'avaient suivi côte à côte : leurs huit pieds étaient marqués bien distinctement dans la glaise.

« L'un des cavaliers était plus pressé que l'autre. Les pas de l'un sont toujours en avant de l'autre d'une demi-longueur de cheval.

– Alors vous êtes sûr qu'ils sont venus à deux ? dit le roi.

– Oui, Sire. Les chevaux sont deux grandes bêtes d'un pas égal, des chevaux habitués à la manœuvre, car ils ont tourné en parfaite oblique la barrière du rond-point.

– Après, monsieur ?

– Là, les cavaliers sont restés un instant à régler sans doute les conditions du combat ; les chevaux s'impatientaient. L'un des cavaliers parlait, l'autre écoutait et se contentait de répondre. Son cheval grattait la terre du pied, ce qui prouve que, dans sa préoccupation à écouter, il lui lâchait la bride.

– Alors il y a eu combat ?

– Sans conteste.

– Continuez ; vous êtes un habile observateur.

– L'un des deux cavaliers est resté en place, celui qui écoutait ; l'autre a traversé la clairière, et a d'abord été se mettre en face de son adversaire. Alors celui qui était resté en place a franchi le rond-point au galop jusqu'aux deux tiers de sa longueur, croyant marcher sur son ennemi ; mais celui-ci avait suivi la circonférence du bois.

– Vous ignorez les noms, n'est-ce pas ?

– Tout à fait, Sire. Seulement, celui-ci qui avait suivi la circonférence du bois montait un cheval noir.

– Comment savez-vous cela ?

– Quelques crins de sa queue sont restés aux ronces qui garnissent le bord du fossé.

– Continuez.

– Quant à l'autre cheval, je n'ai pas eu de peine à en faire le signalement, puisqu'il est resté mort sur le champ de bataille.

– Et de quoi ce cheval est-il mort ?

– D'une balle qui lui a troué la tempe.

– Cette balle était celle d'un pistolet ou d'un fusil ?

– D'un pistolet, Sire. Au reste, la blessure du cheval m'a indiqué la tactique de celui qui l'avait tué. Il avait suivi la circonférence du bois pour avoir son adversaire en flanc. J'ai d'ailleurs, suivi ses pas sur l'herbe.

– Les pas du cheval noir ?

– Oui, Sire.

– Allez, monsieur d'Artagnan.

– Maintenant que Votre Majesté voit la position des deux adversaires, il faut que je quitte le cavalier stationnaire pour le cavalier qui passe au galop.

– Faites.

– Le cheval du cavalier qui chargeait fut tué sur le coup.

– Comment savez-vous cela ?

– Le cavalier n'a pas eu le temps de mettre pied à terre et est tombé avec lui. J'ai vu la trace de sa jambe, qu'il avait tirée avec effort de dessous le cheval.

L'éperon, pressé par le poids de l'animal, avait labouré la terre.

– Bien. Et qu'a-t-il dit en se relevant ?

– Il a marché droit sur son adversaire.

– Toujours placé sur la lisière du bois ?

– Oui, Sire. Puis, arrivé à une belle portée, il s'est arrêté solidement, ses deux talons sont marqués l'un près de l'autre, il a tiré et a manqué son adversaire.

– Comment savez-vous cela, qu'il l'a manqué ?

– J'ai trouvé le chapeau troué d'une balle.

– Ah ! une preuve, s'écria le roi.

– Insuffisante, Sire, répondit froidement d'Artagnan : c'est un chapeau sans lettres, sans armes ; une plume rouge comme à tous les chapeaux ; le galon même n'a rien de particulier.

– Et l'homme au chapeau troué a-t-il tiré son second coup ?

– Oh ! Sire, ses deux coups étaient déjà tirés.

– Comment avez-vous su cela ?

– J'ai retrouvé les bourres du pistolet.

– Et la balle qui n'a pas tué le cheval, qu'est-elle devenue ?

– Elle a coupé la plume du chapeau de celui sur qui elle était dirigée, et a été briser un petit bouleau de l'autre côté de la clairière.

– Alors, l'homme au cheval noir était désarmé, tandis que son adversaire avait encore un coup à tirer.

– Sire, pendant que le cavalier démonté se relevait, l'autre rechargeait son arme. Seulement, il était fort troublé en la rechargeant, la main lui tremblait.

– Comment savez-vous cela ?

– La moitié de la charge est tombée à terre, et il a jeté la baguette, ne prenant pas le temps de la remettre au pistolet.

– Monsieur d'Artagnan, ce que vous dites là est merveilleux !

– Ce n'est que de l'observation, Sire, et le moindre batteur d'estrade en ferait autant.

– On voit la scène rien qu'à vous entendre.

– Je l'ai, en effet, reconstruite dans mon esprit, à peu de changements près.

– Maintenant, revenons au cavalier démonté. Vous disiez qu'il avait marché sur son adversaire tandis que celui-ci rechargeait son pistolet ?

– Oui ; mais au moment où il visait lui-même, l'autre tira.

– Oh ! fit le roi, et le coup ?

– Le coup fut terrible, Sire ; le cavalier démonté tomba sur la face après avoir fait trois pas mal assurés.

– Où avait-il été frappé ?

– À deux endroits : à la main droite d'abord, puis, du même coup, à la poitrine.

– Mais comment pouvez-vous deviner cela ? demanda le roi plein d'admiration.

– Oh ! c'est bien simple : la crosse du pistolet était tout ensanglantée, et l'on y voyait la trace de la balle avec les fragments d'une bague brisée. Le blessé a donc eu, selon toute probabilité, l'annulaire et le petit doigt emportés.

– Voilà pour la main, j'en conviens ; mais la poitrine ?

– Sire, il y avait deux flaques de sang à la distance de deux pieds et demi l'une de l'autre. À l'une de ces flaques, l'herbe était arrachée par la main crispée ; à l'autre, l'herbe était affaissée seulement par le poids du corps.

– Pauvre de Guiche ! s'écria le roi.

– Ah ! c'était M. de Guiche ? dit tranquillement le mousquetaire. Je m'en étais douté ; mais je n'osais en parler à Votre Majesté.

– Et comment vous en doutiez-vous ?

– J'avais reconnu les armes des Grammont sur les fontes du cheval mort.

– Et vous le croyez blessé grièvement ?

– Très grièvement, puisqu'il est tombé sur le coup et qu'il est resté longtemps à la même place ; cependant il a pu marcher, en s'en allant, soutenu par deux amis.

– Vous l'avez donc rencontré, revenant ?

– Non ; mais j'ai relevé les pas des trois hommes : l'homme de droite et l'homme de gauche marchaient librement, facilement ; mais celui du milieu avait le pas lourd. D'ailleurs, des traces de sang accompagnaient ce pas.

– Maintenant, monsieur, que vous avez si bien vu le combat qu'aucun détail ne vous en a échappé, dites-moi deux mots de l'adversaire de de Guiche.

– Oh ! Sire, je ne le connais pas.

– Vous qui voyez tout si bien, cependant.

– Oui, Sire, dit d'Artagnan, je vois tout ; mais je ne dis pas tout ce que je vois, et, puisque le pauvre diable a échappé, que Votre Majesté me permette de lui dire que ce n'est pas moi qui le dénoncerai.

– C'est cependant un coupable, monsieur, que celui qui se bat en duel.

– Pas pour moi, Sire, dit froidement d'Artagnan.

– Monsieur, s'écria le roi, savez-vous bien ce que vous dites ?

– Parfaitement, Sire ; mais, à mes yeux, voyez-vous, un homme qui se bat bien est un brave homme. Voilà mon opinion. Vous pouvez en avoir une autre ; c'est naturel, vous êtes le maître.

– Monsieur d'Artagnan, j'ai ordonné cependant...

D'Artagnan interrompit le roi avec un geste respectueux.

– Vous m'avez ordonné d'aller chercher des renseignements sur un combat, Sire ; vous les avez.

M'ordonnez-vous d'arrêter l'adversaire de M. de Guiche, j'obéirai ; mais ne m'ordonnez point de vous le dénoncer, car, cette fois, je n'obéirai pas.

– Eh bien ! arrêtez-le.

– Nommez-le moi, Sire.

Louis frappa du pied.

Puis, après un instant de réflexion :

– Vous avez dix fois, vingt fois, cent fois raison, dit-il.

– C'est mon avis, Sire ; je suis heureux que ce soit en même temps celui de Votre Majesté.

– Encore un mot… Qui a porté secours à de Guiche ?

– Je l'ignore.

– Mais vous parlez de deux hommes… Il y avait donc un témoin ?

– Il n'y avait pas de témoin. Il y a plus… M. de Guiche une fois tombé, son adversaire s'est enfui sans même lui porter secours.

– Le misérable !

– Dame ! Sire, c'est l'effet de vos ordonnances. On s'est bien battu, on a échappé à une première mort, on veut échapper à une seconde. On se souvient de M. de Boutteville… Peste !

– Et, alors on devient lâche.

– Non, l'on devient prudent.

– Donc, il s'est enfui ?

– Oui, et aussi vite que son cheval a pu l'emporter même.

– Et dans quelle direction ?

– Dans celle du château.

– Après ?

– Après, j'ai eu l'honneur de le dire à Votre Majesté, deux hommes, à pied, sont venus qui ont emmené M. de Guiche.

– Quelle preuve avez-vous que ces hommes soient venus après le combat ?

– Ah ! une preuve manifeste ; au moment du combat, la pluie venait de cesser, le terrain n'avait pas eu le temps de l'absorber et était devenu humide : les pas enfoncent ; mais après le combat, mais pendant le temps que M. de Guiche est resté évanoui, la terre s'est consolidée et les pas s'imprégnaient moins profondément.

– Monsieur d'Artagnan, dit-il, vous êtes, en vérité, le plus habile homme de mon royaume.

– C'est ce que pensait M. de Richelieu, c'est ce que disait M. de Mazarin, Sire.

– Maintenant, il nous reste à voir si votre sagacité est en défaut.

– Oh ! Sire, l'homme se trompe : *Errare humanum est*, dit philosophiquement le mousquetaire.

– Alors vous n'appartenez pas à l'humanité, monsieur d'Artagnan, car je crois que vous ne vous trompez jamais.

– Votre Majesté disait que nous allions voir.

– Oui.

– Comment cela, s'il lui plaît ?

– J'ai envoyé chercher M. de Manicamp, et M. de Manicamp va venir.

– Et M. de Manicamp sait le secret ?

– De Guiche n'a pas de secrets pour M. de Manicamp.

– Nul n'assistait au combat, je le répète, et, à moins que M. de Manicamp ne soit un de ces deux hommes qui l'ont ramené…

– Chut ! dit le roi, voici qu'il vient : demeurez là et prêtez l'oreille.

– Très bien, Sire, dit le mousquetaire.

À la même minute, Manicamp et de Saint-Aignan paraissaient au seuil de la porte.

246

Chapitre CLVI – L'affût

Le roi fit un signe au mousquetaire, l'autre à de Saint-Aignan.

Le signe était impérieux et signifiait : « Sur votre vie, taisez-vous ! »

D'Artagnan se retira, comme un soldat, dans l'angle du cabinet.

De Saint-Aignan, comme un favori, s'appuya sur le dossier du fauteuil du roi.

Manicamp, la jambe droite en avant, le sourire aux lèvres, les mains blanches et gracieuses, s'avança pour faire sa révérence au roi.

Le roi rendit le salut avec la tête.

– Bonsoir, monsieur de Manicamp, dit-il.

– Votre Majesté m'a fait l'honneur de me mander auprès d'elle, dit Manicamp.

– Oui, pour apprendre de vous tous les détails du malheureux accident arrivé au comte de Guiche.

– Oh ! Sire, c'est douloureux.

– Vous étiez là ?

– Pas précisément, Sire.

– Mais vous arrivâtes sur le théâtre de l'accident quelques instants après cet accident accompli ?

– C'est cela, oui, Sire, une demi-heure à peu près.

– Et où cet accident a-t-il eu lieu ?

– Je crois, Sire, que l'endroit s'appelle le rond-point du bois Rochin.

– Oui, rendez-vous de chasse.

– C'est cela même, Sire.

– Eh bien ! contez-moi ce que vous savez de détails sur ce malheur, monsieur de Manicamp. Contez.

– C'est que Votre Majesté est peut-être instruite, et je craindrais de la fatiguer par des répétitions.

– Non, ne craignez pas.

Manicamp regarda tout autour de lui ; il ne vit que d'Artagnan adossé aux boiseries, d'Artagnan calme, bienveillant, bonhomme, et de Saint-Aignan avec lequel il était venu, et qui se tenait toujours adossé au fauteuil du roi avec une figure également gracieuse.

Il se décida donc à parler.

– Votre Majesté n'ignore pas, dit-il, que les accidents sont communs à la chasse ?

– À la chasse ?

– Oui, Sire, je veux dire à l'affût.

– Ah ! ah ! dit le roi, c'est à l'affût que l'accident est arrivé ?

– Mais oui, Sire, hasarda Manicamp ; est-ce que Votre Majesté l'ignorait ?

– Mais à peu près, dit le roi fort vite, car toujours Louis XIV répugna à mentir ; c'est donc à l'affût, dites-vous, que l'accident est arrivé ?

– Hélas ! oui, malheureusement, Sire.

Le roi fit une pause.

– À l'affût de quel animal ? demanda-t-il.

– Du sanglier, Sire.

– Et quelle idée a donc eue de Guiche de s'en aller comme cela, tout seul, à l'affût du sanglier ? C'est un exercice de campagnard, cela, et bon, tout au plus, pour celui qui n'a pas, comme le maréchal de Grammont, chiens et piqueurs pour chasser en gentilhomme.

Manicamp plia les épaules.

– La jeunesse est téméraire, dit-il sentencieusement.

– Enfin !… continuez, dit le roi.

– Tant il y a, continua Manicamp, n'osant s'aventurer et posant un mot après l'autre, comme fait de ses pieds un paludier dans un marais, tant il y a, Sire, que le pauvre de Guiche s'en alla tout seul à l'affût.

– Tout seul, voire ! le beau chasseur ! Eh ! M. de Guiche ne sait-il pas que le sanglier revient sur le coup ?

– Voilà justement ce qui est arrivé, Sire.

– Il avait donc eu connaissance de la bête ?

– Oui, Sire. Des paysans l'avaient vue dans leurs pommes de terre.

– Et quel animal était-ce ?

– Un ragot.

– Il fallait donc me prévenir, monsieur, que de Guiche avait des idées de suicide ; car, enfin, je l'ai vu chasser, c'est un veneur très expert. Quand il tire sur l'animal acculé et tenant aux chiens, il prend toutes ses précautions, et cependant il tire avec une carabine, et, cette fois, il s'en va affronter le sanglier avec de simples pistolets !

Manicamp tressaillit.

– Des pistolets de luxe, excellents pour se battre en duel avec un homme et non avec un sanglier, que diable !

– Sire, il y a des choses qui ne s'expliquent pas bien.

– Vous avez raison, et l'événement qui nous occupe est une de ces choses là. Continuez.

Pendant ce récit, de Saint-Aignan, qui eût peut-être fait signe à Manicamp de ne pas s'enferrer, était couché en joue par le regard obstiné du roi.

Il y avait donc, entre lui et Manicamp, impossibilité de communiquer. Quant à d'Artagnan, la statue du Silence, à Athènes, était plus bruyante et plus expressive que lui.

Manicamp continua donc, lancé dans la voie qu'il avait prise, à s'enfoncer dans le panneau.

– Sire, dit-il, voici probablement comment la chose s'est passée. De Guiche attendait le sanglier.

– À cheval ou à pied ? demanda le roi.

– À cheval. Il tira sur la bête, la manqua.

– Le maladroit !

– La bête fonça sur lui.

– Et le cheval fut tué ?

– Ah ! Votre Majesté sait cela ?

– On m'a dit qu'un cheval avait été trouvé mort au carrefour du bois Rochin. J'ai présumé que c'était le cheval de de Guiche.

– C'était lui, effectivement, Sire.

– Voilà pour le cheval, c'est bien ; mais pour de Guiche ?

– De Guiche une fois à terre, fut fouillé par le sanglier et blessé à la main et à la poitrine.

– C'est un horrible accident ; mais, il faut le dire, c'est la faute de de Guiche. Comment va-t-on à l'affût d'un pareil animal avec des pistolets ! Il avait donc oublié la fable d'Adonis ?

Manicamp se gratta l'oreille.

– C'est vrai, dit-il, grande imprudence.

– Vous expliquez-vous cela, monsieur de Manicamp ?

– Sire, ce qui est écrit est écrit.

– Ah ! vous êtes fataliste !

Manicamp s'agitait, fort mal à son aise.

– Je vous en veux, monsieur de Manicamp, continua le roi.

– À moi, Sire.

– Oui ! Comment ! vous êtes l'ami de Guiche, vous savez qu'il est sujet à de pareilles folies, et vous ne l'arrêtez pas ?

Manicamp ne savait à quoi s'en tenir ; le ton du roi n'était plus précisément celui d'un homme crédule.

D'un autre côté, ce ton n'avait ni la sévérité du drame, ni l'insistance de l'interrogatoire.

Il y avait plus de raillerie que de menace.

– Et vous dites donc, continua le roi, que c'est bien le cheval de Guiche que l'on a retrouvé mort ?

– Oh ! mon Dieu, oui, lui-même.

– Cela vous a-t-il étonné ?

– Non, Sire. À la dernière chasse, M. de Saint-Maure, Votre Majesté se le rappelle, a eu un cheval tué sous lui, et de la même façon.

– Oui, mais éventré.

– Sans doute, Sire.

– Le cheval de Guiche eût été éventré comme celui de M. de Saint-Maure que cela ne m'étonnerait point, pardieu !

Manicamp ouvrit de grands yeux.

– Mais ce qui m'étonne, continua le roi, c'est que le cheval de Guiche, au lieu d'avoir le ventre ouvert, ait la tête cassée.

Manicamp se troubla.

– Est-ce que je me trompe ? reprit le roi, est-ce que ce n'est point à la tempe que le cheval de Guiche a été frappé ? Avouez, monsieur de Manicamp, que voilà un coup singulier.

– Sire, vous savez que le cheval est un animal très intelligent, il aura essayé de se défendre.

– Mais un cheval se défend avec les pieds de derrière, et non avec la tête.

– Alors, le cheval, effrayé, se sera abattu, dit Manicamp, et le sanglier, vous comprenez, Sire, le sanglier…

– Oui, je comprends pour le cheval ; mais pour le cavalier ?

– Eh bien ! c'est tout simple : le sanglier est revenu du cheval au cavalier, et, comme j'ai déjà eu l'honneur de le dire à Votre Majesté, a écrasé la main de de Guiche au moment où il allait tirer sur lui son second coup de pistolet ; puis, d'un coup de boutoir, il lui a troué la poitrine.

– Cela est on ne peut plus vraisemblable, en vérité, monsieur de Manicamp ; vous avez tort de vous défier de votre éloquence, et vous contez à merveille.

– Le roi est bien bon, dit Manicamp en faisant un salut des plus embarrassés.

– À partir d'aujourd'hui seulement, je défendrai à mes gentilshommes d'aller à l'affût. Peste ! autant vaudrait leur permettre le duel.

Manicamp tressaillit et fit un mouvement pour se retirer.

– Le roi est satisfait ? demanda-t-il.

– Enchanté ; mais ne vous retirez point encore, monsieur de Manicamp, dit Louis, j'ai affaire de vous.

« Allons, allons, pensa d'Artagnan, encore un qui n'est pas de notre force. »

Et il poussa un soupir qui pouvait signifier : « Oh ! les hommes de notre force, où sont-ils maintenant ? »

En ce moment, un huissier souleva la portière et annonça le médecin du roi.

– Ah ! s'écria Louis, voilà justement M. Valot qui vient de visiter M. de Guiche. Nous allons avoir des nouvelles du blessé.

Manicamp se sentit plus mal à l'aise que jamais.

– De cette façon, au moins, ajouta le roi, nous aurons la conscience nette.

Et il regarda d'Artagnan, qui ne sourcilla point.

Chapitre CLVII – Le médecin

M. Valot entra.

La mise en scène était la même : le roi assis, de Saint-Aignan toujours accoudé à son fauteuil, d'Artagnan toujours adossé à la muraille, Manicamp toujours debout.

– Eh bien ! monsieur Valot, fit le roi, m'avez-vous obéi ?

– Avec empressement, Sire.

– Vous vous êtes rendu chez votre confrère de Fontainebleau ?

– Oui, Sire.

– Et vous y avez trouvé M. de Guiche ?

– J'y ai trouvé M. de Guiche.

– En quel état ? Dites franchement.

– En très piteux état, Sire.

– Cependant, voyons, le sanglier ne l'a pas dévoré ?

– Dévoré qui ?

– Guiche.

– Quel sanglier ?

– Le sanglier qui l'a blessé.

– M. de Guiche a été blessé par un sanglier ?

– On le dit, du moins.

– Quelque braconnier plutôt...

– Comment, quelque braconnier ?...

– Quelque mari jaloux, quelque amant maltraité, lequel, pour se venger, aura tiré sur lui.

– Mais que dites-vous donc là, monsieur Valot ? Les blessures de M. de Guiche ne sont-elles pas produites par la défense d'un sanglier ?

– Les blessures de M. de Guiche sont produites par une balle de pistolet qui lui a écrasé l'annulaire et le petit doigt de la main droite, après quoi, elle a été se loger dans les muscles intercostaux de la poitrine.

– Une balle ! Vous êtes sûr que M. de Guiche a été blessé par une balle ?... s'écria le roi jouant l'homme surpris.

– Ma foi, dit Valot, si sûr que la voilà, Sire.

Et il présenta au roi une balle à moitié aplatie.

Le roi la regarda sans y toucher.

– Il avait cela dans la poitrine, le pauvre garçon ? demanda-t-il.

– Pas précisément. La balle n'avait pas pénétré, elle s'était aplatie, comme vous voyez, ou sous la sous-garde du pistolet ou sur le côté droit du sternum.

– Bon Dieu ! fit le roi sérieusement, vous ne me disiez rien de tout cela, monsieur de Manicamp ?

– Sire...

– Qu'est-ce donc, voyons, que cette invention de sanglier, d'affût, de chasse de nuit ? Voyons, parlez.

– Ah ! Sire...

– Il me paraît que vous avez raison, dit le roi en se tournant vers son capitaine des mousquetaires, et qu'il y a eu combat.

Le roi avait, plus que tout autre, cette faculté donnée aux grands de compromettre et de diviser les inférieurs.

Manicamp lança au mousquetaire un regard plein de reproches.

D'Artagnan comprit ce regard, et ne voulut pas rester sous le poids de l'accusation.

Il fit un pas.

– Sire, dit-il, Votre Majesté m'a commandé d'aller explorer le carrefour du bois Rochin, et de lui dire, d'après mon estime, ce qui s'y était passé. Je lui ai fait part de mes observations, mais sans dénoncer personne. C'est Sa Majesté elle-même qui, la première, a nommé M. le comte de Guiche.

– Bien ! bien ! monsieur, dit le roi avec hauteur ; vous avez fait votre devoir, et je suis content de vous, cela doit vous suffire. Mais vous, monsieur de Manicamp, vous n'avez pas fait le vôtre, car vous m'avez menti.

– Menti, Sire ! Le mot est dur.

– Trouvez-en un autre.

– Sire, je n'en chercherai pas. J'ai déjà eu le malheur de déplaire à Sa Majesté, et, ce que je trouve de mieux c'est d'accepter humblement les reproches qu'elle jugera à propos de m'adresser.

– Vous avez raison, monsieur, on me déplaît toujours en me cachant la vérité.

– Quelquefois, Sire, on ignore.

– Ne mentez plus, ou je double la peine.

Manicamp s'inclina en pâlissant.

D'Artagnan fit encore un pas en avant, décidé à intervenir, si la colère toujours grandissante du roi atteignait certaines limites.

– Monsieur, continua le roi, vous voyez qu'il est inutile de nier la chose plus longtemps. M. de Guiche s'est battu.

– Je ne dis pas non, Sire, et Votre Majesté eût été généreuse en ne forçant pas un gentilhomme au mensonge.

– Forcé ! Qui vous forçait ?

– Sire, M. de Guiche est mon ami. Votre Majesté a défendu les duels sous peine de mort. Un mensonge sauve mon ami. Je mens.

– Bien, murmura d'Artagnan, voilà un joli garçon, mordioux !

– Monsieur, reprit le roi, au lieu de mentir, il fallait l'empêcher de se battre.

– Oh ! Sire, Votre Majesté, qui est le gentilhomme le plus accompli de France, sait bien que, nous autres, gens d'épée, nous n'avons jamais regardé M. de Boutteville comme déshonoré pour être mort en

Grève. Ce qui déshonore, c'est d'éviter son ennemi, et non de rencontrer le bourreau.

– Eh bien ! soit, dit Louis XIV, je veux bien vous ouvrir un moyen de tout réparer.

– S'il est de ceux qui conviennent à un gentilhomme, je le saisirai avec empressement, Sire.

– Le nom de l'adversaire de M. de Guiche ?

– Oh ! oh ! murmura d'Artagnan, est-ce que nous allons continuer Louis XIII ?...

– Sire !... fit Manicamp avec un accent de reproche.

– Vous ne voulez pas le nommer, à ce qu'il paraît ? dit le roi.

– Sire, je ne le connais pas.

– Bravo ! dit d'Artagnan.

– Monsieur de Manicamp, remettez votre épée au capitaine.

Manicamp s'inclina gracieusement, détacha son épée en souriant et la tendit au mousquetaire.

Mais de Saint-Aignan s'avança vivement entre d'Artagnan et lui.

– Sire, dit-il, avec la permission de Votre Majesté.

– Faites, dit le roi, enchanté peut-être au fond du cœur que quelqu'un se plaçât entre lui et la colère à laquelle il s'était laissé emporter.

– Manicamp, vous êtes un brave, et le roi appréciera votre conduite ; mais vouloir trop bien servir ses amis, c'est leur nuire. Manicamp, vous savez le nom que Sa Majesté vous demande ?

– C'est vrai, je le sais.

– Alors, vous le direz.

– Si j'eusse dû le dire, ce serait déjà fait.

– Alors, je le dirai, moi, qui ne suis pas, comme vous, intéressé à cette prud'homie.

– Vous, vous êtes libre ; mais il me semble cependant...

– Oh ! trêve de magnanimité ; je ne vous laisserai point aller à la Bastille comme cela. Parlez, ou je parle.

Manicamp était homme d'esprit, et comprit qu'il avait fait assez pour donner de lui une parfaite opinion ; maintenant, il ne s'agissait plus que d'y persévérer en reconquérant les bonnes grâces du roi.

– Parlez, monsieur, dit-il à de Saint-Aignan. J'ai fait pour mon compte tout ce que ma conscience me disait de faire, et il fallait que ma conscience ordonnât bien haut, ajouta-t-il en se retournant vers le roi, puisqu'elle l'a emporté sur les commandements de Sa Majesté ; mais Sa Majesté me pardonnera, je l'espère, quand elle saura que j'avais à garder l'honneur d'une dame.

– D'une dame ? demanda le roi inquiet.

– Oui, Sire.

– Une dame fut la cause de ce combat ?

Manicamp s'inclina.

Le roi se leva et s'approcha de Manicamp.

– Si la personne est considérable, dit-il, je ne me plaindrai pas que vous ayez pris des ménagements, au contraire.

– Sire, tout ce qui touche à la maison du roi, ou à la maison de son frère, est considérable à mes yeux.

– À la maison de mon frère ? répéta Louis XIV avec une sorte d'hésitation… La cause de ce combat est une dame de la maison de mon frère ?

– Ou de Madame.

– Ah ! de Madame ?

– Oui, Sire.

– Ainsi, cette dame ?…

– Est une des filles d'honneur de la maison de Son Altesse Royale Mme la duchesse d'Orléans.

– Pour qui M. de Guiche s'est battu, dites-vous ?

– Oui, et, cette fois, je ne mens plus.

Louis fit un mouvement plein de trouble.

– Messieurs, dit-il en se retournant vers les spectateurs de cette scène, veuillez vous éloigner un instant, j'ai besoin de demeurer seul avec M. de Manicamp. Je sais qu'il a des choses précieuses à me dire pour sa justification, et qu'il n'ose le faire devant témoins... Remettez votre épée, monsieur de Manicamp.

Manicamp remit son épée au ceinturon.

– Le drôle est, décidément, plein de présence d'esprit, murmura le mousquetaire en prenant le bras de Saint-Aignan et en se retirant avec lui.

– Il s'en tirera, fit ce dernier à l'oreille de d'Artagnan.

– Et avec honneur, comte.

Manicamp adressa à de Saint-Aignan et au capitaine un regard de remerciement qui passa inaperçu du roi.

– Allons, allons, dit d'Artagnan en franchissant le seuil de la porte, j'avais mauvaise opinion de la génération nouvelle. Eh bien ! je me trompais, et ces petits jeunes gens ont du bon.

Valot précédait le favori et le capitaine.

Le roi et Manicamp restèrent seuls dans le cabinet.

Chapitre CLVIII – Où d'Artagnan reconnaît qu'il s'était trompé, et que c'était Manicamp qui avait raison

Le roi s'assura par lui-même, en allant jusqu'à la porte, que personne n'écoutait, et revint se placer précipitamment en face de son interlocuteur.

– Çà ! dit-il, maintenant que nous sommes seuls, monsieur de Manicamp, expliquez-vous.

– Avec la plus grande franchise, Sire, répondit le jeune homme.

– Et tout d'abord, ajouta le roi, sachez que rien ne me tient tant au cœur que l'honneur des dames.

– Voilà justement pourquoi je ménageais votre délicatesse, Sire.

– Oui, je comprends tout maintenant. Vous dites donc qu'il s'agissait d'une fille de ma belle-sœur, et que la personne en question, l'adversaire de Guiche, l'homme enfin que vous ne voulez pas nommer…

– Mais que M. de Saint-Aignan vous nommera, Sire.

– Oui. Vous dites donc que cet homme a offensé quelqu'un de chez Madame.

– Mlle de La Vallière, oui, Sire.

– Ah ! fit le roi, comme s'il s'y fût attendu, et comme si cependant ce coup lui avait percé le cœur ; ah ! c'est Mlle de La Vallière que l'on outrageait ?

– Je ne dis point précisément qu'on l'outrageât, Sire.

– Mais enfin…

– Je dis qu'on parlait d'elle en termes peu convenables.

– En termes peu convenables de Mlle de La Vallière ! Et vous refusez de me dire quel était l'insolent ?…

– Sire, je croyais que c'était chose convenue, et que Votre Majesté avait renoncé à faire de moi un dénonciateur.

– C'est juste, vous avez raison, reprit le roi en se modérant ; d'ailleurs, je saurai toujours assez tôt le nom de celui qu'il me faudra punir.

Manicamp vit bien que la question était retournée.

Quant au roi, il s'aperçut qu'il venait de se laisser entraîner un peu loin.

Aussi se reprit-il :

– Et je punirai, non point parce qu'il s'agit de Mlle de La Vallière, bien que je l'estime particulièrement ; mais parce que l'objet de la querelle est une femme. Or je prétends qu'à ma cour on respecte les femmes, et qu'on ne se querelle pas.

Manicamp s'inclina.

– Maintenant, voyons, monsieur de Manicamp, continua le roi, que disait on de Mlle de La Vallière ?

– Mais Votre Majesté ne devine-t-elle pas ?

– Moi ?

– Votre Majesté sait bien quelle sorte de plaisanterie peuvent se permettre les jeunes gens.

– On disait sans doute qu'elle aimait quelqu'un, hasarda le roi.

– C'est probable.

– Mais Mlle de La Vallière a le droit d'aimer qui bon lui semble, dit le roi.

– C'est justement ce que soutenait de Guiche.

– Et c'est pour cela qu'il s'est battu ?

– Oui, Sire, pour cette seule cause.

Le roi rougit.

– Et, dit-il, vous n'en savez pas davantage ?

– Sur quel chapitre, Sire ?

– Mais sur le chapitre fort intéressant que vous racontez à cette heure.

– Et quelle chose le roi veut-il que je sache ?

– Eh bien ! par exemple, le nom de l'homme que La Vallière aime et que l'adversaire de de Guiche lui contestait le droit d'aimer ?

– Sire, je ne sais rien, je n'ai rien entendu, rien surpris ; mais je tiens de Guiche pour un grand cœur, et, s'il s'est momentanément substitué au protecteur de La Vallière, c'est que ce protecteur était trop haut placé pour prendre lui-même sa défense.

Ces mots étaient plus que transparents ; aussi firent-ils rougir le roi, mais, cette fois, de plaisir.

Il frappa doucement sur l'épaule de Manicamp.

– Allons, allons, vous êtes non seulement un spirituel garçon, monsieur de Manicamp, mais encore un brave gentilhomme, et je trouve votre ami de Guiche un paladin tout à fait de mon goût ; vous le lui témoignerez, n'est-ce pas ?

– Ainsi donc, Sire, Votre Majesté me pardonne ?

– Tout à fait.

– Et je suis libre ?

Le roi sourit et tendit la main à Manicamp.

Manicamp saisit cette main et la baisa.

– Et puis, ajouta le roi, vous contez à merveille.

– Moi, Sire ?

– Vous m'avez fait un récit excellent de cet accident arrivé à de Guiche. Je vois le sanglier sortant du bois, je vois le cheval s'abattant, je vois l'animal allant du cheval au cavalier. Vous ne racontez pas, monsieur, vous peignez.

– Sire, je crois que Votre Majesté daigne se railler de moi, dit Manicamp.

– Au contraire, fit Louis XIV sérieusement, je ris si peu, monsieur de Manicamp, que je veux que vous racontiez à tout le monde cette aventure.

– L'aventure de l'affût ?

– Oui, telle que vous me l'avez contée, à moi, sans en changer un seul mot, vous comprenez ?

– Parfaitement, Sire.

– Et vous la raconterez ?

– Sans perdre une minute.

– Eh bien ! maintenant, rappelez vous-même M. d'Artagnan ; j'espère que vous n'en avez plus peur.

– Oh ! Sire, dès que je suis sûr des bontés de Votre Majesté pour moi, je ne crains plus rien.

– Appelez donc, dit le roi.

Manicamp ouvrit la porte.

– Messieurs, dit-il, le roi vous appelle.

D'Artagnan, Saint-Aignan et Valot rentrèrent.

– Messieurs, dit le roi, je vous fais rappeler pour vous dire que l'explication de M. de Manicamp m'a entièrement satisfait.

D'Artagnan jeta à Valot d'un côté, et à Saint-Aignan de l'autre, un regard qui signifiait : « Eh bien ! que vous disais-je ? »

Le roi entraîna Manicamp du côté de la porte, puis tout bas :

– Que M. de Guiche se soigne, lui dit-il, et surtout qu'il se guérisse vite ; je veux me hâter de le remercier au nom de toutes les dames, mais surtout qu'il ne recommence jamais.

– Dût-il mourir cent fois, Sire, il recommencera cent fois s'il s'agit de l'honneur de Votre Majesté.

C'était direct. Mais, nous l'avons dit, le roi Louis XIV aimait l'encens, et, pourvu qu'on lui en donnât, il n'était pas très exigeant sur la qualité.

– C'est bien, c'est bien, dit-il en congédiant Manicamp, je verrai de Guiche moi-même et je lui ferai entendre raison.

Alors le roi, se retournant vers les trois spectateurs de cette scène :

– Monsieur d'Artagnan ? dit-il.

– Sire.

– Dites-moi donc, comment se fait-il que vous ayez la vue si trouble, vous qui d'ordinaire avez de si bons yeux ?

– J'ai la vue trouble, moi, Sire ?

– Sans doute.

– Cela doit être certainement, puisque Votre Majesté le dit. Mais en quoi trouble, s'il vous plaît ?

– Mais à propos de cet événement du bois Rochin.

– Ah ! ah !

– Sans doute. Vous avez vu les traces de deux chevaux, les pas de deux hommes, vous avez relevé les détails d'un combat. Rien de tout cela n'a existé ; illusion pure !

– Ah ! ah ! fit encore d'Artagnan.

– C'est comme ces piétinements du cheval, c'est comme ces indices de lutte. Lutte de de Guiche contre le sanglier, pas autre chose ; seulement, la lutte a été longue et terrible, à ce qu'il paraît.

– Ah ! ah ! continua d'Artagnan.

– Et quand je pense que j'ai un instant ajouté foi à une pareille erreur ; mais aussi vous parliez avec un tel aplomb.

– En effet, Sire, il faut que j'aie eu la berlue, dit d'Artagnan avec une belle humeur qui charma le roi.

– Vous en convenez, alors ?

– Pardieu ! Sire, si j'en conviens !

– De sorte que, maintenant, vous voyez la chose ?…

– Tout autrement que je ne la voyais il y a une demi-heure.

– Et vous attribuez cette différence dans votre opinion ?

– Oh ! à une chose bien simple, Sire ; il y a une demi-heure, je revenais du bois Rochin, où je n'avais pour m'éclairer qu'une méchante lanterne d'écurie…

– Tandis qu'à cette heure ?…

– À cette heure, j'ai tous les flambeaux de votre cabinet, et, de plus, les deux yeux du roi, qui éclairent comme des soleils.

Le roi se mit à rire, et de Saint-Aignan à éclater.

– C'est comme M. Valot, dit d'Artagnan reprenant la parole aux lèvres du roi, il s'est figuré que non seulement M. de Guiche avait été blessé par une balle, mais encore qu'il avait retiré une balle de sa poitrine.

– Ma foi ! dit Valot, j'avoue…

– N'est-ce pas que vous l'avez cru ? reprit d'Artagnan.

– C'est-à-dire, dit Valot, que non seulement je l'ai cru, mais qu'à cette heure encore j'en jurerais.

– Eh bien ! mon cher docteur, vous avez rêvé cela.

– J'avais rêvé ?

– La blessure de M. de Guiche, rêve ! la balle, rêve !… Ainsi, croyez-moi, n'en parlez plus.

– Bien dit, fit le roi ; le conseil que vous donne d'Artagnan est bon. Ne parlez plus de votre rêve à personne, monsieur Valot, et, foi de gentilhomme ! vous ne vous en repentirez point. Bonsoir, messieurs. Oh ! la triste chose qu'un affût au sanglier !

– La triste chose, répéta d'Artagnan à pleine voix qu'un affût au sanglier !

Et il répéta encore ce mot par toutes les chambres où il passa.

Et il sortit du château, emmenant Valot avec lui.

– Maintenant que nous sommes seuls, dit le roi à de Saint-Aignan, comment se nomme l'adversaire de de Guiche ?

De Saint-Aignan regarda le roi.

– Oh ! n'hésite pas, dit le roi, tu sais bien que je dois pardonner.

– De Wardes, dit de Saint-Aignan.

– Bien.

Puis, rentrant chez lui vivement :

– Pardonner n'est pas oublier, dit Louis XIV.

Chapitre CLIX – Comment il est bon
d'avoir deux cordes à son arc

Manicamp sortait de chez le roi, tout heureux d'avoir si bien réussi, quand, en arrivant au bas de l'escalier et passant devant une portière, il se sentit tout à coup tirer par une manche.

Il se retourna et reconnut Montalais qui l'attendait au passage, et qui, mystérieusement, le corps penché en avant et la voix basse, lui dit :

– Monsieur, venez vite, je vous prie.

– Et où cela, mademoiselle ? demanda Manicamp.

– D'abord, un véritable chevalier ne m'eût point fait cette question, il m'eût suivie sans avoir besoin d'explication aucune.

– Eh bien ! mademoiselle, dit Manicamp, je suis prêt à me conduire en vrai chevalier.

– Non, il est trop tard, et vous n'en avez pas le mérite. Nous allons chez Madame ; venez.

– Ah ! ah ! fit Manicamp. Allons chez Madame.

Et il suivit Montalais, qui courait devant lui légère comme Galatée.

« Cette fois, se disait Manicamp tout en suivant son guide, je ne crois pas que les histoires de chasse soient de mise. Nous essaierons cependant, et, au besoin… ma fois ! au besoin, nous trouverons autre chose. »

Montalais courait toujours.

« Comme c'est fatigant, pensa Manicamp, d'avoir à la fois besoin de son esprit et de ses jambes ! »

Enfin on arriva.

Madame avait achevé sa toilette de nuit ; elle était en déshabillé élégant ; mais on comprenait que cette toilette était faite avant qu'elle eût à subir les émotions qui l'agitaient.

Elle attendait avec une impatience visible.

Aussi Montalais et Manicamp la trouvèrent-ils debout près de la porte.

Au bruit de leurs pas, Madame était venue au-devant d'eux.

– Ah ! dit-elle, enfin !

– Voici M. de Manicamp, répondit Montalais.

Manicamp s'inclina respectueusement.

Madame fit signe à Montalais de se retirer. La jeune fille obéit.

Madame la suivit des yeux en silence, jusqu'à ce que la porte se fût refermée derrière elle ; puis, se retournant vers Manicamp :

– Qu'y a-t-il donc et que m'apprend-on, monsieur de Manicamp ? dit-elle ; il y a quelqu'un de blessé au château ?

– Oui, madame, malheureusement… M. de Guiche.

– Oui, M. de Guiche, répéta la princesse. En effet, je l'avais entendu dire, mais non affirmer. Ainsi, bien véritablement, c'est à M. de Guiche qu'est arrivée cette infortune ?

– À lui-même, madame.

– Savez-vous bien, monsieur de Manicamp, dit vivement la princesse, que les duels sont antipathiques au roi ?

– Certes, madame ; mais un duel avec une bête fauve n'est pas justiciable de Sa Majesté.

– Oh ! vous ne me ferez pas l'injure de croire que j'ajouterai foi à cette fable absurde répandue je ne sais trop dans quel but, et prétendant que M. de Guiche a été blessé par un sanglier. Non, non, monsieur ; la vérité est connue, et, dans ce moment, outre le désagrément de sa blessure, M. de Guiche court le risque de sa liberté.

– Hélas ! madame, dit Manicamp, je le sais bien ; mais qu'y faire ?

– Vous avez vu Sa Majesté ?

– Oui, madame.

– Que lui avez-vous dit ?

– Je lui ai raconté comment M. de Guiche avait été à l'affût, comment un sanglier était sorti du bois Rochin, comment M. de Guiche avait tiré sur lui, et comment enfin l'animal furieux était revenu sur le tireur, avait tué son cheval et l'avait lui-même grièvement blessé.

– Et le roi a cru tout cela ?

– Parfaitement.

– Oh ! vous me surprenez, monsieur de Manicamp, vous me surprenez beaucoup.

Et Madame se promena de long en large en jetant de temps en temps un coup d'œil interrogateur sur Manicamp, qui demeurait impassible et sans mouvement à la place qu'il avait adoptée en entrant. Enfin, elle s'arrêta.

– Cependant, dit-elle, tout le monde s'accorde ici à donner une autre cause à cette blessure.

– Et quelle cause, madame ? fit Manicamp, puis-je, sans indiscrétion, adresser cette question à Votre Altesse ?

– Vous demandez cela, vous, l'ami intime de M. de Guiche ? vous, son confident ?

– Oh ! madame, l'ami intime, oui ; son confident, non. De Guiche est un de ces hommes qui peuvent avoir des secrets, qui en ont même, certainement, mais qui ne les disent pas. De Guiche est discret, madame.

– Eh bien ! alors, ces secrets que M. de Guiche renferme en lui, c'est donc moi qui aurai le plaisir de vous les apprendre, dit la princesse avec dépit ; car, en vérité, le roi pourrait vous interroger une seconde fois, et si, cette seconde fois, vous lui faisiez le même conte qu'à la première, il pourrait bien ne pas s'en contenter.

– Mais, madame, je crois que Votre Altesse est dans l'erreur à l'égard du roi. Sa Majesté a été fort satisfaite de moi, je vous jure.

– Alors, permettez-moi de vous dire, monsieur de Manicamp, que cela prouve une seule chose, c'est que Sa Majesté est très facile à satisfaire.

– Je crois que Votre Altesse a tort de s'arrêter à cette opinion. Sa Majesté est connue pour ne se payer que de bonnes raisons.

– Et croyez-vous qu'elle vous saura gré de votre officieux mensonge, quand demain elle apprendra que M. de Guiche a eu pour M. de Bragelonne, son ami, une querelle qui a dégénéré en rencontre ?

– Une querelle pour M. de Bragelonne ? dit Manicamp de l'air le plus naïf qu'il y ait au monde ; que me fait donc l'honneur de me dire Votre Altesse ?

– Qu'y a-t-il d'étonnant ? M. de Guiche est susceptible, irritable, il s'emporte facilement.

– Je tiens, au contraire, madame, M. de Guiche pour très patient, et n'être jamais susceptible et irritable qu'avec les plus justes motifs.

– Mais n'est-ce pas un juste motif que l'amitié ? dit la princesse.

– Oh ! certes, madame, et surtout pour un cœur comme le sien.

– Eh bien ! M. de Bragelonne est un ami de M. de Guiche ; vous ne nierez pas ce fait ?

– Un très grand ami.

– Eh bien ! M. de Guiche a pris le parti de M. de Bragelonne, et comme M. de Bragelonne était absent et ne pouvait se battre, il s'est battu pour lui.

Manicamp se mit à sourire, et fit deux ou trois mouvements de tête et d'épaules qui signifiaient : « Dame ! si vous le voulez absolument... »

– Mais enfin, dit la princesse impatientée, parlez !

– Moi ?

269

– Sans doute ; il est évident que vous n'êtes pas de mon avis, et que vous avez quelque chose à dire.

– Je n'ai à dire, madame, qu'une seule chose.

– Dites-la !

– C'est que je ne comprends pas un mot de ce que vous me faites l'honneur de me raconter.

– Comment ! vous ne comprenez pas un mot à cette querelle de M. de Guiche avec M. de Wardes ? s'écria la princesse presque irritée.

Manicamp se tut.

– Querelle, continua-t-elle, née d'un propos plus ou moins malveillant ou plus ou moins fondé sur la vertu de certaine dame ?

– Ah ! de certaine dame ? Ceci est autre chose, dit Manicamp.

– Vous commencez à comprendre, n'est-ce pas ?

– Votre Altesse m'excusera, mais je n'ose…

– Vous n'osez pas ? dit Madame exaspérée. Eh bien ! attendez, je vais oser, moi.

– Madame, madame ! s'écria Manicamp, comme s'il était effrayé, faites attention à ce que vous allez dire.

– Ah ! il paraît que, si j'étais un homme, vous vous battriez avec moi, malgré les édits de Sa Majesté, comme M. de Guiche s'est battu avec M. de Wardes, et cela pour la vertu de Mlle de La Vallière.

– De Mlle de La Vallière ! s'écria Manicamp en faisant un soubresaut subit comme s'il était à cent lieues de s'attendre à entendre prononcer ce nom.

– Oh ! qu'avez-vous donc, monsieur de Manicamp, pour bondir ainsi ? dit Madame avec ironie ; auriez-vous l'impertinence de douter, vous, de cette vertu ?

– Mais il ne s'agit pas le moins du monde, en tout cela, de la vertu de Mlle de La Vallière, madame.

– Comment ! lorsque deux hommes se sont brûlé la cervelle pour une femme, vous dites qu'elle n'a rien à faire dans tout cela et qu'il n'est point question d'elle ? Ah ! je ne vous croyais pas si bon courtisan, monsieur de Manicamp.

– Pardon, pardon, madame, dit le jeune homme, mais nous voilà bien loin de compte. Vous me faites l'honneur de me parler une langue, et moi, à ce qu'il paraît, j'en parle une autre.

– Plaît-il ?

– Pardon, j'ai cru comprendre que Votre Altesse me voulait dire que MM. de Guiche et de Wardes s'étaient battus pour Mlle de La Vallière.

– Mais oui.

– Pour Mlle de La Vallière, n'est-ce pas ? répéta Manicamp.

– Eh ! mon Dieu, je ne dis pas que M. de Guiche s'occupât en personne de Mlle de La Vallière ; mais qu'il s'en est occupé par procuration.

– Par procuration !

– Voyons, ne faites donc pas toujours l'homme effaré. Ne sait-on pas ici que M. de Bragelonne est fiancé à Mlle de La Vallière, et qu'en partant pour la mission que le roi lui a confiée à Londres, il a chargé son ami, M. de Guiche, de veiller sur cette intéressante personne ?

– Ah ! je ne dis plus rien, Votre Altesse est instruite.

– De tout, je vous en préviens.

Manicamp se mit à rire, action qui faillit exaspérer la princesse, laquelle n'était pas, comme on le sait, d'une humeur bien endurante.

– Madame, reprit le discret Manicamp en saluant la princesse, enterrons toute cette affaire, qui ne sera jamais bien éclaircie.

– Oh ! quant à cela, il n'y a plus rien à faire, et les éclaircissements sont complets. Le roi saura que de Guiche a pris parti pour cette petite aventurière qui se donne des airs de grande dame ; il saura que

M. de Bragelonne ayant nommé pour son gardien ordinaire du jardin des Hespérides son ami M. de Guiche, celui-ci a donné le coup de dent requis au marquis de Wardes, qui osait porter la main sur la pomme d'or. Or, vous n'êtes pas sans savoir, monsieur de Manicamp, vous qui savez si bien toutes choses, que le roi convoite de son côté le fameux trésor, et que peut-être saura-t-il mauvais gré à M. de Guiche de s'en constituer le défenseur. Êtes-vous assez renseigné maintenant, et vous faut-il un autre avis ? Parlez, demandez.

– Non, madame, non je ne veux rien savoir de plus.

– Sachez cependant, car il faut que vous sachiez cela, monsieur de Manicamp, sachez que l'indignation de Sa Majesté sera suivie d'effets terribles. Chez les princes d'un caractère comme l'est celui du roi, la colère amoureuse est un ouragan.

– Que vous apaisez, vous, madame.

– Moi ! s'écria la princesse avec un geste de violente ironie ; moi ! et à quel titre ?

– Parce que vous n'aimez pas les injustices, madame.

– Et ce serait une injustice, selon vous, que d'empêcher le roi de faire ses affaires d'amour ?

– Vous intercéderez cependant en faveur de M. de Guiche.

– Eh ! cette fois vous devenez fou, monsieur, dit la princesse d'un ton plein de hauteur.

– Au contraire, madame, je suis dans mon meilleur sens, et, je le répète, vous défendrez M. de Guiche auprès du roi.

– Moi ?

– Oui.

– Et comment cela ?

– Parce que la cause de M. de Guiche, c'est la vôtre, madame, dit tout bas avec ardeur Manicamp, dont les yeux venaient de s'allumer.

– Que voulez-vous dire ?

– Je dis, madame, que, dans le nom de La Vallière, à propos de cette défense prise par M. de Guiche pour M. de Bragelonne absent, je m'étonne que Votre Altesse n'ait pas deviné un prétexte.

– Un prétexte ?

– Oui.

– Mais un prétexte à quoi ? répéta en balbutiant la princesse que venaient d'instruire les regards de Manicamp.

– Maintenant, madame, dit le jeune homme, j'en ai dit assez, je présume, pour engager Votre Altesse à ne pas charger, devant le roi, ce pauvre de Guiche, sur qui vont tomber toutes les inimitiés fomentées par un certain parti très opposé au vôtre.

– Vous voulez dire, au contraire, ce me semble, que tous ceux qui n'aiment point Mlle de La Vallière, et même peut-être quelques-uns de ceux qui l'aiment, en voudront au comte ?

– Oh ! Madame, poussez-vous aussi loin l'obstination, et n'ouvrirez-vous point l'oreille aux paroles d'un ami dévoué ? Faut-il que je m'expose à vous déplaire, faut-il que je vous nomme, malgré moi, la personne qui fut la véritable cause de la querelle ?

– La personne ! fit Madame en rougissant.

– Faut-il, continua Manicamp, que je vous montre le pauvre de Guiche irrité, furieux, exaspéré de tous ces bruits qui courent sur cette personne ? Faut-il, si vous vous obstinez à ne pas la reconnaître, et si, moi, le respect continue de m'empêcher de la nommer, faut-il que je vous rappelle les scènes de Monsieur avec milord de Buckingham, les insinuations lancées à propos de cet exil du duc ? Faut-il que je vous retrace

273

les soins du comte à plaire, à observer, à protéger cette personne pour laquelle seule il vit, pour laquelle seule il respire ? Eh bien ! je le ferai, et quand je vous aurai rappelé tout cela, peut-être comprendrez-vous que le comte, à bout de patience, harcelé depuis longtemps par de Wardes, au premier mot désobligeant que celui-ci aura prononcé sur cette personne, aura pris feu et respiré la vengeance.

La princesse cacha son visage dans ses mains.

– Monsieur ! monsieur ! s'écria-t-elle, savez-vous bien ce que vous dites là et à qui vous le dites ?

– Alors, madame, poursuivit Manicamp comme s'il n'eût point entendu les exclamations de la princesse, rien ne vous étonnera plus, ni l'ardeur du comte à chercher cette querelle, ni son adresse merveilleuse à la transporter sur un terrain étranger à vos intérêts. Cela surtout est prodigieux d'habileté et de sang-froid ; et, si la personne pour laquelle le comte de Guiche s'est battu et a versé son sang, en réalité, doit quelque reconnaissance au pauvre blessé, ce n'est vraiment pas pour le sang qu'il a perdu, pour la douleur qu'il a soufferte, mais pour sa démarche à l'endroit d'un honneur qui lui est plus précieux que le sien.

– Oh ! s'écria Madame comme si elle eût été seule ; oh ! ce serait véritablement à cause de moi ?

Manicamp put respirer ; il avait bravement gagné le temps du repos : il respira.

Madame, de son côté, demeura quelque temps plongée dans une rêverie douloureuse. On devinait son agitation aux mouvements précipités de son sein, à la langueur de ses yeux, aux pressions fréquentes de sa main sur son cœur.

Mais, chez elle, la coquetterie n'était pas une passion inerte ; c'était, au contraire, un feu qui cherchait des aliments et qui les trouvait.

274

– Alors, dit-elle, le comte aura obligé deux personnes à la fois, car M. de Bragelonne aussi doit à M. de Guiche une grande reconnaissance ; d'autant plus grande, que, partout et toujours, Mlle de La Vallière passera pour avoir été défendue par ce généreux champion.

Manicamp comprit qu'il demeurait un reste de doute dans le cœur de la princesse, et son esprit s'échauffa par la résistance.

– Beau service, en vérité, dit-il, que celui qu'il a rendu à Mlle de La Vallière ! beau service que celui qu'il a rendu à M. de Bragelonne ! Le duel a fait un éclat qui déshonore à moitié cette jeune fille, un éclat qui la brouille nécessairement avec le vicomte. Il en résulte que le coup de pistolet de M. de Wardes a eu trois résultats au lieu d'un : il tue à la fois l'honneur d'une femme, le bonheur d'un homme, et peut-être, en même temps, a-t-il blessé à mort un des meilleurs gentilshommes de France ! Ah ! madame ! votre logique est bien froide : elle condamne toujours, elle n'absout jamais.

Les derniers mots de Manicamp battirent en brèche le dernier doute demeuré non pas dans le cœur, mais dans l'esprit de Madame. Ce n'était plus ni une princesse avec ses scrupules ni une femme avec ses soupçonneux retours, c'était un cœur qui venait de sentir le froid profond d'une blessure.

– Blessé à mort ! murmura-t-elle d'une voix haletante ; oh ! monsieur de Manicamp, n'avez-vous pas dit blessé à mort ?

Manicamp ne répondit que par un profond soupir.

– Ainsi donc, vous dites que le comte est dangereusement blessé ? continua la princesse.

– Eh ! madame, il a une main brisée et une balle dans la poitrine.

– Mon Dieu ! mon Dieu ! reprit la princesse avec l'excitation de la fièvre, c'est affreux, monsieur de Manicamp ! Une main brisée, dites-vous ? une balle dans la poitrine, mon Dieu ! Et c'est ce lâche, ce misérable, c'est cet assassin de de Wardes qui a fait cela ! Décidément, le Ciel n'est pas juste.

Manicamp paraissait en proie à une violente émotion. Il avait, en effet, déployé beaucoup d'énergie dans la dernière partie de son plaidoyer.

Quant à Madame, elle n'en était plus à calculer les convenances ; lorsque chez elle la passion parlait, colère ou sympathie, rien n'en arrêtait plus l'élan.

Madame s'approcha de Manicamp, qui venait de se laisser tomber sur un siège, comme si la douleur était une assez puissante excuse à commettre une infraction aux lois de l'étiquette.

– Monsieur, dit-elle en lui prenant la main, soyez franc.

Manicamp releva la tête.

– M. de Guiche, continua Madame, est-il en danger de mort ?

– Deux fois, madame, dit-il : d'abord, à cause de l'hémorragie qui s'est déclarée, une artère ayant été offensée à la main ; ensuite, à cause de la blessure de la poitrine qui aurait, le médecin le craignait du moins, offensé quelque organe essentiel.

– Alors il peut mourir ?

– Mourir, oui, madame, et sans même avoir la consolation de savoir que vous avez connu son dévouement.

– Vous le lui direz.

– Moi ?

– Oui ; n'êtes-vous pas son ami ?

– Moi ? oh ! non, madame, je ne dirai à M. de Guiche, si le malheureux est encore en état de m'entendre, je ne lui dirai que ce que j'ai vu, c'est-à-dire votre cruauté pour lui.

– Monsieur, oh ! vous ne commettrez pas cette barbarie.

– Oh ! si fait, madame, je dirai cette vérité, car, enfin, la nature est puissante chez un homme de son âge. Les médecins sont savants, et si, par hasard, le pauvre comte survivait à sa blessure, je ne voudrais pas qu'il restât exposé à mourir de la blessure du cœur après avoir échappé à celle du corps.

Sur ces mots, Manicamp se leva, et, avec un profond respect, parut vouloir prendre congé.

– Au moins, monsieur, dit Madame en l'arrêtant d'un air presque suppliant, vous voudrez bien me dire en quel état se trouve le malade ; quel est le médecin qui le soigne ?

– Il est fort mal, madame, voilà pour son état. Quant à son médecin, c'est le médecin de Sa Majesté elle-même, M. Valot. Celui-ci est, en outre, assisté du confrère chez lequel M. de Guiche a été transporté.

– Comment ! il n'est pas au château ? fit Madame.

– Hélas ! madame, le pauvre garçon était si mal, qu'il n'a pu être amené jusqu'ici.

– Donnez-moi l'adresse, monsieur, dit vivement la princesse : j'enverrai quérir de ses nouvelles.

– Rue du Feurre ; une maison de briques avec des volets blancs. Le nom du médecin est inscrit sur la porte.

– Vous retournez près du blessé, monsieur de Manicamp ?

– Oui, madame.

– Alors il convient que vous me rendiez un service.

– Je suis aux ordres de Votre Altesse.

– Faites ce que vous vouliez faire : retournez près de M. de Guiche, éloignez tous les assistants ; veuillez vous éloigner vous-même.

– Madame…

– Ne perdons pas de temps en explications inutiles. Voilà le fait ; n'y voyez pas autre chose que ce qui s'y trouve, ne demandez pas autre chose que ce que je vous dis. Je vais envoyer une de mes femmes, deux peut-être, à cause de l'heure avancée ; je ne voudrais pas qu'elles vous vissent, ou plus franchement, je ne voudrais pas que vous les vissiez : ce sont des scrupules que vous devez comprendre, vous surtout, monsieur de Manicamp, qui devinez tout.

– Oh ! madame, parfaitement ; je puis même faire mieux, je marcherai devant vos messagères ; ce sera à la fois un moyen de leur indiquer sûrement la route et de les protéger si le hasard faisait qu'elles eussent, contre toute probabilité, besoin de protection.

– Et puis, par ce moyen surtout, elles entreront sans difficulté aucune, n'est-ce pas ?

– Certes, madame ; car, passant le premier, j'aplanirais ces difficultés, si le hasard faisait qu'elles existassent.

– Eh bien ! allez, allez, monsieur de Manicamp, et attendez au bas de l'escalier.

– J'y vais, madame.

– Attendez.

Manicamp s'arrêta.

– Quand vous entendrez descendre deux femmes, sortez et suivez, sans vous retourner, la route qui conduit chez le pauvre comte.

– Mais, si le hasard faisait descendre deux autres personnes que je m'y trompasse ?

– On frappera trois fois doucement dans les mains.

– Oui, madame.

– Allez, allez.

Manicamp se retourna, salua une dernière fois, et sortit la joie dans le cœur. Il n'ignorait pas, en effet,

278

que la présence de Madame était le meilleur baume à appliquer sur les plaies du blessé.

Un quart d'heure ne s'était pas écoulé que le bruit d'une porte qu'on ouvrait et qu'on refermait avec précaution parvint jusqu'à lui. Puis il entendit les pas légers glissant le long de la rampe, puis les trois coups frappés dans les mains, c'est-à-dire le signal convenu.

Il sortit aussitôt, et, fidèle à sa parole, se dirigea, sans retourner la tête, à travers les rues de Fontainebleau, vers la demeure du médecin.

Chapitre CLX – M. Malicorne, archiviste du royaume de France

Deux femmes, ensevelies dans leurs mantes et le visage couvert d'un demi-masque de velours noir, suivaient timidement les pas de Manicamp.

Au premier étage, derrière les rideaux de damas rouge, brillait la douce lueur d'une lampe posée sur un dressoir.

À l'autre extrémité de la même chambre, dans un lit à colonnes torses, fermé de rideaux pareils à ceux qui éteignaient le feu de la lampe, reposait de Guiche, la tête élevée sur un double oreiller, les yeux noyés dans un brouillard épais ; de longs cheveux noirs, bouclés, éparpillés sur le lit, paraient de leur désordre les tempes sèches et pâles du jeune homme.

On sentait que la fièvre était la principale hôtesse de cette chambre.

De Guiche rêvait. Son esprit suivait, à travers les ténèbres, un de ces rêves du délire comme Dieu en envoie sur la route de la mort à ceux qui vont tomber dans l'univers de l'éternité.

Deux ou trois taches de sang encore liquide maculaient le parquet.

Manicamp monta les degrés avec précipitation ; seulement, au seuil, il s'arrêta, poussa doucement la porte, passa la tête dans la chambre, et, voyant que tout était tranquille, il s'approcha, sur la pointe du pied, du grand fauteuil de cuir, échantillon mobilier du règne de Henri IV, et, voyant que la garde-malade s'y était naturellement endormie, il la réveilla et la pria de passer dans la pièce voisine.

Puis, debout près du lit, il demeura un instant à se demander s'il fallait réveiller de Guiche pour lui apprendre la bonne nouvelle.

Mais, comme derrière la portière il commençait à entendre le frémissement soyeux des robes et la respiration haletante de ses compagnes de route, comme il voyait déjà cette portière impatiente se soulever, il s'effaça le long du lit et suivit la garde-malade dans la chambre voisine.

Alors, au moment même où il disparaissait, la draperie se souleva et les deux femmes entrèrent dans la chambre qu'il venait de quitter.

Celle qui était entrée la première fit à sa compagne un geste impérieux qui la cloua sur un escabeau près de la porte.

Puis elle s'avança résolument vers le lit, fit glisser les rideaux sur la tringle de fer et rejeta leurs plis flottants derrière le chevet.

Elle vit alors la figure pâlie du comte ; elle vit sa main droite, enveloppée d'un linge éblouissant de blancheur, se dessiner sur la courtepointe à ramages sombres qui couvrait une partie de ce lit de douleur.

Elle frissonna en voyant une goutte de sang qui allait s'élargissant sur ce linge.

La poitrine blanche du jeune homme était découverte, comme si le frais de la nuit eût dû aider sa respiration. Une petite bandelette attachait l'appareil de la blessure, autour de laquelle s'élargissait un cercle bleuâtre de sang extravasé.

Un soupir profond s'exhala de la bouche de la jeune femme. Elle s'appuya contre la colonne du lit, et regarda par les trous de son masque ce douloureux spectacle.

Un souffle rauque et strident passait comme le râle de la mort par les dents serrées du comte.

La dame masquée saisit la main gauche du blessé.

Cette main brûlait comme un charbon ardent.

Mais, au moment où se posa dessus la main glacée de la dame, l'action de ce froid fut telle, que de Guiche ouvrit les yeux et tâcha de rentrer dans la vie en animant son regard.

La première chose qu'il aperçut, fut le fantôme dressé devant la colonne de son lit.

À cette vue, ses yeux se dilatèrent, mais sans que l'intelligence y allumât sa pure étincelle.

Alors la dame fit un signe à sa compagne, qui était demeurée près de la porte ; sans doute celle-ci avait sa leçon faite, car, d'une voix clairement accentuée, et sans hésitation aucune, elle prononça ces mots :

– Monsieur le comte, Son Altesse Royale Madame a voulu savoir comment vous supportiez les douleurs de cette blessure et vous témoigner par ma bouche tout le regret qu'elle éprouve de vous voir souffrir.

Au mot *Madame*, de Guiche fit un mouvement ; il n'avait point encore remarqué la personne à laquelle appartenait cette voix.

Il se retourna donc naturellement vers le point d'où venait cette voix.

Mais, comme la main glacée ne l'avait point abandonné, il en revint à regarder ce fantôme immobile.

– Est-ce vous qui me parlez, madame, demanda-t-il d'une voix affaiblie, ou y avait-il avec vous une autre personne dans cette chambre ?

– Oui, répondit le fantôme d'une voix presque inintelligible et en baissant la tête.

– Eh bien ! fit le blessé avec effort, merci. Dites à Madame que je ne regrette plus de mourir, puisqu'elle s'est souvenue de moi.

À ce mot mourir, prononcé par un mourant, la dame masquée ne put retenir ses larmes, qui coulèrent sous son masque et apparurent sur ses joues à l'endroit où le masque cessait de les couvrir.

De Guiche, s'il eût été plus maître de ses sens, les eût vues rouler en perles brillantes et tomber sur son lit.

La dame, oubliant qu'elle avait un masque, porta la main à ses yeux pour les essuyer, et, rencontrant sous sa main le velours agaçant et froid, elle arracha le masque avec colère et le jeta sur le parquet.

À cette apparition inattendue, qui semblait pour lui sortir d'un nuage, de Guiche poussa un cri et tendit les bras.

Mais toute parole expira sur ses lèvres, comme toute force dans ses veines.

Sa main droite, qui avait suivi l'impulsion de la volonté sans calculer son degré de puissance, sa main droite retomba sur le lit, et, tout aussitôt, ce linge si blanc fut rougi d'une tache plus large.

Et, pendant ce temps, les yeux du jeune homme se couvraient et se fermaient comme s'il eût commencé d'entrer en lutte avec l'ange indomptable de la mort.

Puis, après quelques mouvements sans volonté, la tête se retrouva immobile sur l'oreiller.

Seulement, de pâle, elle était devenue livide.

La dame eut peur ; mais, cette fois, contrairement à l'habitude, la peur fut attractive.

Elle se pencha vers le jeune homme, dévorant de son souffle ce visage froid et décoloré, qu'elle toucha presque ; puis elle déposa un rapide baiser sur la main gauche de de Guiche, qui, secoué comme par une décharge électrique, se réveilla une seconde fois, ouvrit de grands yeux sans pensée, et retomba dans un évanouissement profond.

– Allons, dit-elle à sa compagne, allons, nous ne pouvons demeurer plus longtemps ici ; j'y ferais quelque folie.

– Madame ! madame ! Votre Altesse oublie son masque, dit la vigilante compagne.

– Ramassez-le, répondit sa maîtresse en se glissant éperdue par l'escalier.

Et, comme la porte de la rue était restée entrouverte, les deux oiseaux légers passèrent par cette ouverture, et, d'une course légère, regagnèrent le palais.

L'une des deux dames monta jusqu'aux appartements de Madame, où elle disparut.

L'autre entra dans l'appartement des filles d'honneur, c'est-à-dire à l'entresol.

Arrivée à sa chambre, elle s'assit devant une table, et, sans se donner le temps de respirer, elle se mit à écrire le billet suivant :

« Ce soir, Madame a été voir M. de Guiche. Tout va à merveille de ce côté. Allez du vôtre, et surtout brûlez ce papier. »

Puis elle plia la lettre en lui donnant une forme longue, et, sortant de chez elle avec précaution, elle traversa un corridor qui conduisait au service des gentilshommes de Monsieur.

Là, elle s'arrêta devant une porte, sous laquelle, ayant heurté deux coups secs, elle glissa le papier et s'enfuit.

Alors, revenant chez elle, elle fit disparaître toute trace de sa sortie et de l'écriture du billet.

Au milieu des investigations auxquelles elle se livrait, dans le but que nous venons de dire, elle aperçut sur la table le masque de Madame qu'elle avait rapporté suivant l'ordre de sa maîtresse, mais qu'elle avait oublié de lui remettre.

– Oh ! oh ! dit-elle, n'oublions pas de faire demain ce que j'ai oublié de faire aujourd'hui.

Et elle prit le masque par sa joue de velours, et, sentant son pouce humide, elle regarda son pouce.

Il était non seulement humide, mais rougi.

Le masque était tombé sur une de ces taches de sang qui, nous l'avons dit, maculaient le parquet, et, de l'extérieur noir, qui avait été mis par le hasard en contact avec lui, le sang avait passé à l'intérieur et tachait la batiste blanche.

– Oh ! oh ! dit Montalais, car nos lecteurs l'ont sans doute déjà reconnue à toutes les manœuvres que nous avons décrites, oh ! oh ! je ne lui rendrai plus ce masque, il est trop précieux maintenant.

Et, se levant, elle courut à un coffret de bois d'érable qui renfermait plusieurs objets de toilette et de parfumerie.

– Non, pas encore ici, dit-elle, un pareil dépôt n'est pas de ceux que l'on abandonne à l'aventure.

Puis, après un moment de silence et avec un sourire qui n'appartenait qu'à elle :

– Beau masque, ajouta Montalais, teint du sang de ce brave chevalier, tu iras rejoindre au magasin des merveilles les lettres de La Vallière, celles de Raoul, toute cette amoureuse collection enfin qui fera un jour l'histoire de France et l'histoire de la royauté. Tu iras chez M. Malicorne, continua la folle en riant, tandis qu'elle commençait à se déshabiller ; chez ce digne M. Malicorne, dit-elle en soufflant sa bougie, qui croit n'être que maître des appartements de Monsieur, et que je fais, moi, archiviste et historiographe de la maison de Bourbon et des meilleures maisons du royaume. Qu'il se plaigne, maintenant, ce bourru de Malicorne !

Et elle tira ses rideaux et s'endormit.

Chapitre CLXI – Le voyage

Le lendemain, jour indiqué pour le départ, le roi, à onze heures sonnantes, descendit, avec les reines et Madame, le grand degré pour aller prendre son carrosse, attelé de six chevaux piaffant au bas de l'escalier.

Toute la cour attendait dans le Fer-à-cheval en habits de voyage ; et c'était un brillant spectacle que cette quantité de chevaux sellés, de carrosses attelés, d'hommes et de femmes entourés de leurs officiers, de leurs valets et de leurs pages.

Le roi monta dans son carrosse accompagné des deux reines.

Madame en fit autant avec Monsieur.

Les filles d'honneur imitèrent cet exemple et prirent place, deux par deux, dans les carrosses qui leur étaient destinés.

Le carrosse du roi prit la tête, puis vint celui de Madame, puis les autres suivirent, selon l'étiquette.

Le temps était chaud ; un léger souffle d'air, qu'on avait pu croire assez fort le matin pour rafraîchir l'atmosphère, fut bientôt embrasé par le soleil caché sous les nuages, et ne s'infiltra plus, à travers cette chaude vapeur qui s'élevait du sol, que comme un vent brûlant qui soulevait une fine poussière et frappait au visage les voyageurs pressés d'arriver.

Madame fut la première qui se plaignit de la chaleur.

Monsieur lui répondit en se renversant dans le carrosse comme un homme qui va s'évanouir, et il s'inonda de sels et d'eaux de senteur, tout en poussant de profonds soupirs.

Alors Madame lui dit de son air le plus aimable :

– En vérité, monsieur, je croyais que vous eussiez été assez galant, par la chaleur qu'il fait, pour me laisser mon carrosse à moi toute seule et faire la route à cheval.

– À cheval ! s'écria le prince avec un accent d'effroi qui fit voir combien il était loin d'adhérer à cet étrange projet ; à cheval ! Mais vous n'y pensez pas, madame, toute ma peau s'en irait par pièces au contact de ce vent de feu.

Madame se mit à rire.

– Vous prendrez mon parasol, dit-elle.

– Et la peine de le tenir ? répondit Monsieur avec le plus grand sang-froid. D'ailleurs, je n'ai pas de cheval.

– Comment ! pas de cheval ? répliqua la princesse, qui, si elle ne gagnait pas l'isolement, gagnait du moins la taquinerie ; pas de cheval ? Vous faites erreur, monsieur, car je vois là-bas votre bai favori.

– Mon cheval bai ? s'écria le prince en essayant d'exécuter vers la portière un mouvement qui lui causa tant de gêne, qu'il ne l'accomplit qu'à moitié, et qu'il se hâta de reprendre son immobilité.

– Oui, dit Madame, votre cheval, conduit en main par M. de Malicorne.

– Pauvre bête ! répliqua le prince, comme il va avoir chaud !

Et, sur ces paroles, il ferma les yeux, pareil à un mourant qui expire.

Madame, de son côté, s'étendit paresseusement dans l'autre coin de la calèche et ferma les yeux aussi, non pas pour dormir, mais pour songer tout à son aise.

Cependant le roi, assis sur le devant de la voiture, dont il avait cédé le fond aux deux reines, éprouvait cette vive contrariété des amants inquiets qui, toujours, sans jamais assouvir cette soif ardente, désirent la vue de l'objet aimé, puis s'éloignent à demi contents sans s'apercevoir qu'ils ont amassé une soif plus ardente encore.

Le roi, marchant en tête comme nous avons dit, ne pouvait, de sa place, apercevoir les carrosses des dames et des filles d'honneur, qui venaient les derniers.

Il lui fallait, d'ailleurs, répondre aux éternelles interpellations de la jeune reine, qui, tout heureuse de posséder *son cher mari*, comme elle disait dans son oubli de l'étiquette royale, l'investissait de tout son amour, le garrottait de tous ses soins, de peur qu'on ne vînt le lui prendre ou qu'il ne lui prît l'envie de la quitter.

Anne d'Autriche, que rien n'occupait alors que les élancements sourds que, de temps en temps, elle éprouvait dans le sein, Anne d'Autriche faisait joyeuse contenance, et, bien qu'elle devinât l'impatience du roi, elle prolongeait malicieusement son supplice par des reprises inattendues de conversation, au moment où le roi, retombé en lui-même, commençait à y caresser ses secrètes amours.

Tout cela, petits soins de la part de la reine, taquinerie de la part d'Anne d'Autriche, tout cela finit pas sembler insupportable au roi, qui ne savait pas commander aux mouvements de son cœur.

Il se plaignit d'abord de la chaleur ; c'était un acheminement à d'autres plaintes.

Mais ce fut avec assez d'adresse pour que Marie-Thérèse ne devinât point son but.

Prenant donc ce que disait le roi au pied de la lettre, elle éventa Louis de ses plumes d'autruche.

Mais, la chaleur passée, le roi se plaignit de crampes et d'impatiences dans les jambes, et comme, justement, le carrosse s'arrêtait pour relayer :

– Voulez-vous que je descende avec vous ? demanda la reine. Moi aussi, j'ai les jambes inquiètes.

Nous ferons quelques pas à pied, puis les carrosses nous rejoindront et nous y reprendrons notre place.

Le roi fronça le sourcil ; c'est une rude épreuve que fait subir à son infidèle la femme jalouse qui, quoique en proie à la jalousie, s'observe avec assez de puissance pour ne pas donner de prétexte à la colère.

Néanmoins, le roi ne pouvait refuser : il accepta donc, descendit, donna le bras à la reine, et fit avec elle plusieurs pas, tandis que l'on changeait de chevaux.

Tout en marchant, il jetait un coup d'œil envieux sur les courtisans qui avaient le bonheur de faire la route à cheval.

La reine s'aperçut bientôt que la promenade à pied ne plaisait pas plus au roi que le voyage en voiture. Elle demanda donc à remonter en carrosse.

Le roi la conduisit jusqu'au marchepied, mais ne remonta point avec elle. Il fit trois pas en arrière et chercha, dans la file des carrosses, à reconnaître celui qui l'intéressait si vivement.

À la portière du sixième, apparaissait la blanche figure de La Vallière.

Comme le roi, immobile à sa place, se perdait en rêveries sans voir que tout était prêt et que l'on n'attendait plus que lui, il entendit, à trois pas, une voix qui l'interpellait respectueusement. C'était M. de Malicorne, en costume complet d'écuyer, tenant sous son bras gauche la bride de deux chevaux.

– Votre Majesté a demandé un cheval ? dit-il.

– Un cheval ! Vous auriez un de mes chevaux ? demanda le roi, qui essayait de reconnaître ce gentilhomme, dont la figure ne lui était pas encore familière.

– Sire, répondit Malicorne, j'ai au moins un cheval au service de Votre Majesté.

Et Malicorne indiqua le cheval bai de Monsieur, qu'avait remarqué Madame.

L'animal était superbe et royalement caparaçonné.

– Mais ce n'est pas un de mes chevaux, monsieur ? dit le roi.

– Sire, c'est un cheval des écuries de Son Altesse Royale. Mais Son Altesse Royale ne monte pas à cheval quand il fait si chaud.

Le roi ne répondit rien, mais s'approcha vivement de ce cheval, qui creusait la terre avec son pied.

Malicorne fit un mouvement pour tenir l'étrier ; Sa Majesté était déjà en selle.

Rendu à la gaieté par cette bonne chance, le roi courut tout souriant au carrosse des reines qui l'attendaient, et malgré l'air effaré de Marie Thérèse :

– Ah ! ma foi ! dit-il, j'ai trouvé ce cheval et j'en profite. J'étouffais dans le carrosse. Au revoir, mesdames.

Puis, s'inclinant gracieusement sur le col arrondi de sa monture, il disparut en une seconde.

Anne d'Autriche se pencha pour le suivre des yeux ; il n'allait pas bien loin, car, parvenu au sixième carrosse, il fit plier les jarrets de son cheval et ôta son chapeau.

Il saluait La Vallière, qui, à sa vue, poussa un petit cri de surprise, en même temps qu'elle rougissait de plaisir.

Montalais, qui occupait l'autre coin du carrosse, rendit au roi un profond salut. Puis, en femme d'esprit, elle feignit d'être très occupée du paysage, et se retira dans le coin à gauche.

La conversation du roi et de La Vallière commença comme toutes les conversations d'amants, par d'éloquents regards et par quelques mots d'abord vides de sens. Le roi expliqua comment il avait eu chaud dans son carrosse, à tel point qu'un cheval lui avait paru un bienfait.

– Et, ajouta-t-il, le bienfaiteur est un homme tout à fait intelligent, car il m'a deviné. Maintenant, il me reste un désir, c'est de savoir quel est le gentilhomme qui a servi si adroitement son roi, et l'a sauvé du cruel ennui où il était.

Montalais, pendant ce colloque qui, dès les premiers mots, l'avait réveillée, Montalais s'était approchée et s'était arrangée de façon à rencontrer le regard du roi vers la fin de sa phrase.

Il en résulta que, comme le roi regardait autant elle que La Vallière en interrogeant, elle put croire que c'était elle que l'on interrogeait, et, par conséquent, elle pouvait répondre.

Elle répondit donc :

– Sire, le cheval que monte Votre Majesté est un des chevaux de Monsieur, que conduisait en main un des gentilshommes de Son Altesse Royale.

– Et comment s'appelle ce gentilhomme, s'il vous plaît, mademoiselle ?

– M. de Malicorne, Sire.

Le nom fit son effet ordinaire.

– Malicorne ? répéta le roi en souriant.

– Oui, Sire, répliqua Aure. Tenez, c'est ce cavalier qui galope ici à ma gauche.

Et elle indiquait, en effet, notre Malicorne, qui, d'un air béat, galopait à la portière de gauche, sachant bien qu'on parlait de lui en ce moment même, mais ne bougeant pas plus sur la selle qu'un sourd et muet.

– Oui, c'est ce cavalier, dit le roi ; je me rappelle sa figure et je me rappellerai son nom.

Et le roi regarda tendrement La Vallière.

Aure n'avait plus rien à faire ; elle avait laissé tomber le nom de Malicorne ; le terrain était bon ; il n'y avait maintenant qu'à laisser le nom pousser et l'événement porter ses fruits.

En conséquence, elle se rejeta dans son coin avec le droit de faire à M. de Malicorne autant de signes agréables qu'elle voudrait, puisque M. de Malicorne avait eu le bonheur de plaire au roi. Comme on comprend bien, Montalais ne s'en fit pas faute. Et Malicorne, avec sa fine oreille et son œil sournois, empocha les mots :

– Tout va bien.

Le tout accompagné d'une pantomime qui renfermait un semblant de baiser.

– Hélas ! mademoiselle, dit enfin le roi, voilà que la liberté de la campagne va cesser ; votre service chez Madame sera plus rigoureux, et nous ne vous verrons plus.

– Votre Majesté aime trop Madame, répondit Louise, pour ne pas venir chez elle souvent ; et quand Votre Majesté traversera la chambre...

– Ah ! dit le roi d'une voix tendre et qui baissait par degrés, s'apercevoir n'est point se voir, et cependant il semble que ce soit assez pour vous.

Louise ne répondit rien ; un soupir gonflait son cœur, mais elle étouffa ce soupir.

– Vous avez sur vous-même une grande puissance, dit le roi.

La Vallière sourit avec mélancolie.

– Employez cette force à aimer, continua-t-il, et je bénirai Dieu de vous l'avoir donnée.

La Vallière garda le silence, mais leva sur le roi un œil chargé d'amour.

Alors, comme s'il eût été dévoré par ce brûlant regard, Louis passa la main sur son front, et, pressant son cheval des genoux, lui fit faire quelques pas en avant.

Elle, renversée en arrière, l'œil demi-clos, couvait du regard ce beau cavalier, dont les plumes ondoyaient au vent : elle aimait ses bras arrondis avec grâce ; sa jambe, fine et nerveuse, serrant les flancs du cheval ; cette coupe arrondie de profil, que dessinaient de beaux cheveux bouclés, se relevant parfois pour découvrir une oreille rose et charmante.

Enfin, elle aimait, la pauvre enfant, et elle s'enivrait de son amour. Après un instant, le roi revint près d'elle.

– Oh ! fit-il, vous ne voyez donc pas que votre silence me perce le cœur ! oh ! mademoiselle, que vous devez être impitoyable lorsque vous êtes résolue à quelque rupture ; puis je vous crois changeante... Enfin, enfin, je crains cet amour profond qui me vient de vous.

– Oh ! Sire, vous vous trompez, dit La Vallière, quand j'aimerai, ce sera pour toute la vie.

– Quand vous aimerez ! s'écria le roi avec hauteur. Quoi ! vous n'aimez donc pas ?

Elle cacha son visage dans ses mains.

– Voyez-vous, voyez-vous, dit le roi, que j'ai raison de vous accuser ; voyez-vous que vous êtes changeante, capricieuse, coquette, peut-être ; voyez-vous ! oh ! mon Dieu ! mon Dieu !

– Oh ! non, dit-elle. Rassurez-vous, Sire, non, non, non !

– Promettez-moi donc alors que vous serez toujours la même pour moi ?

– Oh ! toujours, Sire.

– Que vous n'aurez point de ces duretés qui brisent le cœur, point de ces changements soudains qui me donneraient la mort ?

– Non ! oh ! non.

– Eh bien, tenez, j'aime les promesses, j'aime à mettre sous la garantie du serment, c'est-à-dire sous la sauvegarde de Dieu, tout ce qui intéresse mon cœur et mon amour. Promettez-moi, ou plutôt jurez-moi, jurez-moi que, si dans cette vie que nous allons commencer, vie toute de sacrifices, de mystères, de douleurs, vie toute de contretemps et de malentendus ; jurez-moi que, si nous nous sommes trompés, que, si nous nous sommes mal compris, que, si nous nous sommes fait un tort, et c'est un crime en amour, jurez-moi, Louise !...

Elle tressaillit jusqu'au fond de l'âme ; c'était la première fois qu'elle entendait son nom prononcé ainsi par son royal amant.

Quant à Louis, ôtant son gant, il étendit la main jusque dans le carrosse.

– Jurez-moi, continua-t-il, que, dans toutes nos querelles, jamais, une fois loin l'un de l'autre, jamais nous ne laisserons passer la nuit sur une brouille sans qu'une visite, ou tout au moins un message de l'un de nous aille porter à l'autre la consolation et le repos.

La Vallière prit dans ses deux mains froides la main brûlante de son amant, et la serra doucement, jusqu'à ce qu'un mouvement du cheval, effrayé par la rotation et la proximité de la roue, l'arrachât à ce bonheur.

Elle avait juré.

– Retournez, Sire, dit-elle, retournez près des reines ; je sens un orage là bas, un orage qui menace mon cœur.

Louis obéit, salua Mlle de Montalais et partit au galop pour rejoindre le carrosse des reines.

En passant, il vit Monsieur qui dormait.

Madame ne dormait pas, elle.

Elle dit au roi, à son passage :

– Quel bon cheval, Sire !... N'est-ce pas le cheval bai de Monsieur ?

Quant à la jeune reine, elle ne dit rien que ces mots :

– Êtes-vous mieux, mon cher Sire ?

Chapitre CLXII – Trium-Féminat

Le roi, une fois à Paris, se rendit au Conseil et travailla une partie de la journée. La reine demeura chez elle avec la reine mère, et fondit en larmes après avoir fait son adieu au roi.

– Ah ! ma mère, dit-elle, le roi ne m'aime plus. Que deviendrai-je, mon Dieu ?

– Un mari aime toujours une femme telle que vous, répondit Anne d'Autriche.

– Le moment peut venir, ma mère, où il aimera une autre femme que moi.

– Qu'appelez-vous aimer ?

– Oh ! toujours penser à quelqu'un, toujours rechercher cette personne.

– Est-ce que vous avez remarqué, dit Anne d'Autriche, que le roi fît de ces sortes de choses ?

– Non, madame, dit la jeune reine en hésitant.

– Vous voyez bien, Marie !

– Et cependant, ma mère, avouez que le roi me délaisse ?

– Le roi, ma fille, appartient à tout son royaume.

– Et voilà pourquoi il ne m'appartient plus, à moi ; voilà pourquoi je me verrai, comme se sont vues tant de reines, délaissée, oubliée, tandis que l'amour, la gloire et les honneurs seront pour les autres. Oh ! ma mère, le roi est si beau ! Combien lui diront qu'elles l'aiment, combien devront l'aimer !

– Il est rare que les femmes aiment un homme dans le roi. Mais cela dût-il arriver, j'en doute, souhaitez plutôt, Marie, que ces femmes aiment réellement votre mari. D'abord, l'amour dévoué de la maîtresse est un élément de dissolution rapide pour l'amour de l'amant ; et puis, à force d'aimer, la maîtresse perd tout empire sur l'amant, dont elle ne désire ni la puissance ni la richesse, mais l'amour. Souhaitez donc que le roi n'aime guère, et que sa maîtresse aime beaucoup !

– Oh ! ma mère, quelle puissance que celle d'un amour profond !

– Et vous dites que vous êtes abandonnée.

– C'est vrai, c'est vrai, je déraisonne... Il est un supplice pourtant, ma mère, auquel je ne saurais résister.

– Lequel ?

– Celui d'un heureux choix, celui d'un ménage qu'il se ferait à côté du nôtre ; celui d'une famille qu'il trouverait chez une autre femme. Oh ! si je voyais jamais des enfants au roi... j'en mourrais !

– Marie ! Marie ! répliqua la reine mère avec un sourire, et elle prit la main de la jeune reine : rappelez-vous ce mot que je vais vous dire, et qu'à jamais il vous serve de consolation : le roi ne peut avoir de dauphin sans vous, et vous pouvez en avoir sans lui.

À ces paroles, qu'elle accompagna d'un expressif éclat de rire, la reine mère quitta sa bru pour aller au-devant de Madame, dont un page venait d'annoncer la venue dans le grand cabinet.

Madame avait pris à peine le temps de se déshabiller. Elle arrivait avec une de ces physionomies agitées qui décèlent un plan dont l'exécution occupe et dont le résultat inquiète.

– Je venais voir, dit-elle, si Vos Majestés avaient quelque fatigue de notre petit voyage ?

– Aucune, dit la reine mère.

– Un peu, répliqua Marie-Thérèse.

– Moi, mesdames, j'ai surtout souffert de la contrariété.

– Quelle contrariété ? demanda Anne d'Autriche.

– Cette fatigue que devait prendre le roi à courir ainsi à cheval.

– Bon ! cela fait du bien au roi.

– Et je le lui ai conseillé moi-même, dit Marie-Thérèse en pâlissant.

Madame ne répondit rien à cela, seulement, un de ces sourires qui n'appartenaient qu'à elle se dessina sur ses lèvres, sans passer sur le reste de sa physionomie ; puis, changeant aussitôt la tournure de la conversation :

– Nous retrouvons Paris tout semblable au Paris que nous avons quitté : toujours des intrigues, toujours des trames, toujours des coquetteries.

– Intrigues !… Quelles intrigues ? demanda la reine mère.

– On parle beaucoup de M. Fouquet et de Mme Plessis-Bellière.

– Qui s'inscrit ainsi au numéro dix mille ? répliqua la reine mère. Mais les trames, s'il vous plaît ?

– Nous avons, à ce qu'il paraît, des démêlés avec la Hollande.

– Comment cela ?

– Monsieur me racontait cette histoire des médailles.

– Ah ! s'écria la jeune reine, ces médailles frappées en Hollande… où l'on voit un nuage passer sur le soleil du roi. Vous avez tort d'appeler cela de la trame, c'est de l'injure.

– Si méprisable que le roi la méprisera, répondit la reine mère. Mais, que disiez-vous des coquetteries ? Est-ce que vous voudriez parler de Mme d'Olonne ?

– Non pas, non pas ; je chercherai plus près de nous.

– *Casa de usted* murmura la reine mère, sans remuer les lèvres, à l'oreille de sa bru.

Madame n'entendit rien et continua :

– Vous savez l'affreuse nouvelle ?

– Oh ! oui, cette blessure de M. de Guiche.

– Et vous l'attribuez, comme tout le monde, à un accident de chasse ?

– Mais oui, firent les deux reines, cette fois intéressées.

Madame se rapprocha.

– Un duel, dit-elle tout bas.

– Ah ! fit sévèrement Anne d'Autriche, aux oreilles de qui sonnait mal ce mot *duel*, proscrit en France depuis qu'elle y régnait.

– Un déplorable duel, qui a failli coûter, à Monsieur, deux de ses meilleurs amis ; au roi, deux bons serviteurs.

– Pourquoi ce duel ? demanda la jeune reine animée d'un instinct secret.

– Coquetteries, répéta triomphalement Madame. Ces messieurs ont disserté sur la vertu d'une dame : l'un a trouvé que Pallas était peu de chose à côté d'elle ; l'autre a prétendu que cette dame imitait Vénus agaçant Mars, et, ma foi ! ces messieurs ont combattu comme Hector et Achille.

– Vénus agaçant Mars ? se dit tout bas la jeune reine, sans oser approfondir l'allégorie.

– Qui est cette dame ? demanda nettement Anne d'Autriche. Vous avez dit, je crois, une dame d'honneur ?

– L'ai-je dit ? fit Madame.

– Oui. Je croyais même vous avoir entendue la nommer.

– Savez-vous qu'une femme de cette espèce est funeste dans une maison royale ?

– C'est Mlle de La Vallière ? dit la reine mère.

– Mon Dieu, oui, c'est cette petite laide.

– Je la croyais fiancée à un gentilhomme qui n'est ni M. de Guiche ni M. de Wardes, je suppose ?

– C'est possible, madame.

La jeune reine prit une tapisserie, qu'elle défit avec une affectation de tranquillité, démentie par le tremblement de ses doigts.

– Que parliez-vous de Vénus et de Mars ? poursuivit la reine mère ; est-ce qu'il y a un *Mars* ?

– Elle s'en vante.

– Vous venez de dire qu'elle s'en vante ?

– Il a été la cause du combat.

– Et M. de Guiche a soutenu la cause de Mars ?

– Oui, certes, en bon serviteur.

– En bon serviteur ! s'écria la jeune reine oubliant toute réserve pour laisser échapper sa jalousie ; serviteur de qui ?

– Mars, répliqua Madame, ne pouvant être défendu qu'aux dépens de cette Vénus, M. de Guiche a soutenu l'innocence absolue de Mars, et affirmé sans doute que Vénus s'en vantait.

– Et M. de Wardes, dit tranquillement Anne d'Autriche, propageait le bruit que Vénus avait raison.

« Ah ! de Wardes, pensa Madame, vous paierez cher cette blessure faite au plus noble des hommes. »

Et elle se mit à charger de Wardes avec tout l'acharnement possible, payant ainsi la dette du blessé et la sienne avec la certitude qu'elle faisait pour l'avenir la ruine de son ennemi. Elle en dit tant, que Manicamp, s'il se fût trouvé là, eût regretté d'avoir si bien servi son ami, puisqu'il en résultait la ruine de ce malheureux ennemi.

– Dans tout cela, dit Anne d'Autriche, je ne vois qu'une peste, qui est cette La Vallière.

La jeune reine reprit son ouvrage avec une froideur absolue.

Madame écouta.

– Est-ce que tel n'est pas votre avis ? lui dit Anne d'Autriche. Est-ce que vous ne faites pas remonter à elle la cause de cette querelle et du combat ?

Madame répondit par un geste qui n'était pas plus une affirmation qu'une négation.

– Je ne comprends pas trop alors ce que vous m'avez dit touchant le danger de la coquetterie, reprit Anne d'Autriche.

– Il est vrai, se hâta de dire Madame, que, si la jeune personne n'avait pas été coquette, Mars ne se serait pas occupé d'elle.

Ce mot de *Mars* ramena une fugitive rougeur sur les joues de la jeune reine ; mais elle ne continua pas moins son ouvrage commencé.

– Je ne veux pas qu'à ma Cour on arme ainsi les hommes les uns contre les autres, dit flegmatiquement Anne d'Autriche. Ces mœurs furent peut-être utiles dans un temps où la noblesse, divisée, n'avait d'autre point de ralliement que la galanterie. Alors les femmes, régnant seules, avaient le privilège d'entretenir la valeur des gentilshommes par des essais fréquents. Mais aujourd'hui, Dieu soit loué ! il n'y a qu'un seul maître en France. À ce maître est dû le concours de toute force et de toute pensée. Je ne souffrirai pas qu'on enlève à mon fils un de ses serviteurs.

Elle se tourna vers la jeune reine.

– Que faire à cette La Vallière ? dit-elle.

– La Vallière ? fit la reine paraissant surprise. Je ne connais pas ce nom.

Et cette réponse fut accompagnée d'un de ces sourires glacés qui vont seulement aux bouches royales.

Madame était elle-même une grande princesse, grande par l'esprit, la naissance et l'orgueil ; toutefois, le poids de cette réponse l'écrasa ; elle fut obligée d'attendre un moment pour se remettre.

– C'est une de mes filles d'honneur, répliqua-t-elle avec un salut.

– Alors, répliqua Marie-Thérèse du même ton, c'est votre affaire, ma sœur… non la nôtre.

– Pardon, reprit Anne d'Autriche, c'est mon affaire, à moi. Et je comprends fort bien, poursuivit-elle en adressant à Madame un regard d'intelligence, je comprends pourquoi Madame m'a dit ce qu'elle vient de me dire.

– Vous, ce qui émane de vous, madame, dit la princesse anglaise, sort de la bouche de la Sagesse.

– En renvoyant cette fille dans son pays, dit Marie-Thérèse avec douceur, on lui ferait une pension.

– Sur ma cassette ! s'écria vivement Madame.

– Non, non, madame, interrompit Anne d'Autriche, pas d'éclat, s'il vous plaît. Le roi n'aime pas qu'on fasse parler mal des dames. Que tout ceci, s'il vous plaît, s'achève en famille.

– Madame, vous aurez l'obligeance de faire mander ici cette fille.

– Vous, ma fille, vous serez assez bonne pour rentrer un moment chez vous.

Les prières de la vieille reine étaient des ordres. Marie-Thérèse se leva pour rentrer dans son appartement, et Madame pour faire appeler La Vallière par un page.

Chapitre CLXIII – Première querelle

La Vallière entra chez la reine mère, sans se douter le moins du monde qu'il se fût tramé contre elle un complot dangereux.

Elle croyait qu'il s'agissait du service, et jamais la reine mère n'avait été mauvaise pour elle en pareille circonstance. D'ailleurs, ne ressortissant pas immédiatement à l'autorité d'Anne d'Autriche, elle ne pouvait avoir avec elle que des rapports officieux, auxquels sa propre complaisance et le rang de l'auguste princesse lui faisaient un devoir de donner toute la bonne grâce possible.

Elle s'avança donc vers la reine mère avec ce sourire placide et doux qui faisait sa principale beauté.

Comme elle ne s'approchait pas assez, Anne d'Autriche lui fit signe de venir jusqu'à sa chaise.

Alors Madame rentra, et, d'un air parfaitement tranquille, s'assit près de sa belle-mère, en reprenant l'ouvrage commencé par Marie-Thérèse.

La Vallière, au lieu de l'ordre qu'elle s'attendait à recevoir sur-le-champ, s'aperçut de ces préambules, et interrogea curieusement, sinon avec inquiétude, le visage des deux princesses.

Anne réfléchissait.

Madame conservait une affectation d'indifférence qui eût alarmé de moins timides.

– Mademoiselle, fit soudain la reine mère sans songer à modérer son accent espagnol, ce qu'elle ne manquait jamais de faire à moins qu'elle ne fût en colère, venez un peu, que nous causions de vous, puisque tout le monde en cause.

– De moi ? s'écria La Vallière en pâlissant.

– Feignez de l'ignorer, belle ; savez-vous le duel de M. de Guiche et de M. de Wardes ?

– Mon Dieu ! madame, le bruit en est venu hier jusqu'à moi, répliqua La Vallière en joignant les mains.

– Et vous ne l'aviez pas senti d'avance, ce bruit ?

– Pourquoi l'eussé-je senti, madame ?

– Parce que deux hommes ne se battent jamais sans motif, et que vous deviez connaître les motifs de l'animosité des deux adversaires.

– Je l'ignorais absolument, madame.

– C'est un système de défense un peu banal que la négation persévérante, et, vous qui êtes un bel esprit mademoiselle, vous devez fuir les banalités. Autre chose.

– Mon Dieu ! madame, Votre Majesté m'épouvante avec cet air glacé. Aurais-je eu le malheur d'encourir sa disgrâce ?

Madame se mit à rire. La Vallière la regarda d'un air stupéfait.

Anne reprit :

– Ma disgrâce !… Encourir ma disgrâce ! Vous n'y pensez pas, mademoiselle de La Vallière, il faut que je pense aux gens pour les prendre en disgrâce. Je ne pense à vous que parce qu'on parle de vous un peu trop, et je n'aime point qu'on parle des filles de ma Cour.

– Votre Majesté me fait l'honneur de me le dire, répliqua La Vallière effrayée ; mais je ne comprends pas en quoi l'on peut s'occuper de moi.

– Je m'en vais donc vous le dire. M. de Guiche aurait eu à vous défendre.

– Moi ?

– Vous-même. C'est d'un chevalier, et les belles aventurières aiment que les chevaliers lèvent la lance pour elles. Moi, je hais les champs, alors je hais surtout les aventures et… faites-en votre profit.

La Vallière se plia aux pieds de la reine, qui lui tourna le dos. Elle tendit les mains à Madame, qui lui rit au nez.

Un sentiment d'orgueil la releva.

– Mesdames, dit-elle, j'ai demandé quel est mon crime ; Votre Majesté doit me le dire, et je remarque que Votre Majesté me condamne avant de m'avoir admise à me justifier.

– Eh ! s'écria Anne d'Autriche, voyez donc les belles phrases, madame, voyez donc les beaux sentiments ; c'est une infante que cette fille, c'est une des aspirantes du grand Cyrus... c'est un puits de tendresse et de formules héroïques. On voit bien, ma toute belle, que nous entretenons notre esprit dans le commerce des têtes couronnées.

La Vallière se sentit mordre au cœur ; elle devint non plus pâle, mais blanche comme un lis, et toute sa force l'abandonna.

– Je voulais vous dire, interrompit dédaigneusement la reine, que, si vous continuez à nourrir des sentiments pareils, vous nous humilierez, nous femmes, à tel point que nous aurons honte de figurer près de vous. Devenez simple, mademoiselle. À propos, que me disait-on ? vous êtes fiancée, je crois ?

La Vallière comprima son cœur, qu'une souffrance nouvelle venait de déchirer.

– Répondez donc quand on vous parle !

– Oui, madame.

– À un gentilhomme ?

– Oui, madame.

– Qui s'appelle ?

– M. le vicomte de Bragelonne.

– Savez-vous que c'est un sort bien heureux pour vous, mademoiselle, et que, sans fortune, sans position... sans grands avantages personnels, vous devriez bénir le Ciel qui vous fait un avenir comme celui-là.

La Vallière ne répliqua rien.

– Où est-il ce vicomte de Bragelonne ? poursuivit la reine.

– En Angleterre, dit Madame, où le bruit des succès de Mademoiselle ne manquera pas de lui parvenir.

– Ô ciel ! murmura La Vallière éperdue.

– Eh bien ! mademoiselle, dit Anne d'Autriche, on fera revenir ce garçon-là, et on vous expédiera quelque part avec lui. Si vous êtes d'un avis différent, les filles ont des visées bizarres, fiez-vous à moi, je vous remettrai dans le bon chemin : je l'ai fait pour des filles qui ne vous valaient pas.

La Vallière n'entendait plus. L'impitoyable reine ajouta :

– Je vous enverrai seule quelque part où vous réfléchirez mûrement. La réflexion calme les ardeurs du sang ; elle dévore toutes les illusions de la jeunesse. Je suppose que vous m'avez comprise ?

– Madame ! Madame !

– Pas un mot.

– Madame, je suis innocente de tout ce que Votre Majesté peut supposer. Madame, voyez mon désespoir. J'aime, je respecte tant Votre Majesté !

– Il vaudrait mieux que vous ne me respectassiez pas, dit la reine avec une froide ironie. Il vaudrait mieux que vous ne fussiez pas innocente. Vous figurez-vous, par hasard, que je me contenterais de m'en aller, si vous aviez commis la faute ?

– Oh ! mais, madame, vous me tuez ?

– Pas de comédie, s'il vous plaît, ou je me charge du dénouement. Allez, rentrez chez vous, et que ma leçon vous profite.

– Madame, dit La Vallière à la duchesse d'Orléans, dont elle saisit les mains, priez pour moi, vous qui êtes si bonne !

– Moi ! répliqua celle-ci avec une joie insultante, moi bonne ?... Ah ! mademoiselle, vous n'en pensez pas un mot !

Et, brusquement, elle repoussa la main de la jeune fille.

Celle-ci, au lieu de fléchir, comme les deux princesses pouvaient l'attendre de sa pâleur et de ses larmes, reprit tout à coup son calme et sa dignité ; elle fit une révérence profonde et sortit.

– Eh bien ! dit Anne d'Autriche à Madame, croyez-vous qu'elle recommencera ?

– Je me défie des caractères doux et patients, répliqua Madame. Rien n'est plus courageux qu'un cœur patient, rien n'est plus sûr de soi qu'un esprit doux.

– Je vous réponds qu'elle pensera plus d'une fois avant de regarder le dieu Mars.

– À moins qu'elle ne se serve de son bouclier, riposta Madame.

Un fier regard de la reine mère répondit à cette objection, qui ne manquait pas de finesse, et les deux dames, à peu près sûres de leur victoire, allèrent retrouver Marie-Thérèse, qui les attendait en déguisant son impatience.

Il était alors six heures et demie du soir, et le roi venait de prendre son goûter. Il ne perdit pas de temps ; le repas fini, les affaires terminées, il prit de Saint-Aignan par le bras et lui ordonna de le conduire à l'appartement de La Vallière. Le courtisan fit une grosse exclamation.

– Eh bien ! quoi ? répliqua le roi ; c'est une habitude à prendre, et, pour prendre une habitude, il faut qu'on commence par quelques fois.

306

– Mais, Sire, l'appartement des filles, ici, c'est une lanterne : tout le monde voit ceux qui entrent et ceux qui sortent. Il me semble qu'un prétexte... Celui-ci, par exemple...

– Voyons.

– Si Votre Majesté voulait attendre que Madame fût chez elle.

– Plus de prétextes ! plus d'attentes ! Assez de ces contretemps, de ces mystères ; je ne vois pas en quoi le roi de France se déshonore à entretenir une fille d'esprit. Honni soit qui mal y pense !

– Sire, Sire, Votre Majesté me pardonnera un excès de zèle...

– Parle.

– Et la reine ?

– C'est vrai ! c'est vrai ! Je veux que la reine soit toujours respectée. Eh bien ! encore ce soir, j'irai chez Mlle de La Vallière, et puis, ce jour passé, je prendrai tous les prétextes que tu voudras. Demain, nous chercherons : ce soir, je n'ai pas le temps.

De Saint-Aignan ne répliqua pas ; il descendit le degré devant le roi et traversa les cours avec une honte que n'effaçait point cet insigne honneur de servir d'appui au roi.

C'est que de Saint-Aignan voulait se conserver tout confit dans l'esprit de Madame et des deux reines. C'est qu'il ne voulait pas non plus déplaire à Mlle de La Vallière, et que pour faire tant de belles choses, il était difficile de ne pas se heurter à quelques difficultés.

Or, les fenêtres de la jeune reine, celles de la reine mère, celles de Madame elle-même donnaient sur la cour des filles. Être vu conduisant le roi, c'était rompre avec trois grandes princesses, avec trois femmes d'un crédit inamovible, pour le faible appât d'un éphémère crédit de maîtresse.

Ce malheureux de Saint-Aignan, qui avait tant de courage pour protéger La Vallière sous les quinconces ou dans le parc de Fontainebleau, ne se sentait plus brave à la grande lumière : il trouvait mille défauts à cette fille et brûlait d'en faire part au roi.

Mais son supplice finit ; les cours furent traversées. Pas un rideau ne se souleva, pas une fenêtre ne s'ouvrit. Le roi marchait vite : d'abord à cause de son impatience, puis à cause des longues jambes de de Saint-Aignan, qui le précédait.

À la porte, de Saint-Aignan voulut s'éclipser ; le roi le retint.

C'était une délicatesse dont le courtisan se fût bien passé.

Il dut suivre Louis chez La Vallière.

À l'arrivée du monarque, la jeune fille achevait d'essuyer ses yeux ; elle le fit si précipitamment, que le roi s'en aperçut. Il la questionna comme un amant intéressé ; il la pressa.

– Je n'ai rien, dit-elle, Sire.

– Mais, enfin, vous pleuriez.

– Oh ! non pas, Sire.

– Regardez, de Saint-Aignan, est-ce que je me trompe ?

De Saint-Aignan dut répondre ; mais il était bien embarrassé.

– Enfin, vous avez les yeux rouges, mademoiselle, dit le roi.

– La poussière du chemin, Sire.

– Mais non, mais non, vous n'avez pas cet air de satisfaction qui vous rend si belle et si attrayante. Vous ne me regardez pas.

– Sire !

– Que dis-je ! vous évitez mes regards.

Elle se détournait en effet.

– Mais, au nom du Ciel, qu'y a-t-il ? demanda Louis, dont le sang bouillait.

– Rien, encore une fois, Sire ; et je suis prête à montrer à Votre Majesté que mon esprit est aussi libre qu'elle le désire.

– Votre esprit libre, quand je vous vois embarrassée de tout, même de votre geste ! Est-ce que l'on vous aurait blessée, fâchée ?

– Non, non, Sire.

– Oh ! c'est qu'il faudrait me le déclarer ! dit le jeune prince avec des yeux étincelants.

– Mais personne, Sire, personne ne m'a offensée.

– Alors, voyons, reprenez cette rêveuse gaieté ou cette joyeuse mélancolie que j'aimais en vous ce matin ; voyons… de grâce !

– Oui, Sire, oui !

Le roi frappa du pied.

– Voilà qui est inexplicable, dit-il, un changement pareil !

Et il regarda de Saint-Aignan, qui, lui aussi, s'apercevait bien de cette morne langueur de La Vallière, comme aussi de l'impatience du roi.

Louis eut beau prier, il eut beau s'ingénier à combattre cette disposition fatale, la jeune fille était brisée ; l'aspect même de la mort ne l'eût pas réveillée de sa torpeur.

Le roi vit dans cette négative facilité un mystère désobligeant ; il se mit à regarder autour de lui d'un air soupçonneux.

Justement il y avait dans la chambre de La Vallière un portrait en miniature d'Athos.

Le roi vit ce portrait qui ressemblait beaucoup à Bragelonne ; car il avait été fait pendant la jeunesse du comte.

Il attacha sur cette peinture des regards menaçants.

La Vallière, dans l'état d'oppression où elle se trouvait et à cent lieues, d'ailleurs, de penser à cette peinture, ne put deviner la préoccupation du roi.

Et cependant le roi s'était jeté dans un souvenir terrible qui, plus d'une fois, avait préoccupé son esprit, mais qu'il avait toujours écarté.

Il se rappelait cette intimité des deux jeunes gens depuis leur naissance.

Il se rappelait les fiançailles qui en avaient été la suite.

Il se rappelait qu'Athos était venu lui demander la main de La Vallière pour Raoul.

Il se figura qu'à son retour à Paris, La Vallière avait trouvé certaines nouvelles de Londres, et que ces nouvelles avaient contrebalancé l'influence que, lui, avait pu prendre sur elle.

Presque aussitôt il se sentit piqué aux tempes par le taon farouche qu'on appelle la jalousie.

Il interrogea de nouveau avec amertume.

La Vallière ne pouvait répondre : il lui fallait tout dire, il lui fallait accuser la reine, il lui fallait accuser Madame.

C'était une lutte ouverte à soutenir avec deux grandes et puissantes princesses.

Il lui semblait d'abord que, ne faisant rien pour cacher ce qui se passait en elle au roi, le roi devait lire dans son cœur à travers son silence.

Que, s'il l'aimait réellement, il devait tout comprendre, tout deviner.

Qu'était-ce donc que la sympathie, sinon la flamme divine qui devait éclairer le cœur, et dispenser les vrais amants de la parole ?

Elle se tut donc, se contentant de soupirer, de pleurer, de cacher sa tête dans ses mains.

Ces soupirs, ces pleurs, qui avaient d'abord attendri, puis effrayé Louis XIV, l'irritaient maintenant.

Il ne pouvait supporter l'opposition, pas plus l'opposition des soupirs et des larmes que toute autre opposition.

Toutes ses paroles devinrent aigres, pressantes, agressives.

C'était une nouvelle douleur jointe aux douleurs de la jeune fille.

Elle puisa, dans ce qu'elle regardait comme une injustice de la part de son amant, la force de résister non seulement aux autres, mais encore à celle-là.

Le roi commença à accuser directement.

La Vallière ne tenta même pas de se défendre ; elle supporta toutes ces accusations sans répondre autrement qu'en secouant la tête, sans prononcer d'autres paroles que ces deux mots qui s'échappent des cœurs profondément affligés :

– Mon Dieu ! mon Dieu !

Mais, au lieu de calmer l'irritation du roi, ce cri de douleur l'augmentait : c'était un appel à une puissance supérieure à la sienne, à un être qui pouvait défendre La Vallière contre lui.

D'ailleurs, il se voyait secondé par de Saint-Aignan. De Saint-Aignan, comme nous l'avons dit, voyait l'orage grossir ; il ne connaissait pas le degré d'amour que Louis XIV pouvait éprouver ; il sentait venir tous les coups des trois princesses, la ruine de la pauvre La Vallière, et il n'était pas assez chevalier pour ne pas craindre d'être entraîné dans cette ruine.

De Saint-Aignan ne répondait donc aux interpellations du roi que par des mots prononcés à demi-voix ou par des gestes saccadés, qui avaient pour but d'envenimer les choses et d'amener une brouille dont le résultat devait le délivrer du souci de traverser les cours en plein jour, pour suivre son illustre compagnon chez La Vallière.

Pendant ce temps, le roi s'exaltait de plus en plus.

Il fit trois pas pour sortir et revint.

La jeune fille n'avait pas levé la tête, quoique le bruit des pas eût dû l'avertir que son amant s'éloignait.

Il s'arrêta un instant devant elle, les bras croisés.

– Une dernière fois, mademoiselle, dit-il, voulez-vous parler ? Voulez vous donner une cause à ce changement, à cette versatilité, à ce caprice ?

– Que voulez-vous que je vous dise, mon Dieu ? murmura La Vallière. Vous voyez bien, Sire, que je suis écrasée en ce moment ! vous voyez bien que je n'ai ni la volonté, ni la pensée, ni la parole !

– Est-ce donc si difficile de dire la vérité ? En moins de mots que vous ne venez d'en proférer, vous l'eussiez dite !

– Mais, la vérité, sur quoi ?

– Sur tout.

La vérité monta, en effet, du cœur aux lèvres de La Vallière. Ses bras firent un mouvement pour s'ouvrir, mais sa bouche resta muette, ses bras retombèrent. La pauvre enfant n'avait pas encore été assez malheureuse pour risquer une pareille révélation.

– Je ne sais rien, balbutia-t-elle.

– Oh ! c'est plus que de la coquetterie, s'écria le roi ; c'est plus que du caprice : c'est de la trahison !

Et, cette fois, sans que rien l'arrêtât, sans que les tiraillements de son cœur pussent le faire retourner en arrière, il s'élança hors de la chambre avec un geste désespéré.

De Saint-Aignan le suivit, ne demandant pas mieux que de partir.

Louis XIV ne s'arrêta que dans l'escalier, et, se cramponnant à la rampe :

– Vois-tu, dit-il, j'ai été indignement dupé.

– Comment cela, Sire ? demanda le favori.

– De Guiche s'est battu pour le vicomte de Bragelonne. Et ce Bragelonne !…

– Eh bien ?

– Eh bien ! elle l'aime toujours ! Et, en vérité, de Saint-Aignan, je mourrais de honte si, dans trois jours, il me restait encore un atome de cet amour dans le cœur.

Et Louis XIV reprit sa course vers son appartement à lui.

– Ah ! je l'avais bien dit à Votre Majesté, murmura de Saint-Aignan en continuant de suivre le roi et en guettant timidement à toutes les fenêtres.

Malheureusement, il n'en fut pas à la sortie comme il en avait été à l'arrivée.

Un rideau se souleva ; derrière était Madame.

Madame avait vu le roi sortir de l'appartement des filles d'honneur.

Elle se leva lorsque le roi fut passé, et sortit précipitamment de chez elle ; elle monta, deux par deux, les marches de l'escalier qui conduisait à cette chambre d'où venait de sortir le roi.

Chapitre CLXIV – Désespoir

Après le départ du roi, La Vallière s'était soulevée, les bras étendus, comme pour le suivre, comme pour l'arrêter ; puis, lorsque, les portes refermées par lui, le bruit de ses pas s'était perdu dans l'éloignement, elle n'avait plus eu que tout juste assez de force pour aller tomber aux pieds de son crucifix.

Elle demeura là, brisée, écrasée, engloutie dans sa douleur, sans se rendre compte d'autre chose que de sa douleur même, douleur qu'elle ne comprenait, d'ailleurs, que par l'instinct et la sensation.

Au milieu de ce tumulte de ses pensées, La Vallière entendit rouvrir sa porte ; elle tressaillit. Elle se retourna, croyant que c'était le roi qui revenait.

Elle se trompait, c'était Madame.

Que lui importait Madame ! Elle retomba, la tête sur son prie-Dieu. C'était Madame, émue, irritée, menaçante. Mais qu'était-ce que cela ?

– Mademoiselle, dit la princesse s'arrêtant devant La Vallière, c'est fort beau, j'en conviens, de s'agenouiller, de prier, de jouer la religion ; mais, si soumise que vous soyez au roi du Ciel, il convient que vous fassiez un peu la volonté des princes de la terre.

La Vallière souleva péniblement sa tête en signe de respect.

– Tout à l'heure, continua Madame, il vous a été fait une recommandation, ce me semble ?

L'œil à la fois fixe et égaré de La Vallière montra son ignorance et son oubli.

– La reine vous a recommandé, continua Madame, de vous ménager assez pour que nul ne pût répandre de bruits sur votre compte.

Le regard de La Vallière devint interrogateur.

– Eh bien ! continua Madame, il sort de chez vous quelqu'un dont la présence est une accusation.

La Vallière resta muette.

– Il ne faut pas, continua Madame, que ma maison, qui est celle de la première princesse du sang, donne un mauvais exemple à la Cour ; vous seriez la cause de ce mauvais exemple. Je vous déclare donc, mademoiselle, hors de la présence de tout témoin, car je ne veux pas vous humilier, je vous déclare donc que vous êtes libre de partir de ce moment, et que vous pouvez retourner chez Mme votre mère, à Blois.

La Vallière ne pouvait tomber plus bas ; La Vallière ne pouvait souffrir plus qu'elle n'avait souffert.

Sa contenance ne changea point ; ses mains demeurèrent jointes sur ses genoux comme celles de la divine Madeleine.

– Vous m'avez entendue ? dit Madame.

Un simple frissonnement qui parcourut tout le corps de La Vallière répondit pour elle.

Et, comme la victime ne donnait pas d'autre signe d'existence, Madame sortit.

Alors, à son cœur suspendu, à son sang figé en quelque sorte dans ses veines, La Vallière sentit peu à peu se succéder des pulsations plus rapides aux poignets, au cou et aux tempes. Ces pulsations, en s'augmentant progressivement, se changèrent bientôt en une fièvre vertigineuse, dans le délire de laquelle elle vit tourbillonner toutes les figures de ses amis luttant contre ses ennemis.

Elle entendait s'entrechoquer à la fois dans ses oreilles assourdies des mots menaçants et des mots d'amour ; elle ne se souvenait plus d'être elle-même ; elle était soulevée hors de sa première existence comme par les ailes d'une puissante tempête, et, à l'horizon du chemin dans lequel le vertige la poussait, elle voyait la pierre du tombeau se soulevant et lui montrant l'intérieur formidable et sombre de l'éternelle nuit.

Mais cette douloureuse obsession de rêves finit par se calmer, pour faire place à la résignation habituelle de son caractère.

Un rayon d'espoir se glissa dans son cœur comme un rayon de jour dans le cachot d'un pauvre prisonnier.

Elle se reporta sur la route de Fontainebleau, elle vit le roi à cheval à la portière de son carrosse, lui disant qu'il l'aimait, lui demandant son amour, lui faisant jurer et jurant que jamais une soirée ne passerait sur une brouille sans qu'une visite, une lettre, un signe vint substituer le repos de la nuit au trouble du soir. C'était le roi qui avait trouvé cela, qui avait fait jurer cela, qui lui-même avait juré cela. Il était donc impossible que le roi manquât à la promesse qu'il avait lui-même exigée, à moins que le roi ne fût un despote qui commandât l'amour comme il commandait l'obéissance, à moins que le roi ne fût un indifférent que le premier obstacle suffit pour arrêter en chemin.

Le roi, ce doux protecteur, qui, d'un mot, d'un seul mot, pouvait faire cesser toutes ses peines, le roi se joignait donc à ses persécuteurs.

Oh ! sa colère ne pouvait durer. Maintenant qu'il était seul, il devait souffrir tout ce qu'elle souffrait elle-même. Mais lui, lui n'était pas enchaîné comme elle ; lui pouvait agir, se mouvoir, venir ; elle, elle, elle ne pouvait rien qu'attendre.

Et elle attendait de toute son âme, la pauvre enfant ; car il était impossible que le roi ne vînt pas.

Il était dix heures et demie à peine.

Il allait ou venir, ou lui écrire, ou lui faire dire une bonne parole par M. de Saint-Aignan.

S'il venait, oh ! comme elle allait s'élancer au-devant de lui ! comme elle allait repousser cette délicatesse qu'elle trouvait maintenant mal entendue ! comme elle allait lui dire : « Ce n'est pas moi qui ne vous aime pas ; ce sont elles qui ne veulent pas que je vous aime. »

Et alors, il faut le dire, en y réfléchissant, et au fur et à mesure qu'elle y réfléchissait, elle trouvait Louis moins coupable. En effet, il ignorait tout. Qu'avait-il dû penser de son obstination à garder le silence ? Impatient, irritable, comme on connaissait le roi, il était extraordinaire qu'il eût même conservé si longtemps son sang-froid. Oh ! sans doute elle n'eût pas agi ainsi, elle : elle eût tout compris, tout deviné. Mais elle était une pauvre fille et non pas un grand roi.

Oh ! s'il venait ! s'il venait !... comme elle lui pardonnerait tout ce qu'il venait de lui faire souffrir ! comme elle l'aimerait davantage pour avoir souffert !

Et sa tête tendue vers la porte, ses lèvres entrouvertes, attendaient, Dieu lui pardonne cette idée profane ! le baiser que les lèvres du roi distillaient si suavement le matin quand il prononçait le mot amour.

Si le roi ne venait pas, au moins écrirait-il ; c'était la seconde chance, chance moins douce, moins heureuse que l'autre, mais qui prouverait tout autant d'amour, et seulement un amour plus craintif. Oh ! comme elle dévorerait cette lettre ! comme elle se hâterait d'y répondre ! comme, une fois le messager parti, elle baiserait, relirait, presserait sur son cœur le bienheureux papier qui devait lui apporter le repos, la tranquillité, le bonheur !

Enfin, le roi ne venait pas ; si le roi n'écrivait pas, il était au moins impossible qu'il n'envoyât pas de Saint-Aignan ou que de Saint-Aignan ne vint pas de lui-même. À un tiers, comme elle dirait tout ! La majesté royale ne serait plus là pour glacer ses paroles sur ses lèvres, et alors aucun doute ne pourrait demeurer dans le cœur du roi.

Tout, chez La Vallière, cœur et regard, matière et esprit, se tourna donc vers l'attente.

Elle se dit qu'elle avait encore une heure d'espoir ; que, jusqu'à minuit, le roi pouvait venir, écrire ou envoyer ; qu'à minuit seulement, toute attente serait inutile, tout espoir serait perdu.

Tant qu'il y eut quelque bruit dans le palais, la pauvre enfant crut être la cause de ce bruit ; tant qu'il passa des gens dans la cour, elle crut que ces gens étaient des messagers du roi venant chez elle.

Onze heures sonnèrent ; puis onze heures un quart ; puis onze heures et demie.

Les minutes coulaient lentement dans cette anxiété, et pourtant elles fuyaient encore trop vite.

Les trois quarts sonnèrent.

Minuit ! minuit ! la dernière, la suprême espérance vint à son tour.

Avec le dernier tintement de l'horloge, la dernière lumière s'éteignit ; avec la dernière lumière, le dernier espoir.

Ainsi, le roi lui-même l'avait trompée ; le premier, il mentait au serment qu'il avait fait le jour même ; douze heures entre le serment et le parjure ! Ce n'était pas avoir gardé longtemps l'illusion.

Donc, non seulement le roi n'aimait pas, mais encore il méprisait celle que tout le monde accablait ; il la méprisait au point de l'abandonner à la honte d'une expulsion qui équivalait à une sentence ignominieuse ; et cependant, c'était lui, lui, le roi, qui était la cause première de cette ignominie.

Un sourire amer, le seul symptôme de colère qui, pendant cette longue lutte, eût passé sur la figure angélique de la victime, un sourire amer apparut sur ses lèvres.

En effet, pour elle, que restait-il sur la terre après le roi ? Rien. Seulement, Dieu restait au ciel.

Elle pensa à Dieu.

– Mon Dieu ! dit-elle, vous me dicterez vous-même ce que j'ai à faire. C'est de vous que j'attends tout, de vous que je dois tout attendre.

Et elle regarda son crucifix, dont elle baisa les pieds avec amour.

– Voilà, dit-elle, un maître qui n'oublie et n'abandonne jamais ceux qui ne l'abandonnent et qui ne l'oublient pas ; c'est à celui-là seul qu'il faut se sacrifier.

Alors, il eût été visible, si quelqu'un eût pu plonger son regard dans cette chambre, il eût été visible, disons-nous, que la pauvre désespérée prenait une résolution dernière, arrêtait un plan suprême dans son esprit, montait enfin cette grande échelle de Jacob qui conduit les âmes de la terre au ciel.

Alors, et comme ses genoux n'avaient plus la force de la soutenir, elle se laissa peu à peu aller sur les marches du prie-Dieu, la tête adossée au bois de la croix, et, l'œil fixe, la respiration haletante, elle guetta sur les vitres les premières heures du jour.

Deux heures du matin la trouvèrent dans cet égarement ou, plutôt, dans cette extase. Elle ne s'appartenait déjà plus.

Aussi, lorsqu'elle vit la teinte violette du matin descendre sur les toits du palais et dessiner vaguement les contours du christ d'ivoire qu'elle tenait embrassé, elle se leva avec une certaine force, baisa les pieds du divin martyr, descendit l'escalier de sa chambre, et s'enveloppa la tête d'une mante tout en descendant.

Elle arriva au guichet juste au moment où la ronde de mousquetaires en ouvrait la porte pour admettre le premier poste des Suisses.

Alors, se glissant derrière les hommes de garde, elle gagna la rue avant que le chef de la patrouille eût même songé à se demander quelle était cette jeune femme qui s'échappait si matin du palais.

Chapitre CLXV – La fuite

La Vallière sortit derrière la patrouille.

La patrouille se dirigea à droite par la rue Saint-Honoré, machinalement La Vallière tourna à gauche.

Sa résolution était prise, son dessein arrêté ; elle voulait se rendre aux Carmélites de Chaillot, dont la supérieure avait une réputation de sévérité qui faisait frémir les mondaines de la Cour.

La Vallière n'avait jamais vu Paris, elle n'était jamais sortie à pied, elle n'eût pas trouvé son chemin, même dans une disposition d'esprit plus calme. Cela explique comment elle remontait la rue Saint-Honoré au lieu de la descendre.

Elle avait hâte de s'éloigner du Palais-Royal, et elle s'en éloignait.

Elle avait ouï dire seulement que Chaillot regardait la Seine ; elle se dirigeait donc vers la Seine.

Elle prit la rue du Coq, et, ne pouvant traverser le Louvre, appuya vers l'église Saint-Germain-l'Auxerrois longeant l'emplacement où Perrault bâtit depuis sa colonnade.

Bientôt elle atteignit les quais.

Sa marche était rapide et agitée. À peine sentait-elle cette faiblesse qui, de temps en temps, lui rappelait, en la forçant de boiter légèrement, cette entorse qu'elle s'était donnée dans sa jeunesse.

À une autre heure de la journée, sa contenance eût appelé les soupçons des gens les moins clairvoyants, attiré les regards des passants les moins curieux.

Mais, à deux heures et demie du matin, les rues de Paris sont désertes ou à peu près, et il ne s'y trouve guère que les artisans laborieux qui vont gagner le pain du jour, ou bien les oisifs dangereux qui regagnent leur domicile après une nuit d'agitation et de débauches.

Pour les premiers, le jour commence, pour les autres, le jour finit.

La Vallière eut peur de tous ces visages sur lesquels son ignorance des types parisiens ne lui permettait pas de distinguer le type de la probité de celui du cynisme. Pour elle, la misère était un épouvantail ; et tous ces gens qu'elle rencontrait semblaient être des misérables.

Sa toilette, qui était celle de la veille, était recherchée, même dans sa négligence, car c'était la même avec laquelle elle s'était rendue chez la reine mère ; en outre, sous sa mante relevée pour qu'elle pût voir à se conduire, sa pâleur et ses beaux yeux parlaient un langage inconnu à ces hommes du peuple, et, sans le savoir, la pauvre fugitive sollicitait la brutalité des uns, la pitié des autres.

La Vallière marcha ainsi d'une seule course, haletante, précipitée, jusqu'à la hauteur de la place de Grève.

De temps en temps, elle s'arrêtait, appuyait sa main sur son cœur, s'adossait à une maison, reprenait haleine et continuait sa course plus rapidement qu'auparavant.

Arrivée à la place de Grève, La Vallière se trouva en face d'un groupe de trois hommes débraillés, chancelants, avinés, qui sortaient d'un bateau amarré sur le port.

Ce bateau était chargé de vins, et l'on voyait qu'ils avaient fait honneur à la marchandise.

Ils chantaient leurs exploits bachiques sur trois tons différents, quand, en arrivant à l'extrémité de la rampe donnant sur le quai, ils se trouvèrent faire tout à coup obstacle à la marche de la jeune fille.

La Vallière s'arrêta.

Eux, de leur côté, à l'aspect de cette femme aux vêtements de Cour, firent une halte, et, d'un commun accord, se prirent par les mains et entourèrent La Vallière en lui chantant :

Vous qui vous ennuyez seulette,
Venez, venez rire avec nous.

La Vallière comprit alors que ces hommes s'adressaient à elle et voulaient l'empêcher de passer ; elle tenta plusieurs efforts pour fuir, mais ils furent inutiles.

Ses jambes faillirent, elle comprit qu'elle allait tomber, et poussa un cri de terreur.

Mais, au même instant, le cercle qui l'entourait s'ouvrit sous l'effort d'une puissante pression.

L'un des insulteurs fut culbuté à gauche, l'autre alla rouler à droite jusqu'au bord de l'eau, le troisième vacilla sur ses jambes.

Un officier de mousquetaires se trouva en face de la jeune fille le sourcil froncé, la menace à la bouche, la main levée pour continuer la menace.

Les ivrognes s'esquivèrent à la vue de l'uniforme, et surtout devant la preuve de force que venait de donner celui qui le portait.

– Mordioux ! s'écria l'officier, mais c'est Mlle de La Vallière !

La Vallière, étourdie de ce qui venait de se passer, stupéfaite d'entendre prononcer son nom, La Vallière leva les yeux et reconnut d'Artagnan.

– Oui, monsieur, dit-elle, c'est moi, c'est bien moi.

Et, en même temps, elle se soutenait à son bras.

– Vous me protégerez, n'est-ce pas, monsieur d'Artagnan ? ajouta-t-elle et une voix suppliante.

– Certainement que je vous protégerai ; mais où allez-vous, mon Dieu, à cette heure ?

– Je vais à Chaillot.

– Vous allez à Chaillot par la Rapée ? Mais, en vérité, mademoiselle, vous lui tournez le dos.

– Alors, monsieur, soyez assez bon pour me remettre dans mon chemin et pour me conduire pendant quelques pas.

– Oh ! volontiers.

– Mais comment se fait-il donc que je vous trouve là ? Par quelle faveur du Ciel étiez-vous à portée de venir à mon secours ? Il me semble, en vérité, que je rêve ; il me semble que je deviens folle.

– Je me trouvais là, mademoiselle, parce que j'ai une maison place de Grève, à l'*Image-de-Notre-Dame* ; que j'ai été toucher les loyers hier, et que j'y ai passé la nuit. Aussi désirai-je être de bonne heure au palais pour y inspecter mes postes.

– Merci ! dit La Vallière.

« Voilà ce que je faisais, oui, se dit d'Artagnan, mais elle, que faisait-elle, et pourquoi va-t-elle à Chaillot à une pareille heure ? »

Et il lui offrit son bras.

La Vallière le prit et se mit à marcher avec précipitation.

Cependant cette précipitation cachait une grande faiblesse. D'Artagnan le sentit, il proposa à La Vallière de se reposer ; elle refusa.

– C'est que vous ignorez sans doute où est Chaillot ? demanda d'Artagnan.

– Oui, je l'ignore.

– C'est très loin.

– Peu importe !

– Il y a une lieue au moins.

– Je ferai cette lieue.

D'Artagnan ne répliqua point ; il connaissait, au simple accent, les résolutions réelles.

Il porta plutôt qu'il n'accompagna La Vallière.

Enfin ils aperçurent les hauteurs.

– Dans quelle maison vous rendez-vous, mademoiselle ? demanda d'Artagnan.

– Aux Carmélites, monsieur.

– Aux Carmélites ! répéta d'Artagnan étonné.

– Oui ; et, puisque Dieu vous a envoyé vers moi pour me soutenir dans ma route, recevez et mes remerciements et mes adieux.

– Aux Carmélites ! vos adieux ! Mais vous entrez donc en religion ? s'écria d'Artagnan.

– Oui, monsieur.

– Vous ! ! !

Il y avait dans ce *vous*, que nous avons accompagné de trois points d'exclamation pour le rendre aussi expressif que possible, il y avait dans ce *vous* tout un poème ; il rappelait à La Vallière et ses souvenirs anciens de Blois et ses nouveaux souvenirs de Fontainebleau ; il lui disait : « *Vous* qui pourriez être heureuse avec Raoul, *vous* qui pourriez être puissante avec Louis, vous allez entrer en religion, *vous !* »

– Oui, monsieur, dit-elle, moi. Je me rends la servante du Seigneur ; je renonce à tout ce monde.

– Mais ne vous trompez-vous pas à votre vocation ? ne vous trompez-vous pas à la volonté de Dieu ?

– Non, puisque c'est Dieu qui a permis que je vous rencontrasse. Sans vous, je succombais certainement à la fatigue, et, puisque Dieu vous envoyait sur ma route, c'est qu'il voulait que je pusse en atteindre le but.

– Oh ! fit d'Artagnan avec doute, cela me semble un peu bien subtil.

– Quoi qu'il en soit, reprit la jeune fille, vous voilà instruit de ma démarche et de ma résolution. Maintenant, j'ai une dernière grâce à vous demander, tout en vous adressant les remerciements.

– Dites, mademoiselle.

– Le roi ignore ma fuite du Palais-Royal.

D'Artagnan fit un mouvement.

– Le roi, continua La Vallière, ignore ce que je vais faire.

– Le roi ignore ?... s'écria d'Artagnan. Mais, mademoiselle, prenez garde ; vous ne calculez pas la portée de votre action. Nul ne doit rien faire que le roi ignore, surtout les personnes de la Cour.

– Je ne suis plus de la Cour, monsieur.

D'Artagnan regarda la jeune fille avec un étonnement croissant.

– Oh ! ne vous inquiétez pas, monsieur, continua-t-elle, tout est calculé, et, tout ne le fût-il pas, il serait trop tard maintenant pour revenir sur ma résolution ; l'action est accomplie.

– Et bien ! voyons, mademoiselle, que désirez-vous ?

– Monsieur, par la pitié que l'on doit au malheur, par la générosité de votre âme, par votre foi de gentilhomme, je vous adjure de me faire un serment.

– Un serment ?

– Oui.

– Lequel ?

– Jurez-moi, monsieur d'Artagnan, que vous ne direz pas au roi que vous m'avez vue et que je suis aux Carmélites.

D'Artagnan secoua la tête.

– Je ne jurerai point cela, dit-il.

– Et pourquoi ?

– Parce que je connais le roi, parce que je vous connais, parce que je me connais moi-même, parce que je connais tout le genre humain ; non, je ne jurerai point cela.

– Alors, s'écria La Vallière avec une énergie dont on l'eût crue incapable, au lieu des bénédictions dont je vous eusse comblé jusqu'à la fin de mes jours, soyez maudit ! car vous me rendez la plus misérable de toutes les créatures !

Nous avons dit que d'Artagnan connaissait tous les accents qui venaient du cœur, il ne put résister à celui-là.

Il vit la dégradation de ces traits ; il vit le tremblement de ces membres ; il vit chanceler tout ce corps frêle et délicat ébranlé par secousses ; il comprit qu'une résistance la tuerait.

– Qu'il soit donc fait comme vous le voulez, dit-il. Soyez tranquille, mademoiselle, je ne dirai rien au roi.

– Oh ! merci, merci ! s'écria La Vallière ; vous êtes le plus généreux des hommes.

Et, dans le transport de sa joie, elle saisit les mains de d'Artagnan et les serra entre les siennes.

Celui-ci se sentait attendri.

– Mordioux ! dit-il, en voilà une qui commence par où les autres finissent : c'est touchant.

Alors La Vallière, qui, au moment du paroxysme de sa douleur, était tombée assise sur une pierre, se leva et marcha vers le couvent des Carmélites, que l'on voyait se dresser dans la lumière naissante. D'Artagnan la suivait de loin.

La porte du parloir était entrouverte ; elle s'y glissa comme une ombre pâle, et, remerciant d'Artagnan d'un seul signe de la main, elle disparut à ses yeux.

Quand d'Artagnan se trouva tout à fait seul, il réfléchit profondément à ce qui venait de se passer.

– Voilà, par ma foi ! dit-il, ce qu'on appelle une fausse position… Conserver un secret pareil, c'est garder dans sa poche un charbon ardent et espérer qu'il ne brûlera pas l'étoffe. Ne pas garder le secret, quand on a juré qu'on le garderait, c'est d'un homme sans honneur. Ordinairement, les bonnes idées me viennent en courant ; mais, cette fois, ou je me trompe fort, ou il faut que je coure beaucoup pour trouver la solution de cette affaire... Où courir ?... Ma foi ! au bout du compte, du côté de Paris ; c'est le bon côté... Seulement, courons vite... Mais pour courir vite, mieux valent quatre jambes que deux. Malheureusement, pour le moment, je n'ai que mes deux jambes... Un cheval ! comme j'ai entendu dire au théâtre de Londres ; ma couronne pour un cheval !... J'y songe, cela ne me coûtera point aussi cher que cela... Il y a un poste de mousquetaires à la barrière de la Conférence, et, pour un cheval qu'il me faut, j'en trouverai dix.

En vertu de cette résolution, prise avec sa rapidité habituelle, d'Artagnan descendit soudain les hauteurs, gagna le poste, y prit le meilleur coursier qu'il y put trouver, et fut rendu au palais en dix minutes.

Cinq heures sonnaient à l'horloge du Palais-Royal.

D'Artagnan s'informa du roi.

Le roi s'était couché à son heure ordinaire, après avoir travaillé avec M. Colbert, et dormait encore, selon toute probabilité.

– Allons, dit-il, elle m'avait dit vrai, le roi ignore tout ; s'il savait seulement la moitié de ce qui s'est passé, le Palais-Royal serait, à cette heure, sens dessus dessous.

Encore ému de la querelle qu'il venait d'avoir avec La Vallière, il errait dans son cabinet, fort désireux de trouver une occasion de faire un éclat, après s'être retenu si longtemps.

Colbert, en voyant le roi, jugea d'un coup d'œil la situation, et comprit les intentions du monarque. Il louvoya.

Quand le maître demanda compte de ce qu'il fallait dire le lendemain, le sous-intendant commença par trouver étrange que Sa Majesté n'eût pas été mise au courant par M. Fouquet.

– M. Fouquet, dit-il, sait toute cette affaire de la Hollande : il reçoit directement toutes les correspondances.

Le roi, accoutumé à entendre M. Colbert piller M. Fouquet, laissa passer cette boutade sans répliquer ; seulement il écouta.

Colbert vit l'effet produit et se hâta de revenir sur ses pas en disant que M. Fouquet n'était pas toutefois aussi coupable qu'il paraissait l'être au premier abord, attendu qu'il avait dans ce moment de grandes préoccupations. Le roi leva la tête.

– Quelle préoccupations ? dit-il.

– Sire, les hommes ne sont que des hommes, et M. Fouquet a ses défauts avec ses grandes qualités.

– Ah ! des défauts, qui n'en a pas, monsieur Colbert ?...

– Votre Majesté en a bien, dit hardiment Colbert, qui savait lancer une sourde flatterie dans un léger blâme, comme la flèche qui fend l'air malgré son poids, grâce à de faibles plumes qui la soutiennent.

Le roi sourit.

– Quel défaut a donc M. Fouquet ? dit-il.

– Toujours le même, Sire ; on le dit amoureux.

– Amoureux, de qui ?

Chapitre CLXVI – Comment Louis avait, de son côté, passé le temps de dix heures et demie à minuit

Le roi, au sortir de la chambre des filles d'honneur, avait trouvé chez lui Colbert qui l'attendait pour prendre ses ordres à l'occasion de la cérémonie du lendemain.

Il s'agissait, comme nous l'avons dit, d'une réception d'ambassadeurs hollandais et espagnols.

Louis XIV avait de graves sujets de mécontentement contre la Hollande ; les États avaient tergiversé déjà plusieurs fois dans leurs relations avec la France, et, sans s'apercevoir ou sans s'inquiéter d'une rupture, ils laissaient encore une fois l'alliance avec le roi Très Chrétien, pour nouer toutes sortes d'intrigues avec l'Espagne.

Louis XIV, à son avènement, c'est-à-dire à la mort de Mazarin, avait trouvé cette question politique ébauchée.

Elle était d'une solution difficile pour un jeune homme ; mais comme, alors, toute la nation était le roi, tout ce que résolvait la tête, le corps se trouvait prêt à l'exécuter.

Un peu de colère, la réaction d'un sang jeune et vivace au cerveau, c'était assez pour changer une ancienne ligne politique et créer un autre système.

Le rôle des diplomates de l'époque se réduisait à arranger entre eux les coups d'État dont leurs souverains pouvaient avoir besoin.

Louis n'était pas dans une disposition d'esprit capable de lui dicter une politique savante.

– Je ne sais trop, Sire ; je me mêle peu de galanterie, comme on dit.

– Mais, enfin, vous savez, puisque vous parlez ?

– J'ai ouï prononcer…

– Quoi ?

– Un nom.

– Lequel ?

– Mais je ne m'en souviens plus.

– Dites toujours.

– Je crois que c'est celui d'une des filles de Madame.

Le roi tressaillit.

– Vous en savez plus que vous ne voulez dire, monsieur Colbert, murmura t-il.

– Oh ! Sire, je vous assure que non.

– Mais, enfin, on les connaît, ces demoiselles de Madame ; et, en vous disant leurs noms, vous rencontreriez peut-être celui que vous cherchez.

– Non, Sire.

– Essayez.

– Ce serait inutile, Sire. Quand il s'agit d'un nom de dame compromise, ma mémoire est un coffre d'airain dont j'ai perdu la clef.

Un nuage passa dans l'esprit et sur le front du roi puis, voulant paraître maître de lui-même et secouant la tête :

– Voyons cette affaire de Hollande, dit-il.

– Et d'abord, Sire, à quelle heure Votre Majesté veut-elle recevoir les ambassadeurs ?

– De bon matin.

– Onze heures ?

– C'est trop tard… Neuf heures.

– C'est bien tôt.

– Pour des amis, cela n'a pas d'importance ; on fait tout ce qu'on veut avec des amis ; mais pour des ennemis alors rien de mieux, s'ils se blessent. Je ne serais pas fâché, je l'avoue, d'en finir avec tous ces oiseaux de marais qui me fatiguent de leurs cris.

– Sire, il sera fait comme Votre Majesté voudra... À neuf heures donc... Je donnerai des ordres en conséquence. Est-ce audience solennelle ?

– Non. Je veux m'expliquer avec eux et ne pas envenimer les choses, comme il arrive toujours en présence de beaucoup de gens ; mais, en même temps, je veux les tirer au clair, pour n'avoir pas à recommencer.

– Votre Majesté désignera les personnes qui assisteront à cette réception.

– J'en ferai la liste... Parlons de ces ambassadeurs : que veulent-ils ?

– Alliés à l'Espagne, ils ne gagnent rien ; alliés avec la France, ils perdent beaucoup.

– Comment cela ?

– Alliés avec l'Espagne, ils se voient bordés et protégés par les possessions de leur allié ; ils n'y peuvent mordre malgré leur envie. D'Anvers à Rotterdam, il n'y a qu'un pas par l'Escaut et la Meuse. S'ils veulent mordre au gâteau espagnol, vous, Sire, le gendre du roi d'Espagne, vous pouvez, en deux jours, aller de chez vous à Bruxelles avec de la cavalerie. Il s'agit donc de se brouiller assez avec vous et de vous faire assez suspecter l'Espagne pour que vous ne vous mêliez pas de ses affaires.

– Il est bien plus simple alors, répondit le roi, de faire avec moi une solide alliance à laquelle je gagnerais quelque chose, tandis qu'ils y gagneraient tout ?

– Non pas ; car, s'ils arrivaient, par hasard, à vous avoir pour limitrophe, Votre Majesté n'est pas un voisin commode ; jeune, ardent, belliqueux, le roi de France peut porter de rudes coups à la Hollande, surtout s'il s'approche d'elle.

– Je comprends parfaitement, monsieur Colbert, et c'est bien expliqué. Mais la conclusion, s'il vous plaît ?

– Jamais la sagesse ne manque aux décisions de Votre Majesté.

– Que me diront ces ambassadeurs ?

– Ils diront à Votre Majesté qu'ils désirent fortement son alliance, et ce sera un mensonge ; ils diront aux Espagnols que les trois puissances doivent s'unir contre la prospérité de l'Angleterre, et ce sera un mensonge ; car l'alliée naturelle de Votre Majesté, aujourd'hui, c'est l'Angleterre, qui a des vaisseaux quand vous n'en avez pas ; c'est l'Angleterre, qui peut balancer la puissance des Hollandais dans l'Inde : c'est l'Angleterre, enfin, pays monarchique, où Votre Majesté a des alliances de consanguinité.

– Bien ; mais que répondriez-vous ?

– Je répondrais, Sire, avec une modération sans égale, que la Hollande n'est pas parfaitement disposée pour le roi de France, que les symptômes de l'esprit public, chez les Hollandais, sont alarmants pour Votre Majesté, que certaines médailles ont été frappées avec des devises injurieuses.

– Pour moi ? s'écria le jeune roi exalté.

– Oh ! non pas, Sire, non ; injurieuses n'est pas le mot, et je me suis trompé. Je voulais dire flatteuses outre mesure pour les Bataves.

– Oh ! s'il en est ainsi, peu importe l'orgueil des Bataves, dit le roi en soupirant.

– Votre Majesté a mille fois raison. Cependant, ce n'est jamais un mal politique, le roi le sait mieux que moi, d'être injuste pour obtenir une concession. Votre Majesté, se plaignant avec susceptibilité des Bataves, leur paraîtra bien plus considérable.

– Qu'est-ce que ces médailles ? demanda Louis ; car si j'en parle, il faut que je sache quoi dire.

333

– Ma foi ! Sire, je ne sais trop… quelque devise outrecuidante… Voilà tout le sens, les mots ne font rien à la chose.

– Bien, j'articulerai le mot médaille, et ils comprendront s'ils veulent.

– Oh ! ils comprendront. Votre Majesté pourra aussi glisser quelques mots de certains pamphlets qui courent.

– Jamais ! Les pamphlets salissent ceux qui les écrivent, bien plus que ceux contre lesquels on les a écrits. Monsieur Colbert, je vous remercie, vous pouvez vous retirer.

– Sire !

– Adieu ! N'oubliez pas l'heure et soyez là.

– Sire, j'attends la liste de Votre Majesté.

– C'est vrai.

Le roi se mit à rêver ; il ne pensait pas du tout à cette liste. La pendule sonnait onze heures et demie.

On voyait sur le visage du prince le combat terrible de l'orgueil et de l'amour.

La conversation politique avait éteint beaucoup d'irritation chez Louis, et le visage pâle, altéré de La Vallière parlait à son imagination un bien autre langage que les médailles hollandaises ou les pamphlets bataves.

Il demeura dix minutes à se demander s'il fallait ou s'il ne fallait pas retourner chez La Vallière ; mais, Colbert ayant insisté respectueusement pour avoir la liste, le roi rougit de penser à l'amour quand les affaires commandaient.

Il dicta donc :

– La reine-mère… la reine… Madame… Mme de Motteville… Mlle de Châtillon… Mme de Navailles. Et en hommes : Monsieur… M. le prince… M. de Grammont… M. de Manicamp… M. de Saint-Aignan… et les officiers de service.

– Les ministres ? dit Colbert.

– Cela va sans dire, et les secrétaires.

– Sire, je vais tout préparer : les ordres seront à domicile demain.

– Dites aujourd'hui, répliqua tristement Louis.

Minuit sonnait.

C'était l'heure où se mourait de chagrin, de souffrances, la pauvre La Vallière.

Le service du roi entra pour son coucher. La reine attendait depuis une heure.

Louis passa chez elle avec un soupir ; mais, tout en soupirant, il se félicitait de son courage. Il s'applaudissait d'être ferme en amour comme en politique.

Chapitre CLXVII – Les ambassadeurs

D'Artagnan, à peu de chose près, avait appris tout ce que nous venons de raconter ; car il avait, parmi ses amis, tous les gens utiles de la maison, serviteurs officieux, fiers d'être salués par le capitaine des mousquetaires, car le capitaine était une puissance ; puis, en dehors de l'ambition, fiers d'être comptés pour quelque chose par un homme aussi brave que l'était d'Artagnan.

D'Artagnan se faisait instruire ainsi tous les matins de ce qu'il n'avait pu voir ou savoir la veille, n'étant pas ubiquiste, de sorte que, de ce qu'il avait su par lui-même chaque jour, et de ce qu'il avait appris par les autres, il faisait un faisceau qu'il dénouait au besoin pour y prendre telle arme qu'il jugeait nécessaire. De cette façon, les deux yeux de d'Artagnan lui rendaient le même office que les cent yeux d'Argus.

Secrets politiques, secrets de ruelles, propos échappés aux courtisans à l'issue de l'antichambre ; ainsi, d'Artagnan savait tout et renfermait tout dans le vaste et impénétrable tombeau de sa mémoire, à côté des secrets royaux si chèrement achetés, gardés si fidèlement.

Il sut donc l'entrevue avec Colbert ; il sut donc le rendez-vous donné aux ambassadeurs pour le matin ; il sut donc qu'il y serait question de médailles ; et, tout en reconstruisant la conversation sur ces quelques mots venus jusqu'à lui, il regagna son poste dans les appartements pour être là au moment où le roi se réveillerait.

Le roi se réveilla de fort bonne heure ; ce qui prouvait que, lui aussi, de son côté, avait assez mal dormi. Vers sept heures, il entrouvrit doucement sa porte.

D'Artagnan était à son poste.

Sa Majesté était pâle et paraissait fatiguée ; au reste, sa toilette n'était point achevée.

– Faites appeler M. de Saint-Aignan, dit-il.

De Saint-Aignan s'attendait sans doute à être appelé ; car lorsqu'on se présenta chez lui, il était tout habillé.

De Saint-Aignan sa hâta d'obéir et passa chez le roi.

Un instant après, le roi et de Saint-Aignan passèrent ; le roi marchait le premier.

D'Artagnan était à la fenêtre donnant sur les cours ; il n'eut pas besoin de se déranger pour suivre le roi des yeux. On eût dit qu'il avait d'avance deviné où irait le roi.

Le roi allait chez les filles d'honneur.

Cela n'étonna point d'Artagnan. Il se doutait bien, quoique La Vallière ne lui en eût rien dit, que Sa Majesté avait des torts à réparer.

De Saint-Aignan le suivait comme la veille, un peu moins inquiet, un peu moins agité cependant ; car il espérait qu'à sept heures du matin il n'y avait encore que lui et le roi d'éveillés, parmi les augustes hôtes du château.

D'Artagnan était à sa fenêtre, insouciant et calme. On eût juré qu'il ne voyait rien et qu'il ignorait complètement quels étaient ces deux coureurs d'aventures, qui traversaient les cours enveloppés de leurs manteaux.

Et cependant d'Artagnan, tout en ayant l'air de ne les point regarder, ne les perdait point de vue, et, tout en sifflotant cette vieille marche des mousquetaires qu'il ne se rappelait que dans les grandes occasions, devinait et calculait d'avance toute cette tempête de cris et de colères qui allait s'élever au retour.

En effet, le roi entrant chez La Vallière, et trouvant la chambre vide, et le lit intact, le roi commença de s'effrayer et appela Montalais.

Montalais accourut ; mais son étonnement fut égal à celui du roi.

Tout ce qu'elle put dire à Sa Majesté, c'est qu'il lui avait semblé entendre pleurer La Vallière une partie de la nuit ; mais, sachant que Sa Majesté était revenue, elle n'avait osé s'informer.

– Mais, demanda le roi, où croyez-vous qu'elle soit allée ?

– Sire, répondit Montalais, Louise est une personne fort sentimentale, et souvent je l'ai vue se lever avant le jour et aller au jardin ; peut-être y sera-t elle ce matin ?

La chose parut probable au roi, qui descendit aussitôt pour se mettre à la recherche de la fugitive.

D'Artagnan le vit paraître, pâle et causant vivement avec son compagnon.

Il se dirigea vers les jardins.

De Saint-Aignan le suivait tout essoufflé.

D'Artagnan ne bougeait pas de sa fenêtre, sifflotant toujours, ne paraissant rien voir et voyant tout.

– Allons, allons, murmura-t-il quand le roi eut disparu, la passion de Sa Majesté est plus forte que je ne le croyais ; il fait là, ce me semble, des choses qu'il n'a pas faites pour Mlle de Mancini.

Le roi reparut un quart d'heure après. Il avait cherché partout. Il était hors d'haleine.

Il va sans dire que le roi n'avait rien trouvé.

De Saint-Aignan le suivait, s'éventant avec son chapeau, et demandant, d'une voix altérée, des renseignements aux premiers serviteurs venus, à tous ceux qu'il rencontrait.

Manicamp se trouva sur sa route. Manicamp arrivait de Fontainebleau à petites journées ; où les autres avaient mis six heures, il en avait mis, lui, vingt-quatre.

– Avez-vous vu Mlle de La Vallière ? lui demanda de Saint-Aignan.

Ce à quoi Manicamp, toujours rêveur et distrait, répondit, croyant qu'on lui parlait de Guiche :

– Merci, le comte va un peu mieux.

Et il continua sa route jusqu'à l'antichambre, où il trouva d'Artagnan, à qui il demanda des explications sur cet air effaré qu'il avait cru voir au roi.

D'Artagnan lui répondit qu'il s'était trompé ; que le roi, au contraire, était d'une gaieté folle.

Huit heures sonnèrent sur ces entrefaites.

Le roi, d'ordinaire, prenait son déjeuner à ce moment.

Il était arrêté, par le code de l'étiquette, que le roi aurait toujours faim à huit heures.

Il se fit servir sur une petite table, dans sa chambre à coucher, et mangea vite.

De Saint-Aignan, dont il ne voulait pas se séparer, lui tint la serviette. Puis il expédia quelques audiences militaires.

Pendant ces audiences, il envoya de Saint-Aignan aux découvertes.

Puis, toujours occupé, toujours anxieux, toujours guettant le retour de Saint-Aignan, qui avait mis son monde en campagne et qui s'y était mis lui-même, le roi atteignit neuf heures.

À neuf heures sonnantes, il passa dans son cabinet.

Les ambassadeurs entraient eux-mêmes, au premier coup de ces neuf heures.

Au dernier coup, les reines et Madame parurent.

Les ambassadeurs étaient trois pour la Hollande, deux pour l'Espagne.

Le roi jeta sur eux un coup d'œil, et salua.

En ce moment aussi, de Saint-Aignan entrait.

C'était pour le roi une entrée bien autrement importante que celle des ambassadeurs, en quelque nombre qu'ils fussent et de quelque pays qu'ils vinssent.

Aussi, avant toutes choses, le roi fit-il à de Saint-Aignan un signe interrogatif, auquel celui-ci répondit par une négation décisive.

Le roi faillit perdre tout courage ; mais, comme les reines, les grands et les ambassadeurs avaient les yeux fixés sur lui, il fit un violent effort et invita les derniers à parler.

Alors un des députés espagnols fit un long discours, dans lequel il vantait les avantages de l'alliance espagnole.

Le roi l'interrompit en lui disant :

– Monsieur, j'espère que ce qui est bien pour la France doit être très bien pour l'Espagne.

Ce mot, et surtout la façon péremptoire dont il fut prononcé, fit pâlir l'ambassadeur et rougir les deux reines, qui, Espagnoles l'une et l'autre, se sentirent, par cette réponse, blessées dans leur orgueil de parenté et de nationalité.

L'ambassadeur hollandais prit la parole à son tour, et se plaignit des préventions que le roi témoignait contre le gouvernement de son pays.

Le roi l'interrompit :

– Monsieur, dit-il, il est étrange que vous veniez vous plaindre, lorsque c'est moi qui ai sujet de me plaindre ; et cependant, vous le voyez, je ne le fais pas.

– Vous plaindre, Sire, demanda le Hollandais, et de quelle offense ?

Le roi sourit avec amertume.

– Me blâmerez-vous, par hasard, monsieur, dit-il, d'avoir des préventions contre un gouvernement qui autorise et protège les insulteurs publics ?

– Sire !...

– Je vous dis, reprit le roi en s'irritant de ses propres chagrins, bien plus que de la question politique, je vous dis que la Hollande est une terre d'asile pour quiconque me hait, et surtout pour quiconque m'injurie.

– Oh ! Sire !…

– Ah ! des preuves, n'est-ce pas ? Eh bien ! on en aura facilement, des preuves. D'où naissent ces pamphlets insolents qui me représentent comme un monarque sans gloire et sans autorité ? Vos presses en gémissent. Si j'avais là mes secrétaires, je vous citerais les titres des ouvrages avec les noms d'imprimeurs.

– Sire, répondit l'ambassadeur, un pamphlet ne peut être l'œuvre d'une nation. Est-il équitable qu'un grand roi, tel que l'est Votre Majesté, rende un grand peuple responsable du crime de quelques forcenés qui meurent de faim ?

– Soit, je vous accorde cela, monsieur. Mais, quand la monnaie d'Amsterdam frappe des médailles à ma honte, est-ce aussi le crime de quelques forcenés ?

– Des médailles ? balbutia l'ambassadeur.

– Des médailles, répéta le roi en regardant Colbert.

– Il faudrait, hasarda le Hollandais, que Votre Majesté fût bien sûre…

Le roi regardait toujours Colbert, mais Colbert avait l'air de ne pas comprendre, et se taisait, malgré les provocations du roi.

Alors d'Artagnan s'approcha, et, tirant de sa poche une pièce de monnaie qu'il mit entre les mains du roi :

– Voilà la médaille que Votre Majesté cherche, dit-il.

Le roi la prit.

Alors il put voir de cet œil qui, depuis qu'il était véritablement le maître, n'avait fait que planer, alors il put voir, disons-nous, une image insolente représentant la Hollande qui, comme Josué, arrêtait le soleil, avec cette légende : *In conspectu meo, stetit sol.*

– En ma présence, le soleil s'est arrêté, s'écria le roi furieux. Ah ! vous ne nierez plus, je l'espère.

– Et le soleil, dit d'Artagnan, c'est celui-ci.

Et il montra, sur tous les panneaux du cabinet, le soleil, emblème multiplié et resplendissant, qui étalait partout sa superbe devise : *Nec pluribus impar.*

La colère de Louis, alimentée par les élancements de sa douleur particulière, n'avait pas besoin de cet aliment pour tout dévorer. On voyait dans ses yeux l'ardeur d'une vive querelle toute prête à éclater.

Un regard de Colbert enchaîna l'orage.

L'ambassadeur hasarda des excuses.

Il dit que la vanité des peuples ne tirait pas à conséquence ; que la Hollande était fière d'avoir, avec si peu de ressources, soutenu son rang de grande nation, même contre de grands rois, et que, si un peu de fumée avait enivré ses compatriotes, le roi était prié d'excuser cette ivresse.

Le roi sembla chercher conseil. Il regarda Colbert, qui resta impassible.

Puis d'Artagnan.

D'Artagnan haussa les épaules.

Ce mouvement fut une écluse levée par laquelle se déchaîna la colère du roi, contenue depuis trop longtemps.

Chacun ne sachant pas où cette colère emportait, tous gardaient un morne silence.

Le deuxième ambassadeur en profita pour commencer aussi ses excuses.

Tandis qu'il parlait et que le roi, retombé peu à peu dans sa rêverie personnelle, écoutait cette voix pleine de trouble comme un homme distrait écoute le murmure d'une cascade, d'Artagnan, qui avait à sa gauche de Saint-Aignan, s'approcha de lui, et, d'une voix parfaitement calculée pour qu'elle allât frapper le roi :

– Savez-vous la nouvelle, comte ? dit-il.

– Quelle nouvelle ? fit de Saint-Aignan.

– Mais la nouvelle de La Vallière.

Le roi tressaillit et fit involontairement un pas de côté vers les deux causeurs.

– Qu'est-il donc arrivé à La Vallière ? demanda de Saint-Aignan d'un ton qu'on peut facilement imaginer.

– Eh ! pauvre enfant ! dit d'Artagnan, elle est entrée en religion.

– En religion ? s'écria de Saint-Aignan.

– En religion ? s'écria le roi au milieu du discours de l'ambassadeur.

Puis, sous l'empire de l'étiquette, il se remit, mais écoutant toujours.

– Quelle religion ? demanda de Saint-Aignan.

– Les Carmélites de Chaillot.

– De qui diable savez-vous cela ?

– D'elle-même.

– Vous l'avez vue ?

– C'est moi qui l'ai conduite aux Carmélites.

Le roi ne perdait pas un mot ; il bouillait au-dedans et commençait à rugir.

– Mais pourquoi cette fuite ? demanda de Saint-Aignan.

– Parce que la pauvre fille a été hier chassée de la Cour, dit d'Artagnan.

Il n'eut pas plutôt lâché ce mot, que le roi fit un geste d'autorité.

– Assez, monsieur, dit-il à l'ambassadeur, assez !

Puis, s'avançant vers le capitaine :

– Qui dit cela, s'écria-t-il, que La Vallière est en religion ?

– M. d'Artagnan, dit le favori.

– Et c'est vrai, ce que vous dites là ? fit le roi se retournant vers le mousquetaire.

– Vrai comme la vérité.

Le roi ferma les poings et pâlit.

– Vous avez encore ajouté quelque chose, monsieur d'Artagnan, dit-il.

– Je ne sais plus, Sire.

– Vous avez ajouté que Mlle de La Vallière avait été chassée de la Cour.

– Oui, Sire.

– Et c'est encore vrai, cela ?

– Informez-vous, Sire.

– Et par qui ?

– Oh ! fit d'Artagnan en homme qui se récuse.

Le roi bondit, laissant de côté ambassadeurs, ministres, courtisans et politiques.

La reine mère se leva : elle avait tout entendu, ou ce qu'elle n'avait pas entendu, elle l'avait deviné.

Madame, défaillante de colère et de peur, essaya de se lever aussi comme la reine mère ; mais elle retomba sur son fauteuil, que, par un mouvement instinctif, elle fit rouler en arrière.

– Messieurs, dit le roi, l'audience est finie ; je ferai savoir ma réponse, ou plutôt ma volonté, à l'Espagne et à la Hollande.

Et, d'un geste impérieux, il congédia les ambassadeurs.

– Prenez garde, mon fils, dit la reine mère avec indignation, prenez garde ; vous n'êtes guère maître de vous, ce me semble.

– Ah ! madame, rugit le jeune lion avec un geste effrayant, si je ne suis pas maître de moi, je le serai, je vous en réponds, de ceux qui m'outragent. Venez avec moi, monsieur d'Artagnan, venez.

Et il quitta la salle au milieu de la stupéfaction et de la terreur de tous.

Le roi descendit l'escalier et s'apprêta à traverser la cour.

– Sire, dit d'Artagnan, Votre Majesté se trompe de chemin.

– Non, je vais aux écuries.

– Inutile, Sire, j'ai des chevaux tout prêts pour Votre Majesté.

Le roi ne répondit à son serviteur que par un regard ; mais ce regard promettait plus que l'ambition de trois d'Artagnan n'eût osé espérer.

Chapitre CLXVIII – Chaillot

Quoiqu'on ne les eût point appelés, Manicamp et Malicorne avaient suivi le roi et d'Artagnan.

C'étaient deux hommes fort intelligents ; seulement, Malicorne arrivait souvent trop tôt par ambition ; Manicamp arrivait souvent trop tard par paresse.

Cette fois, ils arrivèrent juste.

Cinq chevaux étaient préparés.

Deux furent accaparés par le roi et d'Artagnan ; deux par Manicamp et Malicorne. Un page des écuries monta le cinquième. Toute la cavalcade partit au galop.

D'Artagnan avait bien réellement choisi les chevaux lui-même ; de véritables chevaux d'amants en peine ; des chevaux qui ne couraient pas, qui volaient.

Dix minutes après le départ, la cavalcade, sous la forme d'un tourbillon de poussière, arrivait à Chaillot.

Le roi se jeta littéralement à bas de son cheval. Mais, si rapidement qu'il accomplît cette manœuvre, il trouva d'Artagnan à la bride de sa monture.

Le roi fit au mousquetaire un signe de remerciement, et jeta la bride au bras du page.

Puis il s'élança dans le vestibule, et, poussant violemment la porte, il entra dans le parloir.

Manicamp, Malicorne et le page demeurèrent dehors ; d'Artagnan suivit son maître.

En entrant dans le parloir, le premier objet qui frappa le roi fut Louise, non pas à genoux, mais couchée au pied d'un grand crucifix de pierre.

La jeune fille était étendue sur la dalle humide, et à peine visible, dans l'ombre de cette salle, qui ne recevait le jour que par une étroite fenêtre grillée et toute voilée par des plantes grimpantes.

Elle était seule, inanimée, froide comme la pierre sur laquelle reposait son corps.

En l'apercevant ainsi, le roi la crut morte, et poussa un cri terrible qui fit accourir d'Artagnan.

Le roi avait déjà passé un bras autour de son corps. D'Artagnan aida le roi à soulever la pauvre femme, que l'engourdissement de la mort avait déjà saisie.

Le roi la prit entièrement dans ses bras, réchauffa de ses baisers ses mains et ses tempes glacées.

D'Artagnan se pendit à la cloche de la tour.

Alors accoururent les sœurs carmélites.

Les saintes filles poussèrent des cris de scandale à la vue de ces hommes tenant une femme dans leurs bras.

La supérieure accourut aussi.

Mais, femme plus mondaine que les femmes de la Cour, malgré toute son austérité, du premier coup d'œil, elle reconnut le roi au respect que lui témoignaient les assistants, comme aussi à l'air de maître avec lequel il bouleversait toute la communauté.

À la vue du roi, elle s'était retirée chez elle ; ce qui était un moyen de ne pas compromettre sa dignité.

Mais elle envoya par les religieuses toutes sortes de cordiaux, d'eaux de la reine de Hongrie, de mélisse, etc., etc., ordonnant, en outre, que les portes fussent fermées.

Il était temps : la douleur du roi devenait bruyante et désespérée.

Le roi paraissait décidé à envoyer chercher son médecin, lorsque La Vallière revint à la vie.

En rouvrant les yeux, la première chose qu'elle aperçut fut le roi, à ses pieds. Sans doute elle ne le reconnut point, car elle poussa un douloureux soupir.

Louis la couvait d'un regard avide.

Enfin, ses yeux errants se fixèrent sur le roi. Elle le reconnut, et fit un effort pour s'arracher de ses bras.

– Eh quoi ! murmura-t-elle, le sacrifice n'est donc pas encore accompli ?

– Oh ! non, non ! s'écria le roi, et il ne s'accomplira pas, c'est moi qui vous le jure.

Elle se releva faible et toute brisée qu'elle était.

– Il le faut cependant, dit-elle ; il le faut, ne m'arrêtez plus.

– Je vous laisserais vous sacrifier, moi ? s'écria Louis. Jamais ! jamais !

– Bon ! murmura d'Artagnan, il est temps de sortir. Du moment qu'ils commencent à parler, épargnons-leur les oreilles.

D'Artagnan sortit, les deux amants demeurèrent seuls.

– Sire, continua La Vallière, pas un mot de plus, je vous en supplie. Ne perdez pas le seul avenir que j'espère, c'est-à-dire mon salut ; tout le vôtre, c'est-à-dire votre gloire, pour un caprice.

– Un caprice ? s'écria le roi.

– Oh ! maintenant, dit La Vallière, maintenant, Sire, je vois clair dans votre cœur.

– Vous, Louise ?

– Oh ! oui, moi !

– Expliquez-vous.

– Un entraînement incompréhensible, déraisonnable, peut vous paraître momentanément une excuse suffisante ; mais vous avez des devoirs qui sont incompatibles avec votre amour pour une pauvre fille. Oubliez-moi.

– Moi, vous oublier ?

– C'est déjà fait.

– Plutôt mourir !

– Sire, vous ne pouvez aimer celle que vous avez consenti à tuer cette nuit aussi cruellement que vous l'avez fait.

– Que me dites-vous ? Voyons, expliquez-vous.

– Que m'avez-vous demandé hier au matin, dites, de vous aimer ? Que m'avez-vous promis en échange. De ne jamais passer minuit sans m'offrir une réconciliation, quand vous auriez eu de la colère contre moi.

– Oh ! pardonnez-moi, pardonnez-moi, Louise ! J'étais fou de jalousie.

– Sire, la jalousie est une mauvaise pensée, qui venait comme l'ivraie quand on l'a coupée. Vous serez encore jaloux, et vous achèverez de me tuer. Ayez la pitié de me laisser mourir.

– Encore un mot comme celui-là, mademoiselle, et vous me verrez expirer à vos pieds.

– Non, non, Sire, je sais mieux ce que je vaux. Croyez-moi, et vous ne vous perdrez pas pour une malheureuse que tout le monde méprise.

– Oh ! nommez-moi donc ceux-là que vous accusez, nommez-les-moi !

– Je n'ai de plaintes à faire contre personne, Sire ; je n'accuse que moi. Adieu, Sire ! Vous vous compromettez en me parlant ainsi.

– Prenez garde, Louise ; en me parlant ainsi, vous me réduisez au désespoir ; prenez garde !

– Oh ! Sire ! Sire ! laissez-moi avec Dieu, je vous en supplie !

– Je vous arracherai à Dieu même !

– Mais, auparavant, s'écria la pauvre enfant, arrachez-moi donc à ces ennemis féroces qui en veulent à ma vie et à mon honneur. Si vous avez assez de force pour aimer, ayez donc assez de pouvoir pour me défendre ; mais non, celle que vous dites aimer, on l'insulte, on la raille, on la chasse.

Et l'inoffensive enfant, forcée par sa douleur d'accuser, se tordait les bras avec des sanglots.

– On vous a chassée ! s'écria le roi. Voilà la seconde fois que j'entends ce mot.

– Ignominieusement, Sire. Vous le voyez bien, je n'ai plus d'autre protecteur que Dieu, d'autre consolation que la prière, d'autre asile que le cloître.

– Vous aurez mon palais, vous aurez ma Cour. Oh ! ne craignez plus rien, Louise ; ceux-là ou plutôt celles-là qui vous ont chassée hier trembleront demain devant vous ; que dis-je, demain ? ce matin j'ai déjà grondé, menacé. Je puis laisser échapper la foudre que je retiens encore. Louise ! Louise ! vous serez cruellement vengée. Des larmes de sang paieront vos larmes. Nommez-moi seulement vos ennemis.

– Jamais ! jamais !

– Comment voulez-vous que je frappe alors ?

– Sire, ceux qu'il faudrait frapper feraient reculer votre main.

– Oh ! vous ne me connaissez point ! s'écria Louis exaspéré. Plutôt que de reculer, je brûlerais mon royaume et je maudirais ma famille. Oui, je frapperais jusqu'à ce bras, si ce bras était assez lâche pour ne pas anéantir tout ce qui s'est fait l'ennemi de la plus douce des créatures.

Et, en effet, en disant ces mots, Louis frappa violemment du poing sur la cloison de chêne, qui rendit un lugubre murmure.

La Vallière s'épouvanta. La colère de ce jeune homme tout-puissant avait quelque chose d'imposant et de sinistre, parce que, comme celle de la tempête, elle pouvait être mortelle.

Elle, dont la douleur croyait n'avoir pas d'égale, fut vaincue par cette douleur qui se faisait jour par la menace et par la violence.

– Sire, dit-elle, une dernière fois, éloignez-vous, je vous en supplie ; déjà le calme de cette retraite m'a fortifiée : je me sens plus calme sous la main de Dieu. Dieu est un protecteur devant qui tombent toutes les petites méchancetés humaines. Sire, encore une fois, laissez-moi avec Dieu.

– Alors, s'écria Louis, dites franchement que vous ne m'avez jamais aimé, dites que mon humilité, dites que mon repentir flattent votre orgueil, mais que vous ne vous affligez pas de ma douleur. Dites que le roi de France n'est plus pour vous un amant dont la tendresse pouvait faire votre bonheur, mais un despote dont le caprice a brisé dans votre cœur jusqu'à la dernière fibre de la sensibilité. Ne dites pas que vous cherchez Dieu, dites que vous fuyez le roi. Non, Dieu n'est pas complice des résolutions inflexibles. Dieu admet la pénitence et le remords : il pardonne, il veut qu'on aime.

Louise se tordait de souffrance en entendant ces paroles, qui faisaient couler la flamme jusqu'au plus profond de ses veines.

– Mais vous n'avez donc pas entendu ? dit-elle.

– Quoi ?

– Vous n'avez donc pas entendu que je suis chassée, méprisée, méprisable ?

– Je vous ferai la plus respectée, la plus adorée, la plus enviée à ma cour.

– Prouvez-moi que vous n'avez pas cessé de m'aimer.

– Comment cela ?

– Fuyez-moi.

– Je vous le prouverai en ne vous quittant plus.

– Mais croyez-vous donc que je souffrirai cela, Sire ? Croyez-vous que je vous laisserai déclarer la guerre à toute votre famille ? Croyez-vous que je vous laisserai repousser pour moi mère, femme et sœur ?

– Ah ! vous les avez donc nommées, enfin ; ce sont donc elles qui ont fait le mal ? Par le Dieu tout-puissant ! je les punirai !

– Et moi, voilà pourquoi l'avenir m'effraie, voilà pourquoi je refuse tout, voilà pourquoi je ne veux pas que vous me vengiez. Assez de larmes, mon Dieu ! assez de douleurs, assez de plaintes comme cela. Oh ! jamais, je ne coûterai plaintes, douleurs, ni larmes à qui que ce soit. J'ai trop gémi, j'ai trop pleuré, j'ai trop souffert !

– Et mes larmes à moi, mes douleurs à moi, mes plaintes à moi, les comptez-vous donc pour rien ?

– Ne me parlez pas ainsi, Sire, au nom du Ciel ! Au nom du Ciel ! ne me parlez pas ainsi. J'ai besoin de tout mon courage pour accomplir le sacrifice.

– Louise, Louise, je t'en supplie ! Commande, ordonne, venge-toi ou pardonne, mais ne m'abandonne pas !

– Hélas ! il faut que nous nous séparions, Sire.

– Mais tu ne m'aimes donc point ?

– Oh ! Dieu le sait !

– Mensonge ! Mensonge !

– Oh ! si je ne vous aimais pas, Sire, mais je vous laisserais faire, je me laisserais venger, j'accepterais, en échange de l'insulte que l'on m'a faite, ce doux triomphe de l'orgueil que vous me proposez ! Tandis que, vous le voyez bien, je ne veux pas même de la douce compensation de votre amour, de votre amour qui est ma vie, cependant, puisque j'ai voulu mourir, croyant que vous ne m'aimiez plus.

– Eh bien ! oui, oui, je le sais maintenant, je le reconnais à cette heure : vous êtes la plus sainte, la plus vénérable des femmes. Nulle n'est digne, comme vous, non seulement de mon amour et de mon respect, mais encore de l'amour et du respect de tous ; aussi, nulle ne sera aimée comme vous, Louise ! nulle n'aura sur moi l'empire que vous avez. Oui, je vous le jure, je briserais en ce moment le monde comme du verre, si le monde me gênait. Vous m'ordonnez de me calmer, de pardonner ? Soit, je me calmerai. Vous voulez régner par la douceur et par la clémence ? Je serai clément et doux. Dictez-moi seulement ma conduite, j'obéirai.

– Ah ! mon Dieu ! que suis-je, moi, pauvre fille, pour dicter une syllabe à un roi tel que vous ?

– Vous êtes ma vie et mon âme ! N'est-ce pas l'âme qui régit le corps ?

– Oh ! vous m'aimez donc, mon cher Sire ?

– À deux genoux, les mains jointes, de toutes les forces que Dieu a mises en moi. Je vous aime assez pour vous donner ma vie en souriant si vous dites un mot !

– Vous m'aimez ?

– Oh ! oui.

– Alors, je n'ai plus rien à désirer au monde... Votre main, Sire, et disons nous adieu ! J'ai eu dans cette vie tout le bonheur qui m'était échu.

– Oh ! non, ne dis pas que ta vie commence ! Ton bonheur, ce n'est pas hier, c'est aujourd'hui, c'est demain, c'est toujours ! À toi l'avenir ! à toi tout ce qui est à moi ! Plus de ces idées de séparation, plus de ces désespoirs sombres : l'amour est notre Dieu, c'est le besoin de nos âmes. Tu vivras pour moi, comme je vivrai pour toi.

Et, se prosternant devant elle, il baisa ses genoux avec des transports inexprimables de joie et de reconnaissance.

– Oh ! Sire ! Sire ! tout cela est un rêve.

– Pourquoi un rêve ?

– Parce que je ne puis revenir à la Cour. Exilée, comment vous revoir ? Ne vaut-il pas mieux prendre le cloître pour y enterrer, dans le baume de votre amour, les derniers élans de votre cœur et votre dernier aveu ?

– Exilée, vous ? s'écria Louis XIV. Et qui donc exile quand je rappelle ?

– Oh ! Sire, quelque chose qui règne au-dessus des rois : le monde et l'opinion. Réfléchissez-y, vous ne pouvez aimer une femme chassée ; celle que votre mère a tachée d'un soupçon, celle que votre sœur a flétrie d'un châtiment, celle-là est indigne de vous.

– Indigne, celle qui m'appartient ?

– Oui, c'est justement cela, Sire ; du moment qu'elle vous appartient, votre maîtresse est indigne.

– Ah ! vous avez raison, Louise, et toutes les délicatesses sont en vous. Eh bien ! vous ne serez pas exilée.

– Oh ! vous n'avez pas entendu Madame, on le voit bien.

– J'en appellerai à ma mère.

– Oh ! vous n'avez pas vu votre mère !

– Elle aussi ? Pauvre Louise ! Tout le monde était donc contre vous ?

– Oui, oui, pauvre Louise, qui pliait déjà sous l'orage lorsque vous êtes venu, lorsque vous avez achevé de la briser.

– Oh ! pardon.

– Donc, vous ne fléchirez ni l'une ni l'autre ; croyez-moi, le mal est sans remède, car je ne vous permettrai jamais ni la violence ni l'autorité.

– Eh bien ! Louise, pour vous prouver combien je vous aime, je veux faire une chose : j'irai trouver Madame.

– Vous ?

– Je lui ferai révoquer la sentence : je la forcerai.

– Forcer ? oh ! non, non !

– C'est vrai : je la fléchirai.

Louise secoua la tête.

– Je prierai, s'il le faut, dit Louis. Croirez-vous à mon amour après cela ?

Louise releva la tête.

– Oh ! jamais pour moi, jamais ne vous humiliez ; laissez-moi bien plutôt mourir.

Louis réfléchit, ses traits prirent une teinte sombre.

– J'aimerai autant que vous avez aimé, dit-il ; je souffrirai autant que vous avez souffert ; ce sera mon expiation à vos yeux. Allons, mademoiselle, laissons là ces mesquines considérations ; soyons grands comme notre douleur, soyons forts comme notre amour !

Et, en disant ces paroles, il la prit dans ses bras et lui fit une ceinture de ses deux mains.

– Mon seul bien ! ma vie ! suivez-moi, dit-il.

Elle fit un dernier effort dans lequel elle concentra non plus toute sa volonté, sa volonté était déjà vaincue, mais toutes ses forces.

– Non ! répliqua-t-elle faiblement, non, non ! je mourrais de honte !

– Non ! vous rentrerez en reine. Nul ne sait votre sortie… D'Artagnan seul…

– Il m'a donc trahie, lui aussi ?

– Comment cela ?

– Il avait juré…

– J'avais juré de ne rien dire au roi, dit d'Artagnan passant sa tête fine à travers la porte entrouverte, j'ai tenu ma parole. J'ai parlé à M. de Saint Aignan : ce n'est point ma faute si le roi a entendu, n'est-ce pas, Sire ?

– C'est vrai, pardonnez-lui, dit le roi.

La Vallière sourit et tendit au mousquetaire sa main frêle et blanche.

– Monsieur d'Artagnan, dit le roi ravi, faites donc chercher un carrosse pour Mademoiselle.

– Sire, répondit le capitaine, le carrosse attend.

– Oh ! j'ai là le modèle des serviteurs ! s'écria le roi.

– Tu as mis le temps à t'en apercevoir, murmura d'Artagnan, flatté, toutefois, de la louange.

La Vallière était vaincue : après quelques hésitations, elle se laissa entraîner, défaillante, par son royal amant.

Mais, à la porte du parloir, au moment de le quitter, elle s'arracha des bras du roi et revint au crucifix de pierre qu'elle baisa en disant :

– Mon Dieu ! vous m'aviez attirée ; mon Dieu ! vous m'avez repoussée ; mais votre grâce est infinie. Seulement quand je reviendrai, oubliez que je m'en suis éloignée ; car, lorsque je reviendrai à vous, ce sera pour ne plus vous quitter.

Le roi laissa échapper un sanglot.

D'Artagnan essuya une larme.

Louis entraîna la jeune femme, la souleva jusque dans le carrosse et mit d'Artagnan auprès d'elle.

Et lui-même, montant à cheval, piqua vers le Palais-Royal, où, dès son arrivée, il fit prévenir Madame qu'elle eût à lui accorder un moment d'audience.

Chapitre CLXIX – Chez Madame

À la façon dont le roi avait quitté les ambassadeurs, les moins clairvoyants avaient deviné une guerre. Les ambassadeurs eux-mêmes, peu instruits de la chronique intime, avaient interprété contre eux ce mot célèbre : « Si je ne suis pas maître de moi, je le serai de ceux qui m'outragent. »

Heureusement pour les destinées de la France et de la Hollande, Colbert les avait suivis pour leur donner quelques explications, mais les reines et Madame, fort intelligentes de tout ce qui se faisait dans leurs maisons, ayant entendu ce mot plein de menaces, s'en étaient allées avec beaucoup de crainte et de dépit.

Madame, surtout, sentait que la colère royale tomberait sur elle, et, comme elle était brave, haute à l'excès, au lieu de chercher appui chez la reine mère, elle s'était retirée chez elle, sinon sans inquiétude, du moins sans intention d'éviter le combat. De temps en temps, Anne d'Autriche envoyait des messagers pour s'informer si le roi était revenu.

Le silence que gardait le château sur cette affaire et la disparition de Louise étaient le présage d'une quantité de malheurs pour qui savait l'humeur fière et irritable du roi.

Mais Madame, tenant ferme contre tous ces bruits, se renferma dans son appartement, appela Montalais près d'elle, et, de sa voix la moins émue, fit causer cette fille sur l'événement. Au moment où l'éloquente Montalais concluait avec toutes sortes de précautions oratoires et recommandait à Madame la tolérance sous bénéfice de réciprocité, M. Malicorne parut chez Madame pour demander une audience à cette princesse.

Le digne ami de Montalais portait sur son visage tous les signes de l'émotion la plus vive. Il était impossible de s'y méprendre : l'entrevue demandée par le roi devait être un des chapitres les plus intéressants de cette histoire du cœur des rois et des hommes.

Madame fut troublée par cette arrivée de son beau-frère ; elle ne l'attendait pas si tôt ; elle ne s'attendait pas surtout, à une démarche directe de Louis.

Or, les femmes, qui font si bien la guerre indirectement, sont toujours moins habiles et moins fortes quand il s'agit d'accepter une bataille en face.

Madame, avons-nous dit, n'était pas de ceux qui reculent, elle avait le défaut ou la qualité contraire.

Elle exagérait la vaillance ; aussi, cette dépêche du roi apportée par Malicorne, lui fit-elle l'effet de la trompette qui sonne les hostilités. Elle releva fièrement le gant.

Cinq minutes après, le roi montait l'escalier.

Il était rouge d'avoir couru à cheval. Ses habits poudreux et en désordre contrastaient avec la toilette si fraîche et si ajustée de Madame, qui, elle, pâlissait sous son rouge.

Louis ne fit pas de préambule ; il s'assit, Montalais disparut.

Madame s'assit en face du roi.

– Ma sœur, dit Louis, vous savez que Mlle de La Vallière s'est enfuie de chez elle ce matin, et qu'elle a été porter sa douleur, son désespoir dans un cloître ?

En prononçant ces mots, la voix du roi était singulièrement émue.

– C'est Votre Majesté qui me l'apprend, répliqua Madame.

– J'aurais cru que vous l'aviez appris ce matin, lors de la réception des ambassadeurs, dit le roi.

– À votre émotion, oui, Sire, j'ai deviné qu'il se passait quelque chose d'extraordinaire, mais sans préciser.

Le roi était franc et allait au but :

– Ma sœur, dit-il, pourquoi avez-vous renvoyé Mlle de La Vallière ?

– Parce que son service me déplaisait, répliqua sèchement Madame.

Le roi devint pourpre, et ses yeux amassèrent un feu que tout le courage de Madame eut peine à soutenir.

Il se contint pourtant et ajouta :

– Il faut une raison bien forte, ma sœur, à une femme bonne comme vous, pour expulser et déshonorer non seulement une jeune fille, mais toute la famille de cette fille. Vous savez que la ville a les yeux ouverts sur la conduite des femmes de la Cour. Renvoyer une fille d'honneur, c'est lui attribuer un crime, une faute tout au moins. Quel est donc le crime, quelle est donc la faute de Mlle de La Vallière ?

– Puisque vous vous faites le protecteur de Mlle de La Vallière, répliqua froidement Madame, je vais vous donner des explications que j'aurais le droit de ne donner à personne.

– Pas même au roi ? s'écria Louis en se couvrant par un geste de colère.

– Vous m'avez appelée votre sœur, dit Madame, et je suis chez moi.

– N'importe ! fit le jeune monarque honteux d'avoir été emporté, vous ne pouvez dire, madame, et nul ne peut dire dans ce royaume qu'il a le droit de ne pas s'expliquer devant moi.

– Puisque vous le prenez ainsi, dit Madame avec une sombre colère, il me reste à m'incliner devant Votre Majesté et à me taire.

– Non, n'équivoquons point.

– La protection dont vous couvrez Mlle de La Vallière m'impose le respect.

– N'équivoquons point, vous dis-je ; vous savez bien que, chef de la noblesse de France, je dois compte à tous de l'honneur des familles. Vous chassez Mlle de La Vallière ou toute autre...

Mouvement d'épaules de Madame.

– Ou toute autre, je le répète, continua le roi, et comme vous déshonorez cette personne en agissant ainsi, je vous demande une explication, afin de confirmer ou de combattre cette sentence.

– Combattre ma sentence ? s'écria Madame avec hauteur. Quoi ! quand j'ai chassé de chez moi une de mes suivantes, vous m'ordonneriez de la reprendre ?

Le roi se tut.

– Ce ne serait plus de l'excès de pouvoir, Sire, ce serait de l'inconvenance.

– Madame !

– Oh ! je me révolterais, en qualité de femme, contre un abus hors de toute dignité ; je ne serais plus une princesse de votre sang, une fille de roi ; je serais la dernière des créatures, je serais plus humble que la servante renvoyée.

Le roi bondit de fureur.

– Ce n'est pas un cœur, s'écria-t-il, qui bat dans votre poitrine ; si vous en agissez ainsi avec moi, laissez-moi agir avec la même rigueur.

Quelquefois une balle égarée porte dans une bataille. Ce mot, que le roi ne disait pas avec intention, frappa Madame et l'ébranla un moment : elle pouvait, un jour ou l'autre, craindre des représailles.

– Enfin, dit-elle, Sire, expliquez-vous.

– Je vous demande, madame, ce qu'a fait contre vous Mlle de La Vallière ?

– Elle est le plus artificieux entremetteur d'intrigues que je connaisse ; elle a fait battre deux amis, elle a fait parler d'elle en termes si honteux, que toute la Cour fronce le sourcil au seul bruit de son nom.

– Elle ? elle ? dit le roi.

– Sous cette enveloppe si douce et si hypocrite, continua Madame, elle cache un esprit plein de ruse et de noirceur.

– Elle ?

– Vous pouvez vous y trompez, Sire ; mais, moi, je la connais : elle est capable d'exciter à la guerre les meilleurs parents et les plus intimes amis. Voyez déjà ce qu'elle sème de discorde entre nous.

– Je vous proteste… dit le roi.

– Sire, examinez bien ceci : nous vivions en bonne intelligence, et, par ses rapports, ses plaintes artificieuses, elle a indisposé Votre Majesté contre moi.

– Je jure, dit le roi, que jamais une parole amère n'est sortie de ses lèvres ; je jure que, même dans mes emportements, elle ne m'a laissé menacer personne ; je jure que vous n'avez pas d'amie plus dévouée, plus respectueuse.

– D'amie ? dit Madame avec une expression de dédain suprême.

– Prenez garde, madame, dit le roi, vous oubliez que vous m'avez compris, et que, dès ce moment, tout s'égalise. Mlle de La Vallière sera ce que je voudrai qu'elle soit, et demain, si je l'entends ainsi, elle sera prête à s'asseoir sur un trône.

– Elle n'y sera pas née, du moins, et vous ne pourrez faire que pour l'avenir, mais rien pour le passé.

– Madame, j'ai été pour vous plein de complaisance et de civilité : ne me faites pas souvenir que je suis le maître.

– Sire, vous me l'avez déjà répété deux fois. J'ai eu l'honneur de vous dire que je m'inclinais.

– Alors, voulez-vous m'accorder que Mlle de La Vallière rentre chez vous ?

– À quoi bon, Sire, puisque vous avez un trône à lui donner ? Je suis trop peu pour protéger une telle puissance.

– Trêve de cet esprit méchant et dédaigneux. Accordez-moi sa grâce.

– Jamais !

– Vous me poussez à la guerre dans ma famille ?

– J'ai ma famille aussi, où je me réfugierai.

– Est-ce une menace, et vous oublierez-vous à ce point ? Croyez-vous que, si vous poussiez jusque-là l'offense, vos parents vous soutiendraient ?

– J'espère, Sire, que vous ne me forcerez à rien qui soit indigne de mon rang.

– J'espérais que vous vous souviendriez de notre amitié, que vous me traiteriez en frère.

– Ce n'est pas vous méconnaître pour mon frère, dit-elle, que de refuser une injustice à Votre Majesté.

– Une injustice ?

– Oh ! Sire, si j'apprenais à tout le monde la conduite de La Vallière, si les reines savaient...

– Allons, allons, Henriette, laissez parler votre cœur, souvenez-vous que vous m'avez aimé, souvenez-vous que le cœur des humains doit être aussi miséricordieux que le cœur du souverain Maître. N'ayez point d'inflexibilité pour les autres ; pardonnez à La Vallière.

– Je ne puis ; elle m'a offensée.

– Mais, moi, moi ?

– Sire, pour vous je ferai tout au monde, excepté cela.

– Alors, vous me conseillez le désespoir... Vous me rejetez dans cette dernière ressource des gens faibles ; alors vous me conseillez la colère et l'éclat ?

– Sire, je vous conseille la raison.

– La raison ?... Ma sœur je n'ai plus de raison.

– Sire, par grâce !

– Ma sœur ! par pitié, c'est la première fois que je supplie ; ma sœur je n'ai plus d'espoir qu'en vous.

– Oh ! Sire, vous pleurez ?

– De rage, oui, d'humiliation. Avoir été obligé de m'abaisser aux prières, moi ! le roi ! Toute ma vie, je détesterai ce moment. Ma sœur, vous m'avez fait endurer en une seconde plus de maux que je n'en avais prévu dans les plus dures extrémités de cette vie.

Et le roi, se levant, donna un libre essor à ses larmes, qui, effectivement, étaient des pleurs de colère et de honte.

Madame fut, non pas touchée, car les femmes les meilleures n'ont pas de pitié dans l'orgueil, mais elle eut peur que ces larmes n'entraînassent avec elles tout ce qu'il y avait d'humain dans le cœur du roi.

– Ordonnez, Sire, dit-elle ; et, puisque vous préférez mon humiliation à la vôtre, bien que la mienne soit publique et que la vôtre n'ait que moi pour témoin, parlez, j'obéirai au roi.

– Non, non, Henriette ! s'écria Louis transporté de reconnaissance, vous aurez cédé au frère !

– Je n'ai plus de frère, puisque j'obéis.

– Voulez-vous tout mon royaume pour remerciement ?

– Comme vous aimez ! dit-elle, quand vous aimez !

Il ne répondit pas. Il avait pris la main de Madame et la couvrait de baisers.

– Ainsi, dit-il, vous recevrez cette pauvre fille, vous lui pardonnerez, vous reconnaîtrez la douceur, la droiture de son cœur ?

– Je la maintiendrai dans ma maison.

– Non, vous lui rendrez votre amitié, ma chère sœur.

– Je ne l'ai jamais aimée.

– Eh bien ! pour l'amour de moi, vous la traiterez bien, n'est-ce pas, Henriette ?

– Soit ! je la traiterai comme une fille à vous !

Le roi se releva. Par ce mot échappé si funestement, Madame avait détruit tout le mérite de son sacrifice. Le roi ne lui devait plus rien.

Ulcéré, mortellement atteint, il répliqua :

– Merci, madame, je me souviendrai éternellement du service que vous m'avez rendu.

Et saluant avec une affectation de cérémonie, il prit congé.

En passant devant une glace, il vit ses yeux rouges et frappa du pied avec colère.

Mais il était trop tard : Malicorne et d'Artagnan, placés à la porte, avaient vu ses yeux.

« Le roi a pleuré », pensa Malicorne.

D'Artagnan s'approcha respectueusement du roi.

– Sire, dit-il tout bas, il vous faut prendre le petit degré pour rentrer chez vous.

– Pourquoi ?

– Parce que la poussière du chemin a laissé des traces sur votre visage, dit d'Artagnan. Allez, Sire, allez !

« Mordioux ! pensa-t-il, quand le roi eut cédé comme un enfant, gare à ceux qui feront pleurer celle qui fait pleurer le roi. »

Chapitre CLXX – Le mouchoir de Mademoiselle de La Vallière

Madame n'était pas méchante : elle n'était qu'emportée. Le roi n'était pas imprudent : il n'était qu'amoureux.

À peine tous deux eurent-ils fait cette sorte de pacte, qui aboutissait au rappel de La Vallière, que l'un et l'autre cherchèrent à gagner sur le marché.

Le roi voulut voir La Vallière à chaque instant du jour.

Madame, qui sentait le dépit du roi depuis la scène des supplications, ne voulait pas abandonner La Vallière sans combattre.

Elle semait donc les difficultés sous les pas du roi.

En effet, le roi, pour obtenir la présence de sa maîtresse, devait être forcé de faire la cour à sa belle-sœur.

De ce plan dérivait toute la politique de Madame.

Comme elle avait choisi quelqu'un pour la seconder, et que ce quelqu'un était Montalais, le roi se trouva cerné chaque fois qu'il venait chez Madame. On l'entourait, et on ne le quittait pas. Madame déployait dans ses entretiens une grâce et un esprit qui éclipsaient tout.

Montalais lui succédait. Elle ne tarda pas à devenir insupportable au roi.

C'est ce qu'elle attendait.

Alors elle lança Malicorne ; celui-ci trouva le moyen de dire au roi qu'il y avait une jeune personne bien malheureuse à la Cour.

Le roi demanda qui était cette personne.

Malicorne répondit que c'était Mlle de Montalais.

Alors le roi déclara que c'était bien fait qu'une personne fût malheureuse quand elle rendait la pareille aux autres.

Malicorne s'expliqua, Mlle de Montalais avait donné ses ordres.

Le roi ouvrit les yeux ; il remarqua que Madame, sitôt que Sa Majesté paraissait, paraissait aussi ; qu'elle était dans les corridors jusqu'après le départ du roi ; qu'elle le reconduisait de peur qu'il ne parlât dans les antichambres à quelqu'une des filles.

Un soir, elle alla plus loin.

Le roi était assis au milieu des dames, et il tenait dans sa main, sous sa manchette, un billet qu'il voulait glisser dans les mains de La Vallière.

Madame devina cette intention et ce billet. Il était bien difficile d'empêcher le roi d'aller où bon lui semblait.

Cependant il fallait l'empêcher d'aller à La Vallière, de lui dire bonjour, et de laisser tomber le billet sur ses genoux, derrière son éventail ou dans son mouchoir.

Le roi, qui observait aussi, se douta qu'on lui tendait un piège.

Il se leva et transporta son fauteuil sans affectation près de Mlle de Châtillon, avec laquelle il badina.

On faisait des bouts rimés ; de Mlle de Châtillon, il alla vers Montalais, puis vers Mlle de Tonnay-Charente.

Alors, par cette manœuvre habile, il se trouva assis devant La Vallière, qu'il masquait entièrement.

Madame feignait une grande occupation : elle rectifiait un dessin de fleurs sur un canevas de tapisserie.

Le roi montra le bout du billet blanc à La Vallière, et celle-ci allongea son mouchoir, avec un regard qui voulait dire : « Mettez le billet dedans. »

Puis, comme le roi avait posé son mouchoir à lui sur son fauteuil, il fut assez adroit pour le jeter par terre.

De sorte que La Vallière glissa son mouchoir à elle sur le fauteuil.

Le roi le prit sans rien faire paraître, il y mit le billet et replaça le mouchoir sur le fauteuil.

Restait à La Vallière le temps juste d'allonger la main pour prendre le mouchoir avec son précieux dépôt.

Mais Madame avait tout vu.

Elle dit à Châtillon :

– Châtillon, ramassez donc le mouchoir du roi, s'il vous plaît, sur le tapis.

Et la jeune fille ayant obéi précipitamment, le roi s'étant dérangé, La Vallière s'étant troublée, on vit l'autre mouchoir sur le fauteuil.

– Ah ! pardon ! Votre Majesté a deux mouchoirs, dit-elle.

Et force fut au roi de renfermer dans sa poche le mouchoir de La Vallière avec le sien. Il y gagnait ce souvenir de l'amante, mais l'amante y perdait un quatrain qui avait coûté dix heures au roi, qui valait peut-être à lui seul un long poème.

D'où la colère du roi et le désespoir de La Vallière.

Ce serait chose impossible à décrire.

Mais alors il se passa un événement incroyable.

Quand le roi partit pour retourner chez lui, Malicorne, prévenu on ne sait comment, se trouvait dans l'antichambre.

Les antichambres du Palais-Royal sont obscures naturellement, et, le soir, on y mettait peu de cérémonie chez Madame ; elles étaient mal éclairées.

Le roi aimait ce petit jour. Règle générale, l'amour, dont l'esprit et le cœur flamboient constamment, n'aime pas la lumière autre part que dans l'esprit et dans le cœur.

Donc, l'antichambre était obscure ; un seul page portait le flambeau devant Sa Majesté.

Le roi marchait d'un pas lent et dévorait sa colère.

Malicorne passa très près du roi, le heurta presque, et lui demanda pardon avec une humilité parfaite ; mais le roi, de fort mauvaise humeur, traita fort mal Malicorne, qui s'esquiva sans bruit.

Louis se coucha, ayant eu, ce soir-là, quelque petite querelle avec la reine, et le lendemain, au moment où il passait dans son cabinet, le désir lui vint de baiser le mouchoir de La Vallière.

Il appela son valet de chambre.

– Apportez-moi, dit-il, l'habit que je portais hier ; mais ayez bien soin de ne toucher à rien de ce qu'il pourrait contenir.

L'ordre fut exécuté, le roi fouilla lui-même dans la poche de son habit.

Il n'y trouva qu'un seul mouchoir, le sien ; celui de La Vallière avait disparu.

Comme il se perdait en conjectures et en soupçons, une lettre de La Vallière lui fut apportée. Elle était conçue en ces termes.

« Qu'il est aimable à vous, mon cher seigneur, de m'avoir envoyé ces beaux vers ! que votre amour est ingénieux et persévérant ! Comment ne seriez vous pas aimé ? »

– Qu'est-ce que cela signifie, pensa le roi, il y a méprise. Cherchez bien, dit-il au valet de chambre, un mouchoir qui devait être dans ma poche, et si vous ne le trouvez pas, et si vous y avez touché...

Il se ravisa. Faire une affaire d'État de la perte de ce mouchoir, c'était ouvrir toute une chronique, il ajouta :

– J'avais dans ce mouchoir une note importante qui s'était glissée dans les plis.

– Mais, Sire, dit le valet de chambre, Votre Majesté n'avait qu'un mouchoir, et le voici.

– C'est vrai, répliqua le roi en grinçant des dents, c'est vrai. Ô pauvreté, que je t'envie ! Heureux celui qui prend lui-même et ôte de sa poche les mouchoirs et les billets.

Il relut la lettre de La Vallière en cherchant par quel hasard le quatrain pouvait être arrivé à son adresse. Il y avait un post-scriptum à cette lettre :

« Je vous renvoie par votre messager cette réponse si peu digne de l'envoi. »

– À la bonne heure ! Je vais savoir quelque chose, dit-il avec joie. Qui est là, dit-il, et qui m'apporte ce billet ?

– M. Malicorne, répliqua timidement le valet de chambre.

– Qu'il entre.

Malicorne entra.

– Vous venez de chez Mlle de La Vallière ? dit le roi avec un soupir.

– Oui, Sire.

– Et vous avez porté à Mlle de La Vallière quelque chose de ma part ?

– Moi, Sire ?

– Oui, vous.

– Non pas, Sire, non pas.

– Mlle de La Vallière le dit formellement.

– Oh ! Sire, Mlle de La Vallière se trompe.

Le roi fronça le sourcil.

– Quel est ce jeu ? dit-il. Expliquez-vous ; pourquoi Mlle de La Vallière vous appelle-t-elle mon messager ?… Qu'avez-vous porté à cette dame ? Parlez vite monsieur.

– Sire, j'ai porté à Mlle de La Vallière un mouchoir, et voilà tout.

– Un mouchoir… Quel mouchoir ?

– Sire, au moment où j'eus la douleur, hier, de me heurter contre la personne de Votre Majesté, malheur que je déplorerai toute ma vie, surtout après le mécontentement que vous me témoignâtes ; à ce moment, Sire, je demeurai immobile de désespoir, Votre Majesté était trop loin pour entendre mes excuses, et je vis par terre quelque chose de blanc.

– Ah ! fit le roi.

– Je me baissai, c'était un mouchoir. J'eus un instant l'idée qu'en heurtant Votre Majesté, j'avais aidé à ce que ce mouchoir sortît de sa poche ; mais, en le palpant respectueusement, je sentis un chiffre que je regardai, c'était le chiffre de Mlle de La Vallière ; je présumai qu'en arrivant cette demoiselle avait laissé tomber son mouchoir, je me hâtai de le lui rendre à la sortie, et voilà tout ce que j'ai remis à Mlle de La Vallière ; je supplie Votre Majesté de le croire.

Malicorne était si naïf, si désolé, si humble, que le roi prit un excessif plaisir à l'entendre.

Il lui sut gré de ce hasard comme du plus grand service rendu.

– Voilà déjà deux heureuses rencontres que j'ai avec vous, monsieur, dit il : vous pouvez compter sur mon amitié.

Le fait est que, purement et simplement, Malicorne avait volé le mouchoir dans la poche du roi aussi galamment que l'eût pu faire un des tire-laine de la bonne ville de Paris.

Madame ignora toujours cette histoire. Mais Montalais la fit soupçonner à La Vallière, et la Vallière la conta plus tard au roi, qui en rit excessivement et proclama Malicorne un grand politique.

Louis XIV avait raison, et l'on sait qu'il se connaissait   en   hommes.

Chapitre CLXXI – Où il est traité des jardiniers, des échelles et des filles d'honneur

Malheureusement, les miracles ne pouvaient toujours durer, tandis que la mauvaise humeur de Madame durait toujours.

Au bout de huit jours, le roi en était venu à ne plus pouvoir regarder La Vallière sans qu'un regard de soupçon croisât le sien.

Lorsqu'une partie de promenade était proposée, pour éviter que la scène de la pluie ou du chêne royal ne se renouvelât, Madame avait des indispositions toutes prêtes : grâce à ces indispositions, elle ne sortait pas, et ses filles d'honneur restaient à la maison.

De visite nocturne, pas la moindre ; il n'y avait pas moyen.

C'est que, sous ce rapport, dès les premiers jours, le roi avait éprouvé un douloureux échec.

Comme à Fontainebleau, il avait pris de Saint-Aignan avec lui et avait voulu se rendre chez La Vallière. Mais il n'avait trouvé que Mlle de Tonnay-Charente, qui s'était mise à crier au feu et au voleur ; de telle sorte qu'une légion de femmes de chambres, de surveillantes et de pages étaient accourus, et que de Saint-Aignan, resté seul pour sauver l'honneur de son maître enfui, avait encouru, de la part de la reine mère et de Madame, une mercuriale sévère.

En outre, le lendemain, il avait reçu deux cartels de la famille de Mortemart.

Il avait fallu que le roi intervînt.

Cette méprise était venue de ce que Madame avait subitement ordonné un changement de logis à ses filles, et que La Vallière et Montalais avaient été appelées à coucher dans le cabinet même de leur maîtresse.

Rien n'était donc plus possible, pas même les lettres : écrire sous les yeux d'un argus aussi féroce, d'une douceur aussi inégale que celle de Madame, c'était s'exposer aux plus grands dangers.

On peut juger dans quel état d'irritation continue et de colère croissante toutes ces piqûres d'aiguille mettaient le lion.

Le roi se décomposait le sang à chercher des moyens, et, comme il ne s'ouvrait ni à Malicorne ni à d'Artagnan, les moyens ne se trouvaient pas.

Malicorne eut bien çà et là quelques éclairs héroïques pour encourager le roi à une entière confidence.

Mais, soit honte, soit défiance, le roi commençait d'abord à mordre, puis bientôt abandonnait l'hameçon.

Ainsi, par exemple, un soir que le roi traversait le jardin et regardait tristement les fenêtres de Madame, Malicorne heurta une échelle sous une bordure de buis, et dit à Manicamp, qui marchait avec lui derrière le roi, et qui n'avait rien heurté ni rien vu :

– Est-ce que vous n'avez pas vu que je viens de heurter une échelle et que j'ai manqué de tomber ?

– Non, dit Manicamp, distrait comme d'habitude ; mais vous n'êtes pas tombé, à ce qu'il paraît ?

– N'importe ! il n'en est pas moins dangereux de laisser ainsi traîner les échelles.

– Oui, l'on peut se faire mal, surtout quand on est distrait.

– Ce n'est pas cela : je veux dire qu'il est dangereux de laisser traîner ainsi les échelles sous les fenêtres des filles d'honneur.

Louis tressaillit imperceptiblement.

– Comment cela ? demanda Manicamp.

– Parlez plus haut, lui souffla Malicorne en lui poussant le bras.

– Comment cela ? dit plus haut Manicamp.

Le roi prêta l'oreille.

– Voilà, par exemple, dit Malicorne, une échelle qui a dix-neuf pieds, juste la hauteur de la corniche des fenêtres.

Manicamp, au lieu de répondre, rêvassait.

– Demandez-moi donc de quelles fenêtres, lui souffla Malicorne.

– Mais de quelles fenêtres entendez-vous donc parler ? lui demanda tout haut Manicamp.

– De celles de Madame.

– Eh !

– Oh ! je ne dis pas que l'on ose jamais monter chez Madame ; mais dans le cabinet de Madame, séparé par une simple cloison, couchent Mlles de La Vallière et de Montalais, qui sont deux jolies personnes.

– Par une simple cloison ? dit Manicamp.

– Tenez, voici la lumière assez éclatante des appartements de Madame : voyez-vous ces deux fenêtres ?

– Oui.

– Et cette fenêtre voisine des autres, éclairée d'une façon moins vive, la voyez-vous ?

– À merveille.

– C'est celle des filles d'honneur. Tenez, il fait chaud, voilà justement Mlle de La Vallière qui ouvre sa fenêtre ; ah ! qu'un amoureux hardi pourrait lui dire de choses, s'il soupçonnait là cette échelle de dix-neuf pieds qui atteint juste à la corniche !

– Mais elle n'est pas seule, avez-vous dit ? elle est avec Mlle de Montalais ?

– Mlle de Montalais ne compte pas ; c'est une amie d'enfance, entièrement dévouée, un véritable puits où l'on peut jeter tous les secrets qu'on veut perdre.

Pas un mot de l'entretien n'avait échappé au roi.

Malicorne avait même remarqué que le roi avait ralenti le pas pour lui donner le temps de finir.

Aussi, arrivé à la porte, il congédia tout le monde, à l'exception de Malicorne.

Cela n'étonna personne, on savait le roi amoureux et on le soupçonnait de faire des vers au clair de la lune.

Bien qu'il n'y eût pas de lune ce soir-là, le roi néanmoins pouvait avoir des vers à faire.

Tout le monde partit.

Alors le roi se retourna vers Malicorne, qui attendait respectueusement que le roi lui adressât la parole.

– Que parliez-vous tout à l'heure d'échelle, monsieur Malicorne ? demanda-t-il.

– Moi, Sire, je parlais d'échelle ?

Et Malicorne leva les yeux au ciel comme pour rattraper ses paroles envolées.

– Oui, d'une échelle de dix-neuf pieds.

– Ah ! oui, Sire, c'est vrai, mais je parlais à M. de Manicamp, et je me fusse tu si j'eusse su que Votre Majesté pût nous entendre.

– Et pourquoi vous fussiez-vous tu ?

– Parce que je n'eusse pas voulu faire gronder le jardinier qui l'a oubliée... pauvre diable !

– Ne craignez rien... Voyons, qu'est-ce que cette échelle ?

– Votre Majesté veut-elle la voir ?

– Oui.

– Rien de plus facile, elle est là, Sire.

– Dans le buis ?

– Justement.

– Montrez-la-moi.

Malicorne revint sur ses pas et conduisit le roi à l'échelle.

– La voilà, Sire, dit-il.

– Tirez-la donc un peu.

Malicorne mit l'échelle dans l'allée.

Le roi marcha longitudinalement dans le sens de l'échelle.

– Hum ! fit-il... Vous dites qu'elle a dix-neuf pieds ?

– Oui, Sire.

– Dix-neuf pieds, c'est beaucoup : je ne la crois pas si longue, moi.

– On voit mal comme cela, Sire. Si l'échelle était debout contre un arbre ou contre un mur, par exemple, on verrait mieux, attendu que la comparaison aiderait beaucoup.

– Oh ! n'importe, monsieur Malicorne, j'ai peine à croire que l'échelle ait dix-neuf pieds.

– Je sais combien Votre Majesté a le coup d'œil sûr, et cependant je gagerais.

Le roi secoua la tête.

– Il y a un moyen infaillible de vérification, dit Malicorne.

– Lequel ?

– Chacun sait, Sire, que le rez-de-chaussée du palais a dix-huit pieds.

– C'est vrai, on peut le savoir.

– Eh bien ! en appliquant l'échelle le long du mur, on jugerait.

– C'est vrai.

Malicorne enleva l'échelle comme une plume et la dressa contre la muraille.

Il choisit, ou plutôt le hasard choisit la fenêtre même du cabinet de La Vallière pour faire son expérience.

L'échelle arriva juste à l'arête de la corniche, c'est-à-dire presque à l'appui de la fenêtre, de sorte qu'un homme placé sur l'avant-dernier échelon, un homme de taille moyenne, comme était le roi, par exemple, pouvait facilement communiquer avec les habitants ou plutôt les habitantes de la chambre.

À peine l'échelle fut-elle posée, que le roi, laissant là l'espèce de comédie qu'il jouait, commença à gravir les échelons, tandis que Malicorne tenait l'échelle. Mais à peine était-il à moitié de sa route aérienne, qu'une patrouille de Suisses parut dans le jardin et s'avança droit à l'échelle.

Le roi descendit précipitamment et se cacha dans un massif.

Malicorne comprit qu'il fallait se sacrifier. S'il se cachait de son côté, on chercherait jusqu'à ce que l'on trouvât ou lui ou le roi, et peut-être tous deux.

Mieux valait qu'il fût trouvé tout seul.

En conséquence, Malicorne se cacha si maladroitement qu'il fut arrêté tout seul. Une fois arrêté, Malicorne fut conduit au poste ; une fois au poste, il se nomma ; une fois nommé, il fut reconnu.

Pendant ce temps, de massif en massif, le roi regagnait la petite porte de son appartement, fort humilié et surtout fort désappointé.

D'autant plus que le bruit de l'arrestation avait attiré La Vallière et la Montalais à leur fenêtre, et que Madame elle-même avait paru à la sienne entre deux bougies, demandant de quoi il s'agissait.

Pendant ce temps, Malicorne se réclamait de d'Artagnan. D'Artagnan accourut à l'appel de Malicorne.

Mais en vain essaya-t-il de lui faire comprendre ses raisons, mais en vain d'Artagnan les comprit-il, mais en vain encore ces deux esprits si fins et si inventifs donnèrent-ils un tour à l'aventure ; il n'y eut pour Malicorne d'autre ressource que de passer pour avoir voulu entrer chez Mlle de Montalais, comme M. de Saint-Aignan avait passé pour avoir voulu forcer la porte de Mlle de Tonnay-Charente.

Madame était inflexible, pour cette double raison que, si en effet M. Malicorne avait voulu entrer nuitamment chez elle par la fenêtre et à l'aide d'une échelle pour voir Montalais, c'était de la part de Malicorne un essai punissable et qu'il fallait punir.

Et, par cette autre raison que, si Malicorne, au lieu d'agir en son propre nom, avait agi comme intermédiaire entre La Vallière et une personne qu'elle ne voulait pas nommer, son crime était bien plus grand encore, puisque la passion, qui excuse tout, n'était point là pour l'excuser.

Madame jeta donc les hauts cris et fit chasser Malicorne de la maison de Monsieur, sans réfléchir, la pauvre aveugle, que Malicorne et Montalais la tenaient dans leurs serres par la visite à M. de Guiche et par bien d'autres endroits tout aussi délicats.

Montalais, furieuse, voulut se venger tout de suite, Malicorne lui démontra que l'appui du roi valait toutes les disgrâces du monde et qu'il était beau de souffrir pour le roi.

Malicorne avait raison. Aussi, quoiqu'elle fût femme, et plutôt dix fois qu'une, ramena-t-il Montalais à son avis.

Puis, de son côté, hâtons-nous de le dire, le roi aida aux consolations.

D'abord, il fit compter à Malicorne cinquante mille livres en dédommagement de sa charge perdue.

Ensuite, il le plaça dans sa propre maison, heureux de se venger ainsi sur Madame de tout ce qu'elle avait fait endurer à lui et à La Vallière.

Mais, n'ayant plus Malicorne pour lui voler ses mouchoirs et lui mesurer ses échelles, le pauvre amant était dénué.

Plus d'espoir de se rapprocher jamais de La Vallière, tant qu'elle resterait au Palais-Royal.

Toutes les dignités et toutes les sommes du monde ne pouvaient remédier à cela.

Heureusement, Malicorne veillait.

Il fit si bien qu'il rencontra Montalais. Il est vrai que, de son côté, Montalais faisait de son mieux pour rencontrer Malicorne.

– Que faites-vous la nuit, chez Madame ? demanda-t-il à la jeune fille.

– Mais, la nuit, je dors, répliqua-t-elle.

– Comment, vous dormez ?

– Sans doute.

– Mais cela est fort mal de dormir ; il ne convient pas qu'avec une douleur comme celle que vous éprouvez une fille dorme.

– Et quelle douleur est-ce donc que j'éprouve ?

– N'êtes-vous pas au désespoir de mon absence ?

– Mais non, puisque vous avez reçu cinquante mille livres et une charge chez le roi.

– N'importe, vous êtes très affligée de ne plus me voir comme vous me voyiez auparavant ; vous êtes au désespoir surtout de ce que j'ai perdu la confiance de Madame ; est-ce vrai, cela ? Voyons.

– Oh ! c'est très vrai.

– Eh bien ! cette affliction vous empêche de dormir, la nuit, et alors vous sanglotez, vous soupirez, vous vous mouchez bruyamment, et cela dix fois par minute.

– Mais, mon cher Malicorne, Madame ne supporte pas le moindre bruit chez elle.

– Je le sais pardieu bien, qu'elle ne peut rien supporter ; aussi vous dis-je qu'elle s'empressera, voyant une douleur si profonde, de vous mettre à la porte de chez elle.

– Je comprends.

– C'est heureux.

– Mais qu'arrivera-t-il alors ?

– Il arrivera que La Vallière, se voyant séparée de vous, poussera la nuit de tels gémissements et de telles lamentations, qu'elle fera du désespoir pour deux.

– Alors on la mettra dans une autre chambre.

– Oui, mais laquelle ?

– Laquelle ? Vous voilà embarrassé, monsieur des Inventions.

– Nullement ; quelle que soit cette chambre, elle vaudra toujours mieux que celle de Madame.

– C'est vrai.

– Eh bien ! commencez-moi un peu vos jérémiades cette nuit.

– Je n'y manquerai pas.

– Et donnez-moi le mot à La Vallière.

– Ne craignez rien, elle pleure assez tout bas.

– Eh bien ! qu'elle pleure tout haut.

Et ils se séparèrent.

Chapitre CLXXII – Où il est traité de menuiserie et où il est donné quelques détails sur la façon de percer les escaliers

Le conseil donné à Montalais fut communiqué à La Vallière, qui reconnut qu'il manquait de sagesse, et qui, après quelque résistance venant plutôt de sa timidité que de sa froideur, résolut de le mettre à exécution.

Cette histoire, des deux femmes pleurant et emplissant de bruits lamentables la chambre à coucher de Madame, fut le chef-d'œuvre de Malicorne.

Comme rien n'est aussi vrai que l'invraisemblable, aussi naturel que le romanesque, cette espèce de conte des *Mille et Une Nuits* réussit parfaitement auprès de Madame.

Elle éloigna d'abord Montalais.

Puis, trois jours, ou plutôt trois nuits après avoir éloigné Montalais, elle éloigna La Vallière.

On donna une chambre à cette dernière dans les petits appartements mansardés situés au-dessus des appartements des gentilshommes.

Un étage, c'est-à-dire un plancher, séparait les demoiselles des officiers et des gentilshommes.

Un escalier particulier, placé sous la surveillance de Mme de Navailles, conduisait chez elles.

Pour plus grande sûreté, Mme de Navailles, qui avait entendu parler des tentatives antérieures de Sa Majesté, avait fait griller les fenêtres des chambres et les ouvertures des cheminées.

Il y avait donc toute sûreté pour l'honneur de Mlle de La Vallière, dont la chambre ressemblait plus à une cage qu'à toute autre chose.

Mlle de La Vallière, lorsqu'elle était chez elle, et elle y était souvent, Madame n'utilisant guère ses services depuis qu'elle la savait en sûreté sous le regard de Mme de Navailles, Mlle de La Vallière n'avait donc d'autre distraction que de regarder à travers les grilles de sa fenêtre. Or, un matin qu'elle regardait comme d'habitude, elle aperçut Malicorne à une fenêtre parallèle à la sienne.

Il tenait en main un aplomb de charpentier, lorgnait les bâtiments, et additionnait des formules algébriques sur du papier. Il ne ressemblait pas mal ainsi à ces ingénieurs qui, du coin d'une tranchée, relèvent les angles d'un bastion ou prennent la hauteur des murs d'une forteresse.

La Vallière reconnut Malicorne et le salua.

Malicorne, à son tour, répondit par un grand salut et disparut de la fenêtre.

Elle s'étonna de cette espèce de froideur, peu habituelle au caractère toujours égal de Malicorne ; mais elle se souvint que le pauvre garçon avait perdu son emploi pour elle, et qu'il ne devait pas être dans d'excellentes dispositions à son égard, puisque, selon toute probabilité, elle ne serait jamais en position de lui rendre ce qu'il avait perdu.

Elle savait pardonner les offenses, à plus forte raison compatir au malheur.

La Vallière eût demandé conseil à Montalais, si Montalais eût été là ; mais Montalais était absente.

C'était l'heure où Montalais faisait sa correspondance.

Tout à coup, La Vallière vit un objet lancé de la fenêtre où avait apparu Malicorne traverser l'espace, passer à travers ses barreaux et rouler sur son parquet.

Elle alla curieusement vers cet objet et le ramassa. C'était une de ces bobines sur lesquelles on dévide la soie.

Seulement, au lieu de soie, un petit papier s'enroulait sur la bobine.

La Vallière le déroula et lut :

« Mademoiselle,

« Je suis inquiet de savoir deux choses :

« La première, de savoir si le parquet de votre appartement est de bois ou de briques.

« La seconde, de savoir encore à quelle distance de la fenêtre est placé votre lit.

« Excusez mon importunité, et veuillez me faire réponse par la même voie qui vous a apporté ma lettre, c'est-à-dire par la voie de la bobine.

« Seulement, au lieu de la jeter dans ma chambre comme je l'ai jetée dans la vôtre, ce qui vous serait plus difficile qu'à moi, ayez tout simplement l'obligeance de la laisser tomber.

« Croyez-moi surtout, Mademoiselle, votre bien humble et bien respectueux serviteur,

« Malicorne.

« Écrivez la réponse, s'il vous plaît, sur la lettre même. »

– Ah ! le pauvre garçon, s'écria La Vallière, il faut qu'il soit devenu fou.

Et elle dirigea du côté de son correspondant, que l'on entrevoyait dans la pénombre de la chambre, un regard plein d'affectueuse compassion.

Malicorne comprit, et secoua la tête comme pour lui répondre :

« Non, non, je ne suis point fou, soyez tranquille. »

Elle sourit d'un air de doute.

« Non, non, reprit-il du geste, la tête est bonne. »

Et il montra sa tête.

Puis, agitant la main comme un homme qui écrit rapidement :

« Allons, écrivez », mima-t-il avec une sorte de prière.

La Vallière, fût-il fou, ne vit point d'inconvénient à faire ce que Malicorne lui demandait ; elle prit un crayon et écrivit : « Bois. »

Puis elle compta dix pas de la fenêtre à son lit, et écrivit encore : « Dix pas. »

Ce qu'ayant fait, elle regarda du côté de Malicorne, lequel la salua et lui fit signe qu'il descendait.

La Vallière comprit que c'était pour recevoir la bobine.

Elle s'approcha de la fenêtre, et, conformément aux instructions de Malicorne, elle la laissa tomber.

Le rouleau courait encore sur les dalles quand Malicorne s'élança, l'atteignit, le ramassa, se mit à l'éplucher comme fait un singe d'une noix, et courut d'abord vers la demeure de M. de Saint-Aignan.

De Saint-Aignan avait choisi ou plutôt sollicité son logement le plus près possible du roi, pareil à ces plantes qui recherchent les rayons du soleil pour se développer plus fructueusement.

Son logement se composait de deux pièces, dans le corps de logis même occupé par Louis XIV.

M. de Saint-Aignan était fier de cette proximité, qui lui donnait l'accès facile chez Sa Majesté, et, de plus, la faveur de quelques rencontres inattendues.

Il s'occupait, au moment où nous parlons de lui, à faire tapisser magnifiquement ces deux pièces, comptant sur l'honneur de quelques visites du roi, car Sa Majesté, depuis la passion qu'elle avait pour La Vallière, avait choisi de Saint-Aignan pour confident, et ne pouvait se passer de lui ni la nuit ni le jour.

Malicorne se fit introduire chez le comte et ne rencontra point de difficultés, parce qu'il était bien vu du roi et que le crédit de l'un est toujours une amorce pour l'autre.

De Saint-Aignan demanda au visiteur s'il était riche de quelque nouvelle.

– D'une grande, répondit celui-ci.

– Ah ! ah ! fit de Saint-Aignan, curieux comme un favori ; laquelle ?

– Mlle de La Vallière a déménagé.

– Comment cela ? dit de Saint-Aignan en ouvrant de grands yeux.

– Oui.

– Elle logeait chez Madame.

– Précisément. Mais Madame s'est ennuyée du voisinage et l'a installée dans une chambre qui se trouve précisément au-dessus de votre futur appartement.

– Comment, *là-haut ?* s'écria de Saint-Aignan avec surprise et en désignant du doigt l'étage supérieur.

– Non, dit Malicorne, *là-bas.*

Et il lui montra le corps de bâtiment situé en face.

– Pourquoi dites-vous alors que sa chambre est au-dessus de mon appartement ?

– Parce que je suis certain que votre appartement doit tout naturellement être sous la chambre de La Vallière.

De Saint-Aignan, à ces mots, envoya à l'adresse du pauvre Malicorne un de ces regards comme La Vallière lui en avait déjà envoyé un, un quart d'heure auparavant. C'est-à-dire qu'il le crut fou.

– Monsieur, lui dit Malicorne, je demande à répondre à votre pensée.

– Comment ! à ma pensée ?...

– Sans doute ; vous n'avez pas compris, ce me semble parfaitement ce que je voulais dire.

– Je l'avoue.

– Eh bien ! vous n'ignorez pas qu'au-dessous des filles d'honneur de Madame sont logés les gentilshommes du roi et de Monsieur.

– Oui, puisque Manicamp, de Wardes et autres y logent.

– Précisément. Eh bien ! monsieur, admirez la singularité de la rencontre : les deux chambres destinées à M. de Guiche sont juste les deux chambres situées au-dessous de celles qu'occupent Mlle de Montalais et Mlle de La Vallière.

– Eh bien ! après ?

– Eh bien ! après... ces deux chambres sont libres, puisque M. de Guiche, blessé, est malade à Fontainebleau.

– Je vous jure, mon cher monsieur, que je ne devine pas.

– Ah ! si j'avais le bonheur de m'appeler de Saint-Aignan, je devinerais tout de suite, moi.

– Et que feriez-vous ?

– Je troquerais immédiatement les chambres que j'occupe ici contre celles que M. de Guiche n'occupe point là-bas.

– Y pensez-vous ? fit de Saint-Aignan avec dédain ; abandonner le premier poste d'honneur, le voisinage du roi, un privilège accordé seulement aux princes de sang, aux ducs et pairs ?... Mais, mon cher monsieur de Malicorne, permettez-moi de vous dire que vous êtes fou.

– Monsieur, répondit gravement le jeune homme, vous commettez deux erreurs... Je m'appelle Malicorne tout court, et je ne suis pas fou.

Puis, tirant un papier de sa poche :

– Écoutez ceci, dit-il ; après quoi, je vous montrerai cela.

– J'écoute, dit de Saint-Aignan.

– Vous savez que Madame veille sur La Vallière comme Argus veillait sur la nymphe Io.

– Je le sais.

– Vous savez que le roi a voulu, mais en vain, parler à la prisonnière, et que ni vous ni moi n'avons réussi à lui procurer cette fortune.

– Vous en savez surtout quelque chose, vous, mon pauvre Malicorne.

– Eh bien ! que supposez-vous qu'il arriverait à celui dont l'imagination rapprocherait les deux amants ?

– Oh ! le roi ne bornerait pas à peu de chose sa reconnaissance.

– Monsieur de Saint-Aignan !...

– Après ?

– Ne seriez-vous pas curieux de tâter un peu de la reconnaissance royale ?

– Certes, répondit de Saint-Aignan, une faveur de mon maître, quand j'aurais fait mon devoir, ne saurait que m'être précieuse.

– Alors, regardez ce papier, monsieur le comte.

– Qu'est-ce que ce papier ? un plan ?

– Celui des deux chambres de M. de Guiche, qui, selon toute probabilité, vont devenir vos deux chambres.

– Oh ! non, quoi qu'il arrive.

– Pourquoi cela ?

– Parce que mes deux chambres, à moi, sont convoitées par trop de gentilshommes à qui je ne les abandonnerais certes pas : par M. de Roquelaure, par M. de La Ferté, par M. Dangeau.

– Alors, je vous quitte, monsieur le comte, et je vais offrir à l'un de ces messieurs le plan que je vous présentais et les avantages y annexés.

– Mais que ne les gardez-vous pour vous ? demanda de Saint-Aignan avec défiance.

– Parce que le roi ne me fera jamais l'honneur de venir ostensiblement chez moi, tandis qu'il ira à merveille chez l'un de ces messieurs.

– Quoi ! le roi ira chez l'un de ces messieurs ?

– Pardieu ! s'il ira ? dix fois pour une. Comment !
vous me demandez si le roi ira dans un appartement
qui le rapprochera de Mlle de La Vallière !

– Beau rapprochement... avec tout un étage entre
soi.

Malicorne déplia le petit papier de la bobine.

– Monsieur le comte, dit-il, remarquez, je vous prie,
que le plancher de la chambre de Mlle de La Vallière
est un simple parquet de bois.

– Eh bien ?

– Eh ! bien, vous prendrez un ouvrier charpentier
qui, enfermé chez vous sans savoir où on le mène,
ouvrira votre plafond et, par conséquent, le parquet de
Mlle de La Vallière.

– Ah ! mon Dieu ! s'écria de Saint-Aignan comme
ébloui.

– Plaît-il ? fit Malicorne.

– Je dis que voilà une idée bien audacieuse,
monsieur.

– Elle paraîtra bien mesquine au roi, je vous assure.

– Les amoureux ne réfléchissent point au danger.

– Quel danger craignez-vous, monsieur le comte ?

– Mais un percement pareil, c'est un bruit
effroyable, tout le château en retentira ?

– Oh ! monsieur le comte, je suis sûr, moi, que
l'ouvrier que je vous désignerai ne fera pas le moindre
bruit. Il sciera un quadrilatère de six pieds avec une
scie garnie d'étoupe, et nul, même des plus voisins, ne
s'apercevra qu'il travaille.

– Ah ! mon cher monsieur Malicorne, vous
m'étourdissez, vous me bouleversez.

– Je continue, répondit tranquillement Malicorne :
dans la chambre dont vous avez percé le plafond, vous
entendez bien, n'est-ce pas ?

– Oui.

– Vous dresserez un escalier qui permette, soit à Mlle de La Vallière de descendre chez vous, soit au roi de monter chez Mlle de La Vallière.

– Mais cet escalier, on le verra ?

– Non, car, de votre côté, il sera caché par une cloison sur laquelle vous étendrez une tapisserie pareille à celle qui garnira le reste de l'appartement ; chez Mlle de La Vallière, il disparaîtra sous une trappe qui sera le parquet même, et qui s'ouvrira sous le lit.

– En effet, dit de Saint-Aignan, dont les yeux commencèrent à étinceler.

– Maintenant, monsieur le comte, je n'ai pas besoin de vous faire avouer que le roi viendra souvent dans la chambre où sera établi un pareil escalier. Je crois que M. Dangeau, particulièrement, sera frappé de mon idée, et je vais la lui développer.

– Ah ! cher monsieur Malicorne ! s'écria de Saint-Aignan, vous oubliez que c'est à moi que vous en avez parlé le premier, et que, par conséquent, j'ai les droits de la priorité.

– Voulez-vous donc la préférence ?

– Si je la veux ! je crois bien !

– Le fait est, monsieur de Saint-Aignan, que c'est un cordon pour la première promotion que je vous donne là, et peut-être même quelque bon duché.

– C'est, du moins, répondit de Saint-Aignan rouge de plaisir, une occasion de montrer au roi qu'il n'a pas tort de m'appeler quelquefois son ami, occasion, cher monsieur Malicorne, que je vous devrai.

– Vous ne l'oublierez pas un peu ? demanda Malicorne en souriant.

– Je m'en ferai gloire, monsieur.

– Moi, monsieur, je ne suis pas l'ami du roi, je suis son serviteur.

– Oui, et, si vous pensez qu'il y a un cordon bleu pour moi dans cet escalier, je pense qu'il y aura bien pour vous un rouleau de lettres de noblesse.

Malicorne s'inclina.

– Il ne s'agit plus, maintenant, que de déménager, dit de Saint-Aignan.

– Je ne vois pas que le roi s'y oppose ; demandez-lui-en la permission.

– À l'instant même je cours chez lui.

– Et moi, je vais me procurer l'ouvrier dont nous avons besoin.

– Quand l'aurai-je ?

– Ce soir.

– N'oubliez pas les précautions.

– Je vous l'amène les yeux bandés.

– Et moi, je vous envoie un de mes carrosses.

– Sans armoiries.

– Avec un de mes laquais sans livrée, c'est convenu.

– Très bien, monsieur le comte.

– Mais La Vallière.

– Eh bien ?

– Que dira-t-elle en voyant l'opération ?

– Je vous assure que cela l'intéressera beaucoup.

– Je le crois.

– Je suis même sûr que, si le roi n'a pas l'audace de monter chez elle, elle aura la curiosité de descendre.

– Espérons, dit de Saint-Aignan.

– Oui, espérons, répéta Malicorne.

– Je m'en vais chez le roi, alors.

– Et vous faites à merveille.

– À quelle heure ce soir mon ouvrier ?

– À huit heures.

– Et combien de temps estimez-vous qu'il lui faudra pour scier son quadrilatère ?

– Mais deux heures, à peu près ; seulement, ensuite, il lui faudra le temps d'achever ce qu'on appelle les raccords. Une nuit et une partie de la journée du lendemain : c'est deux jours qu'il faut compter avec l'escalier.

– Deux jours, c'est bien long.

– Dame ! quand on se mêle d'ouvrir une porte sur le paradis, faut-il, au moins, que cette porte soit décente.

– Vous avez raison ; à tantôt, cher monsieur Malicorne. Mon déménagement sera prêt pour après-demain au soir.

Chapitre CLXXIII – La promenade aux flambeaux

De Saint-Aignan, ravi de ce qu'il venait d'entendre, enchanté de ce qu'il entrevoyait, prit sa course vers les deux chambres de de Guiche.

Lui qui, un quart d'heure auparavant, n'eût pas donné ses deux chambres pour un million, il était prêt à acheter, pour un million, si on le lui eût demandé, les deux bienheureuses chambres qu'il convoitait maintenant.

Mais il n'y rencontra pas tant d'exigences. M. de Guiche ne savait pas encore où il devait loger, et, d'ailleurs, était trop souffrant toujours pour s'occuper de son logement.

De Saint-Aignan eut donc les deux chambres de de Guiche. De son côté, M. Dangeau eut les deux chambres de de Saint-Aignan, moyennant un pot-de-vin de six mille livres à l'intendant du comte, et crut avoir fait une affaire d'or.

Les deux chambres de Dangeau devinrent le futur logement de de Guiche.

Le tout, sans que nous puissions affirmer bien sûrement que, dans ce déménagement général, ce sont ces deux chambres que de Guiche habitera.

Quant à M. Dangeau, il était si transporté de joie, qu'il ne se donna même pas la peine de supposer que de Saint-Aignan avait un intérêt supérieur à déménager.

Une heure après cette nouvelle résolution prise par de Saint-Aignan, de Saint-Aignan était donc en possession des deux chambres. Dix minutes après que de Saint-Aignan était en possession des deux chambres, Malicorne entrait chez de Saint-Aignan escorté des tapissiers.

Pendant ce temps le roi demandait de Saint-Aignan ; on courait chez de Saint-Aignan, et l'on trouvait Dangeau ; Dangeau renvoyait chez de Guiche, et l'on trouvait enfin de Saint-Aignan.

Mais il y avait retard, de sorte que le roi avait déjà donné deux ou trois mouvements d'impatience lorsque de Saint-Aignan entra tout essoufflé chez son maître.

– Tu m'abandonnes donc aussi, toi ? lui dit Louis XIV, de ce ton lamentable dont César avait dû, dix-huit cents ans auparavant, dire le *Tu quoque*.

– Sire, dit de Saint-Aignan, je n'abandonne pas le roi, tout au contraire ; seulement, je m'occupe de mon déménagement.

– De quel déménagement ? Je croyais ton déménagement terminé depuis trois jours.

– Oui, Sire. Mais je me trouve mal où je suis, et je passe dans le corps de logis en face.

– Quand je te disais que, toi aussi, tu m'abandonnais ! s'écria le roi. Oh ! mais cela passe les bornes. Ainsi je n'avais qu'une femme dont mon cœur se souciât, toute ma famille se ligue pour me l'arracher. J'avais un ami à qui je confiais mes peines et qui m'aidait à en supporter le poids, cet ami se lasse de mes plaintes et me quitte sans même me demander congé.

De Saint-Aignan se mit à rire.

Le roi devina qu'il y avait quelque mystère dans ce manque de respect.

– Qu'y a-t-il ? s'écria le roi plein d'espoir.

– Il y a, Sire, que cet ami, que le roi calomnie, va essayer de rendre à son roi le bonheur qu'il a perdu.

– Tu vas me faire voir La Vallière ? fit Louis XIV.

– Sire, je n'en réponds pas encore, mais…

– Mais ?…

– Mais je l'espère.

– Oh ! comment ? comment ? Dis-moi cela, de Saint-Aignan. Je veux connaître ton projet, je veux t'y aider de tout mon pouvoir.

– Sire, répondit de Saint-Aignan, je ne sais pas encore bien moi-même comment je vais m'y prendre pour arriver à ce but ; mais j'ai tout lieu de croire que, dès demain...

– Demain, dis-tu ?

– Oui, Sire.

– Oh ! quel bonheur ! Mais pourquoi déménages-tu ?

– Pour vous servir mieux.

– Et en quoi, étant déménagé, me peux-tu mieux servir ?

– Savez-vous où sont situées les deux chambres que l'on destinait au comte de Guiche.

– Oui.

– Alors, vous savez où je vais.

– Sans doute ; mais cela ne m'avance à rien.

– Comment ! vous ne comprenez pas, Sire, qu'au-dessus de ce logement sont deux chambres ?

– Lesquelles ?

– L'une, celle de Mlle de Montalais, et l'autre...

– L'autre, c'est celle de La Vallière, de Saint-Aignan ?

– Allons donc, Sire.

– Oh ! de Saint-Aignan, c'est vrai, oui, c'est vrai. De Saint-Aignan, c'est une heureuse idée, une idée d'ami, de poète ; en me rapprochant d'elle, lorsque l'univers m'en sépare, tu vaux mieux pour moi que Pylade pour Oreste, que Patrocle pour Achille.

– Sire, dit de Saint-Aignan avec un sourire, je doute que, si Votre Majesté connaissait mes projets dans toute leur étendue, elle continuât à me donner des qualifications si pompeuses. Ah ! Sire, j'en connais de plus triviales que certains puritains de la Cour ne manqueront pas de m'appliquer quand ils sauront ce que je compte faire pour Votre Majesté.

– De Saint-Aignan, je meurs d'impatience ; de Saint-Aignan, je dessèche ; de Saint-Aignan, je n'attendrai jamais jusqu'à demain... Demain ! mais, demain, c'est une éternité.

– Et cependant, Sire, s'il vous plaît, vous allez sortir tout à l'heure et distraire cette impatience par une bonne promenade.

– Avec toi, soit : nous causerons de tes projets, nous parlerons d'elle.

– Non pas, Sire, je reste.

– Avec qui sortirai-je, alors ?

– Avec les dames.

– Ah ! ma foi, non, de Saint-Aignan.

– Sire, il le faut.

– Non, non ! mille fois non ! Non, je ne m'exposerai plus à ce supplice horrible d'être à deux pas d'elle, de la voir, d'effleurer sa robe en passant et de ne rien lui dire. Non, je renonce à ce supplice que tu crois un bonheur et qui n'est qu'une torture qui brûle mes yeux, qui dévore mes mains, qui broie mon cœur ; la voir en présence de tous les étrangers et ne pas lui dire que je l'aime, quand tout mon être lui révèle cet amour et me trahit devant tous. Non, je me suis juré à moi-même que je ne le ferais plus, et je tiendrai mon serment.

– Cependant, Sire, écoutez bien ceci.

– Je n'écoute rien, de Saint-Aignan.

– En ce cas, je continue. Il est urgent, Sire, comprenez-vous bien, urgent, de toute urgence, que Madame et ses filles d'honneur soient absentes deux heures de votre domicile.

– Tu me confonds, de Saint-Aignan.

– Il est dur pour moi de commander à mon roi ; mais dans cette circonstance, je commande, Sire : il me faut une chasse ou une promenade.

– Mais cette promenade, cette chasse, ce serait un caprice, une bizarrerie ! En manifestant de pareilles impatiences, je découvre à toute ma Cour un cœur qui ne s'appartient plus à lui-même. Ne dit-on pas déjà trop que je rêve la conquête du monde, mais qu'auparavant je devrais commencer par faire la conquête de moi-même ?

– Ceux qui disent cela, Sire, sont des impertinents et des factieux ; mais, quels qu'ils soient, si Votre Majesté préfère les écouter, je n'ai plus rien à dire. Alors, le jour de demain se recule à des époques indéterminées.

– De Saint-Aignan, je sortirai ce soir... Ce soir, j'irai coucher à Saint-Germain aux flambeaux ; j'y déjeunerai demain et serai de retour à Paris vers les trois heures. Est-ce cela ?

– Tout à fait.

– Alors je partirai ce soir pour huit heures.

– Votre Majesté a deviné la minute.

– Et tu ne veux rien me dire ?

– C'est-à-dire que je ne puis rien vous dire. L'industrie est pour quelque chose dans ce monde, Sire ; cependant le hasard y joue un si grand rôle, que j'ai l'habitude de lui laisser toujours la part la plus étroite, certain qu'il s'arrangera de manière à prendre toujours la plus large.

– Allons, je m'abandonne à toi.

– Et vous avez raison.

Réconforté de la sorte, le roi s'en alla tout droit chez Madame, où il annonça la promenade projetée.

Madame crut à l'instant même voir, dans cette partie improvisée, un complot du roi pour entretenir La Vallière, soit sur la route, à la faveur de l'obscurité, soit autrement ; mais elle se garda bien de rien manifester à son beau-frère, et accepta l'invitation le sourire sur les lèvres.

Elle donna, tout haut, des ordres pour que ses filles d'honneur la suivissent, se réservant de faire le soir ce qui lui paraîtrait le plus propre à contrarier les amours de Sa Majesté.

Puis, lorsqu'elle fut seule et que le pauvre amant qui avait donné cet ordre pût croire que Mlle de La Vallière serait de la promenade, au moment peut-être où il se repaissait en idée de ce triste bonheur des amants persécutés, qui est de réaliser, par la seule vue, toutes les joies de la possession interdite, en ce moment même, Madame au milieu de ses filles d'honneur, disait :

– J'aurai assez de deux demoiselles ce soir : Mlle de Tonnay-Charente et Mlle de Montalais.

La Vallière avait prévu le coup, et, par conséquent, s'y attendait ; mais la persécution l'avait rendue forte. Elle ne donna point à Madame la joie de voir sur son visage l'impression du coup qu'elle recevait au cœur.

Au contraire, souriant avec cette ineffable douceur qui donnait un caractère angélique à sa physionomie :

– Ainsi, madame, me voilà libre ce soir ? dit-elle.

– Oui, sans doute.

– J'en profiterai pour avancer cette tapisserie que Son Altesse a bien voulu remarquer, et que, d'avance, j'ai eu l'honneur de lui offrir.

Et, ayant fait une respectueuse révérence, elle se retira chez elle.

Mlles de Montalais et de Tonnay-Charente en firent autant.

Le bruit de la promenade sortit avec elles de la chambre de Madame et se répandit par tout le château. Dix minutes après, Malicorne savait la résolution de

Madame et faisait passer sous la porte de Montalais un billet conçu en ces termes :

« Il faut que L. V. passe la nuit avec Madame. »

Montalais, selon les conventions faites, commença par brûler le papier, puis se mit à réfléchir.

Montalais était une fille de ressources, et elle eut bientôt arrêté son plan.

À l'heure où elle devait se rendre chez Madame, c'est-à-dire vers cinq heures, elle traversa le préau tout courant, et, arrivée à dix pas d'un groupe d'officiers, poussa un cri, tomba gracieusement sur un genou, se releva et continua son chemin, mais en boitant.

Les gentilshommes accoururent à elle pour la soutenir. Montalais s'était donné une entorse.

Elle n'en voulut pas moins, fidèle à son devoir, continuer son ascension chez Madame.

– Qu'y a-t-il, et pourquoi boitez-vous ? lui demanda celle-ci ; je vous prenais pour La Vallière.

Montalais raconta comment, en courant pour venir plus vite, elle s'était tordu le pied.

Madame parut la plaindre et voulut faire venir, à l'instant même, un chirurgien.

Mais elle, assurant que l'accident n'avait rien de grave :

– Madame, dit-elle, je m'afflige seulement de manquer à mon service, et j'eusse voulu prier Mlle de La Vallière de me remplacer près de Votre Altesse…

Madame fronça le sourcil.

– Mais je n'en ai rien fait, continua Montalais.

– Et pourquoi n'en avez-vous rien fait ? demanda Madame.

– Parce que la pauvre La Vallière paraissait si heureuse d'avoir sa liberté pour un soir et pour une nuit, que je ne me suis pas senti le courage de la mettre en service à ma place.

– Comment, elle est joyeuse à ce point ? demanda Madame frappée de ces paroles.

– C'est-à-dire qu'elle en est folle ; elle chantait, elle toujours si mélancolique. Au reste, Votre Altesse sait qu'elle déteste le monde, et que son caractère contient un grain de sauvagerie.

« Oh ! oh ! pensa Madame, cette grande gaieté ne me paraît pas naturelle, à moi. »

– Elle a déjà fait ses préparatifs, continua Montalais pour dîner chez elle, en tête à tête avec un de ses livres chéris. Et puis, d'ailleurs, Votre Altesse a six autres demoiselles qui seront bien heureuses de l'accompagner ; aussi n'ai-je pas même fait ma proposition à Mlle de La Vallière.

Madame se tut.

– Ai-je bien fait ? continua Montalais avec un léger serrement de cœur, en voyant si mal réussir cette ruse de guerre sur laquelle elle avait si complètement compté, qu'elle n'avait pas cru nécessaire d'en chercher une autre. Madame m'approuve ? continua-t-elle.

Madame pensait que, pendant la nuit, le roi pourrait bien quitter Saint-Germain, et que, comme on ne comptait que quatre lieues et demie de Paris à Saint-Germain il pourrait bien être en une heure à Paris.

– Dites-moi, fit-elle, en vous sachant blessée, La Vallière vous a au moins offert sa compagnie ?

– Oh ! elle ne connaît pas encore mon accident ; mais, le connût-elle, je ne lui demanderai certes rien qui la dérange de ses projets. Je crois qu'elle veut réaliser seule, ce soir, la partie de plaisir du feu roi, quand il disait à M. de Saint-Mars : « Ennuyons-nous, monsieur de Saint-Mars, ennuyons-nous bien. »

Madame était convaincue que quelque mystère amoureux était caché sous cette soif de solitude. Ce mystère devait être le retour nocturne de Louis. Il n'y avait plus à en douter, La Vallière était prévenue de ce retour, de là cette joie de rester au Palais-Royal.

C'était tout un plan combiné d'avance.

– Je ne serai pas leur dupe, dit Madame.

Et elle prit un parti décisif.

– Mademoiselle de Montalais, dit-elle, veuillez prévenir votre amie, mademoiselle de La Vallière, que je suis au désespoir de troubler ses projets de solitude ; mais, au lieu de s'ennuyer seule chez elle, comme elle le désirait, elle viendra s'ennuyer avec nous à Saint-Germain.

– Ah ! pauvre La Vallière, fit Montalais d'un air dolent, mais avec l'allégresse dans le cœur. Oh ! madame, est-ce qu'il n'y aurait pas moyen que Votre Altesse...

– Assez, dit Madame, je le veux ! Je préfère la société de Mlle La Baume Le Blanc à toutes les autres sociétés. Allez, envoyez-la-moi et soignez votre jambe.

Montalais ne se fit pas répéter l'ordre. Elle rentra, écrivit sa réponse à Malicorne, et la glissa sous le tapis. « On ira », disait cette réponse. Une Spartiate n'eût pas écrit plus laconiquement.

« De cette façon, pensait Madame, pendant la route, je la surveille, pendant la nuit, elle couche près de moi, et bien adroite est Sa Majesté si elle échange un seul mot avec Mlle de La Vallière.

La Vallière reçut l'ordre de partir avec la même douceur indifférente qu'elle avait reçu l'ordre de rester.

Seulement, intérieurement, sa joie fut vive, et elle regarda ce changement de résolution de la princesse comme une consolation que lui envoyait la Providence.

Moins pénétrante que Madame, elle mettait tout sur le compte du hasard.

Tandis que tout le monde, à l'exception des disgraciés, des malades et des gens ayant des entorses, se dirigeait vers Saint-Germain, Malicorne faisait entrer son ouvrier dans un carrosse de M. de Saint-Aignan et le conduisait dans la chambre correspondant à la chambre de La Vallière.

Cet homme se mit à l'œuvre, alléché par la splendide récompense qui lui avait été promise.

Comme on avait fait prendre chez les ingénieurs de la maison du roi tous les outils les plus excellents, entre autres une de ces scies aux morsures invincibles qui vont tailler dans l'eau les madriers de chêne durs comme du fer, l'ouvrage avança rapidement, et un morceau carré du plafond, choisi entre deux solives, tomba dans les bras de Saint-Aignan, de Malicorne, de l'ouvrier et d'un valet de confiance, personnage mis au monde pour tout voir, tout entendre et ne rien répéter.

Seulement, en vertu d'un nouveau plan indiqué par Malicorne, l'ouverture fut pratiquée dans l'angle.

Voici pourquoi.

Comme il n'y avait pas de cabinet de toilette dans la chambre de La Vallière, La Vallière avait demandé et obtenu, le matin même, un grand paravent destiné à remplacer une cloison.

Le paravent avait été accordé.

Il suffisait parfaitement pour cacher l'ouverture, qui d'ailleurs, serait dissimulée par tous les artifices de l'ébénisterie.

Le trou pratiqué, l'ouvrier se glissa entre les solives et se trouva dans la chambre de La Vallière.

Arrivé là, il scia carrément le plancher, et, avec les feuilles mêmes du parquet, il confectionna une trappe s'adaptant si parfaitement à l'ouverture, que l'œil le plus exercé n'y pouvait voir que les interstices obligés d'une soudure de parquet.

Malicorne avait tout prévu. Une poignée et deux charnières, achetées d'avance, furent posées à cette feuille de bois.

Un de ces petits escaliers tournants, comme on commençait à en poser dans les entresols, fut acheté tout fait par l'industrieux Malicorne, et payé deux mille livres.

Il était plus haut qu'il n'était besoin ; mais le charpentier en supprima des degrés, et il se trouva d'exacte mesure.

Cet escalier, destiné à recevoir un si illustre poids, fut accroché au mur par deux crampons seulement.

Quant à sa base, elle fut arrêtée dans le parquet même du comte par deux fiches vissées : le roi et tout son conseil eussent pu monter et descendre cet escalier sans aucune crainte.

Tout marteau frappait sur un coussinet d'étoupes, toute lime mordait, le manche enveloppé de laine, la lame trempée d'huile.

D'ailleurs, le travail le plus bruyant avait été fait pendant la nuit et pendant la matinée, c'est-à-dire en l'absence de La Vallière et de Madame.

Quand, vers deux heures, la Cour rentra au Palais-Royal, et que La Vallière remonta dans sa chambre, tout était en place, et pas la moindre parcelle de sciure, pas le plus petit copeau ne venaient attester la violation de domicile.

Seulement, de Saint-Aignan, qui avait voulu aider de son mieux dans ce travail, avait déchiré ses doigts et sa chemise, et dépensé beaucoup de sueur au service de son roi.

La paume de ses mains, surtout, était toute garnie d'ampoules.

Ces ampoules venaient de ce qu'il avait tenu l'échelle à Malicorne.

Il avait, en outre, apporté un à un les cinq morceaux de l'escalier, formés chacun de deux marches.

Enfin, nous pouvons le dire, le roi, s'il l'eût vu si ardent à l'œuvre, le roi lui eût juré reconnaissance éternelle.

Comme l'avait prévu Malicorne, l'homme des mesures exactes, l'ouvrier eut terminé toutes ses opérations en vingt-quatre heures.

Il reçut vingt-quatre louis et partit comblé de joie ; c'était autant qu'il gagnait d'ordinaire en six mois.

Nul n'avait le plus petit soupçon de ce qui s'était passé sous l'appartement de Mlle de La Vallière.

Mais, le soir du second jour, au moment où La Vallière venait de quitter le cercle de Madame et rentrait chez elle, un léger craquement retentit au fond de la chambre.

Étonnée, elle regarda d'où venait le bruit. Le bruit recommença.

– Qui est là ? demanda-t-elle avec un accent d'effroi.

– Moi, répondit la voix si connue du roi.

– Vous !... vous ! s'écria la jeune fille qui se crut un instant sous l'empire d'un songe. Mais où cela, vous ?... vous, Sire ?

– Ici, répliqua le roi en dépliant une des feuilles du paravent, et en apparaissant comme une ombre au fond de l'appartement.

La Vallière poussa un cri et tomba toute frissonnante sur un fauteuil.

Chapitre CLXXIV – L'apparition

La Vallière se remit promptement de sa surprise ; à force d'être respectueux, le roi lui rendait par sa présence plus de confiance que son apparition ne lui en avait ôté.

Mais, comme il vit surtout que ce qui inquiétait La Vallière, c'était la façon dont il avait pénétré chez elle, il lui expliqua le système de l'escalier caché par le paravent, se défendant surtout d'être une apparition surnaturelle.

– Oh ! Sire, lui dit La Vallière en secouant sa blonde tête avec un charmant sourire, présent ou absent, vous n'apparaissez pas moins à mon esprit dans un moment que dans l'autre.

– Ce qui veut dire, Louise ?

– Oh ! ce que vous savez bien, Sire : c'est qu'il n'est pas un instant où la pauvre fille dont vous avez surpris le secret à Fontainebleau, et que vous êtes venu reprendre au pied de la croix, ne pense à vous.

– Louise, vous me comblez de joie et de bonheur.

La Vallière sourit tristement et continua :

– Mais, Sire, avez-vous réfléchi que votre ingénieuse invention ne pouvait nous être d'aucune utilité ?

– Et pourquoi cela ? Dites, j'attends.

– Parce que cette chambre où je loge, Sire, n'est point à l'abri des recherches, il s'en faut ; Madame peut y venir par hasard ; à chaque instant du jour, mes compagnes y viennent ; fermer ma porte en dedans, c'est me dénoncer aussi clairement que si j'écrivais dessus : « N'entrez pas, le roi est ici ! » Et, tenez, Sire, en ce moment même, rien n'empêche que la porte ne s'ouvre, et que Votre Majesté, surprise, ne soit vue près de moi.

– C'est alors, dit en riant le roi, que je serais véritablement pris pour un fantôme, car nul ne peut dire par où je suis venu ici. Or, il n'y a que les fantômes qui passent à travers les murs ou à travers les plafonds.

– Oh ! Sire, quelle aventure ! songez-y bien, Sire, quel scandale ! Jamais rien de pareil n'aurait été dit sur les filles d'honneur, pauvres créatures que la méchanceté n'épargne guère, cependant.

– Et vous concluez de tout cela, ma chère Louise ?... Voyons, dites, expliquez-vous !

– Qu'il faut, hélas ! pardonnez-moi, c'est un mot bien dur...

Louis sourit.

– Voyons, dit-il.

– Qu'il faut que Votre Majesté supprime l'escalier, machinations et surprises ; car le mal d'être pris ici, songez-y, Sire, serait plus grand que le bonheur de s'y voir.

– Eh bien ! chère Louise, répondit le roi avec amour, au lieu de supprimer cet escalier par lequel je monte, il est un moyen plus simple auquel vous n'avez point pensé.

– Un moyen... encore ?...

– Oui, encore. Oh ! vous ne m'aimez pas comme je vous aime, Louise, puisque je suis plus inventif que vous.

Elle le regarda. Louis lui tendit la main, qu'elle serra doucement.

– Vous dites, continua le roi, que je serai surpris en venant où chacun peut entrer à son aise ?

– Tenez, Sire, au moment même où vous en parlez, j'en tremble.

– Soit, mais vous ne seriez pas surprise, vous, en descendant cet escalier pour venir dans les chambres qui sont au-dessous.

– Sire, Sire, que dites-vous là ? s'écria La Vallière effrayée.

– Vous me comprenez mal, Louise, puisque, à mon premier mot, vous prenez cette grande colère ; d'abord, savez-vous à qui appartiennent ces chambres ?

– Mais à M. le comte de Guiche.

– Non pas, à M. de Saint-Aignan.

– Vrai ! s'écria La Vallière.

Et ce mot, échappé du cœur joyeux de la jeune fille, fit luire comme un éclair de doux présage dans le cœur épanoui du roi.

– Oui, à de Saint-Aignan, à notre ami, dit-il.

– Mais, Sire, reprit La Vallière, je ne puis pas plus aller chez M. de Saint Aignan que chez M. le comte de Guiche, hasarda l'ange redevenu femme.

– Pourquoi donc ne le pouvez-vous pas, Louise ?

– Impossible ! impossible !

– Il me semble, Louise, que, sous la sauvegarde du roi, l'on peut tout.

– Sous la sauvegarde du roi ? dit-elle avec un regard chargé d'amour.

– Oh ! vous croyez à ma parole, n'est-ce pas ?

– J'y crois lorsque vous n'y êtes pas, Sire ; mais, lorsque vous y êtes, lorsque vous me parlez, lorsque je vous vois, je ne crois plus à rien.

– Que vous faut-il pour vous rassurer, mon Dieu ?

– C'est peu respectueux, je le sais, de douter ainsi du roi ; mais vous n'êtes pas le roi, pour moi.

– Oh ! Dieu merci, je l'espère bien ; vous voyez comme je cherche. Écoutez : la présence d'un tiers vous rassurera-t-elle ?

– La présence de M. de Saint-Aignan ? oui.

– En vérité, Louise, vous me percez le cœur avec de pareils soupçons.

La Vallière ne répondit rien, elle regarda seulement Louis de ce clair regard qui pénétrait jusqu'au fond des cœurs, et dit tout bas :

– Hélas ! hélas ! ce n'est pas de vous que je me défie, ce n'est pas sur vous que portent mes soupçons.

– J'accepte donc, dit le roi en soupirant, et M. de Saint-Aignan, qui a l'heureux privilège de vous rassurer, sera toujours présent à notre entretien, je vous le promets.

– Bien vrai, Sire ?

– Foi de gentilhomme ! Et vous, de votre côté ?...

– Attendez, oh ! ce n'est pas tout.

– Encore quelque chose, Louise ?

– Oh ! certainement ; ne vous lassez pas si vite, car nous ne sommes pas au bout, Sire.

– Allons, achevez de me percer le cœur.

– Vous comprenez bien, Sire, que ces entretiens doivent au moins avoir, près de M. de Saint-Aignan lui-même, une sorte de motif raisonnable.

– De motif raisonnable ! reprit le roi d'un ton de doux reproche.

– Sans doute. Réfléchissez, Sire.

– Oh ! vous avez toutes les délicatesses, et, croyez-le, mon seul désir est de vous égaler sur ce point. Eh bien ! Louise, il sera fait comme vous désirez. Nos entretiens auront un objet raisonnable, et j'ai déjà trouvé cet objet.

– De sorte, Sire ?... dit La Vallière en souriant.

– Que, dès demain, si vous voulez...

– Demain ?

– Vous voulez dire que c'est trop tard ? s'écria le roi en serrant entre ses deux mains la main brûlante de La Vallière.

En ce moment, des pas se firent entendre dans le corridor.

– Sire, Sire, s'écria La Vallière, quelqu'un s'approche, quelqu'un vient, entendez-vous ? Sire, Sire, fuyez, je vous en supplie !

Le roi ne fit qu'un bond de sa chaise derrière le paravent.

Il était temps ; comme le roi tirait un des feuillets sur lui, le bouton de la porte tourna, et Montalais parut sur le seuil.

Il va sans dire qu'elle entra tout naturellement et sans faire aucune cérémonie.

Elle savait bien, la rusée, que frapper discrètement à cette porte au lieu de la pousser, c'était montrer à La Vallière une défiance désobligeante.

Elle entra donc, et après un rapide coup d'œil qui lui montra deux chaises fort près l'une de l'autre, elle employa tant de temps à refermer la porte qui se rebellait on ne sait comment, que le roi eut celui de lever la trappe et de redescendre chez de Saint-Aignan.

Un bruit imperceptible pour toute oreille moins fine que la sienne avertit Montalais de la disparition du prince ; elle réussit alors à fermer la porte rebelle, et s'approcha de La Vallière.

– Causons, Louise, lui dit-elle, causons sérieusement, vous le voulez bien.

Louise, toute à son émotion, n'entendit pas sans une secrète terreur ce sérieusement, sur lequel Montalais avait appuyé à dessein.

– Mon Dieu ! ma chère Aure, murmura-t-elle, qu'y a-t-il donc encore ?

– Il y a, chère amie, que Madame se doute de tout.

– De tout quoi ?

– Avons-nous besoin de nous expliquer, et ne comprends-tu pas ce que je veux dire ? Voyons : tu as dû voir les fluctuations de Madame depuis plusieurs jours ; tu as dû voir comme elle t'a prise auprès d'elle, puis congédiée, puis reprise.

– C'est étrange, en effet ; mais je suis habituée à ses bizarreries.

– Attends encore. Tu as remarqué ensuite que Madame, après t'avoir exclue de la promenade, hier, t'a fait donner ordre d'assister à cette promenade.

– Si je l'ai remarqué ! sans doute.

– Eh bien ! il paraît que Madame a maintenant des renseignements suffisants, car elle a été droit au but, n'ayant plus rien à opposer en France à ce torrent qui brise tous les obstacles ; tu sais ce que je veux dire par le torrent ?

La Vallière cacha son visage entre ses mains.

– Je veux dire, poursuivit Montalais, impitoyablement, ce torrent qui a enfoncé la porte des Carmélites de Chaillot, et renversé tous les préjugés de cour, tant à Fontainebleau qu'à Paris.

– Hélas ! hélas ! murmura La Vallière, toujours voilée par ses doigts, entre lesquels roulaient ses larmes.

– Oh ! ne t'afflige pas ainsi, lorsque tu n'es qu'à la moitié de tes peines.

– Mon Dieu ! s'écria la jeune fille avec anxiété, qu'y a-t-il donc encore ?

– Eh bien ! voici le fait. Madame, dénuée d'auxiliaires en France, car elle a usé successivement les deux reines, Monsieur et toute la Cour, Madame s'est souvenue d'une certaine personne qui a sur toi de prétendus droits.

La Vallière devint blanche comme une statue de cire.

– Cette personne, continua Montalais, n'est point à Paris en ce moment.

– Oh ! mon Dieu ! murmura Louise.

– Cette personne, si je ne me trompe, est en Angleterre.

– Oui, oui, soupira La Vallière à demi brisée.

– N'est-ce pas à la Cour du roi Charles II que se trouve cette personne ? Dis.

– Oui.

– Eh bien ! ce soir, une lettre est partie du cabinet de Madame pour Saint-James, avec ordre pour le courrier de pousser d'une traite jusqu'à Hampton-Court, qui est, à ce qu'il paraît, une maison royale située à douze milles de Londres !

– Oui, après ?

– Or, comme Madame écrit régulièrement à Londres tous les quinze jours, et que le courrier ordinaire avait été expédié à Londres il y a trois jours seulement, j'ai pensé qu'une circonstance grave pouvait seule lui mettre la plume à la main. Madame est paresseuse pour écrire, comme tu sais.

– Oh ! oui.

– Cette lettre a donc été écrite, quelque chose me le dit, pour toi.

– Pour moi ? répéta la malheureuse jeune fille avec la docilité d'un automate.

– Et moi qui la vis, cette lettre, sur le bureau de Madame avant qu'elle fût cachetée, j'ai cru y lire…

– Tu as cru y lire ?…

– Peut-être me suis-je trompée.

– Quoi ?… Voyons.

– Le nom de Bragelonne.

La Vallière se leva, en proie à la plus douloureuse agitation.

– Montalais, dit-elle avec une voix pleine de sanglots, déjà se sont enfuis tous les rêves riants de la jeunesse et de l'innocence. Je n'ai plus rien à te cacher, à toi ni à personne. Ma vie est à découvert, et s'ouvre comme un livre où tout le monde peut lire, depuis le roi jusqu'au premier passant. Aure, ma chère Aure, que faire ? Que devenir ?

Montalais se rapprocha.

– Dame, consulte-toi, dit-elle.

– Eh bien ! je n'aime pas M. de Bragelonne ; quand je dis que je ne l'aime pas, comprends-moi : je l'aime comme la plus tendre sœur peut aimer un bon frère ; mais ce n'est point cela qu'il me demande, ce n'est point cela que je lui ai promis.

– Enfin, tu aimes le roi, dit Montalais, et c'est une assez bonne excuse.

– Oui, j'aime le roi, murmura sourdement la jeune fille, et j'ai payé assez cher le droit de prononcer ces mots. Eh bien ! parle, Montalais ; que peux-tu pour moi ou contre moi dans la position où je me trouve ?

– Parle-moi plus clairement.

– Que te dirai-je ?

– Ainsi, rien de plus particulier ?

– Non, fit Louise avec étonnement.

– Bien ! Alors, c'est un simple conseil que tu me demandes ?

– Oui.

– Relativement à M. Raoul ?

– Pas autre chose.

– C'est délicat, répliqua Montalais.

– Non, rien n'est délicat là-dedans. Faut-il que je l'épouse pour lui tenir la promesse faite ? faut-il que je continue d'écouter le roi ?

– Sais-tu bien que tu me mets dans une position difficile ? dit Montalais en souriant. Tu me demandes si tu dois épouser Raoul, dont je suis l'amie, et à qui je fais un mortel déplaisir en me prononçant contre lui. Tu me parles ensuite de ne plus écouter le roi, le roi, dont je suis la sujette, et que j'offenserais en te conseillant d'une certaine façon. Ah ! Louise, Louise, tu fais bon marché d'une bien difficile position.

410

– Vous ne m'avez pas comprise, Aure, dit La Vallière blessée du ton légèrement railleur qu'avait pris Montalais : si je parle d'épouser M. de Bragelonne, c'est que je puis l'épouser sans lui faire aucun déplaisir ; mais, par la même raison, si j'écoute le roi, faut-il le faire usurpateur d'un bien fort médiocre, c'est vrai, mais auquel l'amour prête une certaine apparence de valeur ? Ce que je te demande donc, c'est de m'enseigner un moyen de me dégager honorablement, soit d'un côté, soit de l'autre, ou plutôt je te demande de quel côté je puis me dégager le plus honorablement.

– Ma chère Louise, répondit Montalais après un silence, je ne suis pas un des sept sages de la Grèce et je n'ai point de règles de conduite parfaitement invariables ; mais, en échange, j'ai quelque expérience, et je puis te dire que jamais une femme ne demande un conseil du genre de celui que tu me demandes sans être fortement embarrassée. Or, tu as fait une promesse solennelle, tu as de l'honneur ; si donc tu es embarrassée, ayant pris un tel engagement, ce n'est pas le conseil d'une étrangère, tout est étranger pour un cœur plein d'amour, ce n'est pas, dis-je, mon conseil qui te tirera d'embarras. Je ne te le donnerai donc point, d'autant plus qu'à ta place je serais encore plus embarrassée après le conseil qu'auparavant. Tout ce que je puis faire, c'est de te répéter ce que je t'ai déjà dit : veux-tu que je t'aide ?

– Oh ! oui.

– Eh bien ! c'est tout… Dis-moi en quoi tu veux que je t'aide ; dis-moi pour qui et contre qui. De cette façon nous ne ferons point d'école.

– Mais, d'abord, toi, dit La Vallière en pressant la main de sa compagne, pour qui ou contre qui te déclares-tu ?

– Pour toi, si tu es véritablement mon amie…

– N'es-tu pas la confidente de Madame ?

– Raison de plus pour t'être utile ; si je ne savais rien de ce côté-là, je ne pourrais pas t'aider, et tu ne tirerais, par conséquent, aucun profit de ma connaissance. Les amitiés vivent de ces sortes de bénéfices mutuels.

– Il en résulte que tu resteras en même temps l'amie de Madame ?

– Évidemment. T'en plains-tu ?

– Non, dit La Vallière rêveuse, car cette franchise cynique lui paraissait une offense faite à la femme et un tort fait à l'amie.

– À la bonne heure, dit Montalais ; car, en ce cas, tu serais bien sotte.

– Donc, tu me serviras ?

– Avec dévouement, surtout si tu me sers de même.

– On dirait que tu ne connais pas mon cœur, dit La Vallière en regardant Montalais avec de grands yeux étonnés.

– Dame ! c'est que, depuis que nous sommes à la Cour, ma chère Louise, nous sommes bien changées.

– Comment, cela !

– C'est bien simple : étais-tu la seconde reine de France, là-bas, à Blois ?

La Vallière baissa la tête et se mit à pleurer.

Montalais la regarda d'une façon indéfinissable et on l'entendit murmurer ces mots :

– Pauvre fille !

Puis, se reprenant.

– Pauvre roi ! dit-elle.

Elle baisa Louise au front et regagna son appartement, où l'attendait Malicorne.

Chapitre CLXXV – Le portrait

Dans cette maladie qu'on appelle *l'amour*, les accès se suivent à des intervalles toujours plus rapprochés dès que le mal débute.

Plus tard, les accès s'éloignent les uns des autres, au fur et à mesure que la guérison arrive.

Cela posé, comme axiome en général et comme tête de chapitre en particulier, continuons notre récit.

Le lendemain, jour fixé par le roi pour le premier entretien chez de Saint-Aignan, La Vallière, en ouvrant son paravent, trouva sur le parquet un billet écrit de la main du roi.

Ce billet avait passé de l'étage inférieur au supérieur par la fente du parquet. Nulle main indiscrète, nul regard curieux ne pouvait monter où montait ce simple papier.

C'était une des idées de Malicorne. Voyant combien de Saint-Aignan allait devenir utile au roi par son logement, il n'avait pas voulu que le courtisan devînt encore indispensable comme messager, et il s'était, de son autorité privée, réservé ce dernier poste.

La Vallière lut avidement ce billet qui lui fixait deux heures de l'après-midi pour le moment du rendez-vous, et qui lui indiquait le moyen de lever la plaque parquetée.

– Faites-vous belle, ajoutait le post-scriptum de la lettre.

Ces derniers mots étonnèrent la jeune fille, mais en même temps ils la rassurèrent.

L'heure marchait lentement. Elle finit cependant par arriver.

Aussi ponctuelle que la prêtresse Héro, Louise leva la trappe au dernier coup de deux heures, et trouva sur les premiers degrés le roi, qui l'attendait respectueusement pour lui donner la main.

Cette délicate déférence la toucha sensiblement.

Au bas de l'escalier, les deux amants trouvèrent le comte qui, avec un sourire et une révérence du meilleur goût, fit à La Vallière ses remerciements sur l'honneur qu'il recevait d'elle.

Puis, se tournant vers le roi :

– Sire, dit-il, notre homme est arrivé.

La Vallière, inquiète, regarda Louis.

– Mademoiselle, dit le roi, si je vous ai priée de me faire l'honneur de descendre ici, c'est par intérêt. J'ai fait demander un excellent peintre qui saisit parfaitement les ressemblances, et je désire que vous l'autorisiez à vous peindre. D'ailleurs, si vous l'exigiez absolument, le portrait resterait chez vous.

La Vallière rougit.

– Vous le voyez, lui dit le roi, nous ne serons plus trois seulement : nous voilà quatre. Eh ! mon Dieu ! du moment que nous ne serons pas seuls, nous serons tant que vous voudrez.

La Vallière serra doucement le bout des doigts de son royal amant.

– Passons dans la chambre voisine, s'il plaît à Votre Majesté, dit de Saint Aignan.

Il ouvrit la porte et fit passer ses hôtes.

Le roi marchait derrière La Vallière et dévorait des yeux son cou blanc comme de la nacre, sur lequel s'enroulaient les anneaux serrés et crépus des cheveux argentés de la jeune fille.

La Vallière était vêtue d'une étoffe de soie épaisse de couleur gris perle glacée de rose ; une parure de jais faisait valoir la blancheur de sa peau ; ses mains fines et diaphanes froissaient un bouquet de pensées, de roses du Bengale et de clématites au feuillage finement découpé, au-dessus desquelles s'élevait, comme une coupe à verser des parfums, une tulipe de Harlem aux tons gris et violets, pure et merveilleuse espèce, qui avait coûté cinq ans de combinaisons au jardinier et cinq mille livres au roi.

Ce bouquet, Louis l'avait mis dans la main de La Vallière en la saluant.

Dans cette chambre, dont de Saint-Aignan venait d'ouvrir la porte, se tenait un jeune homme vêtu d'un habit de velours léger avec de beaux yeux noirs et de grands cheveux bruns.

C'était le peintre.

Sa toile était toute prête, sa palette faite.

Il s'inclina devant Mlle de La Vallière avec cette grave curiosité de l'artiste qui étudie son modèle, salua le roi discrètement, comme s'il ne le connaissait pas, et comme il eût, par conséquent, salué un autre gentilhomme.

Puis, conduisant Mlle de La Vallière jusqu'au siège préparé pour elle, il l'invita à s'asseoir.

La jeune fille se posa gracieusement et avec abandon, les mains occupées, les jambes étendues sur des coussins, et, pour que ses regards n'eussent rien de vague ou rien d'affecté, le peintre la pria de se choisir une occupation.

Alors Louis XIV, en souriant, vint s'asseoir sur les coussins aux pieds de sa maîtresse.

De sorte qu'elle, penchée en arrière, adossée au fauteuil, ses fleurs à la main, de sorte que lui, les yeux levés vers elle et la dévorant du regard, ils formaient un groupe charmant que l'artiste contempla plusieurs minutes avec satisfaction, tandis que, de son côté, de Saint-Aignan le contemplait avec envie.

Le peintre esquissa rapidement ; puis, sous les premiers coups du pinceau, on vit sortir du fond gris cette molle et poétique figure aux yeux doux, aux joues roses encadrées dans des cheveux d'un pur argent.

Cependant les deux amants parlaient peu et se regardaient beaucoup ; parfois leurs yeux devenaient si languissants, que le peintre était forcé d'interrompre son ouvrage pour ne pas représenter une Érycine au lieu d'une La Vallière.

C'est alors que de Saint-Aignan revenait à la rescousse ; il récitait des vers ou disait quelques-unes de ces historiettes comme Patru les racontait, comme Tallemant des Réaux les racontait si bien.

Ou bien La Vallière était fatiguée, et l'on se reposait.

Aussitôt un plateau de porcelaine de Chine, chargé des plus beaux fruits que l'on avait pu trouver, aussitôt le vin de Xérès, distillant ses topazes dans l'argent ciselé, servaient d'accessoires à ce tableau, dont le peintre ne devait retracer que la plus éphémère figure.

Louis s'enivrait d'amour ; La Vallière, de bonheur ; de Saint-Aignan, d'ambition.

Le peintre se composait des souvenirs pour sa vieillesse.

Deux heures s'écoulèrent ainsi ; puis, quatre heures ayant sonné, La Vallière se leva, et fit un signe au roi.

Louis se leva, s'approcha du tableau, et adressa quelques compliments flatteurs à l'artiste.

De Saint-Aignan vantait la ressemblance, déjà assurée, à ce qu'il prétendait.

La Vallière, à son tour, remercia le peintre en rougissant, et passa dans la chambre voisine, où le roi la suivit, après avoir appelé de Saint-Aignan.

– À demain, n'est-ce pas ? dit-il à La Vallière.

– Mais, Sire, songez-vous que l'on viendra certainement chez moi, qu'on ne m'y trouvera pas ?

– Eh bien ?

– Alors, que deviendrai-je ?

– Vous êtes bien craintive, Louise !

– Mais, enfin, si Madame me faisait demander ?

– Oh ! répliqua le roi, est-ce qu'un jour n'arrivera pas où vous me direz vous-même de tout braver pour ne plus vous quitter ?

– Ce jour-là, Sire, je serais une insensée et vous ne devriez pas me croire.

– À demain, Louise.

La Vallière poussa un soupir ; puis, sans force contre la demande royale :

– Puisque vous le voulez, Sire, à demain, répéta-t-elle.

Et, à ces mots, elle monta légèrement les degrés et disparut aux yeux de son amant.

– Eh bien ! Sire ?... demanda de Saint-Aignan lorsqu'elle fut partie.

– Eh bien ! de Saint-Aignan, hier, je me croyais le plus heureux des hommes.

– Et Votre Majesté, aujourd'hui, dit en souriant le comte, s'en croirait-elle par hasard le plus malheureux ?

– Non, mais cet amour est une soif inextinguible ; en vain je bois, en vain je dévore les gouttes d'eau que ton industrie me procure : plus je bois, plus j'ai soif.

– Sire, c'est un peu votre faute, et Votre Majesté s'est fait la position telle qu'elle est.

– Tu as raison.

– Donc, en pareil cas, Sire, le moyen d'être heureux, c'est de se croire satisfait et d'attendre.

– Attendre ! Tu connais donc ce mot-là, toi, attendre ?

– Là, Sire, là ! ne vous désolez point. J'ai déjà cherché, je chercherai encore.

Le roi secoua la tête d'un air désespéré.

– Et quoi ! Sire, vous n'êtes plus content déjà ?

– Eh ! si fait, mon cher de Saint-Aignan ; mais trouve, mon Dieu ! trouve.

– Sire, je m'engage à chercher, voilà tout ce que je puis dire.

Le roi voulut revoir encore le portrait, ne pouvant revoir l'original. Il indiqua quelques changements au peintre, et sortit.

Derrière lui, de Saint-Aignan congédia l'artiste.

Chevalets, couleurs et peintre n'étaient pas disparus, que Malicorne montra sa tête entre les deux portières.

De Saint-Aignan le reçut à bras ouverts, et cependant avec une certaine tristesse. Le nuage qui avait passé sur le soleil royal voilait, à son tour, le satellite fidèle.

Malicorne vit, du premier coup d'œil, ce crêpe étendu sur le visage de de Saint-Aignan.

– Oh ! monsieur le comte, dit-il, comme vous voilà noir !

– J'en ai bien le sujet, ma foi ! mon cher monsieur Malicorne ; croiriez vous que le roi n'est pas content ?

– Pas content de son escalier ?

– Oh ! non, au contraire, l'escalier a plu beaucoup.

– C'est donc la décoration des chambres qui n'est pas selon son goût ?

– Oh ! pour cela, il n'y a pas seulement songé. Non, ce qui a déplu au roi…

– Je vais vous le dire, monsieur le comte : c'est d'être venu, lui quatrième, à un rendez-vous d'amour. Comment, monsieur le comte, vous n'avez pas deviné cela, vous ?

– Mais comment l'eussé-je deviné, cher monsieur Malicorne, quand je n'ai fait que suivre à la lettre les instructions du roi ?

– En vérité, Sa Majesté a voulu, à toute force, vous voir près d'elle ?

– Positivement.

– Et Sa Majesté a voulu avoir, en outre, M. le peintre que j'ai rencontré en bas ?

– Exigé, monsieur Malicorne, exigé !

– Alors, je le comprends, pardieu ! bien, que Sa Majesté ait été mécontente.

– Mécontente de ce que l'on a ponctuellement obéi à ses ordres ? Je ne vous comprends plus.

Malicorne se gratta l'oreille.

– À quelle heure, demanda-t-il, le roi avait-il dit qu'il se rendrait chez vous ?

– À deux heures.

– Et vous étiez chez vous à attendre le roi ?

– Dès une heure et demie.

– Ah ! vraiment !

– Peste ! il eût fait beau me voir inexact devant le roi.

Malicorne, malgré le respect qu'il portait à de Saint-Aignan, ne put s'empêcher de hausser les épaules.

– Et ce peintre, fit-il, le roi l'avait-il demandé aussi pour deux heures ?

– Non, mais moi, je le tenais ici dès midi. Mieux vaut, vous comprenez, qu'un peintre attende deux heures, que le roi une minute.

Malicorne se mit à rire silencieusement.

– Voyons, cher monsieur Malicorne, dit Saint-Aignan, riez moins de moi et parlez davantage.

– Vous l'exigez ?

– Je vous en supplie.

– Eh bien ! monsieur le comte, si vous voulez que le roi soit un peu plus content la première fois qu'il viendra…

– Il vient demain.

– Eh bien ! si vous voulez que le roi soit un peu plus content demain…

– Ventre-saint-gris ! comme disait son aïeul, si je le veux ! je le crois bien !

– Eh bien ! demain, au moment où arrivera le roi, ayez affaire dehors, mais pour une chose qui ne peut se remettre, pour une chose indispensable.

– Oh ! oh !

– Pendant vingt minutes.

– Laisser le roi seul pendant vingt minutes ? s'écria de Saint-Aignan effrayé.

– Allons, mettons que je n'ai rien dit, fit Malicorne, tirant vers la porte.

– Si fait, si fait, cher monsieur Malicorne ; au contraire, achevez, je commence à comprendre. Et le peintre, le peintre ?

– Oh ! le peintre, lui, il faut qu'il soit en retard d'une demi-heure.

– Une demi-heure, vous croyez ?

– Oui, je crois.

– Mon cher monsieur, je ferai comme vous dites.

– Et je crois que vous vous en trouverez bien ; me permettez-vous de venir m'informer un peu demain ?

– Certes.

– J'ai bien l'honneur d'être votre serviteur respectueux, monsieur de Saint Aignan.

Et Malicorne sortit à reculons.

« Décidément ce garçon-là a plus d'esprit que moi », se dit de Saint-Aignan entraîné par sa conviction.

Chapitre CLXXVI – Hampton-Court

Cette révélation que nous venons de voir Montalais faire à La Vallière, à la fin de notre avant-dernier chapitre, nous ramène tout naturellement au principal héros de cette histoire, pauvre chevalier errant au souffle du caprice d'un roi.

Si notre lecteur veut bien nous suivre, nous passerons donc avec lui ce détroit plus orageux que l'Europe qui sépare Calais de Douvres ; nous traverserons cette verte et plantureuse campagne aux mille ruisseaux qui ceint Charing, Maidstone et dix autres villes plus pittoresques les unes que les autres, et nous arriverons enfin à Londres.

De là, comme des limiers qui suivent une piste, lorsque nous aurons reconnu que Raoul a fait un premier séjour à White-Hall, un second à Saint-James ; quand nous saurons qu'il a été reçu par Monck et introduit dans les meilleures sociétés de la Cour de Charles II, nous courrons après lui jusqu'à l'une des maisons d'été de Charles II, près de la ville de Kingston, à Hampton-Court, que baigne la Tamise.

Le fleuve n'est pas encore, à cet endroit, l'orgueilleuse voie qui charrie chaque jour un demi-million de voyageurs, et tourmente ses eaux noires comme celles du Cocyte, en disant : « Moi aussi, je suis la mer. »

Non, ce n'est encore qu'une douce et verte rivière aux margelles moussues, aux larges miroirs reflétant les saules et les hêtres, avec quelque barque de bois desséché qui dort çà et là au milieu des roseaux, dans une anse d'aulnes et de myosotis.

Les paysages s'étendent alentour calmes et riches ; la maison de briques perce de ses cheminées, aux fumées bleues, une épaisse cuirasse de houx flaves et verts ; l'enfant vêtu d'un sarrau rouge paraît et disparaît dans les grandes herbes comme un coquelicot qui se courbe sous le souffle du vent.

Les gros moutons blancs ruminent en fermant les yeux sous l'ombre des petits trembles trapus, et, de loin en loin, le martin-pêcheur, aux flancs d'émeraude et d'or, court comme une balle magique à la surface de l'eau et frise étourdiment la ligne de son confrère, l'homme pêcheur, qui guette, assis sur son batelet, la tanche et l'alose.

Au-dessus de ce paradis, fait d'ombre noire et de douce lumière, se lève le manoir d'Hampton-Court, bâti par Wolsey, séjour que l'orgueilleux cardinal avait créé désirable même pour un roi, et qu'il fut forcé, en courtisan timide, de donner à son maître Henri VIII, lequel avait froncé le sourcil d'envie et de cupidité au seul aspect du château neuf.

Hampton-Court, aux murailles de briques, aux grandes fenêtres, aux belles grilles de fer ; Hampton-Court, avec ses mille tourillons, ses clochetons bizarres, ses discrets promenoirs et ses fontaines intérieures pareilles à celles de l'Alhambra ; Hampton-Court, c'est le berceau des roses, du jasmin et des clématites. C'est la joie des yeux et de l'odorat, c'est la bordure la plus charmante de ce tableau d'amour que déroula Charles II, parmi les voluptueuses peintures du Titien, du Pordenone, de Van Dyck, lui qui avait dans sa galerie le portrait de Charles Ier, roi martyr, et sur ses boiseries les trous des balles puritaines lancées par les soldats de Cromwell, le 24 août 1648, alors qu'ils avaient amené Charles Ier prisonnier à Hampton-Court.

C'est là que tenait sa cour ce roi toujours ivre de plaisir ; ce roi poète par le désir ; ce malheureux d'autrefois qui se payait, par un jour de volupté, chaque minute écoulée naguère dans l'angoisse et la misère.

Ce n'était pas le doux gazon d'Hampton-Court, si doux que l'on croit fouler le velours ; ce n'était pas le carré de fleurs touffues qui ceint le pied de chaque arbre et fait un lit aux rosiers de vingt pieds qui s'épanouissent en plein ciel comme des gerbes d'artifice ; ce n'étaient pas les grands tilleuls dont les rameaux tombent jusqu'à terre comme des saules, et voilent tout amour ou toute rêverie sous leur ombre ou plutôt sous leur chevelure ; ce n'était pas tout cela que Charles II aimait dans son beau palais d'Hampton Court.

Peut-être était-ce alors cette belle eau rousse pareille aux eaux de la mer Caspienne, cette eau immense, ridée par un vent frais, comme les ondulations de la chevelure de Cléopâtre, ces eaux tapissées de cressons, de nénuphars blancs aux bulbes vigoureuses qui s'entrouvrent pour laisser voir comme l'œuf le germe d'or rutilant au fond de l'enveloppe laiteuse, ces eaux mystérieuses et pleines de murmures, sur lesquelles naviguent les cygnes noirs et les petits canards avides, frêle couvée au duvet de soie, qui poursuivent la mouche verte sur les glaïeuls et la grenouille dans ses repaires de mousse.

C'étaient peut-être les houx énormes au feuillage bicolore, les ponts riants jetés sur les canaux, les biches qui brament dans les allées sans fin, et les bergeronnettes qui piétinent en voletant dans les bordures de buis et de trèfle.

Car il y a de tout cela dans Hampton-Court ; il y a, en outre, les espaliers de roses blanches qui grimpent le long des hauts treillages pour laisser retomber sur le sol leur neige odorante ; il y a dans le parc les vieux sycomores aux troncs verdissants qui baignent leurs pieds dans une poétique et luxuriante moisissure.

Non, ce que Charles II aimait dans Hampton-Court, c'étaient les ombres charmantes qui couraient après midi sur ses terrasses, lorsque, comme Louis XIV, il avait fait peindre leurs beautés dans son grand cabinet par un des pinceaux intelligents de son époque, pinceaux qui savaient attacher sur la toile un rayon échappé de tant de beaux yeux qui lançaient l'amour.

Le jour où nous arrivons à Hampton-Court, le ciel est presque doux et clair comme en un jour de France, l'air est d'une tiédeur humide, les géraniums, les pois de senteur énormes, les seringats et les héliotropes, jetés par millions dans le parterre, exhalent leurs arômes enivrants.

Il est une heure. Le roi, revenu de la chasse, a dîné, rendu visite à la duchesse de Castelmaine, la maîtresse en titre, et, après cette preuve de fidélité, il peut à l'aise se permettre des infidélités jusqu'au soir.

Toute la Cour folâtre et aime. C'est le temps où les dames demandent sérieusement aux gentilshommes leur sentiment sur tel ou tel pied plus ou moins charmant, selon qu'il est chaussé d'un bas de soie rose ou d'un bas de soie verte.

C'est le temps où Charles II déclare qu'il n'y a pas de salut pour une femme sans le bas de soie verte, parce que Mlle Lucy Stewart les porte de cette couleur.

Tandis que le roi cherche à communiquer ses préférences, nous verrons, dans l'allée des hêtres qui faisait face à la terrasse, une jeune dame en habit de couleur sévère marchant auprès d'un autre habit de couleur lilas et bleu sombre.

Elles traversèrent le parterre de gazon, au milieu duquel s'élevait une belle fontaine aux sirènes de bronze, et s'en allèrent en causant sur la terrasse, le long de laquelle, de la clôture de briques, sortaient dans le parc plusieurs cabinets variés de forme ; mais, comme ces cabinets étaient pour la plupart occupés, ces jeunes femmes passèrent : l'une rougissait, l'autre rêvait.

Enfin, elles vinrent au bout de cette terrasse qui dominait toute la Tamise, et, trouvant un frais abri, s'assirent côte à côte.

– Où allons-nous, Stewart ? dit la plus jeune des deux femmes à sa compagne.

– Ma chère Graffton, nous allons, tu le vois bien, où tu nous mènes.

– Moi ?

– Sans doute, toi ! à l'extrémité du palais, vers ce banc où le jeune Français attend et soupire.

Miss Mary Graffton s'arrêta court.

– Non, non, dit-elle, je ne vais pas là.

– Pourquoi ?

– Retournons, Stewart.

– Avançons, au contraire, et expliquons-nous.

– Sur quoi ?

– Sur ce que le vicomte de Bragelonne est de toutes les promenades que tu fais, comme tu es de toutes les promenades qu'il fait.

– Et tu en conclus qu'il m'aime ou que je l'aime ?

– Pourquoi pas ? C'est un charmant gentilhomme. Personne ne m'entend, je l'espère, dit miss Lucy Stewart en se retournant avec un sourire qui indiquait, au reste, que son inquiétude n'était pas grande.

– Non, non, dit Mary, le roi est dans son cabinet ovale avec M. de Buckingham.

– À propos de M. de Buckingham, Mary...

– Quoi ?

– Il me semble qu'il s'est déclaré ton chevalier depuis le retour de France ; comment va ton cœur de ce côté ?

Mary Graffton haussa les épaules.

– Bon ! bon ! je demanderai cela au beau Bragelonne, dit Stewart en riant ; allons le retrouver bien vite.

– Pour quoi faire ?

– J'ai à lui parler, moi.

– Pas encore ; un mot auparavant. Voyons, toi, Stewart, qui sais les petits secrets du roi.

– Tu crois cela ?

– Dame ! tu dois les savoir, ou personne ne les saura ; dis, pourquoi M. de Bragelonne est-il en Angleterre, et qu'y fait-il ?

– Ce que fait tout gentilhomme envoyé par son roi vers un autre roi.

– Soit ; mais, sérieusement, quoique la politique ne soit pas notre fort, nous en savons assez pour comprendre que M. de Bragelonne n'a point ici de mission sérieuse.

– Écoute dit Stewart avec une gravité affectée, je veux bien pour toi trahir un secret d'État. Veux-tu que je te récite la lettre de crédit donnée par le roi Louis XIV à M. de Bragelonne, et adressée à Sa Majesté le roi Charles II ?

– Oui, sans doute.

– La voici : « Mon frère, je vous envoie un gentilhomme de ma Cour, fils de quelqu'un que vous aimez. Traitez-le bien, je vous en prie, et faites-lui aimer l'Angleterre. »

– Il y avait cela ?

– Tout net… ou l'équivalent. Je ne réponds pas de la forme, mais je réponds du fond.

– Eh bien ! qu'en as-tu déduit, ou plutôt qu'en a déduit le roi ?

– Que Sa Majesté française avait ses raisons pour éloigner M. de Bragelonne, et le marier… autre part qu'en France.

– De sorte qu'en vertu de cette lettre ?…

– Le roi Charles II a reçu de Bragelonne comme tu sais, splendidement et amicalement ; il lui a donné la plus belle chambre de White-Hall, et, comme tu es la plus précieuse personne de sa Cour, attendu que tu as refusé son cœur... allons, ne rougis pas... il a voulu te donner du goût pour le Français et lui faire ce beau présent. Voilà pourquoi, toi, héritière de trois cent mille livres, toi, future duchesse, toi, belle et bonne, il t'a mise de toutes les promenades dont M. de Bragelonne faisait partie. Enfin, c'était un complot, une espèce de conspiration. Vois si tu veux y mettre le feu, je t'en livre la mèche.

Miss Mary sourit avec une expression charmante qui lui était familière, et serrant le bras de sa compagne :

– Remercie le roi, dit-elle.

– Oui, oui, mais M. de Buckingham est jaloux. Prends garde ! répliqua Stewart.

Ces mots étaient à peine prononcés, que M. de Buckingham sortait de l'un des pavillons de la terrasse et, s'approchant des deux femmes avec un sourire :

– Vous vous trompez, miss Lucy, dit-il, non, je ne suis pas jaloux, et la preuve, miss Mary, c'est que voici là-bas celui qui devrait être la cause de ma jalousie, le vicomte de Bragelonne, qui rêve tout seul. Pauvre garçon ! Permettez donc que je lui abandonne votre gracieuse compagnie pendant quelques minutes, attendu que j'ai besoin de causer pendant ces quelques minutes avec miss Lucy Stewart.

Alors, s'inclinant du côté de Lucy :

– Me ferez-vous, dit-il, l'honneur de prendre ma main pour aller saluer le roi, qui nous attend ?

Et, à ces mots, Buckingham, toujours riant, prit la main de miss Lucy Stewart et l'emmena.

427

Restée seule, Mary Graffton, la tête inclinée sur l'épaule avec cette mollesse gracieuse particulière aux jeunes Anglaises, demeura un instant immobile, les yeux fixés sur Raoul, mais comme indécise de ce qu'elle devait faire. Enfin, après que ses joues, en pâlissant et en rougissant tour à tour, eurent révélé le combat qui se passait dans son cœur, elle parut prendre une résolution et s'avança d'un pas assez ferme vers le banc où Raoul était assis, et rêvait comme on l'avait bien dit.

Le bruit des pas de miss Mary, si léger qu'il fût sur la pelouse verte, réveilla Raoul ; il détourna la tête, aperçut la jeune fille et marcha au-devant de la compagne que son heureux destin lui amenait.

– On m'envoie à vous, monsieur, dit Mary Graffton ; m'acceptez-vous ?

– Et à qui dois-je être reconnaissant d'un pareil bonheur, mademoiselle, demanda Raoul.

– À M. de Buckingham, répliqua Mary en affectant la gaieté.

– À M. de Buckingham, qui recherche si passionnément votre précieuse compagnie ! Mademoiselle, dois-je vous croire ?

– En effet, monsieur, vous le voyez, tout conspire à ce que nous passions la meilleure ou plutôt la plus longue part de nos journées ensemble. Hier, c'était le roi qui m'ordonnait de vous faire asseoir près de moi, à table ; aujourd'hui, c'est M. de Buckingham qui me prie de venir m'asseoir près de vous, sur ce banc.

– Et il s'est éloigné pour me laisser la place libre ? demanda Raoul, avec embarras.

– Regardez là-bas, au détour de l'allée, il va disparaître avec miss Stewart. A-t-on de ces complaisances-là en France, monsieur le vicomte ?

– Mademoiselle, je ne pourrais trop dire ce qui se fait en France, car à peine si je suis Français. J'ai vécu dans plusieurs pays et presque toujours en soldat ; puis j'ai passé beaucoup de temps à la campagne ; je suis un sauvage.

– Vous ne vous plaisez point en Angleterre, n'est-ce pas ?

– Je ne sais, dit Raoul distraitement et en poussant un soupir.

– Comment, vous ne savez ?...

– Pardon, fit Raoul en secouant la tête et en rappelant à lui ses pensées. Pardon, je n'entendais pas.

– Oh ! dit la jeune femme en soupirant à son tour, comme le duc de Buckingham a eu tort de m'envoyer ici !

– Tort ? dit vivement Raoul. Vous avez raison : ma compagnie est maussade, et vous vous ennuyez avec moi. M. de Buckingham a eu tort de vous envoyer ici.

– C'est justement, répliqua la jeune femme avec sa voix sérieuse et vibrante, c'est justement parce que je ne m'ennuie pas avec vous que M. de Buckingham a eu tort de m'envoyer près de vous.

Raoul rougit à son tour.

– Mais, reprit-il, comment M. de Buckingham vous envoie-t-il près de moi, et comment y venez-vous vous-même ? M. de Buckingham vous aime, et vous l'aimez...

– Non, répondit gravement Mary, non ! M. de Buckingham ne m'aime point, puisqu'il aime Mme la duchesse d'Orléans ; et, quant à moi, je n'ai aucun amour pour le duc.

Raoul regarda la jeune femme avec étonnement.

– Êtes-vous l'ami de M. de Buckingham, vicomte ? demanda-t-elle.

– M. le duc me fait l'honneur de m'appeler son ami, depuis que nous nous sommes vus en France.

– Vous êtes de simples connaissances, alors ?

– Non, car M. le duc de Buckingham est l'ami très intime d'un gentilhomme que j'aime comme un frère.

– De M. le comte de Guiche.

– Oui, mademoiselle.

– Lequel aime Mme la duchesse d'Orléans ?

– Oh ! que dites-vous là ?

– Et qui en est aimé, continua tranquillement la jeune femme.

Raoul baissa la tête ; miss Mary Graffton continua en soupirant :

– Ils sont bien heureux !... Tenez, quittez-moi, monsieur de Bragelonne, car M. de Buckingham vous a donné une fâcheuse commission en m'offrant à vous comme compagne de promenade. Votre cœur est ailleurs, et à peine si vous me faites l'aumône de votre esprit. Avouez, avouez... Ce serait mal à vous, vicomte, de ne pas avouer.

– Madame, je l'avoue.

Elle le regarda.

Il était si simple et si beau, son œil avait tant de limpidité, de douce franchise et de résolution, qu'il ne pouvait venir à l'idée d'une femme, aussi distinguée que l'était miss Mary, que le jeune homme fût un discourtois ou un niais.

Elle vit seulement qu'il aimait une autre femme qu'elle dans toute la sincérité de son cœur.

– Oui, je comprends, dit-elle ; vous êtes amoureux en France.

Raoul s'inclina.

– Le duc connaît-il cet amour ?

– Nul ne le sait, répondit Raoul.

– Et pourquoi me le dites-vous, à moi ?

– Mademoiselle...

– Allons, parlez.

– Je ne puis.

– C'est donc à moi d'aller au-devant de l'explication ; vous ne voulez rien me dire, à moi, parce que vous êtes convaincu maintenant que je n'aime point le duc, parce que vous voyez que je vous eusse aimé peut-être, parce que vous êtes un gentilhomme plein de cœur et de délicatesse, et qu'au lieu de prendre, ne fût-ce que pour vous distraire un moment, une main que l'on approchait de la vôtre, qu'au lieu de sourire à ma bouche qui vous souriait, vous avez préféré, vous qui êtes jeune, me dire, à moi qui suis belle : « J'aime en France ! » Eh bien ! merci monsieur de Bragelonne, vous êtes un noble gentilhomme, et je vous en aime davantage... d'amitié. À présent, ne parlons plus de moi, parlons de vous. Oubliez que miss Graffton vous a parlé d'elle ; dites-moi pourquoi vous êtes triste, pourquoi vous l'êtes davantage encore depuis quelques jours ?

Raoul fut ému jusqu'au fond du cœur à l'accent doux et triste de cette voix ; il ne put trouver un mot de réponse ; la jeune fille vint encore à son secours.

– Plaignez-moi, dit-elle. Ma mère était Française. Je puis donc dire que je suis Française par le sang et l'âme. Mais sur cette ardeur planent sans cesse le brouillard et la tristesse de l'Angleterre. Parfois je rêve d'or et de magnifiques félicités ; mais soudain la brume arrive et s'étend sur mon rêve qu'elle éteint. Cette fois encore, il en a été ainsi. Pardon, assez là-dessus ; donnez-moi votre main et contez vos chagrins à une amie.

– Vous êtes Française, avez vous dit, Française d'âme et de sang !

– Oui, non seulement, je le répète, ma mère était Française ; mais encore, comme mon père, ami du roi Charles Ier, s'était exilé en France, et pendant le procès du prince, et pendant la vie du Protecteur, j'ai été élevée à Paris ; à la restauration du roi Charles II, mon père est revenu en Angleterre pour y mourir presque aussitôt, pauvre père ! Alors, le roi Charles m'a faite duchesse et a complété mon douaire.

– Avez-vous encore quelque parent en France ? demanda Raoul avec un profond intérêt.

– J'ai une sœur, mon aînée de sept ou huit ans, mariée en France et déjà veuve ; elle s'appelle Mme de Bellière.

Raoul fit un mouvement.

– Vous la connaissez ?

– J'ai entendu prononcer son nom.

– Elle aime aussi, et ses dernières lettres m'annoncent qu'elle est heureuse, donc elle est aimée. Moi, je vous le disais, monsieur de Bragelonne, j'ai la moitié de son âme, mais je n'ai point la moitié de son bonheur. Mais parlons de vous. Qui aimez-vous en France ?

– Une jeune fille douce et blanche comme un lis.

– Mais, si elle vous aime, pourquoi êtes-vous triste ?

– On m'a dit qu'elle ne m'aimait plus.

– Vous ne le croyez pas, j'espère ?

– Celui qui m'écrit n'a point signé sa lettre.

– Une dénonciation anonyme ! Oh ! c'est quelque trahison, dit miss Graffton.

– Tenez, dit Raoul en montrant à la jeune fille un billet qu'il avait lu cent fois.

Mary Graffton prit le billet et lut :

« Vicomte, disait cette lettre, vous avez bien raison de vous divertir là-bas avec les belles dames du roi Charles II ; car, à la Cour du roi Louis XIV, on vous assiège dans le château de vos amours. Restez donc à jamais à Londres, pauvre vicomte, ou revenez vite à Paris. »

– Pas de signature ? dit Miss Mary.

– Non.

– Donc, n'y croyez pas.

– Oui ; mais voici une seconde lettre.

– De qui ?

– De M. de Guiche.

– Oh ! c'est autre chose ! Et cette lettre vous dit ?...

– Lisez.

« Mon ami, je suis blessé, malade. Revenez, Raoul ; revenez !

De Guiche. »

– Et qu'allez-vous faire ? demanda la jeune fille avec un serrement de cœur.

– Mon intention, en recevant cette lettre, a été de prendre à l'instant même congé du roi.

– Et vous la reçûtes ?...

– Avant-hier.

– Elle est datée de Fontainebleau.

– C'est étrange, n'est-ce pas ? la Cour est à Paris. Enfin, je fusse parti. Mais, quand je parlai au roi de mon départ, il se mit à rire et me dit : « Monsieur l'ambassadeur, d'où vient que vous partez ? Est-ce que votre maître vous rappelle ? » Je rougis, je fus décontenancé car, en effet, le roi m'a envoyé ici, et je n'ai point reçu d'ordre de retour.

Mary fronça un sourcil pensif.

– Et vous restez ? demanda-t-elle.

– Il le faut, mademoiselle.

– Et celle que vous aimez ?...

– Eh bien ?...

– Vous écrit-elle ?

– Jamais.

– Jamais ! Oh ! elle ne vous aime donc pas ?

– Au moins, elle ne m'a point écrit depuis mon départ.

– Vous écrivait-elle, auparavant ?

– Quelquefois... Oh ! j'espère qu'elle aura eu un empêchement.

– Voici le duc : silence.

En effet, Buckingham reparaissait au bout de l'allée seul et souriant ; il vint lentement et tendit la main aux deux causeurs.

– Vous êtes-vous entendus ? dit-il.

– Sur quoi ? demanda Mary Graffton.

– Sur ce qui peut vous rendre heureuse, chère Mary, et rendre Raoul moins malheureux ?

– Je ne vous comprends point, milord, dit Raoul.

– Voilà mon sentiment, miss Mary. Voulez-vous que je vous le dise devant Monsieur ?

Et il souriait.

– Si vous voulez dire, répondit la jeune fille avec fierté, que j'étais disposée à aimer M. de Bragelonne, c'est inutile, car je le lui ai dit.

Buckingham réfléchit, et sans se décontenancer, comme elle s'y attendait :

– C'est, dit-il, parce que je vous connais un délicat esprit et surtout une âme loyale, que je vous laissais avec M. de Bragelonne, dont le cœur malade peut se guérir entre les mains d'un médecin comme vous.

– Mais, milord, avant de me parler du cœur de M. de Bragelonne, vous me parliez du vôtre. Voulez-vous donc que je guérisse deux cœurs à la fois ?

– Il est vrai, miss Mary ; mais vous me rendrez cette justice, que j'ai bientôt cessé une poursuite inutile, reconnaissant que ma blessure, à moi, était incurable.

Mary se recueillit un instant.

– Milord, dit-elle, M. de Bragelonne est heureux. Il aime, on l'aime. Il n'a donc pas besoin d'un médecin tel que moi.

– M. de Bragelonne, dit Buckingham, est à la veille de faire une grave maladie, et il a besoin, plus que jamais, que l'on soigne son cœur.

– Expliquez-vous, milord ? demanda vivement Raoul.

– Non, peu à peu je m'expliquerais ; mais, si vous le désirez, je puis dire à miss Mary ce que vous ne pouvez entendre.

– Milord, vous me mettez à la torture : milord, vous savez quelque chose.

– Je sais que miss Mary Graffton est le plus charmant objet qu'un cœur malade puisse rencontrer sur son chemin.

– Milord, je vous ai déjà dit que le vicomte de Bragelonne aimait ailleurs, fit la jeune fille.

– Il a tort.

– Vous le savez donc, monsieur le duc ? vous savez donc que j'ai tort ?

– Oui.

– Mais qui aime-t-il donc ? s'écria la jeune fille.

– Il aime une femme indigne de lui, dit tranquillement Buckingham, avec ce flegme qu'un Anglais seul puise dans sa tête et dans son cœur.

Miss Mary Graffton fit un cri qui, non moins que les paroles prononcées par Buckingham, appela sur les joues de Bragelonne la pâleur du saisissement et le frissonnement de la terreur.

– Duc, s'écria-t-il, vous venez de prononcer de telles paroles que, sans tarder d'une seconde, j'en vais chercher l'explication à Paris.

– Vous resterez ici, dit Buckingham.

– Moi ?

– Oui, vous.

– Et comment cela ?

– Parce que vous n'avez pas le droit de partir, et qu'on ne quitte pas le service d'un roi pour celui d'une femme, fût-elle digne d'être aimée comme l'est Mary Graffton.

– Alors instruisez-moi.

– Je le veux bien. Mais resterez-vous ?

– Oui, si vous me parlez franchement.

Ils en étaient là, et sans doute Buckingham allait dire, non pas tout ce qui était, mais tout ce qu'il savait, lorsqu'un valet de pied du roi parut à l'extrémité de la terrasse et s'avança vers le cabinet où était le roi avec miss Lucy Stewart.

Cet homme précédait un courrier poudreux qui paraissait avoir mis pied à terre il y avait quelques instants à peine.

– Le courrier de France ! le courrier de Madame ! s'écria Raoul reconnaissant la livrée de la duchesse.

L'homme et le courrier firent prévenir le roi tandis que le duc et miss Graffton échangeaient un regard d'intelligence.

– Voulez-vous donc que je pleure ?

– Non, mais je voudrais vous voir un peu plus mélancolique.

– Merci Dieu ! ma belle, je l'ai été assez longtemps : quatorze ans d'exil, de pauvreté, de misère ; il me semblait que c'était une dette payée ; et puis la mélancolie enlaidit.

– Non pas, voyez plutôt le jeune Français.

– Oh ! le vicomte de Bragelonne, vous aussi ! Dieu me damne ! elles en deviendront toutes folles les unes après les autres ; d'ailleurs, lui, il a raison d'être mélancolique.

– Et pourquoi cela ?

– Ah bien ! il faut que je vous livre les secrets d'État.

– Il le faut si je le veux, puisque vous avez dit que vous étiez prêt à faire tout ce que je voudrais.

– Eh bien ! il s'ennuie dans ce pays, là ! Êtes-vous contente ?

– Il s'ennuie ?

– Oui, preuve qu'il est un niais.

436

– Comment, un niais ?

– Sans doute. Comprenez-vous cela ? Je lui permets d'aimer miss Mary Graffton, et il s'ennuie !

– Bon ! il paraît que, si vous n'étiez pas aimé de miss Lucy Stewart, vous vous consoleriez, vous, en aimant miss Mary Graffton ?

– Je ne dis pas cela : d'abord, vous savez bien que Mary Graffton ne m'aime pas ; or, on ne se console d'un amour perdu que par un amour trouvé. Mais, encore une fois, ce n'est pas de moi qu'il est question, c'est de ce jeune homme. Ne dirait-on pas que celle qu'il laisse derrière lui est une Hélène, une Hélène avant Péris, bien entendu.

– Mais il laisse donc quelqu'un, ce gentilhomme ?

– C'est-à-dire qu'on le laisse.

Chapitre CLXXVII – Le courrier de Madame

Charles II était en train de prouver ou d'essayer de prouver à miss Stewart qu'il ne s'occupait que d'elle ; en conséquence, il lui promettait un amour pareil à celui que son aïeul Henri IV avait eu pour Gabrielle. Malheureusement pour Charles II, il était tombé sur un mauvais jour, sur un jour où miss Stewart s'était mis en tête de le rendre jaloux.

Aussi, à cette promesse, au lieu de s'attendrir comme l'espérait Charles II, se mit-elle à éclater de rire.

– Oh ! Sire, Sire, s'écria-t-elle tout en riant, si j'avais le malheur de vous demander une preuve de cet amour, combien serait-il facile de voir que vous mentez.

– Écoutez, lui dit Charles, vous connaissez mes cartons de Raphaël ; vous savez si j'y tiens ; le monde me les envie, vous savez encore cela : mon père les fit acheter par Van Dyck. Voulez-vous que je les fasse porter aujourd'hui même chez vous ?

– Oh ! non, répondit la jeune fille ; gardez-vous-en bien, Sire, je suis trop à l'étroit pour loger de pareils hôtes.

– Alors je vous donnerai Hampton-Court pour mettre les cartons.

– Soyez moins généreux, Sire, et aimez plus longtemps, voilà tout ce que je vous demande.

– Je vous aimerai toujours ; n'est-ce pas assez ?

– Vous riez, Sire.

– Pauvre garçon ! Au fait, tant pis !

– Comment, tant pis !

– Oui, pourquoi s'en va-t-il ?

– Croyez-vous que ce soit de son gré qu'il s'en aille ?

– Il est donc forcé ?

– Par ordre, ma chère Stewart, il a quitté Paris par ordre.

– Et par quel ordre ?

– Devinez.

– Du roi ?

– Juste.

– Ah ! vous m'ouvrez les yeux.

– N'en dites rien, au moins.

– Vous savez bien que, pour la discrétion, je vaux un homme. Ainsi le roi le renvoie ?

– Oui.

– Et, pendant son absence, il lui prend sa maîtresse.

– Oui, et, comprenez-vous, le pauvre enfant, au lieu de remercier le roi, il se lamente !

– Remercier le roi de ce qu'il lui enlève sa maîtresse ? Ah çà ! mais ce n'est pas galant le moins du monde, pour les femmes en général et pour les maîtresses en particulier, ce que vous dites là, Sire.

– Mais comprenez donc, parbleu ! Si celle que le roi lui enlève était une miss Graffton ou une miss Stewart, je serais de son avis, et je ne le trouverais même pas assez désespéré ; mais c'est une petite fille maigre et boiteuse… Au diable soit de la fidélité ! comme on dit en France. Refuser celle qui est riche pour celle qui est pauvre, celle qui l'aime pour celle qui le trompe, a-t-on jamais vu cela ?

– Croyez-vous que Mary ait sérieusement envie de plaire au vicomte, Sire ?

– Oui, je le crois.

– Eh bien ! le vicomte s'habituera à l'Angleterre. Mary a bonne tête, et, quand elle veut, elle veut bien.

– Ma chère miss Stewart, prenez garde, si le vicomte s'acclimate à notre pays : il n'y a pas longtemps, avant-hier encore, il m'est venu demander la permission de le quitter.

– Et vous la lui avez refusée ?

– Je le crois bien ! le roi mon frère a trop à cœur qu'il soit absent, et, quant à moi, j'y mets de l'amour-propre : il ne sera pas dit que j'aurai tendu à ce *youngman* le plus noble et le plus doux appât de l'Angleterre…

– Vous êtes galant, Sire, dit miss Stewart avec une charmante moue.

– Je ne compte pas miss Stewart, dit le roi, celle-là est un appât royal, et, puisque je m'y suis pris, un autre, j'espère, ne s'y prendra point ; je dis donc, enfin, que je n'aurai pas fait inutilement les doux yeux à ce jeune homme ; il restera chez nous, il se mariera chez nous, ou, Dieu me damne !…

– Et j'espère bien qu'une fois marié, au lieu d'en vouloir à Votre Majesté, il lui en sera reconnaissant ; car tout le monde s'empresse à lui plaire, jusqu'à M. de Buckingham qui, chose incroyable, s'efface devant lui.

– Et jusqu'à miss Stewart, qui l'appelle un charmant cavalier.

– Écoutez, Sire, vous m'avez assez vanté miss Graffton, passez-moi à mon tour un peu de Bragelonne. Mais, à propos, Sire, vous êtes depuis quelque temps d'une bonté qui me surprend ; vous songez aux absents, vous pardonnez les offenses, vous êtes presque parfait. D'où vient ?…

Charles II se mit à rire.

– C'est parce que vous vous laissez aimer, dit-il.

– Oh ! il doit y avoir une autre raison.

– Dame ! j'oblige mon frère Louis XIV.

– Donnez-m'en une autre encore.

– Eh bien ! le vrai motif, c'est que Buckingham m'a recommandé ce jeune homme, et m'a dit : « Sire, je commence par renoncer, en faveur du vicomte de Bragelonne, à miss Grafton ; faites comme moi. »

– Oh ! c'est un digne gentilhomme, en vérité, que le duc.

– Allons, bien ; échauffez-vous maintenant la tête pour Buckingham. Il paraît que vous voulez me faire damner aujourd'hui.

En ce moment, on gratta à la porte.

– Qui se permet de nous déranger ? s'écria Charles avec impatience.

– En vérité, Sire, dit Stewart, voilà un *qui se permet* de la plus suprême fatuité, et, pour vous en punir...

Elle alla elle-même ouvrir la porte.

– Ah ! c'est un messager de France, dit miss Stewart.

– Un messager de France ! s'écria Charles ; de ma sœur peut-être ?

– Oui, Sire, dit l'huissier, et messager extraordinaire.

– Entrez, entrez, dit Charles.

Le courrier entra.

– Vous avez une lettre de Mme la duchesse d'Orléans ? demanda le roi.

– Oui, Sire, répondit le courrier, et tellement pressée, que j'ai mis vingt-six heures seulement pour l'apporter à Votre Majesté, et encore ai-je perdu trois quarts d'heure à Calais.

– On reconnaîtra ce zèle, dit le roi.

Et il ouvrit la lettre.

Puis, se prenant à rire aux éclats :

– En vérité, s'écria-t-il, je n'y comprends plus rien.

Et il relut la lettre une seconde fois.

Miss Stewart affectait un maintien plein de réserve, et contenait son ardente curiosité.

– Francis, dit le roi à son valet, que l'on fasse rafraîchir et coucher ce brave garçon, et que, demain, en se réveillant, il trouve à son chevet un petit sac de cinquante louis.

– Sire !

– Va, mon ami, va ! Ma sœur avait bien raison de te recommander la diligence ; c'est pressé.

Et il se remit à rire plus fort que jamais.

Le messager, le valet de chambre et miss Stewart elle-même ne savaient quelle contenance garder.

– Ah ! fit le roi en se renversant sur son fauteuil, et quand je pense que tu as crevé... combien de chevaux ?

– Deux.

– Deux chevaux pour apporter cette nouvelle ! C'est bien ; va, mon ami, va.

Le courrier sortit avec le valet de chambre.

Charles II alla à la fenêtre qu'il ouvrit, et, se penchant au-dehors :

– Duc ! cria-t-il, duc de Buckingham, mon cher Buckingham, venez !

Le duc se hâta d'accourir ; mais, arrivé au seuil de la porte, et apercevant miss Stewart, il hésita à entrer.

– Viens donc, et ferme la porte, duc.

Le duc obéit, et, voyant le roi de si joyeuse humeur, s'approcha en souriant.

– Eh bien ! mon cher duc, où en es-tu avec ton Français ?

– Mais j'en suis, de son côté, au plus pur désespoir, Sire.

– Et pourquoi ?

– Parce que cette adorable miss Graffton veut l'épouser, et qu'il ne veut pas.

– Mais ce Français n'est donc qu'un béotien ! s'écria miss Stewart ; qu'il dise *oui*, ou qu'il dise *non*, et que cela finisse.

442

– Mais, dit gravement Buckingham, vous savez, ou vous devez savoir, madame, que M. de Bragelonne aime ailleurs.

– Alors, dit le roi venant au secours de miss Stewart, rien de plus simple ; qu'il dise non.

– Oh ! c'est que je lui ai prouvé qu'il avait tort de ne pas dire oui !

– Tu lui as donc avoué que sa La Vallière le trompait ?

– Ma foi ! oui, tout net.

– Et qu'a-t-il fait ?

– Il a fait un bond comme pour franchir le détroit.

– Enfin, dit miss Stewart, il a fait quelque chose : c'est ma foi ! bien heureux.

– Mais, continua Buckingham, je l'ai arrêté : je l'ai mis aux prises avec miss Mary, et j'espère bien que, maintenant, il ne partira point, comme il en avait manifesté l'intention.

– Il manifestait l'intention de partir ? s'écria le roi.

– Un instant, j'ai douté qu'aucune puissance humaine fût capable de l'arrêter ; mais les yeux de miss Mary sont braqués sur lui : il restera.

– Eh bien ! voilà ce qui te trompe, Buckingham, dit le roi en éclatant de rire ; ce malheureux est prédestiné.

– Prédestiné à quoi ?

– À être trompé, ce qui n'est rien ; mais à le voir, ce qui est beaucoup.

– À distance, et avec l'aide de miss Graffton, le coup sera paré.

– Eh bien ! pas du tout ; il n'y aura ni distance, ni aide de miss Graffton. Bragelonne partira pour Paris dans une heure.

Buckingham tressaillit, miss Stewart ouvrit de grands yeux.

– Mais, Sire, Votre Majesté sait bien que c'est impossible, dit le duc.

– C'est-à-dire, mon cher Buckingham, qu'il est impossible, maintenant, que le contraire arrive.

– Sire, figurez-vous que ce jeune homme est un lion.

– Je le veux bien, Villiers.

– Et que sa colère est terrible.

– Je ne dis pas non, cher ami.

– S'il voit son malheur de près, tant pis pour l'auteur de son malheur.

– Soit ; mais que veux-tu que j'y fasse ?

– Fût-ce le roi, s'écria Buckingham, je ne répondrais pas de lui !

– Oh ! le roi a des mousquetaires pour le garder, dit Charles tranquillement ; je sais cela, moi, qui ai fait antichambre chez lui à Blois. Il a M. d'Artagnan. Peste ! voilà un gardien ! Je m'accommoderais, vois-tu de vingt colères comme celles de ton Bragelonne, si j'avais quatre gardiens comme M. d'Artagnan.

– Oh ! mais que Votre Majesté, qui est si bonne, réfléchisse, dit Buckingham.

– Tiens, dit Charles II en présentant la lettre au duc, lis, et réponds toi même. À ma place, que ferais-tu ?

Buckingham prit lentement la lettre de Madame, et lut ces mots en tremblant d'émotion :

« Pour vous, pour moi, pour l'honneur et le salut de tous, renvoyez immédiatement en France M. de Bragelonne.

« Votre sœur dévouée,

« Henriette. »

– Qu'en dis-tu, Villiers ?

– Ma foi ! Sire, je n'en dis rien, répondit le duc stupéfait.

– Est-ce toi, voyons, dit le roi avec affectation, qui me conseillerais de ne pas obéir à ma sœur quand elle me parle avec cette insistance ?

– Oh ! non, non, Sire, et cependant…

– Tu n'as pas lu le *post-scriptum,* Villiers ; il est sous le pli, et m'avait échappé d'abord à moi-même : lis.

Le duc leva, en effet, un pli qui cachait cette ligne.

« Mille souvenirs à ceux qui m'aiment. »

Le front pâlissant du duc s'abaissa vers la terre ; la feuille trembla dans ses doigts, comme si le papier se fût changé en un plomb épais.

Le roi attendit un instant, et, voyant que Buckingham restait muet :

– Qu'il suive donc sa destinée, comme nous la nôtre, continua le roi ; chacun souffre sa passion en ce monde : j'ai eu la mienne, j'ai eu celle des miens, j'ai porté double croix. Au diable les soucis, maintenant ! Va, Villiers, va me quérir ce gentilhomme.

Le duc ouvrit la porte treillissée du cabinet, et, montrant au roi Raoul et Mary qui marchaient à côté l'un de l'autre :

– Oh ! Sire, dit-il, quelle cruauté pour cette pauvre miss Graffton !

– Allons, allons, appelle, dit Charles II en fronçant ses sourcils noirs ; tout le monde est donc sentimental ici ? Bon : voilà miss Stewart qui s'essuie les yeux, à présent. Maudit Français, va !

Le duc appela Raoul, et, allant prendre la main de miss Graffton, il l'amena devant le cabinet du roi.

– Monsieur de Bragelonne, dit Charles II, ne me demandiez-vous pas, avant-hier, la permission de retourner à Paris ?

– Oui, Sire, répondit Raoul, que ce début étourdit tout d'abord.

– Eh bien ! mon cher vicomte, j'avais refusé, je crois ?

– Oui, Sire.

– Et vous m'en avez voulu ?

– Non, Sire ; car Votre Majesté refusait, certainement, pour d'excellents motifs ; Votre Majesté est trop sage et trop bonne pour ne pas bien faire tout ce qu'elle fait.

– Je vous alléguai, je crois, cette raison, que le roi de France ne vous avait pas rappelé ?

– Oui, Sire, vous m'avez, en effet, répondu cela.

– Eh bien ! j'ai réfléchi, monsieur de Bragelonne ; si le roi, en effet, ne vous a pas fixé le retour, il m'a recommandé de vous rendre agréable le séjour de l'Angleterre ; or, puisque vous me demandiez à partir, c'est que le séjour de l'Angleterre ne vous était pas agréable ?

– Je n'ai pas dit cela, Sire.

– Non ; mais votre demande signifiait au moins, dit le roi, qu'un autre séjour vous serait plus agréable que celui-ci.

En ce moment, Raoul se tourna vers la porte contre le chambranle de laquelle miss Grafton était appuyée pâle et défaite.

Son autre bras était posé sur le bras de Buckingham.

– Vous ne répondez pas, poursuivit Charles ; le proverbe français est positif : « Qui ne dit mot consent. » Eh bien ! monsieur de Bragelonne, je me vois en mesure de vous satisfaire ; vous pouvez, quand vous voudrez, partir pour la France, je vous y autorise.

– Sire !... s'écria Raoul.

– Oh ! murmura Mary en étreignant le bras de Buckingham.

– Vous pouvez être ce soir à Douvres, continua le roi ; la marée monte à deux heures du matin.

Raoul, stupéfait, balbutia quelques mots qui tenaient le milieu entre le remerciement et l'excuse.

– Je vous dis donc adieu, monsieur de Bragelonne, et vous souhaite toutes sortes de prospérités, dit le roi en se levant ; vous me ferez le plaisir de garder, en souvenir de moi, ce diamant, que je destinais à une corbeille de noces.

Miss Graffton semblait près de défaillir.

Raoul reçut le diamant ; en le recevant, il sentait ses genoux trembler.

Il adressa quelques compliments au roi, quelques compliments à miss Stewart, et chercha Buckingham pour lui dire adieu.

Le roi profita de ce moment pour disparaître.

Raoul trouva le duc occupé à relever le courage de miss Graffton.

– Dites-lui de rester, mademoiselle, je vous en supplie, murmurait Buckingham.

– Je lui dis de partir, répondit miss Graffton en se ranimant ; je ne suis pas de ces femmes qui ont plus d'orgueil que de cœur ; si on l'aime en France, qu'il retourne en France, et qu'il me bénisse, moi qui lui aurai conseillé d'aller trouver son bonheur. Si, au contraire, on ne l'aime plus, qu'il revienne, je l'aimerai encore, et son infortune ne l'aura point amoindri à mes yeux. Il y a dans les armes de ma maison ce que Dieu a gravé dans mon cœur : *Habenti parum, egenti cuncta.* « Aux riches peu, aux pauvres tout. »

– Je doute, ami, dit Buckingham, que vous trouviez là-bas l'équivalent de ce que vous laissez ici.

– Je crois ou du moins j'espère, dit Raoul d'un air sombre, que ce que j'aime est digne de moi ; mais, s'il est vrai que j'ai un indigne amour, comme vous avez essayé de me le faire entendre, monsieur le duc, je l'arracherai de mon cœur, dussé-je arracher mon cœur avec l'amour.

Mary Graffton leva les yeux sur lui avec une expression d'indéfinissable pitié.

Raoul sourit tristement.

– Mademoiselle, dit-il, le diamant que le roi me donne était destiné à vous, laissez-moi vous l'offrir ; si je me marie en France, vous me le renverrez ; si je ne me marie pas, gardez-le.

Et, saluant, il s'éloigna.

« Que veut-il dire ? » pensa Buckingham, tandis que Raoul serrait respectueusement la main glacée de miss Mary.

Miss Mary comprit le regard que Buckingham fixait sur elle.

– Si c'était une bague de fiançailles, dit-elle, je ne l'accepterais point.

– Vous lui offrez cependant de revenir à vous.

– Oh ! duc, s'écria la jeune fille avec des sanglots, une femme comme moi n'est jamais prise pour consolation par un homme comme lui.

– Alors, vous pensez qu'il ne reviendra pas.

– Jamais, dit miss Graffton d'une voix étranglée.

– Eh bien ! je vous dis, moi, qu'il trouvera là-bas son bonheur détruit, sa fiancée perdue... son honneur même entamé... Que lui restera-t-il donc qui vaille votre amour ? oh ! dites, Mary, vous qui vous connaissez vous même !

Miss Graffton posa sa blanche main sur le bras de Buckingham, et, tandis que Raoul fuyait dans l'allée des tilleuls avec une rapidité vertigineuse, elle chanta d'une voix mourante ces vers de *Roméo et Juliette* :

Il faut partir et vivre,
Ou rester et mourir.

Lorsqu'elle acheva le dernier mot, Raoul avait disparu. Miss Graffton rentra chez elle, plus pâle et plus silencieuse qu'une ombre.

Buckingham profita du courrier qui était venu apporter la lettre au roi pour écrire à Madame et au comte de Guiche.

Le roi avait parlé juste. À deux heures du matin, la marée était haute, et Raoul s'embarquait pour la France.

Chapitre CLXXVIII – Saint-Aignan suit le conseil de Malicorne

Le roi surveillait ce portrait de La Vallière avec un soin qui venait autant du désir de la voir ressemblante que du dessein de faire durer ce portrait longtemps. Il fallait le voir suivant le pinceau, attendre l'achèvement d'un plan ou le résultat d'une teinte, et conseiller au peintre diverses modifications auxquelles celui-ci consentait avec une félicité respectueuse.

Puis, quand le peintre, suivant le conseil de Malicorne, avait un peu tardé, quand Saint-Aignan avait une petite absence, il fallait voir, et personne ne les voyait, ces silences pleins d'expression, qui unissaient dans un soupir deux âmes fort disposées à se comprendre et fort désireuses du calme et de la méditation.

Alors les minutes s'écoulaient comme par magie. Le roi se rapprochait de sa maîtresse et venait la brûler du feu de son regard, du contact de son haleine.

Un bruit se faisait-il entendre dans l'antichambre, le peintre arrivait-il, Saint-Aignan revenait-il en s'excusant, le roi se mettait à parler, La Vallière à lui répondre précipitamment, et leurs yeux disaient à Saint-Aignan que, pendant son absence, ils avaient vécu un siècle.

En un mot, Malicorne, ce philosophe sans le vouloir, avait su donner au roi l'appétit dans l'abondance et le désir dans la certitude de la possession.

Ce que La Vallière redoutait n'arriva pas.

Nul ne devina que, dans la journée, elle sortait deux ou trois heures de chez elle. Elle feignait une santé irrégulière. Ceux qui se présentaient chez elle frappaient avant d'entrer. Malicorne, l'homme des inventions ingénieuses, avait imaginé un mécanisme acoustique par lequel La Vallière, dans l'appartement de Saint-Aignan, était prévenue des visites que l'on venait faire dans la chambre qu'elle habitait ordinairement.

Ainsi donc, sans sortir, sans avoir de confidentes elle rentrait chez elle, déroutant par une apparition tardive peut-être, mais qui combattait victorieusement néanmoins tous les soupçons des sceptiques les plus acharnés.

Malicorne avait demandé à Saint-Aignan des nouvelles du lendemain. Saint-Aignan avait été forcé d'avouer que ce quart d'heure de liberté donnait au roi une humeur des plus joyeuses.

– Il faudra doubler la dose, répliqua Malicorne, mais insensiblement ; attendez qu'on le désire.

On le désira si bien, qu'un soir, le quatrième jour, au moment où le peintre pliait bagage sans que Saint-Aignan fût rentré, Saint-Aignan entra et vit sur le visage de La Vallière une ombre de contrariété qu'elle n'avait pu dissimuler. Le roi fut moins secret, il témoigna son dépit par un mouvement d'épaules très significatif. La Vallière rougit, alors.

« Bon ! s'écria Saint-Aignan dans sa pensée, M. Malicorne sera enchanté ce soir. »

En effet, Malicorne fut enchanté le soir.

– Il est bien évident, dit-il au comte, que Mlle de La Vallière espérait que vous tarderiez au moins de dix minutes.

– Et le roi une demi-heure, cher monsieur Malicorne.

– Vous seriez un mauvais serviteur du roi, répliqua celui-ci, si vous refusiez cette demi-heure de satisfaction à Sa Majesté.

– Mais le peintre ? objecta Saint-Aignan.

– Je m'en charge, dit Malicorne ; seulement, laissez-moi prendre conseil des visages et des circonstances ; ce sont mes opérations de magie, à moi, et, quand les sorciers prennent avec l'astrolabe la hauteur du soleil, de la lune et de leurs constellations, moi, je me contente de regarder si les yeux sont cerclés de noir, ou si la bouche décrit l'arc convexe ou l'arc concave.

– Observez donc !

– N'ayez pas peur.

Et le rusé Malicorne eut tout le loisir d'observer.

Car, le soir même, le roi alla chez Madame avec les reines, et fit une si grosse mine, poussa de si rudes soupirs, regarda La Vallière avec des yeux si fort mourants, que Malicorne dit à Montalais, le soir :

– À demain !

Et il alla trouver le peintre dans sa maison de la rue des Jardins-Saint-Paul, pour le prier de remettre la séance à deux jours.

Saint-Aignan n'était pas chez lui, quand La Vallière, déjà familiarisée avec l'étage inférieur, leva le parquet et descendit.

Le roi, comme d'habitude, l'attendait sur l'escalier, et tenait un bouquet à la main ; en la voyant, il la prit dans ses bras.

La Vallière, tout émue, regarda autour d'elle, et, ne voyant que le roi, ne se plaignit pas. Ils s'assirent.

Louis, couché près des coussins sur lesquels elle reposait, et la tête inclinée sur les genoux de sa maîtresse, placé là comme dans un asile d'où l'on ne pouvait le bannir, la regardait, et, comme si le moment fût venu où rien ne pouvait plus s'interposer entre ces deux âmes, elle, de son côté, se mit à le dévorer du regard.

Alors, de ses yeux si doux, si purs, se dégageait une flamme toujours jaillissante dont les rayons allaient chercher le cœur de son royal amant pour le réchauffer d'abord et le dévorer ensuite.

Embrasé par le contact des genoux tremblants, frémissant de bonheur lorsque la main de Louise descendait sur ses cheveux, le roi s'engourdissait dans cette félicité, et s'attendait toujours à voir entrer le peintre ou de Saint Aignan.

Dans cette prévision douloureuse, il s'efforçait parfois de fuir la séduction qui s'infiltrait dans ses veines, il appelait le sommeil du cœur et des sens, il repoussait la réalité toute prête, pour courir après l'ombre.

Mais la porte ne s'ouvrit ni pour de Saint-Aignan, ni pour le peintre ; mais les tapisseries ne frissonnèrent même point. Un silence de mystère et de volupté engourdit jusqu'aux oiseaux dans leur cage dorée.

Le roi, vaincu, retourna sa tête et colla sa bouche brûlante dans les deux mains réunies de La Vallière ; elle perdit la raison, et serra sur les lèvres de son amant ses deux mains convulsives.

Louis se roula chancelant à genoux, et, comme La Vallière n'avait pas dérangé sa tête, le front du roi se trouva au niveau des lèvres de la jeune femme, qui, dans son extase, effleura d'un furtif et mourant baiser les cheveux parfumés qui lui caressaient les joues.

Le roi la saisit dans ses bras, et, sans qu'elle résistât, ils échangèrent ce premier baiser, ce baiser ardent qui change l'amour en un délire.

Ni le peintre ni de Saint-Aignan ne rentrèrent ce jour-là.

Une sorte d'ivresse pesante et douce, qui rafraîchit les sens et laisse circuler comme un lent poison le sommeil dans les veines, ce sommeil impalpable, languissant comme la vie heureuse, tomba, pareille à un nuage, entre la vie passée et la vie à venir des deux amants.

Au sein de ce sommeil plein de rêves, un bruit continu à l'étage supérieur inquiéta d'abord La Vallière, mais sans la réveiller tout à fait.

Cependant, comme ce bruit continuait, comme il se faisait comprendre, comme il rappelait la réalité à la jeune femme ivre de l'illusion, elle se releva tout effarée, belle de son désordre, en disant :

– Quelqu'un m'attend là-haut. Louis ! Louis, n'entendez-vous pas ?

– Eh ! n'êtes-vous pas celle que j'attends ? dit le roi avec tendresse. Que les autres désormais vous attendent.

Mais elle, secouant doucement la tête :

– Bonheur caché !... dit-elle avec deux grosses larmes, pouvoir caché... Mon orgueil doit se taire comme mon cœur.

Le bruit recommença.

– J'entends la voix de Montalais, dit-elle.

Et elle monta précipitamment l'escalier.

Le roi montait avec elle, ne pouvant se décider à la quitter et couvrant de baisers sa main et le bas de sa robe.

– Oui, oui, répéta La Vallière, la moitié du corps déjà passé à travers la trappe, oui, la voix de Montalais qui appelle ; il faut qu'il soit arrivé quelque chose d'important.

– Allez donc, cher amour, dit le roi, et revenez vite.

– Oh ! pas aujourd'hui. Adieu ! adieu !

Et elle s'abaissa encore une fois pour embrasser son amant, puis elle s'échappa.

Montalais attendait en effet, tout agitée, toute pâle.

– Vite, vite, dit-elle, il monte.

– Qui cela ? qui est-ce qui monte ?

– Lui ! Je l'avais bien prévu.

– Mais qui donc, lui ? tu me fais mourir !

– Raoul, murmura Montalais.

454

– Moi, oui, moi, dit une voix joyeuse dans les derniers degrés du grand escalier.

La Vallière poussa un cri terrible et se renversa en arrière.

– Me voici, me voici, chère Louise, dit Raoul en accourant. Oh ! je savais bien, moi, que vous m'aimiez toujours.

La Vallière fit un geste d'effroi, un autre geste de malédiction ; elle s'efforça de parler et ne put articuler qu'une seule parole :

– Non, non ! dit-elle.

Et elle tomba dans les bras de Montalais en murmurant :

– Ne m'approchez pas !

Montalais fit signe à Raoul, qui, pétrifié sur le seuil, ne chercha pas même à faire un pas de plus dans la chambre.

Puis jetant les yeux du côté du paravent :

– Oh ! dit-elle, l'imprudente ! la trappe n'est pas même fermée !

Et elle s'avança vers l'angle de la chambre pour refermer d'abord le paravent, et puis, derrière le paravent, la trappe.

Mais de cette trappe s'élança le roi, qui avait entendu le cri de La Vallière et qui venait à son secours.

Il s'agenouilla devant elle en accablant de questions Montalais qui commençait à perdre la tête.

Mais, au moment où le roi tombait à genoux, on entendit un cri de douleur sur le carré et le bruit d'un pas dans le corridor. Le roi voulut courir pour voir qui avait poussé ce cri, pour reconnaître qui faisait ce bruit de pas.

Montalais chercha à le retenir, mais ce fut vainement.

Le roi, quittant La Vallière, alla vers la porte ; mais Raoul était déjà loin, de sorte que le roi ne vit qu'une espèce d'ombre tournant l'angle du corridor.

Chapitre CLXXIX – Deux vieux amis

Tandis que chacun pensait à ses affaires à la Cour, un homme se rendait mystérieusement derrière la place de Grève, dans une maison qui nous est déjà connue pour l'avoir vue assiégée, un jour d'émeute, par d'Artagnan.

Cette maison avait sa principale entrée par la place Baudoyer.

Assez grande, entourée de jardins, ceinte dans la rue Saint-Jean par des boutiques de taillandiers qui la garantissaient des regards curieux, elle était renfermée dans ce triple rempart de pierres, de bruit et de verdure, comme une momie parfumée dans sa triple boîte.

L'homme dont nous parlons marchait d'un pas assuré, bien qu'il ne fût pas de la première jeunesse. À voir son manteau couleur de muraille et sa longue épée, qui relevait ce manteau, nul n'eût pu reconnaître le chercheur d'aventurer ; et si l'on eût bien consulté ce croc de moustaches relevé, cette peau fine et lisse qui apparaissait sous le sombrero, comment ne pas croire que les aventures dussent être galantes ?

En effet, à peine le cavalier fut-il entré dans la maison que huit heures sonnèrent à Saint-Gervais.

Et, dix minutes après, une dame, suivie d'un laquais armé, vint frapper à la même porte, qu'une vieille suivante lui ouvrit aussitôt.

Cette dame leva son voile en entrant. Ce n'était plus une beauté, mais c'était encore une femme ; elle n'était plus jeune ; mais elle était encore alerte et d'une belle prestance. Elle dissimulait, sous une toilette riche et de bon goût, un âge que Ninon de Lenclos seule affronta en souriant.

À peine fut-elle dans le vestibule, que le cavalier, dont nous n'avons fait qu'esquisser les traits, vint à elle en lui tendant la main.

– Chère duchesse, dit-il. Bonjour.

– Bonjour, mon cher Aramis, répliqua la duchesse.

Il la conduisit à un salon élégamment meublé, dont les fenêtres hautes s'empourpraient des derniers feux du jour tamisés par les cimes noires de quelques sapins.

Tous deux s'assirent côte à côte.

Ils n'eurent ni l'un ni l'autre la pensée de demander de la lumière, et s'ensevelirent ainsi dans l'ombre comme ils eussent voulu s'ensevelir mutuellement dans l'oubli.

– Chevalier, dit la duchesse, vous ne m'avez plus donné signe d'existence depuis notre entrevue de Fontainebleau, et j'avoue que votre présence, le jour de la mort du franciscain, j'avoue que votre initiation à certains secrets, m'ont donné le plus vif étonnement que j'aie eu de ma vie.

– Je puis vous expliquer ma présence, je puis vous expliquer mon initiation, dit Aramis.

– Mais, avant tout, répliqua vivement la duchesse, parlons un peu de nous. Voilà longtemps que nous sommes de bons amis.

– Oui, madame, et, s'il plaît à Dieu, nous le serons, sinon longtemps, du moins toujours.

– Cela est certain, chevalier, et ma visite en est un témoignage.

– Nous n'avons plus à présent, madame la duchesse, les mêmes intérêts qu'autrefois, dit Aramis en souriant sans crainte dans cette pénombre, car on n'y pouvait deviner que son sourire fût moins agréable et moins frais qu'autrefois.

– Aujourd'hui, chevalier, nous avons d'autres intérêts. Chaque âge apporte les siens, et comme nous

nous comprenons aujourd'hui, en causant, aussi bien que nous le faisions autrefois sans parler, causons ; voulez-vous ?

– Duchesse, à vos ordres. Ah ! pardon, comment avez-vous donc retrouvé mon adresse ? Et pourquoi ?

– Pourquoi ? Je vous l'ai dit. La curiosité. Je voulais savoir ce que vous êtes à ce franciscain, avec lequel j'avais affaire, et qui est mort si étrangement. Vous savez qu'à notre entrevue à Fontainebleau, dans ce cimetière, au pied de cette tombe, récemment fermée, nous fûmes émus l'un et l'autre au point de ne nous rien confier l'un à l'autre.

– Oui, madame.

– Eh bien ! je ne vous eus pas plutôt quitté, que je me repentis. J'ai toujours été avide de m'instruire, vous savez que Mme de Longueville est un peu comme moi, n'est-ce pas ?

– Je ne sais, dit Aramis discrètement.

– Je me rappelai donc, continua la duchesse, que nous n'avions rien dit dans ce cimetière, ni vous de ce que vous étiez à ce franciscain dont vous avez surveillé l'inhumation, ni moi de ce que je lui étais. Aussi, tout cela m'a paru indigne de deux bons amis comme nous, et j'ai cherché l'occasion de me rapprocher de vous pour vous donner la preuve que je vous suis acquise, et que Marie Michon, la pauvre morte, a laissé sur terre une ombre pleine de mémoire.

Aramis s'inclina sur la main de la duchesse et y déposa un galant baiser.

– Vous avez dû avoir quelque peine à me retrouver, dit-il.

– Oui, fit-elle, contrariée d'être ramenée à ce que voulait savoir Aramis ; mais je vous savais ami de M. Fouquet, j'ai cherché près de M. Fouquet.

– Ami ? oh ! s'écria le chevalier, vous dites trop, madame. Un pauvre prêtre favorisé par ce généreux protecteur, un cœur plein de reconnaissance et de fidélité, voilà tout ce que je suis à M. Fouquet.

– Il vous a fait évêque ?

– Oui, duchesse.

– Mais, beau mousquetaire, c'est votre retraite.

« Comme à toi l'intrigue politique », pensa Aramis.

– Or, ajouta-t-il, vous vous enquîtes auprès de M. Fouquet ?

– Facilement. Vous aviez été à Fontainebleau avec lui, vous aviez fait un petit voyage à votre diocèse, qui est Belle-Île-en-Mer, je crois ?

– Non pas, non pas, madame, dit Aramis. Mon diocèse est Vannes.

– C'est ce que je voulais dire. Je croyais seulement que Belle-Île-en-Mer...

– Est une maison à M. Fouquet, voilà tout.

– Ah ! c'est qu'on m'avait dit que Belle-Île-en-Mer était fortifiée or, je vous sais homme de guerre, mon ami.

– J'ai tout désappris depuis que je suis d'Église, dit Aramis piqué.

– Il suffit... J'ai donc su que vous étiez revenu de Vannes, et j'ai envoyé chez un ami, M. le comte de La Fère.

– Ah ! fit Aramis.

– Celui-là est discret : il m'a fait répondre qu'il ignorait votre adresse.

« Toujours Athos, pensa l'évêque : ce qui est bon est toujours bon. »

– Alors... vous savez que je ne puis me montrer ici, et que la reine mère a toujours contre moi quelque chose.

– Mais oui, et je m'en étonne.

– Oh ! cela tient à toutes sortes de raisons. Mais passons... Je suis forcée de me cacher ; j'ai donc, par bonheur, rencontré M. d'Artagnan, un de vos anciens amis, n'est-ce pas ?

– Un de mes amis présents, duchesse.

Il m'a renseignée, lui ; il m'a envoyée à M. de Baisemeaux, le gouverneur de la Bastille.

Aramis frissonna, et ses yeux dégagèrent dans l'ombre une flamme qu'il ne put cacher à sa clairvoyante amie.

– M. de Baisemeaux ! dit-il ; et pourquoi d'Artagnan vous envoya-t-il à M. de Baisemeaux ?

– Ah ! je ne sais.

– Que veut dire ceci ? dit l'évêque en résumant ses forces intellectuelles pour soutenir dignement le combat.

– M. de Baisemeaux était votre obligé, m'a dit d'Artagnan.

– C'est vrai.

– Et l'on sait toujours l'adresse d'un créancier comme celle d'un débiteur.

– C'est encore vrai. Alors, Baisemeaux vous a indiqué ?

– Saint-Mandé, où je vous ai fait tenir une lettre.

– Que voici, et qui m'est précieuse, dit Aramis, puisque je lui dois le plaisir de vous voir.

La duchesse, satisfaite d'avoir ainsi effleuré sans malheur toutes les difficultés de cette exposition délicate, respira.

Aramis ne respira pas.

– Nous en étions, dit-il, à votre visite à Baisemeaux ?

– Non, dit-elle en riant, plus loin.

– Alors, c'est à votre rancune contre la reine mère ?

– Plus loin encore, reprit-elle, plus loin ; nous en sommes aux rapports… C'est simple, reprit la duchesse en prenant son parti. Vous savez que je vis avec M. de Laicques ?

– Oui, madame.

– Un quasi-époux ?

– On le dit.

– À Bruxelles ?

– Oui.

– Vous savez que mes enfants m'ont ruinée et dépouillée ?

– Ah ! quelle misère, duchesse !

– C'est affreux ! il a fallu que je m'ingéniasse à vivre, et surtout à ne point végéter.

– Cela se conçoit.

– J'avais des haines à exploiter, des amitiés à servir ; je n'avais plus de crédit, plus de protecteurs.

– Vous qui avez protégé tant de gens, dit suavement Aramis.

– C'est toujours comme cela, chevalier. Je vis, en ce temps, le roi d'Espagne.

– Ah !

– Qui venait de nommer un général des jésuites, comme c'est l'usage.

– Ah ! c'est l'usage ?

– Vous l'ignoriez ?

– Pardon, j'étais distrait.

– En effet, vous devez savoir cela, vous qui étiez en si bonne intimité avec le franciscain.

– Avec le général des jésuites, vous voulez dire ?

– Précisément… Donc je vis le roi d'Espagne. Il me voulait du bien et ne pouvait m'en faire. Il me recommanda cependant, dans les Flandres, moi et Laicques, et me fit donner une pension sur les fonds de l'ordre.

– Des jésuites ?

– Oui. Le général, je veux dire le franciscain, me fut envoyé.

– Très bien.

– Et comme, pour régulariser la situation, d'après les statuts de l'ordre, je devais être censée rendre des services… Vous savez que c'est la règle ?

– Je l'ignorais.

Mme de Chevreuse s'arrêta pour regarder Aramis ; mais il faisait nuit sombre.

– Eh bien ! c'est la règle, reprit-elle. Je devais donc paraître avoir une utilité quelconque. Je proposai de voyager pour l'ordre, et l'on me rangea parmi les affiliés voyageurs. Vous comprenez que c'était une apparence et une formalité.

– À merveille.

– Ainsi touchai-je ma pension, qui était fort convenable.

– Mon Dieu ! duchesse, ce que vous me dites là est un coup de poignard pour moi. Vous, obligée de recevoir une pension des jésuites !

– Non, chevalier, de l'Espagne.

– Ah ! sauf le cas de conscience, duchesse, vous m'avouerez que c'est bien la même chose.

– Non, non, pas du tout.

– Mais enfin, de cette belle fortune, il reste bien…

– Il me reste Dampierre. Voilà tout.

– C'est encore très beau.

– Oui, mais Dampierre grevé, Dampierre hypothéqué, Dampierre un peu ruiné comme la propriétaire.

– Et la reine mère voit tout cela d'un œil sec ? dit Aramis avec un curieux regard qui ne rencontra que ténèbres.

– Oui, elle a tout oublié.

– Vous avez, ce me semble, duchesse, essayé de rentrer en grâce ?

– Oui ; mais, par une singularité qui n'a pas de nom, voilà-t-il pas que le petit roi hérite de l'antipathie que son cher père avait pour ma personne. Ah ! me direz-vous, je suis bien une de ces femmes que l'on hait, je ne suis plus de celles que l'on aime.

– Chère duchesse, arrivons vite, je vous prie, à ce qui vous amène, car je crois que nous pouvons nous être utiles l'un à l'autre.

– Je l'ai pensé. Je venais donc à Fontainebleau dans un double but. D'abord, j'y étais mandée par ce franciscain que vous connaissez... À propos, comment le connaissez-vous ? car je vous ai raconté mon histoire, et vous ne m'avez pas conté la vôtre.

– Je le connus d'une façon bien naturelle, duchesse. J'ai étudié la théologie avec lui à Parme ; nous étions devenus amis, et tantôt les affaires, tantôt les voyages, tantôt la guerre nous avaient séparés.

– Vous saviez bien qu'il fût général des jésuites ?

– Je m'en doutais.

– Mais, enfin, par quel hasard étrange veniez-vous, vous aussi, à cette hôtellerie où se réunissaient les affiliés voyageurs ?

– Oh ! dit Aramis d'une voix calme, c'est un pur hasard. Moi, j'allais à Fontainebleau chez M. Fouquet pour avoir une audience du roi ; moi, je passais ; moi, j'étais inconnu ; je vis par le chemin ce pauvre moribond et je le reconnus. Vous savez le reste, il expira dans mes bras.

– Oui, mais en vous laissant dans le ciel et sur la terre une si grande puissance, que vous donnâtes en son nom des ordres souverains.

– Il me chargea effectivement de quelques commissions.

– Et pour moi ?

– Je vous l'ai dit. Une somme de douze mille livres à payer. Je crois vous avoir donné la signature nécessaire pour toucher. Ne touchâtes-vous pas ?

– Si fait, si fait. Oh ! mon cher prélat, vous donnez ces ordres, m'a-t-on dit, avec un tel mystère et une si auguste majesté, que l'on vous crut généralement le successeur du cher défunt.

Aramis rougit d'impatience. La duchesse continua :

– Je m'en suis informée, dit-elle, près du roi d'Espagne, et il éclaircit mes doutes sur ce point. Tout général des jésuites est, à sa nomination, et doit être Espagnol d'après les statuts de l'ordre. Vous n'êtes pas Espagnol et vous n'avez pas été nommé par le roi d'Espagne.

Aramis ne répliqua rien que ces mots :

– Vous voyez bien, duchesse, que vous étiez dans l'erreur, puisque le roi d'Espagne vous a dit cela.

– Oui, cher Aramis ; mais il y a autre chose que j'ai pensé, moi.

– Quoi donc ?

– Vous savez que je pense un peu à tout.

– Oh ! oui, duchesse.

– Vous savez l'espagnol ?

– Tout Français qui a fait sa Fronde sait l'espagnol.

– Vous avez vécu dans les Flandres ?

– Trois ans.

– Vous avez passé à Madrid ?

– Quinze mois.

– Vous êtes donc en mesure d'être naturalisé Espagnol quand vous le voudrez.

– Vous croyez ? fit Aramis avec une bonhomie qui trompa la duchesse.

– Sans doute... Deux ans de séjour et la connaissance de la langue sont des règles indispensables. Vous avez trois ans et demi... quinze mois de trop.

– Où voulez-vous en venir, chère dame ?

– À ceci : je suis bien avec le roi d'Espagne.

« Je n'y suis pas mal », pensa Aramis.

– Voulez-vous, continua la duchesse, que je demande pour vous, au roi, la succession du franciscain ?

– Oh ! duchesse !

– Vous l'avez peut-être ? dit-elle.

– Non, sur ma parole !

– Eh bien ! je puis vous rendre ce service.

– Pourquoi ne l'avez-vous pas rendu à M. de Laicques, duchesse ? C'est un homme plein de talent et que vous aimez.

– Oui, certes ; mais cela ne s'est pas trouvé. Enfin, répondez, Laicques ou pas Laicques, voulez-vous ?

– Duchesse, non, merci !

« Il est nommé », pensa-t-elle.

– Si vous me refusez ainsi, reprit Mme de Chevreuse, ce n'est pas m'enhardir à vous demander pour moi.

– Oh ! demandez, demandez.

– Demander !... Je ne le puis, si vous n'avez pas le pouvoir de m'accorder.

– Si peu que je puisse, demandez toujours.

– J'ai besoin d'une somme d'argent pour faire réparer Dampierre.

– Ah ! répliqua Aramis froidement, de l'argent ?... Voyons, duchesse, combien serait-ce ?

– Oh ! une somme ronde.

– Tant pis ! Vous savez que je ne suis pas riche ?

– Vous, non ; mais l'ordre. Si vous eussiez été général…

– Vous savez que je ne suis pas général.

– Alors, vous avez un ami qui, lui, doit être riche : M. Fouquet.

– M. Fouquet ? madame, il est plus qu'à moitié ruiné.

– On le disait, et je ne voulais pas le croire.

– Pourquoi, duchesse ?

466

– Parce que j'ai du cardinal Mazarin quelques lettres, c'est-à-dire Laicques les a, qui établissent des comptes étranges.

– Quels comptes ?

– C'est à propos de rentes vendues, d'emprunts faits, je ne me souviens plus bien. Toujours est-il que le sous intendant, d'après des lettres signées Mazarin, aurait puisé une trentaine de millions dans les coffres de l'État. Le cas est grave.

Aramis enfonça ses ongles dans sa main.

– Quoi ! dit-il, vous avez des lettres semblables et vous n'en avez pas fait part à M. Fouquet ?

– Ah ! répliqua la duchesse, ces sortes de choses sont des réserves que l'on garde. Le jour du besoin venu, on les tire de l'armoire.

– Et le jour du besoin est venu ? dit Aramis.

– Oui, mon cher.

– Et vous allez montrer ces lettres à M. Fouquet ?

– J'aime mieux vous en parler à vous.

– Il faut que vous ayez bien besoin d'argent, pauvre amie, pour penser à ces sortes de choses, vous qui teniez en si piètre estime la prose de M. de Mazarin.

– J'ai, en effet, besoin d'argent.

– Et puis, continua Aramis d'un ton froid, vous avez dû vous faire peine à vous-même en recourant à cette ressource. Elle est cruelle.

– Oh ! si j'eusse voulu faire le mal et non le bien dit Mme de Chevreuse, au lieu de demander au général de l'ordre ou à M. Fouquet les cinq cent mille livres dont j'ai besoin...

– Cinq cent mille livres !

– Pas davantage. Trouvez-vous que ce soit beaucoup ? Il faut cela, au moins, pour réparer Dampierre.

– Oui, madame.

– Je dis donc qu'au lieu de demander cette somme, j'eusse été trouver mon ancienne amie, la reine mère ; les lettres de son époux, le *signor* Mazarini, m'eussent servi d'introduction, et je lui eusse demandé cette bagatelle en lui disant : « Madame, je veux avoir l'honneur de recevoir Votre Majesté à Dampierre ; permettez-moi de mettre Dampierre en état. »

Aramis ne répliqua pas un mot.

– Eh bien ! dit-elle, à quoi songez-vous ?

– Je fais des additions, dit Aramis.

– Et M. Fouquet fait des soustractions. Moi, j'essaie de multiplier. Les beaux calculateurs que nous sommes ! comme nous pourrions nous entendre !

– Voulez-vous me permettre de réfléchir ? dit Aramis.

– Non… Pour une semblable ouverture, entre gens comme nous, c'est oui ou non qu'il faut répondre, et cela tout de suite.

« C'est un piège, pensa l'évêque ; il est impossible qu'une pareille femme soit écoutée d'Anne d'Autriche. »

– Eh bien ? fit la duchesse.

– Eh bien ! madame, je serais fort surpris si M. Fouquet pouvait disposer de cinq cent mille livres à cette heure.

– Il n'en faut donc plus parler, dit la duchesse, et Dampierre se restaurera comme il pourra.

– Oh ! vous n'êtes pas, je suppose, embarrassée à ce point ?

– Non, je ne suis jamais embarrassée.

– Et la reine fera certainement pour vous, continua l'évêque, ce que le surintendant ne peut faire.

– Oh ! mais oui… Dites-moi, vous ne voulez pas, par exemple, que je parle moi-même à M. Fouquet de ces lettres ?

– Vous ferez, à cet égard, duchesse, tout ce qu'il vous plaira ; mais M. Fouquet se sent ou ne se sent pas coupable ; s'il l'est, je le sais assez fier pour ne pas l'avouer ; s'il ne l'est pas, il s'offensera fort de cette menace.

– Vous raisonnez toujours comme un ange.

Et la duchesse se leva.

– Ainsi, vous allez dénoncer M. Fouquet à la reine ? dit Aramis.

– Dénoncer ?... Oh ! le vilain mot. Je ne dénoncerai pas, mon cher ami ; vous savez trop bien la politique pour ignorer comment ces choses-là s'exécutent ; je prendrai parti contre M. Fouquet, voilà tout.

– C'est juste.

– Et, dans une guerre de parti, une arme est une arme.

– Sans doute.

– Une fois bien remise avec la reine mère, je puis être dangereuse.

– C'est votre droit, duchesse.

– J'en userai, mon cher ami.

– Vous n'ignorez pas que M. Fouquet est au mieux avec le roi d'Espagne, duchesse ?

– Oh ! je le suppose.

– M. Fouquet, si vous faites une guerre de parti comme vous dites, vous en fera une autre.

– Ah ! que voulez-vous !

– Ce sera son droit aussi, n'est-ce pas ?

– Certes.

– Et, comme il est bien avec l'Espagne, il se fera une arme de cette amitié.

– Vous voulez dire qu'il sera bien avec le général de l'ordre des jésuites, mon cher Aramis.

– Cela peut arriver, duchesse.

– Et qu'alors on me supprimera la pension que je touche par là.

– J'en ai bien peur.

– On se consolera. Eh ! mon cher, après Richelieu, après la Fronde, après l'exil, qu'y a-t-il à redouter pour Mme de Chevreuse ?

– La pension, vous le savez, est de quarante-huit mille livres.

– Hélas ! je le sais bien.

– De plus, quand on fait la guerre de parti, on frappe, vous ne l'ignorez pas, sur les amis de l'ennemi.

– Ah ! vous voulez dire qu'on tombera sur ce pauvre Laicques ?

– C'est presque inévitable, duchesse.

– Oh ! il ne touche que douze mille livres de pension.

– Oui ; mais le roi d'Espagne a du crédit ; consulté par M. Fouquet, il peut faire enfermer M. Laicques dans quelque forteresse.

– Je n'ai pas grand-peur de cela, mon bon ami, parce que, grâce à une réconciliation avec Anne d'Autriche, j'obtiendrai que la France demande la liberté de Laicques.

– C'est vrai. Alors, vous aurez autre chose à redouter.

– Quoi donc ? fit la duchesse en jouant la surprise et l'effroi.

– Vous saurez et vous savez qu'une fois affilié à l'ordre, on n'en sort pas sans difficultés. Les secrets qu'on a pu pénétrer sont malsains, ils portent avec eux des germes de malheur pour quiconque les révèle.

La duchesse réfléchit un moment.

– Voilà qui est plus sérieux, dit-elle ; j'y aviserai.

Et, malgré l'obscurité profonde, Aramis sentit un regard brûlant comme un fer rouge s'échapper des yeux de son amie pour venir plonger dans son cœur.

– Récapitulons, dit Aramis, qui se tint alors sur ses gardes et glissa sa main sous son pourpoint, où il avait un stylet caché.

– C'est cela, récapitulons : les bons comptes font les bons amis.

– La suppression de votre pension...

– Quarante-huit mille livres, et celle de Laicques douze, font soixante mille livres ; voilà ce que vous voulez dire, n'est-ce pas ?

– Précisément, et je cherche le contrepoids que vous trouvez à cela ?

– Cinq cent mille livres que j'aurai chez la reine.

– Ou que vous n'aurez pas.

– Je sais le moyen de les avoir, dit étourdiment la duchesse.

Ces mots firent dresser l'oreille au chevalier. À partir de cette faute de l'adversaire, son esprit fut tellement en garde, que lui profita toujours, et qu'elle, par conséquent, perdit l'avantage.

– J'admets que vous ayez cet argent, reprit-il, vous perdrez le double, ayant cent mille francs de pension à toucher au lieu de soixante mille, et cela pendant dix ans.

– Non, car je ne souffrirai cette diminution de revenu que pendant la durée du ministère de M. Fouquet ; or, cette durée, je l'évalue à deux mois.

– Ah ! fit Aramis.

– Je suis franche, comme vous voyez.

– Je vous remercie, duchesse, mais vous auriez tort de supposer qu'après la disgrâce de M. Fouquet, l'ordre recommencerait à vous payer votre pension.

– Je sais le moyen de faire financer l'ordre, comme je sais le moyen de faire contribuer la reine mère.

– Alors, duchesse, nous sommes tous forcés de baisser pavillon devant vous ; à vous la victoire ! à vous le triomphe ! Soyez clémente, je vous en prie. Sonnez, clairons !

– Comment est-il possible, reprit la duchesse, sans prendre garde à l'ironie, que vous reculiez devant cinq cent mille malheureuses livres, quand il s'agit de vous épargner, je veux dire à votre ami, pardon, à votre protecteur, un désagrément comme celui que cause une guerre de parti ?

– Duchesse, voici pourquoi : c'est qu'après les cinq cent mille livres, M. de Laicques demandera sa part, qui sera aussi de cinq cent mille livres, n'est-ce pas ? c'est qu'après la part de M. de Laicques et la vôtre viendront la part de vos enfants, celle de vos pauvres, de tout le monde, et que des lettres, si compromettantes qu'elles soient, ne valent pas trois à quatre millions. Vrai Dieu ! duchesse, les ferrets de la reine de France valaient mieux que ces chiffons signés Mazarin, et pourtant ils n'ont pas coûté le quart de ce que vous demandez pour vous.

– Ah ! c'est vrai, c'est vrai ; mais le marchand prise sa marchandise ce qu'il veut. C'est à l'acheteur d'acquérir ou de refuser.

– Tenez, duchesse, voulez-vous que je vous dise pourquoi je n'achèterai pas vos lettres ?

– Dites.

– Vos lettres de Mazarin sont fausses.

– Allons donc !

– Sans doute ; car il serait pour le moins étrange que, brouillée avec la reine par M. Mazarin, vous eussiez entretenu avec ce dernier un commerce intime ; cela sentirait la passion, l'espionnage, la... ma foi ! je ne veux pas dire le mot.

– Dites toujours.

– La complaisance.

– Tout cela est vrai ; mais, ce qui ne l'est pas moins, c'est ce qu'il y a dans la lettre.

– Je vous jure, duchesse, que vous ne pourrez pas vous en servir auprès de la reine.

– Oh ! que si fait, je puis me servir de tout auprès de la reine.

« Bon ! pensa Aramis. Chante donc, pie-grièche ! siffle donc, vipère ! »

Mais la duchesse en avait assez dit ; elle fit deux pas vers la porte.

Aramis lui gardait une disgrâce… l'imprécation que fait entendre le vaincu derrière le char du triomphateur.

Il sonna.

Des lumières parurent dans le salon.

Alors l'évêque se trouva dans un cercle de lumières qui resplendissaient sur le visage défait de la duchesse.

Aramis attacha un long et ironique regard sur ses joues pâlies et desséchées, sur ces yeux dont l'étincelle s'échappait de deux paupières nues, sur cette bouche dont les lèvres enfermaient avec soin des dents noircies et rares.

Il affecta, lui, de poser gracieusement sa jambe pure et nerveuse, sa tête lumineuse et fière, il sourit pour laisser entrevoir ses dents, qui, à la lumière, avaient encore une sorte d'éclat. La coquette vieillie comprit le galant railleur ; elle était justement placée devant une grande glace où toute sa décrépitude, si soigneusement dissimulée, apparut manifeste par le contraste.

Alors, sans même saluer Aramis, qui s'inclinait souple et charmant comme le mousquetaire d'autrefois, elle partit d'un pas vacillant et alourdi par la précipitation.

Aramis glissa comme un zéphyr sur le parquet pour la conduire jusqu'à la porte.

Mme de Chevreuse fit un signe à son grand laquais, qui reprit le mousqueton, et elle quitta cette maison où

473

deux amis si tendres ne s'étaient pas entendus pour s'être trop bien compris.

Chapitre CLXXX – Où l'on voit qu'un marché qui ne peut pas se faire avec l'un peut se faire avec l'autre

Aramis avait deviné juste : à peine sortie de la maison de la place Baudoyer, Mme la duchesse de Chevreuse se fit conduire chez elle.

Elle craignait d'être suivie sans doute, et cherchait à innocenter ainsi sa promenade ; mais, à peine rentrée à l'hôtel, à peine sûre que personne ne la suivrait pour l'inquiéter, elle fit ouvrir la porte du jardin qui donnait sur une autre rue, et se rendit rue Croix-des-Petits-Champs, où demeurait M. Colbert.

Nous avons dit que le soir était venu : c'est la nuit qu'il faudrait dire, et une nuit épaisse. Paris, redevenu calme, cachait dans son ombre indulgente la noble duchesse conduisant son intrigue politique, et la simple bourgeoise qui, attardée après un souper en ville, prenait au bras d'un amant le plus long chemin pour regagner le logis conjugal.

Mme de Chevreuse avait trop l'habitude de la politique nocturne pour ignorer qu'un ministre ne se cèle jamais, fût-ce chez lui, aux jeunes et belles dames qui craignent la poussière des bureaux, ou aux vieilles dames très savantes qui craignent l'écho indiscret des ministères.

Un valet reçut la duchesse sous le péristyle, et, disons-le, il la reçut assez mal. Cet homme lui expliqua même, après avoir vu son visage, que ce n'était pas à une pareille heure et à un pareil âge que l'on venait troubler le dernier travail de M. Colbert.

Mais Mme de Chevreuse, sans se fâcher, écrivit sur une feuille de ses tablettes son nom, nom bruyant, qui avait tant de fois tinté désagréablement aux oreilles de Louis XIII et du grand cardinal.

Elle écrivit ce nom avec la grande écriture ignorante des hauts seigneurs de cette époque, plia le papier d'une façon qui lui était particulière, et le remit au valet sans ajouter un mot, mais d'une mine si impérieuse, que le drôle, habitué à flairer son monde, sentit la princesse, baissa la tête et courut chez M. Colbert.

Il sans dire que le ministre poussa un petit cri en ouvrant le papier, et que, ce cri instruisant suffisamment le valet de l'intérêt qu'il fallait prendre à la visite mystérieuse, le valet revint en courant chercher la duchesse.

Elle monta donc assez lourdement le premier étage de la belle maison neuve, se remit au palier pour ne pas entrer essoufflée, et parut devant M. Colbert, qui tenait lui-même les battants de sa porte.

La duchesse s'arrêta au seuil pour bien regarder celui avec lequel elle avait affaire.

Au premier abord, la tête ronde, lourde, épaisse, les gros sourcils, la moue disgracieuse de cette figure écrasée par une calotte pareille à celle des prêtres, cet ensemble, disons-nous, promit à la duchesse peu de difficultés dans les négociations, mais aussi peu d'intérêt dans le débat des articles.

Car il n'y avait pas d'apparence que cette grosse nature fût sensible aux charmes d'une vengeance raffinée ou d'une ambition altérée.

Mais, lorsque la duchesse vit de plus près les petits yeux noirs perçants, le pli longitudinal de ce front bombé, sévère, la crispation imperceptible de ces lèvres, sur lesquelles on observa très vulgairement de la bonhomie, Mme de Chevreuse changea d'idée et put se dire : « J'ai trouvé mon homme ! »

– Qui me procure l'honneur de votre visite, madame ? demanda l'intendant des finances.

– Le besoin que j'ai de vous, monsieur, reprit la duchesse, et celui que vous avez de moi.

– Heureux, madame, d'avoir entendu la première partie de votre phrase ; mais, quant à la seconde…

Mme de Chevreuse s'assit sur le fauteuil que Colbert lui avançait.

– Monsieur Colbert, vous êtes intendant des finances ?

– Oui, madame.

– Et vous aspirez à devenir surintendant ?…

– Madame !

– Ne niez pas ; cela ferait longueur dans notre conversation : c'est inutile.

– Cependant, madame, si plein de bonne volonté, de politesse même, que je sois envers une dame de votre mérite, rien ne me fera confesser que je cherche à supplanter mon supérieur.

– Je ne vous ai point parlé de supplanter, monsieur Colbert. Est-ce que, par hasard, j'aurais prononcé ce mot ? Je ne crois pas. Le mot remplacer est moins agressif et plus convenable grammaticalement, comme disait M. de Voiture. Je prétends donc que vous aspirez à remplacer M. Fouquet.

– La fortune de M. Fouquet, madame, est de celles qui résistent. M. le surintendant joue, dans ce siècle, le rôle du colosse de Rhodes : les vaisseaux passent au-dessous de lui et ne le renversent pas.

– Je me fusse servie précisément de cette comparaison. Oui, M. Fouquet joue le rôle du colosse de Rhodes ; mais je me souviens d'avoir ouï raconter à M. Conrart… un académicien, je crois… que, le colosse de Rhodes étant tombé, le marchand qui l'avait fait jeter bas… un simple marchand, monsieur Colbert… fit charger quatre cents chameaux de ses débris. Un marchand ! c'est bien moins fort qu'un intendant des finances.

– Madame, je puis vous assurer que je ne renverserai jamais M. Fouquet.

– Eh bien ! monsieur Colbert, puisque vous vous obstinez à faire de la sensibilité avec moi, comme si vous ignoriez que je m'appelle Mme de Chevreuse, et que je suis vieille, c'est-à-dire que vous avez affaire à une femme qui a fait de la politique avec M. de Richelieu et qui n'a plus de temps à perdre, comme, dis-je, vous commettez cette imprudence, je m'en vais aller trouver des gens plus intelligents et plus pressés de faire fortune.

– En quoi, madame, en quoi ?

– Vous me donnez une pauvre idée des négociations d'aujourd'hui, monsieur. Je vous jure bien que, si, de mon temps, une femme fût allée trouver M. de Cinq-Mars, qui pourtant n'était pas un grand esprit, je vous jure que, si elle lui eût dit sur le cardinal ce que je viens de vous dire sur M. Fouquet, M. de Cinq-Mars, à l'heure qu'il est, eût déjà mis les fers au feu.

– Allons, madame, allons, un peu d'indulgence.

– Ainsi, vous voulez bien consentir à remplacer M. Fouquet ?

– Si le roi congédie M. Fouquet, oui, certes.

– Encore une parole de trop ; il est bien évident que, si vous n'avez pas encore fait chasser M. Fouquet, c'est que vous n'avez pas pu le faire. Aussi, je ne serais qu'une sotte pécore, si, venant à vous, je ne vous apportais pas ce qui vous manque.

– Je suis désolé d'insister, madame, dit Colbert après un silence qui avait permis à la duchesse de sonder toute la profondeur de sa dissimulation ; mais je dois vous prévenir que, depuis six ans, dénonciations sur dénonciations se succèdent contre M. Fouquet, sans que jamais l'assiette de M. le surintendant ait été déplacée.

478

– Il y a temps pour tout, monsieur Colbert ; ceux qui ont fait ces dénonciations ne s'appelaient pas Mme de Chevreuse, et ils n'avaient pas de preuves équivalentes à six lettres de M. de Mazarin, établissant le délit dont il s'agit.

– Le délit ?

– Le crime, s'il vous plaît mieux.

– Un crime ! Commis par M. Fouquet ?

– Rien que cela... Tiens, c'est étrange, monsieur Colbert ; vous qui avez la figure froide et peu significative, je vous vois tout illuminé.

– Un crime ?

– Enchantée que cela vous fasse quelque effet.

– Oh ! c'est que le mot renferme tant de choses, madame !

– Il renferme un brevet de surintendant des finances pour vous, et une lettre d'exil ou de Bastille pour M. Fouquet.

– Pardonnez-moi, madame la duchesse, il est presque impossible que M. Fouquet soit exilé : emprisonné, disgracié, c'est déjà tant !

– Oh ! je sais ce que je dis, repartit froidement Mme de Chevreuse. Je ne vis pas tellement éloignée de Paris, que je ne sache ce qui s'y passe. Le roi n'aime pas M. Fouquet, et il perdra volontiers M. Fouquet, si on lui en donne l'occasion.

– Il faut que l'occasion soit bonne.

– Assez bonne. Aussi, c'est une occasion que j'évalue à cinq cent mille livres.

– Comment cela ? dit Colbert.

– Je veux dire, monsieur, que, tenant cette occasion dans mes mains, je ne la ferai passer dans les vôtres que moyennant un retour de cinq cent mille livres.

– Très bien, madame, je comprends. Mais, puisque vous venez de fixer un prix à la vente, voyons la valeur vendue.

– Oh ! la moindre chose : six lettres, je vous l'ai dit, de M. de Mazarin ; des autographes qui ne seraient pas trop chers, assurément, s'ils établissaient d'une façon irrécusable que M. Fouquet avait détourné de grosses sommes pour se les approprier.

– D'une façon irrécusable, dit Colbert les yeux brillants de joie.

– Irrécusable ! Voulez-vous lire les lettres ?

– De tout cœur ! La copie, bien entendu ?

– Bien entendu, oui.

Mme la duchesse tira de son sein une petite liasse aplatie par le corset de velours :

– Lisez, dit-elle.

Colbert se jeta avidement sur ces papiers et les dévora.

– À merveille ! dit-il.

– C'est assez net, n'est-ce pas ?

– Oui, madame, oui. M. de Mazarin aurait remis de l'argent à M. Fouquet, lequel aurait gardé cet argent, mais quel argent ?

– Ah ! voilà, quel argent ? Si nous traitons ensemble, je joindrai à ses lettres une septième, qui vous donnera les derniers renseignements.

Colbert réfléchit.

– Et les originaux des lettres ?

– Question inutile. C'est comme si je vous demandais : Monsieur Colbert, les sacs d'argent que vous me donnerez seront-ils pleins ou vides ?

– Très bien, madame.

– Est-ce conclu ?

– Non pas.

– Comment ?

– Il y a une chose à laquelle nous n'avons réfléchi ni l'un ni l'autre.

– Dites-la-moi.

– M. Fouquet ne peut être perdu en cette occurrence que par un procès.

– Oui.

– Un scandale public.

– Oui. Eh bien ?

– Eh bien ! on ne peut lui faire ni le procès ni le scandale.

– Parce que ?

– Parce qu'il est procureur général au Parlement, parce que tout, en France, administration, armée, justice, commerce, se relie mutuellement par une chaîne de bon vouloir qu'on appelle esprit de corps. Ainsi, madame, jamais le Parlement ne souffrira que son chef soit traîné devant un tribunal. Jamais, s'il y est traîné d'autorité royale, jamais il ne sera condamné.

– Ah ! ma foi ! monsieur Colbert, cela ne me regarde pas.

– Je le sais, madame, mais cela me regarde, moi, et diminue la valeur de votre apport. À quoi peut me servir une preuve de crime sans la possibilité de condamnation ?

– Soupçonné seulement, M. Fouquet perdra sa charge de surintendant.

– Voilà grand-chose ! s'écria Colbert, dont les traits sombres éclatèrent tout à coup, illuminés d'une expression de haine et de vengeance.

– Ah ! ah ! monsieur Colbert, dit la duchesse, excusez-moi, je ne vous savais pas si fort impressionnable. Bien, très bien ! Alors, puisqu'il vous faut plus que je n'ai, ne parlons plus de rien.

– Si fait, madame, parlons-en toujours. Seulement, vos valeurs ayant baissé, abaissez vos prétentions.

– Vous marchandez ?

– C'est une nécessité pour quiconque veut payer loyalement.

– Combien m'offrez-vous ?

– Deux cent mille livres.

La duchesse lui rit au nez ; puis, tout à coup :

– Attendez, dit-elle.

– Vous consentez ?

– Pas encore, j'ai une autre combinaison.

– Dites.

– Vous me donnez trois cent mille livres.

– Non pas ! non pas !

– Oh ! c'est à prendre ou à laisser... Et puis, ce n'est pas tout.

– Encore ?... Vous devenez impossible, madame la duchesse.

– Moins que vous ne le croyez, ce n'est plus de l'argent que je vous demande.

– Quoi donc, alors ?

– Un service. Vous savez que j'ai toujours aimé tendrement la reine.

– Eh bien ?

– Eh bien ! je veux avoir une entrevue avec Sa Majesté.

– Avec la reine ?

– Oui, monsieur Colbert, avec la reine, qui n'est plus mon amie, c'est vrai, et depuis longtemps, mais qui peut le devenir encore, si on en fournit l'occasion.

– Sa Majesté ne reçoit plus personne, madame. Elle souffre beaucoup. Vous n'ignorez pas que les accès de son mal se réitèrent plus fréquemment...

– Voilà précisément pourquoi je désire avoir une entrevue avec Sa Majesté. Figurez-vous que dans la Flandre, nous avons beaucoup de ces sortes de maladies.

– Des cancers ? Maladie affreuse, incurable.

– Ne croyez donc pas cela, monsieur Colbert. Le paysan flamand est un peu l'homme de la nature ; il n'a pas précisément une femme, il a une femelle.

– Eh bien ! madame ?

– Eh bien ! monsieur Colbert, tandis qu'il fume sa pipe, la femme travaille : elle tire l'eau du puits, elle charge le mulet ou l'âne, elle se charge elle-même. Se ménageant peu, elle se heurte çà et là, souvent même elle est battue. Un cancer vient d'une contusion.

– C'est vrai.

– Les Flamandes ne meurent pas pour cela. Elles vont, quand elles souffrent trop, à la recherche du remède. Et les béguines de Bruges sont d'admirables médecins pour toutes les maladies. Elles ont des eaux précieuses, des topiques, des spécifiques : elles donnent à la malade un flacon et un cierge, bénéficient sur le clergé et servent Dieu par l'exploitation de leurs deux marchandises. J'apporterai donc à la reine l'eau du béguinage de Bruges. Sa Majesté guérira, et brûlera autant de cierges qu'elle le jugera convenable. Vous voyez, monsieur Colbert, que, m'empêcher d'aller voir la reine, c'est presque un crime de régicide.

– Madame la duchesse, vous êtes une femme de trop d'esprit, vous me confondez ; toutefois, je devine bien que cette grande charité envers la reine couvre un petit intérêt personnel.

– Est-ce que je me donne la peine de le cacher, monsieur Colbert ? Vous avez dit, je crois, un petit intérêt personnel ? Apprenez donc que c'est un grand intérêt, et je vous le prouverai en me résumant. Si vous me faites entrer chez Sa Majesté, je me contente des trois cent mille livres réclamées ; sinon, je garde mes lettres, à moins que vous n'en donniez, séance tenante, cinq cent mille livres.

Et, se levant sur cette parole décisive, la vieille duchesse laissa M. Colbert dans une désagréable perplexité.

Marchander encore était devenu impossible ; ne plus marchander, c'était perdre infiniment trop.

– Madame, dit-il, je vais avoir le plaisir de vous compter cent mille écus.

– Oh ! fit la duchesse.

– Mais comment aurai-je les lettres véritables ?

– De la façon la plus simple, mon cher monsieur Colbert... À qui vous fiez vous ?

Le grave financier se mit à rire silencieusement, de sorte que ses gros sourcils noirs montaient et descendaient comme deux ailes de chauve-souris sur la ligne profonde de son front jaune.

– À personne, dit-il.

– Oh ! vous ferez bien une exception en votre faveur, monsieur Colbert.

– Comment cela, madame la duchesse ?

– Je veux dire que, si vous preniez la peine de venir avec moi à l'endroit où sont les lettres, elles vous seraient remises à vous-même, et vous pourriez les vérifier, les contrôler.

– Il est vrai.

– Vous vous seriez muni de cent mille écus, parce que je ne me fie, moi non plus, à personne.

M. l'intendant Colbert rougit jusqu'aux sourcils. Il était, comme tous les hommes supérieurs dans l'art des chiffres, d'une probité insolente et mathématique.

– J'emporterai, dit-il, madame, la somme promise, en deux bons payables à ma caisse. Cela vous satisfera-t-il ?

– Que ne sont-ils de deux millions, vos bons de caisse, monsieur l'intendant !... Je vais donc avoir l'honneur de vous montrer le chemin.

– Permettez que je fasse atteler mes chevaux.

– J'ai un carrosse en bas, monsieur.

Colbert toussa comme un homme irrésolu. Il se figura un moment que la proposition de la duchesse était un piège ; que peut-être on attendait à la porte ; que cette dame, dont le secret venait de se vendre cent mille écus à Colbert, devait avoir proposé ce secret à M. Fouquet pour la même somme.

Comme il hésitait beaucoup, la duchesse le regarda dans les yeux.

– Vous aimez mieux votre carrosse ? dit-elle.

– Je l'avoue.

– Vous vous figurez que je vous conduis dans quelque traquenard ?

– Madame la duchesse, vous avez le caractère folâtre, et moi, revêtu d'un caractère aussi grave, je puis être compromis par une plaisanterie.

– Oui ; enfin, vous avez peur ? Eh bien ! prenez votre carrosse, autant de laquais que vous voudrez... Seulement, réfléchissez-y bien... ce que nous faisons à nous deux, nous le savons seuls ; ce qu'un tiers aura vu, nous l'apprenons à tout l'univers. Après tout moi, je n'y tiens pas : mon carrosse suivra le vôtre, et je me tiens pour satisfaite de monter dans votre carrosse pour aller chez la reine.

– Chez la reine ?

– Vous l'aviez déjà oublié ? Quoi ! une clause de cette importance pour moi vous avait échappé ? Que c'était peu pour vous, mon Dieu ! Si j'avais su, je vous eusse demandé le double.

– J'ai réfléchi, madame la duchesse ; je ne vous accompagnerai pas.

– Vrai !... Pourquoi ?

– Parce que j'ai en vous une confiance sans bornes.

– Vous me comblez !... Mais, pour que je touche les cent mille écus ?...

– Les voici.

L'intendant griffonna quelques mots sur un papier qu'il remit à la duchesse.

– Vous êtes payée, dit-il.

– Le trait est beau, monsieur Colbert, et je vais vous en récompenser.

En disant ces mots, elle se mit à rire.

Le rire de Mme de Chevreuse était un murmure sinistre ; tout homme qui sent la jeunesse, la foi, l'amour, la vie battre en son cœur, préfère des pleurs à ce rire lamentable.

La duchesse ouvrit le haut de son justaucorps et tira de son sein rougi une petite liasse de papiers noués d'un ruban couleur feu. Les agrafes avaient cédé sous la pression brutale de ses mains nerveuses. La peau, éraillée par l'extraction et le frottement des papiers, apparaissait sans pudeur aux yeux de l'intendant, fort intrigué de ces préliminaires étranges. La duchesse riait toujours.

– Voilà, dit-elle, les véritables lettres de M. de Mazarin. Vous les avez, et, de plus, la duchesse de Chevreuse s'est déshabillée devant vous, comme si vous eussiez été... Je ne veux pas vous dire des noms qui vous donneraient de l'orgueil ou de la jalousie. Maintenant, monsieur Colbert, fit-elle en agrafant et en nouant avec rapidité le corps de sa robe, votre bonne fortune est finie ; accompagnez-moi chez la reine.

– Non pas, madame : si vous alliez encourir de nouveau la disgrâce de Sa Majesté, et que l'on sût au Palais-Royal que j'ai été votre introducteur, la reine ne me le pardonnerait de sa vie. Non. J'ai des gens dévoués au palais, ceux-là vous feront entrer sans me compromettre.

– Comme il vous plaira, pourvu que j'entre.

– Comment appelez-vous les dames religieuses de Bruges qui guérissent les malades ?

– Les béguines.

– Vous êtes une béguine.

– Soit, mais il faudra bien que je cesse de l'être.

– Cela vous regarde.

– Pardon ! pardon ! je ne veux pas être exposée à ce qu'on me refuse l'entrée.

– Cela vous regarde encore, madame. Je vais commander au premier valet de chambre du gentilhomme de service chez Sa Majesté de laisser entrer une béguine apportant un remède efficace pour soulager les douleurs de Sa Majesté. Vous portez ma lettre, vous vous chargez du remède et des explications. J'avoue la béguine, je nie Mme de Chevreuse.

– Qu'à cela ne tienne.

– Voici la lettre d'introduction, madame.

Chapitre CLXXXI – La peau de l'ours

Colbert donna cette lettre à la duchesse, lui retira doucement le siège derrière lequel elle s'abritait. Mme de Chevreuse salua très légèrement et sortit. Colbert, qui avait reconnu l'écriture de Mazarin et compté les lettres, sonna son secrétaire et lui enjoignit d'aller chercher chez lui M. Vanel, conseiller au Parlement. Le secrétaire répliqua que M. le conseiller, fidèle à ses habitudes, venait d'entrer dans la maison pour rendre compte à l'intendant des principaux détails du travail accompli ce jour même dans la séance du Parlement.

Colbert s'approcha des lampes, relut les lettres du défunt cardinal, sourit plusieurs fois en reconnaissant toute la valeur des pièces que venait de lui livrer Mme de Chevreuse, et, en étayant pour plusieurs minutes sa grosse tête dans ses mains, il réfléchit profondément.

Pendant ces quelques minutes, un homme gros et grand, à la figure osseuse, aux yeux fixes, au nez crochu, avait fait son entrée dans le cabinet de Colbert avec une assurance modeste, qui décelait un caractère à la fois souple et décidé : souple envers le maître qui pouvait jeter la proie, ferme envers les chiens qui eussent pu lui disputer cette proie opime.

M. Vanel avait sous le bras un dossier volumineux ; il le posa sur le bureau même, où les deux coudes de Colbert étayaient sa tête.

– Bonjour, monsieur Vanel, dit celui-ci en se réveillant de sa méditation.

– Bonjour, monseigneur, dit naturellement Vanel.

– C'est *monsieur* qu'il faut dire, répliqua doucement Colbert.

– On appelle *monseigneur* les ministres, dit Vanel avec un sang-froid imperturbable ; vous êtes ministre !

– Pas encore !

– De fait, je vous appelle monseigneur ; d'ailleurs, vous êtes mon seigneur, à moi, cela me suffit ; s'il vous déplaît que je vous appelle ainsi devant le monde, laissez-moi vous appeler de ce nom dans le particulier.

Colbert leva la tête à la hauteur des lampes et lut ou chercha à lire sur le visage de Vanel pour combien la sincérité entrait dans cette protestation de dévouement.

Mais le conseiller savait soutenir le poids d'un regard, ce regard fût-il celui de Monseigneur.

Colbert soupira. Il n'avait rien lu sur le visage de Vanel ; Vanel pouvait être honnête. Colbert songea que cet inférieur lui était supérieur, en cela qu'il avait une femme infidèle.

Au moment où il s'apitoyait sur le sort de cet homme Vanel tira froidement de sa poche un billet parfumé, cacheté de cire d'Espagne, et le tendit à Monseigneur.

– Qu'est cela, Vanel ?

– Une lettre de ma femme, monseigneur.

Colbert toussa. Il prit la lettre, l'ouvrit, la lut et l'enferma dans sa poche, tandis que Vanel feuilletait impassiblement son volume de procédure.

– Vanel, dit tout à coup le protecteur à son protégé, vous êtes un homme de travail, vous ?

– Oui, monseigneur.

– Douze heures d'études ne vous effraient pas ?

– J'en fais quinze par jour.

– Impossible ! Un conseiller ne saurait travailler plus de trois heures pour le Parlement.

– Oh ! je fais des états pour un ami que j'ai aux comptes, et, comme il me reste du temps, j'étudie l'hébreu.

– Vous êtes fort considéré au Parlement, Vanel ?

– Je crois que oui, monseigneur.

– Il s'agirait de ne pas croupir sur le siège de conseiller.

– Que faire pour cela ?

– Acheter une charge.

– Laquelle ?

– Quelque chose de grand. Les petites ambitions sont les plus malaisées à satisfaire.

– Les petites bourses, monseigneur, sont les plus difficiles à remplir.

– Et puis, quelle charge voyez-vous ? fit Colbert.

– Je n'en vois pas, c'est vrai.

– Il y en a bien une, mais il faut être le roi pour l'acheter sans se gêner ; or, le roi ne se donnera pas, je crois, la fantaisie d'acheter une charge de procureur général.

En entendant ces mots, Vanel attacha sur Colbert son regard humble et terne à la fois.

Colbert se demanda s'il avait été deviné, ou seulement rencontré par la pensée de cet homme.

– Que me parlez-vous, monseigneur, dit Vanel, de la charge de procureur général au Parlement ? Je n'en sache pas d'autre que celle de M. Fouquet.

– Précisément, mon cher conseiller.

– Vous n'êtes pas dégoûté, monseigneur ; mais, avant que la marchandise soit achetée, ne faut-il pas qu'elle soit vendue ?

– Je crois, monsieur Vanel, que cette charge-là sera sous peu à vendre…

– À vendre !… la charge de procureur de M. Fouquet ?

– On le dit.

– La charge qui le fait inviolable, à vendre ? Oh ! oh !

Et Vanel se mit à rire.

490

– En auriez-vous peur, de cette charge ? dit gravement Colbert.

– Peur ! non pas…

– Ni envie ?

– Monseigneur se moque de moi ! répliqua Vanel ; comment un conseiller du Parlement n'aurait-il pas envie de devenir procureur général ?

– Alors, monsieur Vanel… puisque je vous dis que la charge se présente à vendre.

– Monseigneur le dit.

– Le bruit en court.

– Je répète que c'est impossible ; jamais un homme ne jette le bouclier derrière lequel il abrite son honneur, sa fortune et sa vie.

– Parfois il est des fous qui se croient au-dessus de toutes les mauvaises chances, monsieur Vanel.

– Oui, monseigneur ; mais ces fous-là ne font pas leurs folies au profit des pauvres Vanels qu'il y a dans le monde.

– Pourquoi pas ?

– Parce que ces Vanels sont pauvres.

– Il est vrai que la charge de M. Fouquet peut coûter gros. Qu'y mettriez vous, monsieur Vanel ?

– Tout ce que je possède, monseigneur.

– Ce qui veut dire ?

– Trois à quatre cent mille livres.

– Et la charge vaut ?

– Un million et demi, au plus bas. Je sais des gens qui en ont offert un million sept cent mille livres sans décider M. Fouquet. Or, si par hasard il arrivait que M. Fouquet voulût vendre, ce que je ne crois pas, malgré ce qu'on m'en a dit…

– Ah ! l'on vous en a dit quelque chose ! Qui cela ?

– M. de Gourville… M. Pélisson. Oh ! en l'air.

– Eh bien ! si M. Fouquet voulait vendre ?…

– Je ne pourrais encore acheter, attendu que M. le surintendant ne vendra que pour avoir de l'argent frais, et personne n'a un million et demi à jeter sur une table.

Colbert interrompit en cet endroit le conseiller par une pantomime impérieuse. Il avait recommencé à réfléchir.

Voyant l'attitude sérieuse du maître, voyant sa persévérance à mettre la conversation sur ce sujet, M. Vanel attendait une solution sans oser la provoquer.

– Expliquez-moi bien, dit alors Colbert, les privilèges de la charge de procureur général.

– Le droit de mise en accusation contre tout sujet français qui n'est pas prince du sang ; la mise à néant de toute accusation dirigée contre tout Français qui n'est pas roi ou prince. Un procureur général est le bras droit du roi pour frapper un coupable, il est son bras aussi pour éteindre le flambeau de la justice. Aussi M. Fouquet se soutiendra-t-il contre le roi lui-même en ameutant les parlements ; aussi le roi ménagera-t-il M. Fouquet malgré tout pour faire enregistrer ses édits sans conteste. Le procureur général peut être un instrument bien utile ou bien dangereux.

– Voulez-vous être procureur général, Vanel ? dit tout à coup Colbert en adoucissant son regard et sa voix.

– Moi ? s'écria celui-ci. Mais j'ai eu l'honneur de vous représenter qu'il manque au moins onze cent mille livres à ma caisse.

– Vous emprunterez cette somme à vos amis.

– Je n'ai pas d'amis plus riches que moi.

– Un honnête homme !

– Si tout le monde pensait comme vous, monseigneur.

– Je le pense, cela suffit, et, au besoin, je répondrai de vous.

– Prenez garde au proverbe, monseigneur.

– Lequel ?

– Qui répond paie.

– Qu'à cela ne tienne.

Vanel se leva, tout remué par cette offre si subitement, si inopinément faite par un homme que les plus frivoles prenaient au sérieux.

– Ne vous jouez pas de moi, monseigneur, dit-il.

– Voyons, faisons vite, monsieur Vanel. Vous dites que M. Gourville vous a parlé de la charge de M. Fouquet ?

– M. Pélisson aussi.

– Officiellement, ou officieusement ?

– Voici leurs paroles : « Ces gens du Parlement sont ambitieux et riches ; ils devraient bien se cotiser pour faire deux ou trois millions à M. Fouquet, leur protecteur, leur lumière. »

– Et vous avez dit ?

– J'ai dit que, pour ma part, je donnerais dix mille livres s'il le fallait.

– Ah ! vous aimez donc M. Fouquet ? s'écria M. Colbert avec un regard plein de haine.

– Non ; mais M. Fouquet est notre procureur général ; il s'endette, il se noie ; nous devons sauver l'honneur du corps.

– Voilà qui m'explique pourquoi M. Fouquet sera toujours sain et sauf tant qu'il occupera sa charge, répliqua Colbert.

– Là-dessus, poursuivit Vanel, M. Gourville a ajouté : « Faire l'aumône à M. Fouquet, c'est toujours un procédé humiliant auquel il répondra par un refus ; que le Parlement se cotise pour acheter dignement la charge de son procureur général, alors tout va bien, l'honneur du corps est sauf, et l'orgueil de M. Fouquet sauvé. »

– C'est une ouverture cela.

– Je l'ai considéré ainsi, monseigneur.

– Eh bien ! monsieur Vanel, vous irez trouver immédiatement M. Gourville ou M. Pélisson ; connaissez-vous quelque autre ami de M. Fouquet ?

– Je connais beaucoup M. de La Fontaine.

– La Fontaine le rimeur ?

– Précisément ; il faisait des vers à ma femme, quand M. Fouquet était de nos amis.

– Adressez-vous donc à lui pour obtenir une entrevue de M. le surintendant.

– Volontiers ; mais la somme ?

– Au jour et à l'heure fixés, monsieur Vanel, vous serez nanti de la somme, ne vous inquiétez point.

– Monseigneur, une telle munificence ! Vous effacez le roi, vous surpassez M. Fouquet.

– Un moment… ne faisons pas abus des mots. Je ne vous donne pas quatorze cent mille livres, monsieur Vanel : j'ai des enfants.

– Eh ! monsieur, vous me les prêtez ; cela suffit.

– Je vous les prête, oui.

– Demandez tel intérêt, telle garantie qu'il vous plaira, monseigneur, je suis prêt, et, vos désirs étant satisfaits, je répéterai encore que vous surpassez les rois et M. Fouquet en munificence. Vos conditions ?

– Le remboursement en huit années.

– Oh ! très bien.

– Hypothèque sur la charge elle-même.

– Parfaitement ; est-ce tout ?

– Attendez. Je me réserve le droit de vous racheter la charge à cent cinquante mille livres de bénéfice si vous ne suiviez pas, dans la gestion de cette charge, une ligne conforme aux intérêts du roi et à mes desseins.

– Ah ! ah ! dit Vanel un peu ému.

– Cela renferme-t-il quelque chose qui vous puisse choquer, monsieur Vanel ? dit froidement Colbert.

– Non, non, répliqua vivement Vanel.

– Eh bien ! nous signerons cet acte quand il vous plaira. Courez chez les amis de M. Fouquet.

– J'y vole…

– Et obtenez du surintendant une entrevue.

– Oui, monseigneur.

– Soyez facile aux concessions.

– Oui.

– Et les arrangements une fois pris ?…

– Je me hâte de le faire signer.

– Gardez-vous-en bien !… Ne parlez jamais de signature avec M. Fouquet, ni de dédit, ni même de parole, entendez-vous ? vous perdriez tout !

– Eh bien ! alors, monseigneur, que faire ? C'est trop difficile…

– Tâchez seulement que M. Fouquet vous touche dans la main… Allez !

Chapitre CLXXXII – Chez la reine mère

La reine mère était dans sa chambre à coucher au Palais-Royal avec Mme de Motteville et la *senora* Molina. Le roi, attendu jusqu'au soir, n'avait pas paru ; la reine, tout impatiente, avait envoyé chercher souvent de ses nouvelles.

Le temps semblait être à l'orage. Les courtisans et les dames s'évitaient dans les antichambres et les corridors pour ne point se parler de sujets compromettants.

Monsieur avait joint le roi dès le matin pour une partie de chasse.

Madame demeurait chez elle, boudant tout le monde.

Quant à la reine mère, après avoir fait ses prières en latin, elle causait ménage avec ses deux amies en pur castillan.

Mme de Motteville, qui comprenait admirablement cette langue, répondait en français.

Lorsque les trois dames eurent épuisé toutes les formules de la dissimulation et de la politesse pour en arriver à dire que la conduite du roi faisait mourir de chagrin la reine, la reine mère et toute sa parenté, lorsqu'on eut, en termes choisis, fulminé toutes les imprécations contre Mlle de La Vallière, la reine mère termina les récriminations par ces mots pleins de sa pensée et de son caractère :

– *Estos hijos !* dit-elle à Molina.

C'est-à-dire : « Ces enfants ! »

Mot profond dans la bouche d'une mère ; mot terrible dans la bouche d'une reine qui, comme Anne d'Autriche, celait de si singuliers secrets dans son âme assombrie.

– Oui, répliqua Molina, ces enfants ! à qui toute mère se sacrifie.

– À qui, répliqua la reine, une mère a tout sacrifié.

Et elle n'acheva pas sa phrase. Il lui sembla, quand elle leva les yeux vers le portrait en pied du pâle Louis XIII, que son époux laissait une fois encore la lumière monter à ses yeux ternes, le courroux gonfler ses narines de toile. Le portrait s'animait ; il ne parlait pas, il menaçait. Un profond silence succéda aux dernières paroles de la reine. La Molina se mit à fourrager les rubans et les dentelles d'une vaste corbeille. Mme de Motteville, surprise de cet éclair qui avait illuminé simultanément d'intelligence le regard de la confidente et celui de la maîtresse, Mme de Motteville, disons-nous, baissa les yeux en femme discrète, et, ne cherchant plus à voir, écouta de toutes ses oreilles. Elle ne surprit qu'un « hum ! » significatif de la duègne espagnole, image de la circonspection. Elle surprit aussi un soupir exhalé comme un souffle du sein de la reine.

Elle leva la tête aussitôt.

– Vous souffrez ? dit-elle.

– Non, Motteville, non ; pourquoi dis-tu cela ?

– Votre Majesté avait gémi.

– Tu as raison, en effet ; oui, je souffre un peu.

– M. Valot est près d'ici, chez Madame, je crois.

– Chez Madame, pourquoi ?

– Madame a ses nerfs.

– Belle maladie ! M. Valot a bien tort d'être chez Madame, quand un autre médecin guérirait Madame…

Mme de Motteville leva encore ses yeux surpris.

– Un médecin autre que M. Valot ? dit-elle ; qui donc ?

– Le travail, Motteville, le travail… Ah ! si quelqu'un est malade, c'est ma pauvre fille.

– C'est aussi Votre Majesté.

– Moins ce soir.

– Ne vous y fiez pas, madame !

Et, comme pour justifier cette menace, de Mme de Motteville, une douleur aiguë mordit la reine au cœur, la fit pâlir et la renversa sur un fauteuil avec tous les symptômes d'une pâmoison soudaine.

– Mes gouttes ! murmura-t-elle.

– Prout ! prout ! répliqua la Molina, qui, sans hâter sa marche, alla tirer d'une armoire d'écaille dorée un grand flacon de cristal de roche et l'apporta ouvert à la reine.

Celle-ci respira frénétiquement, à plusieurs reprises, et murmura :

– C'est par là que le Seigneur me tuera. Soit faite par sa volonté sainte !

– On ne meurt pas pour mal avoir, ajouta la Molina en replaçant le flacon dans l'armoire.

– Votre Majesté va bien, maintenant ? demanda Mme de Motteville.

– Mieux.

Et la reine posa son doigt sur ses lèvres pour commander la discrétion à sa favorite.

– C'est étrange ! dit, après un silence, Mme de Motteville.

– Qu'y a-t-il d'étrange ? demanda la reine.

– Votre Majesté se souvient-elle du jour où cette douleur apparut pour la première fois ?

– Je me souviens que c'était un jour bien triste, Motteville.

– Ce jour n'avait pas toujours été triste pour Votre Majesté.

– Pourquoi ?

– Parce que, vingt-trois ans auparavant, madame, Sa Majesté le roi régnant, votre glorieux fils, était né à la même heure.

La reine poussa un cri, pencha son front sur ses mains et s'abîma durant quelques secondes.

Était-ce souvenir ou réflexion ? était-ce encore la douleur ?

La Molina jeta sur Mme de Motteville un regard presque furieux, tant il ressemblait à un reproche, et la digne femme, n'y ayant rien compris, allait questionner pour l'acquit de sa conscience, lorsque soudain Anne d'Autriche se levant :

– Le 5 septembre ! dit-elle ; oui, ma douleur a paru le 5 septembre. Grande joie un jour, grande douleur un autre jour. Grande douleur, ajouta-t-elle tout bas, expiation d'une trop grande joie !

Et, à partir de ce moment, Anne d'Autriche, qui semblait avoir épuisé toute sa mémoire et toute sa raison, demeura impénétrable, l'œil morne, la pensée vague, les mains pendantes.

– Il faut nous mettre au lit, dit la Molina.

– Tout à l'heure, Molina.

– Laissons la reine, ajouta la tenace Espagnole.

Mme de Motteville se leva ; des larmes brillantes et grosses comme des larmes d'enfant coulaient lentement sur les joues blanches de la reine.

Molina, s'en apercevant, darda sur Anne d'Autriche son œil noir et vigilant.

– Oui, oui, reprit soudain la reine. Laissez-nous, Motteville. Allez.

Ce mot *nous* sonna désagréablement à l'oreille de la favorite française. Il signifiait qu'un échange de secrets ou de souvenirs allait se faire. Il signifiait qu'une personne était de trop dans l'entretien à sa plus intéressante phase.

– Madame, Molina suffira-t-elle au service de Votre Majesté ? demanda la Française.

– Oui, répondit l'Espagnole.

Et Mme de Motteville s'inclina. Tout à coup une vieille femme de chambre, vêtue comme elle l'était à la Cour d'Espagne en 1620, ouvrit les portières, et surprenant la reine dans ses larmes, Mme de Motteville dans sa retraite savante, la Molina dans sa diplomatie :

– Le remède ! le remède ! cria-t-elle joyeusement à la reine en s'approchant sans façon du groupe.

– Quel remède, *Chica* ? dit Anne d'Autriche.

– Pour le mal de Votre Majesté, répondit celle-ci.

– Qui l'apporte ? demanda vivement Mme de Motteville ; M. Valot ?

– Non, une dame de Flandre.

– Une dame de Flandre ? Une Espagnole ? interrogea la reine.

– Je ne sais.

– Qui l'envoie ?

– M. Colbert.

– Son nom ?

– Elle ne l'a pas dit.

– Sa condition ?

– Elle le dira.

– Son visage ?

– Elle est masquée.

– Vois, Molina ! s'écria la reine.

– C'est inutile, répondit tout à coup une voix ferme et douce à la fois, partie de l'autre côté des tapisseries, voix qui fit tressaillir les autres dames et frissonner la reine.

En même temps, une femme masquée paraissait entre les rideaux.

Avant que la reine eût parlé :

– Je suis une dame du béguinage de Bruges, dit la dame inconnue, et j'apporte, en effet, le remède qui doit guérir Votre Majesté.

Chacun se tut. La béguine ne fit point un pas.

– Parlez, dit la reine.

– Quand nous serons seules, ajouta la béguine.

Anne d'Autriche adressa un regard à ses compagnes, celles-ci se retirèrent.

La béguine fit alors trois pas vers la reine et s'inclina révérencieusement.

La reine regardait avec défiance cette femme qui la regardait aussi avec des yeux brillants par les trous de son masque.

– La reine de France est donc bien malade, dit Anne d'Autriche, que l'on sait, au béguinage de Bruges, qu'elle a besoin d'être guérie ?

– Ne menacez point, reine, dit la béguine avec douceur ; je suis venue à vous pleine de respect et de compassion, j'y suis venue de la part d'une amie.

– Prouvez-le donc ! Soulagez au lieu d'irriter.

– Facilement ; et Votre Majesté va voir si l'on est son amie.

– Voyons.

– Quel malheur est-il arrivé à Votre Majesté depuis vingt-trois ans ?...

– Mais, de grands malheurs : n'ai-je pas perdu le roi ?

– Je ne parle pas de ces sortes de malheurs. Je veux vous demander si, depuis... la naissance du roi... une indiscrétion d'amie a causé quelque douleur à Votre Majesté.

– Je ne vous comprends pas, répondit la reine en serrant les dents pour cacher son émotion.

– Je vais me faire comprendre. Votre Majesté se souvient que le roi est né le 3 septembre 1638, à onze heures un quart ?

– Oui, bégaya la reine.

– À midi et demi, continua la béguine, le dauphin, ondoyé déjà par Mgr de Meaux sous les yeux du roi, sous vos yeux était reconnu héritier de la couronne de

France. Le roi se rendit à la chapelle du vieux château de Saint Germain pour entendre le *Te Deum*.

– Tout cela est exact, murmura la reine.

– L'accouchement de Votre Majesté s'était fait en présence de feu Monsieur, des princes, des dames de la Cour. Le médecin du roi, Bouvard, et le chirurgien Honoré se tenaient dans l'antichambre. Votre Majesté s'endormit vers trois heures jusqu'à sept heures environ, n'est-ce pas ?

– Sans doute ; mais vous me récitez là ce que tout le monde sait comme vous et moi.

– J'arrive, madame, à ce que peu de personnes savent. Peu de personnes, disais-je ? hélas ! je pourrais dire deux personnes, car il y en avait cinq seulement autrefois, et, depuis quelques années, le secret s'est assuré par la mort des principaux participants. Le roi notre seigneur dort avec ses pères ; la sage-femme Péronne l'a suivi de près, Laporte est oublié déjà.

La reine ouvrit la bouche pour répondre ; elle trouva sous sa main glacée, dont elle caressait son visage, les gouttes pressées d'une sueur brûlante.

– Il était huit heures, poursuivit la béguine ; le roi soupait d'un grand cœur ; ce n'étaient autour de lui que joie, cris, rasades ; le peuple hurlait sous les balcons ; les Suisses, les mousquetaires et les gardes erraient par la ville, portés en triomphe par les étudiants ivres.

Ces bruits formidables de l'allégresse publique faisaient gémir doucement dans les bras de Mme de Hausac, sa gouvernante, le dauphin, le futur roi de France, dont les yeux, lorsqu'ils s'ouvriraient, devaient apercevoir deux couronnes au fond de son berceau. Tout à coup Votre Majesté poussa un cri perçant, et dame Péronne reparut à son chevet.

Les médecins dînaient dans une salle éloignée. Le palais, désert à force d'être envahi, n'avait plus ni consignes ni gardes. La sage-femme, après avoir examiné l'état de Votre Majesté, se récria, surprise, et, vous prenant en ses bras, éplorée, folle de douleur, envoya Laporte pour prévenir le roi que Sa Majesté la reine voulait le voir dans sa chambre. Laporte, vous le savez, madame, était un homme de sang-froid et d'esprit. Il n'approcha pas du roi en serviteur effrayé qui sent son importance, et veut effrayer aussi ; d'ailleurs, ce n'était pas une nouvelle effrayante que celle qu'attendait le roi. Toujours est-il que Laporte parut, le sourire sur les lèvres, près de la chaise du roi et lui dit :

« – Sire, la reine est bien heureuse et le serait encore plus de voir Votre Majesté. »

Ce jour-là, Louis XIII eût donné sa couronne à un pauvre pour un Dieu gard ! Gai, léger, vif, le roi sortit de table en disant, du ton que Henri IV eût pu prendre :

« – Messieurs, je vais voir ma femme. »

Il arriva chez vous, madame, au moment où dame Péronne lui tendait un second prince, beau et fort comme le premier, en lui disant : « Sire, Dieu ne veut pas que le royaume de France tombe en quenouille.

Le roi, dans son premier mouvement, sauta sur cet enfant et cria : « Merci, mon Dieu ! »

La béguine s'arrêta en cet endroit, remarquant combien souffrait la reine. Anne d'Autriche, renversée dans son fauteuil, la tête penchée, les yeux fixes, écoutait sans entendre et ses lèvres s'agitaient convulsivement pour une prière à Dieu ou pour une imprécation contre cette femme.

– Ah ! ne croyez pas que, s'il n'y a qu'un dauphin en France, s'écria la béguine, ne croyez pas que, si la reine a laissé cet enfant végéter loin du trône, ne croyez pas qu'elle fût une mauvaise mère. Oh ! non…
Il est des gens qui savent combien de larmes elle a

versées ; il est des gens qui ont pu compter les ardents baisers qu'elle donnait à la pauvre créature en échange de cette vie de misère et d'ombre à laquelle la raison d'État condamnait le frère jumeau de Louis XIV.

– Mon Dieu ! mon Dieu ! murmura faiblement la reine.

– On sait, continua vivement la béguine, que le roi, se voyant deux fils, tous deux égaux en âge, en prétentions, trembla pour le salut de la France, pour la tranquillité de son État. On sait que M. le cardinal de Richelieu, mandé à cet effet par Louis XIII, réfléchit plus d'une heure dans le cabinet de Sa Majesté, et prononça cette sentence : « Il y a un roi né pour succéder à Sa Majesté. Dieu en a fait naître un autre pour succéder à ce premier roi ; mais, à présent, nous n'avons besoin que du premier-né ; cachons le second à la France comme Dieu l'avait caché à ses parents eux-mêmes. » Un prince, c'est pour l'État la paix et la sécurité ; deux compétiteurs, c'est la guerre civile et l'anarchie.

La reine se leva brusquement, pâle et les poings crispés.

– Vous en savez trop, dit-elle d'une voix sourde, puisque vous touchez aux secrets de l'État. Quant aux amis de qui vous tenez ce secret, ce sont des lâches, de faux amis. Vous êtes leur complice dans le crime qui s'accomplit aujourd'hui. Maintenant, à bas le masque, ou je vous fais arrêter par mon capitaine des gardes. Oh ! ce secret ne me fait pas peur ! Vous l'avez eu, vous me le rendrez ! Il se glacera dans votre sein ; ni ce secret ni votre vie ne vous appartiennent plus à partir de ce moment !

Anne d'Autriche, joignant le geste à la menace, fit deux pas vers la béguine.

– Apprenez, dit celle-ci, à connaître la fidélité, l'honneur, la discrétion de vos amis abandonnés.

Elle enleva soudain son masque.

– Mme de Chevreuse ! s'écria la reine.

– La seule confidente du secret, avec Votre Majesté.

– Ah ! murmura Anne d'Autriche, venez m'embrasser, duchesse. Hélas ! c'est tuer ses amis, que se jouer ainsi avec leurs chagrins mortels.

Et la reine, appuyant sa tête sur l'épaule de la vieille duchesse, laissa échapper de ses yeux une source de larmes amères.

– Que vous êtes jeune encore ! dit celle-ci d'une voix sourde. Vous pleurez !

Chapitre CLXXXIII – Deux amies

La reine regarda fièrement Mme de Chevreuse.

– Je crois, dit-elle, que vous avez prononcé le mot heureuse en parlant de moi. Jusqu'à présent, duchesse, j'avais cru impossible qu'une créature humaine pût se trouver moins heureuse que la reine de France.

– Madame, vous avez été, en effet, une mère de douleurs. Mais, à côté de ces misères illustres dont nous nous entretenions tout à l'heure, nous, vieilles amies, séparées par la méchanceté des hommes ; à côté, dis-je, de ces infortunes royales, vous avez les joies peu sensibles, c'est vrai, mais fort enviées de ce monde.

– Lesquelles ? dit amèrement Anne d'Autriche. Comment pouvez-vous prononcer le mot joie, duchesse, vous qui tout à l'heure reconnaissiez qu'il faut des remèdes à mon corps et à mon esprit ?

Mme de Chevreuse se recueillit un moment.

– Que les rois sont loin des autres hommes ! murmura-t-elle.

– Que voulez-vous dire ?

– Je veux dire qu'ils sont tellement éloignés du vulgaire, qu'ils oublient pour les autres toutes les nécessités de la vie. Comme l'habitant de la montagne africaine qui, du sein de ses plateaux verdoyants rafraîchis par les ruisseaux de neige, ne comprend pas que l'habitant de la plaine meure de soif et de faim au milieu des terres calcinées par le soleil.

La reine rougit légèrement ; elle venait de comprendre.

– Savez-vous, dit-elle, que c'est mal de nous avoir délaissée ?

– Oh ! madame, le roi a hérité, dit-on, la haine que me portait son père. Le roi me congédierait s'il me savait au Palais-Royal.

– Je ne dis pas que le roi soit bien disposé en votre faveur, duchesse, répliqua la reine : mais, moi, je pourrais... secrètement.

La duchesse laissa percer un sourire dédaigneux qui inquiéta son interlocutrice.

– Du reste, se hâta d'ajouter la reine, vous avez très bien fait de venir ici.

– Merci, madame !

– Ne fût-ce que pour nous donner cette joie de démentir le bruit de votre mort.

– On avait dit effectivement que j'étais morte ?

– Partout.

– Mes enfants n'avaient pas pris le deuil, cependant.

– Ah ! vous savez, duchesse, la Cour voyage souvent ; nous voyons peu MM. d'Albert et de Luynes, et bien des choses échappent dans les préoccupations au milieu desquelles nous vivons constamment.

– Votre Majesté n'eût pas dû croire au bruit de ma mort.

– Pourquoi pas ? Hélas ! nous sommes mortels ; ne voyez-vous pas que moi, votre sœur cadette, comme nous disions autrefois, je penche déjà vers la sépulture ?

– Votre Majesté, si elle avait cru que j'étais morte, devait s'étonner alors de n'avoir pas reçu de mes nouvelles.

– La mort surprend parfois bien vite, duchesse.

– Oh ! Votre Majesté ! Les âmes chargées de secrets comme celui dont nous parlions tout à l'heure ont toujours un besoin d'épanchement qu'il faut satisfaire d'avance. Au nombre des relais préparés pour l'éternité, on compte la mise en ordre de ses papiers.

La reine tressaillit.

– Votre Majesté, dit la duchesse, saura d'une façon certaine le jour de ma mort.

– Comment cela ?

– Parce que Votre Majesté recevra le lendemain, sous une quadruple enveloppe, tout ce qui a échappé de nos petites correspondances si mystérieuses d'autrefois.

– Vous n'avez pas brûlé ? s'écria Anne avec effroi.

– Oh ! chère Majesté, répliqua la duchesse, les traîtres seuls brûlent une correspondance royale.

– Les traîtres ?

– Oui, sans doute ; ou plutôt ils font semblant de la brûler, la gardent ou la vendent.

– Mon Dieu !

– Les fidèles, au contraire, enfouissent précieusement de pareils trésors ; puis, un jour, ils viennent trouver leur reine, et lui disent : « Madame, je vieillis, je me sens malade ; il y a danger de mort pour moi, danger de révélation pour le secret de Votre Majesté ; prenez donc ce papier dangereux et brûlez-le vous-même. »

– Un papier dangereux ! Lequel ?

– Quant à moi, je n'en ai qu'un, c'est vrai, mais il est bien dangereux.

– Oh ! duchesse, dites, dites !

– C'est ce billet… daté du 2 août 1644, où vous me recommandiez d'aller à Noisy-le-Sec pour voir ce cher et malheureux enfant. Il y a cela de votre main, madame : « Cher malheureux enfant. »

Il se fit un silence profond à ce moment : la reine sondait l'abîme, Mme de Chevreuse tendait son piège.

– Oui, malheureux, bien malheureux ! murmura Anne d'Autriche ; quelle triste existence a-t-il menée, ce pauvre enfant, pour aboutir à une si cruelle fin !

– Il est mort ? s'écria vivement la duchesse avec une curiosité dont la reine saisit avidement l'accent sincère.

– Mort de consomption, mort oublié, flétri, mort comme ces pauvres fleurs données par un amant et que la maîtresse laisse expirer dans un tiroir pour les cacher à tout le monde.

– Mort ! répéta la duchesse avec un air de découragement qui eût bien réjoui la reine, s'il n'eût été tempéré par un mélange de doute. Mort à Noisy-le-Sec ?

– Mais oui, dans les bras de son gouverneur, pauvre serviteur honnête, qui n'a pas survécu longtemps.

– Cela se conçoit : c'est si lourd à porter un deuil et un secret pareils.

La reine ne se donna pas la peine de relever l'ironie de cette réflexion. Mme de Chevreuse continua.

– Eh bien ! madame, je m'informai, il y a quelques années, à Noisy-le-Sec même, du sort de cet enfant si malheureux. On m'apprit qu'il ne passait pas pour être mort, voilà pourquoi je ne m'étais pas affligée tout d'abord avec Votre Majesté. Oh ! certes, si je l'eusse cru, jamais une allusion à ce déplorable événement ne fût venue réveiller les bien légitimes douleurs de Votre Majesté.

– Vous dites que l'enfant ne passait pas pour être mort à Noisy ?

– Non, madame.

– Que disait-on de lui, alors ?

– On disait… On se trompait sans doute.

– Dites toujours.

– On disait qu'un soir, vers 1645, une dame belle et majestueuse, ce qui se remarqua malgré le masque et la mante qui la cachaient, une dame de haute qualité, de très haute qualité sans doute, était venue dans un carrosse à l'embranchement de la route, la même, vous savez, où j'attendais des nouvelles du jeune prince, quand Votre Majesté daignait m'y envoyer.

– Eh bien ?

– Et que le gouverneur avait mené l'enfant à cette dame.

– Après ?

– Le lendemain, gouverneur et enfant avaient quitté le pays.

– Vous voyez bien ! il y a du vrai là-dedans, puisque, effectivement, le pauvre enfant mourut d'un de ces coups de foudre qui font que, jusqu'à sept ans, au dire des médecins, la vie des enfants tient à un fil.

– Oh ! ce que dit Votre Majesté est la vérité ; nul ne le sait mieux que vous, madame ; nul ne le croit plus que moi. Mais admirez la bizarrerie...

« Qu'est-ce encore ? » pensa la reine.

– La personne qui m'avait rapporté ces détails, qui avait été s'informer de la santé de l'enfant, cette personne...

– Vous aviez confié un pareil soin à quelqu'un ? Oh ! duchesse !

– Quelqu'un de muet comme Votre Majesté, comme moi-même ; mettons que c'est moi-même, madame. Ce quelqu'un, dis-je, passant quelque temps après en Touraine...

– En Touraine ?

– Reconnut le gouverneur et l'enfant, pardon ! crut les reconnaître, vivants tous deux, gais et heureux et florissants tous deux, l'un dans sa verte vieillesse, l'autre dans sa jeunesse en fleur ! Jugez, d'après cela, ce que c'est que les bruits qui courent, ayez donc foi, après cela, à quoi que ce soit de ce qui se passe en ce monde. Mais je fatigue Votre Majesté. Oh ! ce n'est pas mon intention, et je prendrai congé d'elle après lui avoir renouvelé l'assurance de mon respectueux dévouement.

– Arrêtez, duchesse ; causons un peu de vous.

– De moi ? Oh ! madame, n'abaissez pas vos regards jusque-là.

– Pourquoi donc ? N'êtes-vous pas ma plus ancienne amie ? Est-ce que vous m'en voulez, duchesse ?

– Moi ! mon Dieu, pour quel motif ? Serais-je venue auprès de Votre Majesté, si j'avais sujet de lui en vouloir ?

– Duchesse, les ans nous gagnent ; il faut nous serrer contre la mort qui menace.

– Madame, vous me comblez avec ces douces paroles.

– Nulle ne m'a jamais aimée, servie comme vous, duchesse.

– Votre Majesté s'en souvient ?

– Toujours... Duchesse, une preuve d'amitié.

– Ah ! madame, tout mon être appartient à Votre Majesté.

– Cette preuve, voyons !

– Laquelle ?

– Demandez-moi quelque chose.

– Demander ?

– Oh ! je sais que vous êtes l'âme la plus désintéressée, la plus grande, la plus royale.

– Ne me louez pas trop, madame, dit la duchesse inquiète.

– Je ne vous louerai jamais autant que vous le méritez.

– Avec l'âge, avec les malheurs, on change beaucoup, madame.

– Dieu vous entende, duchesse !

– Comment cela ?

– Oui, la duchesse d'autrefois, la belle, la fière, l'adorée Chevreuse m'eût répondu ingratement : « Je ne veux rien de vous. » Bénis soient donc les malheurs, s'ils sont venus, puisqu'ils vous auront changée, et que peut-être vous me répondrez : « J'accepte. »

La duchesse adoucit son regard et son sourire ; elle était sous le charme et ne se cachait plus.

– Parlez, chère, dit la reine, que voulez-vous ?

– Il faut donc s'expliquer ?...

– Sans hésitation.

– Eh bien ! Votre Majesté peut me faire une joie indicible, une joie incomparable.

– Voyons, fit la reine, un peu refroidie par l'inquiétude. Mais, avant toute chose, ma bonne Chevreuse, souvenez-vous que je suis en puissance de fils comme j'étais autrefois en puissance de mari.

– Je vous ménagerai, chère reine.

– Appelez-moi Anne, comme autrefois ; ce sera un doux écho de la belle jeunesse.

– Soit. Eh bien ! ma vénérée maîtresse, Anne chérie...

– Sais-tu toujours l'espagnol ?

– Toujours.

– Demande-moi en espagnol alors.

– Voici : faites-moi l'honneur de venir passer quelques jours à Dampierre.

– C'est tout ? s'écria la reine stupéfaite.

– Oui.

– Rien que cela ?

– Bon Dieu ! auriez-vous l'idée que je ne vous demande pas là le plus énorme bienfait ? S'il en est ainsi, vous ne me connaissez plus. Acceptez vous ?

– Oui, de grand cœur.

– Oh ! merci !

– Et je serai heureuse, continua la reine avec défiance si ma présence peut vous être utile à quelque chose.

512

– Utile ? s'écria la duchesse en riant. Oh ! non, non, agréable, douce, délicieuse, oui, mille fois oui. C'est donc promis ?

– C'est juré.

La duchesse se jeta sur la main si belle de la reine et la couvrit de baisers.

« C'est une bonne femme au fond, pensa la reine, et… généreuse d'esprit. »

– Votre Majesté, reprit la duchesse, consentirait-elle à me donner quinze jours ?

– Oui, certes ! Pourquoi ?

– Parce que, dit la duchesse, me sachant en disgrâce, nul ne voulait me prêter les cent mille écus dont j'ai besoin pour réparer Dampierre. Mais, lorsqu'on va savoir que c'est pour y recevoir Votre Majesté, tous les fonds de Paris afflueront chez moi.

– Ah ! fit la reine en remuant doucement la tête avec intelligence, cent mille écus ! il faut cent mille écus pour réparer Dampierre ?

– Tout autant.

– Et personne ne veut vous les prêter ?

– Personne.

– Je les prêterai, moi, si vous voulez, duchesse.

– Oh ! je n'oserais.

– Vous auriez tort.

– Vrai ?

– Foi de reine !… Cent mille écus, ce n'est réellement pas beaucoup.

– N'est-ce pas ?

– Non. Oh ! je sais que vous n'avez jamais fait payer votre discrétion ce qu'elle vaut. Duchesse, avancez-moi cette table, que je vous fasse un bon sur M. Colbert ; non, sur M. Fouquet, qui est un bien plus galant homme.

– Paie-t-il ?

– S'il ne paie pas, je paierai ; mais ce serait la première fois qu'il me refuserait.

La reine écrivit, donna la cédule à la duchesse, et la congédia après l'avoir gaiement embrassée.

Chapitre CLXXXIV – Comment Jean de La Fontaine fit son premier conte

Toutes ces intrigues sont épuisées ; l'esprit humain, si multiple dans ses exhibitions, a pu se développer à l'aise dans les trois cadres que notre récit lui a fournis. Peut-être s'agira-t-il encore de politique et d'intrigues dans le tableau que nous préparons, mais les ressorts en seront tellement cachés, que l'on ne verra que les fleurs et les peintures, absolument comme dans ces théâtres forains où paraît, sur la scène, un colosse qui marche mû par les petites jambes et les bras grêles d'un enfant caché dans sa carcasse.

Nous retournons à Saint-Mandé, où le surintendant reçoit, selon son habitude, sa société choisie d'épicuriens.

Depuis quelque temps, le maître a été rudement éprouvé. Chacun se ressent au logis de la détresse du ministre. Plus de grandes et folles réunions. La finance a été un prétexte pour Fouquet, et jamais, comme le dit spirituellement Gourville, prétexte n'a été plus fallacieux ; de finances, pas l'ombre.

M. Vatel s'ingénie à soutenir la réputation de la maison. Cependant les jardiniers, qui alimentent les offices, se plaignent d'un retard ruineux. Les expéditionnaires de vins d'Espagne envoient fréquemment des mandats que nul ne paie. Les pêcheurs que le surintendant gage sur les côtes de Normandie supputent que, s'ils étaient remboursés, la rentrée de la somme leur permettrait de se retirer à terre. La marée, qui, plus tard, doit faire mourir Vatel, la marée n'arrive pas du tout.

Cependant, pour le jour de réception ordinaire, les amis de Fouquet se présentent plus nombreux que de coutume. Gourville et l'abbé Fouquet causent finances, c'est-à-dire que l'abbé emprunte quelques pistoles à Gourville. Pélisson, assis les jambes croisées, termine la péroraison d'un discours par lequel Fouquet doit rouvrir le Parlement.

Et ce discours est un chef-d'œuvre, parce que Pélisson le fait pour son ami, c'est-à-dire qu'il y met tout ce que, certainement, il n'irait pas chercher pour lui-même. Bientôt, se disputant sur les rimes faciles, arrivent du fond du jardin Loret et La Fontaine. Les peintres et les musiciens se dirigent à leur tour du côté de la salle à manger. Lorsque huit heures sonneront, on soupera.

Le surintendant ne fait jamais attendre.

Il est sept heures et demie ; l'appétit s'annonce assez galamment.

Quand tous les convives sont réunis, Gourville va droit à Pélisson, le tire de sa rêverie et l'amène au milieu d'un salon dont il a fermé les portes.

– Eh bien ! dit-il, quoi de nouveau ?

Pélisson, levant sa tête intelligente et douce :

– J'ai emprunté, dit-il, vingt-cinq mille livres à ma tante. Les voici en bons de caisse.

– Bien, répondit Gourville, il ne manque plus que cent quatre-vingt-quinze mille livres pour le premier paiement.

– Le paiement de quoi ? demanda La Fontaine du ton qu'il mettait à dire : « Avez-vous lu Baruch ? »

– Voilà encore mon distrait, dit Gourville. Quoi ! c'est vous qui nous avez appris que la petite terre de Corbeil allait être vendue par un créancier de M. Fouquet ; c'est vous qui avez proposé la cotisation de tous les amis d'Épicure ; c'est vous qui avez dit que vous feriez vendre un coin de votre maison de Château-Thierry pour fournir votre contingent, et vous venez dire aujourd'hui : « Le paiement de quoi ? »

516

Un rire universel accueillit cette sortie et fit rougir La Fontaine.

– Pardon, pardon, dit-il, c'est vrai, je n'avais pas oublié. Oh ! non ; seulement…

– Seulement, tu ne te souvenais plus, répliqua Loret.

– Voilà la vérité. Le fait est qu'il a raison. Entre oublier et ne plus se souvenir, il y a une grande différence.

– Alors, ajouta Pélisson, vous apportez cette obole, prix du coin de terre vendu ?

– Vendu ? Non.

– Vous n'avez pas vendu votre clos ? demanda Gourville étonné, car il connaissait le désintéressement du poète.

– Ma femme n'a pas voulu, répondit ce dernier.

Nouveaux rires.

– Cependant, vous êtes allé à Château-Thierry pour cela ? lui fut-il répondu.

– Certes, et à cheval.

– Pauvre Jean !

– Huit chevaux différents : j'étais roué.

– Excellent ami !… Et là-bas vous vous êtes reposé ?

– Reposé ? Ah bien ! oui ! Là-bas, j'ai eu bien de la besogne.

– Comment cela ?

– Ma femme avait fait des coquetteries avec celui à qui je voulais vendre la terre. Cet homme s'est dédit ; je l'ai appelé en duel.

– Très bien ! dit le poète ; et vous vous êtes battus ?

– Il paraît que non.

– Vous n'en savez donc rien ?

– Non, ma femme et ses parents se sont mêlés de cela. J'ai eu un quart d'heure durant l'épée à la main ; mais je n'ai pas été blessé.

– Et l'adversaire ?

– L'adversaire non plus ; il n'était pas venu sur le terrain.

– C'est admirable ! s'écria-t-on de toutes parts ; vous avez dû vous courroucer ?

– Très fort ; j'avais gagné un rhume ; je suis rentré à la maison, et ma femme m'a querellé.

– Tout de bon ?

– Tout de bon. Elle m'a jeté un pain à la tête, un gros pain.

– Et vous ?

– Moi ? Je lui ai renversé toute la table sur le corps, et sur le corps de ses convives ; puis je suis remonté à cheval, et me voilà.

Nul n'eût su tenir son sérieux à l'exposé de cette héroïde comique. Quand l'ouragan des rires se fut un peu calmé :

– Voilà tout ce que vous avez rapporté ? dit-on à La Fontaine.

– Oh ! non pas, j'ai eu une excellente idée.

– Dites.

– Avez-vous remarqué qu'il se fait en France beaucoup de poésies badines ?

– Mais oui, répliqua l'assemblée.

– Et que, poursuivit La Fontaine, il ne s'en imprime que fort peu ?

– Les lois sont dures, c'est vrai.

– Eh bien ! marchandise rare est une marchandise chère, ai-je pensé. C'est pourquoi je me suis mis à composer un petit poème extrêmement licencieux.

– Oh ! oh ! cher poète.

– Extrêmement grivois.

– Oh ! oh !

– Extrêmement cynique.

– Diable ! diable !

– J'y ai mis, continua froidement le poète, tout ce que j'ai pu trouver de mots galants.

Chacun se tordait de rire, tandis que ce brave poète mettait ainsi l'enseigne à sa marchandise.

— Et, poursuivit-il, je m'appliquai à dépasser tout ce que Boccace, l'Arétin et autres maîtres ont fait dans ce genre.

— Bon Dieu ! s'écria Pélisson ; mais il sera damné !

— Vous croyez ? demanda naïvement La Fontaine ; je vous jure que je n'ai pas fait cela pour moi, mais uniquement pour M. Fouquet.

Cette conclusion mirifique mit le comble à la satisfaction des assistants.

— Et j'ai vendu cet opuscule huit cent livres la première édition, s'écria La Fontaine en se frottant les mains. Les livres de piété s'achètent moitié moins.

— Il eût mieux valu, dit Gourville en riant, faire deux livres de piété.

— C'est trop long et pas assez divertissant, répliqua tranquillement La Fontaine ; mes huit cents livres sont dans ce petit sac ; je les offre.

Et il mit, en effet, son offrande dans les mains du trésorier des épicuriens.

Puis ce fut au tour de Loret, qui donna cent cinquante livres ; les autres s'épuisèrent de même. Il y eut, compte fait, quarante mille livres dans l'escarcelle.

Jamais plus généreux deniers ne résonnèrent dans les balances divines où la charité pèse les bons cœurs et les bonnes intentions contre les pièces fausses des dévots hypocrites.

On faisait encore tinter les écus quand le surintendant entra ou plutôt se glissa dans la salle. Il avait tout entendu.

On vit cet homme, qui avait remué tant de milliards, ce riche qui avait épuisé tous les plaisirs et tous les honneurs, ce cœur immense, ce cerveau fécond qui avaient, comme deux creusets avides, dévoré la substance matérielle et morale du premier royaume du monde, on vit Fouquet dépasser le seuil avec les yeux pleins de larmes, tremper ses doigts blancs et fins dans l'or et l'argent.

– Pauvre aumône, dit-il d'une voix tendre et émue, tu disparaîtras dans le plus petit des plis de ma bourse vide ; mais tu as empli jusqu'au bord ce que nul n'épuisera jamais : mon cœur ! Merci, mes amis, merci !

Et, comme il ne pouvait embrasser tous ceux qui se trouvaient là et qui pleuraient bien aussi un peu, tout philosophes qu'ils étaient, il embrassa La Fontaine en lui disant :

– Pauvre garçon qui s'est fait battre pour moi par sa femme, et damner par son confesseur !

– Bon ! ce n'est rien, répondit le poète ; que vos créanciers attendent deux ans, j'aurai fait cent autres contes qui, à deux éditions chacun, paieront la dette.

Chapitre CLXXXV – La Fontaine négociateur

Fouquet serra la main de La Fontaine avec une charmante effusion...

– Mon cher poète, lui dit-il, faites-nous cent autres contes, non seulement pour les quatre-vingts pistoles que chacun d'eux rapportera, mais encore pour enrichir notre langue de cent chefs-d'œuvre.

– Oh ! oh ! dit La Fontaine en se rengorgeant, il ne faut pas croire que j'aie seulement apporté cette idée et ces quatre-vingts pistoles à M. le surintendant.

– Oh ! mais, s'écria-t-on de toutes parts, M. de La Fontaine est en fonds aujourd'hui.

– Bénie soit l'idée, si elle m'apporte un ou deux millions, dit gaiement Fouquet.

– Précisément, répliqua La Fontaine.

– Vite, vite ! cria l'assemblée.

– Prenez garde, dit Pélisson à l'oreille de La Fontaine, vous avez eu grand succès jusqu'à présent, n'allez pas lancer la flèche au-delà du but.

– Nenni, monsieur Pélisson, et, vous qui êtes un homme de goût, vous m'approuverez tout le premier.

– Il s'agit de millions ? dit Gourville.

– J'ai là quinze cent mille livres, monsieur Gourville.

Et il frappa sa poitrine.

– Au diable, le Gascon de Château-Thierry ! cria Loret.

– Ce n'est pas la poche qu'il fallait toucher, dit Fouquet, c'est la cervelle.

– Tenez, ajouta La Fontaine, monsieur le surintendant, vous n'êtes pas un procureur général, vous êtes un poète.

– C'est vrai ! s'écrièrent Loret, Conrart, et tout ce qu'il y avait là de gens de lettres.

– Vous êtes, dis-je, un poète et un peintre, un statuaire, un ami des arts et des sciences ; mais, avouez-le vous-même, vous n'êtes pas un homme de robe.

– Je l'avoue, répliqua en souriant M. Fouquet.

– On vous mettrait de l'Académie que vous refuseriez, n'est-ce pas ?

– Je crois que oui, n'en déplaise aux académiciens.

– Eh bien ! pourquoi, ne voulant pas faire partie de l'Académie, vous laissez-vous aller à faire partie du Parlement ?

– Oh ! oh ! dit Pélisson, nous parlons politique ?

– Je demande, poursuivit La Fontaine, si la robe sied ou ne sied pas à M. Fouquet.

– Ce n'est pas de la robe qu'il s'agit, riposta Pélisson, contrarié des rires de l'assemblée.

– Au contraire, c'est de la robe, dit Loret.

– Ôtez la robe au procureur général, dit Conrart, nous avons M. Fouquet, ce dont nous ne nous plaignons pas ; mais comme il n'est pas de procureur général sans robe, nous déclarons, d'après M. de La Fontaine, que certainement la robe est un épouvantail.

– *Fugiunt risus leporesque*, dit Loret.

– Les ris et les grâces, fit un savant.

– Moi, poursuivit Pélisson gravement, ce n'est pas comme cela que je traduis *lepores*.

– Et comment le traduisez-vous ? demanda La Fontaine.

– Je le traduis ainsi : « Les lièvres se sauvent en voyant M. Fouquet. »

Éclats de rire, dont le surintendant prit sa part.

– Pourquoi les lièvres ? objecta Conrart piqué.

– Parce que le lièvre sera celui qui ne se réjouira point de voir M. Fouquet dans les attributs de sa force parlementaire.

– Oh ! oh ! murmurèrent les poètes.

– *Quo non ascendam ?* dit Conrart, me paraît impossible avec une robe de procureur.

– Et à moi, sans cette robe, dit l'obstiné Pélisson. Qu'en pensez-vous, Gourville ?

– Je pense que la robe est bonne, répliqua celui-ci ; mais je pense également qu'un million et demi vaudrait mieux que la robe.

– Et je suis de l'avis de Gourville, s'écria Fouquet en coupant court à la discussion par son opinion, qui devait nécessairement dominer toutes les autres.

– Un million et demi ! grommela Pélisson ; pardieu ! je sais une fable indienne…

– Contez-la-moi, dit La Fontaine ; je dois la savoir aussi.

– La tortue avait une carapace, dit Pélisson ; elle se réfugiait là-dedans quand ses ennemis la menaçaient. Un jour, quelqu'un lui dit : « Vous avez bien chaud l'été dans cette maison-là, et vous êtes bien empêchée de montrer vos grâces. Voilà la couleuvre qui vous donnera un million et demi de votre écaille. »

– Bon ! fit le surintendant en riant.

– Après ? fit La Fontaine, intéressé par l'apologue bien plus que par la moralité.

– La tortue vendit sa carapace et resta nue. Un vautour la vit ; il avait faim ; il lui brisa les reins d'un coup de bec et la dévora.

– Ô *muthos déloï ?*… dit Conrart.

– Que M. Fouquet fera bien de garder sa robe.

La Fontaine prit la moralité au sérieux.

– Vous oubliez Eschyle, dit-il à son adversaire.

– Qu'est-ce à dire ?

– Eschyle le Chauve.

– Après ?

– Eschyle, dont un vautour, votre vautour probablement, grand amateur de tortues, prit d'en haut le crâne pour une pierre, et lança sur ce crâne une tortue toute blottie dans sa carapace.

– Eh ! mon Dieu ! La Fontaine a raison, reprit Fouquet devenu pensif, tout vautour, quand il a faim de tortues, sait bien leur briser gratis l'écaille ; trop heureuses les tortues dont une couleuvre paie l'enveloppe un million et demi. Qu'on m'apporte une couleuvre généreuse comme celle de votre fable, Pélisson, et je lui donne ma carapace.

– *Rara avis in terris !* s'écria Conrart.

– Et semblable à un cygne noir, n'est-ce pas ? ajouta La Fontaine. Eh bien ! oui, précisément, un oiseau tout noir et très rare ; je l'ai trouvé.

– Vous avez trouvé un acquéreur pour ma charge de procureur ? s'écria Fouquet.

– Oui, monsieur.

– Mais M. le surintendant n'a jamais dit qu'il dût vendre, reprit Pélisson.

– Pardonnez-moi : vous-même, vous en avez parlé, dit Conrart.

– J'en suis témoin, fit Gourville.

– Il tient aux beaux discours qu'il me fait, dit en riant Fouquet. Cet acquéreur, voyons, La Fontaine ?

– Un oiseau tout noir, un conseiller au Parlement, un brave homme.

– Qui s'appelle ?

– Vanel.

– Vanel ! s'écria Fouquet, Vanel ! le mari de ?...

– Précisément, son mari ; oui, monsieur.

– Ce cher homme ! dit Fouquet avec intérêt, il veut être procureur général ?

– Il veut être tout ce que vous êtes, monsieur, dit Gourville, et faire absolument ce que vous avez fait.

– Oh ! mais c'est bien réjouissant : contez-nous donc cela, La Fontaine.

– C'est tout simple. Je le vois de temps en temps. Tantôt je le rencontre : il flânait sur la place de la Bastille, précisément vers l'instant où j'allais prendre le petit carrosse de Saint-Mandé.

– Il devait guetter sa femme, bien sûr, interrompit Loret.

– Oh ! mon Dieu, non, dit simplement Fouquet ; il n'est pas jaloux.

– Il m'aborde donc, m'embrasse, me conduit au Cabaret de l'*Image-Saint Fiacre*, et m'entretient de ses chagrins.

– Il a des chagrins ?

– Oui, sa femme lui donne de l'ambition.

– Et il vous dit ?...

– Qu'on lui a parlé d'une charge au Parlement ; que le nom de M. Fouquet a été prononcé, que, depuis ce temps Mme Vanel rêve de s'appeler Mme la procureuse générale, et qu'elle en meurt toutes les nuits qu'elle n'en rêve pas.

– Pauvre femme ! dit Fouquet.

– Attendez. Conrart me dit toujours que je ne sais pas faire les affaires : vous allez voir comment je menai celle-ci.

– Voyons !

– « Savez-vous, dis-je à Vanel, que c'est cher, une charge comme celle de M. Fouquet ? »

– « Combien à peu près ? » fit-il.

– « M. Fouquet en a refusé dix-sept cent mille livres. »

– « Ma femme, répliqua Vanel, avait mis cela aux environs de quatorze cent mille. »

– « Comptant ? » lui fis-je.

– « Oui ; elle a vendu un bien en Guienne, elle a réalisé. »

– C'est un joli lot à toucher d'un coup, dit sentencieusement l'abbé Fouquet, qui n'avait pas encore parlé.

– Cette pauvre dame Vanel ! murmura Fouquet.

Pélisson haussa les épaules.

– Un démon ! dit-il bas à l'oreille de Fouquet.

– Précisément !... Il serait charmant d'employer l'argent de ce démon à réparer le mal que s'est fait pour moi un ange.

Pélisson regarda d'un air surpris Fouquet, dont les pensées se fixaient, à partir de ce moment, sur un nouveau but.

– Eh bien ! demanda La Fontaine, ma négociation ?

– Admirable ! cher poète.

– Oui, dit Gourville ; mais tel se vante d'avoir envie d'un cheval, qui n'a pas seulement de quoi payer la bride.

– Le Vanel se dédirait si on le prenait au mot, continua l'abbé Fouquet.

– Je ne crois pas, dit La Fontaine.

– Qu'en savez-vous ?

– C'est que vous ignorez le dénouement de mon histoire.

– Ah ! s'il y a un dénouement, dit Gourville, pourquoi flâner en route ?

– *Semper ad adventum,* n'est-ce pas cela ? dit Fouquet du ton d'un grand seigneur qui se fourvoie dans les barbarismes.

Les latinistes battirent des mains.

– Mon dénouement, s'écria La Fontaine, c'est que Vanel, ce tenace oiseau, sachant que je venais à Saint-Mandé, m'a supplié de l'emmener.

– Oh ! oh !

– Et de le présenter, s'il était possible, à Monseigneur.

– En sorte ?...

– En sorte qu'il est là, sur la pelouse du Bel-Air.

– Comme un scarabée.

– Vous dites cela, Gourville, à cause des antennes, mauvais plaisant !

– Eh bien ! monsieur Fouquet ?

– Eh bien ! il ne convient pas que le mari de Mme Vanel s'enrhume hors de chez moi ; envoyez-le quérir, La Fontaine, puisque vous savez où il est.

– J'y cours moi-même.

– Je vous y accompagne, dit l'abbé Fouquet ; je porterai les sacs.

– Pas de mauvaise plaisanterie, dit sévèrement Fouquet ; que l'affaire soit sérieuse, si affaire il y a. Tout d'abord, soyons hospitaliers. Excusez-moi bien, La Fontaine, auprès de ce galant homme, et dites-lui que je suis désespéré de l'avoir fait attendre, mais que j'ignorais qu'il fût là.

La Fontaine était déjà parti. Par bonheur, Gourville l'accompagnait ; car, tout entier à ses chiffres, le poète se trompait de route, et courait vers Saint Maur.

Un quart d'heure après, M. Vanel fut introduit dans le cabinet du surintendant, ce même cabinet dont nous avons donné la description et les aboutissants au commencement de cette histoire. Fouquet, le voyant entrer appela Pélisson, et lui parla quelques minutes à l'oreille.

– Retenez bien ceci, lui dit-il : que toute l'argenterie, que toute la vaisselle, que tous les joyaux soient emballés dans le carrosse. Vous prendrez les chevaux noirs ; l'orfèvre vous accompagnera ; vous reculerez le souper jusqu'à l'arrivée de Mme de Bellière.

– Encore faut-il que Mme de Bellière soit prévenue, dit Pélisson.

– Inutile, je m'en charge.

– Très bien.

– Allez, mon ami.

Pélisson partit, devinant mal, mais confiant, comme sont tous les vrais amis, dans la volonté qu'il subissait. Là est la force des âmes d'élite. La défiance n'est faite que pour les natures inférieures.

Vanel s'inclina donc devant le surintendant. Il allait commencer une harangue.

– Asseyez-vous, monsieur, lui dit civilement Fouquet. Il me paraît que vous voulez acquérir ma charge ?

– Monseigneur...

– Combien pouvez-vous m'en donner ?

– C'est à vous, monseigneur, de fixer le chiffre. Je sais qu'on vous a fait des offres.

– Mme Vanel, m'a-t-on dit, l'estime quatorze cent mille livres.

– C'est tout ce que nous avons.

– Pouvez-vous donner la somme tout de suite ?

– Je ne l'ai pas sur moi, dit naïvement Vanel, effaré de cette simplicité, de cette grandeur, lui qui s'attendait à des luttes, à des finesses, à des marches d'échiquier.

– Quand l'aurez-vous ?

– Quand il plaira à Monseigneur.

Et il tremblait que Fouquet ne se jouât de lui.

– Si ce n'était la peine de retourner à Paris, je vous dirais tout de suite...

– Oh ! monseigneur...

– Mais, interrompit le surintendant, mettons le solde et la signature à demain matin.

– Soit, répliqua Vanel glacé, abasourdi.

– Six heures, ajouta Fouquet.

– Six heures, répéta Vanel.

– Adieu, monsieur Vanel ! Dites à Mme Vanel que je lui baise les mains.

Et Fouquet se leva.

Alors Vanel, à qui le sang montait aux yeux et qui commençait à perdre le tête :

— Monseigneur, monseigneur, dit-il sérieusement, est-ce que vous me donnez parole ?

Fouquet tourna la tête.

— Pardieu ! dit-il ; et vous ?

Vanel hésita, frissonna et finit par avancer timidement sa main. Fouquet ouvrit et avança noblement la sienne. Cette main loyale s'imprégna une seconde de la moiteur d'un main hypocrite ; Vanel serra les doigts de Fouquet pour se mieux convaincre. Le surintendant dégagea doucement sa main.

— Adieu ! dit-il.

Vanel courut à reculons vers la porte, se précipita par les vestibules et s'enfuit.

Pélisson introduisit cet homme dans le cabinet que Fouquet n'avait pas encore quitté.

Le surintendant remercia l'orfèvre d'avoir bien voulu lui garder comme un dépôt ces richesses qu'il avait le droit de vendre. Il jeta les yeux sur le total des comptes, qui s'élevait à treize cent mille livres.

Puis, se plaçant à son bureau, il écrivit un bon de quatorze cent mille livres, payables à vue à sa caisse, avant midi le lendemain.

— Cent mille livres de bénéfice ! s'écria l'orfèvre. Ah ! monseigneur, quelle générosité !

— Non pas, non pas, monsieur, dit Fouquet en lui touchant l'épaule, il est des politesses qui ne se paient jamais. Le bénéfice est à peu près celui que vous eussiez fait ; mais il reste l'intérêt de votre argent.

En disant ces mots, il détachait de sa manchette un bouton de diamants que ce même orfèvre avait bien souvent estimé trois mille pistoles.

— Prenez ceci en mémoire de moi, dit-il à l'orfèvre, et adieu ; vous êtes un honnête homme.

– Et vous, s'écria l'orfèvre, touché profondément, vous, monseigneur, vous êtes un brave seigneur.

Fouquet fit passer le digne orfèvre par une porte dérobée ; puis il alla recevoir Mme de Bellière, que tous les conviés entouraient déjà.

La marquise était belle toujours ; mais, ce jour-là, elle resplendissait.

– Ne trouvez-vous pas, messieurs, dit Fouquet, que Madame est d'une beauté incomparable ce soir ? Savez-vous pourquoi ?

– Parce que Madame est la plus belle des femmes, dit quelqu'un.

– Non, mais parce qu'elle en est la meilleure. Cependant...

– Cependant ? dit la marquise en souriant.

– Cependant, tous les joyaux que porte Madame ce soir sont des pierres fausses.

Elle   rougit.

Chapitre CLXXXVI – La vaisselle et les diamants de Madame de Bellière

À peine Fouquet eut-il congédié Vanel, qu'il réfléchit un moment.

– On ne saurait trop faire, dit-il, pour la femme que l'on a aimée. Marguerite désire être procureuse, pourquoi ne lui pas faire ce plaisir ? Maintenant que la conscience la plus scrupuleuse ne saurait rien me reprocher, pensons à la femme qui m'aime. Mme de Bellière doit être là.

Il indiqua du doigt la porte secrète.

S'étant enfermé, il ouvrit le couloir souterrain et se dirigea rapidement vers la communication établie entre la maison de Vincennes et sa maison à lui.

Il avait négligé d'avertir son amie avec la sonnette, bien assuré qu'elle ne manquait jamais au rendez-vous.

En effet, la marquise était arrivée. Elle attendait. Le bruit que fit le surintendant l'avertit ; elle accourut pour recevoir par-dessous la porte le billet qu'il lui passa.

« *Venez, marquise, on vous attend pour souper.* »

Heureuse et active, Mme de Bellière gagna son carrosse dans l'avenue de Vincennes, et elle vint tendre sa main sur le perron à Gourville, qui, pour mieux plaire au maître, guettait son arrivée dans la cour.

Elle n'avait pas vu entrer, fumants et blancs d'écume, les chevaux noirs de Fouquet, qui ramenaient à Saint-Mandé Pélisson et l'orfèvre lui-même à qui Mme de Bellière avait vendu sa vaisselle et ses joyaux.

– Oh ! oh ! s'écrièrent tous les convives ; on peut dire cela sans crainte d'une femme qui a les plus beaux diamants de Paris.

– Eh bien ? dit tout bas Fouquet à Pélisson.

– Eh bien ! j'ai enfin compris, répliqua celui-ci, et vous avez bien fait.

– C'est heureux, fit en souriant le surintendant.

– Monseigneur est servi, cria majestueusement Vatel.

Le flot des convives se précipita moins lentement qu'il n'est d'usage dans les fêtes ministérielles vers la salle à manger, où les attendait un magnifique spectacle.

Sur les buffets, sur les dressoirs, sur la table, au milieu des fleurs et des lumières, brillait à éblouir la vaisselle d'or et d'argent la plus riche qu'on pût voir ; c'était un reste de ces vieilles magnificences que les artistes florentins, amenés par les Médicis, avaient sculptées, ciselées fondues pour les dressoirs de fleurs, quand il y avait de l'or en France ; ces merveilles cachées, enfouies pendant les guerres civiles, avaient reparu timidement dans les intermittences de cette guerre de bon goût qu'on appelait la Fronde ; alors que seigneurs, se battant contre seigneurs, se tuaient mais ne se pillaient pas. Toute cette vaisselle était marquée aux armes de Mme de Bellière.

– Tiens, s'écria La Fontaine, un P. et un B.

Mais ce qu'il y avait de plus curieux, c'était le couvert de la marquise, à la place que lui avait assignée Fouquet ; près de lui s'élevait une pyramide de diamants, de saphirs, d'émeraudes, de camées antiques ; la sardoine gravée par les vieux Grecs de l'Asie Mineure avec ses montures d'or de Mysie, les curieuses mosaïques de la vieille Alexandrie montées en argent, les bracelets massifs de l'Égypte de

Cléopâtre jonchaient un vaste plat de Palissy, supporté sur un trépied de bronze doré, sculpté par Benvenuto. La marquise pâlit en voyant ce qu'elle ne comptait jamais revoir. Un profond silence, précurseur des émotions vives, occupait la salle engourdie et inquiète. Fouquet ne fit pas même un signe pour chasser tous les valets chamarrés qui couraient, abeilles pressées, autour des vastes buffets et des tables d'office.

– Messieurs, dit-il, cette vaisselle que vous voyez appartenait à Mme de Bellière, qui, un jour, voyant un de ses amis dans la gêne, envoya tout cet or et tout cet argent chez l'orfèvre avec cette masse de joyaux qui se dressent là devant elle. Cette belle action d'une amie devait être comprise par des amis tels que vous. Heureux l'homme qui se voit aimé ainsi ! Buvons à la santé de Mme de Bellière.

Une immense acclamation couvrit ses paroles et fit tomber muette, pâmée sur son siège, la pauvre femme, qui venait de perdre ses sens, pareille aux oiseaux de la Grèce qui traversaient le ciel au-dessus de l'arène à Olympie.

– Et puis, ajouta Pélisson, que toute vertu touchait, que toute beauté charmait, buvons un peu aussi à celui qui inspira la belle action de Madame ; car un pareil homme doit être digne d'être aimé.

Ce fut le tour de la marquise. Elle se leva pâle et souriante, tendit son verre avec une main défaillante dont les doigts tremblants frottèrent les doigts de Fouquet, tandis que ses yeux mourants encore allaient chercher tout l'amour qui brûlait dans ce généreux cœur.

Commencé de cette héroïque façon, le souper devint promptement une fête ; nul ne s'occupa plus d'avoir de l'esprit, personne n'en manqua.

La Fontaine oublia son vin de Gorgny, et permit à Vatel de le réconcilier avec les vins du Rhône et ceux d'Espagne.

L'abbé Fouquet devint si bon, que Gourville lui dit :

– Prenez garde, monsieur l'abbé ! si vous êtes aussi tendre, on vous mangera.

Les heures s'écoulèrent ainsi joyeuses et secouant des roses sur les convives. Contre son ordinaire, le surintendant ne quitta pas la table avant les dernières largesses du dessert.

Il souriait à la plupart de ses amis, ivre comme on l'est quand on a enivré le cœur avant la tête, et, pour la première fois, il venait de regarder l'horloge.

Soudain une voiture roula dans la cour, et on l'entendit, chose étrange ! au milieu du bruit et des chansons.

Fouquet dressa l'oreille, puis il tourna les yeux vers l'antichambre. Il lui sembla qu'un pas y retentissait, et que ce pas, au lieu de fouler le sol, pesait sur son cœur.

Instinctivement son pied quitta le pied que Mme de Bellière appuyait sur le sien depuis deux heures.

– M. d'Herblay, évêque de Vannes, cria l'huissier.

Et la figure sombre et pensive d'Aramis apparut sur le seuil, entre les débris de deux guirlandes dont une flamme de lampe venait de rompre les fils.

Chapitre CLXXXVII – La quittance de M. de Mazarin

Fouquet eût poussé un cri de joie en apercevant un ami nouveau, si l'air glacé, le regard distrait d'Aramis ne lui eussent rendu toute sa réserve.

– Est-ce que vous nous aidez à prendre le dessert ? demanda-t-il cependant ; est-ce que vous ne vous effraierez pas un peu de tout ce bruit que font nos folies ?

– Monseigneur, répliqua respectueusement Aramis, je commencerai par m'excuser près de vous de troubler votre joyeuse réunion ; puis je vous demanderai, après le plaisir, un moment d'audience pour les affaires.

Comme ce mot affaires avait fait dresser l'oreille à quelques épicuriens, Fouquet se leva.

– Les affaires toujours, dit-il, monsieur d'Herblay ; trop heureux sommes nous quand les affaires n'arrivent qu'à la fin du repas.

Et, ce disant, il prit la main de Mme de Bellière, qui le considérait avec une sorte d'inquiétude ; il la conduisit dans le plus voisin salon, après l'avoir confiée aux plus raisonnables de la compagnie.

Quant à lui, prenant Aramis par le bras, il se dirigea vers son cabinet.

Aramis, une fois là, oublia le respect de l'étiquette. Il s'assit :

– Devinez, dit-il, qui j'ai vu ce soir ?

– Mon cher chevalier, toutes les fois que vous commencez de la sorte, je suis sûr de m'entendre annoncer quelque chose de désagréable.

– Cette fois encore, vous ne vous serez pas trompé, mon cher ami, répliqua Aramis.

– Ne me faites pas languir, ajouta flegmatiquement Fouquet.

– Eh bien ! j'ai vu Mme de Chevreuse.

– La vieille duchesse ?

– Oui.

– Ou son ombre ?

– Non pas. Une vieille louve.

– Sans dents ?

– C'est possible, mais non pas sans griffes.

– Eh bien ! pourquoi m'en voudrait-elle ? Je ne suis pas avare avec les femmes qui ne sont pas prudes. C'est là une qualité que prise toujours même la femme qui n'ose plus provoquer l'amour.

– Mme de Chevreuse le sait bien, que vous n'êtes pas avare, puisqu'elle veut vous arracher de l'argent.

– Bon ! sous quel prétexte ?

– Ah ! les prétextes ne lui manquent jamais. Voici le sien.

– J'écoute.

– Il paraîtrait que la duchesse possède plusieurs lettres de M. de Mazarin.

– Cela ne m'étonne pas, le prélat était galant.

– Oui ; mais ces lettres n'auraient pas de rapport avec les amours du prélat. Elles traitent, dit-on, d'affaires de finances.

– C'est moins intéressant.

– Vous ne soupçonnez pas un peu ce que je veux dire ?

– Pas du tout.

– N'auriez-vous jamais entendu parler d'une accusation de détournement de fonds ?

– Cent fois ! mille fois ! Depuis que je suis aux affaires, mon cher d'Herblay, je n'ai jamais entendu parler que de cela. C'est comme vous, évêque, lorsqu'on vous reproche votre impiété ; vous, mousquetaire, votre poltronnerie ; ce qu'on reproche

536

perpétuellement au ministre des Finances, c'est de voler les finances.

– Bien ; mais précisons, car M. de Mazarin précise, à ce que dit la duchesse.

– Voyons ce qu'il précise.

– Quelque chose comme une somme de treize millions dont vous seriez fort empêché, vous, de préciser l'emploi.

– Treize millions ! dit le surintendant en s'allongeant dans son fauteuil pour mieux lever la tête vers le plafond. Treize millions... Ah ! dame ! je les cherche, voyez-vous, parmi tous ceux qu'on m'accuse d'avoir volés.

– Ne riez pas, mon cher monsieur, c'est grave. Il est certain que la duchesse a les lettres, et que les lettres doivent être bonnes, attendu qu'elle voulait les vendre cinq cent mille livres.

– On peut avoir une fort jolie calomnie pour ce prix-là, répondit Fouquet. Eh ! mais je sais ce que vous voulez dire.

Fouquet se mit à rire de bon cœur.

– Tant mieux ! fit Aramis peu rassuré.

– L'histoire de ces treize millions me revient. Oui, c'est cela ; je les tiens.

– Vous me faites grand plaisir. Voyons un peu.

– Imaginez-vous, mon cher, que le *signor* Mazarin, Dieu ait son âme ! fit un jour ce bénéfice de treize millions sur une concession de terres en litige dans la Valteline ; il les biffa sur le registre des recettes, me les fit envoyer, et se les fit donner par moi, pour frais de guerre.

– Bien. Alors la destination est justifiée.

– Non pas ; le cardinal les fit placer sous mon nom, et m'envoya une décharge.

– Vous avez cette décharge ?

– Parbleu ! dit Fouquet en se levant tranquillement pour aller aux tiroirs de son vaste bureau d'ébène incrusté de nacre et d'or.

– Ce que j'admire en vous, dit Aramis charmé, c'est votre mémoire d'abord, puis votre sang-froid, et enfin l'ordre parfait qui règne dans votre administration, à vous, le poète par excellence.

– Oui, dit Fouquet, j'ai de l'ordre par esprit de paresse, pour m'épargner de chercher. Ainsi, je sais que le reçu de Mazarin est dans le troisième tiroir, lettre M. ; j'ouvre ce tiroir et je mets immédiatement la main sur le papier qu'il me faut. La nuit, sans bougie, je le trouverais.

Et il palpa d'une main sûre la liasse de papiers entassés dans le tiroir ouvert.

– Il y a plus, continua-t-il, je me rappelle ce papier comme si je le voyais ; il est fort, un peu rugueux, doré sur tranche ; Mazarin avait fait un pâté d'encre sur le chiffre de la date. Eh bien ! fit-il, voilà le papier qui sent qu'on s'occupe de lui et qu'il est nécessaire, il se cache et se révolte.

Et le surintendant regarda dans le tiroir.

– C'est étrange, dit Fouquet.

– Votre mémoire vous fait défaut, mon cher monsieur, cherchez dans une autre liasse.

Fouquet prit la liasse et la parcourut encore une fois ; puis il pâlit.

– Ne vous obstinez pas à celle-ci, dit Aramis, cherchez ailleurs.

– Inutile, inutile, jamais je n'ai fait une erreur ; nul que moi n'arrange ces sortes de papiers ; nul n'ouvre ce tiroir, auquel, vous voyez, j'ai fait faire un secret dont personne que moi ne connaît le chiffre.

– Que concluez-vous alors ? dit Aramis agité.

– Que le reçu de Mazarin m'a été volé. Mme de Chevreuse avait raison, chevalier ; j'ai détourné les deniers publics ; j'ai volé treize millions dans les coffres de l'État ; je suis un voleur, monsieur d'Herblay.

– Monsieur ! monsieur ! ne vous irritez pas, ne vous exaltez pas !

– Pourquoi ne pas m'exalter, chevalier ? La cause en vaut la peine. Un bon procès, un bon jugement, et votre ami M. le surintendant peut suivre à Montfaucon son collègue Enguerrand de Marigny, son prédécesseur Samblançay.

– Oh ! fit Aramis en souriant, pas si vite.

– Comment, pas si vite ! Que supposez-vous donc que Mme de Chevreuse aura fait de ces lettres ; car vous les avez refusées, n'est-ce pas ?

– Oh ! oui, refusé net. Je suppose qu'elle les sera allée vendre à M. Colbert.

– Eh bien ! voyez-vous ?

– J'ai dit que je supposais, je pourrais dire que j'en suis sûr ; car je l'ai fait suivre, et, en me quittant, elle est rentrée chez elle, puis elle est sortie par une porte de derrière et s'est rendue à la maison de l'intendant, rue Croix des-Petits-Champs.

– Procès alors, scandale et déshonneur, le tout tombant comme tombe la foudre, aveuglément, brutalement, impitoyablement.

Aramis s'approcha de Fouquet, qui frémissait dans son fauteuil, auprès des tiroirs ouverts ; il lui posa la main sur l'épaule, et, d'un ton affectueux :

– N'oubliez jamais, dit-il, que la position de M. Fouquet ne se peut comparer à celle de Samblançay ou de Marigny.

– Et pourquoi, mon Dieu ?

– Parce que le procès de ces ministres s'est fait, parfait, et que l'arrêt a été exécuté ; tandis qu'à votre égard il ne peut en arriver de même.

– Encore un coup, pourquoi ? Dans tous les temps, un concessionnaire est un criminel.

– Les criminels qui savent trouver un lieu d'asile ne sont jamais en danger.

– Me sauver ? fuir ?

– Je ne vous parle pas de cela, et vous oubliez que ces sortes de procès sont évoqués par le Parlement, instruits par le procureur général, et que vous êtes procureur général. Vous voyez bien qu'à moins de vouloir vous condamner vous-même...

– Oh ! s'écria tout à coup Fouquet en frappant la table de son poing.

– Eh bien ! quoi ? qu'y a-t-il ?

– Il y a que je ne suis plus procureur général.

Aramis, à son tour, pâlit de manière à paraître livide ; il serra ses doigts, qui craquèrent les uns sur les autres, et, d'un œil hagard qui foudroya Fouquet :

– Vous n'êtes plus procureur général ? dit-il en scandant chaque syllabe.

– Non.

– Depuis quand ?

– Depuis quatre ou cinq heures.

– Prenez garde, interrompit froidement Aramis, je crois que vous n'êtes pas en possession de votre bon sens, mon ami ; remettez-vous.

– Je vous dis, reprit Fouquet, que tantôt quelqu'un est venu, de la part de mes amis, m'offrir quatorze cent mille livres de ma charge, et que j'ai vendu ma charge.

Aramis demeura interdit ; sa figure intelligente et railleuse prit un caractère de morne effroi qui fit plus d'effet sur le surintendant que tous les cris et tous les discours du monde.

– Vous aviez donc bien besoin d'argent ? dit-il enfin.

– Oui, pour acquitter une dette d'honneur.

Et il raconta en peu de mots à Aramis la générosité de Mme de Bellière et la façon dont il avait cru devoir payer cette générosité.

– Voilà un beau trait, dit Aramis. Cela vous coûte ?

– Tout justement les quatorze cent mille livres de ma charge.

– Que vous avez reçues comme cela tout de suite, sans réfléchir ? Ô imprudent ami !

– Je ne les ai pas reçues, mais je les recevrai demain.

– Ce n'est donc pas fait encore ?

– Il faut que ce soit fait puisque j'ai donné à l'orfèvre, pour midi, un bon sur ma caisse, où l'argent de l'acquéreur entrera de six à sept heures.

– Dieu soit loué ! s'écria Aramis en battant des mains, rien n'est achevé, puisque vous n'avez pas été payé.

– Mais l'orfèvre ?

– Vous recevrez de moi les quatorze cent mille livres à midi moins un quart.

– Un moment, un moment ! c'est ce matin, à six heures, que je signe.

– Oh ! je vous réponds que vous ne signerez pas.

– J'ai donné ma parole, chevalier.

– Si vous l'avez donnée, vous la reprendrez, voilà tout.

– Oh ! que me dites-vous là ? s'écria Fouquet avec un accent profondément loyal. Reprendre une parole quand on est Fouquet !

Aramis répondit au regard sévère du ministre par un regard courroucé.

– Monsieur, dit-il, je crois avoir mérité d'être appelé un honnête homme, n'est-ce pas ? Sous la casaque du soldat, j'ai risqué cinq cents fois ma vie ; sous l'habit du prêtre, j'ai rendu de plus grands services encore, à Dieu, à l'État ou à mes amis. Une parole vaut ce que vaut l'homme qui la donne. Elle est, quand il la tient, de l'or pur ; elle est un fer tranchant quand il ne veut pas la tenir. Il se défend alors avec cette parole comme avec une arme d'honneur, attendu que, lorsqu'il ne tient pas cette parole, cet homme d'honneur, c'est qu'il est en danger de mort, c'est qu'il court plus de risques que son adversaire n'a de bénéfices à faire. Alors, monsieur, on en appelle à Dieu et à son droit.

Fouquet baissa la tête :

– Je suis, dit-il, un pauvre Breton opiniâtre et vulgaire ; mon esprit admire et craint le vôtre. Je ne dis pas que je tiens ma parole par vertu ; je la tiens, si vous voulez, par routine ; mais, enfin, les hommes du commun sont assez simples pour admirer cette routine ; c'est ma seule vertu, laissez-m'en les honneurs.

– Alors vous signerez demain la vente de cette charge, qui vous défendait contre tous vos ennemis ?

– Je signerai.

– Vous vous livrerez pieds et poings liés pour un faux-semblant d'honneur qui dédaigneraient les plus scrupuleux casuistes ?

– Je signerai.

Aramis poussa un profond soupir, regarda tout autour de lui avec l'impatience d'un homme qui voudrait briser quelque chose.

– Nous avons encore un moyen, dit-il, et j'espère que vous ne me refuserez pas de l'employer, celui-là.

– Assurément non, s'il est loyal... comme tout ce que vous proposez, cher ami.

– Je ne sache rien de plus loyal qu'une renonciation de votre acquéreur. Est-ce votre ami ?

– Certes... Mais...

– Mais... si vous me permettez de traiter l'affaire, je ne désespère point.

– Oh ! je vous laisserai absolument maître.

– Avec qui avez-vous traité ? Quel homme est-ce ?

– Je ne sais pas si vous connaissez le Parlement ?

– En grande partie. C'est un président quelconque ?

– Non ; un simple conseiller.

– Ah ! ah !

– Qui s'appelle Vanel.

Aramis devint pourpre.

– Vanel ! s'écria-t-il en se relevant ; Vanel ! le mari de Marguerite Vanel ?

– Précisément.

– De votre ancienne maîtresse ?

– Oui, mon cher ; elle a désiré d'être Mme la procureuse générale. Je lui devais bien cela, au pauvre Vanel, et j'y gagne puisque c'est encore faire plaisir à sa femme.

Aramis vint droit à Fouquet et lui prit la main.

– Vous savez, dit-il avec sang-froid, le nom du nouvel amant de Mme Vanel ?

– Ah ! elle a un nouvel amant ? Je l'ignorais ; et, ma foi, non, je ne sais pas comment il se nomme.

– Il se nomme M. Jean-Baptiste Colbert ; il est intendant des finances ; il demeure rue Croix-des-Petits-Champs, là où Mme de Chevreuse est allée, ce soir avec les lettres de Mazarin qu'elle veut vendre.

– Mon Dieu ! murmura Fouquet en essuyant son front ruisselant de sueur, mon Dieu !

– Vous commencez à comprendre, n'est-ce pas ?

– Que je suis perdu, oui.

– Trouvez-vous que cela vaille la peine de tenir un peu moins que Régulus à sa parole ?

– Non, dit Fouquet.

– Les gens entêtés, murmura Aramis, s'arrangent toujours de façon qu'on les admire.

Fouquet lui tendit la main.

À ce moment, une riche horloge d'écaille, à figures d'or, placée sur une console en face de la cheminée, sonna six heures du matin.

Une porte cria dans le vestibule.

– M. Vanel, vint dire Gourville à la porte du cabinet, demande si Monseigneur peut le recevoir.

Fouquet détourna ses yeux des yeux d'Aramis et répondit :

– Faites entrer M. Vanel.

Chapitre CLXXXVIII – La minute de M. Colbert

Vanel, entrant à ce moment de la conversation n'était rien autre chose pour Aramis et Fouquet que le point qui termine une phrase.

Mais, pour Vanel qui arrivait, la présence d'Aramis dans le cabinet de Fouquet devait avoir une bien autre signification.

Aussi l'acheteur, à son premier pas dans la chambre, arrêta-t-il sur cette physionomie, à la fois si fine et si ferme de l'évêque de Vannes, un regard étonné qui devint bientôt scrutateur.

Quant à Fouquet, véritable homme politique, c'est-à-dire maître de lui-même, il avait déjà, par la force de sa volonté, fait disparaître de son visage les traces de l'émotion causée par la révélation d'Aramis.

Ce n'était donc plus un homme abattu par le malheur et réduit aux expédients ; il avait redressé la tête et allongé la main pour faire entrer Vanel.

Il était premier ministre, il était chez lui.

Aramis connaissait le surintendant. Toute la délicatesse de son cœur, toute la largeur de son esprit n'avaient rien qui pût l'étonner. Il se borna donc, momentanément, quitte à reprendre plus tard une part active dans la conversation, au rôle difficile de l'homme qui regarde et qui écoute pour apprendre et pour comprendre.

Vanel était visiblement ému. Il s'avança jusqu'au milieu du cabinet, saluant tout et tous.

– Je viens… dit-il.

Fouquet fit un signe de tête.

– Vous êtes exact, monsieur Vanel, dit-il.

– En affaires, monseigneur, répondit Vanel, je crois que l'exactitude est une vertu.

– Oui, monsieur.

– Pardon, interrompit Aramis, en désignant du doigt Vanel et s'adressant à Fouquet ; pardon, c'est Monsieur qui se présente pour acheter une charge, n'est-ce pas ?

– C'est moi, répondit Vanel, étonné du ton de suprême hauteur avec lequel Aramis avait fait la question. Mais comment dois-je appeler celui qui me fait l'honneur ?...

– Appelez-moi monseigneur, répondit sèchement Aramis.

Vanel s'inclina.

– Allons, allons, messieurs, dit Fouquet, trêve de cérémonies ; venons au fait.

– Monseigneur le voit, dit Vanel, j'attends son bon plaisir.

– C'est moi qui, au contraire, attendais, répondit Fouquet.

– Qu'attendait monseigneur ?

– Je pensais que vous aviez peut-être quelque chose à me dire.

« Oh ! oh ! murmura Vanel en lui-même, il a réfléchi, je suis perdu ! »

Mais, reprenant courage :

– Non, monseigneur, rien, absolument rien que ce que je vous ai dit hier et que je suis prêt à vous répéter.

– Voyons, franchement, monsieur Vanel, le marché n'est-il pas un peu lourd pour vous, dites ?

– Certes, monseigneur, quinze cent mille livres, c'est une somme importante.

– Si importante, dit Fouquet, que j'avais réfléchi...

– Vous aviez réfléchi, monseigneur ? s'écria vivement Vanel.

– Oui, que vous n'êtes peut-être pas encore en mesure d'acheter.

– Oh ! monseigneur !...

– Tranquillisez-vous, monsieur Vanel, je ne vous blâmerai pas d'un manque de parole qui tiendra évidemment à votre impuissance.

– Si fait, monseigneur, vous me blâmeriez, et vous auriez raison, dit Vanel ; car c'est d'un imprudent ou d'un fou de prendre des engagements qu'il ne peut pas tenir, et j'ai toujours regardé une chose convenue comme une chose faite.

Fouquet rougit. Aramis fit un *hum* ! d'impatience.

– Il ne faudrait pas cependant vous exagérer ces idées-là, monsieur, dit le surintendant ; car l'esprit de l'homme est variable et plein de petits caprices fort excusables, fort respectables même parfois ; et tel a désiré hier, qui aujourd'hui se repent.

Vanel sentit une sueur froide couler de son front sur ses joues.

– Monseigneur !... balbutia-t-il.

Quant à Aramis, heureux de voir le surintendant se poser avec tant de netteté dans le débat, il s'accouda au marbre d'une console, et commença de jouer avec un petit couteau d'or à manche de malachite.

Fouquet prit son temps ; puis, après un moment de silence :

– Tenez, mon cher monsieur Vanel, dit-il, je vais vous expliquer la situation.

Vanel frémit.

– Vous êtes un galant homme, continua Fouquet, et comme moi, vous comprendrez.

Vanel chancela.

– Je voulais vendre hier.

– Monseigneur avait fait plus que de vouloir vendre, monseigneur avait vendu.

– Eh bien, soit ! mais aujourd'hui, je vous demande comme une faveur de me rendre la parole que vous aviez reçue de moi.

– Cette parole, je l'ai reçue, dit Vanel, comme un inflexible écho.

– Je le sais. Voilà pourquoi je vous supplie, monsieur Vanel, entendez vous ? je vous supplie de me la rendre…

Fouquet s'arrêta. Ce mot : *je vous supplie*, dont il ne voyait pas l'effet immédiat, ce mot venait de lui déchirer la gorge au passage.

Aramis, toujours jouant avec son couteau, fixait sur Vanel des regards qui semblaient vouloir pénétrer jusqu'au fond de son âme.

Vanel s'inclina.

– Monseigneur, dit-il, je suis bien ému de l'honneur que vous me faites de me consulter sur un fait accompli ; mais…

– Ne dites pas de mais, cher monsieur Vanel.

– Hélas ! monseigneur, songez donc que j'ai apporté l'argent ; je veux dire la somme.

Et il ouvrit un gros portefeuille.

– Tenez, monseigneur, dit-il, voilà le contrat de la vente que je viens de faire d'une terre de ma femme. Le bon est autorisé, revêtu des signatures nécessaires, payable à vue ; c'est de l'argent comptant ; l'affaire est faite en un mot.

– Mon cher monsieur Vanel, il n'est point d'affaire en ce monde, si importante qu'elle soit, qui ne se remette pour obliger…

– Certes… murmura gauchement Vanel.

– Pour obliger un homme dont on se fera ainsi l'ami, continua Fouquet.

– Certes, monseigneur.

– D'autant plus légitimement l'ami, monsieur Vanel, que le service rendu aura été plus considérable. Eh bien ! voyons, monsieur, que décidez-vous ?

Vanel garda le silence.

Pendant ce temps, Aramis avait résumé ses observations.

Le visage étroit de Vanel, ses orbites enfoncées, ses sourcils ronds comme des arcades, avaient décelé à l'évêque de Vannes un type d'avare et d'ambitieux. Battre en brèche une passion par une autre, telle était la méthode d'Aramis. Il vit Fouquet vaincu, démoralisé ; il se jeta dans la lutte avec des armes nouvelles.

– Pardon, dit-il, monseigneur ; vous oubliez de faire comprendre à M. Vanel et que ses intérêts sont diamétralement opposés à cette renonciation de la vente.

Vanel regarda l'évêque avec étonnement ; il ne s'attendait pas à trouver là un auxiliaire. Fouquet aussi s'arrêta pour écouter l'évêque.

– Ainsi, continua Aramis, M. Vanel a vendu pour acheter votre charge, monseigneur, une terre de Mme sa femme ; eh bien ! c'est une affaire, cela ; on ne déplace pas comme il l'a fait quinze cent mille livres sans de notables pertes, sans de graves embarras.

– C'est vrai, dit Vanel, à qui Aramis, avec ses lumineux regards, arrachait la vérité du fond du cœur.

– Des embarras, poursuivit Aramis, se résolvent en dépenses, et, quand on fait une dépense d'argent, les dépenses d'argent se cotent au N° 1, parmi les charges.

– Oui, oui, dit Fouquet, qui commençait à comprendre les intentions d'Aramis.

Vanel resta muet : il avait compris.

Aramis remarqua cette froideur et cette abstention.

« Bon ! se dit-il, laide face, tu fais le discret jusqu'à ce que tu connaisses la somme ; mais, ne crains rien, je vais t'envoyer une telle volée d'écus, que tu capituleras. »

– Il faut tout de suite offrir à M. Vanel cent mille écus, dit Fouquet emporté par sa générosité.

La somme était belle. Un prince se fût contenté d'un pareil pot-de-vin. Cent mille écus, à cette époque, étaient la dot d'une fille de roi.

Vanel ne bougea pas.

« C'est un coquin, pensa l'évêque ; il lui faut les cinq cent mille livres toutes rondes. » Et il fit un signe à Fouquet.

– Vous semblez avoir dépensé plus que cela, cher monsieur Vanel, dit le surintendant. Oh ! l'argent est hors de prix. Oui, vous aurez fait un sacrifice en vendant cette terre. Eh bien ! où avais-je la tête ? C'est un bon de cinq cent mille livres que je vais vous signer. Encore serai-je bien votre obligé de tout mon cœur.

Vanel n'eut pas un éclat de joie ou de désir. Sa physionomie resta impassible, et pas un muscle de son visage ne bougea.

Aramis envoya un regard désespéré à Fouquet. Puis, s'avançant vers Vanel, il le prit par le haut de son pourpoint avec le geste familier aux hommes d'une grande importance.

– Monsieur Vanel, dit-il ce n'est pas la gêne, ce n'est pas le déplacement d'argent, ce n'est pas la vente de votre terre qui vous occupent ; c'est une plus haute idée. Je la comprends. Notez bien mes paroles.

– Oui, monseigneur.

Et le malheureux commençait à trembler ; le feu des yeux du prélat le dévorait.

– Je vous offre donc, moi, au nom du surintendant, non pas trois cent mille livres, non pas cinq cent mille, mais un million. Un million, entendez-vous ?

Et il le secoua nerveusement.

– Un million ! répéta Vanel tout pâle.

– Un million, c'est-à-dire, par le temps qui court, soixante-six mille livres de revenu.

– Allons, monsieur, dit Fouquet, cela ne se refuse pas. Répondez donc ; acceptez-vous ?

– Impossible... murmura Vanel.

Aramis pinça ses lèvres, et quelque chose comme un nuage blanc passa sur sa physionomie. On devinait la foudre derrière ce nuage. Il ne lâchait point Vanel.

– Vous avez acheté la charge quinze cent mille livres, n'est-ce pas ? Eh bien ! on vous donnera ces quinze cent mille livres ; vous aurez gagné un million et demi à venir visiter M. Fouquet et à lui toucher la main. Honneur et profit tout à la fois, monsieur Vanel.

– Je ne puis, répondit Vanel sourdement.

– Bien ! répondit Aramis, qui avait tellement serré le pourpoint qu'au moment où il le lâcha Vanel fut renvoyé en arrière par la commotion ; bien ! on voit assez clairement ce que vous êtes venu faire ici.

– Oui, on le voit, dit Fouquet.

– Mais... dit Vanel en essayant de se redresser devant la faiblesse de ces deux hommes d'honneur.

– Le coquin élève la voix, je pense ! dit Aramis avec un ton d'empereur.

– Coquin ? répéta Vanel.

– C'est misérable que je voulais dire, ajouta Aramis revenu au sang-froid. Allons, tirez vite votre acte de vente, monsieur ; vous devez l'avoir là dans quelque poche, tout préparé, comme l'assassin tient pistolet ou son poignard caché sous son manteau.

Vanel grommela.

– Assez ! cria Fouquet. Cet acte, voyons !

Vanel fouilla en tremblotant dans sa poche ; il en retira son portefeuille, et du portefeuille s'échappa un papier, tandis que Vanel offrait l'autre à Fouquet.

Aramis fondit sur ce papier, dont il venait de reconnaître l'écriture.

– Pardon, c'est la minute de l'acte, dit Vanel.

– Je le vois bien, repartit Aramis avec un sourire plus cruel que n'eût été un coup de fouet, et, ce que j'admire c'est que cette minute est de la main de M. Colbert. Tenez, monseigneur, regardez.

Il passa la minute à Fouquet, lequel reconnut la vérité du fait. Surchargé de ratures, de mots ajoutés, les marges toutes noircies, cet acte, vivant témoignage de la trame de Colbert, venait de tout révéler à la victime.

– Eh bien ? murmura Fouquet.

Vanel, atterré, semblait chercher un trou profond pour s'y engloutir.

– Eh bien ! dit Aramis, si vous ne vous appeliez Fouquet, et si votre ennemi ne s'appelait Colbert ; si vous n'aviez en face que ce lâche voleur que voici, je vous dirais : Niez… une pareille preuve détruit toute parole ; mais ces gens-là croiraient que vous avez peur ; ils vous craindraient moins ; tenez, monseigneur.

Il lui présenta la plume.

– Signez, dit-il.

Fouquet serra la main d'Aramis ; mais, au lieu de l'acte qu'on lui présentait, il prit la minute.

– Non, pas ce papier, dit vivement Aramis, mais celui-ci, l'autre est trop précieux pour que vous ne le gardiez point.

– Oh ! non pas, répliqua Fouquet, je signerai sur l'écriture même de M. Colbert, et j'écris : « Approuvé l'écriture. »

Il signa.

– Tenez, monsieur Vanel, dit-il ensuite.

Vanel saisit le papier, donna son argent et voulut s'enfuir.

– Un moment ! dit Aramis. Êtes-vous bien sûr qu'il y a le compte de l'argent ? Cela se compte, monsieur Vanel, surtout quand c'est de l'argent que M. Colbert donne aux femmes. Ah ! c'est qu'il n'est pas généreux comme M. Fouquet, ce digne M. Colbert.

Et Aramis, épelant chaque mot, chaque lettre du bon à toucher, distilla toute sa colère et tout son mépris goutte à goutte sur le misérable, qui souffrit un demi-quart d'heure ce supplice ; puis on le renvoya, non pas même de la voix, mais d'un geste, comme on renvoie un manant, comme on chasse un laquais.

Une fois que Vanel fut parti, le ministre et le prélat, les yeux fixés l'un sur l'autre, gardèrent un instant le silence.

– Eh bien ! fit Aramis rompant le silence le premier, à quoi comparez-vous un homme qui, devant combattre un ennemi cuirassé, armé, enragé, se met nu, jette ses armes et envoie des baisers gracieux à l'adversaire ? La bonne foi, monsieur Fouquet, c'est une arme dont les scélérats usent souvent contre les gens de bien, et elle leur réussit. Les gens de bien devraient donc user aussi de mauvaise foi contre les coquins. Vous verriez comme ils seraient forts sans cesser d'être honnêtes.

– On appellerait leurs actes des actes de coquins, répliqua Fouquet.

– Pas du tout ; on appellerait cela de la coquetterie, de la probité. Enfin, puisque vous avez terminé avec ce Vanel, puisque vous vous êtes privé du bonheur de le terrasser en lui reniant votre parole, puisque vous avez donné contre vous la seule arme qui puisse nous perdre...

– Oh ! mon ami, dit Fouquet avec tristesse, vous voilà comme le précepteur philosophe dont nous parlait l'autre jour La Fontaine... Il voit que l'enfant se noie et lui fait un discours en trois points.

Aramis sourit.

– Philosophe, oui ; précepteur, oui ; enfant qui se noie, oui ; mais enfant qu'on sauvera, vous allez le voir. Et d'abord, parlons affaires.

Fouquet le regarda d'un air étonné.

– Est-ce que vous ne m'avez pas naguère confié certain projet d'une fête à Vaux ?

– Oh ! dit Fouquet, c'était dans le bon temps !

– Une fête à laquelle, je crois, le roi s'était invité de lui-même ?

– Non, mon cher prélat ; une fête à laquelle M. Colbert avait conseillé au roi de s'inviter.

– Ah ! oui, comme étant une fête trop coûteuse pour que vous ne vous y ruinassiez point.

– C'est cela. Dans le bon temps, comme je vous disais tout à l'heure, j'avais cet orgueil de montrer à mes ennemis la fécondité de mes ressources ; je tenais à l'honneur de les frapper d'épouvante en créant des millions là où ils n'avaient vu que des banqueroutes possibles. Mais, aujourd'hui, je compte avec l'État, avec le roi, avec moi-même ; aujourd'hui, je vais devenir l'homme de la lésine ; je saurai prouver au monde que j'agis sur des deniers comme sur des sacs de pistoles, et, à partir de demain, mes équipages vendus, mes maisons en gage, ma dépense suspendue...

– À partir de demain, interrompit Aramis tranquillement, vous allez, mon cher ami, vous occuper sans relâche de cette belle fête de Vaux, qui doit être citée un jour parmi les héroïques magnificences de votre beau temps.

– Vous êtes fou, chevalier d'Herblay.

– Moi ? Vous ne le pensez pas.

– Comment ! Mais savez-vous ce que peut coûter une fête, la plus simple du monde, à Vaux ? Quatre à cinq millions.

– Je ne vous parle pas de la plus simple du monde, mon cher surintendant.

– Mais, puisque la fête est donnée au roi, répondit Fouquet, qui se méprenait sur la pensée d'Aramis, elle ne peut être simple.

– Justement, elle doit être de la plus grande magnificence.

– Alors, je dépenserai dix à douze millions.

– Vous en dépenserez vingt s'il le faut, dit Aramis sans émotion.

– Où les prendrais-je ? s'écria Fouquet.

– Cela me regarde, monsieur le surintendant, et ne concevez pas un instant d'inquiétude. L'argent sera plus vite à votre disposition que vous n'aurez arrêté le projet de votre fête.

– Chevalier ! chevalier ! dit Fouquet saisi de vertige, où m'entraînez vous ?

– De l'autre côté du gouffre où vous alliez tomber, répliqua l'évêque de Vannes. Accrochez-vous à mon manteau ; n'ayez pas peur.

– Que ne m'aviez-vous dit cela plus tôt, Aramis ! Un jour s'est présenté où, avec un million, vous m'auriez sauvé.

– Tandis que, aujourd'hui... Tandis que, aujourd'hui, j'en donnerais vingt, dit le prélat. Eh bien ! soit !... Mais la raison est simple, mon ami : le jour dont vous parlez, je n'avais pas à ma disposition le million nécessaire. Aujourd'hui j'aurai facilement les vingt millions qu'il me faut.

– Dieu vous entende et me sauve !

Aramis se reprit à sourire étrangement comme d'habitude.

– Dieu m'entend toujours, moi, dit-il ; cela dépend peut-être de ce que je le prie très haut.

– Je m'abandonne à vous sans réserve, murmura Fouquet.

– Oh ! je ne l'entends pas ainsi. C'est moi qui suis à vous sans réserve. Aussi, vous qui êtes l'esprit le plus fin, le plus délicat et le plus ingénieux, vous ordonnerez toute la fête jusqu'au moindre détail. Seulement...

– Seulement ? dit Fouquet en homme habitué à sentir le prix des parenthèses.

– Eh bien ! vous laissant toute l'invention du détail, je me réserve la surveillance de l'exécution.

– Comment cela ?

– Je veux dire que vous ferez de moi, pour ce jour-là, un majordome, un intendant supérieur, une sorte de factotum, qui participera du capitaine des gardes et de l'économe ; je ferai marcher les gens, et j'aurai les clefs des portes ; vous donnerez vos ordres, c'est vrai, mais c'est à moi que vous les donnerez ; ils passeront par ma bouche pour arriver à leur destination, vous comprenez ?

– Non, je ne comprends pas.

– Mais vous acceptez ?

– Pardieu ! oui, mon ami.

– C'est tout ce qu'il nous faut. Merci donc et faites votre liste d'invitations.

– Et qui inviterai-je ?

– Tout   le   monde !

Chapitre CLXXXIX – Où il semble à l'auteur qu'il est temps d'en revenir au vicomte de Bragelonne

Nos lecteurs ont vu dans cette histoire se dérouler parallèlement les aventures de la génération nouvelle et celles de la génération passée. Aux uns le reflet de la gloire d'autrefois, l'expérience des choses douloureuses de ce monde. À ceux-là aussi la paix qui envahit le cœur, et permet au sang de s'endormir autour des cicatrices qui furent de cruelles blessures.

Aux autres les combats d'amour-propre et d'amour, les chagrins amers et les joies ineffables : la vie au lieu de la mémoire.

Si quelque variété a surgi aux yeux du lecteur dans les épisodes de ce récit, la cause en est aux fécondes nuances qui jaillissent de cette double palette, où deux tableaux vont se côtoyant, se mêlant et harmoniant leur ton sévère et leur ton joyeux.

Le repos des émotions de l'un s'y trouve au sein des émotions de l'autre. Après avoir raisonné avec les vieillards, on aime à délirer avec les jeunes gens.

Aussi, quand les fils de cette histoire n'attacheraient pas puissamment le chapitre que nous écrivons à celui que vous venez d'écrire, n'en prendrions-nous pas plus de souci que Ruysdaël n'en prenait pour peindre un ciel d'automne après avoir achevé un printemps.

Nous engageons le lecteur à en faire autant et à reprendre Raoul de Bragelonne à l'endroit où notre dernière esquisse l'avait laissé.

Ivre, épouvanté, désolé, ou plutôt sans raison, sans volonté, sans parti pris, il s'enfuit après la scène dont il avait vu la fin chez La Vallière. Le roi, Montalais, Louise, cette chambre, cette exclusion étrange, cette

557

douleur de Louise, cet effroi de Montalais, ce courroux du roi, tout lui présageait un malheur. Mais lequel ?

Arrivé de Londres parce qu'on lui annonçait un danger, il trouvait du premier coup l'apparence de ce danger. N'était-ce point assez pour un amant ? oui, certes ; mais ce n'était point assez pour un noble cœur, fier de s'exposer sur une droiture égale à la sienne.

Cependant Raoul ne chercha pas les explications là où vont tout de suite les chercher les amants jaloux ou moins timides. Il n'alla point dire à sa maîtresse : « Louise, est-ce que vous ne m'aimez plus ? Louise, est-ce que vous en aimez un autre ? » Homme plein de courage, plein d'amitié comme il était plein d'amour, religieux observateur de sa parole, et croyant à la parole d'autrui, Raoul se dit : « De Guiche m'a écrit pour me prévenir ; de Guiche sait quelque chose ; je vais aller demander à de Guiche ce qu'il sait, et lui dire ce que j'ai vu. »

Le trajet n'était pas long. De Guiche, rapporté de Fontainebleau à Paris depuis deux jours, commençait à se remettre de sa blessure et faisait quelques pas dans sa chambre.

Il poussa un cri de joie en voyant Raoul entrer avec sa furie d'amitié.

Raoul poussa un cri de douleur en voyant de Guiche si pâle, si amaigri, si triste. Deux mots et le geste que fit le blessé pour écarter le bras de Raoul suffirent à ce dernier pour lui apprendre la vérité.

– Ah ! voilà ! dit Raoul en s'asseyant à côté de son ami, on aime et l'on meurt.

– Non, non, l'on ne meurt pas, répliqua de Guiche en souriant, puisque je suis debout, puisque je vous presse dans mes bras.

– Ah ! je m'entends.

– Et je vous entends aussi. Vous vous persuadez que je suis malheureux, Raoul.

– Hélas !

– Non. Je suis le plus heureux des hommes ! Je souffre avec mon corps, mais non avec mon cœur, avec mon âme. Si vous saviez !... Oh ! je suis le plus heureux des hommes !

– Oh ! tant mieux ! répondit Raoul ; tant mieux, pourvu que cela dure.

– C'est fini ; j'en ai pour jusqu'à la mort, Raoul.

– Vous, je n'en doute pas ; mais elle...

– Écoutez, ami, je l'aime... parce que... Mais vous ne m'écoutez pas.

– Pardon.

– Vous êtes préoccupé ?

– Mais oui. Votre santé, d'abord...

– Ce n'est pas cela.

– Mon cher, vous auriez tort, je crois, de m'interroger, vous.

Et il accentua ce *vous* de manière à éclairer complètement son ami sur la nature du mal et la difficulté du remède.

– Vous me dites cela, Raoul, à cause de ce que je vous ai écrit.

– Mais oui... Voulez-vous que nous en causions quand vous aurez fini de me conter vos plaisirs et vos peines ?

– Cher ami, à vous, bien à vous, tout de suite.

– Merci ! J'ai hâte... je brûle... je suis venu de Londres ici en moitié moins de temps que les courriers d'État n'en mettent d'ordinaire. Eh bien ! que vouliez-vous ?

– Mais rien autre chose, mon ami, que de vous faire venir.

– Eh bien ! me voici.

– C'est bien, alors.

– Il y a encore autre chose, j'imagine ?

– Ma foi, non !

– De Guiche !

– D'honneur !

– Vous ne m'avez pas arraché violemment à des espérances, vous ne m'avez pas exposé à une disgrâce du roi par ce retour qui est une infraction à ses ordres, vous ne m'avez pas, enfin, attaché la jalousie au cœur, ce serpent, pour me dire : « C'est bien, dormez tranquille. »

– Je ne vous dis pas : « Dormez tranquille », Raoul ; mais, comprenez-moi bien, je ne veux ni ne puis vous dire autre chose.

– Oh ! mon ami, pour qui me prenez-vous ?

– Comment ?

– Si vous savez, pourquoi me cachez-vous ? Si vous ne savez pas, pourquoi m'avertissez-vous ?

– C'est vrai, j'ai eu tort. Oh ! je me repens bien, voyez-vous, Raoul. Ce n'est rien que d'écrire à un ami : « Venez ! » Mais avoir cet ami en face, le sentir frissonner, haleter sous l'attente d'une parole qu'on n'ose lui dire…

– Osez ! J'ai du cœur, si vous n'en avez pas ! s'écria Raoul au désespoir.

– Voilà que vous êtes injuste et que vous oubliez avoir affaire à un pauvre blessé… la moitié de votre cœur… Là ! calmez-vous ! Je vous ai dit : « Venez. » Vous êtes venu ; n'en demandez pas davantage à ce malheureux de Guiche.

– Vous m'avez dit de venir, espérant que je verrais, n'est-ce pas ?

– Mais…

– Pas d'hésitation ! J'ai vu.

– Ah !… fit de Guiche.

– Ou du moins, j'ai cru…

– Vous voyez bien, vous doutez. Mais, si vous doutez, mon pauvre ami que me reste-t-il à faire ?

– J'ai vu La Vallière troublée… Montalais effarée… Le roi…

– Le roi ?

– Oui… Vous détournez la tête… Le danger est là, le mal est là, n'est-ce pas ? c'est le roi ?

– Je ne dis rien.

– Oh ! vous en dites mille et mille fois plus ! Des faits, par grâce, par pitié, des faits ! Mon ami, mon seul ami, parlez ! J'ai le cœur percé, saignant ; je meurs de désespoir !…

– S'il en est ainsi, cher Raoul, répliqua de Guiche, vous me mettez à l'aise, et je vais vous parler, sûr que je ne dirai que des choses consolantes en comparaison du désespoir que je vous vois.

– J'écoute ! j'écoute !…

– Eh bien ! fit le comte de Guiche, je puis vous dire ce que vous apprendriez de la bouche du premier venu.

– Du premier venu ! on en parle ? s'écria Raoul.

– Avant de dire : « On en parle », mon ami, sachez d'abord de quoi l'on peut parler. Il ne s'agit, je vous jure, de rien qui ne soit au fond très innocent ; peut-être une promenade…

– Ah ! une promenade avec le roi ?

– Mais oui, avec le roi ; il me semble que le roi s'est promené déjà bien souvent avec des dames, sans que pour cela…

– Vous ne m'eussiez pas écrit, répéterai-je, si cette promenade était bien naturelle.

– Je sais que, pendant cet orage, il faisait meilleur pour le roi de se mettre à l'abri que de rester debout tête nue devant La Vallière ; mais…

– Mais ?…

– Le roi est si poli !

– Oh ! de Guiche, de Guiche, vous me faites mourir !

– Taisons-nous donc.

– Non, continuez. Cette promenade a été suivie d'autres ?

– Non, c'est-à-dire, oui ; il y a eu l'aventure du chêne. Est-ce cela ? Je n'en sais rien.

Raoul se leva. De Guiche essaya de l'imiter malgré sa faiblesse.

– Voyez-vous, dit-il, je n'ajouterai pas un mot ; j'en ai trop dit ou trop peu. D'autres vous renseigneront s'ils veulent ou s'ils peuvent : mon office était de vous avertir, je l'ai fait. Surveillez à présent vos affaires vous-même.

– Questionner ? Hélas ! vous n'êtes pas mon ami, vous qui me parlez ainsi, dit le jeune homme désolé. Le premier que je questionnerai sera un méchant ou un sot ; méchant, il me mentira pour me tourmenter ; sot, il fera pis encore. Ah ! de Guiche ! de Guiche ! avant deux heures j'aurai trouvé dix mensonges et dix duels. Sauvez-moi ! le meilleur n'est-il pas de savoir son mal ?

– Mais je ne sais rien, vous dis-je ! J'étais blessé, fiévreux : j'avais perdu l'esprit, je n'ai de cela qu'une teinture effacée. Mais, pardieu ! nous cherchons loin quand nous avons notre homme sous la main. Est-ce que vous n'avez pas d'Artagnan pour ami ?

– Oh ! c'est vrai, c'est vrai !

– Allez donc à lui. Il fera la lumière, et ne cherchera pas à blesser vos yeux.

Un laquais entra.

– Qu'y a-t-il ? demanda de Guiche.

– On attend M. le comte dans le cabinet des Porcelaines.

– Bien. Vous permettez, cher Raoul ? Depuis que je marche, je suis si fier !

– Je vous offrirais mon bras, de Guiche, si je ne devinais que la personne est une femme.

– Je crois que oui, repartit de Guiche en souriant.

Et il quitta Raoul.

Celui-ci demeura immobile, absorbé, écrasé, comme le mineur sur qui une voûte vient de s'écrouler ; il est blessé, son sang coule, sa pensée s'interrompt, il essaie de se remettre et de sauver sa vie avec sa raison. Quelques minutes suffirent à Raoul pour dissiper les éblouissements de ces deux révélations. Il avait déjà ressaisi le fil de ses idées quand, soudain, à travers la porte, il crut reconnaître la voix de Montalais dans le cabinet des Porcelaines.

– Elle ! s'écria-t-il. Oui, c'est bien sa voix. Oh ! voilà une femme qui pourrait me dire la vérité ; mais, la questionnerai-je ici ? Elle se cache même de moi ; elle vient sans doute de la part de Madame... Je la verrai chez elle. Elle m'expliquera son effroi, sa fuite, la maladresse avec laquelle on m'a évincé ; elle me dira tout cela... quand M. d'Artagnan, qui sait tout, m'aura raffermi le cœur. Madame... une coquette... Eh bien ! oui, une coquette, mais qui aime à ses bons moments, une coquette qui, comme la mort ou la vie, a son caprice, mais qui fait dire à de Guiche qu'il est le plus heureux des hommes. Celui-là, du moins, est sur des roses. Allons !

Il s'enfuit hors de chez le comte, et, tout en se reprochant de n'avoir parlé que de lui-même à de Guiche, il arriva chez d'Artagnan.

563

Chapitre CXC – Bragelonne continue ses interrogations

Le capitaine était de service ; il faisait sa huitaine, enseveli dans le fauteuil de cuir, l'éperon fiché dans le parquet, l'épée entre les jambes, et lisait force lettres en tortillant sa moustache.

D'Artagnan poussa un grognement de joie en apercevant le fils de son ami.

– Raoul, mon garçon, dit-il, par quel hasard est-ce que le roi t'a rappelé ?

Ces mots sonnèrent mal à l'oreille du jeune homme, qui, s'asseyant, répliqua :

– Ma foi ! je n'en sais rien. Ce que je sais, c'est que je suis revenu.

– Hum ! fit d'Artagnan en repliant les lettres avec un regard plein d'intention dirigé vers son interlocuteur. Que dis-tu là, garçon ? Que le roi ne t'a pas rappelé, et que te voilà revenu ? Je ne comprends pas bien cela.

Raoul était déjà pâle, il roulait déjà son chapeau d'un air contraint.

– Quelle diable de mine fais-tu, et quelle conversation mortuaire ! fit le capitaine. Est-ce que c'est en Angleterre qu'on prend ces façons-là ? Mordioux ! j'y ai été, moi, en Angleterre, et j'en suis revenu gai comme un pinson. Parleras-tu ?

– J'ai trop à dire.

– Ah ! ah ! Comment va ton père ?

– Cher ami, pardonnez-moi ; j'allais vous le demander.

D'Artagnan redoubla l'acuité de ce regard auquel nul secret ne résistait.

– Tu as du chagrin ? dit-il.

– Pardieu ! vous le savez bien, monsieur d'Artagnan.

– Moi ?

– Sans doute. Oh ! ne faites pas l'étonné.

– Je ne fais pas l'étonné, mon ami.

– Cher capitaine, je sais fort bien qu'au jeu de la finesse comme au jeu de la force, je serai battu par vous. En ce moment, voyez-vous, je suis un sot, et je suis un ciron. Je n'ai ni cerveau ni bras, ne me méprisez pas, aidez-moi. En deux mots, je suis le plus misérable des êtres vivants.

– Oh ! oh ! pourquoi cela ? demanda d'Artagnan en débouclant son ceinturon et en adoucissant son sourire.

– Parce que Mlle de La Vallière me trompe.

D'Artagnan ne changea pas de physionomie.

– Elle te trompe ! elle te trompe ! voilà de grands mots. Qui te les a dits ?

– Tout le monde.

– Ah ! si tout le monde l'a dit, il faut qu'il y ait quelque chose de vrai. Moi, je crois au feu quand je vois la fumée. Cela est ridicule, mais cela est.

– Ainsi, vous croyez ? s'écria vivement Bragelonne.

– Ah ! si tu me prends à partie…

– Sans doute.

– Je ne me mêle pas de ces affaires-là, moi ; tu le sais bien.

– Comment, pour un ami ? pour un fils ?

– Justement. Si tu étais un étranger, je te dirais… je ne te dirais rien du tout… Comment va Porthos, le sais-tu ?

– Monsieur, s'écria Raoul, en serrant la main de d'Artagnan, au nom de cette amitié que vous avez vouée à mon père !

– Ah ! diable ! tu es bien malade… de curiosité.

– Ce n'est pas de curiosité, c'est d'amour.

– Bon ! autre grand mot. Si tu étais réellement amoureux, mon cher Raoul, ce serait différent.

– Que voulez-vous dire ?

– Je te dis que, si tu étais pris d'un amour tellement sérieux, que je pusse croire m'adresser toujours à ton cœur... Mais c'est impossible.

– Je vous dis que j'aime éperdument Louise.

D'Artagnan lut avec ses yeux au fond du cœur de Raoul.

– Impossible, te dis-je... Tu es comme tous les jeunes gens ; tu n'es pas amoureux, tu es fou.

– Eh bien ! quand il n'y aurait que cela ?

– Jamais homme sage n'a fait dévier une cervelle d'un crâne qui tourne. J'y ai perdu mon latin cent fois en ma vie. Tu m'écouterais, que tu ne m'entendrais pas ; tu m'entendrais, que tu ne me comprendrais pas ; tu me comprendrais, que tu ne m'obéirais pas.

– Oh ! essayez, essayez !

– Je dis plus : si j'étais assez malheureux pour savoir quelque chose et assez bête pour t'en faire part... Tu es mon ami, dis-tu ?

– Oh ! oui.

– Eh bien ! je me brouillerais avec toi. Tu ne me pardonnerais jamais d'avoir détruit ton illusion, comme on dit en amour.

– Monsieur d'Artagnan, vous savez tout ; vous me laissez dans l'embarras, dans le désespoir, dans la mort ! c'est affreux !

– Là ! là !

– Je ne crie jamais, vous le savez. Mais, comme mon père et Dieu ne me pardonneraient jamais de m'être cassé la tête d'un coup de pistolet, eh bien ! je vais aller me faire conter ce que vous me refusez par le premier venu ; je lui donnerai un démenti...

– Et tu le tueras ? la belle affaire ! Tant mieux ! Qu'est-ce que cela me fait à moi ? Tue, mon garçon, tue, si cela peut te faire plaisir. C'est comme pour les gens qui ont mal aux dents ; ils me disent : « Oh ! que je souffre ! Je mordrais dans du fer. » Je leur dis : « Mordez, mes amis, mordez ! la dent y restera. »

– Je ne tuerai pas, monsieur, dit Raoul d'un air sombre.

– Oui, oh ! oui, vous prenez de ces airs-là, vous autres, aujourd'hui. Vous vous ferez tuer, n'est-ce pas ? Ah ! que c'est joli ! et comme je te regretterai, par exemple ! Comme je dirai toute la journée : « C'était un fier niais, que le petit Bragelonne ! une double brute ! J'avais passé ma vie à lui faire tenir proprement une épée, et ce drôle est allé se faire embrocher comme un oiseau. : Allez, Raoul, allez vous faire tuer, mon ami. Je ne sais pas qui vous a appris la logique ; mais, Dieu me damne ! comme disent les Anglais, celui-là, monsieur a volé l'argent de votre père.

Raoul, silencieux, enfonça sa tête dans ses mains et murmura :

– On n'a pas d'amis, non !

– Ah bah ! dit d'Artagnan.

– On n'a que des railleurs ou des indifférents.

– Sornettes ! Je ne suis pas un railleur, tout Gascon que je suis. Et indifférent ! Si je l'étais, il y a un quart d'heure déjà que je vous aurais envoyé à tous les diables ; car vous rendriez triste un homme fou de joie, et mort un homme triste. Comment, jeune homme, vous voulez que j'aille vous dégoûter de votre amoureuse, et vous apprendre à exécrer les femmes, qui sont l'honneur et la félicité de la vie humaine ?

– Monsieur, dites, dites, et je vous bénirai !

– Eh ! mon cher, croyez-vous, par hasard, que je me suis fourré dans la cervelle toutes les affaires du menuisier et du peintre, de l'escalier et du portrait, et cent mille autres contes à dormir debout ?

– Un menuisier ! qu'est-ce que signifie ce menuisier ?

– Ma foi ! je ne sais pas ; on m'a dit qu'il y avait un menuisier qui avait percé un parquet.

– Chez La Vallière ?...

– Ah ! je ne sais pas où.

– Chez le roi ?

– Bon ! Si c'était chez le roi, j'irais vous le dire, n'est-ce pas ?

– Chez qui, alors ?

– Voilà une heure que je me tue à vous répéter que je l'ignore.

– Mais le peintre, alors ? ce portrait ?...

– Il paraîtrait que le roi aurait fait faire le portrait d'une dame de la Cour.

– De La Vallière ?

– Eh ! tu n'as que ce nom-là dans la bouche. Qui te parle de La Vallière ?

– Mais, alors, si ce n'est pas d'elle, pourquoi voulez-vous que cela me touche ?

– Je ne veux pas que cela te touche. Mais tu me questionnes, je te réponds. Tu veux savoir la chronique scandaleuse, je te la donne. Fais-en ton profit.

Raoul se frappa le front avec désespoir.

– C'est à en mourir ! dit-il.

– Tu l'as déjà dit.

– Oui, vous avez raison.

Et il fit un pas pour s'éloigner.

– Où vas-tu ? dit d'Artagnan.

– Je vais trouver quelqu'un qui me dira la vérité.

– Qui cela ?

– Une femme.

– Mlle de La Vallière elle-même, n'est-ce pas ? dit d'Artagnan avec un sourire. Ah ! tu as là une fameuse idée ; tu cherchais à être consolé, tu vas l'être tout de suite. Elle ne te dira pas de mal d'elle-même, va.

– Vous vous trompez, monsieur, répliqua Raoul ; la femme à qui je m'adresserai me dira beaucoup de mal.

– Montalais, je parie ?

– Oui, Montalais.

– Ah ! son amie ? Une femme qui, en cette qualité, exagérera fortement le bien ou le mal. Ne parlez pas à Montalais, mon bon Raoul.

– Ce n'est pas la raison qui vous pousse à m'éloigner de Montalais.

– Eh bien ! je l'avoue... Et, de fait, pourquoi jouerais-je avec toi comme le chat avec une pauvre souris ? Tu me fais peine, vrai. Et si je désire que tu ne parles pas à la Montalais, en ce moment, c'est que tu vas livrer ton secret et qu'on en abusera. Attends, si tu peux.

– Je ne peux pas.

– Tant pis ! Vois-tu, Raoul, si j'avais une idée... Mais je n'en ai pas.

– Promettez-moi, mon ami, de me plaindre, cela me suffira, et laissez-moi sortir d'affaire tout seul.

– Ah bien ! oui ! t'embourber, à la bonne heure ! Place-toi ici, à cette table, et prends la plume.

– Pour quoi faire ?

– Pour écrire à la Montalais et lui demander un rendez-vous.

– Ah ! fit Raoul en se jetant sur la plume que lui tendait le capitaine.

Tout à coup la porte s'ouvrit, et un mousquetaire, s'approchant de d'Artagnan :

– Mon capitaine, dit-il, il y a là Mlle de Montalais qui voudrait vous parler.

– À moi ? murmura d'Artagnan. Qu'elle entre, et je verrai bien si c'était à moi qu'elle voulait parler.

Le rusé capitaine avait flairé juste.

Montalais, en entrant, vit Raoul, et s'écria :

– Monsieur ! Monsieur !... Pardon, monsieur d'Artagnan.

– Je vous pardonne, mademoiselle, dit d'Artagnan ; je sais qu'à mon âge ceux qui me cherchent bien ont besoin de moi.

– Je cherchais M. de Bragelonne, répondit Montalais.

– Comme cela se trouve ! je vous cherchais aussi.

– Raoul, ne voulez-vous pas aller avec Mademoiselle !

– De tout mon cœur.

– Allez donc !

Et il poussa doucement Raoul hors du cabinet ; puis, prenant la main de Montalais :

– Soyez bonne fille, dit-il tout bas ; ménagez-le, et ménagez-la.

– Ah ! dit-elle sur le même ton, ce n'est pas moi qui lui parlerai.

– Comment cela ?

– C'est Madame qui le fait chercher.

– Ah ! bon ! s'écria d'Artagnan, c'est Madame ! Avant une heure, le pauvre garçon sera guéri.

– Ou mort ! fit Montalais avec compassion. Adieu, monsieur d'Artagnan !

Et elle courut rejoindre Raoul, qui l'attendait loin de la porte, bien intrigué, bien inquiet de ce dialogue qui ne promettait rien de bon.

Chapitre CXCI – Deux jalousies

Les amants sont tendres pour tout ce qui touche leur bien-aimée ; Raoul ne se vit pas plutôt avec Montalais, qu'il lui baisa la main avec ardeur.

– Là, là, dit tristement la jeune fille. Vous placez là des baisers à fonds perdus, cher monsieur Raoul ; je vous garantis même qu'ils ne vous rapporteront pas intérêt.

– Comment ?... quoi ?... M'expliquerez-vous, ma chère Aure ?...

– C'est Madame qui vous expliquera tout cela. C'est chez elle que je vous conduis.

– Quoi !...

– Silence ! et pas de ces regards effarouchés. Les fenêtres, ici, ont des yeux, les murs de larges oreilles. Faites-moi le plaisir de ne plus me regarder ; faites-moi le plaisir de me parler très haut de la pluie, du beau temps et des agréments de l'Angleterre.

– Enfin...

– Ah !... je vous préviens que quelque part, je ne sais où, mais quelque part, Madame doit avoir un œil ouvert et une oreille tendue. Je ne me soucie pas, vous comprenez, d'être chassée ou embastillée. Parlons, vous dis-je, ou plutôt ne parlons pas.

Raoul serra ses poings, enleva le pas et fit la mine d'un homme de cœur, c'est vrai, mais d'un homme de cœur qui va au supplice.

Montalais, l'œil éveillé, la démarche leste, la tête à tout vent, le précédait.

Raoul fut introduit immédiatement dans le cabinet de Madame.

« Allons, pensa-t-il, cette journée se passera sans que je sache rien. De Guiche a eu trop pitié de moi ; il s'est entendu avec Madame, et tous deux, par un complot amical, éloignent la solution du problème. Que n'ai-je là un bon ennemi !... ce serpent de de Wardes, par exemple ; il mordrait, c'est vrai ; mais je n'hésiterais plus... Hésiter... douter... mieux vaut mourir ! »

Raoul était devant Madame.

Henriette, plus charmante que jamais, se tenait à demi renversée dans un fauteuil, ses pieds mignons sur un coussin de velours brodé ; elle jouait avec un petit chat aux soies touffues, qui lui mordillait les doigts et se pendait aux guipures de son col.

Madame songeait ; elle songeait profondément ; il lui fallut la voix de Montalais, celle de Raoul, pour la faire sortir de cette rêverie.

– Votre Altesse m'a mandé ? répéta Raoul.

Madame secoua la tête comme si elle se réveillait.

– Bonjour, monsieur de Bragelonne, dit-elle ; oui, je vous ai mandé. Vous voilà donc revenu d'Angleterre ?

– Au service de Votre Altesse Royale.

– Merci ! Laissez-nous, Montalais.

Montalais sortit.

– Vous avez bien quelques minutes à me donner, n'est-ce pas, monsieur de Bragelonne ?

– Toute ma vie appartient à Votre Altesse Royale, repartit avec respect Raoul, qui devinait quelque chose de sombre sous toutes ces politesses de Madame, et à qui ce sombre ne déplaisait pas, persuadé qu'il était d'une certaine affinité des sentiments de Madame avec les siens.

En effet, ce caractère étrange de la princesse, tous les gens intelligents de la Cour en connaissaient la volonté capricieuse et le fantasque despotisme.

Madame avait été flattée outre mesure des hommages du roi ; Madame avait fait parler d'elle et inspiré à la reine cette jalousie mortelle qui est le ver rongeur de toutes les félicités féminines ; Madame, en un mot, pour guérir un orgueil blessé, s'était fait un cœur amoureux.

Nous savons, nous, ce que Madame avait fait pour rappeler Raoul, éloigné par Louis XIV. Sa lettre à Charles II, Raoul ne la connaissait pas ; mais d'Artagnan l'avait bien devinée.

Cet inexplicable mélange de l'amour et de la vanité, ces tendresses inouïes, ces perfidies énormes, qui les expliquera ? Personne, pas même l'ange mauvais qui allume la coquetterie au cœur des femmes.

— Monsieur de Bragelonne, dit la princesse après un silence, êtes-vous revenu content ?

Bragelonne regarda Madame Henriette, et, la voyant pâle de ce qu'elle cachait, de ce qu'elle retenait, de ce qu'elle brûlait de dire :

— Content ? dit-il ; de quoi voulez-vous que je sois content ou mécontent, Madame ?

— Mais de quoi peut être content ou mécontent un homme de votre âge et de votre mine ?

« Comme elle va vite ! pensa Raoul effrayé ; que va-t-elle souffler en mon cœur ? »

Puis, effrayé de ce qu'il allait apprendre et voulant reculer le moment si désiré, mais si terrible, où il apprendrait tout :

— Madame, répliqua-t-il, j'avais laissé un tendre ami en bonne santé, je l'ai retrouvé malade.

— Voulez-vous parler de M. de Guiche ? demanda Madame Henriette avec une imperturbable tranquillité ; c'est, dit-on, un ami très cher à vous ?

— Oui, madame.

— Eh bien ! c'est vrai, il a été blessé ; mais il va mieux. Oh ! M. de Guiche n'est pas à plaindre, dit-elle vite.

Puis se reprenant :

– Est-ce qu'il est à plaindre ? dit-elle ; est-ce qu'il s'est plaint ? est-ce qu'il a un chagrin quelconque que nous ne connaîtrions pas ?

– Je ne parle que de sa blessure, madame.

– À la bonne heure ; car, pour le reste, M. de Guiche semble être fort heureux : on le voit d'une humeur joyeuse. Tenez, monsieur de Bragelonne, je suis bien sûre que vous choisiriez encore d'être blessé comme lui au corps !... Qu'est-ce qu'une blessure au corps ?

Raoul tressaillit.

« Elle y revient, dit-il. Hélas !...»

Il ne répliqua rien.

– Plaît-il ? fit-elle.

– Je n'ai rien dit, madame.

– Vous n'avez rien dit ! Vous me désapprouvez donc ? Vous êtes donc satisfait ?

Raoul se rapprocha.

– Madame, dit-il, Votre Altesse Royale veut me dire quelque chose, et sa générosité naturelle la pousse à ménager ses paroles. Veuille Votre Altesse ne plus rien ménager. Je suis fort et j'écoute.

– Ah ! répliqua Henriette, que comprenez-vous, maintenant ?

– Ce que Votre Altesse veut me faire comprendre.

Et Raoul trembla, malgré lui, en prononçant ces mots.

– En effet, murmura la princesse. C'est cruel ; mais puisque j'ai commencé...

– Oui, madame, puisque Votre Altesse a daigné commencer, qu'elle daigne achever...

Henriette se leva précipitamment et fit quelques pas dans sa chambre.

– Que vous a dit M. de Guiche ? dit-elle soudain.

– Rien, madame.

– Rien ! il ne vous a rien dit ? oh ! que je le reconnais bien là !

– Il voulait me ménager, sans doute.

– Et voilà ce que les amis appellent l'amitié ! Mais M. d'Artagnan, que vous quittez, il vous a parlé, lui ?

– Pas plus que de Guiche, madame.

Henriette fit un mouvement d'impatience.

– Au moins, dit-elle, vous savez tout ce que la Cour a dit ?

– Je ne sais rien du tout, madame.

– Ni la scène de l'orage ?

– Ni la scène de l'orage !...

– Ni les tête-à-tête dans la forêt ?

– Ni les tête-à-tête dans la forêt !...

– Ni la fuite à Chaillot ?

Raoul, qui penchait comme la fleur tranchée par la faucille, fit des efforts surhumains pour sourire, et répondit avec une exquise douceur :

– J'ai eu l'honneur de dire à Votre Altesse Royale que je ne sais absolument rien. Je suis un pauvre oublié qui arrive d'Angleterre ; entre les gens d'ici et moi, il y avait tant de flots bruyants, que le bruit de toutes les choses dont Votre Altesse me parle n'ont pu arriver à mon oreille.

Henriette fut touchée de cette pâleur, de cette mansuétude, de ce courage. Le sentiment dominant de son cœur, à ce moment, c'était un vif désir d'entendre chez le pauvre amant le souvenir de celle qui le faisait ainsi souffrir.

– Monsieur de Bragelonne, dit-elle, ce que vos amis n'ont pas voulu faire, je veux le faire pour vous, que j'estime et que j'aime. C'est moi qui serai votre amie. Vous portez ici la tête comme un honnête homme, et je ne veux pas que vous la courbiez sous le ridicule ; dans huit jours, on dirait sous du mépris.

– Ah ! fit Raoul livide, c'en est déjà là ?

– Si vous ne savez pas, dit la princesse, je vois que vous devinez ; vous étiez le fiancé de Mlle de La Vallière, n'est-ce pas ?

– Oui, madame.

– À ce titre, je vous dois un avertissement ; comme, d'un jour à l'autre, je chasserai Mlle de La Vallière de chez moi...

– Chasser La Vallière ! s'écria Bragelonne.

– Sans doute. Croyez-vous que j'aurai toujours égard aux larmes et aux jérémiades du roi ? Non, non, ma maison ne sera pas plus longtemps commode pour ces sortes d'usages ; mais vous chancelez !...

– Non, madame, pardon, dit Bragelonne en faisant un effort ; j'ai cru que j'allais mourir, voilà tout. Votre Altesse Royale me faisait l'honneur de me dire que le roi avait pleuré, supplié.

– Oui, mais en vain.

Et elle raconta à Raoul la scène de Chaillot et le désespoir du roi au retour ; elle raconta son indulgence à elle-même, et le terrible mot avec lequel la princesse outragée, la coquette humiliée, avait terrassé la colère royale.

Raoul baissa la tête.

– Qu'en pensez-vous ? dit-elle.

– Le roi l'aime ! répliqua-t-il.

– Mais vous avez l'air de dire qu'elle ne l'aime pas.

– Hélas ! je pense encore au temps où elle m'a aimé, madame.

Henriette eut un moment d'admiration pour cette incrédulité sublime ; puis, haussant les épaules :

– Vous ne me croyez pas ! dit-elle. Oh ! comme vous l'aimez, *vous* ! et vous doutez qu'elle aime le roi, *elle* ?

– Jusqu'à la preuve. Pardon, j'ai sa parole, voyez-vous, et elle est fille noble.

– La preuve ?... Eh bien ! soit ; venez !

Chapitre CXCII – Visite domiciliaire

La princesse, précédant Raoul, le conduisit à travers la cour vers le corps de bâtiment qu'habitait La Vallière, et, montant l'escalier qu'avait monté Raoul le matin même, elle s'arrêta à la porte de la chambre où le jeune homme, à son tour, avait été si étrangement reçu par Montalais.

Le moment était bien choisi pour accomplir le projet conçu par Madame Henriette : le château était vide ; le roi, les courtisans et les dames étaient partis pour Saint-Germain. Madame Henriette, seule, sachant le retour de Bragelonne et pensant au parti qu'elle avait à tirer de ce retour, avait prétexté une indisposition, et était restée.

Madame était donc sûre de trouver vides la chambre de La Vallière, et l'appartement de Saint-Aignan. Elle tira une double clef de sa poche, et ouvrit la porte de sa demoiselle d'honneur.

Le regard de Bragelonne plongea dans cette chambre qu'il reconnut, et l'impression que lui fit la vue de cette chambre fut un des premiers supplices qui l'attendaient.

La princesse le regarda, et son œil exercé put voir ce qui se passait dans le cœur du jeune homme.

– Vous m'avez demandé des preuves, dit-elle ; ne soyez donc pas surpris si je vous en donne. Maintenant, si vous ne vous croyez pas le courage de les supporter, il en est temps encore, retirons-nous.

– Merci, madame, dit Bragelonne ; mais je suis venu pour être convaincu. Vous avez promis de me convaincre, convainquez-moi.

– Entrez donc, dit Madame, et refermez la porte derrière vous.

Bragelonne obéit, et se retourna vers la princesse, qu'il interrogea du regard.

– Vous savez où vous êtes ? demanda Madame Henriette.

– Mais tout me porte à croire, madame, que je suis dans la chambre de Mlle de La Vallière ?

– Vous y êtes.

– Mais je ferai observer à Votre Altesse que cette chambre est une chambre, et n'est pas une preuve.

– Attendez.

La princesse s'achemina vers le pied du lit, replia le paravent, et, se baissant vers le parquet :

– Tenez, dit-elle, baissez-vous et levez vous-même cette trappe.

– Cette trappe ? s'écria Raoul avec surprise, car les mots de d'Artagnan commençaient à lui revenir en mémoire, et il se souvenait que d'Artagnan avait vaguement prononcé ce mot.

Et Raoul chercha des yeux, mais inutilement, une fente qui indiquât une ouverture ou un anneau qui aidât à soulever une portion quelconque du plancher.

– Ah ! c'est vrai ! dit en riant Madame Henriette j'oubliais le ressort caché : la quatrième feuille du parquet ; appuyer sur l'endroit où le bois fait un nœud. Voilà l'instruction. Appuyez vous-même, vicomte, appuyez, c'est ici.

Raoul, pâle comme un mort, appuya le pouce sur l'endroit indiqué et, en effet, à l'instant même, le ressort joua et la trappe se souleva d'elle-même.

– C'est très ingénieux, dit la princesse, et l'on voit que l'architecte a prévu que ce serait une petite main qui aurait à utiliser ce ressort : voyez comme cette trappe s'ouvre toute seule ?

– Un escalier ! s'écria Raoul.

– Oui, et très élégant même, dit Madame Henriette. Voyez, vicomte, cet escalier a une rampe destinée à garantir des chutes les délicates personnes qui se hasarderaient à le descendre, ce qui fait que je m'y risque. Allons, suivez-moi, vicomte, suivez-moi.

– Mais, avant de vous suivre, madame, où conduit cet escalier ?

– Ah ! c'est vrai, j'oubliais de vous le dire.

– J'écoute, madame, dit Raoul respirant à peine.

– Vous savez peut-être que M. de Saint-Aignan demeurait autrefois presque porte à porte avec le roi ?

– Oui, madame, je le sais ; c'était ainsi avant mon départ et, plus d'une fois, j'ai eu l'honneur de le visiter à son ancien logement.

– Eh bien ! il a obtenu du roi de changer ce commode et bel appartement que vous lui connaissiez contre les deux petites chambres auxquelles mène cet escalier, et qui forment un logement deux fois plus petit et dix fois plus éloigné de celui du roi, dont le voisinage, cependant, n'est point dédaigné, en général, par messieurs de la Cour.

– Fort bien, madame, reprit Raoul ; mais continuez, je vous prie, car je ne comprends point encore.

– Eh bien ! il s'est trouvé, par hasard, continua la princesse, que ce logement de M. de Saint-Aignan est situé au-dessous de ceux de mes filles, et particulièrement au-dessous de celui de La Vallière.

– Mais dans quel but cette trappe et cet escalier ?

– Dame ! je l'ignore. Voulez-vous que nous descendions chez M. de Saint Aignan ? Peut-être y trouverons-nous l'explication de l'énigme.

Et Madame donna l'exemple en descendant elle-même.

Raoul la suivit en soupirant.

Chaque marche qui craquait sous les pieds de Bragelonne le faisait pénétrer d'un pas dans cet appartement mystérieux, qui renfermait encore les soupirs de La Vallière, et les plus suaves parfums de son corps.

Bragelonne reconnut, en absorbant l'air par ses haletantes aspirations, que la jeune fille avait dû passer par là.

Puis, après ces émanations, preuves invisibles, mais certaines, vinrent les fleurs qu'elle aimait, les livres qu'elle avait choisis. Raoul eût-il conservé un seul doute, qu'il l'eût perdu à cette secrète harmonie des goûts et des alliances de l'esprit avec l'usage des objets qui accompagnent la vie. La Vallière était pour Bragelonne en vivante présence dans les meubles, dans le choix des étoffes, dans les reflets mêmes du parquet.

Muet et écrasé, il n'avait plus rien à apprendre, et ne suivait plus son impitoyable conductrice que comme le patient suit le bourreau.

Madame, cruelle comme une femme délicate et nerveuse, ne lui faisait grâce d'aucun détail.

Mais, il faut le dire, malgré l'espèce d'apathie dans laquelle il était tombé, aucun de ces détails, fût-il resté seul, n'eût échappé à Raoul. Le bonheur de la femme qu'il aime, quand ce bonheur lui vient d'un rival, est une torture pour un jaloux. Mais, pour un jaloux tel que était Raoul, pour ce cœur qui, pour la première fois s'imprégnait de fiel, le bonheur de Louise, c'était une mort ignominieuse, la mort du corps et de l'âme.

Il devina tout : les mains qui s'étaient serrées, les visages rapprochés qui s'étaient mariés en face des miroirs, sorte de serment si doux pour les amants qui se voient deux fois, afin de mieux graver le tableau dans leur souvenir.

Il devina le baiser invisible sous les épaisses portières retombant délivrées de leurs embrasses. Il traduisit en fiévreuses douleurs l'éloquence des lits de repos, enfouis dans leur ombre.

Ce luxe, cette recherche pleine d'enivrement, ce soin minutieux d'épargner tout déplaisir à l'objet aimé, ou de lui causer une gracieuse surprise ; cette puissance de l'amour multipliée par la puissance royale, frappa Raoul d'un coup mortel. Oh ! s'il est un adoucissement aux poignantes douleurs de la jalousie, c'est l'infériorité de l'homme qu'on vous préfère : tandis qu'au contraire s'il est un enfer dans l'enfer, une torture sans nom dans la langue, c'est la toute-puissance d'un dieu mise à la disposition d'un rival, avec la jeunesse, la beauté, la grâce. Dans ces moments-là, Dieu lui-même semble avoir pris parti contre l'amant dédaigné.

Une dernière douleur était réservée au pauvre Raoul : Madame Henriette souleva un rideau de soie, et, derrière le rideau, il aperçut le portrait de La Vallière.

Non seulement le portrait de La Vallière, mais de La Vallière jeune, belle, joyeuse, aspirant la vie par tous les pores, parce qu'à dix-huit ans, la vie, c'est l'amour.

– Louise ! murmura Bragelonne, Louise ! C'est donc vrai ? Oh ! tu ne m'as jamais aimé, car jamais tu ne m'as regardé ainsi.

Et il lui sembla que son cœur venait d'être tordu dans sa poitrine.

Madame Henriette le regardait, presque envieuse de cette douleur, quoiqu'elle sût bien n'avoir rien à envier, et qu'elle était aimée de Guiche comme La Vallière était aimée de Bragelonne.

Raoul surprit ce regard de Madame Henriette.

– Oh ! pardon, pardon, dit-il ; je devrais être plus maître de moi, je le sais, me trouvant en face de vous, madame. Mais, puisse le Seigneur, Dieu du ciel et de la terre, ne jamais vous frapper du coup qui m'atteint en ce moment ! Car vous êtes femme, et sans doute vous ne pourriez pas supporter une pareille douleur. Pardonnez-moi, je ne suis qu'un pauvre gentilhomme, tandis que vous êtes, vous, de la race de ces heureux, de ces tout-puissants, de ces élus...

– Monsieur de Bragelonne, répliqua Henriette, un cœur comme le vôtre mérite les soins et les égards d'un cœur de reine. Je suis votre amie, monsieur ; aussi n'ai-je point voulu que toute votre vie soit empoisonnée par la perfidie et souillée par le ridicule. C'est moi qui, plus brave que tous les prétendus amis, j'excepte M. de Guiche, vous ai fait revenir de Londres ; c'est moi qui vous fournis les preuves douloureuses, mais nécessaires, qui seront votre guérison, si vous êtes un courageux amant et non pas un Amadis pleurard. Ne me remerciez pas : plaignez-moi même, et ne servez pas moins bien le roi.

Raoul sourit avec amertume.

– Ah ! c'est vrai, dit-il, j'oubliais ceci : le roi est mon maître.

– Il y va de votre liberté ! il y va de votre vie !

Un regard clair et pénétrant de Raoul apprit à Madame Henriette qu'elle se trompait, et que son dernier argument n'était pas de ceux qui touchassent ce jeune homme.

– Prenez garde, monsieur de Bragelonne, dit-elle ; mais, en ne pesant pas toutes vos actions, vous jetteriez dans la colère un prince disposé à s'emporter hors des limites de la raison ; vous jetteriez dans la douleur vos amis et votre famille ; inclinez-vous, soumettez-vous, guérissez-vous.

– Merci, madame, dit-il. J'apprécie le conseil que Votre Altesse me donne, et je tâcherai de le suivre ; mais, un dernier mot je vous prie.

– Dites.

– Est-ce une indiscrétion que de vous demander le secret de cet escalier, de cette trappe, de ce portrait, secret que vous avez découvert ?

– Oh ! rien de plus simple ; j'ai, pour cause de surveillance, le double des clefs de mes filles ; il m'a paru étrange que La Vallière se renfermât si souvent ; il m'a paru étrange que M. de Saint-Aignan changeât de logis ; il m'a paru étrange que le roi vînt voir si quotidiennement M. de Saint-Aignan, si avant que celui-ci fût dans son amitié ; enfin, il m'a paru étrange que tant de choses se fussent faites depuis votre absence, que les habitudes de la Cour en étaient changées. Je ne veux pas être jouée par le roi, je ne veux pas servir de manteau à ses amours ; car, après La Vallière qui pleure, il aura Montalais qui rit, Tonnay-Charente qui chante ; ce n'est pas un rôle digne de moi. J'ai levé les scrupules de mon amitié, j'ai découvert le secret... Je vous blesse ; encore une fois, excusez-moi, mais j'avais un devoir à remplir ; c'est fini, vous voilà prévenu ; l'orage va venir, garantissez-vous.

– Vous concluez quelque chose, cependant, madame, répondit Bragelonne avec fermeté ; car vous ne supposez pas que j'accepterai sans rien dire la honte que je subis et la trahison qu'on me fait.

– Vous prendrez à ce sujet le parti qui vous conviendra, monsieur Raoul. Seulement, ne dites point la source d'où vous tenez la vérité ; voilà tout ce que je vous demande, voilà le seul prix que j'exige du service que je vous ai rendu.

– Ne craignez rien, madame, dit Bragelonne avec un sourire amer.

– J'ai, moi, gagné le serrurier que les amants avaient mis dans leurs intérêts. Vous pouvez fort bien avoir fait comme moi, n'est-ce pas ?

– Oui, madame. Votre Altesse Royale ne me donne aucun conseil et ne m'impose aucune réserve que celle de ne pas la compromettre ?

– Pas d'autre.

– Je vais donc supplier Votre Altesse Royale de m'accorder une minute de séjour ici.

– Sans moi ?

– Oh ! non, madame. Peu importe ; ce que j'ai à faire, je puis le faire devant vous. Je vous demande une minute pour écrire un mot à quelqu'un.

– C'est hasardeux, monsieur de Bragelonne. Prenez garde !

– Personne ne peut savoir si Votre Altesse Royale m'a fait l'honneur de me conduire ici. D'ailleurs, je signe la lettre que j'écris.

– Faites, monsieur.

Raoul avait déjà tiré ses tablettes et tracé rapidement ces mots sur une feuille blanche :

« Monsieur le comte,

« Ne vous étonnez pas de trouver ici ce papier signé de moi, avant qu'un de mes amis, que j'enverrai tantôt chez vous ait eu l'honneur de vous expliquer l'objet de ma visite.

« Vicomte Raoul de Bragelonne. »

Il roula cette feuille, la glissa dans la serrure de la porte qui communiquait à la chambre des deux amants, et, bien assuré que ce papier était tellement visible que de Saint-Aignan le devait voir en rentrant, il rejoignit la princesse, arrivée déjà au haut de l'escalier.

Sur le palier, ils se séparèrent : Raoul affectant de remercier Son Altesse, Henriette plaignant ou faisant semblant de plaindre de tout son cœur le malheureux qu'elle venait de condamner à un aussi horrible supplice.

– Oh ! dit-elle en le voyant s'éloigner pâle et l'œil injecté de sang ; oh ! si j'avais su, j'aurais caché la vérité à ce pauvre jeune homme.

Chapitre CXCIII – La méthode de Porthos

La multiplicité des personnages que nous avons introduits dans cette longue histoire fait que chacun est obligé de ne paraître qu'à son tour et selon les exigences du récit. Il en résulte que nos lecteurs n'ont pas eu l'occasion de se retrouver avec notre ami Porthos depuis son retour de Fontainebleau.

Les honneurs qu'il avait reçus du roi n'avaient point changé le caractère placide et affectueux du respectable seigneur ; seulement, il redressait la tête plus que de coutume, et quelque chose de majestueux se révélait dans son maintien, depuis qu'il avait reçu la faveur de dîner à la table du roi. La salle à manger de Sa Majesté avait produit un certain effet sur Porthos. Le seigneur de Bracieux et de Pierrefonds aimait à se rappeler que, durant ce dîner mémorable, force serviteurs et bon nombre d'officiers, se trouvant derrière les convives, donnaient bon air au repas et meublaient la pièce.

Porthos se promit de conférer à M. Mouston une dignité quelconque, d'établir une hiérarchie dans le reste de ses gens, et de se créer une maison militaire ; ce qui n'était pas insolite parmi les grands capitaines, attendu que, dans le précédent siècle, on remarquait ce luxe chez MM. de Tréville, de Schomberg, de La Vieuville, sans parler de MM. de Richelieu, de Condé, et de Bouillon-Turenne.

Lui, Porthos, ami du roi et de M. Fouquet baron, ingénieur, etc., pourquoi ne jouirait-il pas de tous les agréments attachés aux grands biens et aux grands mérites ?

Un peu délaissé d'Aramis, lequel, nous le savons, s'occupait beaucoup de M. Fouquet, un peu négligé, à cause du service, par d'Artagnan, blasé sur Trüchen et sur Planchet, Porthos se surprit à rêver sans trop savoir pourquoi ; mais à quiconque lui eût dit : « Est-ce qu'il vous manque quelque chose, Porthos ? » il eût assurément répondu : « Oui. »

Après un de ces dîners pendant lesquels Porthos essayait de se rappeler tous les détails du dîner royal, demi-joyeux, grâce au bon vin, demi-triste, grâce aux idées ambitieuses, Porthos se laissait aller à un commencement de sieste, quand son valet de chambre vint l'avertir que M. de Bragelonne voulait lui parler.

Porthos passa dans la salle voisine, où il trouva son jeune ami dans les dispositions que nous connaissons.

Raoul vint serrer la main de Porthos, qui, surpris de sa gravité, lui offrit un siège.

– Cher monsieur du Vallon, dit Raoul, j'ai un service à vous demander.

– Cela tombe à merveille, mon jeune ami, répliqua Porthos. On m'a envoyé huit mille livres, ce matin, de Pierrefonds, et, si c'est d'argent que vous avez besoin…

– Non, ce n'est pas d'argent ; merci, mon excellent ami.

– Tant pis ! J'ai toujours entendu dire que c'est là le plus rare des services, mais le plus aisé à rendre. Ce mot m'a frappé ; j'aime à citer les mots qui me frappent.

– Vous avez un cœur aussi bon que votre esprit est sain.

– Vous êtes trop bon. Vous dînerez bien, peut-être ?

– Oh ! non, je n'ai pas faim.

– Hein ! Quel affreux pays que l'Angleterre ?

– Pas trop ; mais…

– Voyez-vous, si l'on n'y trouvait pas l'excellent poisson et la belle viande qu'il y a, ce ne serait pas supportable.

– Oui… je venais…

– Je vous écoute. Permettez seulement que je me rafraîchisse. On mange salé à Paris. Pouah !

Et Porthos se fit apporter une bouteille de vin de Champagne.

Puis, ayant rempli avant le sien le verre de Raoul, il but un large coup, et, satisfait, il reprit :

– Il me fallait cela pour vous entendre sans distraction. Me voici tout à vous. Que demandez-vous, cher Raoul ? que désirez-vous ?

– Dites-moi votre opinion sur les querelles, mon cher ami.

– Mon opinion ?… Voyons, développez un peu votre idée, répondit Porthos en se grattant le front.

– Je veux dire : Êtes-vous d'un bon naturel quand il y a démêlé entre vos amis et des étrangers ?

– Oh ! d'un naturel excellent, comme toujours.

– Fort bien ; mais que faites-vous alors ?

– Quand mes amis ont des querelles, j'ai un principe.

– Lequel ?

– C'est que le temps perdu est irréparable, et que l'on n'arrange jamais aussi bien une affaire que lorsque l'on a encore l'échauffement de la dispute.

– Ah ! vraiment, voilà votre principe ?

– Absolument. Aussi, dès que la querelle est engagée, je mets les parties en présence.

– Oui-da ?

– Vous comprenez que, de cette façon, il est impossible qu'une affaire ne s'arrange pas.

– J'aurais cru, dit avec étonnement Raoul, que, prise ainsi, une affaire devait, au contraire…

– Pas le moins du monde. Songez que j'ai eu, dans ma vie, quelque chose comme cent quatre-vingts à cent quatre-vingt-dix duels réglés, sans compter les prises d'épées et les rencontres fortuites.

– C'est un beau chiffre, dit Raoul en souriant malgré lui.

– Oh ! ce n'est rien ; moi, je suis si doux !... D'Artagnan compte ses duels par centaines. Il est vrai qu'il est dur et piquant, je le lui ai souvent répété.

– Ainsi, reprit Raoul, vous arrangez d'ordinaire les affaires que vos amis vous confient ?

– Il n'y a pas d'exemple que je n'aie fini par en arranger une, dit Porthos avec mansuétude et une confiance qui firent bondir Raoul.

– Mais, dit-il, les arrangements sont-ils au moins honorables ?

– Oh ! je vous en réponds ; et, à ce propos, je vais vous expliquer mon autre principe. Une fois que mon ami m'a remis sa querelle, voici comme je procède : je vais trouver son adversaire sur-le-champ ; je m'arme d'une politesse et d'un sang-froid qui sont de rigueur en pareille circonstance.

– C'est à cela, dit Raoul avec amertume, que vous devez d'arranger si bien et si sûrement les affaires ?

– Je le crois. Je vais donc trouver l'adversaire et je lui dis : « Monsieur, il est impossible que vous ne compreniez pas à quel point vous avez outragé mon ami. »

Raoul fronça le sourcil.

– Quelquefois, souvent même, poursuivit Porthos, mon ami n'a pas été offensé du tout ; il a même offensé le premier : vous jugez si mon discours est adroit.

Et Porthos éclata de rire.

« Décidément, se disait Raoul pendant que retentissait le tonnerre formidable de cette hilarité, décidément j'ai du malheur. De Guiche me bat froid, d'Artagnan me raille, Porthos est mou : nul ne veut arranger cette affaire à ma façon. Et moi qui m'étais adressé à Porthos pour trouver une épée au lieu d'un raisonnement !... Ah ! quelle mauvaise chance !»

Porthos se remit, et continua :

– J'ai donc, par un seul mot, mis l'adversaire dans son tort.

– C'est selon, dit distraitement Raoul.

– Non pas, c'est sûr. Je l'ai mis dans son tort ; c'est à ce moment que je déploie toute ma courtoisie, pour aboutir à l'heureuse issue de mon projet. Je m'avance donc d'une mine affable, et, prenant la main de l'adversaire...

– Oh ! fit Raoul impatient.

– «Monsieur, lui dis-je, à présent que vous êtes convaincu de l'offense, nous sommes assurés de la réparation. Entre mon ami et vous, c'est désormais un échange de gracieux procédés. En conséquence, je suis chargé de vous donner la longueur de l'épée de mon ami.»

– Hein ? fit Raoul.

– Attendez donc !... «La longueur de l'épée de mon ami. J'ai un cheval en bas ; mon ami est à tel endroit, qui attend impatiemment votre aimable présence ; je vous emmène ; nous prenons votre témoin en passant, l'affaire est arrangée.»

– Et, dit Raoul pâle de dépit, vous réconciliez les deux adversaires sur le terrain ?

– Plaît-il ? interrompit Porthos. Réconcilier ? pour quoi faire ?

– Vous dites que l'affaire est arrangée...

– Sans doute, puisque mon ami attend.

– Eh bien ! quoi ! s'il attend...

– Eh bien ! s'il attend, c'est pour se délier les jambes. L'adversaire, au contraire, est encore tout roide du cheval ; on s'aligne, et mon ami tue l'adversaire. C'est fini.

– Ah ! il le tue ? s'écria Raoul.

– Pardieu ! dit Porthos, est-ce que je prends jamais pour amis des gens qui se font tuer ? J'ai cent et un amis, à la tête desquels sont M. votre père, Aramis et d'Artagnan, tous gens fort vivants, je crois !

– Oh ! mon cher baron, s'exclama Raoul dans l'excès de sa joie.

– Vous approuvez ma méthode, alors ? fit le géant.

– Je l'approuve si bien, que j'y aurai recours aujourd'hui, sans retard, à l'instant même. Vous êtes l'homme que je cherchais.

– Bon ! me voici ; vous voulez vous battre ?

– Absolument.

– C'est bien naturel... Avec qui ?

– Avec M. de Saint-Aignan.

– Je le connais... un charmant gascon, qui a été fort poli avec moi le jour où j'eus l'honneur de dîner chez le roi. Certes, je lui rendrai sa politesse, même quand ce ne serait pas mon habitude. Ah çà ! il vous a donc offensé ?

– Mortellement.

– Diable ! Je pourrai dire mortellement ?

– Plus encore, si vous voulez.

– C'est bien commode.

– Voilà une affaire tout arrangée, n'est-ce pas ? dit Raoul en souriant.

– Cela va de soi... Où l'attendez-vous ?

– Ah ! pardon, c'est délicat. M. de Saint-Aignan est fort ami du roi.

– Je l'ai ouï dire.

– Et si je le tue ?

– Vous le tuerez certainement. C'est à vous de vous précautionner ; mais, maintenant, ces choses-là ne souffrent pas de difficultés. Si vous eussiez vécu de notre temps, à la bonne heure !

– Cher ami vous ne m'avez pas compris. Je veux dire que, M. de Saint-Aignan étant un ami du roi, l'affaire sera plus difficile à engager, attendu que le roi peut savoir à l'avance…

– Eh ! non pas ! Ma méthode, vous savez bien : « Monsieur, vous avez offensé mon ami, et… »

– Oui, je le sais.

– Et puis : « Monsieur, le cheval est en bas. » Je l'emmène donc avant qu'il ait parlé à personne.

– Se laissera-t-il emmener comme cela ?

– Pardieu ! je voudrais bien voir ! Il serait le premier. Il est vrai que les jeunes gens d'aujourd'hui… Mais bah ! je l'enlèverai s'il le faut.

Et Porthos, joignant le geste à la parole, enleva Raoul et sa chaise.

– Très bien, dit le jeune homme en riant. Il nous reste à poser la question à M. de Saint-Aignan.

– Quelle question ?

– Celle de l'offense.

– Eh bien ! mais, c'est fait, ce me semble.

– Non, mon cher monsieur du Vallon, l'habitude chez nous autres gens d'aujourd'hui, comme vous dites, veut qu'on s'explique les causes de l'offense.

– Par votre nouvelle méthode, oui. Eh bien ! alors, contez-moi votre affaire…

– C'est que…

– Ah dame ! voilà l'ennui ! Autrefois, nous n'avions jamais besoin de conter. On se battait parce qu'on se battait. Je ne connais pas de meilleure raison, moi.

– Vous êtes dans le vrai, mon ami.

– J'écoute vos motifs.

– J'en ai trop à raconter. Seulement, comme il faut préciser…

– Oui, oui, diable ! avec la nouvelle méthode.

– Comme il faut, dis-je, préciser ; comme, d'un autre côté l'affaire est pleine de difficultés et commande un secret absolu…

– Oh ! oh !

– Vous aurez l'obligeance de dire seulement à M. de Saint-Aignan, et il le comprendra, qu'il m'a offensé : d'abord, en déménageant.

– En déménageant ?... Bien, fit Porthos, qui se mit à récapituler sur ses doigts. Après ?

– Puis en faisant construire une trappe dans son nouveau logement.

– Je comprends, dit Porthos ; une trappe. Peste ! c'est grave ! Je crois bien que vous devez être furieux de cela ! Et pourquoi ce drôle ferait-il faire des trappes sans vous avoir consulté ? Des trappes !... mordioux !... Je n'en ai pas, moi, si ce n'est mon oubliette de Bracieux !

– Vous ajouterez, dit Raoul, que mon dernier motif de me croire outragé, c'est le portrait que M. de Saint-Aignan sait bien.

– Eh ! mais, encore un portrait ?... Quoi ! un déménagement, une trappe et un portrait ? Mais, mon ami, dit Porthos, avec l'un de ces griefs seulement, il y a de quoi faire s'entr'égorger toute la gentilhommerie de France et d'Espagne, ce qui n'est pas peu dire.

– Ainsi, cher, vous voilà suffisamment muni ?

– J'emmène un deuxième cheval. Choisissez votre lieu de rendez-vous, et, pendant que vous attendrez, faites des plies et fendez-vous à fond, cela donne une élasticité rare.

– Merci ! J'attendrai au bois de Vincennes, près des Minimes.

– Voilà qui va bien... Où trouve-t-on ce M. de Saint-Aignan ?

– Au Palais-Royal.

Porthos agita une grosse sonnette. Son valet parut.

– Mon habit de cérémonie, dit-il ; mon cheval et un cheval de main.

Le valet s'inclina et sortit.

– Votre père sait-il cela ? dit Porthos.

– Non ; je vais lui écrire.

– Et d'Artagnan ?

– M. d'Artagnan non plus. Il est prudent, il m'aurait détourné.

– D'Artagnan est homme de bon conseil, cependant, dit Porthos étonné, dans sa modestie loyale qu'on eût songé à lui quand il y avait un d'Artagnan au monde.

– Cher monsieur du Vallon, répliqua Raoul, ne me questionnez plus, je vous en conjure. J'ai dit tout ce que j'avais à dire. C'est l'action que j'attends ; je l'attends rude et décisive, comme vous savez les préparer. Voilà pourquoi je vous ai choisi.

– Vous serez content de moi, répliqua Porthos.

– Et songez, cher ami, que, hors nous, tout le monde doit ignorer cette rencontre.

– On s'aperçoit toujours de ces choses-là, dit Porthos quand on trouve un corps mort dans le bois. Ah ! cher ami, je vous promets tout, hors de dissimuler le corps mort. Il est là, on le voit, c'est inévitable. J'ai pour principe de ne pas enterrer. Cela sent son assassin. Au risque de risque, comme dit le Normand.

– Brave et cher ami, à l'ouvrage !

– Reposez-vous sur moi, dit le géant en finissant la bouteille, tandis que son laquais étalait sur un meuble le somptueux habit et les dentelles.

Quant à Raoul, il sortit en se disant avec une joie.

« Oh ! roi perfide ! roi traître ! je ne puis t'atteindre ! Je ne le veux pas ! Les rois sont des personnes sacrées ; mais ton complice, ton complaisant, qui te représente, ce lâche va payer ton crime ! Je le tuerai en ton nom, et, après, nous songerons à Louise ! »

Chapitre CXCIV – Le déménagement, la trappe et le portrait

Porthos, chargé, à sa grande satisfaction, de cette mission qui le rajeunissait, économisa une demi-heure sur le temps qu'il mettait d'habitude à ses toilettes de cérémonie.

En homme qui s'est frotté au grand monde, il avait commencé par envoyer son laquais s'informer si M. de Saint-Aignan était chez lui.

On lui avait fait réponse que M. le comte de Saint-Aignan avait eu l'honneur d'accompagner le roi à Saint-Germain, ainsi que toute la Cour, mais que M. le comte venait de rentrer à l'instant même.

Sur cette réponse, Porthos se hâta et arriva au logis de de Saint-Aignan, comme celui-ci venait de faire tirer ses bottes.

La promenade avait été superbe. Le roi, de plus en plus amoureux et de plus en plus heureux, se montrait de charmante humeur pour tout le monde ; il avait des bontés à nulle autre pareilles, comme disaient les poètes du temps.

M. de Saint-Aignan, on se le rappelle, était poète, et pensait l'avoir prouvé en assez de circonstances mémorables pour qu'on ne lui contestât point ce titre.

Comme un infatigable croqueur de rimes, il avait, pendant toute la route, saupoudré de quatrains, de sixains et de madrigaux, le roi d'abord, La Vallière ensuite.

De son côté, le roi était en verve et avait fait un distique.

Quant à La Vallière, comme les femmes qui aiment elle avait fait deux sonnets.

Comme on le voit, la journée n'avait pas été mauvaise pour Apollon.

595

Aussi, de retour à Paris, de Saint-Aignan, qui savait d'avance que ses vers iraient courir les ruelles, se préoccupait-il, un peu plus qu'il ne l'avait fait pendant la promenade, de la facture et de l'idée.

En conséquence, pareil à un tendre père qui est sur le point de produire ses enfants dans le monde, il se demandait si le public trouverait droits, corrects et gracieux ces fils de son imagination. Donc, pour en avoir le cœur net, M. de Saint-Aignan se récitait à lui-même le madrigal suivant, qu'il avait dit de mémoire au roi, et qu'il avait promis de lui donner écrit à son retour :

> *Iris, vos yeux malins ne disent pas toujours*
> *Ce que votre pensée à votre cœur confie ;*
> *Iris, pourquoi faut-il que je passe ma vie*
> *À plus aimer vos yeux qui m'ont joué ces tours ?*

Ce madrigal, tout gracieux qu'il était, ne paraissait pas parfait à de Saint-Aignan, du moment où il le passait de la tradition orale à la poésie manuscrite. Plusieurs l'avaient trouvé charmant, l'auteur tout le premier ; mais à la seconde vue, ce n'était plus le même engouement. Aussi de Saint-Aignan, devant sa table, une jambe croisée sur l'autre et se grattant la tempe, répétait-il :

> *Iris, vos yeux malins ne disent pas toujours...*

– Oh ! quand à celui-là, murmura de Saint-Aignan, celui-là est irréprochable. J'ajouterais même qu'il a un petit air Ronsard ou Malherbe dont je suis content. Malheureusement, il n'en est pas de même du second. On a bien raison de dire que le vers le plus facile à faire est le premier.

Et il continua :

> *Ce que votre pensée à votre cœur confie...*

– Ah ! voilà la pensée qui confie au cœur ! Pourquoi le cœur ne confierait-il pas aussi bien à la pensée ? Ma foi, quant à moi, je n'y vois pas d'obstacle. Où diable ai-je été associer ces deux hémistiches ? Par exemple, le troisième est bon :

Iris, pourquoi faut-il que je passe ma vie...

quoique la rime ne soit pas riche... *vie* et *confie*... Ma foi ! l'abbé Boyer, qui est un grand poète, a fait rimer, comme moi, *vie* et *confie* dans la tragédie d'*Oropaste, ou le Faux Tonaxare,* sans compter que M. Corneille ne s'en gêne pas dans sa tragédie de *Sophonisbe.* Va donc pour *vie* et *confie.* Oui, mais le vers est impertinent. Je me rappelle que le roi s'est mordu l'ongle, à ce moment. En effet, il a l'air de dire à Mlle de La Vallière : « D'où vient que je suis ensorcelé de vous ? » Il eût mieux valu dire, je crois :

Que bénis soient les dieux qui condamnent ma vie.

Condamnent ! Ah bien ! oui ! voilà encore une politesse ! Le roi condamné à La Vallière... Non !

Puis il répéta :

Mais bénis soient les dieux qui... destinent ma vie.

– Pas mal ; quoique *destinent ma vie* soit faible ; mais ma foi ! tout ne peut pas être fort dans un quatrain. *À plus aimer vos yeux...* Plus aimer qui ? quoi ? obscurité... L'obscurité n'est rien ; puisque La Vallière et le roi m'ont compris, tout le monde me comprendra. Oui, mais voilà le triste !... c'est le dernier hémistiche : *Qui m'ont joué ces tours.* Le pluriel forcé pour la rime ! et puis appeler la pudeur de La Vallière un tour ! Ce n'est pas heureux. Je vais passer par la langue de tous les gratte-papier mes confrères. On appellera mes poésies des vers de grand seigneur ; et, si le roi entend dire que je suis un mauvais poète, l'idée lui viendra de le croire.

Et, tout en confiant ces paroles à son cœur, et son cœur à ses pensées, le comte se déshabillait plus complètement. Il venait de quitter son habit et sa veste pour passer sa robe de chambre, lorsqu'on lui annonça la visite de M. le baron du Vallon de Bracieux de Pierrefonds.

– Eh ! fit-il, qu'est-ce que cette grappe de noms ? Je ne connais point cela.

– C'est, répondit le laquais, un gentilhomme qui a eu l'honneur de dîner avec M. le comte, à la table du roi, pendant le séjour de Sa Majesté à Fontainebleau.

– Chez le roi, à Fontainebleau ? s'écria de Saint-Aignan. Eh ! vite, vite, introduisez ce gentilhomme.

Le laquais se hâta d'obéir. Porthos entra.

M. de Saint-Aignan avait la mémoire des courtisans : à la première vue, il reconnut donc le seigneur de province, à la réputation bizarre, et que le roi avait si bien reçu à Fontainebleau, malgré quelques sourires des officiers présents. Il s'avança donc vers Porthos avec tous les signes d'une bienveillance que Porthos trouva toute naturelle, lui qui arborait, en entrant chez un adversaire, l'étendard de la politesse la plus raffinée.

De Saint-Aignan fit avancer un siège par le laquais qui avait annoncé Porthos. Ce dernier, qui ne voyait rien d'exagéré dans ces politesses, s'assit et toussa. Les politesses d'usage s'échangèrent entre les deux gentilshommes ; puis, comme c'était le comte qui recevait la visite :

– Monsieur le baron, dit-il, à quelle heureuse rencontre dois-je la faveur de votre visite ?

– C'est justement ce que je vais avoir l'honneur de vous expliquer, monsieur le comte, répliqua Porthos ; mais, pardon…

– Qu'y a-t-il, monsieur ? demanda de Saint-Aignan.

– Je m'aperçois que je casse votre chaise.

– Nullement, monsieur, dit de Saint-Aignan, nullement.

– Si fait, monsieur le comte, si fait, je la romps ; et si bien même, que, si je tarde, je vais choir, position tout à fait inconvenante dans le rôle grave que je viens jouer auprès de vous.

Porthos se leva. Il était temps, la chaise s'était déjà affaissée sur elle-même de quelques pouces. De Saint-Aignan chercha des yeux un plus solide récipient pour son hôte.

– Les meubles modernes, dit Porthos tandis que le comte se livrait à cette recherche, les meubles modernes sont devenus d'une légèreté ridicule. Dans ma jeunesse, époque où je m'asseyais avec bien plus d'énergie encore qu'aujourd'hui, je ne me rappelle point avoir jamais rompu un siège, sinon dans les auberges avec mes bras.

De Saint-Aignan sourit agréablement à la plaisanterie.

– Mais, dit Porthos en s'installant sur un lit de repos qui gémit, mais qui résista, ce n'est point de cela qu'il s'agit, malheureusement.

– Comment, malheureusement ? Est-ce que vous seriez porteur d'un message de mauvais augure, monsieur le baron ?

– De mauvais augure pour un gentilhomme ? oh ! non, monsieur le comte, répliqua noblement Porthos. Je viens seulement vous annoncer que vous avez offensé bien cruellement un de mes amis.

– Moi, monsieur ! s'écria de Saint-Aignan ; moi, j'ai offensé un de vos amis ? Et lequel, je vous prie ?

– M. Raoul de Bragelonne.

– J'ai offensé M. de Bragelonne, moi ? s'écria de Saint-Aignan. Ah ! mais, en vérité, monsieur, cela m'est impossible ; car M. de Bragelonne, que je connais peu, je dirai même que je ne connais point, est en Angleterre : ne l'ayant point vu depuis fort longtemps, je ne saurais l'avoir offensé.

– M. de Bragelonne est à Paris, monsieur le comte, dit Porthos impassible ; et, quant à l'avoir offensé, je vous réponds que c'est vrai, puisqu'il me l'a dit lui-même. Oui, monsieur le comte, vous l'avez cruellement, mortellement offensé, je répète le mot.

– Mais impossible, monsieur le baron, je vous jure, impossible.

– D'ailleurs, ajouta Porthos, vous ne pouvez ignorer cette circonstance, attendu que M. de Bragelonne m'a déclaré vous avoir prévenu par un billet.

– Je n'ai reçu aucun billet, monsieur, je vous en donne ma parole.

– Voilà qui est extraordinaire ! répondit Porthos ; et ce que dit Raoul...

– Je vais vous convaincre que je n'ai rien reçu dit de Saint-Aignan.

Et il sonna.

– Basque, dit-il, combien de lettres ou de billets sont venus ici en mon absence.

– Trois, monsieur le comte.

– Qui sont ?...

– Le billet de M. de Fiesque, celui de Mme de La Ferté, et la lettre de M. de Las Fuentès.

– Voilà tout ?

– Tout, monsieur le comte.

– Dis la vérité devant Monsieur, la vérité, entends-tu bien ? Je réponds de toi.

– Monsieur, il y avait encore le billet de...

– De ?... Dis vite, voyons.

– De Mlle de La Val...

– Cela suffit, interrompit discrètement Porthos. Fort bien, je vous crois, monsieur le comte.

De Saint-Aignan congédia le valet et alla lui-même fermer la porte ; mais, comme il revenait, regardant devant lui par hasard, il vit sortir de la serrure de la chambre voisine ce fameux papier que Bragelonne y avait glissé en partant.

– Qu'est-ce que cela ? dit-il.

Porthos, adossé à cette chambre, se retourna.

– Oh ! oh ! fit Porthos.

– Un billet dans la serrure ! s'écria de Saint-Aignan.

– Ce pourrait bien être le nôtre, monsieur le comte, dit Porthos. Voyez.

De Saint-Aignan prit le papier.

– Un billet de M. de Bragelonne ! s'écria-t-il.

– Voyez-vous, j'avais raison. Oh ! quand je dis une chose, moi...

– Apporté ici par M. de Bragelonne lui-même, murmura le comte en pâlissant. Mais c'est indigne ! Comment donc a-t-il pénétré ici ?

De Saint-Aignan sonna encore. Basque reparut.

– Qui est venu ici, pendant que j'étais à la promenade avec le roi ?

– Personne, monsieur.

– C'est impossible ! il faut qu'il soit venu quelqu'un !

– Mais, monsieur, personne n'a pu entrer, puisque j'avais les clefs dans ma poche.

– Cependant, ce billet qui était dans la serrure. Quelqu'un l'y a mis ; il n'est pas venu seul.

Basque ouvrit les bras en signe d'ignorance absolue.

– C'est probablement M. de Bragelonne qui l'y aura mis ? dit Porthos.

– Alors, il serait entré ici ?

– Sans doute, monsieur.

– Mais, enfin, puisque j'avais la clef dans ma poche, reprit Basque avec persévérance.

De Saint-Aignan froissa le billet après l'avoir lu.

– Il y a quelque chose là-dessous, murmura-t-il absorbé.

Porthos le laissa un instant à ses réflexions.

Puis il revint à son message.

– Vous plairait-il que nous en revinssions à notre affaire ? demanda-t-il en s'adressant à de Saint-Aignan quand le laquais eut disparu.

– Mais je crois la comprendre par ce billet si étrangement arrivé. M. de Bragelonne m'annonce un ami...

– Je suis son ami ; c'est donc moi qu'il vous annonce.

– Pour m'adresser une provocation ?

– Précisément.

– Et il se plaint que je l'ai offensé ?

– Cruellement, mortellement !

– De quelle façon, s'il vous plaît ? Car sa démarche est trop mystérieuse pour que je n'y cherche pas au moins un sens.

– Monsieur, répondit Porthos, mon ami doit avoir raison, et, quant à sa démarche, si elle est mystérieuse comme vous dites, n'en accusez que vous.

Porthos prononça ces dernières paroles avec une confiance qui, pour un homme peu habitué à sa façon, devait révéler une infinité de sens.

– Mystère, soit ! Voyons le mystère, dit de Saint-Aignan.

Mais Porthos s'inclina.

– Vous trouverez bon que je n'y entre point, monsieur, dit-il, et pour d'excellentes raisons.

– Que je comprends à merveille. Oui, monsieur, effleurons alors. Voyons, monsieur je vous écoute.

– Il y a d'abord, monsieur, dit Porthos, que vous avez déménagé ?

– C'est vrai, j'ai déménagé, dit de Saint-Aignan.

– Vous l'avouez ? dit Porthos d'un air de satisfaction visible.

– Si je l'avoue ? Mais oui, je l'avoue. Pourquoi donc voulez-vous que je ne l'avoue pas ?

– Vous avez avoué. Bien, nota Porthos en levant seulement un doigt en l'air.

– Ah çà ! monsieur, comment mon déménagement peut-il avoir causé dommage à M. de Bragelonne ? Répondez, voyons. Car je ne comprends absolument rien à ce que vous me dites.

Porthos l'arrêta.

– Monsieur, dit-il gravement, ce grief est le premier de ceux que M. de Bragelonne articule contre vous. S'il l'articule, c'est qu'il s'est senti blessé.

De Saint-Aignan battit du pied le parquet avec impatience.

– Cela ressemble à une mauvaise querelle, dit-il.

– On ne saurait avoir une mauvaise querelle avec un aussi galant homme que le vicomte de Bragelonne, repartit Porthos ; mais, enfin, vous n'avez rien à ajouter au sujet du déménagement, n'est-ce pas ?

– Non. Après ?

– Ah ! après ? Mais remarquez bien, monsieur, que voilà déjà un grief abominable auquel vous ne répondez pas, ou plutôt auquel vous répondez mal. Comment, monsieur, vous déménagez, cela offense M. de Bragelonne, et vous ne vous excusez pas ? Très bien !

– Quoi ! s'écria de Saint-Aignan, qui s'irritait du flegme de ce personnage ; quoi ! j'ai besoin de consulter M. de Bragelonne sur le sujet de déménager ou non ? Allons donc, monsieur !

– Obligatoire, monsieur, obligatoire. Toutefois, vous m'avouerez que cela n'est rien en comparaison du second grief.

Porthos prit un air sévère.

– Et cette trappe, monsieur, dit-il, et cette trappe ?

De Saint-Aignan devint excessivement pâle. Il recula sa chaise si brusquement, que Porthos, tout naïf qu'il était, s'aperçut que le coup avait porté avant.

– La trappe, murmura de Saint-Aignan.

– Oui, monsieur, expliquez-la si vous pouvez, dit Porthos en secouant la tête.

De Saint-Aignan baissa le front.

– Oh ! je suis trahi, murmura-t-il ; on sait tout !

– On sait toujours tout, répliqua Porthos, qui ne savait rien.

– Vous m'en voyez accablé, poursuivit de Saint-Aignan, accablé à ce point que j'en perds la tête !

– Conscience coupable, monsieur. Oh ! votre affaire n'est pas bonne.

– Monsieur !

– Et quand le public sera instruit, et qu'il se fera juge...

– Oh ! monsieur, s'écria vivement le comte, un pareil secret doit être ignoré, même du confesseur !

– Nous aviserons, dit Porthos, et le secret n'ira pas loin, en effet.

– Mais, monsieur, reprit de Saint-Aignan, M. de Bragelonne, en pénétrant ce secret, se rend-il compte du danger qu'il court, et qu'il fait courir ?

– M. de Bragelonne ne court aucun danger, monsieur, n'en craint aucun, et vous l'expérimenterez bientôt, avec l'aide de Dieu.

« Cet homme est un enragé, pensa de Saint-Aignan. Que me veut-il ? »

Puis il reprit tout haut :

– Voyons, monsieur, assoupissons cette affaire.

– Vous oubliez le portrait ? dit Porthos avec une voix de tonnerre qui glaça le sang du comte.

Comme le portrait était celui de La Vallière, et qu'il n'y avait plus à s'y méprendre, de Saint-Aignan sentit ses yeux se dessiller tout à fait.

– Ah ! s'écria-t-il, ah ! monsieur, je me souviens que M. de Bragelonne était son fiancé.

Porthos prit un air imposant, la majesté de l'ignorance.

– Il ne m'importe en rien, ni à vous non plus, dit-il, que mon ami soit ou non le fiancé de qui vous dites. Je suis même surpris que vous ayez prononcé cette parole indiscrète. Elle pourra faire tort à votre cause, monsieur.

– Monsieur, vous êtes l'esprit, la délicatesse et la loyauté en une personne. Je vois tout ce dont il s'agit.

– Tant mieux ! dit Porthos.

– Et, poursuivit de Saint-Aignan, vous me l'avez fait entendre de la façon la plus ingénieuse et la plus exquise. Merci, monsieur, merci !

Porthos se rengorgea.

– Seulement, à présent que je sais tout, souffrez que je vous explique…

Porthos secoua la tête en homme qui ne veut pas entendre ; mais de Saint Aignan continua :

– Je suis au désespoir, voyez-vous, de tout ce qui arrive ; mais qu'eussiez-vous fait à ma place ? Voyons, entre nous, dites-moi ce que vous eussiez fait ?

Porthos leva la tête.

– Il ne s'agit point de ce que j'eusse fait, jeune homme ; vous avez, dit-il, connaissance des trois griefs, n'est-ce pas ?

– Pour le premier, pour le déménagement, monsieur, et ici, c'est à l'homme d'esprit et d'honneur que je m'adresse, quand une auguste volonté elle-même me conviait à déménager, devais-je, pouvais-je désobéir ?

Porthos fit un mouvement que de Saint-Aignan ne lui donna pas le temps d'achever.

– Ah ! ma franchise vous touche, dit-il, interprétant le mouvement à sa manière. Vous sentez que j'ai raison.

Porthos ne répliqua rien.

– Je passe à cette malheureuse trappe, poursuivit de Saint-Aignan en appuyant sa main sur le bras de Porthos ; cette trappe, cause du mal, moyen du mal ; cette trappe construite pour ce que vous savez. Eh bien ! en bonne foi, supposez-vous que ce soit moi qui, de mon plein gré, dans un endroit pareil, aie fait ouvrir une trappe destinée... Oh ! non, vous ne le croyez pas, et, ici encore, vous sentez, vous devinez, vous comprenez, une volonté au-dessus de la mienne. Vous appréciez l'entraînement, je ne parle pas de l'amour, cette folie irrésistible... Mon Dieu !... heureusement, j'ai affaire à un homme plein de cœur de sensibilité ; sans quoi, que de malheur et de scandale sur elle, pauvre enfant !... et sur celui... que je ne veux pas nommer !

Porthos, étourdi, abasourdi par l'éloquence et les gestes de Saint-Aignan, faisait mille efforts pour recevoir cette averse de paroles, auxquelles il ne comprenait pas le plus petit mot, droit et immobile sur son siège ; il y parvint.

De Saint-Aignan, lancé dans sa péroraison, continua, en donnant une action nouvelle à sa voix, une véhémence croissante à son geste :

– Quant au portrait, car je comprends que le portrait est le grief principal ; quant au portrait, voyons, suis-je coupable ? Qui a désiré avoir son portrait ? est-ce moi ? Qui l'aime ? est-ce moi ? Qui la veut ? est-ce moi ?... Qui l'a prise ? est-ce moi ? Non ! mille fois non ! je sais que M. de Bragelonne doit être désespéré, je sais que ces malheurs-là sont cruels. Tenez, moi aussi, je souffre. Mais pas de résistance possible. Luttera-t-il ? on en rirait. S'il s'obstine seulement, il se perd. Vous me direz que le désespoir est une folie ; mais vous êtes raisonnable, vous, vous m'avez compris. Je vois à votre air grave réfléchi, embarrassé même, que l'importance de la situation vous a frappé. Retournez donc vers M. de Bragelonne ; remerciez-le, comme je l'en remercie moi-même, d'avoir choisi pour intermédiaire un homme de votre mérite. Croyez que, de mon côté, je garderai une reconnaissance éternelle à celui qui a pacifié si ingénieusement si intelligemment notre discorde. Et, puisque le malheur a voulu que ce secret fût à quatre au lieu d'être à trois, eh bien ! ce secret, qui peut faire la fortune du plus ambitieux, je me réjouis de le partager avec vous ; je m'en réjouis du fond de l'âme. À partir de ce moment, disposez donc de moi, je me mets à votre merci. Que faut-il que je fasse pour vous ? Que dois-je demander, exiger même ? Parlez, monsieur, parlez.

Et, selon l'usage familièrement amical des courtisans de cette époque, de Saint-Aignan vint enlacer Porthos et le serrer tendrement dans ses bras.

Porthos se laissa faire avec un flegme inouï.

– Parlez, répéta de Saint-Aignan ; que demandez-vous ?

– Monsieur, dit Porthos, j'ai en bas un cheval ; faites moi le plaisir de le monter ; il est excellent et ne vous jouera point de mauvais tours.

– Monter à cheval ! pour quoi faire ? demanda de Saint-Aignan avec curiosité.

– Mais, pour venir avec moi où nous attend M. de Bragelonne.

– Ah ! il voudrait me parler, je le conçois ; avoir des détails. Hélas ! c'est bien délicat ! Mais, en ce moment, je ne puis, le roi m'attend.

– Le roi attendra, dit Porthos.

– Mais, où donc m'attend M. de Bragelonne ?

– Aux Minimes, à Vincennes.

– Ah çà ! mais, rions-nous ?

– Je ne crois pas ; moi, du moins.

Et Porthos donna à son visage la rigidité de ses lignes les plus sévères.

– Mais les Minimes, c'est un rendez-vous d'épée, cela ? Eh bien ! qu'ai-je à faire aux Minimes, alors ?

Porthos tira lentement son épée.

– Voici la mesure de l'épée de mon ami, dit-il.

– Corbleu ! Cet homme est fou ! s'écria de Saint-Aignan.

Le rouge monta aux oreilles de Porthos.

– Monsieur, dit-il, si je n'avais pas l'honneur d'être chez vous, et de servir les intérêts de M. de Bragelonne, je vous jetterais par votre fenêtre ! Ce sera partie remise, et vous ne perdrez rien pour attendre. Venez-vous aux Minimes, monsieur ?

– Eh !...

– Y venez-vous de bonne volonté ?

– Mais...

– Je vous y porte si vous n'y venez pas ! Prenez garde !

– Basque ! s'écria M. de Saint-Aignan.

– Le roi appelle M. le comte, dit Basque.

– C'est différent, dit Porthos ; le service du roi avant tout. Nous attendrons là jusqu'à ce soir, monsieur.

Et, saluant de Saint-Aignan avec sa courtoisie ordinaire, Porthos sortit, enchanté d'avoir arrangé encore une affaire.

De Saint-Aignan le regarda sortir ; puis, repassant à la hâte son habit et sa veste, il courut en réparant le désordre de sa toilette, et disant :

– Aux Minimes !... aux Minimes !... Nous verrons comment le roi va prendre ce cartel-là. Il est bien pour lui, pardieu !

Chapitre CXCV – Rivaux politiques

Le roi, après cette promenade si fertile pour Apollon, et dans laquelle chacun payait son tribut aux Muses, comme disaient les poètes de l'époque, le roi trouva chez lui M. Fouquet qui l'attendait.

Derrière le roi venait M. Colbert, qui l'avait pris dans un corridor comme s'il l'eût attendu à l'affût, et qui le suivait comme son ombre jalouse et surveillante ; M. Colbert, avec sa tête carrée, son gros luxe d'habits débraillés, qui le faisaient ressembler quelque peu à un seigneur flamand après la bière.

M. Fouquet, à la vue de son ennemi, demeura calme, et s'attacha pendant toute la scène qui allait suivre à observer cette conduite si difficile de l'homme supérieur dont le cœur regorge de mépris, et qui ne veut pas même témoigner son mépris, dans la crainte de faire encore trop d'honneur à son adversaire.

Colbert ne cachait pas une joie insultante. Pour lui, c'était de la part de M. Fouquet une partie mal jouée et perdue sans ressource, quoiqu'elle ne fût pas encore terminée. Colbert était de cette école d'hommes politiques qui n'admirent que l'habileté, qui n'estiment que le succès.

De plus, Colbert, qui n'était pas seulement un homme envieux et jaloux, mais qui avait à cœur tous les intérêts du roi, parce qu'il était doué au fond de la suprême probité du chiffre, Colbert pouvait se donner à lui-même le prétexte, si heureux lorsque l'on hait, qu'il agissait, en haïssant et en perdant M. Fouquet, en vue du bien de l'État et de la dignité royale.

Aucun de ces détails n'échappa à Fouquet. À travers les gros sourcils de son ennemi, et malgré le jeu incessant de ses paupières, il lisait, par les yeux, jusqu'au fond du cœur de Colbert ; il vit donc tout ce qu'il y avait dans ce cœur : haine et triomphe.

Seulement, comme, tout en pénétrant, il voulait rester impénétrable, il rasséréna son visage, sourit de ce charmant sourire sympathique qui n'appartenait qu'à lui, et, donnant l'élasticité la plus noble et la plus souple à la fois à son salut :

– Sire, dit-il, je vois, à l'air joyeux de Votre Majesté, qu'elle a fait une bonne promenade.

– Charmante, en effet, monsieur le surintendant, charmante ! Vous avez eu bien tort de ne pas venir avec nous, comme je vous y avais invité.

– Sire, je travaillais, répondit le surintendant.

Fouquet n'eut pas même besoin de détourner la tête ; il ne regardait pas du côté de M. Colbert.

– Ah ! la campagne, monsieur Fouquet ! s'écria le roi. Mon Dieu, que je voudrais pouvoir toujours vivre à la campagne, en plein air, sous les arbres !

– Oh ! Votre Majesté n'est pas encore lasse du trône, j'espère ? dit Fouquet.

– Non ; mais les trônes de verdure sont bien doux.

– En vérité, Sire, Votre Majesté comble tous mes vœux en parlant ainsi. J'avais justement une requête à lui présenter.

– De la part de qui, monsieur le surintendant ?

– De la part des nymphes de Vaux.

– Ah ! ah ! fit Louis XIV.

– Le roi m'a daigné faire une promesse, dit Fouquet.

– Oui, je me rappelle.

– La fête de Vaux, la fameuse fête, n'est-ce pas, Sire ? dit Colbert essayant de faire preuve de crédit en se mêlant à la conversation.

Fouquet, avec un profond mépris, ne releva pas le mot. Ce fut pour lui comme si Colbert n'avait ni pensé ni parlé.

– Votre Majesté sait, dit-il, que je destine ma terre de Vaux à recevoir le plus aimable des princes, le plus puissant des rois.

– J'ai promis, monsieur, dit Louis XIV en souriant, et un roi n'a que sa parole.

– Et moi, Sire, je viens dire à Votre Majesté que je suis absolument à ses ordres.

– Me promettez-vous beaucoup de merveilles, monsieur le surintendant ?

Et Louis XIV regarda Colbert.

– Des merveilles ? Oh ! non, Sire. Je ne m'engage point à cela ; j'espère pouvoir promettre un peu de plaisir, peut-être même un peu d'oubli au roi.

– Non pas, non pas, monsieur Fouquet, dit le roi. J'insiste sur le mot merveille. Oh ! vous êtes un magicien, nous connaissons votre pouvoir, nous savons que vous trouvez de l'or, n'y en eût-il point au monde. Aussi le peuple dit que vous en faites.

Fouquet sentit que le coup partait d'un double carquois et que le roi lui lançait à la fois une flèche de son arc, une flèche de l'arc de Colbert. Il se mit à rire.

– Oh ! dit-il, le peuple sait parfaitement dans quelle mine je le prends, cet or. Il le sait trop, peut-être ; et du reste, ajouta-t-il fièrement, je puis assurer Votre Majesté que l'or destiné à payer la fête de Vaux ne fera couler ni sang ni larmes. Des sueurs, peut-être. On les paiera.

Louis resta interdit. Il voulut regarder Colbert, Colbert aussi voulut répliquer ; un coup d'œil d'aigle, un regard loyal, royal même, lancé par Fouquet, arrêta la parole sur ses lèvres.

Le roi, s'était remis pendant ce temps. Il se tourna vers Fouquet, et lui dit :

– Donc, vous formulez votre invitation ?

– Oui, Sire, s'il plaît à Votre Majesté.

– Pour quel jour ?

611

– Pour le jour qu'il vous conviendra, Sire.

– C'est parler en enchanteur qui improvise, monsieur Fouquet. Je n'en dirais pas autant, moi.

– Votre Majesté fera, quand elle le voudra, tout ce qu'un roi peut et doit faire. Le roi de France a des serviteurs capables de tout pour son service et pour ses plaisirs.

Colbert essaya de regarder le surintendant pour voir si ce mot était un retour à des sentiments moins hostiles. Fouquet n'avait pas même regardé son ennemi. Colbert n'existait pas pour lui.

– Eh bien ! à huit jours, voulez-vous ? dit le roi.

– À huit jours, Sire.

– Nous sommes à mardi ; voulez-vous jusqu'au dimanche suivant ?

– Le délai que daigne accorder Sa Majesté secondera puissamment les travaux que mes architectes vont entreprendre pour concourir au divertissement du roi et de ses amis.

– Et, en parlant de mes amis, repartit le roi, comment les traitez-vous ?

– Le roi est maître partout, Sire ; le roi fait sa liste et donne ses ordres. Tous ceux qu'il daigne inviter sont des hôtes très respectés par moi.

– Merci ! reprit le roi, touché de la noble pensée exprimée avec un noble accent.

Fouquet prit alors congé de Louis XIV, après quelques mots donnés aux détails de certaines affaires…

Il sentit que Colbert demeurait avec le roi, qu'on allait s'entretenir de lui, que ni l'un ni l'autre ne l'épargnerait.

La satisfaction de donner un dernier coup, un terrible coup à son ennemi, lui apparut comme une compensation à tout ce qu'on allait lui faire souffrir…

Il revint donc promptement, lorsque déjà il avait touché la porte, et, s'adressant au roi :

– Pardon ! Sire, dit-il pardon !

– De quoi pardon, monsieur ? fit le prince avec aménité.

– D'une faute grave, que je commettais sans m'en apercevoir.

– Une faute, vous ? Ah ! monsieur Fouquet, il faudra bien que je vous pardonne. Contre quoi avez-vous péché, ou contre qui ?

– Contre toute convenance, Sire. J'oubliais de faire part à Votre Majesté d'une circonstance assez importante.

– Laquelle ?

Colbert frissonna ; il crut à une dénonciation. Sa conduite avait été démasquée. Un mot de Fouquet, une preuve articulée, et, devant la loyauté juvénile de Louis XIV, s'effaçait toute la faveur de Colbert. Celui-ci trembla donc qu'un coup si hardi ne vînt renverser tout son échafaudage, et, de fait, le coup était si beau à jouer, qu'Aramis, le beau joueur, ne l'eût pas manqué.

– Sire, dit Fouquet d'un air dégagé, puisque vous avez eu la bonté de me pardonner, je suis tout loger dans ma confession : ce matin, j'ai vendu l'une de mes charges.

– Une de vos charges ! s'écria le roi ; laquelle donc ?

Colbert devint livide.

– Celle qui me donnait, Sire, une grande robe et un air sévère : la charge de procureur général.

Le roi poussa un cri involontaire, et regarda Colbert. Celui-ci, la sueur au front, se sentit près de défaillir.

– À qui vendîtes-vous cette charge, monsieur Fouquet ? demanda le roi.

Colbert s'appuya au chambranle de la cheminée.

– À un conseiller du Parlement, Sire, qui s'appelle M. Vanel.

– Vanel ?

– Un ami de M. l'intendant Colbert, ajouta Fouquet en laissant tomber ces mots avec une nonchalance inimitable, avec une expression d'oubli et d'ignorance que le peintre, l'acteur et le poète doivent renoncer à reproduire avec le pinceau, le geste ou la plume.

Puis, ayant fini, ayant écrasé Colbert sous le poids de cette supériorité, le surintendant salua de nouveau le roi, et partit à moitié vengé par la stupéfaction du prince et par l'humiliation du favori.

– Est-il possible ? se dit le roi quand Fouquet eut disparu. Il a vendu cette charge ?

– Oui, Sire, répliqua Colbert avec intention.

– Il est fou ! risqua le roi.

Colbert, cette fois, ne répliqua pas ; il avait entrevu la pensée du maître. Cette pensée le vengeait aussi. À sa haine venait se joindre sa jalousie ; à son plan de ruine venait s'allier une menace de disgrâce.

Désormais, Colbert le sentit, entre Louis XIV et lui, les idées hostiles ne rencontraient plus d'obstacles, et la première faute de Fouquet qui pourrait servir de prétexte devancerait de près le châtiment.

Fouquet avait laissé tomber son arme. Haine et Jalousie venaient de la ramasser.

Colbert fut invité par le roi à la fête de Vaux ; il salua comme un homme sûr de lui, il accepta comme un homme qui oblige.

Le roi en était au nom de Saint-Aignan sur la liste d'ordres, quand l'huissier annonça le comte de Saint-Aignan.

Colbert se retira discrètement à l'arrivée du Mercure royal.

Chapitre CXCVI – Rivaux amoureux

De Saint-Aignan avait quitté Louis XIV il y avait deux heures à peine ; mais, dans cette première effervescence de son amour, quand Louis XIV ne voyait pas La Vallière, il fallait qu'il parlât d'elle. Or, la seule personne avec laquelle il pût en parler à son aise était de Saint-Aignan ; de Saint – Aignan lui était donc indispensable.

– Ah ! c'est vous, comte ? s'écria-t-il en l'apercevant, doublement joyeux qu'il était de le voir et de ne plus voir Colbert, dont la figure renfrognée l'attristait toujours. Tant mieux ! je suis content de vous voir ; vous serez du voyage, n'est-ce pas ?

– Du voyage, Sire ? demanda de Saint-Aignan. Et de quel voyage ?

– De celui que nous ferons pour aller jouir de la fête que nous donne M. le surintendant à Vaux. Ah ! de Saint-Aignan, tu vas enfin voir une fête près de laquelle nos divertissements de Fontainebleau seront des jeux de robins.

– À Vaux ! le surintendant donne une fête à Votre Majesté, et à Vaux, rien que cela ?

– Rien que cela ! Je te trouve charmant de faire le dédaigneux. Sais-tu, toi qui fais le dédaigneux, que, lorsqu'on saura que M. Fouquet me reçoit à Vaux, de dimanche en huit, sais-tu que l'on s'égorgera pour être invité à cette fête ? Je te le répète donc, de Saint-Aignan, tu seras du voyage.

– Oui, si, d'ici là, je n'en ai pas fait un autre plus long et moins agréable.

– Lequel ?

– Celui de Styx, Sire.

– Fi ! dit Louis XIV en riant.

615

– Non, sérieusement, Sire, répondit de Saint-Aignan. J'y suis convié, et de façon, en vérité, à ne pas trop savoir de quelle manière m'y prendre pour refuser.

– Je ne te comprends pas, mon cher. Je sais que tu es en verve poétique ; mais tâche de ne pas tomber d'Apollon en Phébus.

– Eh bien ! donc, si Votre Majesté daigne m'écouter je ne mettrai pas plus longtemps l'esprit de mon roi à la torture.

– Parle.

– Le roi connaît-il M. le baron du Vallon ?

– Oui, pardieu ! un bon serviteur du roi mon père, et un beau convive, ma foi ! Car c'est de celui qui a dîné avec nous à Fontainebleau que tu veux parler ?

– Précisément. Mais Votre Majesté a oublié d'ajouter à ses qualités : un aimable tueur de gens.

– Comment ! il veut te tuer, M. du Vallon.

– Ou me faire tuer, ce qui est tout un.

– Oh ! par exemple !

– Ne riez pas, Sire, je ne dis rien qui soit au-dessous de la vérité.

– Et tu dis qu'il veut te faire tuer ?

– C'est son idée pour le moment, à ce digne gentilhomme.

– Sois tranquille, je te défendrai, s'il a tort.

– Ah ! il y a un *si*.

– Sans doute. Voyons, réponds comme s'il s'agissait d'un autre, mon pauvre de Saint-Aignan ; a-t-il tort ou raison ?

– Votre Majesté va en juger.

– Que lui as-tu fait ?

– Oh ! à lui, rien ; mais il paraît que j'ai fait à un de ses amis.

– C'est tout comme ; et, son ami, est-ce un des quatre fameux ?

– Non, c'est le fils d'un des quatre fameux, voilà tout.

– Qu'as-tu fait à ce fils ? Voyons.

– Dame ! j'ai aidé quelqu'un à lui prendre sa maîtresse.

– Et tu avoues cela ?

– Il faut bien que je l'avoue, puisque c'est vrai.

– En ce cas, tu as tort.

– Ah ! j'ai tort ?

– Oui, et, ma foi, s'il te tue…

– Eh bien ?

– Eh bien ! il aura raison.

– Ah ! voilà donc comme vous jugez, Sire ?

– Trouves-tu la méthode mauvaise ?

– Je la trouve expéditive.

– Bonne justice et prompte, disait mon aïeul Henri IV.

– Alors, que le roi signe vite la grâce de mon adversaire, qui m'attend aux Minimes pour me tuer.

– Son nom et un parchemin.

– Sire, il y a un parchemin sur la table de Votre Majesté, et, quant à son nom…

– Quant à son nom ?

– C'est le vicomte de Bragelonne, Sire.

– Le vicomte de Bragelonne ? s'écria le roi en passant du rire à la plus profonde stupeur.

Puis, après un moment de silence, pendant lequel il essuya la sueur qui coulait sur son front :

– Bragelonne ! murmura-t-il.

– Pas davantage, Sire, dit de Saint-Aignan.

– Bragelonne, le fiancé de ?…

– Oh ! mon Dieu, oui ! Bragelonne, le fiancé de…

– Il était à Londres, cependant !

– Oui ; mais je puis vous répondre qu'il n'y est plus, Sire.

– Et il est à Paris ?

617

– C'est-à-dire qu'il est aux Minimes, où il m'attend, comme j'ai eu l'honneur de le dire au roi.

– Sachant tout ?

– Et bien d'autres choses encore ! Si le roi veut voir le billet qu'il m'a fait tenir…

Et de Saint-Aignan tira de sa poche le billet que nous connaissons.

– Quand Votre Majesté aura lu le billet, dit-il, j'aurai l'honneur de lui dire comment il m'est parvenu.

Le roi lut avec agitation, et aussitôt.

– Eh bien ? demanda-t-il.

– Eh bien ! Votre Majesté connaît certaine serrure ciselée, fermant certaine porte en bois d'ébène, qui sépare certaine chambre de certain sanctuaire bleu et blanc ?

– Certainement, le boudoir de Louise.

– Oui, Sire. Eh bien ! c'est dans le trou de cette serrure que j'ai trouvé ce billet. Qui l'y a mis ? M. de Bragelonne ou le diable ? Mais, comme le billet sent l'ambre et non le soufre, je conclus que ce doit être non pas le diable, mais bien M. de Bragelonne.

Louis pencha la tête et parut absorbé tristement. Peut-être en ce moment quelque chose comme un remords traversait-il son cœur.

– Oh ! dit-il, ce secret découvert !

– Sire, je vais faire de mon mieux pour que ce secret meure dans la poitrine qui le renferme, dit de Saint-Aignan d'un ton de bravoure tout espagnol.

Et il fit un mouvement pour gagner la porte ; mais d'un geste le roi l'arrêta.

– Et où allez-vous ? demanda-t-il.

– Mais où l'on m'attend, Sire.

– Quoi faire ?

– Me battre, probablement.

– Vous battre ? s'écria le roi. Un moment, s'il vous plaît, monsieur le comte !

De Saint-Aignan secoua la tête comme l'enfant qui se mutine quand on veut l'empêcher de se jeter dans un puits ou de jouer avec un couteau.

– Mais cependant, Sire... fit-il.

– Et d'abord, dit le roi, je ne suis pas éclairé.

– Oh ! sur ce point, que Votre Majesté interroge, répondit de Saint-Aignan, et je ferai la lumière.

– Qui vous a dit que M. de Bragelonne a pénétré dans la chambre en question ?

– Ce billet que j'ai trouvé dans la serrure, comme j'ai eu l'honneur de le dire à Votre Majesté.

– Qui te dit que c'est lui qui l'y a mis ?

– Quel autre que lui eût osé se charger d'une pareille commission ?

– Tu as raison. Comment a-t-il pénétré chez toi ?

– Ah ! ceci est fort grave, attendu que toutes les portes étaient fermées, et que mon laquais, Basque, avait les clefs dans ses poches.

– Eh bien ! on aura gagné ton laquais.

– Impossible, Sire.

– Pourquoi, impossible ?

– Parce que, si on l'eût gagné, on n'eût pas perdu le pauvre garçon, dont on pouvait encore avoir besoin plus tard, en manifestant clairement qu'on s'était servi de lui.

– C'est juste. Maintenant, il ne resterait donc qu'une conjecture.

– Voyons, Sire, si cette conjecture est la même que celle qui s'est présentée à mon esprit ?

– C'est qu'il se serait introduit par l'escalier.

– Hélas ! Sire, cela me paraît plus que probable.

– Il n'en faut pas moins que quelqu'un ait vendu le secret de la trappe.

– Vendu ou donné.

– Pourquoi cette distinction ?

– Parce que certaines personnes, Sire, étant au-dessus du prix d'une trahison, donnent et ne vendent pas.

– Que veux-tu dire ?

– Oh ! Sire, Votre Majesté a l'esprit trop subtil pour ne pas m'épargner, en devinant, l'embarras de nommer.

– Tu as raison : Madame !

– Ah ! fit de Saint-Aignan.

– Madame, qui s'est inquiétée du déménagement.

– Madame, qui a les clefs des chambres de ses filles, et qui est assez puissante pour découvrir ce que nul, excepté vous, Sire, ou elle, ne découvrirait.

– Et tu crois que ma sœur aura fait alliance avec Bragelonne ?

– Eh ! eh ! Sire…

– À ce point de l'instruire de tous ces détails ?

– Peut-être mieux encore.

– Mieux !… Achève.

– Peut-être au point de l'accompagner.

– Où cela ? En bas, chez toi ?

– Croyez-vous la chose impossible, Sire ?

– Oh !

– Écoutez. Le roi sait si Madame aime les parfums ?

– Oui, c'est une habitude qu'elle a prise de ma mère.

– La verveine surtout ?

– C'est son odeur de prédilection.

– Eh bien ! mon appartement embaume la verveine.

Le roi demeura pensif.

– Mais, reprit-il, après un moment de silence pourquoi Madame prendrait elle le parti de Bragelonne contre moi ?

En disant ces mots, auxquels de Saint-Aignan eût bien facilement répondu par ceux-ci : « Jalousie de femme ! » le roi sondait son ami jusqu'au fond du cœur pour voir s'il avait pénétré le secret de sa galanterie avec sa belle – sœur. Mais de Saint-Aignan n'était pas un courtisan médiocre ; il ne se risquait pas à la légère dans la découverte des secrets de famille ; il était trop ami des Muses pour ne pas songer souvent à ce pauvre Ovidius Naso, dont les yeux versèrent tant de larmes pour expier le crime d'avoir vu on ne sait quoi dans la maison d'Auguste. Il passa donc adroitement à côté du secret de Madame. Mais comme il avait fait preuve de sagacité en indiquant que Madame était venue chez lui avec Bragelonne, il fallait payer l'usure de cet amour-propre et répondre nettement à cette question : « Pourquoi Madame est-elle contre moi avec Bragelonne ? »

– Pourquoi ? répondit de Saint-Aignan. Mais Votre Majesté oublie donc que M. le comte de Guiche est l'ami intime du vicomte de Bragelonne ?

– Je ne vois pas le rapport, répondit le roi.

– Ah ! pardon, Sire, fit de Saint-Aignan ; mais je croyais M. le comte de Guiche grand ami de Madame.

– C'est juste, repartit le roi ; il n'y a plus besoin de chercher, le coup est venu de là.

– Et, pour le parer, le roi n'est-il pas d'avis qu'il faut en porter un autre ?

– Oui ; mais pas du genre de ceux qu'on se porte au bois de Vincennes, répondit le roi.

– Votre Majesté oublie, dit de Saint-Aignan, que je suis gentilhomme, et que l'on m'a provoqué.

– Ce n'est pas toi que cela regarde.

– Mais c'est moi qu'on attend aux Minimes, Sire, depuis plus d'une heure ; moi qui en suis cause, et déshonoré si je ne vais pas où l'on m'attend.

– Le premier honneur d'un gentilhomme, c'est l'obéissance à son roi.

– Sire…

– J'ordonne que tu demeures !

– Sire...

– Obéis.

– Comme il plaira à Votre Majesté, Sire.

– D'ailleurs, je veux éclaircir toute cette affaire ; je veux savoir comment on s'est joué de moi avec assez d'audace pour pénétrer dans le sanctuaire de mes prédilections. Ceux qui ont fait cela, de Saint-Aignan, ce n'est pas toi qui dois les punir, car ce n'est pas ton honneur qu'ils ont attaqué, c'est le mien.

– Je supplie Votre Majesté de ne pas accabler de sa colère M. de Bragelonne, qui, dans cette affaire, a pu manquer de prudence, mais pas de loyauté.

– Assez ! Je saurai faire la part du juste et de l'injuste, même au fort de ma colère. Pas un mot de cela à Madame, surtout.

– Mais que faire vis-à-vis de M. de Bragelonne, Sire ? Il va me chercher, et...

– Je lui aurai parlé ou fait parler avant ce soir.

– Encore une fois, Sire, je vous en supplie, de l'indulgence.

– J'ai été indulgent assez longtemps, comte, dit Louis XIV en fronçant le sourcil ; il est temps que je montre à certaines personnes que je suis le maître chez moi.

Le roi prononçait à peine ces mots, qui annonçaient qu'au nouveau ressentiment se mêlait le souvenir d'un ancien, que l'huissier apparut sur le seuil du cabinet.

– Qu'y a-t-il ? demanda le roi, et pourquoi vient-on quand je n'ai point appelé ?

– Sire, dit l'huissier, Votre Majesté m'a ordonné, une fois pour toutes, de laisser passer M. le comte de La Fère toutes les fois qu'il aurait à parler à Votre Majesté.

– Après ?

– M. le comte de La Fère est là qui attend.

Le roi et de Saint-Aignan échangèrent à ces mots un regard dans lequel il y avait plus d'inquiétude que de surprise. Louis hésita un instant. Mais, presque aussitôt, prenant sa résolution :

– Va, dit-il à de Saint-Aignan, va trouver Louise, instruis-la de ce qui se trame contre nous ; ne lui laisse pas ignorer que Madame recommence ses persécutions, et qu'elle a mis en campagne des gens qui eussent mieux fait de rester neutres.

– Sire…

– Si Louise s'effraie, continua le roi, rassure-la ; dis-lui que l'amour du roi est un bouclier impénétrable. Si, ce dont j'aime à douter, elle savait tout déjà ou si elle avait subi de son côté quelque attaque, dis-lui bien, de Saint – Aignan, ajouta le roi tout frissonnant de colère et de fièvre, dis-lui bien que, cette fois, au lieu de la défendre, je la vengerai, et cela si sévèrement, que nul, désormais, n'osera lever les yeux jusqu'à elle.

– Est-ce tout, Sire ?

– C'est tout. Va vite, et demeure fidèle, toi qui vis au milieu de cet enfer, sans avoir comme moi l'espoir du paradis.

Saint-Aignan s'épuisa en protestations de dévouement ; il prit et baisa la main du roi et sortit radieux.

Fin du tome III

À propos de cette édition électronique

Texte libre de droits.
Corrections, édition, conversion informatique et publication par le groupe :

Ebooks libres et gratuits
http://fr. groups. yahoo. com/group/ebooksgratuits

Adresse du site web du groupe :
http://www. ebooksgratuits. com/

—

Juillet 2004

—

– Dispositions :
Les livres que nous mettons à votre disposition, sont des textes libres de droits, que vous pouvez utiliser librement, à une fin non commerciale et non professionnelle. Tout lien vers notre site est bienvenu…

– Qualité :
Les textes sont livrés tels quels sans garantie de leur intégrité parfaite par rapport à l'original. Nous rappelons que c'est un travail d'amateurs non rétribués et nous essayons de promouvoir la culture littéraire avec de maigres moyens.

Votre aide est la bienvenue !
VOUS POUVEZ NOUS AIDER À FAIRE CONNAÎTRE CES CLASSIQUES LITTÉRAIRES.

Manufactured by Amazon.ca
Bolton, ON